Shining

Ce roman a paru sous le titre original :

THE SHINING

© 1977, Stephen King
© 1979, Éditions Williams-Alta, pour la version française

STEPHEN KING

Shining

l'enfant lumière

TRADUIT DE L'AMÉRICAIN
PAR JOAN BERNARD

ÉDITIONS J'AI LU

A Joe Hill King, qui rayonne.

C'était aussi dans cette salle que s'élevait... une gigantesque horloge d'ébène. Son pendule se balançait avec un tic-tac sourd, lourd, monotone ; et quand l'aiguille des minutes avait fait le circuit du cadran et que l'heure allait sonner, il s'élevait des poumons d'airain de la machine un son clair, éclatant, profond et excessivement musical, mais d'une note si particulière et d'une énergie telle que, d'heure en heure, les musiciens de l'orchestre étaient contraints d'interrompre un instant leurs accords pour écouter la musique de l'heure ; les valseurs alors cessaient forcément leurs évolutions ; un trouble momentané courait dans toute la joyeuse compagnie ; et, tant que vibrait le carillon, on remarquait que les plus fous devenaient pâles, et que les plus âgés et les plus rassis passaient leurs mains sur leurs fronts, comme dans une méditation ou une rêverie délirante. Mais quand l'écho s'était tout à fait évanoui, une légère hilarité circulait par toute l'assemblée ; les musiciens s'entre-regardaient et souriaient de leurs nerfs et de leur folie, et se juraient tout bas, les uns aux autres, que la prochaine sonnerie ne produirait pas en eux la même émotion ; et puis, après la fuite des soixante minutes... arrivait une nouvelle sonnerie de la fatale horloge, et c'était le même trouble, le même frisson, les mêmes rêveries.

Mais en dépit de tout cela, c'était une joyeuse et magnifique orgie...

E.A. POE. — *Le Masque de la mort rouge.*
(Traduction de Ch. Baudelaire.)

Le sommeil de la raison engendre des monstres.

GOYA.

PREMIÈRE PARTIE

EN GUISE D'INTRODUCTION

I

PREMIER ENTRETIEN

Petit con prétentieux, pensa Jack Torrance. Ullman mesurait tout juste un mètre soixante et il avait les gestes brusques et secs des hommes petits et gros. La raie de ses cheveux était impeccable, son complet sombre strict mais rassurant. Tout en lui disait au client : « Je suis à vous, je vous écoute », et aux employés, plus sèchement : « Attention, je vous ai à l'œil. » Il avait piqué un œillet rouge à sa boutonnière, peut-être pour éviter qu'on ne le prît pour un croque-mort.

L'écoutant parler, Jack se disait que de toute façon, vu les circonstances, il aurait eu du mal à éprouver de la sympathie pour quiconque se fût trouvé de l'autre côté de ce bureau.

Ullman venait de lui poser une question qu'il n'avait pas saisie. C'était un mauvais point pour lui, car Ullmann était homme à relever ce genre de gaffe et à l'enregistrer dans son ordinateur mental pour la lui ressortir un jour.

— Je vous demande pardon ?

— Je vous demandais si votre femme comprend

bien les risques que vous courez en venant ici. Et puis il y a votre fils (il jeta un coup d'œil sur la demande d'emploi posée devant lui), Daniel, cinq ans. Votre femme n'est pas un peu réticente ?

— Wendy est une femme extraordinaire.

— Et votre fils aussi ?

Jack lui adressa son plus beau sourire « dents blanches » :

— Nous avons la faiblesse de le croire. Il est très indépendant pour son âge.

Ullman ne lui retourna pas son sourire. Il glissa la demande d'emploi dans un dossier qu'il fit disparaître dans un tiroir. Il ne restait plus sur son bureau qu'un sous-main, un téléphone, une lampe et une corbeille à courrier dont les deux compartiments *Arrivée* et *Départ* étaient vides.

Se levant, Ullman se dirigea vers un classeur.

— Venez de ce côté, s'il vous plaît, Mr. Torrance. Nous allons regarder les plans de l'hôtel.

Il revint avec cinq grandes feuilles qu'il étala sur le bureau de noyer vernissé. Debout à ses côtés, Jack fut assailli par l'odeur d'eau de Cologne qu'il dégageait. *« Ce que mes hommes ont sur la peau ? English Leather, un point, c'est tout. »* Le slogan publicitaire lui revint spontanément à l'esprit et il dut se mordre les lèvres pour ne pas éclater de rire.

— Le dernier étage : un grenier, dit Ullman en s'animant. Rien là-haut que du bric-à-brac. L'Overlook a changé de mains plusieurs fois depuis la deuxième guerre mondiale et chaque nouveau directeur y a relégué tout ce qui l'encombrait. Je veux que l'on y mette des pièges à rat et des boulettes empoisonnées. Les femmes de chambre du troisième prétendent avoir entendu des trottinements suspects. Je ne crois pas un seul instant qu'il y ait des rats chez nous, mais l'Overlook se doit d'être au-dessus de tout soupçon.

12

Convaincu que tout hôtel digne de ce nom abritait bien un rat ou deux, Jack eut du mal à tenir sa langue.

— Il est entendu qu'en aucun cas vous n'autoriserez votre fils à jouer au grenier.

— Bien sûr, fit Jack, réduit de nouveau au sourire Gibbs.

Quelle situation humiliante ! Est-ce que ce petit con s'imaginait vraiment qu'il laisserait son fils dans un grenier plein de pièges à rat, de vieux meubles déglingués et Dieu sait quoi encore ?

Ullman retira prestement le plan du grenier et le glissa sous la pile.

— L'Overlook compte cent dix chambres, dit-il sur un ton doctoral. Les trente suites sont toutes ici, au troisième : dix dans l'aile ouest, dont la suite présidentielle, dix au centre, dix dans l'aile est. Toutes jouissent d'une vue superbe.

Je me passerais bien de son baratin, pensa Jack. Mais il ne dit rien : il avait trop besoin de ce poste.

Ullman retira le plan du troisième étage et ils se penchèrent sur les deux premiers étages.

— Au deuxième, quarante chambres, poursuivit Ullman ; trente à deux lits et dix à un lit. Au premier, vingt de chaque. A chaque étage, vous avez trois placards à linge et une réserve située au bout de l'aile est pour le deuxième étage et au bout de l'aile ouest pour le premier. Pas de questions ?

Jack lui fit signe que non. Ullman rangea les plans des deux premiers étages.

— Passons au rez-de-chaussée. Voici, au centre, la réception et derrière, les bureaux. Les deux ailes de part et d'autre de la réception font deux cent cinquante mètres de long chacune. Dans l'aile ouest vous avez le restaurant et le Colorado Bar. Dans l'aile est, la salle de banquet et le dancing. Toujours pas de questions ?

— J'attends d'arriver au sous-sol, dit Jack. C'est surtout là que j'aurai à travailler.

— Watson vous montrera tout ça. Le plan du sous-sol est affiché au mur de la chaufferie. (Il fronça les sourcils de l'air de dire qu'un directeur ne s'occupait pas de l'intendance.) Là aussi, nous pourrions poser quelques pièges à rat. Je vais le noter...

Il griffonna un mot sur un bloc-notes qu'il tira de la poche intérieure de sa veste — chaque feuille portait en capitales l'en-tête : *LE DIRECTEUR : STUART ULLMAN* — puis il détacha la feuille qu'il déposa dans la corbeille à courrier. Sur ce bureau vide, le papier paraissait insolite. Il fit disparaître le bloc-notes comme par enchantement dans la poche de sa veste. Et maintenant, messieurs-dames, le clou de la soirée : le tour du bloc-notes qui disparaît. « Décidément, se dit Jack, son numéro est bien au point. »

Ils avaient repris leurs places de part et d'autre du bureau, Ullman derrière et Jack devant, l'employeur et l'employé, le bienfaiteur et le quémandeur. Le petit bonhomme chauve, en costume de ville et cravate discrète, croisa ses mains proprettes sur le sous-main et regarda Jack droit dans les yeux. Au revers de sa veste, en pendant à l'œillet rouge, il portait un petit badge qui disait simplement, en lettres dorées : *PERSONNEL*.

— Je vais être tout à fait franc avec vous, Mr. Torrance. Albert Shockley est un homme puissant. Il détient une bonne partie des actions de l'hôtel et siège au comité de direction, mais il n'a pas une grande expérience de l'hôtellerie et il serait sans doute le premier à le reconnaître. En ce qui concerne le poste de gardien, sa volonté est formelle : il désire qu'il vous soit attribué. Je m'incline donc. Mais, s'il ne tenait qu'à moi, je ne vous aurais pas engagé.

Moites de sueur, les mains de Jack se crispèrent. *Quel petit con prétentieux, quel sale petit con !*

— Je ne crois pas que vous ayez beaucoup de sympathie pour moi, Mr. Torrance, mais peu m'importe. En tout cas, ce ne sont pas vos sentiments à mon égard qui me font douter de votre aptitude à remplir les fonctions de gardien. En saison, du 15 mai au 30 septembre, l'Overlook compte cent dix employés, autrement dit, un par chambre. Parmi eux, rares sont ceux qui éprouvent de la sympathie pour moi. Certains iraient jusqu'à dire que je suis un salaud. Leur opinion ne me surprend pas. Il faut bien que je sois un peu salaud pour faire marcher cet hôtel comme il le mérite.

Il regarda Jack, sollicitant une réaction, et Jack lui décocha son plus large sourire dents blanches, provocant à force d'être béat.

Ullman reprit :

— C'est Robert Townley Watson, le grand-père de notre actuel agent technique, qui, en 1907, a entrepris la construction de l'Overlook. Il a fallu deux ans pour le terminer. Nous avons reçu les Vanderbilt, les Rockefeller, les Astor et les Du Pont. Quatre présidents nous ont fait l'honneur de séjourner dans la suite présidentielle : Wilson, Harding, Roosevelt et Nixon.

— Pour Harding et Nixon, il n'y a pas de quoi se vanter, murmura Jack.

Ullman tiqua légèrement mais poursuivit son exposé comme si de rien n'était :

— Mr. Watson a fait faillite et, en 1915, il a vendu l'Overlook. Par la suite, l'hôtel a changé de mains trois fois, en 1922, en 1929 et en 1936. Il est resté inoccupé jusqu'à la fin de la deuxième guerre mondiale, époque à laquelle Horace Derwent, le millionnaire inventeur, pilote, producteur de cinéma et homme d'affaires, l'a acheté et l'a entièrement rénové.

— Ce nom me dit quelque chose, dit Jack.

— Ce n'est pas étonnant. Tout ce qu'il touche semble se transformer en or... à l'exception de l'Overlook. Il y a englouti un million de dollars avant même d'en ouvrir les portes. D'une ruine vétuste il a fait un palace. C'est lui qui a fait construire le terrain de roque que je vous ai vu admirer en arrivant.

— Roque ?

— L'ancêtre britannique de notre jeu de croquet, Mr. Torrance. Le croquet n'est qu'une forme abâtardie du jeu de roque. La légende veut que ce soit la secrétaire de Derwent qui l'ait initié à ce jeu et qu'il en soit devenu un fanatique.

— C'est certainement vrai, dit Jack avec le plus grand sérieux.

Un terrain de roque, un parc aux massifs de buis taillés en animaux et puis quoi encore ? Une montgolfière pour faire des ascensions en montagne ? Il commençait à en avoir marre de Stuart Ullman, mais visiblement Ullman n'avait pas fini et il lui faudrait d'écouter jusqu'au bout.

— Lorsque le déficit atteignit trois millions, Derwent vendit l'hôtel à un groupe de spéculateurs californiens. Eux aussi ont dû déchanter ; ils n'étaient pas fait pour l'hôtellerie.

» En 1970, Mr. Shockley et ses associés ont acheté l'hôtel et m'en ont confié la direction. Nous avons, nous aussi, travaillé à perte pendant plusieurs années, mais je suis heureux de pouvoir affirmer que, malgré nos difficultés, les propriétaires m'ont toujours fait confiance. L'année dernière, notre bilan était en équilibre et cette année il a été positif pour la première fois depuis soixante-dix ans.

Jack reconnut que la fierté d'Ullman était sans doute justifiée, mais cela ne modifiait en rien son antipathie instinctive pour ce petit con.

16

— Je ne vois pas le rapport entre l'histoire de l'Overlook — tout à fait passionnante, je vous l'accorde — et vos réticences à mon égard, Mr. Ullman.

— Si nous avons perdu tant d'argent, c'est en grande partie à cause des dégâts causés par l'hiver. La marge bénéficiaire s'en ressent, Mr. Torrance, plus que vous ne pouvez l'imaginer. L'hiver ici est si rude que j'ai dû créer un poste de gardien dont le travail consiste à surveiller la chaudière, à chauffer à tour de rôle les différentes parties de l'hôtel et à réparer les dégâts au fur et à mesure qu'ils se produisent, afin d'empêcher les éléments de prendre le dessus. Il doit avoir l'œil à tout et être capable de faire face à toutes les éventualités. La première année, j'ai engagé un homme marié et sa famille plutôt qu'un célibataire. Or il s'est produit une tragédie, une terrible tragédie.

Ullman dévisageait Jack, le fixant froidement.

— J'avais mal choisi mon homme, je le reconnais ; c'était un ivrogne.

Jack se sentit rougir et un sourire irrépressible — tout le contraire de son sourire Gibbs — naquit sur ses lèvres.

— C'est donc ça ? Je m'étonne qu'Al ne vous ait pas prévenu. Je ne bois plus.

— En effet, j'ai appris par Mr. Shockley que vous aviez cessé de boire. Il m'a également parlé de votre emploi précédent — un poste de confiance, selon la formule consacrée. Vous étiez, si je ne me trompe, professeur de littérature dans un établissement privé du Vermont. Vous avez eu quelques ennuis et vous avez perdu la tête. Oh ! rassurez-vous, Mr. Torrance, je n'entrerai pas dans les détails. Mais les analogies entre votre cas et celui de Grady sont si frappantes que j'ai cru utile d'évoquer votre passé. Au cours de l'hiver de 1970-1971, après avoir remis l'hôtel en état, mais avant de l'avoir ouvert au public, j'ai embauché ce malheureux Grady. Il avait une femme et deux filles ; ils se sont installés tous les quatre dans le même appartement que vous allez occuper avec votre famille. Sachant que l'hiver serait rude et que pendant cinq ou six mois ils seraient coupés du monde, je n'étais pas sans appréhension.

— Mais est-on vraiment coupé du monde ? Il y a le téléphone et un poste émetteur sans doute. Et le parc national des Rocheuses doit bien disposer de quelques hélicoptères qui pourraient éventuellement nous dépanner.

— Je ne compterais pas là-dessus, si j'étais vous, dit Ullman. Nous avons en effet un poste émetteur-récepteur que Mr. Watson vous montrera, ainsi que la liste des fréquences qui lui sont assignées. Mais les lignes téléphoniques qui nous relient à Sidewinter, la ville la plus proche, à soixante kilomètres à l'est, sont encore aériennes et elles sont coupées presque chaque hiver. Il faut compter en moyenne trois à six semaines avant qu'elles ne soient réparées. Nous disposons également d'un scooter des neiges qui est garé dans la remise.

— Alors on n'est pas vraiment coupé du monde.

Ullman parut excédé par tant de naïveté.

— Imaginez que votre femme ou votre fils tombe dans l'escalier et se fracture le crâne, Mr. Torrance. Ne croyez-vous pas que vous auriez l'impression d'être coupé du monde ?

Jack dut reconnaître qu'Ullman avait raison. Avec le scooter il faudrait au mieux une heure et demie rien que pour atteindre Sidewinter. Un hélicoptère envoyé par le Service des parcs nationaux mettrait trois heures pour arriver, et encore, par beau temps. En cas de blizzard, il ne pourrait même pas décoller et le scooter n'avancerait pas vite, en admettant que l'on prenne le risque d'exposer un blessé grave à des températures de moins dix, ou de moins vingt si le vent soufflait.

— Mr. Shockley semble raisonner en ce qui vous concerne comme je l'ai fait autrefois pour Grady, dit Ullman. La solitude comporte des risques, me disais-je, et il vaut mieux que le gardien ait sa famille avec lui. S'il arrive un malheur, ce ne sera probablement pas un de ceux qui exigent des soins immédiats, comme une fracture du crâne, une crise de convulsions ou un accident avec une des machines électriques, mais plutôt une forte grippe, une pneumonie, un bras cassé, ou même une appendicite, qui laissent le temps d'agir.

» Mais je crois que Grady a été victime de sa faiblesse pour l'alcool — il avait stocké, à mon insu, une grande quantité de whisky bon marché — et aussi d'un mal curieux que les anciens appelaient « le mal des blédards ». Vous connaissez ce terme ?

Ullman eut un petit sourire condescendant : il s'attendait à un aveu d'ignorance de la part de Jack et s'apprêtait à lui fournir l'explication. Mais Jack eut le plaisir de lui damer le pion :

— C'est un terme d'argot qui désigne la réaction claustrophobique de certains sujets lorsqu'on les enferme pour de longues périodes avec d'autres personnes. Leur claustrophobie prend la forme d'une hostilité plus ou moins avouée vis-à-vis de leurs compagnons de malheur. Dans les cas extrêmes, ce mal peut provoquer des hallucinations, des actes de violence et même des crimes. Bon nombre de meurtres, commis à la suite de discussions futiles à propos d'un repas brûlé ou de vaisselle à faire, sont en fait la conséquence de ce « mal des blédards ».

Ullman accusa le coup et Jack, qui avait retrouvé

le moral, décida de pousser son avantage. Mais il promit intérieurement à Wendy de ne pas en abuser.

— Je crois que vous avez eu tort effectivement de prendre ce Grady avec sa femme et ses filles. Est-ce qu'il les a brutalisées ?

— Il les a tuées toutes les trois et ensuite il s'est suicidé, Mr. Torrance. Il a assassiné les petites filles à coups de hache, et pour sa femme et lui-même il s'est servi d'un fusil de chasse. On l'a trouvé avec une jambe cassée ; il avait dû tomber dans l'escalier après s'être saoulé.

Ullman posa ses mains à plat sur le bureau et toisa Jack d'un air supérieur.

— Était-il universitaire ?

— Non, il ne l'était pas, répondit Ullman, sur un ton plutôt sec. Je pense d'ailleurs qu'un homme fruste est moins vulnérable au danger de la solitude.

— Et voilà précisément votre erreur, répliqua Jack. En fait, l'homme inculte est plus enclin à ce genre de maladie. Il tuera quelqu'un à propos d'une partie de cartes, il commettra un vol sur un coup de tête parce qu'il s'ennuie. Quand la neige commence à tomber, il ne lui reste plus qu'à regarder la télé ou à faire des réussites, quitte à tricher si tous les as ne sortent pas. Désœuvré, il passe son temps à tyranniser sa femme, à engueuler ses gosses et à boire. Comme l'absence de bruit l'empêche de dormir, il se saoule pour trouver le sommeil et se réveille avec la gueule de bois. Si par malheur le téléphone est coupé ou l'antenne de télévision arrachée, son irritation s'accroît. Et il tourne en rond, trichant aux cartes, s'énervant de plus en plus, jusqu'à ce que ça éclate : boum, boum, boum.

— Alors qu'un homme instruit, tel que vous... ?

— Nous aimons la lecture, ma femme et moi. Al

Shockley vous a sans doute dit que je suis en train d'écrire une pièce de théâtre. Danny se distraira avec ses puzzles, ses coloriages et son poste à galène. J'ai l'intention de lui apprendre à lire et à marcher dans la neige avec des raquettes. Wendy aussi veut apprendre. Même si le poste de télévision se détraque, je suis persuadé que nous saurons nous occuper sans nous sauter à la gorge. (Il eut un moment d'hésitation.) Ce qu'Al Shockley vous a dit est exact. Je buvais autrefois et c'était devenu un sérieux problème. Mais je ne bois plus. Voici quatorze mois que je n'ai pas touché une goutte d'alcool, même pas un verre de bière. Je n'ai pas l'intention d'apporter de l'alcool ici et à partir du moment où la neige se mettra à tomber je ne pourrai plus m'en procurer, même si j'en ai envie.

— C'est exact, approuva Ullman. Mais, puisque vous êtes trois, les risques sont multipliés par trois. Je l'ai dit à Mr. Shockley, mais il m'a répondu qu'il était prêt à en assumer la responsabilité. Maintenant vous êtes prévenu et j'ai l'impression que cela ne vous effraie pas, vous non plus.

— Pas le moins du monde.

— Bien. J'aurais préféré trouver quelqu'un sans charge d'âme, un étudiant en congé par exemple. Mais, comme je n'ai pas le choix, n'en parlons plus, vous ferez peut-être l'affaire après tout. Maintenant je vais vous confier à Mr. Watson qui va vous montrer le sous-sol et le parc. A moins que vous n'ayez d'autres questions ?

— Non, aucune.

Ullman se leva.

— J'espère que vous ne m'en voulez pas, Mr. Torrance. Je n'ai rien contre vous personnellement. Je ne cherche que le bien de l'Overlook. C'est un hôtel magnifique et je tiens à ce qu'il le reste.

— Sans rancune, Mr. Ullman, dit Jack, lui lançant à nouveau son plus beau sourire Gibbs.

Mais Ullman ne lui tendit pas la main et Jack en fut soulagé. « Sans rancune », avait-il dit ? Mais si, il lui en voulait ! Et comment !

II

BOULDER, COLORADO

Elle l'apercevait depuis la fenêtre de la cuisine. Il
était assis au bord du trottoir ; il ne jouait ni avec
ses camions, ni avec son chariot, ni même avec le
planeur en balsa qui lui avait tant fait plaisir quand
Jack le lui avait offert la semaine dernière. Guet-
tant l'arrivée de leur vieille Volkswagen déglinguée,
les coudes plantés sur les cuisses, le menton calé
dans les mains, il était l'image même du gosse de
cinq ans qui attend son père.

Wendy se sentit soudain triste, triste à pleurer.

Elle accrocha le torchon au porte-serviettes au-
dessus de l'évier et descendit l'escalier en bouton-
nant les deux premiers boutons de son chemisier.
Jack et sa foutue fierté ! « Mais non, Al, je n'ai pas
besoin d'une avance, nous avons encore de quoi
vivre. » Les murs du couloir étaient rayés, barbouillés de crayon gras et de peinture. L'escalier était
trop raide, le bois se fendillait, tout l'immeuble
sentait le vieux et le rance. Est-ce que c'était un
cadre convenable pour Danny après la jolie petite
maison de briques de Stovington ? Et, par-dessus le

marché, le couple qui vivait au-dessus, au deuxième, non seulement n'était pas marié — ce qui ne la dérangeait pas — mais n'arrêtait pas de se taper dessus, ce qui l'effrayait. Pendant la semaine, il y avait bien des petites bagarres préliminaires, mais c'était le vendredi soir, après la fermeture des bars, que les choses commençaient à se gâter sérieusement. Le grand match de boxe du vendredi soir, plaisantait Jack, mais ce n'était pas drôle. La femme — elle s'appelait Eliane — finissait toujours par pleurer et supplier en vain : « Arrête, je t'en prie, arrête ! » Et l'homme — qui se nommait Tom — au lieu de s'arrêter, hurlait de plus belle. Une fois, ils avaient même réussi à réveiller Danny qui pourtant avait un sommeil de plomb. Le lendemain matin, quand Tom avait quitté l'immeuble, Jack l'avait suivi et l'avait abordé, espérant le raisonner. Voyant que Tom ne voulait rien entendre, Jack lui avait dit quelque chose à l'oreille que Wendy n'avait pas pu saisir. Mais Tom avait secoué la tête et avait tourné les talons, l'air buté. Une semaine s'était écoulée depuis l'incident et, bien que pendant quelques jours ils eussent constaté une légère amélioration, au week-end suivant tout était rentré dans l'ordre, ou plutôt dans le désordre. C'était mauvais pour Danny.

Une nouvelle vague de tristesse l'envahit, mais, ne voulant pas se donner en spectacle, elle refoula ses larmes. Rabattant sa jupe, elle s'assit sur le trottoir à côté de Danny.

— Qu'est-ce que tu fais là, prof ? lui demanda-t-elle.

Il lui sourit, mais visiblement il était ailleurs.

— Salut, 'man.

Elle remarqua l'aile fêlée du planeur à ses pieds.

— Veux-tu que j'essaie de réparer ça, mon lapin ?

— Non, Papa le fera.

— Tu sais, Papa ne sera peut-être pas là avant le dîner. La route de la montagne est longue.

— Tu crois que la Coccinelle tiendra le coup ?

— Bien sûr qu'elle tiendra le coup.

Mais il lui avait fourni un nouveau sujet d'inquiétude. *Merci, Danny. Je n'avais vraiment pas besoin de ça.*

— Papa a dit qu'elle risquait de tomber en panne.

Cette éventualité ne semblait lui faire ni chaud ni froid.

— Il a dit que la pompe était foutue.

— Ne parle pas comme ça, Danny.

— Il ne faut pas parler de la pompe ? demanda Danny, perplexe.

Elle soupira.

— Non, il ne faut pas dire « foutu ». C'est vulgaire.

— Qu'est-ce que c'est, « vulgaire » ?

— Être vulgaire, c'est se curer le nez à table ou faire pipi en laissant la porte du W.C. ouverte. Et c'est dire certains mots, comme « foutu ». C'est un mot vulgaire que les gens bien élevés ne disent pas.

— Papa le dit bien, lui. Quand il regardait le moteur de la Coccinelle, il a dit : « Nom de Dieu, la pompe est foutue ! » Est-ce que Papa n'est pas bien élevé ?

Comment réussis-tu à te fourrer sans cesse dans des situations pareilles, Winnifred ? Tu le fais exprès ?

— Mais si, il est bien élevé. Seulement, lui, c'est un adulte. Il sait qu'il ne peut pas dire certaines choses devant n'importe qui.

— Devant l'oncle Al par exemple ?

— Par exemple.

— Je pourrai parler comme ça quand je serai grand ?

— Je pense que tu le feras, que je le veuille ou non.

— A quel âge je pourrai commencer ?

— Qu'est-ce que tu dirais de vingt ans ?

— Vingt ans, c'est loin.

— Oui, je sais que c'est loin, mais tu essaieras d'attendre ?

— D'accord.

Il se remit à surveiller la rue. Soudain il se redressa, prêt à se lever, mais, voyant que la Coccinelle qui approchait était trop neuve, d'un rouge trop vif, il se rassit. Wendy se demandait si ce déracinement n'avait pas mis son fils à trop rude épreuve. Elle n'aimait pas le voir passer ses journées tout seul, même si lui ne s'en plaignait pas. Dans le Vermont, il y avait eu les enfants des collègues de Jack — sans parler de ceux de la maternelle — mais ici, à Boulder, il n'y avait pas le moindre petit camarade.

— Maman, pourquoi est-ce que Papa a été renvoyé ?

Arrachée brutalement à sa rêverie, elle se troubla et ne sut que dire. Jack et elle avaient pourtant passé en revue les diverses façons de répondre à cette question, depuis la dérobade pure et simple jusqu'à la vérité sans fard. Mais Danny ne les avait jamais interrogés et il fallait que ce soit aujourd'hui, alors qu'elle avait le cafard et ne se sentait pas le courage d'y faire face, qu'il soulevât ce problème. Il l'observait et lisait peut-être la confusion sur son visage, en tirant ses propres conclusions. Aux yeux des enfants, se dit-elle, les raisons d'agir des grandes personnes doivent paraître aussi inquiétantes, aussi sinistres parfois que des bêtes sauvages rôdant à la lisière d'une forêt vierge. On les trimballait à droite et à gauche comme des toutous sans leur fournir la moindre explication. Cette pensée la ramena au bord des larmes ; tout en les refoulant, elle se pencha pour ramasser le planeur abîmé, qu'elle se mit à retourner dans ses mains.

— A Stovington, on avait organisé des joutes d'éloquence et c'est ton papa qui était chargé de l'entraînement de l'équipe du collège. Tu t'en souviens ?

— Bien sûr. C'étaient des disputes pour s'amuser.

— Si tu veux, dit-elle sans cesser de jouer distraitement avec le planeur.

Tout en l'examinant — il portait l'étiquette SPEE-DOGLIDE et des décalcomanies d'étoiles bleues aux ailes — elle se rendit compte qu'elle était en train de raconter à Danny toute l'histoire.

— Papa a dû éliminer un des membres de l'équipe, un certain George Hatfield, parce qu'il n'était pas aussi fort que les autres. Mais George prétendait que Papa l'avait renvoyé seulement parce qu'il ne l'aimait pas, et ensuite il a fait quelque chose de mal ; je crois que tu sais de quoi il s'agit.

— C'est lui qui a crevé les pneus de la Coccinelle ?

— Oui, c'est lui. Ça c'est passé après l'école et ton père l'a pris sur le fait.

Elle hésita, mais il était trop tard pour reculer : il fallait tout dire ou inventer un mensonge.

— Ton papa... fait parfois des choses qu'il regrette par la suite. Il ne réfléchit pas toujours avant d'agir. Ça ne lui arrive pas souvent, mais parfois ça lui arrive.

— Il a fait mal à George Hatfield comme il m'a fait mal à moi quand j'ai renversé tous ses papiers ?

Parfois... (Danny avec son bras dans le plâtre).

Wendy ferma les yeux, refoulant à nouveau les larmes.

— Oui, mon chéri, c'était à peu près pareil. Ton père l'a frappé pour qu'il s'arrête de taillader les pneus et George est tombé en se cognant la tête. Ensuite on a décidé que George n'aurait plus le droit de fréquenter le collège et que ton père ne devait plus y enseigner.

Elle s'arrêta, ne sachant plus que dire, et attendit en tremblant que les questions se mettent à pleuvoir.

— Ah! fit Danny, et il se remit à surveiller la rue.

Apparemment la question était réglée pour lui. Si seulement elle pouvait l'être pour elle!

Elle se releva.

— Je vais monter me faire une tasse de thé, prof. Tu veux un verre de lait et des biscuits?

— Je crois que je vais attendre Papa.

— Je ne pense pas qu'il rentre avant cinq heures.

— Peut-être qu'il arrivera plus tôt.

— Peut-être, en convint-elle. C'est possible.

Elle était à mi-chemin de l'appartement quand il l'appela :

— Maman?

— Oui, Danny?

— Est-ce que tu as envie d'aller vivre dans cet hôtel cet hiver?

Et, cette fois-ci, quelle réponse lui donner? Celle que lui inspirait son sentiment d'avant-hier, d'hier ou de ce matin? Car, selon son humeur, sa vision de l'avenir se teintait de rose, de noir ou encore d'un gris intermédiaire.

— Si ton père le veut, alors je le veux, moi aussi. (Elle hésita.) Et toi?

— Je crois que moi aussi, dit-il au bout d'un moment. Ici, je n'ai personne pour jouer.

— Tes camarades te manquent, n'est-ce pas?

— Quelquefois. Scott et Andy en tout cas.

Elle revint vers lui, l'embrassa et lui ébouriffa ses cheveux qui commençaient tout juste à perdre

28

leur finesse enfantine. C'était un petit garçon tellement sérieux ! Elle se demandait parfois comment
il allait pouvoir s'en tirer avec des parents comme
les siens. Leurs grands espoirs du début se trouvaient réduits à cet appartement minable dans une
ville étrangère. L'image de Danny dans son plâtre
surgit à nouveau devant ses yeux. Oui, le bon Dieu
s'était sûrement trompé en le leur envoyant. Ses
services de placement avaient dû commettre quelque erreur, une erreur qui risquait de coûter cher
à Danny et qui pourrait devenir irrattrapable, à
moins qu'un étranger n'intervînt pour les aider.

— Reste sur le trottoir, prof, dit-elle en le serrant
très fort.

— Oui, Maman.

Elle monta l'escalier et alla à la cuisine. Elle mit
la bouilloire à chauffer et posa quelques Pépitos
sur une assiette pour le cas où Danny rentrerait
pendant qu'elle serait allongée. Installée devant la
grande tasse en terre cuite, elle le regardait par la
fenêtre. Il était toujours assis sur le trottoir avec
son jean et son blouson molletonné de Stovington
Prep, trop grand pour lui et près de lui, son
planeur.

Les larmes qui avaient menacé depuis le matin
éclatèrent enfin et, penchée au-dessus des volutes
parfumées qui montaient de la tasse de thé, elle s'y
abandonna, pleurant ses souffrances du passé et sa
terreur de l'avenir.

III

WATSON

Vous avez perdu la tête, avait dit Ullman.

— Bon, voici le foyer de la chaudière, dit Watson, allumant la lumière dans la pièce qui était obscure et sentait le moisi.

C'était un homme bien en chair, aux cheveux blonds et frisés, vêtu d'une chemise blanche et d'un pantalon en treillis vert foncé. Il ouvrit une petite grille carrée dans la panse de la chaudière ; Jack et lui purent y jeter un coup d'œil, découvrant une flamme bleu ciel qui dardait en sifflant son jet de force destructrice.

— Ça, c'est la veilleuse, dit Watson.

Vous avez perdu la tête.

Ça va, Danny ?

Le foyer, de loin le plus grand et le plus vieux que Jack eût jamais vu, remplissait toute la pièce.

— La veilleuse est équipée d'une sécurité, lui expliqua Watson. Un petit appareil là-dedans enregistre le degré de chaleur et, si la température descend au-dessous d'un niveau donné, il déclenche une sonnerie dans votre appartement. La chaudière se trouve de l'autre côté du mur. Je vais vous la montrer.

Il rabattit la petite grille et conduisit Jack vers une porte située derrière le mastodonte.

Tu as perdu la tête.

(Quand, regagnant son bureau, il y avait découvert Danny vêtu de sa seule culotte et tout sourire, la colère avait obscurci sa raison. Dans son souvenir, l'incident se déroulait toujours au ralenti, mais en réalité, il n'avait pas pu durer plus d'une minute. Cette illusion de lenteur évoquait celle des rêves, des cauchemars. Il avait eu l'impression, en retrouvant son bureau, qu'on l'avait mis à sac. Toutes les portes béaient, tous les tiroirs, tous les classeurs étaient tirés à fond. Les feuillets de son manuscrit, une pièce en trois actes qu'il tirait péniblement d'une nouvelle écrite sept ans auparavant, jonchaient le parquet. Il était en train de corriger le deuxième acte, tout en sirotant une bière, quand Wendy était venue lui dire qu'on le demandait au téléphone. Danny avait vidé la boîte de bière sur les pages du manuscrit, probablement pour la voir mousser. *Regarde-la mousser, regarde-la mousser...* Ce refrain qui s'était mis à lui vriller le crâne avait achevé de mettre Jack hors de lui. D'un pas décidé il s'approcha de son fils qui, ravi de son exploit, le regardait toujours avec le même sourire béat. Danny commençait à dire quelque chose quand Jack lui empoigna la main pour lui faire lâcher la gomme et le porte-mine dont il s'était emparé. Danny poussa un petit cri... — non..., non..., dis la vérité... — il hurla, et, quand Jack le retourna pour lui administrer une fessée, ses gros doigts d'adulte s'enfoncèrent dans la chair tendre de l'enfant et sa large main se referma autour du petit avant-bras. Le bruit que fit l'os en se brisant n'avait pas été fort — il avait été ÉNORME, mais pas fort. Juste assez fort pour percer le brouillard dans l'esprit de Jack et pour y laisser pénétrer non pas la lumière mais la honte et le remords. Ç'avait été un bruit sec et

31

net, comme le craquement d'un crayon qui se brise ou d'une petite branche qu'on casse sur le genou pour faire du feu. En voyant le visage de Danny blêmir jusqu'à devenir exsangue et ses grands yeux se dilater, Jack avait eu la certitude que l'enfant allait s'écrouler, évanoui, au milieu de la flaque de bière et de papiers. Comme il aurait voulu pouvoir remonter dans le temps, reprendre la vie telle qu'elle avait été avant que ce petit bruit sec ne vînt détruire leur équilibre, marquant un tournant décisif dans leurs vies ! D'une voix chevrotante il avait bredouillé : « Ça va, Danny ? » et n'avait reçu, pour toute réponse, qu'un hurlement. Quand Wendy s'était aperçue de l'angle bizarre que faisait l'avant-bras de son fils, elle s'était mise à hurler, elle aussi. Dans les familles comme il faut, les bras des enfants ne pendaient pas de cette manière-là. Elle avait pris Danny dans ses bras et s'était mise à le bercer tout en gémissant : *Oh ! Danny, oh ! mon Dieu, oh ! le pauvre petit bras, oh ! mon pauvre bébé !* Jack les avait regardés d'un air hébété, ne comprenant pas comment une chose pareille avait pu leur arriver. Ses yeux avaient rencontré ceux de Wendy et il y avait vu sa haine. Sur le coup, il n'avait guère songé aux conséquences possibles de cette haine. Ce n'est que plus tard qu'il s'était rendu compte qu'elle aurait pu le quitter sur-le-champ, louer une chambre d'hôtel et contacter, dès le matin, un avocat pour obtenir un divorce ; ou encore qu'elle aurait pu appeler la police. Sur le coup, il n'avait vu qu'une chose : sa femme le haïssait. Il se sentait abandonné, bouleversé, profondément malheureux. Il doutait que, même au moment de mourir, on pût souffrir davantage. Quand Wendy s'était précipitée au téléphone, portant Danny sous le bras, il ne l'avait pas suivie. Resté seul à contempler les dégâts dans ce bureau qui sentait la bière, il se disait : *Tu as perdu la tête, tu as perdu la tête.*)

Il se frotta énergiquement les lèvres du revers de la main et suivit Watson dans la pièce voisine où se trouvait la chaudière. L'atmosphère y était moite et humide, mais ce n'était pas pour cela que son front, sa poitrine et ses jambes étaient devenus tout collants de sueur. La honte et le dégoût venaient de jaillir en lui, aussi forts qu'au premier jour, comme si tout cela s'était passé quelques instants auparavant et non deux ans plus tôt. Comme chaque fois, le sentiment de son indignité lui donnait envie de boire et ce désir l'enfonçait encore plus profondément dans le désespoir. Ne pourrait-il donc jamais vivre une heure, une heure seulement, sans que ce besoin de boire vienne le tourmenter ?

— Voici la chaudière, dit Watson.

Il tira un carré bleu et rouge de sa poche arrière, se moucha bruyamment et, après y avoir jeté un coup d'œil furtif pour voir s'il n'avait rien recueilli d'intéressant, l'enfouit à nouveau dans sa poche.

La chaudière, une longue cuve cylindrique en métal plaqué cuivre toute rafistolée, était montée sur quatre blocs de ciment et s'insérait de justesse sous un labyrinthe de tuyaux et de conduits qui montaient en zigzag jusqu'au plafond festonné de toiles d'araignée.

— Ça, c'est le manomètre, dit Watson, le tapotant du doigt. Il n'est réglé qu'à cinquante kilos pour le moment, ce qui fait que la nuit les chambres sont un peu froides. Y a des clients qui rouspètent, mais je m'en fous. De toute façon, il faut être fou pour venir ici au mois de septembre. Comme vous voyez, toute cette installation est antédiluvienne. Ce grand-père a plus de pièces à son cul qu'une salopette de chemineau.

Il extirpa encore une fois le foulard de sa poche, se moucha, examina ce mouchoir de fortune et le fit à nouveau disparaître.

— Putain de rhume, marmonna Watson en guise

d'explication. Ça m'arrive chaque année au mois de septembre. Quand je bricole cette vieille saloperie ici, j'ai chaud, quand je sors tondre la pelouse ou ratisser le terrain de roque, j'ai froid. Et, comme le disait ma vieille mère, quand on a froid, on s'enrhume.

» En temps normal, vous réglerez la pression à vingt-cinq kilos. Ullman vous dira de chauffer les différentes parties de l'hôtel à tour de rôle, d'abord l'aile ouest, ensuite l'aile est, enfin le centre. Ce mec est vraiment le roi des cons, vous trouvez pas ? Il me rend malade. Tout ce qu'il sait faire, c'est japper à longueur de journée comme un de ces sales clebs qui vous chopent les chevilles et pissent sur les tapis.

» Venez voir ici. Vous ouvrez ou fermez ces clapets avec ces cordons. Je vous les ai tous marqués. Les fiches bleues sont pour les chambres de l'aile est, les rouges pour le centre, les jaunes pour l'aile ouest. Quand vous chaufferez l'aile ouest, rappelez-vous que c'est elle qui est la plus exposée au mauvais temps. Quand le vent souffle, il fait plus froid dans ces chambres-là que dans le con d'une femme frigide. Les jours où vous chaufferez l'aile ouest, vous pourrez laisser monter la pression jusqu'à quarante kilos. En tout cas, c'est ce que je ferais.

— Et les thermostats à l'étage ? demanda Jack.

Watson secoua énergiquement la tête, faisant voleter ses cheveux flous.

— Ils ne sont pas raccordés à la chaudière. Ils sont là pour la frime. Y a des types de Californie qui aimeraient que leurs piaules soient assez chaudes pour y faire pousser des palmiers. Mais, comme nous réglons la chaleur ici, ils peuvent toujours y aller. Un dernier truc : il faut surveiller la pression. Vous voyez comme elle grimpe ?

Il tapota sur la grande aiguille qui était montée

de cinquante à cinquante et un kilos, rien que pendant le temps de ses explications. Jack sentit un frisson lui parcourir le dos. *On vient de marcher sur ma tombe*, pensa-t-il. Dès que Watson eut donné un tour à la manette, la vapeur se mit à jaillir dans un grand sifflement et l'aiguille redescendit à quarante-huit kilos. Watson referma la valve et le sifflement s'éteignit peu à peu.

— Elle grimpe vite, dit Watson. Mais, si vous le dites à cet avorton d'Ullman, il vous sort ses livres de comptes et passe trois heures à vous prouver qu'on ne peut pas se payer une neuve avant 1982. Un de ces jours, elle fera sauter toute la baraque et j'espère bien qu'Ullman sera du voyage. Vous voyez, je suis mauvais comme une teigne. Pourtant j'ai eu une mère qui ne voyait que le bon côté des gens. Dommage que je sois pas comme elle. Puis, merde, on se refait pas.

» Tout ça pour vous dire qu'il faut surveiller la pression, matin et soir. Si jamais vous oubliez, elle grimpera petit à petit et vous et votre famille vous vous réveillerez sur la lune. Mais, si vous donnez un petit tour à la manette deux fois par jour, vous aurez pas de problème.

— Quelle est la limite à ne pas dépasser.

— A l'origine, elle pouvait monter jusqu'à cent vingt kilos, mais maintenant elle exploserait bien avant. Même à quatre-vingt-dix, je m'approcherais pas d'elle pour rien au monde.

— Il n'y a pas de soupape de sécurité ?

— Non, elle date d'une époque où il y avait pas encore toutes ces normes.

— Et la plomberie ?

— On y arrive. C'est par ici, derrière ce passage voûté.

Ils pénétrèrent dans une pièce tout en longueur qui semblait s'étendre sur des kilomètres. Tirant sur une ficelle, Watson alluma une ampoule de soixante-quinze watts qui projetait autour d'eux une lumière vacillante et blafarde. Devant eux se dressait la cage d'ascenseur, dont les lourds câbles crasseux enroulés autour de deux tambours de six mètres de diamètre flanquaient le moteur, noir de suie. Des cartons s'entassaient dans tous les coins. Certains contenaient des journaux, d'autres portaient des étiquettes indiquant *Archives* ou *Factures et Reçus — A CONSERVER !* Tous sentaient le moisi et certains étaient crevés, déversant sur le sol des papiers jaunis qui avaient l'air d'être là depuis vingt ans. Fasciné, Jack n'arrivait pas à en détacher les yeux. Toute l'histoire de l'Overlook devait se cacher là, enfouie dans ces cartons pourrissants.

— Il déconne aussi, celui-là, dit Watson, désignant du doigt l'ascenseur. Ullman a dû acheter l'inspecteur en lui payant quelques bons petits gueuletons, moyennant quoi nous ne voyons jamais le réparateur.

» Voilà le bloc plomberie, dit-il, montrant cinq énormes tuyaux, gainés de laine de verre, et cerclés de bandes métalliques qui montaient vers le plafond et s'enfonçaient dans l'obscurité.

Watson lui signala, à côté du tuyau central, un rayonnage couvert de toiles d'araignées sur lequel traînaient quelques chiffons crasseux et un classeur.

— Les plans de la plomberie sont là, lui dit-il. Vous aurez pas de fuites — y en a jamais eu — mais quelquefois l'eau gèle dans les tuyauteries. Le seul moyen d'éviter ça, ce serait d'ouvrir un peu les robinets chaque nuit, mais comme y en a quatre cents dans ce putain de palace, vous imaginez la gueule d'Ullman en voyant la note d'eau !

— Je trouve votre analyse de la situation tout à fait remarquable.

Le regard de Watson se chargea d'admiration.

— Alors, c'est vrai que vous avez fait des études ?

Vous parlez comme un livre ! J'admire les gens instruits, sauf quand ce sont des pédales. Et il y en a, croyez-moi. Vous savez qui a foutu toute cette pagaille dans les universités y a quelques années ? C'est eux. Les homosessuels. Ils se sentent pas bien dans leur peau et alors il faut qu'ils aillent crier dans la rue. S'essstérioriser, qu'ils disent. Mais, bon Dieu, on se demande où va le monde.

» Si l'eau gèle, ce sera ici, au sous-sol où il y a pas de chauffage. Si ça arrive, prenez ce machin-là (il tira un chalumeau d'une vieille caisse à oranges défoncée), enlevez la gaine de laine de verre là où la conduite est bouchée et dirigez la flamme directement dessus. Pigé ?

— Et si ce n'est pas un de ces tuyaux-là ?

— Ça n'arrivera pas ailleurs si vous faites votre boulot et que la baraque est bien chauffée. De toute façon, vous pourrez pas atteindre les autres conduites. Vous en faites pas, tout se passera bien. Quel endroit sinistre ! Avec toutes ces toiles d'araignée, ça me donne la chair de poule, je vous jure.

— Ullman m'a raconté que le premier gardien a tué sa famille puis s'est suicidé.

— Ouais, ce mec, Grady. C'était un salaud, je l'ai vu tout de suite à son sourire de faux jeton. On venait juste de commencer les travaux et Ullman, toujours aussi radin, était prêt à embaucher Jack l'Éventreur lui-même s'il acceptait d'être payé au rabais. Le téléphone ne répondait plus et un garde forestier est allé voir. Il les a trouvés là-haut au deuxième, durs comme des blocs de glace. C'était moche pour les petites filles ; elles n'avaient que six et huit ans et elles étaient mignonnes tout plein. Vous parlez d'une histoire ! Ullman était en Floride où il gère un bastringue du bord de mer pendant la morte-saison. Il a pris le premier vol pour Denver et il était à Sidewinter dans la journée. Comme la route était coupée, il a dû louer un scooter des neiges pour venir jusqu'ici. Vous imaginez, Ullman sur un scooter! Ensuite il a remué ciel et terre pour que les journaux mettent pas leur nez là-dedans et faut dire qu'il s'est bougrement bien démerdé. Il y a eu qu'une ligne ou deux dans le *Denver Post*, et dans le torche-cul d'Estes Park, un avis comme quoi qu'ils étaient morts, c'est tout. C'était du beau travail, surtout vu la réputation de la maison. Moi, je croyais que les journalistes allaient profiter de l'histoire de Grady pour ressortir tous les vieux scandales.

— Quels scandales?

Watson haussa les épaules.

— Tous les grands hôtels ont leurs scandales, répondit-il. De même qu'ils ont leur fantôme. Pourquoi? Ma foi, les gens vont et viennent. Quelquefois y a un pauvre bougre qui tombe raide mort d'une crise cardiaque dans sa chambre. Tenez, par exemple, la bonne femme qui a crevé au mois de juillet, il y a deux mois. Là aussi Ullman s'est débrouillé pour étouffer l'affaire. C'est pour ça qu'on le paie vingt-deux mille dollars pour la saison et, même si je peux pas le blairer, je dois avouer qu'il les vole pas. La femme, c'était une vieille pouffiasse qui avait au moins soixante piges — mon âge! Elle avait les cheveux teints, aussi rouges qu'une lanterne de bordel, les nichons qui pendouillaient jusqu'au nombril, vu qu'elle mettait rien pour les tenir, les jambes tellement couvertes de varices qu'on aurait dit des cartes routières et, avec ça, des bijoux des pieds à la tête. Elle était avec un gosse qui ne devait pas avoir plus de dix-sept ans, une tignasse qui lui arrivait au ras des fesses et la braguette pleine à craquer. Ça faisait une semaine, dix jours peut-être, qu'ils étaient là et tous les soirs c'était le même cinéma. De cinq à sept, ils picolaient au Colorado Bar, elle s'envoyait des Bloody Mary comme si on allait les interdire le lendemain et lui se descendait une bouteille d'Olympia en la sirotant pour faire durer le plaisir. Elle se donnait un mal de chien pour le dérider et au début il lui balançait de temps à autre un sourire mécanique, mais chaque jour il souriait un peu plus jaune. Dieu sait quels pornos il devait s'inventer pour amorcer sa pompe le soir ! Quand enfin ils allaient dîner, elle titubait, saoule comme une bourrique, et, lui, il pinçait les fesses des serveuses derrière son dos. Nous autres, on faisait des paris pour savoir combien de jours il tiendrait.

Watson haussa les épaules.

— Un soir, vers dix heures, il descend tout seul, disant que « sa femme ne se sent pas bien » — ce qui voulait dire qu'elle était ivre morte comme tous les jours — et qu'il allait lui chercher un médicament pour la digestion. Il prend la petite Porsche dans laquelle ils sont venus et on l'a plus revu. Le lendemain matin elle descend et elle essaie de donner le change, mais elle pâlit d'heure en heure et Ullman lui glisse que, sans vouloir l'effrayer, il vaudrait peut-être mieux prévenir la police, histoire de savoir si le gars n'avait pas eu un accident. Mais elle le défend comme une tigresse ; non, non, non, il y a rien à craindre, c'est un excellent conducteur, tout va très bien, il sera là pour le dîner. A trois heures elle va au bar et, comme il vient pas, elle dîne pas du tout. A dix heures et demie elle monte chez elle et n'en sort que les pieds devant.

— Que s'est-il passé ?

— Le toubib a dit qu'en plus de tout l'alcool qu'elle avait ingurgité elle avait avalé un tube de somnifères. Son mari, un grand avocat de New York, arrive le lendemain et engueule Ullman comme du poisson pourri. Mais Ullman se laisse pas impressionner et finit par le calmer. Il lui a probablement demandé s'il aimerait que la mort de sa femme fasse la une des grands journaux new-

yorkais : épouse de l'éminent machin-chose trouvée morte dans une chambre d'hôtel, avec, en
sous-titre : elle s'envoyait un gosse qui aurait pu
être son petit-fils.

Watson prit le mouchoir de nouveau, se moucha,
jeta un coup d'œil et le refourra dans sa poche.

— La suite ? Une semaine plus tard, la femme de
chambre, une connasse du nom de Dolores Vickery,
entre dans la chambre où elle est morte pour faire
le lit, pousse un cri à réveiller les morts et tourne
de l'œil. Quand elle revient à elle, elle raconte
qu'elle a vu le cadavre de la vieille dans la salle de
bains, qu'elle était couchée toute nue dans la baignoire. « Elle avait la figure toute violette, dit
Dolores, et elle m'a fait un grand sourire. » Ullman
l'a virée sur-le-champ, lui disant de disparaître.
D'après mes calculs, entre quarante et cinquante
types sont morts dans cet hôtel depuis que mon
grand-père l'a ouvert en 1910.

Il regarda Jack d'un air entendu.

— Vous voulez savoir comment ils partent le
plus souvent ? Ils ont une attaque en baisant la
bonne femme qui les accompagne. Il y a beaucoup
de vieux schnocks qui, croyant retrouver leurs
vingt ans, viennent ici faire la noce une dernière
fois. Des fois ça fait jaser ; tous les directeurs ne
sont pas des Ullman. Il y a eu des articles dans les
journaux et la réputation de l'hôtel en a pris un
coup, c'est sûr.

— Mais il n'y a pas de fantôme ?

— Mr. Torrance, j'ai travaillé ici toute ma vie et
j'ai jamais vu de fantôme. Maintenant venez avec
moi, que je vous montre la remise.

— Je vous suis.

A l'instant où Watson allait éteindre la lumière,
Jack dit :

— En tout cas, il y a des montagnes de journaux
ici.

40

— Ça, c'est bien vrai. On dirait qu'on les collectionne depuis des siècles. Des journaux, des factures, des reçus et Dieu sait quoi encore. Du temps de mon père, quand il y avait la chaudière à bois, on les brûlait de temps en temps, mais maintenant ils s'accumulent.

En se dirigeant vers l'escalier, ils s'arrêtèrent un instant pour que Watson se mouche une dernière fois.

— Tous les outils dont vous aurez besoin sont rangés dans la remise. Vous y trouverez aussi les bardeaux. Ullman vous en a parlé ?

— Oui, il voudrait que je refasse une partie du toit.

— Ce petit salaud vous exploitera tant qu'il pourra et au printemps il ira pleurnicher partout, racontant que vous étiez un jean-foutre et un incapable. Je le lui ai dit en face un jour, je vois pas pourquoi je me gênerais.

Dans l'escalier, le monologue de Watson se transforma en un ronronnement incompréhensible mais rassurant. Jetant un dernier regard derrière lui vers l'obscurité moite et impénétrable, Jack Torrance se dit que si jamais il y avait eu un lieu propice aux fantômes c'était bien celui-ci. Il pensa à ce Grady qui, prisonnier de la neige douce et implacable, était devenu un fou criminel. Il essaya d'imaginer ces meurtres atroces et se demanda si les victimes avaient crié. Chaque jour, ce pauvre Grady avait dû sentir se resserrer autour de lui l'étreinte de ce destin tragique. Il avait dû pressentir qu'il n'y aurait pas de printemps pour lui. Mais il n'aurait pas dû se trouver là. Et il n'aurait pas dû perdre la tête.

IV

LE ROYAUME DES TÉNÈBRES

Vers quatre heures et quart, Danny se sentit un petit creux et monta prendre son goûter. Sans quitter la rue des yeux, il avala le lait et les biscuits à toute allure. Puis il alla embrasser sa mère qui était allongée sur son lit. Elle lui dit que le temps passerait plus vite s'il regardait *Sesame Street* à la télé, mais il secoua la tête d'un air résolu et sortit regagner son poste sur le trottoir.

Il était cinq heures, et, bien qu'il n'eût pas de montre et ne sût pas très bien lire l'heure, Danny savait que le temps passait car les ombres s'allongeaient et la lumière du soir se teignait d'or.

Danny avait compris que s'il n'allait pas à la maternelle c'était parce que son père n'avait pas les moyens de l'y envoyer. Il savait aussi combien ses parents souffraient de le voir condamné à la solitude et combien ils craignaient — au point de ne même pas pouvoir en parler entre eux — qu'il ne leur en voulût. Mais ils avaient tort de s'inquiéter. La maternelle était pour les bébés et Danny n'avait aucune envie d'y aller. Il n'était peut-être pas encore tout à fait un grand garçon, mais il n'était certainement plus un bébé. Les grands garçons allaient à l'école et mangeaient à la cantine. L'an prochain, il serait un grand garçon et il irait au cours préparatoire. Cette année-ci était une sorte d'entre-deux. Évidemment, Scott et Andy lui manquaient — surtout Scott — mais ça ne faisait rien. Il avait le sentiment qu'il valait mieux être seul pour affronter ce que l'avenir lui réservait.

Danny était capable de comprendre bien des choses au sujet de ses parents. Il savait d'ailleurs que ceux-ci n'appréciaient guère cette faculté chez lui ; elle les inquiétait, et ils refusaient de la prendre au sérieux.

C'était pourtant bien dommage qu'ils n'aient pas voulu l'écouter davantage, surtout à des moments comme ceux-ci. Maman était couchée sur son lit et se faisait tellement de soucis pour Papa qu'elle était sur le point d'en pleurer. Danny était trop petit pour comprendre certaines de ses inquiétudes où se mêlaient des appréhensions pour leur avenir matériel, la mauvaise conscience de Papa et des sentiments de culpabilité, de colère et de peur qui le dépassaient, mais le souci qui préoccupait sa mère à présent était à sa portée. Maman s'inquiétait du retard de Papa et, craignant qu'il n'ait eu une panne de voiture en montagne, elle se demandait pourquoi, si c'était ça, il n'avait pas téléphoné. Une autre appréhension, bien plus redoutable encore, la tourmentait. C'était que Papa ne soit allé Faire le Vilain. Danny savait parfaitement ce que signifiait Faire le Vilain depuis que Scott Aaronson, son aîné de six mois, le lui avait expliqué. Scotty savait parce que son père aussi Faisait le Vilain. Un jour, lui avait dit Scotty, son papa avait envoyé sa maman sur le tapis, lui mettant un œil au beurre noir. Ils avaient fini par divorcer parce que son papa n'arrêtait pas de Faire le Vilain et, quand Danny l'avait connu, Scotty vivait avec sa mère et ne voyait son père que les week-ends. Le DIVORCE était ce que Danny redoutait le plus au monde. Dans son imagination, ce mot était toujours écrit en lettres de sang, toutes grouillantes de vipères. Si ses parents divorçaient, ils ne vivraient plus ensemble. Ils se battraient comme des chiffonniers devant le tribunal pour savoir lequel des deux le garderait et, pour finir, il lui faudrait suivre celui qui aurait gagné et il ne verrait pratiquement plus jamais l'autre. Celui qui le garderait pourrait se remarier, si ça lui chantait, avec quelqu'un qu'il ne connaîtrait même pas. Le plus terrifiant, c'était que cette idée de DIVORCE avait commencé à faire son chemin dans l'esprit de ses propres parents. Elle restait le plus souvent distante, vague et diffuse, mais au moindre prétexte elle se faisait pressante et même menaçante. Ç'avait été le cas par exemple quand Papa l'avait puni d'avoir trifouillé dans ses papiers et que le docteur avait mis son bras dans le plâtre. Danny ne se souvenait plus très bien de l'incident, mais il se souvenait parfaitement de l'idée de DIVORCE qu'il avait fait naître et de la terreur qu'elle lui avait inspirée. Cette fois-là, c'était surtout sa mère qui avait ruminé l'idée d'un DIVORCE et il avait tremblé de peur qu'elle n'arrachât ce mot au monde du silence et qu'en le prononçant elle ne lui accordât une sorte de légitimité. Depuis ce moment-là, l'idée de DIVORCE n'avait pas cessé de hanter les pensées de ses parents et il pouvait la détecter à tout instant, comme le battement de la mesure dans un air de musique tout simple. Mais il n'en déchiffrait que les grandes lignes ; dès qu'il voulait saisir l'idée dans sa complexité, elle se dérobait. Ses multiples ramifications étaient incompréhensibles pour lui en tant qu'idées, mais il pouvait les appréhender sous forme de couleurs, sentiments, états d'âme. Les idées de DIVORCE de Maman étaient liées à ce que

Papa lui avait fait à son bras et à ce qui s'était passé à Stovington quand Papa avait perdu sa place. Tout ça à cause de ce George Hatfield qui s'était emporté et qui avait crevé les pneus de leur Coccinelle ! Les pensées de DIVORCE de Papa, plus complexes, étaient d'une couleur sombre, inquiétante, du violet foncé veiné de noir. Il semblait croire qu'il valait mieux pour Maman et lui qu'il s'en allât, qu'ainsi ils ne souffriraient plus. Papa, lui, était malheureux tout le temps, mais surtout quand il avait envie de Faire le Vilain. L'envie de Faire le Vilain était un autre leitmotiv dans l'esprit de Jack que Danny repérait facilement. C'était une envie presque irrésistible d'aller s'enfermer dans l'obscurité, devant un poste de télé couleur, et, tout en grignotant des cacahuètes, de se saouler jusqu'à ce que son esprit arrêtât de le tourmenter.

Mais aujourd'hui sa mère n'avait aucune raison de se faire du souci et il aurait aimé pouvoir la rassurer. La Coccinelle n'était pas tombée en panne et Papa n'était pas allé Faire le Vilain. Il n'était plus très loin maintenant, il avançait cahin-caha quelque part sur la route entre Lyons et Boulder. Il ne songeait même pas à Faire le Vilain. Il pensait à...

Danny jeta un coup d'œil furtif vers la fenêtre de la cuisine. Quelquefois, quand il se concentrait très fort, il se produisait quelque chose d'étrange. Le monde autour de lui s'effaçait et un autre monde paraissait à sa place. Une fois, peu après qu'on lui eût plâtré le bras, ça lui était arrivé à table, pendant le souper. Ses parents ne se parlaient pas beaucoup à cette époque-là ; ils pensaient beaucoup au DIVORCE. Ce soir-là, les pensées de DIVORCE s'étaient amoncelées au-dessus de la table de la cuisine comme des nuages gorgés de pluie, prêts à crever. Il en avait eu l'appétit coupé. L'idée d'avaler quelque chose alors que toutes ces idées noires de DIVORCE planaient au-dessus de lui le rendait malade. Décidé à sauver la situation, il avait mobilisé ses pouvoirs de concentration. C'était à ce moment-là qu'il avait dû perdre connaissance. Quand il était revenu à la réalité, il était étendu à terre, maculé de purée et de petits pois. Maman en sanglots le tenait dans ses bras tandis que Papa téléphonait. Surmontant sa propre peur, il avait essayé de leur expliquer qu'il n'y avait pas de quoi s'affoler, qu'il lui arrivait parfois d'avoir des étourdissements quand il se concentrait trop fort. Il avait essayé de leur parler de Tony, qu'ils appelaient son « camarade invisible ».

Son père, après plusieurs allusions à une certaine Lucie Nation, avait dit au téléphone que Danny allait mieux, mais qu'il fallait quand même que le médecin l'examine.

Après le départ du docteur, Maman lui avait fait promettre de ne plus les effrayer de la sorte et il avait donné sa parole. Lui-même avait eu peur. Avant que Tony ne paraisse — au loin comme toujours, appelant de sa petite voix flûtée — et que des images étranges ne viennent troubler sa vue, effaçant ce qu'il avait devant les yeux (la cuisine et des tranches de rôti sur une assiette bleue), Danny avait réussi, grâce à un immense effort de concentration, à sonder l'esprit de son père. Il y avait entrevu, le temps d'un éclair, un mot inconnu, incompréhensible, bien plus effrayant encore que le mot DIVORCE, le mot SUICIDE. Depuis, Danny n'avait plus croisé ce mot-là dans l'esprit de son père et il ne tenait pas à le rencontrer. Il n'avait même pas envie de savoir exactement ce qu'il signifiait.

Mais il aimait se concentrer parce que quelquefois Tony venait. Le plus souvent, il ne se passait rien ; sa vue se brouillait, la tête lui tournait et ça s'arrêtait là. Mais, d'autres fois, Tony paraissait à la lisière de son champ de vision, lui faisait signe de venir et l'appelait de sa voix lointaine.

C'était arrivé deux fois depuis qu'ils étaient à Boulder, et il se rappelait la surprise et le plaisir qu'il avait ressentis en voyant que Tony avait fait tout ce chemin depuis le Vermont pour le rejoindre. Ses amis ne l'avaient pas laissé tomber.

La première fois, ça s'était passé dans la cour, derrière la maison. Tony était apparu et lui avait fait signe de venir. Mais le noir l'avait aussitôt englouti et quelques instants plus tard il était revenu à lui. Il ne gardait de cette rencontre que quelques souvenirs fragmentaires et brouillés comme ceux d'un rêve. Mais, il y avait deux semaines, Tony avait réapparu dans une cour voisine et, comme d'habitude, lui avait fait signe de venir : « Danny..., viens voir... » Danny avait eu l'impression de s'être levé pour aller voir, puis d'être tombé, comme Alice au pays des merveilles, au fond d'un trou profond. Il s'était retrouvé dans le sous-sol de l'appartement ; là, dans la pénombre, Tony lui avait montré une grande malle où son papa conservait tous ses papiers importants, et notamment LA PIÈCE.

— Tu vois ? avait demandé Tony de sa voix lointaine et musicale. Elle est là, sous l'escalier. C'est là que les déménageurs l'ont entreposée.

Croyant faire un pas en avant pour mieux voir, Danny était tombé de la balançoire qu'en fait il n'avait pas quittée pendant tout l'entretien avec Tony. Il en avait eu le souffle coupé.

Trois ou quatre jours plus tard, il avait entendu un grand remue-ménage dans l'appartement. C'était son père qui cherchait sa malle partout, pestant contre ces salauds de déménageurs qui l'avaient égarée quelque part entre le Vermont et le Colorado et jurant de leur intenter un procès. Comment allait-il pouvoir terminer LA PIÈCE si tout se liguait contre lui ?

Danny lui avait dit :

— Elle est sous l'escalier, Papa. Les déménageurs l'ont mise sous l'escalier.

Papa l'avait regardé d'un air bizarre, puis il était descendu au sous-sol. La malle était toujours là, à l'endroit précis que Tony avait indiqué. Alors Papa avait pris Danny par la main, l'avait assis sur ses genoux et lui avait demandé qui l'avait laissé descendre à la cave. Était-ce Tom, celui qui habitait au-dessus ? La cave était un endroit dangereux, avait dit Papa. C'était pour ça que le propriétaire la fermait toujours à clef. Si quelqu'un avait pris l'habitude de laisser la porte ouverte, il fallait qu'il le sache. Il était content d'avoir retrouvé ses papiers et LA PIÈCE, mais pour rien au monde il n'aurait voulu que Danny tombe dans l'escalier et se casse... la jambe. Danny avait affirmé avec le plus grand sérieux qu'il n'était jamais descendu à la cave et Maman confirma ses dires. La porte était toujours fermée et il ne s'aventurait jamais dans le couloir qui y menait parce qu'il y faisait noir et humide et qu'il y avait des araignées. D'ailleurs Danny ne mentait pas, ce n'était pas son genre.

— Alors comment savais-tu qu'elle était là, prof ? avait demandé Papa.

— C'est Tony qui me l'a montrée.

Son père et sa mère avaient échangé un regard entendu par-dessus sa tête. Ce n'était pas la première fois que Danny leur affirmait des choses pareilles. Mais ils préféraient ne pas y penser ; ils avaient peur de ce genre de phénomène. Danny savait que l'existence de Tony les inquiétait, surtout sa mère, et il faisait attention à ne pas faire venir Tony quand elle était là. Mais à présent, en attendant de se lever pour préparer le dîner, elle devait être encore étendue sur son lit. Alors il se mit à se concentrer dans l'espoir de découvrir à quoi pensait Papa.

Son front se plissa et il serra les poings sur ses cuisses. Il ne ferma pas complètement les yeux — ce n'était pas la peine — et essaya de se souvenir de la voix de son papa, la voix de Jack, de John Daniel Torrance, cette voix profonde et ferme qui tantôt s'animait de gaieté, tantôt vibrait de colère et qui se taisait à présent parce qu'il réfléchissait. Il réfléchissait à..., réfléchissait...

(réfléchissait)

Danny poussa un petit soupir et son corps s'affaissa mollement comme s'il n'avait plus de muscles. Son esprit restait alerte et il était parfaitement conscient de ce qui se passait autour de lui. Il voyait très bien le garçon et la fille qui, de l'autre côté de la rue, se tenaient par la main parce qu'ils étaient...

(amoureux ?)

heureux de se trouver ensemble par une si belle journée. Il voyait les feuilles d'automne, balayées par le vent, faire des cabrioles dans le caniveau. Il voyait la maison devant laquelle ils passaient et remarquait même que son toit était recouvert de

(bardeaux. Je pense qu'il n'y aura pas de problème si le chaperon est en bon état. Ouais, ça ira. Quel numéro, ce Watson ! J'aimerais le mettre dans LA PIÈCE. Bientôt j'aurai mis tous les pauvres diables de la création là-dedans ! Oui, je trouverai les bardeaux à la quincaillerie de Sidewinter. J'y achèterai aussi une bombe d'insecticide au cas où il y aurait des guêpes. C'est le moment où elles font leur nid et il se pourrait qu'en arrachant les vieux bardeaux je leur tombe dessus).

Des bardeaux. Voilà à quoi pensait Papa. Il avait obtenu le poste et il était en train de penser aux bardeaux du toit.

— *Danny... Dann...y.*

Il leva les yeux et vit Tony qui, au bout de la rue, à côté d'un panneau de stop, lui faisait signe de la main. Comme toujours à la vue de son vieil ami, une bouffée de plaisir lui réchauffa le cœur, mais cette fois-ci une pointe d'angoisse s'y mêlait, comme si Tony avait dissimulé derrière lui une ombre, un spectre...

Assis sur le trottoir, il s'affaissa encore davantage, et ses mains, glissant le long de ses cuisses, finirent par pendre entre ses jambes. Son menton tomba sur sa poitrine. Il ressentit un tiraillement indolore, presque imperceptible ; une partie de lui-même s'était levée pour suivre Tony dans le gouffre de ténèbres où il avait disparu.

— *Danniii...i...i...y.*

Peu à peu, l'obscurité s'anima de tourbillons blancs et d'ombres tourmentées ; des gémissements sourds déchirèrent le silence. Ils étaient pris dans une tempête de neige en montagne ; les tourbillons blancs étaient des bourrasques de neige et les ombres tourmentées des sapins que tordait le vent. La neige recouvrait tout.

— *Elle est trop épaisse,* dit Tony d'un ton désespéré qui lui glaça le cœur. Jamais nous ne pourrons nous en sortir.

Une forme massive surgit des ténèbres. Dans l'obscurité de la tempête, Danny devinait sa blancheur et ses contours rectilignes. Puis, s'approchant, il distingua de nombreuses fenêtres et un toit en pente, recouvert de bardeaux dont certains — ceux que son papa avait posés — étaient d'un vert plus vif que les autres. La neige les recouvrait ; elle recouvrirait tout.

Des panneaux d'interdiction, écrits en grosses lettres vertes, surgirent soudain de l'ombre. *DANGER DE MORT ! BAIGNADE INTERDITE ! PASSAGE INTERDIT ! FILS A HAUTE TENSION ! RAILS ÉLECTRISÉS ! DÉFENSE D'ENTRER ! LES*

CONTREVENANTS SERONT FUSILLÉS SUR-LE-CHAMP ! Danny ne comprenait pas le sens exact de ces panneaux — il ne savait pas encore lire — mais il en comprenait l'esprit. La peur l'avait envahi comme une moisissure qui se serait fixée dans les cavités obscures de son corps et que seul un rayon de soleil parviendrait à faire disparaître.

Les panneaux s'engloutirent dans la nuit. A présent il se trouvait dans une pièce sombre qu'il ne connaissait pas. La neige éclaboussait les vitres comme du sable jeté à la volée. Il avait la bouche sèche, les yeux brûlants, et son cœur battait dans sa poitrine comme un marteau-pilon. Un bruit de pas qui s'approchent, ponctué de coups qui s'abattent, lui parvenait du couloir. De l'autre côté de la pièce, dans la bulle argentée d'un miroir, apparut un mot effrayant, écrit en flammèches vertes : *TROMAL.*

Les coups se mirent à tomber avec une régularité inquiétante. Il y eut un bruit de verre cassé. Quelqu'un s'approchait et l'appelait d'une voix rauque que sa familiarité rendait encore plus effrayante :

— *Sors de là et montre-toi ! Viens ici, petit merdeux, viens recevoir ta raclée !*

Boum ! Boum ! Boum ! Danny entendit un bruit de bois qui vole en éclats suivi d'un rugissement de fureur et de satisfaction. TROMAL approchait.

— *Non,* chuchota-t-il. *Non, Tony, s'il te plaît.*

Une main flasque pendait par-dessus le rebord de la baignoire en porcelaine. Un mince filet de sang coulait le long du troisième doigt, dégouttant de l'ongle soigneusement fait sur le carrelage.

Non, oh ! non, oh ! non.

Je t'en prie, Tony, tu me fais peur.

TROMAL TROMAL TROMAL

Au fond d'un hall obscur, accroupi sur une moquette dont les guirlandes noires se détachaient sur un fond bleu, il écoutait les pas se rapprocher. Soudain une forme déboucha du couloir transversal et se dirigea vers lui. Empestant la sueur et le sang, elle avançait vers lui en titubant. Elle tenait à la main un maillet qu'elle faisait tournoyer en tous sens. Le maillet, décrivant de grands cercles, martelait les murs, déchirant la tapisserie de soie et soulevant des bouffées blanches de poussière de plâtre.

— *Viens ici recevoir ta raclée ! Montre-moi que tu es un homme !*

Plus le monstre approchait, plus il paraissait gigantesque et la puanteur aigre-douce qu'il dégageait était irrespirable. Le sifflement que faisait le maillet en fauchant l'air se faisait plus féroce et le bruit du choc entre sa tête et le mur devenait assourdissant. Danny sentait maintenant la poussière du plâtre lui picoter le nez. De petits yeux rouges luisaient dans le noir : le monstre l'avait aperçu. Il fonçait sur Danny qui restait blotti dans son coin, plaqué contre le mur. Comble de malheur, la trappe au-dessus de sa tête était verrouillée.

Puis ce fut l'obscurité, le flottement.

— *Tony, ramène-moi à la maison, oh ! Tony, je t'en supplie...*

A l'instant même, il se retrouva chez lui, assis sur le trottoir d'Arapahoe Street, le corps baigné de sueur, sa chemise trempée collant à sa peau. L'écho des coups frappés sur le mur retentissait toujours dans ses oreilles et il lui semblait encore sentir l'odeur de l'urine qu'il avait évacuée dans sa terreur. Il pouvait encore voir la main flasque pendant par-dessus le rebord de la baignoire, les gouttes de sang dégoulinant le long du troisième doigt et ce mot aussi mystérieux que terrifiant : *TROMAL*.

Le soleil revint. Tony, qui n'était plus qu'une petite tache au bout de la rue, lui lança de sa petite voix flûtée et lointaine :

— *Fais attention, prof...*

Un instant après, Tony avait disparu et le monde réel était là. La vieille Coccinelle cabossée venait d'apparaître au bout de la rue. Toussant et pétaradant, elle s'approcha dans un nuage de fumée bleue. Danny bondit du trottoir et courut au-devant de la voiture. Gesticulant, sautillant d'un pied sur l'autre, il criait :

— Papa, hé, Papa ! Salut, Papa !

Jack gara la Volkswagen, coupa le contact et ouvrit la portière. Au moment où il allait s'élancer vers son père, Danny aperçut quelque chose qui l'arrêta net, le cœur glacé. Là, sur le siège avant de la voiture, se dressait un maillet à manche court dont la tête était barbouillée de sang et de touffes de cheveux.

Mais non, ce n'était qu'un sac plein de provisions.

— Alors, Danny..., ça va, prof ?

— Ouais, ça va.

Il se précipita vers son père, enfouit son visage dans sa veste de jean fourrée de peau de mouton et se serra contre lui de toutes ses forces. Perplexe, Jack le serra lui aussi.

— Hé ! petit, il ne faut pas rester au soleil comme ça. Tu ruisselles de sueur.

— J'ai dû m'endormir. Papa, je t'aime, tu sais. Je t'ai attendu.

— Moi aussi, je t'aime, Dan. J'ai apporté des provisions. Tu pourras m'aider à les monter ?

— Bien sûr !

— Et maintenant, messieurs-dames, je vous présente le remarquable Danny Torrance, l'homme le plus fort du monde, dit Jack en lui ébouriffant les cheveux. Sa spécialité ? S'endormir sur le trottoir.

Ils gravirent le chemin qui menait vers le porche où Wendy les attendait déjà, près de la porte. Danny comprit en les voyant ensemble qu'ils étaient heureux de se retrouver. Ils respiraient l'amour, comme le garçon et la fille qui étaient passés dans la rue en se tenant par la main. Et Danny se sentit heureux.

Les provisions — ce n'étaient que des provisions — se tassèrent dans le sac qu'il portait. Tout allait bien. Papa était rentré, Maman l'aimait. Aucune menace ne planait sur eux. D'ailleurs les prévisions de Tony ne se réalisaient pas toujours.

Mais, depuis l'apparition de ce mot énigmatique dans le miroir de son rêve, la peur s'était insinuée dans son cœur.

V

LA CABINE TÉLÉPHONIQUE

Arrivé à Table Mesa, Jack rangea la Volkswagen devant le drugstore du centre commercial et laissa mourir le moteur.

— Tu vas rester dans la voiture, prof. Je t'apporterai une tablette de chocolat.

— Pourquoi est-ce que je ne peux pas aller avec toi ?

— Je dois donner un coup de téléphone. C'est une affaire personnelle.

— C'est pour ça que tu ne téléphones pas de la maison ?

— Dans le mille.

Wendy avait insisté pour avoir le téléphone, bien que l'état de leurs finances ne le permît guère. Elle avait soutenu qu'avec un enfant — et surtout un garçon comme Danny qui était sujet à des évanouissements — ils ne pouvaient pas s'en passer. Alors Jack avait craché les trente dollars de frais d'installation — un sale coup déjà — plus quatre-vingt-dix dollars de caution — ce qui avait été le bouquet. Jusqu'à présent, le téléphone était resté muet, à part deux faux numéros.

— Tu m'achèteras un Nuts, Papa ?

— D'accord. Tu restes là sagement et tu ne joues pas avec le changement de vitesse. Promis ?

— Promis. Je vais regarder les cartes.

— C'est parfait.

Pendant que Jack descendait de la voiture, Danny ouvrit la boîte à gants de la Coccinelle et sortit les cinq cartes routières fripées qui s'y trouvaient : le Colorado, le Nebraska, l'Utah, le Wyoming et le Nouveau-Mexique. Il avait une passion pour ces cartes routières qu'il étudiait attentivement en suivant du doigt le tracé des routes. En ce qui les concernait, l'acquisition de ces nouvelles cartes était ce que ce départ dans l'Ouest avait apporté de plus positif.

Jack se présenta au comptoir du drugstore, acheta le Nuts, le journal et le dernier numéro de *L'Écho des Écrivains.* Il donna un billet de cinq dollars à la caissière et demanda qu'on lui rende la monnaie en quarters. La main pleine de mitraille, il se dirigea vers la cabine téléphonique, située à côté de la machine à découper les clefs, et se faufila à l'intérieur. D'ici il pouvait encore voir Danny, malgré les trois surfaces vitrées qui les séparaient. La tête penchée, l'enfant étudiait ses cartes avec ferveur. Une vague de tendresse pour son fils submergea son cœur, mais rien dans l'expression dure et sévère de son visage ne laissait supposer qu'il éprouvait un tel sentiment.

Sans doute aurait-il pu donner ce coup de téléphone de politesse depuis la maison, car il n'avait aucunement l'intention de dire quoi que ce soit que Wendy ne pût entendre. Mais il avait sa fierté, et puisque cette fierté était — mis à part sa femme, son fils, six cents dollars dans un compte courant et une vieille Volkswagen de 1968 — tout ce qu'il possédait au monde, il en était venu à se laisser presque toujours guider par elle. Elle était en fait la seule chose qui lui appartenait en propre. Même le compte courant était à eux deux. Dire qu'il y avait à peine un an il était encore professeur dans un des meilleurs collèges privés de toute la Nouvelle-Angleterre ! Il avait eu des amis — pas les mêmes peut-être que ceux qu'il s'était faits avant de renoncer à l'alcool — mais des gens avec lesquels il pouvait se distraire, des collègues qui admiraient ses dons de pédagogue et sa vocation d'écrivain. Tout allait si bien il y avait à peine six mois. Wendy et lui avaient découvert qu'au bout de chaque quinzaine, avant de toucher la paie, il leur restait toujours un peu d'argent, de quoi ouvrir un petit compte d'épargne. Par contre, du temps où il buvait, il ne leur était jamais resté un seul centime, même quand c'était Al Shockley qui payait la tournée. Wendy et lui avaient commencé à évoquer la possibilité de l'achat d'une maison. Dans un an ou deux, ils auraient de quoi faire un premier paiement. Une vieille ferme à la campagne aurait fait leur affaire. Les six à huit ans qu'il faudrait pour la rénover ne leur faisaient pas peur ; ils étaient jeunes, ils avaient la vie devant eux.

Puis il avait perdu la tête.

George Hatfield.

Le conseil d'administration lui avait demandé sa démission et il l'avait donnée. Sans cet incident, il aurait été nommé professeur en titre à la fin de l'année.

La soirée qui avait suivi l'interview chez le directeur avait été la plus noire, la plus effroyable de toute sa vie. L'envie, le *besoin* de se saouler n'avaient jamais été aussi forts. Ses mains tremblaient, il renversait tout et il aurait voulu faire passer sa mauvaise humeur sur Wendy et Danny. Il s'efforçait de contenir sa colère, mais sa patience s'effritait et risquait, comme la laisse d'un chien excité, de craquer sous l'effet de l'usure. Craignant de les battre, il était parti. Il avait fini par s'arrêter devant un bar, mais il n'y était pas entré, sachant qu'il n'en fallait pas plus pour décider Wendy à le quitter, en emmenant Danny avec elle. Et, à partir de ce jour-là, il serait un homme fini, il le savait.

Au lieu d'entrer dans le bar où de vagues ombres s'agitaient, goûtant aux eaux de Léthé, il était allé chez Al Shockley. Le vote du conseil avait été de six contre un et c'était Al qui avait voté contre son renvoi.

Il demanda l'inter et on l'informa qu'il pouvait parler avec Al, à deux mille miles de là, à l'autre bout de l'Amérique, pendant trois minutes, pour un dollar quatre-vingt-cinq cents.

Al était le fils d'Arthur Longley Shockley, le baron de l'acier. Légataire universel, il avait hérité d'une immense fortune ainsi que de la présidence de plusieurs firmes industrielles et d'un fauteuil dans bon nombre de conseils d'administration, dont celui de Stovington Preparatory Academy, le collège où le père et le fils avaient fait leurs études secondaires et que le vieux Shockley avait comblé de donations.

Jack et Al étaient devenus amis grâce à une particularité qui faisait d'eux des alliés naturels : dans toutes les réunions de professeurs, dans toutes les soirées mondaines, ils étaient, de tous les invités, les plus saouls. Shockley était séparé de sa femme et le mariage de Jack glissait vers la rupture, bien qu'il aimât encore Wendy et lui eût promis — chaque fois avec la meilleure foi du monde — de s'amender pour elle et pour le bébé Danny.

Quand les cocktails chez les collègues avaient pris fin, Al et Jack s'en allaient faire la tournée des bars, jusqu'à leur fermeture, et achevaient la soirée dans la voiture au bout de quelque chemin perdu, où ils liquidaient tranquillement un carton de bière déniché dans une petite épicerie. Au petit matin, quand l'aube se glissait dans le ciel, Jack regagnait leur maison et trouvait Wendy et le bébé endormis sur le canapé du salon, Danny tourné toujours vers sa mère, un poing recroquevillé sous son menton. Il se sentait gagné par un tel dégoût de lui-même, une telle amertume lui emplissait la bouche, plus âcre encore que l'arrière-goût des cigarettes et des martinis — Al les appelait les martiens — qu'il se mettait à peser le plus sérieusement du monde les mérites relatifs du fusil, de la corde et de la lame de rasoir.

Si c'était un jour de semaine, il dormait trois heures, se levait, s'habillait, croquait quatre cachets d'aspirine vitaminée et, encore saoul, s'en allait faire son cours de neuf heures sur les poètes américains. Salut, les gars. Revoici l'étonnant Mr. Torrance, qui, malgré son état d'ébriété flagrant, s'apprête à vous régaler avec l'histoire rocambolesque de l'épouse de Longfellow et de sa mort dans le célèbre incendie de Boston.

Il n'avait pas voulu admettre qu'il était alcoolique, se disait-il tout en écoutant sonner le téléphone d'Al. Combien de cours avait-il séchés, combien d'autres avait-il faits sans s'être rasé, puant encore le martien ? Mais il avait cru pouvoir s'arrêter quand il le voudrait. Combien de nuits Wendy et lui avaient-ils fait chambre à part ? « Ça va très bien, tu sais. Le pare-chocs enbouti ? Mais bien sûr que je peux conduire. » Et Wendy qui s'enfermait toujours dans la salle de bain pour pleurer. Quand, dans une soirée, on servait de l'alcool, ou même du vin, ses collègues avaient commencé à l'observer à la dérobée. Petit à petit il s'était rendu compte qu'on parlait de lui. Et il ne sortait plus de sa machine à écrire que des feuilles de papier blanches qu'il froissait en boule et envoyait au panier. Au début, Stovington pouvait se féliciter d'avoir su attirer le jeune Jack Torrance, un garçon qui allait peut-être devenir un écrivain important et qui en tout cas était éminemment qualifié pour initier les adolescents à ce grand mystère, l'art d'écrire. Il avait déjà publié vingt-quatre nouvelles, il travaillait sur une pièce de théâtre et il y avait peut-être un roman qui mijotait dans l'arrière-boutique. Mais maintenant il n'écrivait plus et son enseignement était devenu inégal.

Et finalement ce qui devait arriver était arrivé. Ça s'était passé un soir, quelques semaines après que Jack eut cassé le bras de son fils. C'était ce soir-là, lui semblait-il, que son mariage avait pris fin. Il ne lui restait plus qu'à attendre que Wendy fît preuve d'un peu de volonté... Si sa mère n'avait pas été une telle garce, il savait que Wendy aurait pris le premier bus pour le New Hampshire dès que Danny eût été en état de voyager. C'était fini entre eux.

Il était minuit. Jack et Al entraient dans Barre par la nationale 31. Al, au volant de sa Jaguar, s'amusait à rétrograder les vitesses en virtuose dans les virages, mordant de temps à autre sur la ligne continue. Ils étaient tous deux complètement ivres ; les martiens avaient atterri en force ce soir-là. Ils arrivaient à cent kilomètres à l'heure sur le dernier virage avant le pont quand brusquement ils aperçurent un vélo d'enfant au milieu de la route à quelques mètres devant eux. Il y eut un coup de frein brutal, le crissement aigu des pneus s'effilochant sur l'asphalte, puis un bruit de ferraille quand, à soixante kilomètres à l'heure, ils emboutirent de plein fouet le vélo. Projeté en l'air, il alla heurter d'abord le capot, fracassant le pare-brise, dont le verre Sécurit se voila de craquelures devant les yeux exorbités de Jack, puis rebondit comme un oiseau désarticulé, pour s'écraser enfin derrière eux avec un terrible fracas. Les roues passèrent sur quelque chose, avec un bruit sourd, et la Jaguar dérapa en travers de la route, sans qu'Al, qui jouait désespérément du volant, pût l'en empêcher.

— Nom de Dieu, s'écria-t-il, d'une voix qui semblait venue d'ailleurs, nous l'avons écrasé. Je l'ai bien senti.

La sonnerie du téléphone d'Al lui tintait toujours à l'oreille. « Allons, Al. Fais-moi le plaisir d'être chez toi. Je voudrais tant me débarrasser de cette corvée. »

Toute fumante, la voiture s'était enfin arrêtée à quelques centimètres d'une des piles du pont. Deux de ses pneus avaient éclaté, traçant de grands arcs de caoutchouc brûlé sur plus de quarante mètres. Jack et Al s'étaient regardés un instant puis ils étaient descendus de voiture. Se dirigeant vers l'arrière, ils s'étaient enfoncés dans la nuit.

Le vélo était complètement démoli. Il avait perdu une roue qu'Al, se retournant, avait repérée au milieu de la route. Ses rayons tordus, dressés en l'air, ressemblaient aux cordes entortillées d'un piano éventré. Al avait hésité un instant puis avait dit :

— C'est sur ça qu'on est passé, Jacky-boy.

— Mais alors, où se trouve le gosse ?

— Quel gosse ?

Jack, fronçant les sourcils, avait essayé de se rappeler. Tout était arrivé si vite. Dès qu'ils avaient amorcé le virage, le vélo avait surgi de l'obscurité, pris dans les phares de la Jaguar. Al avait crié quelque chose, il y avait eu le choc, puis le long dérapage. Tout cela n'avait pas pris plus que quelques secondes.

Ils avaient rangé le vélo au bord de la route, puis Al avait allumé les feux de détresse de la Jaguar. A l'aide d'une puissante torche électrique à quatre piles, ils avaient passé les bas-côtés de la route au peigne fin pendant deux heures, sans rien trouver.

A deux heures et quart, dégrisés mais écœurés, ils avaient abandonné leurs recherches et avaient regagné la Jaguar.

— S'il n'y avait personne dessus, qu'est-ce qu'il faisait au milieu de la route ? avait demandé Al. Il n'était pas garé sur le côté, mais bel et bien au milieu !

Ne sachant que répondre, Jack s'était contenté de secouer la tête.

Al était alors parti à pied et avait traversé le pont pour gagner la cabine téléphonique la plus proche. Il avait appelé un de ses amis, un célibataire, et lui avait dit que s'il voulait bien aller chercher les pneus de neige de la Jaguar dans son garage et les lui apporter au pont de la nationale 31, à l'entrée de Barre, ça lui vaudrait cinquante dollars. Vingt minutes plus tard, l'ami était là, en jean et veste de pyjama. Il avait examiné les lieux.

— Il y a eu des morts ? avait-il demandé.

Al commençait à soulever l'arrière de la voiture avec le cric et Jack desserrait les boulons.

— Grâce à Dieu, aucun, avait dit Al.

— Alors je rentre chez moi. Tu me paieras demain matin.

— D'accord, avait dit Al sans lever les yeux.

Ayant réussi à changer les pneus sans anicroche, ils avaient regagné la maison d'Al Shockley. Al avait rangé la Jaguar au garage et avait coupé le contact.

— Je vais m'arrêter de boire, Jacky-boy, avait-il dit dans le noir. C'est fini, la rigolade. J'ai liquidé mon dernier martien.

Transpirant dans l'atmosphère confinée de la cabine téléphonique, Jack songea qu'il n'avait jamais douté qu'Al pût tenir parole.

Rentré chez lui, Jack avait trouvé Wendy endormie sur le canapé. Il avait jeté un coup d'œil dans la chambre de Danny où celui-ci dormait profondément, couché sur le dos dans son lit à rabats, le bras encore pris dans le plâtre. Dans la douce lumière filtrée du lampadaire de la rue, il pouvait distinguer, gribouillés sur la surface blanche, les vœux des docteurs et des infirmières du service de pédiatrie.

C'est un accident. Il est tombé dans l'escalier.
(Menteur)
C'est un accident. J'ai perdu la tête.
(Tu n'es qu'un ivrogne. Quand Dieu s'est curé le nez, c'est toi qu'il en a sorti.)
Mais non, écoute, ce n'est qu'un accident.

Le souvenir de la supplication s'estompa, chassé par les dernières images de cette nuit de novembre. S'attendant à chaque instant à voir arriver la police, ils avaient fouillé les mauvaises herbes desséchées, à la lueur dansante de la torche électrique, cherchant le corps disloqué qui en bonne logique aurait dû se trouver là. Le fait que ç'avait été Al qui conduisait n'y changeait rien. Il y avait eu d'autres nuits où c'était lui qui avait été au volant.

Après avoir remonté les couvertures sur Danny, il avait pénétré dans leur chambre et avait pris au dernier rayon du placard le Llama 38 espagnol qu'il y gardait dans une boîte à chaussures. Il s'était assis sur le lit et était resté pendant une bonne heure à le contempler, fasciné par son éclat maléfique.

A l'aube, il l'avait remis dans sa boîte qu'il avait rangée dans le placard.

Ce matin-là, il avait téléphoné à Bruckner, le chef du département, pour lui dire qu'il était grippé et ne pouvait pas faire son cours. Il lui demandait de prévenir ses élèves. Bruckner avait accepté, mais de moins bonne grâce que d'habitude. Décidément Jack Torrance avait souvent été grippé cette année.

Wendy lui avait préparé du café et des œufs brouillés qu'ils avaient mangés en silence. Le seul bruit venait de la cour où Danny piaillait de joie en faisant monter et descendre ses camions sur le tas de sable.

Wendy s'était mise à faire la vaisselle et, le dos tourné, elle lui avait dit :

— Jack, j'ai quelque chose à te dire.

— Ah ! oui ?

Il avait tremblé en allumant sa cigarette. Curieusement, il n'avait pas la gueule de bois, ce matin. Mais il avait la tremblote.

— J'ai beaucoup réfléchi ces derniers temps et j'ai enfin pris une décision. Il fallait le faire, dans mon intérêt et dans celui de Danny. Dans le tien aussi peut-être — je ne sais pas. J'aurais sans doute dû t'en parler plus tôt.

— Veux-tu m'accorder une faveur ? avait-il demandé, regardant gigoter le bout de sa cigarette.

— Laquelle ? avait-elle demandé d'une voix terne.

Il avait les yeux fixés sur son dos.

— Nous parlerons de cela dans une semaine, si tu y tiens toujours.

Alors, les mains couvertes d'une dentelle de mousse, elle avait tourné son joli visage pâle et désenchanté vers lui.

— Jack, je ne veux plus de tes promesses. Je sais ce que...

Mais, soudain incertaine, elle s'était tue, fascinée par ce qu'elle voyait dans ses yeux.

— Dans une semaine, avait-il répété. (Sa voix avait perdu toute sa force et n'était plus qu'un souffle.) Je t'en prie. Je ne promets rien. Si tu veux encore en parler dans une semaine, nous en parlerons. Autant que tu voudras.

Dans la cuisine ensoleillée, ils s'étaient longuement regardés et quand elle avait repris sa vaisselle, sans rien dire, il s'était mis à trembler. Mon Dieu, comme il avait besoin de boire un verre ! Rien qu'un petit remontant pour remettre les choses en perspective...

— Danny a rêvé cette nuit que tu as eu un accident de voiture, reprit-elle tout à coup. Il fait quelquefois de drôles de rêves. Il m'en a parlé ce matin, pendant que je l'habillais. C'est vrai, Jack ? Tu as eu un accident ?

— Mais non.

A midi, l'envie de boire était devenue si forte qu'il avait de la température. Il s'était rendu chez Al.

— Tu n'as rien bu ? lui avait demandé Al avant de le faire entrer.

Al avait une mine effroyable.

— Rien. Tu ressembles à Lon Chaney dans *Le Fantôme de l'Opéra*.

— Entre donc.

Ils avaient joué au whist à deux tout l'après-midi, sans rien boire.

Une semaine s'était écoulée. Wendy et lui ne se parlaient pas beaucoup. Mais il savait qu'elle l'observait, incrédule. Il buvait du café très fort et un nombre incalculable de coca-cola. Un soir il avait liquidé tout un carton de coke et avait dû courir à la salle de bain pour le vomir. Le niveau d'alcool dans les bouteilles du placard ne baissait pas. Après ses cours, il s'en allait chez Al Shockley — elle haïssait Al Shockley comme elle n'avait jamais haï personne — et, quand il rentrait à la maison, elle aurait juré que son haleine sentait le scotch ou le gin, mais après le dîner il lui parlait lucidement, buvait un café, jouait avec Danny, partageait un coke avec lui, lui lisait une histoire, et enfin allait corriger ses dissertations, tout en buvant du café, tasse sur tasse. Elle avait dû reconnaître qu'elle s'était trompée.

Les semaines avaient passé et les paroles redoutables que Wendy avait été sur le point de prononcer ne furent pas dites. Mais Jack sentait bien qu'elles avaient été refoulées, pas vaincues. Ce qui n'empêchait pas que la vie de tous les jours devenait plus facile. Jusqu'à l'incident de George Hatfield. Il avait de nouveau perdu la tête. Et, cette fois-ci, il n'était même pas ivre.

— Monsieur, votre correspondant ne répond toujours pas...

— Allô ?

C'était la voix d'Al, tout essoufflé.

— Vous pouvez parler, dit la standardiste d'un air agacé.

— Al, c'est Jack Torrance.

— Jacky-boy ! (Al était vraiment ravi.) Comment vas-tu ?

— Bien. Je te téléphone pour te remercier. J'ai eu le poste et c'est parfait. Si je n'arrive pas à terminer cette pièce cet hiver quand je serai bloqué là-haut, c'est que je ne la terminerai jamais.

— Tu la termineras.

— Et toi, comment ça va ? demanda Jack, un peu hésitant.

— Pas une goutte. Et toi ?

— Une sécheresse record.

— Ça te manque ?

— Tous les jours.

Al rit.

— Je connais ça. Mais je ne sais vraiment pas comment tu as tenu le coup après cette histoire avec Hatfield, Jack. Tu as été héroïque.

— Je me demande pourquoi j'ai fait une connerie pareille, dit Jack sur un ton neutre.

— Ne t'en fais pas. D'ici le printemps j'aurai réussi à leur faire entendre raison. Déjà Effinger commence à dire qu'ils ont peut-être agi précipitamment. Et si la pièce fait parler d'elle...

— Bien sûr. Écoute, mon gosse m'attend dans la voiture, Al, et il commence à s'agiter...

— Je comprends. Je vous souhaite à tous trois de passer un excellent hiver là-haut. J'ai été heureux de te rendre service.

— Merci encore, Al.

Jack raccrocha, retourna à la voiture et donna à Danny le Nuts ramolli.

— Papa ?

— Oui, prof ?

Danny hésita, remarquant l'air préoccupé de son père.

— Pendant que je t'attendais, là-bas sur le trottoir, j'ai fait un mauvais rêve. Tu te souviens, quand je me suis endormi ?

— Hum-m-m.

C'était inutile d'insister. Papa était ailleurs, loin de lui. Il pensait encore à la Vilaine Chose.

— J'ai rêvé que tu me faisais mal, Papa.

— Et c'était quoi, ton rêve, prof ?

— Oh ! rien, dit Danny.

Pendant qu'ils quittaient le parking, il remit les cartes dans la boîte à gants.

— Bien vrai ?

— Oui.

Jack lança un regard anxieux à son fils, puis se mit à réfléchir à sa pièce.

VI

PENSÉS NOCTURNES

Ils avaient fait l'amour et son homme dormait maintenant à ses côtés. *Son homme.*

Sa semence encore chaude coulait lentement le long de ses cuisses légèrement entrouvertes et, dans le noir, elle eut un sourire doux-amer en pensant aux mille sentiments qu'évoquait l'expression *son homme.* Aucun de ces sentiments n'avait en lui-même de sens, mais pris ensemble, dans cette obscurité qui la faisait glisser vers le sommeil, ils s'harmonisaient en une musique mélancolique et captivante, comme un air de blues dans une boîte de nuit presque déserte.

Le présent s'éloigna peu à peu puis s'effaça complètement. Elle essayait de se rappeler combien de lits elle avait partagés avec l'homme étendu à ses côtés. Ils s'étaient rencontrés à l'Université et avaient fait l'amour pour la première fois dans son appartement à lui... à peine trois mois après que sa mère l'eut chassée de la maison, en l'accusant d'être la cause de son divorce et en lui interdisant de revenir — elle n'avait qu'à aller chez son père, avait-elle dit. C'était en 1970. Comme le temps passait ! A la fin de l'année scolaire, Jack et elle s'étaient mis ensemble. Ils avaient trouvé du travail pour l'été et décidé de garder l'appartement pour leur dernière année d'études. C'était de ce lit-là qu'elle se souvenait le mieux, un grand lit à deux places qui s'affaissait au milieu. Quand ils faisaient l'amour, les grincements des ressorts rouillés battaient la mesure. A l'automne, elle avait enfin réussi à rompre avec sa mère. Jack l'y avait aidée. « Elle veut continuer à te punir, lui avait-il dit. Plus tu lui téléphones et lui cèdes en la suppliant de te pardonner, plus elle te punira en se servant de ton père. Ça lui fait du bien, Wendy, parce qu'elle peut continuer à faire croire que tout est arrivé par ta faute. Mais ça ne te fait pas de bien à toi. » Dans ce lit, ils en avaient parlé et reparlé, tout au long de l'année.

Assis sur le lit, émergeant d'un tas de couvertures enroulées autour de sa taille, une cigarette allumée entre les doigts, Jack l'avait regardée droit dans les yeux de cet air mi-fâché, mi-amusé qu'il prenait lorsqu'il essayait de la convaincre : « Elle t'a dit de ne jamais revenir ? De ne jamais remettre les pieds chez elle ? Alors pourquoi est-ce qu'elle ne raccroche pas quand elle se rend compte que c'est toi qui es au bout du fil ? Pourquoi est-ce qu'elle ne te laisse entrer chez elle que quand je ne suis pas là ? Parce qu'elle sait que je lui couperais ses effets. Elle veut pouvoir continuer à retourner le couteau dans la plaie en toute tranquillité, ma petite. Et tu es assez idiote pour la laisser faire. Puisqu'elle t'a dit de ne jamais revenir, tu n'as qu'à la prendre au mot. Laisse-la tomber. » Et elle avait fini par trouver qu'il avait raison.

C'est Jack qui avait suggéré une séparation provisoire pour qu'ils puissent prendre du recul et voir clair dans leurs sentiments. Elle avait craint alors

69

qu'il ne s'intéressât à une autre femme, mais elle
apprit plus tard qu'il n'en était rien. Au printemps
ils avaient repris la vie commune et il lui avait
demandé si elle était allée voir son père. Elle avait
sursauté comme s'il l'avait frappée.

— Comment le sais-tu ?

— Le Fantôme sait tout.

— Alors tu m'espionnes !

Il avait eu ce rire condescendant qui l'avait
toujours démontée. Il avait l'air de dire qu'elle
n'avait pas plus de jugeote qu'une gosse de huit ans
et qu'il la comprenait mieux qu'elle ne se comprenait elle-même.

— Tu avais besoin de réfléchir.

— Pour quoi faire ?

— Pour choisir entre nous deux, sans doute. Je
crois que je suis en train de faire une demande en
mariage.

Son père était venu à leur mariage, mais pas sa
mère. Elle s'était rendu compte qu'elle pouvait se
consoler d'avoir perdu celle-ci puisqu'elle avait
Jack. Puis il y avait eu la naissance de Danny, ce fils
qu'elle adorait.

Ç'avait été l'année de leurs plus beaux jours et
c'était dans ce lit-là qu'ils avaient été le plus heureux. Après l'arrivée de Danny Jack lui avait trouvé
du travail. Il s'agissait de taper à la machine les
interrogations, les examens, les programmes, les
notes et les bibliographies d'une demi-douzaine de
professeurs de la faculté des lettres. Ils avaient
acheté leur première voiture, une Buick d'occasion,
vieille de cinq ans, avec un fauteuil pour bébé
incorporé au milieu du siège avant. Ils formaient
un jeune couple plein d'allant et de promesse. La
naissance de Danny avait entraîné une réconciliation avec sa mère. Leurs rapports étaient tendus et
difficiles, mais du moins se parlaient-elles. Wendy
allait chez sa mère sans Jack et elle s'abstenait de

lui raconter comment celle-ci réarrangeait les couches, observait d'un œil critique la préparation du biberon et guettait toujours l'apparition de rougeurs sur les petites fesses. Sa mère n'avait pas eu besoin d'accusations directes pour se faire comprendre. Le prix dont Wendy devait payer leur réconciliation — et qu'elle continuerait peut-être toujours à payer — était le sentiment d'être une mauvaise mère. En entretenant ce sentiment chez sa fille, la mère continuait de la punir.

Dans leur quatre-pièces, Wendy passait ses journées à faire le ménage, à donner le biberon à Danny dans la cuisine ensoleillée et à écouter des disques sur la vieille chaîne stéréo qu'elle avait achetée quand elle était encore au lycée. Jack rentrait à trois heures de l'après-midi (ou à deux heures s'il trouvait un prétexte pour sécher la dernière heure) et, pendant que Danny dormait, il l'emmenait dans leur chambre et lui faisait oublier son sentiment d'infériorité.

Le soir, elle tapait pendant qu'il préparait ses cours et écrivait ses nouvelles. Parfois, quittant la chambre qui lui servait de bureau, elle découvrait sur le canapé du salon le père et le fils endormis ensemble, Jack en slip avec Danny étendu confortablement sur sa poitrine, le pouce dans la bouche. Alors elle couchait Danny dans son berceau, lisait ce que Jack avait écrit ce soir-là, puis le réveillait pour qu'il se mît au lit.

Oui, ç'avait été leur meilleure année.

Un jour, le soleil brillera dans la cour de ma maison.

A cette époque-là, l'alcool n'était pas encore un problème. Le samedi soir, une bande de copains de la fac venaient à la maison et passaient la soirée à discuter, tout en vidant un carton de bière. Comme elle était étudiante en sociologie et n'avait pas fait d'études littéraires, elle ne participait guère aux discussions. D'ailleurs elle n'éprouvait pas le besoin de s'y mêler ; installée dans son fauteuil à bascule, elle se contentait d'écouter Jack, assis par terre à la turque à côté d'elle, une bouteille dans une main, l'autre refermée autour de son mollet ou de sa cheville.

La compétition à l'université du New Hampshire était sévère. Il fallait travailler dur et Jack avait trouvé le moyen, en plus, d'écrire des nouvelles. Il y consacrait au moins une heure tous les soirs. C'était devenu une habitude. Les réunions du samedi soir avaient une fonction thérapeutique. Elles servaient de soupape de sécurité à des pressions qui, sans cette détente, se seraient accumulées et auraient fini par exploser.

Ses études terminées, il avait décroché un poste à Stovington, grâce surtout à ses nouvelles dont quatre avaient déjà été publiées. La revue *Esquire* en avait acheté une et, bien que ce souvenir fût vieux de trois ans, Wendy se rappelait encore très bien le jour où ils l'avaient appris. Elle avait failli jeter l'enveloppe, croyant que c'était une offre d'abonnement. L'ayant ouverte par acquit de conscience, elle y avait trouvé une lettre d'*Esquire* disant que la revue souhaitait publier la nouvelle LES TROUS NOIRS au début de l'année suivante. On en offrait neuf cents dollars payables dès réception de son accord, sans attendre la publication. C'était plus qu'elle ne gagnait en six mois de travail et, abandonnant Danny sur sa chaise haute, elle avait couru au téléphone. Bouche bée, les yeux ronds et le visage barbouillé de hachis et de purée de petits pois, il l'avait regardée avec un air de stupéfaction comique.

En apprenant ça, Jack avait quitté immédiatement l'université et quarante-cinq minutes plus tard il était arrivé dans la vieille Buick qui raclait le sol, affaissée sous le poids de sept passagers et d'une caisse de bière. Après avoir porté un toast rituel auquel Wendy avait participé, bien que d'ordinaire elle ne touchât pas à la bière, Jack avait signé le contrat et l'avait glissé dans l'enveloppe de retour qu'il était allé poster lui-même dans la boîte aux lettres au bout de la rue. Au moment de rentrer dans l'appartement, il s'était arrêté un instant dans l'entrée et avait déclaré sur un ton sentencieux : « Veni, vidi, vici. » On l'avait acclamé, applaudi. A onze heures du soir, la bière épuisée, Jack et les deux autres qui tenaient encore debout étaient partis faire la tournée des bars.

Elle avait voulu l'arrêter dans le hall du rez-de-chaussée. Les deux autres, déjà installés dans la voiture, s'étaient mis à chanter, de leurs voix avinées, des chansons d'étudiants. Jack, accroupi, un genou à terre, essayait en vain de renouer ses lacets.

— Jack, lui avait-elle dit, tu n'arrives même pas à attacher tes lacets et tu voudrais conduire ?

Il s'était mis debout et avait posé calmement ses mains sur ses épaules.

— Je crois que je pourrais m'envoler vers la lune si j'en avais envie.

— Non, avait-elle répliqué. Pas pour tous les *Esquire* du monde.

— Je ne rentrerai pas tard.

Mais il n'était rentré qu'à quatre heures du matin et, à force de trébucher et de grommeler dans l'escalier, il avait réveillé le bébé. Pour le calmer, il avait pris Danny dans ses bras puis il l'avait laissé tomber par terre. Wendy, arrivée en catastrophe, avait ramassé le bébé et, s'installant dans le fauteuil à bascule, s'était mise à le bercer pour le consoler. En voyant le bleu sur le front du bébé, sa première pensée — que Dieu lui pardonne ! que Dieu *leur* pardonne ! — avait été de se demander quelle serait la réaction de sa mère. Pendant les cinq heures que Jack avait été absent, elle n'avait pas cessé de penser à sa mère et à sa prédiction que Jack n'arriverait jamais à rien. « Bardé de diplômes, la tête pleine d'idées ? Mais, ma fille, c'est de cette farine-là qu'on fait les chômeurs ! » Est-ce que la publication d'une de ses nouvelles dans *Esquire* donnait tort ou raison à sa mère ? « Winnifred, tu ne tiens pas cet enfant comme il faut. Donne-le-moi. » Est-ce qu'elle tenait son mari comme il fallait ? Si oui, pourquoi avait-il éprouvé le besoin de quitter la maison pour fêter son triomphe ? A cette pensée elle s'était sentie gagnée par la panique. L'idée que son départ n'avait rien à voir avec elle ne l'avait même pas effleurée.

— Félicitations, lui avait-elle lancé sur un ton acerbe, tout en berçant Danny qui s'était presque rendormi. Il a peut-être un traumatisme crânien.

— Mais non, c'est une simple contusion, lui avait-il répliqué d'un air boudeur, comme un enfant qui veut se repentir mais n'y arrive pas.

Pendant un instant, elle l'avait haï.

— Peut-être que oui, avait-elle répondu sur un ton agressif, peut-être que non.

Elle était effrayée de voir à quel point sa voix avait pris les accents de celle de sa mère quand elle se querellait avec son père. C'était hallucinant.

— Telle mère, telle fille, avait marmonné Jack.

— Va te coucher ! s'était-elle écriée, s'efforçant de paraître furieuse alors qu'elle n'était qu'affolée. Va te coucher, tu es ivre !

— Tu n'as pas à me donner des ordres.

— Jack, je t'en prie, il ne faut pas, c'est...

Elle avait cherché les mots, mais il n'y en avait pas.

— Je n'ai pas d'ordres à recevoir de toi, avait-il répété avec hargne, et il était parti se coucher.

Au bout de cinq minutes ses ronflements s'étaient mis à ponctuer le silence. Restée seule avec Danny qui s'était rendormi, elle n'avait quitté son fauteuil à bascule que pour aller s'étendre sur le canapé. Ç'avait été la première nuit qu'elle avait passée au salon.

A présent, assoupie mais non endormie, elle s'agitait sur son lit. Ses pensées, libérées des contraintes de la raison par l'approche du sommeil, se mirent à vagabonder. Sans s'attarder sur leur première année à Stovington et sur toute cette période pendant laquelle ses rapports avec Jack s'étaient progressivement dégradés, jusqu'au jour où « l'accident » du bras cassé de Danny avait consacré leur mésentente, son souvenir se fixa sur une scène qui s'était passée un matin au petit déjeuner.

Même après « l'accident » de Danny, elle n'avait pas voulu admettre que son mariage était un échec. Elle avait attendu en silence que le miracle se produisît, que Jack comprît le mal qu'il faisait, non seulement à lui-même, mais à elle aussi. Mais le rythme infernal ne s'était pas ralenti. Une rasade avant de partir au collège le matin ; deux ou trois bières avec le déjeuner à la cantine ; trois ou quatre martinis avant le dîner, cinq ou six autres pendant la correction des devoirs. Le week-end, il augmentait encore la dose et, quand il passait la soirée avec Al Shockley, il n'y avait plus de limite. Elle n'arrivait pas à comprendre qu'on pût tant souffrir sans être malade. Elle souffrait sans arrêt. Ce qui la tourmentait le plus, c'était la pensée qu'elle était peut-être, elle aussi, partiellement responsable.

Pendant la nuit qui avait précédé la scène du petit déjeuner, elle était restée éveillée très tard, tournant et retournant le problème dans sa tête. Il fallait prendre une décision.

Elle était arrivée à la conclusion que le divorce s'imposait. Il était nécessaire non seulement pour son fils, mais pour elle-même, si elle voulait encore tirer parti de ce qui lui restait de sa jeunesse. Elle devait s'incliner devant les faits. Son mari était un ivrogne, sujet à des accès de colère qu'il n'arrivait plus à contrôler depuis qu'il s'adonnait à la boisson, et il ne parvenait plus à écrire. Accident ou pas, il avait cassé le bras de Danny. Tôt ou tard, il serait mis à la porte du collège. Elle avait déjà surpris les regards apitoyés des épouses de ses collègues. Elle avait supporté l'enfer de ce mariage aussi longtemps qu'elle le pouvait. Maintenant il fallait y mettre un terme. Jack aurait le droit de voir Danny autant que le prévoyait la loi et elle ne demanderait de pension alimentaire que tant qu'elle n'aurait pas trouvé de travail. Il faudrait faire vite d'ailleurs, car Jack ne serait peut-être bientôt plus en mesure de la lui payer. Elle tâcherait de faire cela proprement, sans rancune. Mais il fallait le faire.

Tels avaient été ses sentiments au moment où elle s'était endormie d'un sommeil qui n'avait été ni profond ni réparateur, et au réveil, malgré la beauté de la matinée ensoleillée, ils n'avaient pas changé. C'était le dos tourné, les mains plongées jusqu'aux poignets dans l'eau de vaisselle qu'elle avait abordé le sujet pénible.

— J'ai beaucoup réfléchi ces derniers temps et j'ai enfin pris une décision. Il fallait le faire, dans mon intérêt et dans celui de Danny. Dans le tien aussi peut-être — je ne sais pas. J'aurais sans doute dû t'en parler plus tôt.

Elle avait redouté une explosion de colère, des récriminations, mais, très calme, il avait dit quelque chose d'inattendu :

— Veux-tu m'accorder une faveur ?

Elle avait accepté, et ils n'en avaient plus parlé. Pendant la première semaine Jack avait fréquenté Al Shockley plus que jamais, mais il rentrait de bonne heure, et son haleine ne sentait plus l'alcool. Elle s'imaginait parfois en détecter l'odeur mais savait qu'elle se trompait. Une deuxième semaine s'était passée de la même façon ; puis une troisième, et ainsi de suite.

Le projet de divorce était renvoyé en commission, sans avoir été mis aux voix.

Elle se demandait si Danny avait joué un rôle dans la transformation de son père.

Dans son demi-sommeil, elle se mit à revivre la naissance de Danny. Elle se revoyait sur la table d'accouchement, baignée de sueur, les cheveux collés, les jambes écartées dans les étriers.

L'oxygène qu'on lui faisait respirer par bouffées l'avait un peu grisée. A un moment donné, elle avait murmuré qu'elle devait ressembler à une réclame pour viol collectif, ce qui avait amusé l'infirmière, un vieux cheval de retour qui avait vu naître assez d'enfants pour remplir tout le lycée.

Le docteur s'affairait entre ses jambes et l'infirmière à ses côtés rangeait les instruments en chantonnant. Les douleurs, aiguës et lancinantes, s'étaient accélérées et plusieurs fois elle n'avait pas pu s'empêcher de crier.

Puis le docteur lui avait dit sur un ton sévère qu'il fallait POUSSER, ce qu'elle avait fait, et elle avait alors senti qu'on lui enlevait quelque chose. Elle se souvenait parfaitement de la sensation de la chose enlevée. Quand le docteur avait soulevé le bébé par les pieds, elle avait vu son sexe minuscule et avait su immédiatement que c'était un garçon. Pendant que le docteur cherchait à tâtons le masque à oxygène, elle avait aperçu quelque chose qui, malgré son épuisement, lui avait arraché un dernier cri.

Il n'avait pas de visage !

Elle avait conservé dans un bocal la membrane qui avait recouvert sa tête, dissimulant sa mignonne petite frimousse. Ce n'était pas qu'elle fût superstitieuse, mais elle tenait quand même à cette coiffe et, bien qu'elle ne crût pas aux histoires de bonne femme, il fallait bien admettre que son petit garçon avait été exceptionnel dès le début. Elle ne croyait pas à la double vue et pourtant...

Est-ce que Papa a eu un accident ? J'ai rêvé que Papa avait eu un accident.

Qu'est-ce qui avait bien pu provoquer cette transformation chez Jack ? Elle ne pouvait pas croire que sa propre résolution à demander le divorce suffisait à l'expliquer. Quelque chose était arrivé cette nuit-là, pendant qu'elle sommeillait. Al Shockley avait affirmé qu'il ne s'était rien passé de particulier, mais il avait détourné les yeux en le disant. Et, à en croire la rumeur publique, Al s'était arrêté de boire, lui aussi.

Dans sa décision de rester avec Jack, Danny avait compté plus qu'elle n'aurait voulu l'admettre si elle avait été complètement éveillée ; mais, maintenant qu'elle somnolait, elle pouvait le reconnaître : Danny était bien le fils de son père et l'avait toujours été, tout comme elle-même avait toujours été la fille de son père. Pas une seule fois Danny n'avait recraché le lait de son biberon sur la chemise de Jack. Quand, de guerre lasse, elle renonçait à lui faire terminer son repas, Jack arrivait toujours à le lui faire avaler, même lorsqu'il faisait ses dents et que visiblement le fait de mâcher lui faisait mal. Quand il avait mal au ventre, elle devait le bercer pendant une heure avant qu'il ne se calmât alors que Jack n'avait qu'à le prendre dans ses bras et lui faire faire deux fois le tour de la chambre pour qu'il s'endormît profondément, la tête appuyée contre l'épaule de son père, le pouce à la bouche.

Jack n'avait jamais répugné à changer ses couches, même celles qu'il appelait les paquets recommandés. Il pouvait rester des heures avec Danny, à le faire sauter sur ses genoux, à jouer avec ses doigts, à lui faire des grimaces, tandis que Danny, se tordant de rire, essayait de lui attraper le bout du nez. Il savait préparer les biberons et les donnait à la perfection, jusqu'au dernier rot. Même quand Danny était encore tout petit, Jack l'avait souvent emmené avec lui en voiture lorsqu'il allait acheter le journal, une bouteille de lait ou des clous à la quincaillerie. A six mois, Jack l'avait même emmené avec lui à un match de football entre Stovington et Keene et, pendant toute la rencontre, Danny, enveloppé d'une couverture et serrant dans sa menotte potelée la hampe d'un petit drapeau de l'équipe de Stovington, était resté sans bouger sur les genoux de son père.

Il aimait sa mère, mais il était le fils de son père.

Combien de fois n'avait-elle pas senti l'opposition de Danny à toute idée de divorce ! Quand elle y pensait le soir à la cuisine, tout en pelant les pommes de terre pour le souper, elle sentait parfois son regard se poser sur elle et, si elle se retournait, elle lisait une accusation dans ses yeux. Un jour qu'elle le promenait au parc, il l'avait saisie des deux mains et lui avait demandé sur un ton agressif : « Est-ce que tu m'aimes ? Est-ce que tu aimes Papa ? » Un peu perplexe, elle l'avait rassuré : « Mais, bien sûr, mon lapin. » Alors il avait foncé vers la mare aux canards, semant la panique parmi les volatiles tandis qu'elle le suivait des yeux en se demandant quelle mouche l'avait piqué.

Elle avait même eu le sentiment à plusieurs reprises que si elle avait renoncé à parler à Jack de divorce ce n'était pas par faiblesse mais parce que Danny s'y opposait avec tant d'énergie.

Je me refuse à croire des choses pareilles.

Mais dans sa demi-conscience, elle y croyait et, en s'endormant avec la semence de son mari qui séchait sur ses cuisses, elle avait le sentiment que leur union à tous trois était indestructible et que si cette union venait à se défaire, ce ne serait pas par la faute de l'un d'eux, mais à cause d'une intervention extérieure.

Elle croyait avant tout à son amour pour Jack. Elle n'avait jamais cessé de l'aimer, sauf peut-être pendant la période sombre qui avait suivi « l'accident » de Danny. Et elle aimait les voir marcher, s'asseoir ou se promener en voiture ensemble, jouer à la belote — la grande tête de Jack et la petite tête de Danny penchées sur l'éventail des cartes — ou partager un coke en lisant les bandes dessinées. Elle aimait les avoir tous deux auprès d'elle et espérait de toutes ses forces que ce poste de gardien qu'Al avait trouvé pour Jack marquerait un nouveau départ dans leur vie.

VII

DANS LA CHAMBRE D'A CÔTÉ

Danny se réveilla en sursaut. Les cris rauques d'un ivrogne écumant de rage, ponctués d'un bruit sourd de coups de maillet, retentissaient encore dans ses oreilles : *Viens ici, petit merdeux, viens recevoir ta raclée ! Je t'apprendrai à m'obéir, tu auras la correction que tu mérites !*

Il finit par comprendre que les coups qu'il entendait étaient les battements de son propre cœur et que les cris n'étaient rien d'autre que les hurlements lointains d'une sirène de police.

Immobile, il regardait frémir au plafond les ombres des feuilles agitées par le vent. Elles s'entortillaient sinueusement comme les lianes d'une forêt vierge, comme les guirlandes stylisées d'une somptueuse moquette. Sous le molleton de son pyjama-combinaison, un voile de transpiration avait perlé sur sa peau.

— Tony ? chuchota-t-il. Est-ce que tu es là ?

Il n'y eut pas de réponse.

Il se glissa hors de son lit et gagna, à pas de loup, la fenêtre pour observer Arapahoe Street, à présent

81

déserte et silencieuse. Il était deux heures du matin.

Le vent soupirait dans les arbres et chassait devant lui les feuilles mortes qui frôlaient, au passage, les trottoirs déserts et les enjoliveurs des voitures en stationnement ; à cette heure il devait être le seul à entendre leur petit bruissement triste, à moins que quelque bête affamée ne rôdât dans l'ombre, flairant la brise et dressant l'oreille.

Je t'apprendrai à m'obéir. Tu vas recevoir la correction que tu mérites !

— Tony ? murmura-t-il de nouveau, sans beaucoup d'espoir.

Il n'y eut pour toute réponse que le gémissement du vent qui soufflait plus fort à présent, éparpillant les feuilles sur le bord du toit au-dessous de sa fenêtre.

— *Danny... Danni...i...y.*

La voix familière le fit sursauter. Ses petites mains crispées sur le rebord de la fenêtre, il se pencha au-dehors. La voix de Tony avait communiqué une nouvelle vie à la nuit, une vie silencieuse et secrète qui chuchotait même quand, dans les accalmies du vent, les feuilles s'immobilisaient et que les ombres se figeaient. Au-delà du premier pâté de maisons, près de l'arrêt des autobus, il crut distinguer une ombre plus noire, mais ce n'était peut-être qu'une illusion.

N'y va pas, Danny...

De nouvelles rafales de vent lui firent cligner les yeux. Quand il les rouvrit, l'ombre était partie... si elle avait jamais été là. Il resta près de la fenêtre pendant

(une minute ? une heure ?)

un certain temps encore, mais il ne se passa plus rien. Il finit par regagner son lit, s'y glissa et remonta les couvertures sur lui. Mais la lumière du lampadaire ne le rassurait plus et les ombres qu'elle projetait sur les murs se transformèrent en une jungle de plantes carnivores qui semblaient vouloir l'enlacer de leurs tentacules, le serrer jusqu'à l'étouffer et l'entraîner vers un gouffre où clignotait en rouge le mot terrible : *TROMAL*.

DEUXIÈME PARTIE

JOUR DE FERMETURE

VIII

PREMIER REGARD SUR L'OVERLOOK

Maman était inquiète.

Elle avait peur que la Coccinelle, à force de monter et descendre toutes ces montagnes, ne finît par rendre l'âme et que, restés en panne au bord de la route, ils ne se fissent écharper par quelque chauffard. Danny, lui, était plus optimiste ; si Papa croyait que la Coccinelle pouvait faire ce dernier voyage, c'est qu'elle devait en être capable.

— Nous sommes presque arrivés, dit Jack.

Wendy écarta les cheveux de ses tempes.

— Dieu soit loué.

Elle portait sa robe bleue, celle que Danny préférait. Son col marin lui donnait un air très jeune, un air de collégienne. Papa s'amusait à lui mettre la main sur la cuisse et, rieuse, elle l'en chassait, disant :

— Va-t'en, mouche.

Danny n'avait jamais vu de montagnes aussi impressionnantes. Papa les avait pourtant emmenés un jour voir les Flatirons, près de Boulder, mais ces montagnes-ci étaient encore beaucoup plus grandes et les pics les plus élevés étaient saupoudrés de neige. Papa avait dit que souvent la neige restait là toute l'année.

Le cirque les entourait de toutes parts ; ils étaient vraiment emprisonnés *dans* la montagne. Des parois abruptes s'élançaient vers le ciel, si hautes que l'on distinguait à peine leurs sommets, même si l'on passait la tête par la portière. Quand ils avaient quitté Boulder, il faisait chaud, au moins vingt-cinq degrés. Mais ici, bien qu'il fût midi, le fond de l'air était frisquet, comme au mois de novembre dans le Vermont, et Papa avait mis le chauffage..., si on pouvait appeler ça un chauffage. Ils avaient dépassé plusieurs panneaux annonçant *CHUTES DE PIERRES* (Maman les lui avait lus), mais Danny n'avait pas encore vu tomber une seule pierre, bien qu'il eût ouvert l'œil.

Une demi-heure auparavant, ils avaient lu sur un autre panneau : *COL DE SIDEWINTER*. Papa avait dit que ce panneau-là était très important, parce qu'il marquait l'endroit où s'arrêtaient les chasse-neige en hiver. Au-delà, la pente devenait trop raide pour eux et la route était donc bloquée par la neige à partir du petit village de Sidewinter qu'ils venaient de traverser, jusqu'à Buckland, dans l'Utah.

Ils arrivaient à hauteur d'un autre panneau.

— Que dit celui-là, Maman ?

— Il dit *VÉHICULES LENTS, SERREZ A DROITE*. Celui-là est bien pour nous.

— La Coccinelle tiendra bon, affirma Danny.

Tout à coup, sur leur droite, la paroi rocheuse plongea à pic, découvrant une vallée découpée en dents de scie, aux flancs tapissés de pins et de sapins et dont le fond semblait s'enfoncer sans fin dans le roc. Les pins descendaient jusqu'à des falaises grises qui tombaient à la verticale sur plusieurs centaines de mètres avant de rejoindre des pentes plus douces. Du haut de l'une de ces falaises dévalait une cascade dans laquelle la lumière de ce début d'après-midi étincelait comme un banc de poissons rouges pris dans les mailles d'un filet bleu. Wendy trouvait ces montagnes belles mais implacables. Un sombre pressentiment lui serrait la gorge. Plus à l'ouest, dans la sierra Nevada, une équipe d'alpinistes, les Donner, s'était trouvée prise dans la neige et avait dû recourir au cannibalisme pour survivre. Oui, c'était des montagnes redoutables qui devaient punir sans pitié la moindre défaillance.

Embrayant brusquement, Jack passa la première pour entamer la montée. La Coccinelle attaqua courageusement la côte. Le moteur se mit à cogner, mais ne cala pas.

— Tu es sûr qu'ils ont stocké assez de provisions ? demanda Wendy, l'esprit préoccupé par le sort des Donner.

— C'est ce qu'Ullman m'a affirmé. Il veut que tu voies ça avec Hallorann, le cuisinier.

— Oh ! dit-elle d'une voix blanche.

La vitesse, au compteur, avait encore baissé, de vingt à quinze kilomètres à l'heure.

— Voilà le col, dit Jack, désignant de la main une brèche qui s'ouvrait dans la montagne à cinq cents mètres devant eux. On va s'arrêter au belvédère pour laisser refroidir le moteur. De là on pourra voir l'hôtel.

L'aiguille du compteur de vitesse tomba encore à dix kilomètres à l'heure, et le moteur commençait à avoir des ratés juste au moment où Jack quitta la route pour se garer.

— Allons-y, dit-il, descendant de voiture.

Ils se dirigèrent ensemble vers le garde-fou.

— C'est là-bas, dit Jack, indiquant le sud de son doigt.

Devant ce paysage, Wendy découvrit la vérité du

cliché littéraire : elle eut le souffle littéralement coupé par tant de splendeur. Ils se trouvaient près du sommet d'une des montagnes. En face — qui pourrait dire à quelle distance ? — un pic encore plus haut s'élançait dans le ciel, sa cime déchiquetée auréolée par le soleil à son déclin. En bas s'étalait le fond de la vallée. La dégringolade des pentes que la Coccinelle avait eu tant de peine à gravir était tellement vertigineuse que Wendy s'interdit d'y plonger trop longtemps le regard, de peur d'être prise d'étourdissement ou de nausée. C'était comme si l'imagination, ses forces décuplées au contact de l'air pur, avait secoué le joug de la raison. Il lui suffisait de jeter un coup d'œil dans l'abîme pour s'y voir déjà précipitée la tête la première, tournoyant lentement comme dans un kaléidoscope, cheveux flottants, jupe gonflée en parachute, un cri sans fin montant de sa gorge vers les nuages comme un ballon paresseux.

Faisant un effort sur elle-même, elle réussit à détacher ses yeux du précipice et regarda dans la direction que Jack désignait du doigt. Elle pouvait apercevoir la route qui, cramponnée aux flancs de cette flèche de cathédrale, poursuivait, mais par des pentes moins raides, sa montée en lacets vers le nord-ouest. Plus haut encore, serti dans la montagne comme un joyau, l'Overlook, au milieu de son carré de gazon émeraude, se détachait sur un fond de sapins. En l'apercevant, elle retrouva son souffle et sa voix.

— Oh ! Jack, comme c'est magnifique !

— Oui, c'est vrai, dit-il. Ullman prétend que c'est le plus beau site de l'Amérique. Même si je n'ai pas beaucoup de sympathie pour lui, je dois reconnaître que pour une fois... Danny ! Danny, qu'est-ce qu'il y a ?

La peur arracha aussitôt Wendy à sa contemplation et elle chercha Danny du regard. L'apercevant cramponné au garde-fou, elle se précipita vers lui et s'agenouilla à son côté. Blanc comme un linge, il fixait l'hôtel du regard vide de quelqu'un qui est sur le point de s'évanouir.

Elle le prit par les épaules.

— Danny, qu'est-ce que tu as?

Jack était accouru lui aussi.

— Ça ne va pas, prof?

Il le secoua vigoureusement et le regard de Danny s'éclaircit.

— Ça va, Papa, je n'ai rien.

— Qu'est-ce qui t'est arrivé? demanda Wendy. Tu as eu le vertige, mon lapin?

— Non, je réfléchissais, c'est tout. Je vous demande pardon. Je ne voulais pas vous faire peur. (Il regardait ses parents agenouillés devant lui et leur souriait d'un air perplexe.) C'était peut-être le soleil. Je l'avais en plein dans les yeux.

— Nous allons t'emmener à l'hôtel et te donner un verre d'eau, dit Papa.

— O.K.

La Coccinelle, plus confiante maintenant que la pente se faisait moins raide, reprit sa montée et, pendant qu'elle grimpait, Danny, assis entre ses parents, n'arrêta pas de regarder par la fenêtre. De temps à autre, la route se dégageait, leur laissant apercevoir l'Overlook dont les fenêtres de la façade étincelaient au soleil. C'était bien le bâtiment qu'il avait aperçu dans le blizzard de son rêve. C'était dans ses longs couloirs sonores tapissés d'une moquette à lianes qu'il avait fui le monstre à l'allure familière. C'était l'endroit contre lequel Tony l'avait mis en garde. Il n'existait donc pas qu'en rêve, c'était vers lui qu'ils se dirigeaient maintenant et TROMAL l'y attendait.

IX

PREMIER CONTACT

Ullman les attendait derrière la grande porte
d'entrée de style 1900. Il serra la main de Jack mais
se contenta de saluer Wendy de la tête. Il n'avait
pas dû apprécier l'effet qu'elle avait produit en
pénétrant dans le hall, car, avec son opulente
chevelure dorée que la simplicité de la petite robe
bleu marine mettait si bien en valeur, elle ne
passait pas inaperçue. La robe s'arrêtait pudique-
ment à quatre centimètres au-dessus du genou,
mais on n'avait pas besoin d'en voir davantage
pour savoir qu'elle avait de belles jambes.

Ullman ne semblait éprouver de véritable sympathie que pour Danny. Ce n'était pas la première
fois, avait remarqué Wendy, que Danny attendris-
sait ceux qui, d'ordinaire, éprouvaient pour les
enfants les mêmes sentiments que W.C. Fields.
Ullman s'inclina légèrement et tendit sa main à
Danny, qui la prit d'un air sérieux, sans sourire.

— Mon fils, Danny, dit Jack. Et mon épouse,
Winnifred.

— Je suis heureux de faire votre connaissance,
dit Ullman. Quel âge as-tu, Danny ?

— Cinq ans, monsieur.

— Tu as cinq ans et tu dis déjà *monsieur !* (Ullman sourit et jeta un coup d'œil à Jack.) Il est bien élevé.

— Très bien élevé, renchérit Jack.

— Mrs. Torrance.

Il s'inclina de nouveau et Wendy lui tendit sa main d'un air indécis, se demandant s'il n'allait pas la lui baiser. Mais il se contenta de la serrer rapidement entre les siennes, qui étaient si sèches et lisses qu'elle pensa qu'il devait se les poudrer.

Le hall de l'hôtel était devenu le théâtre d'une activité fiévreuse. Pas un des fauteuils vieillots à dossier montant qui ne fût occupé. Les chasseurs allaient et venaient, chargés de valises, et on faisait la queue devant le bureau de la réception où trônait une énorme caisse en cuivre que des autocollants de cartes de crédit *Bank Americard* et *Master Charge* rendaient encore plus anachronique.

— C'est le dernier jour de la saison, déclara Ullman. Ah ! ces jours de fermeture ! Toujours frénétiques. Je ne vous attendais qu'à trois heures, Mr. Torrance.

— Je voulais laisser à notre Volkswagen le temps de faire sa crise de nerfs, si l'envie lui en prenait. Mais elle a choisi d'être raisonnable.

— Quelle chance, dit Ullman. Je vous ferai faire le tour de l'hôtel tout à l'heure, et Dick Hallorann montrera la cuisine à Mrs. Torrance. Mais, pour l'instant, je crains que...

Un des caissiers de l'hôtel s'était approché d'eux et essayait d'attirer l'attention d'Ullman.

— Excusez-moi, Mr. Ullman.

— Eh bien ? Qu'est-ce qu'il y a ?

— C'est Mrs. Brant, dit le caissier, très gêné. Elle refuse de payer sa note autrement que sur l'American Express. Je lui ai bien dit que ça fait un an que nous n'acceptons plus les cartes American Express, mais elle ne veut rien savoir...

Il regarda la famille Torrance, puis Ullman et haussa les épaules.

— Je vais m'en occuper.

— Merci, Mr. Ullman.

Le caissier regagna son bureau où une énorme virago fagotée dans un long manteau de fourrure et un boa de plumes noires clamait son indignation.

— Je vous prie de m'excuser, dit Ullman.

Ils le regardèrent traverser le hall et aborder respectueusement Mrs. Brant qui dirigea aussitôt ses foudres sur lui. Il l'écouta d'un air compréhensif, en hochant la tête, puis lui dit quelque chose à son tour, et Mrs. Brant, d'un air triomphant, se tourna vers le malheureux caissier à qui elle lança d'une voix perçante :

— Grâce à Dieu, tous les employés de cet hôtel ne sont pas des incapables !

Ullman, qui arrivait à peine à hauteur de l'épaule de Mrs. Brant, lui offrit le bras et ils s'en allèrent ensemble, sans doute vers son bureau personnel.

— Bigre ! dit Wendy en souriant. Voilà un type qui connaît son métier.

— Regardez le paysage, dit Jack.

— Oh ! c'est magnifique ! Regarde, Danny !

Mais Danny ne trouvait rien de très excitant à ce paysage. Il n'aimait pas les hauteurs ; elles lui donnaient le vertige. Au-delà du grand porche qui courait le long de la façade, une pelouse magnifiquement entretenue, avec, à droite, un petit terrain d'entraînement pour les golfeurs, descendait vers une piscine rectangulaire au bout de laquelle se dressait un panneau sur trépied où il était écrit *FERMÉ*. C'était, avec *STOP*, *SORTIE*, *PIZZA* et quelques autres, l'un des rares panneaux que Danny savait lire tout seul.

Au-delà de la piscine, un chemin de gravier

serpentait parmi des plantations de jeunes pins, de sapins et de trembles. Danny aperçut un autre panneau, plus petit, qui ne figurait pas dans son répertoire ; il comportait une flèche et le mot *ROQUE*.

— Papa, qu'est-ce que c'est que R-O-Q-U-E ?

— C'est un jeu, répondit Jack, semblable au jeu de croquet, mais le court est fermé sur les quatre côtés comme une immense table de billard et il est recouvert non pas de gazon mais de gravier. C'est un jeu très ancien, Danny. Il y a quelquefois des tournois ici.

— On le joue avec un maillet de croquet ?

— Le maillet ressemble à celui du croquet, mais le manche est un peu plus court, et les deux côtés de la tête sont différents ; l'un est en caoutchouc très dur et l'autre en bois.

Sors de là, petit merdeux.

— Ça se prononce roke, dit Papa. Je t'apprendrai à y jouer si tu veux.

— Je verrai, répondit Danny d'une petite voix atone qui laissa ses parents perplexes. Je ne suis pas sûr que ça me plairait.

— Eh bien, si ça ne te plaît pas, prof, tu n'es pas obligé de jouer. D'accord ?

— D'accord.

— Est-ce que les animaux te plaisent, au moins ? demanda Wendy. Ils sont taillés dans des buis.

Au-delà du chemin qui menait au court de roque, on avait aménagé une buissaie dont les arbustes étaient taillés en forme d'animaux. Danny, qui avait de bons yeux, reconnut un lapin, un chien, un cheval, une vache, ainsi qu'un trio de bêtes plus imposantes qui ressemblaient à des lions gambadant.

— Tu vois, Danny, au fur et à mesure que le buis pousse, les formes se perdent et il faudra que je les tonde une ou deux fois par semaine jusqu'à ce que le froid arrête leur croissance.

— Il y a aussi un terrain de jeux, dit Wendy. Tu as vraiment de la chance, mon lapin.

Le terrain de jeux, qui se trouvait derrière la buissaie, comportait deux toboggans, une demi-douzaine de balançoires de diverses hauteurs, un jeu d'échelles, un tunnel en anneaux de béton, un bac à sable et une petite maison qui était la réplique exacte de l'Overlook.

— Ça te plaît, Danny ? demanda Wendy.

— Et comment ! dit-il, simulant l'enthousiasme qu'il aurait voulu éprouver. C'est très chouette.

Danny ne connaissait pas encore le mot « isolement », mais c'était bien celui qu'il cherchait pour exprimer le sentiment que lui faisait éprouver cet endroit. En bas, très loin, étendue au soleil comme un long serpent noir en train de faire un somme, la route, qui allait être fermée pendant tout l'hiver, s'en allait vers Boulder par le col de Sidewinter. Rien que d'y penser, Danny en eut la gorge serrée et il sursauta lorsque son père posa sa main sur son épaule.

— J'irai te chercher un verre d'eau dès que je le pourrai, prof. Pour l'instant ils sont débordés.

— Bien sûr, Papa.

Danny se glissa entre ses parents qui s'étaient assis sur un petit canapé et regarda les clients quitter l'hôtel. Il était content de voir que Papa et Maman étaient heureux et qu'ils s'aimaient, mais il ne pouvait pas s'empêcher d'être un peu inquiet. C'était plus fort que lui.

X

HALLORANN

Le cuisinier ne correspondait pas du tout à l'image que se faisait Wendy du chef d'un grand hôtel. D'abord le terme « cuisinier » n'était pas celui qui convenait ; il était trop terre à terre. La cuisine, c'est ce qu'elle faisait quand elle jetait tous les restes dans un plat en pyrex graissé et y ajoutait des nouilles. Le chef d'un établissement comme l'Overlook, qui faisait de la réclame dans les pages touristiques du *New York Sunday Times*, devait être un petit bonhomme rond au teint blafard et aux yeux noirs. Il devait avoir de petites moustaches retournées en croc, comme une vedette de comédie musicale des années quarante, un accent français et un sale caractère.

Du stéréotype, Hallorann n'avait que les yeux. C'était un grand Noir dont les cheveux coupés en afro commençaient à blanchir. Son parler avait les douces inflexions traînantes du Sud et il riait pour un rien, découvrant des dents trop blanches et trop régulières pour être autre chose qu'un râtelier Sears and Roebuck style 1950.

A la vue de ce géant en serge bleue, Danny avait

ouvert de grands yeux, mais quand Hallorann, sans plus de cérémonie, l'avait pris dans ses bras et l'avait installé confortablement dans le creux de son bras, il avait souri.

— Tu ne vas quand même pas passer l'hiver ici, lui dit Hallorann.

— Mais si, répondit Danny avec un sourire timide.

— Non, tu vas venir avec moi à St. Pete's. Je t'apprendrai à faire la cuisine et tous les soirs tu iras chercher des crabes sur la plage. D'accord ?

Tout en se tortillant de rire malgré sa timidité, Danny fit non de la tête. Hallorann le posa par terre.

— Si tu veux changer d'idée, dit Hallorann en se penchant gravement sur Danny, tu as intérêt à te dépêcher. Dans trente minutes, je me mets au volant de ma voiture. Dans deux heures et demie, je suis à la porte 32, hall B, de l'aéroport de Stapleton, à Denver, dans le Colorado, à 5 280 pieds d'altitude. Trois heures plus tard, je me trouve à Miami ; je loue une voiture et je prends la route de St. Pete's. Là j'enfile mon maillot, je m'allonge au soleil et je ris dans ma barbe en pensant aux pauvres diables qui sont restés coincés là-haut dans la neige. C'est pas beau, mon petit ?

— Oh ! oui, monsieur, dit Danny, souriant toujours.

Hallorann se tourna vers Jack et Wendy.

— Il est très chouette, votre fils.

— Pas mal, dit Jack. (Il lui tendit la main et Hallorann la saisit.) Je suis Jack Torrance. Voici ma femme, Winnifred, et Danny, que vous connaissez déjà.

— Et je m'en félicite. Madame, comment vous appelle-t-on, Winnie ou Freddie ?

— On m'appelle Wendy, dit-elle, souriant.

— Oui, c'est mieux. Je préfère ça. Voulez-vous

venir par ici ? Mr. Ullmann veut que je vous fasse les honneurs de la cuisine et c'est ce que je vais faire.

Et, secouant la tête, il ajouta tout bas :

— Quel soulagement de ne plus le voir, celui-là !

Wendy n'avait jamais vu de cuisine aussi grande que celle dans laquelle Hallorann les fit pénétrer. Elle s'y promena à ses côtés, tandis que Jack, qui se sentait hors de son élément, restait en arrière avec Danny. Des casseroles en inox de toutes sortes recouvraient tout un mur, de haut en bas. La planche à pain était aussi grande que la table de cuisine de leur appartement de Boulder. L'évier avait quatre bacs. Une étonnante collection de couteaux, suspendue au porte-couteaux à côté de l'évier, rassemblait tout ce qui sert à couper, du simple épluchoir jusqu'au hachoir à deux manches.

— J'ai l'impression qu'il faudra que je marque mon chemin avec des miettes de pain chaque fois que je viendrai ici, dit Wendy.

— Ne vous laissez pas trop impressionner, répliqua Hallorann. Elle est grande, mais ce n'est qu'une cuisine. Vous n'aurez jamais à toucher à la plupart des affaires. Tout ce que je vous demande, c'est de la tenir propre. Voici la cuisinière dont je me servirais si j'étais vous. Il y en a trois, mais celle-ci est la plus petite.

« La plus petite ! » se disait Wendy, découragée rien qu'à la voir. Elle comportait douze brûleurs, deux fours ordinaires, un four à pain, un bain-marie pour faire mijoter les cassoulets et tenir les sauces au chaud, un gril et un chauffe-plats, sans parler des nombreux boutons, thermostats et cadrans lumineux.

— Je vous ai dressé un inventaire des provisions. Vous l'avez vu là-bas, à côté de l'évier ?

— Le v'là, Maman !

Danny lui apporta deux feuilles de papier, couvertes recto et verso d'une écriture serrée.

— Bravo, mon petit, dit Hallorann qui lui ébouriffa les cheveux et lui prit les feuilles. Tu es sûr que tu ne veux pas m'accompagner en Floride ? Tu ne veux pas apprendre le secret des crevettes à la créole ?

Plaquant ses mains contre sa bouche pour étouffer son rire, Danny s'enfuit vers son père.

— Il doit y avoir de quoi vous nourrir tous les trois pendant un an, dit Hallorann. Le garde-manger, la chambre froide, le cellier à provisions et les deux frigidaires sont pleins à craquer. Venez que je vous montre.

Il fallut une bonne dizaine de minutes à Hallorann pour ouvrir toutes les portes et soulever tous les couvercles, découvrant des quantités de nourriture comme Wendy n'en avait jamais vu. Cette abondance l'étonnait, mais ne la rassurait qu'à moitié : non pas qu'elle eût encore peur du cannibalisme à la Donner (avec tant de victuailles, il faudrait un bon moment avant qu'ils n'en soient réduits à se manger les uns les autres), mais elle eut une conscience plus aiguë de leur isolement. Une fois que la neige se serait mise à tomber, ce ne serait pas une mince affaire de les sortir d'ici. Il ne serait plus question de prendre la voiture pour se retrouver à Sidewinter une heure plus tard. Comme des personnages de conte de fées, ils allaient rester prisonniers de la neige pendant tout un hiver, condamnés à habiter ce grand hôtel désert, à se nourrir des provisions qu'on leur avait laissées et à écouter le vent hurler autour des toits. Dans le Vermont, quand Danny s'était cassé le bras

(quand *Jack* lui avait cassé le bras)

elle avait appelé l'équipe Medix qui s'occupait

des urgences. Il avait suffi de composer le numéro écrit sur la petite carte à côté du téléphone pour que, dix minutes plus tard, ils soient là. Une voiture de police aurait mis cinq minutes pour venir et aux pompiers, qui avaient leur caserne dans une rue voisine, il n'en aurait fallu que deux. D'autres numéros de téléphone utiles figuraient sur la petite carte : ceux de l'électricien, du plombier et, évidemment, celui du réparateur du poste de télé. Mais ici que feraient-ils si Danny s'évanouissait et avalait sa langue ?

Oh ! mon Dieu, quelle idée !

Ou si l'hôtel prenait feu ? Ou si Jack tombait dans la cage de l'ascenseur et se fracturait le crâne ? Ou si... ?

Ou si nous passions un excellent hiver — veux-tu te taire, Winnifred !

Dans la chambre froide où Hallorann les conduisit ensuite, ils avaient l'impression que l'hiver était déjà arrivé. Leur souffle faisait des bulles comme dans les bandes dessinées.

Il leur montra douze sacs en plastique qui contenaient chacun cinq kilos de viande hachée, ainsi qu'une dizaine de boîtes de jambon entassées comme des jetons de poker. Aux crochets plantés dans les murs lambrissés on avait suspendu quarante poulets et, en dessous, dix rôtis de bœuf, dix rôtis de porc et un quartier de mouton.

— Tu aimes le gigot, prof ? lui demanda Hallorann, un sourire aux lèvres.

— Je l'adore, répondit Danny sans hésitation.

Il n'en avait jamais mangé.

— Je savais que tu l'aimais. Par une nuit d'hiver, rien ne vaut deux bonnes tranches de gigot avec un peu de gelée à la menthe — et nous avons aussi de la gelée à la menthe ! Le gigot est ce que j'appellerai une viande pacifique ; il vous calme les intestins.

— Comment savez-vous que nous l'appelons prof ? demanda Jack tout à coup, intrigué.

Hallorann se retourna.

— Pardon ?

— Quelquefois nous l'appelons prof nous aussi, comme le personnage des bandes dessinées de Bugs Bunny.

— Il a bien l'air d'un prof, je trouve.

Il imita la grimace du grand Bugs et reprit sa formule rituelle :

— Eh bien, quoi de neuf, prof ?

Danny éclata de rire et Hallorann lui répéta sa question, mais autrement :

— *Tu es sûr de ne pas vouloir venir en Floride avec moi ?*

Danny avait parfaitement entendu chaque parole. Très étonné et même un peu effrayé, il interrogea Hallorann du regard, récoltant pour toute réponse un clin d'œil complice.

— Ici, dans cette huche, vous avez trente pains blancs et trente pains noirs. A l'Overlook, pas de discrimination contre les pains de couleur, voyez-vous. Je sais qu'avec soixante pains vous n'en aurez pas assez, mais vous avez tout ce qu'il faut pour en faire. D'ailleurs rien ne vaut le pain frais.

» Ici, c'est du poisson. La nourriture du cerveau. Pas vrai, prof ?

— C'est vrai, Maman ?

— Si Mr. Hallorann le dit, c'est que c'est vrai, mon lapin.

Elle sourit.

Danny fit la grimace.

— Je n'aime pas le poisson.

— Tu as tort, dit Hallorann. C'est que tu n'en as jamais rencontré qui t'aimait, toi. Ce poisson-ci va t'aimer, j'en suis sûr. Il y a cinq livres de truite, cinq kilos de turbot, quinze boîtes de thon...

— J'aime bien le thon.

— Et cinq livres de la sole la plus succulente qui ait jamais frétillé dans la mer. Mon vieux, quand tu t'en iras, au printemps, tu remercieras ton ami... (Il fit claquer ses doigts comme s'il avait oublié quelque chose.) Comment je m'appelle, déjà ? J'ai un trou de mémoire !

— Mr. Hallorann, dit Danny avec un grand sourire. Dick pour les amis.

— C'est ça ! Et puisque tu es un ami, tu n'as qu'à m'appeler Dick.

Tout en suivant Hallorann au fond de la cuisine, Jack et Wendy échangèrent un regard perplexe, essayant de se rappeler si Hallorann leur avait dit son prénom.

— Et voici quelque chose que j'ai pris spécialement pour vous, dit Hallorann. J'espère que ça vous plaira.

— Oh ! vous n'auriez pas dû, protesta Wendy, émue.

C'était une dinde de dix kilos, entourée d'un large ruban écarlate noué sur la poitrine.

— Il vous faut une dinde pour le Thanksgiving, affirma-t-il avec le plus grand sérieux. Et pour la Noël je vous ai pris un chapon qui se trouve là-bas quelque part. Vous finirez bien par le dénicher. Sortons d'ici avant d'attraper la crève. D'accord, prof ?

— D'accord !

— C'est incroyable ! s'exclama Wendy en sortant.

L'abondance et la fraîcheur de ces provisions l'avaient abasourdie. Elle était habituée à les nourrir avec trente dollars par semaine.

Hallorann se tourna vers Jack.

— Ullman vous a parlé des rats ?

Jack sourit.

— Il m'a dit qu'il y en avait peut-être au grenier. Watson, lui, semble croire qu'il y en a à la cave.

Pourtant, s'il y avait des rats, ils se seraient servis des tonnes de papiers qui s'y entassent pour faire leurs nids. Or tout paraît être intact.

— Ce Watson, dit Hallorann, secouant la tête d'un air de consternation feinte. Avec son langage de charretier, c'est un vrai numéro. Vous avez déjà rencontré quelqu'un d'aussi mal embouché ?

— Pas souvent, reconnut Jack.

En fait, l'homme le plus mal embouché qu'il eût jamais connu, c'était son père.

— C'est triste, dit Hallorann, les conduisant vers la grande porte à double battant qui donnait accès au restaurant. Cette famille avait de l'argent autrefois. C'était le grand-père ou l'arrière-grand-père — je ne me souviens plus — qui a fait construire l'hôtel.

— C'est ce qu'on m'a dit, dit Jack.

— Qu'est-ce qui est arrivé ? demanda Wendy.

— Eh bien, ils ont fait de mauvaises affaires, dit Hallorann. Watson vous racontera toute l'histoire — et plutôt deux fois qu'une si vous le laissez faire. Dès qu'il s'agissait de son hôtel, le vieux ne voulait plus entendre raison. Sa femme y est morte de la grippe, le laissant seul avec son petit-fils. Ils ont fini comme gardiens de l'hôtel que le vieux avait fait construire.

— Oui, c'est triste, dit Wendy.

Ils traversèrent le restaurant avec son panorama fabuleux de cimes saupoudrées de neige. A présent il était vide et silencieux. Les nappes de toile blanche étaient protégées par des housses en plastique transparent. La moquette, roulée et rangée debout dans un coin de la pièce, semblait monter la garde.

En face, au-dessus de la porte à double battant, un panneau rustique annonçait, en lettres vieil or :
Colorado Bar.

Suivant des yeux le regard de Jack, Hallorann lui dit :

— Si vous aimez boire, vous serez obligé de renouveler le stock. Nous avons tout liquidé hier au soir, à la fête des employés. Aujourd'hui, tout le monde a la gueule de bois, des femmes de chambre aux chasseurs, y compris votre serviteur.

— Je ne bois pas, dit Jack sèchement.

Ils regagnèrent le hall. Wendy, jetant un coup d'œil au parking, remarqua qu'il n'y restait plus qu'une douzaine de voitures.

Tout à coup, l'envie de partir lui serra le cœur. Si seulement ils pouvaient remonter dans la Volkswagen et se mettre en route pour Boulder ou... n'importe où !

Jack regardait autour de lui, cherchant Ullman. Il ne le trouva pas.

Hallorann se tourna vers les Torrance.

— Je dois me dépêcher si je ne veux pas rater mon avion. Je vous souhaite bonne chance. Je suis sûr que tout se passera très bien.

— Merci, répondit Jack. Vous avez été extrêmement aimable.

— Soyez sans crainte pour votre cuisine ; j'en prendrai bien soin, lui promit Wendy de nouveau. Amusez-vous bien en Floride.

— C'est ce que j'ai toujours fait, dit Hallorann.

Se penchant vers Danny, il posa ses mains sur ses genoux.

— C'est ta dernière chance, mon vieux. Tu ne veux vraiment pas venir avec moi en Floride ?

— Je ne crois pas, dit Danny en souriant.

— Bon. Tu veux bien me donner un coup de main avec ces valises jusqu'à la voiture ?

— Si Maman le permet.

— Vas-y, dit Wendy. Mais il faut boutonner ta veste.

Elle se pencha pour le faire, mais Hallorann

l'avait devancée, ses gros doigts marron s'agitant avec dextérité et précision.

— Je vous le renverrai tout de suite, dit Hallo-rann.

— Entendu, dit Wendy, les accompagnant jus-qu'à la porte.

Jack cherchait toujours Ullman. Le dernier des clients réglait sa note.

XI

LE DON

Les bagages s'entassaient juste devant la porte : trois énormes valises cabossées en faux croco noir et une gigantesque housse à fermeture éclair en toile écossaise passée.

— Je pense que tu arriveras à porter ça, lui dit Hallorann.

Il saisit deux des grosses valises en croco à la main et coinça la troisième sous l'autre bras.

— Bien sûr, dit Danny, empoignant la housse à deux mains.

Il descendit l'escalier derrière le cuisinier, faisant attention à ne pas trahir son effort par le moindre soupir.

Hallorann posa ses bagages à côté du coffre d'une Plymouth Fury beige.

— Elle ne vaut pas tripette, avoua-t-il à Danny. Ce n'est qu'une voiture de location. Mais là-bas je retrouverai ma Bessie. Ça, c'est de la voiture. Une Cadillac 1950. Si elle roule ? Une pure merveille. Mais je la laisse en Floride parce qu'elle est trop vieille pour faire toutes ces montagnes. Tu as besoin d'un coup de main ?

107

— Non, merci, Mr. Hallorann, répondit Danny.

Il s'efforça de faire les dix derniers pas sans geindre et posa enfin la housse à terre avec un immense soupir de soulagement.

— Bravo, petit, approuva Hallorann.

Il tira un grand porte-clefs de la poche de sa veste en serge bleue et ouvrit la malle. Tout en rangeant les valises, il dit :

— Toi, mon petit, tu as le Don. Un pouvoir exceptionnel. Je n'en ai jamais vu de pareil dans ma vie et j'ai bientôt soixante ans.

— Hein ?

— Je te dis que tu as le Don. Une sorte de sixième sens, dit Hallorann, se tournant vers Danny. Ma grand-mère l'avait, elle aussi ; c'est elle qui me l'a transmis. Elle disait que nous avions le Don. Quand j'étais gosse, pas plus grand que toi, je passais des heures à bavarder avec elle dans sa cuisine, sans que nous ouvrions la bouche, ni elle ni moi.

— C'est vrai ?

Hallorann ne put s'empêcher de sourire en voyant l'expression de stupéfaction et de curiosité qui se peignait sur le visage de Danny.

— Viens t'asseoir quelques minutes à côté de moi. Je voudrais te parler, dit Hallorann, claquant la porte du coffre.

Dans la voiture, Hallorann poursuivit :

— Tu croyais être unique au monde ? Ça devait être lourd à porter.

Danny s'était souvent senti seul, en effet ; parfois même ce pouvoir lui avait fait peur. Il acquiesça d'un signe de tête et demanda :

— Je suis le premier que tu aies rencontré ?

Hallorann rit et secoua la tête.

— Non, mon petit, pas du tout. Mais tu es de loin le plus doué.

— Alors on est nombreux ?

— Non, fit Hallorann, mais j'en ai rencontré de temps à autre. Le plus souvent, leur pouvoir passe inaperçu. Ils n'en sont pas conscients eux-mêmes. Ils trouvent tout naturel d'arriver avec des fleurs juste le jour où leur femme a le cafard parce qu'elle est indisposée, ou de réussir à des examens qu'ils n'ont même pas préparés, ou de sentir, dès qu'ils pénètrent dans une pièce, si les gens qui s'y trouvent sont de bonne humeur. J'en ai rencontré cinquante ou soixante comme ça. Mais il ne doit pas y en avoir plus d'une douzaine, y compris ma grand-mère, qui *savaient* qu'ils avaient le Don.

— Mince alors, dit Danny, soudain songeur.

Hallorann l'observait attentivement.

— De quoi es-tu capable, prof ?

— Comment ?

— Montre-moi de quoi tu es capable. Envoie-moi une pensée. Je veux savoir si tu as autant de jus que je crois.

— A quoi veux-tu que je pense ?

— A n'importe quoi, pourvu que tu y penses de toutes tes forces.

— D'accord, dit Danny.

Il réfléchit un instant puis mobilisa tous ses pouvoirs de concentration. N'ayant jamais rien tenté de semblable, il ne savait pas très bien doser son effort. Au moment de projeter sa pensée, il jugea plus prudent de modérer son élan. Il ne voulait pas faire de mal à Mr. Hallorann. N'empêche que la pensée jaillit de son esprit avec une force formidable, comme une balle de base-ball lancée par le grand Nolan Ryan.

(J'espère que je ne lui ai pas fait mal.)

La pensée était :

(SALUT, DICK !)

Hallorann sursauta puis s'affala brusquement sur son siège. Il claqua des dents, se mordant la lèvre inférieure qui se mit à saigner. Il porta involontairement ses mains à sa gorge, puis les laissa tomber, inertes. Ses paupières se mirent à battre convulsivement. Danny commençait à avoir très peur.

— Mr. Hallorann ? Dick ? Ça ne va pas ?

— Je ne sais pas, dit Hallorann, riant faiblement. Je ne sais vraiment pas. Mon Dieu, mon petit, tu m'as foudroyé.

— Je suis désolé, dit Danny, de plus en plus effrayé. Voulez-vous que j'aille chercher mon papa ? Je vais y aller.

— Non, je vais me remettre. Ça va, Danny. Reste là où tu es. Je suis un peu déboussolé, c'est tout.

— Pourtant je ne t'ai pas envoyé la pensée aussi fort que je le pouvais, confessa Danny. Au dernier moment, j'ai eu peur.

— Heureusement pour moi..., sinon, ma pauvre cervelle serait en train de me sortir par les oreilles. (Voyant l'horreur peinte sur le visage de Danny, il sourit.) Il n'y a pas de mal. Et toi, quelle impression ça t'a fait ?

— C'était comme si j'étais Nolan Ryan en train de lancer une balle appuyée, répondit promptement Danny.

— Alors tu t'intéresses au base-ball ?

Hallorann se massait doucement les tempes.

— Papa et moi, nous sommes supporters des Angels. Dans l'Ouest, c'est notre équipe favorite. Parmi les équipes de l'Est, nous préférons les Red Sox. Nous avons assisté à la rencontre entre les Red Sox et Cincinnati en finale de la Coupe du monde. J'étais beaucoup plus petit à cette époquelà. Et Papa était...

Son visage se rembrunit et il se troubla.

— Était quoi, Dan ?

— Je ne me souviens plus, dit Danny.

Il était sur le point de se mettre à sucer son pouce, mais c'était une manie de bébé. Il remit sa main sur ses genoux.

110

— Est-ce que tu sais lire dans l'esprit de tes parents, Danny ?

Hallorann l'observait de près.

— J'arrive à le faire, mais je n'essaie pas très souvent.

— Pourquoi ?

— Euh... (Il hésitait, ne sachant que répondre.) Ce serait comme si je les épiais dans leur chambre lorsqu'ils essaient de faire un bébé. Tu sais comment on fait un bébé ?

— J'en ai quelques notions, dit Hallorann avec gravité.

— Ils n'aimeraient pas ça. Et ils n'aimeraient pas que j'épie leurs pensées non plus. Ce serait sale.

— Je vois.

— Mais je ne peux pas m'empêcher de ressentir ce qu'ils ressentent, dit Danny. Tout comme je sais ce que tu ressens en ce moment. Je sais que je t'ai fait mal et je te demande pardon.

— J'ai mal à la tête, c'est tout. Il m'est arrivé d'être plus mal en point avec une gueule de bois. Est-ce que tu sais faire autre chose, Danny ? Est-ce que tu sais seulement lire les pensées et les sentiments, ou est-ce que ça va plus loin ?

Prudent, Danny s'enquit :

— Et pour toi, est-ce que ça va plus loin ?

— Quelquefois, répondit Hallorann. Pas souvent, mais ça m'arrive... Je fais parfois des rêves. Et toi, Danny, est-ce que tu rêves ?

— De temps en temps, répondit Danny, je rêve tout éveillé. C'est alors que Tony vient.

Il eut envie de nouveau de se mettre le pouce à la bouche. Il n'avait jamais parlé de Tony à personne, sauf à ses parents. Mais il réussit, à force de volonté, à garder sa main sur son genou.

— Qui est Tony ?

Soudain Danny eut une de ces intuitions fulgurantes qui l'effrayaient plus que tout le reste. Le temps d'un éclair, il avait entrevu une vague menace qu'il se sentit encore trop petit pour comprendre.

— Mais qu'est-ce qu'il y a? s'écria-t-il. Tu me poses toutes ces questions parce que tu as peur de quelque chose, j'en suis sûr! Pourquoi est-ce que tu t'inquiètes tant pour moi? Pourquoi est-ce que tu t'inquiètes pour nous?

Hallorann posa ses larges mains noires sur les épaules de l'enfant.

— Calme-toi, dit-il. J'ai sans doute tort de m'inquiéter. D'ailleurs, s'il vous arrivait quelque chose..., eh bien, toi, Danny, tu as un grand pouvoir. Seulement il te faudra encore bien des années avant de savoir dominer ce Don. Et, en attendant, tu auras besoin de beaucoup de courage.

— Le pire, c'est que je n'arrive pas à comprendre ce que je vois, ce que je ressens. Je lis les pensées des autres, mais sans comprendre ce qu'elles veulent dire! (Danny baissa les yeux d'un air désespéré.) Si seulement je savais lire! Tony me montre parfois des panneaux, mais je n'arrive jamais à les lire.

— Qui est Tony? demanda Hallorann pour la deuxième fois.

— Maman et Papa l'appellent mon « camarade invisible », dit Danny, articulant les mots avec application. En fait, il n'est pas invisible, du moins pas pour moi. Quelquefois, quand je fais de gros efforts pour comprendre quelque chose, il vient me dire : « Danny, je veux te montrer quelque chose. » Avant qu'il ne vienne, je m'évanouis, il fait tout noir. Et après je fais des rêves...

Il aspira profondément, puis, fixant toujours Hallorann, poursuivit :

— Autrefois, c'étaient de beaux rêves. Mais depuis quelque temps... Comment appelle-t-on déjà les rêves qui font peur, qui font pleurer?

— Les cauchemars ? demanda Hallorann.

— Oui, c'est ça. Des cauchemars.

— Et ça se passe ici, à l'Overlook ?

Danny jeta un coup d'œil furtif vers son pouce.

— Oui, chuchota-t-il.

Puis, regardant Hallorann droit dans les yeux, il s'écria, d'une voix perçante :

— Mais je ne dois pas en parler à Papa, et toi non plus ! Il a besoin de ce poste ; c'est le seul que l'oncle Al ait pu lui trouver. Il faut qu'il termine sa pièce de théâtre, sinon il pourrait se remettre à Faire le Vilain. Je sais ce que c'est que Faire le Vilain, c'est se saouler. Autrefois, Papa se saoulait tout le temps et c'était très vilain !

Il s'arrêta, au bord des larmes.

— Allons, allons, dit Hallorann. (Il attira Danny vers lui et le serra contre la serge rêche de sa veste qui sentait vaguement la naphtaline.) Calme-toi, petit. Et si ce pouce veut se faire sucer, tu n'as qu'à le laisser faire.

Mais Hallorann avait l'air inquiet.

— J'ai lu un tas de livres sur ce don ; j'ai bien pioché le sujet. Dans la Bible, cela s'appelle le pouvoir des prophètes ; aujourd'hui, on parle de voyance. Appelle-le comme tu veux, ça revient au même : il s'agit toujours de prévoir l'avenir. Tu sais ce que ça veut dire ?

Danny, blotti contre la veste d'Hallorann, fit un signe d'assentiment de la tête.

— Il m'est arrivé, il y a longtemps, une drôle d'histoire. C'était en 1955, en Allemagne de l'Ouest, où je faisais mon service militaire. Nous préparions le dîner à la cuisine. Je me trouvais devant l'évier et j'engueulais un des cuistots — en épluchant ses patates, il enlevait la moitié de la pomme de terre avec la peau. « Donne, lui disais-je, que je te montre comment faire. » Au moment où il me tendait la pomme de terre et l'épluchoir, j'ai eu une sorte d'éblouissement. La cuisine tout entière a disparu, tout d'un coup, vlan, comme ça. Tu dis qu'avant de faire tes rêves tu vois ce Tony ?

Danny acquiesça d'un signe de tête.

Hallorann passa son bras autour de l'épaule de Danny.

— C'est une odeur d'oranges qui m'annonce les miens. Or, cet après-midi-là, j'avais bien remarqué une odeur d'oranges, mais je n'y avais guère prêté attention. Il y avait des oranges au menu du soir et nous en avions trente caisses dans la réserve. Toute la cuisine empestait l'orange et n'importe qui aurait senti leur odeur.

» D'abord, ce fut le noir, comme si je m'étais évanoui. Puis j'ai entendu une explosion et vu jaillir des flammes. Une sirène donna l'alerte et les gens se mirent à hurler. Remarquant un sifflement de vapeur, je me dirigeai dans sa direction et découvris un train qui avait déraillé. J'ai pu déchiffrer, sur le flanc d'un des wagons renversés, le nom de la compagnie : *Georgia and South Caroline Railroad*. J'ai compris instantanément qu'un des passagers était mon frère, Carl, et qu'il était mort. C'était clair comme de l'eau de roche. Puis la vision s'est brouillée et je me suis retrouvé devant cet imbécile de cuistot qui me tendait toujours sa patate en me demandant, l'air affolé, si je ne me sentais pas bien. Je lui ai répondu que mon frère venait de mourir dans un accident de train, en Géorgie. Quand j'ai réussi à joindre ma mère au téléphone, elle m'a confirmé la nouvelle.

» Mais vois-tu, petit, elle ne m'a rien appris que je ne savais déjà.

Il secoua lentement la tête, de l'air de quelqu'un qui chasse un mauvais souvenir, puis regarda de nouveau Danny qui écarquillait les yeux d'étonnement.

— Mais il faut se rappeler, mon petit, que les

pressentiments ne sont pas toujours confirmés par les faits. Tiens, par exemple, celui que j'ai eu il y a quatre ans, dans un aéroport. J'avais obtenu un poste de cuisinier dans une colonie de vacances à Long Lake, dans le Maine. J'étais assis à côté d'une des portes d'embarquement de l'aéroport Logan, à Boston, et j'attendais de monter dans l'avion. Tout à coup, j'ai senti une odeur d'oranges, pour la première fois depuis cinq ans peut-être. Je me suis demandé quelle mauvaise blague se manigançait encore et je suis descendu au W.C. pour être seul. Je ne me suis pas évanoui, mais j'ai été envahi par le pressentiment que mon avion allait s'écraser. Après un moment, ce sentiment s'est atténué, l'odeur d'oranges aussi et j'ai pu reprendre mes esprits. Je me suis précipité au bureau de Delta Airlines pour changer mon billet, et je ne suis parti que trois heures plus tard, sur un autre vol. Et tu sais ce qui est arrivé ?

— Non, chuchota Danny.

— *Rien !* s'exclama Hallorann en éclatant de rire. (Il remarqua avec un certain soulagement que Danny aussi souriait un peu.) Rien du tout ! L'avion qui devait s'écraser a atterri à l'heure, sans une égratignure. Alors, tu vois..., quelquefois ces pressentiments ne veulent rien dire. Personne ne prévoit tout, sauf peut-être le bon Dieu là-haut dans son paradis.

— Oui, Mr. Hallorann, dit Danny, se souvenant d'un incident qui s'était passé un an auparavant, à Stovington.

Tony lui avait montré un bébé couché dans un berceau. Très ému, Danny avait attendu patiemment, sachant qu'il fallait du temps avant que le bébé ne soit prêt, mais aucun bébé n'était venu.

— Maintenant, je veux que tu m'écoutes, dit Hallorann, prenant les mains de Danny dans les siennes. J'ai fait de mauvais rêves ici ; j'ai eu parfois de sales pressentiments. Je n'ai fait que deux saisons et pourtant j'ai dû avoir au moins une douzaine de cauchemars. Plusieurs fois, j'ai eu des visions, mais je ne te dirai pas ce que j'ai vu. Ce n'est pas pour les enfants — c'est trop dégoûtant. La première fois, ça s'est passé dans la buissaie, là où poussent ces maudits buissons taillés en forme d'animaux. La deuxième fois, c'est arrivé à cause d'une des femmes de chambre, une certaine Dolores Vickery. Elle devait avoir le Don, elle aussi, mais sans s'en rendre compte. Mr. Ullman l'a renvoyée... Tu sais ce que ça veut dire, prof ?

— Oui, Mr. Hallorann, dit Danny avec candeur. Mon papa était professeur et il s'est fait renvoyer. C'est pour ça, je crois, que nous sommes ici.

— Eh bien, Ullman l'a renvoyée parce qu'elle prétendait avoir vu quelque chose dans une des chambres, la chambre 217. Il s'y est passé quelque chose de moche. Je veux que tu me promettes de ne jamais y mettre les pieds. Pas une seule fois, de tout l'hiver. Tu fais comme si elle n'existait pas.

— D'accord, dit Danny.

— Avec le don que tu possèdes, tu dois pouvoir voir dans le passé aussi bien que dans l'avenir. Mais il ne faut pas avoir peur de tes visions. Elles ne peuvent pas te faire de mal, pas plus que les images dans un livre. Dis-moi, Danny, j'espère que tu n'as pas peur en regardant les images dans un livre !

— Si, quelquefois, répondit-il, pensant à l'image dans le livre de Barbe-Bleue où sa femme ouvre la porte et découvre les têtes coupées des épouses précédentes.

— Mais tu savais que ce n'était qu'une image dans un livre, n'est-ce pas ? Et qu'elle ne pouvait pas te faire de mal ?

— Euh..., oui, avoua Danny, incertain.

— Eh bien, ici, dans cet hôtel, c'est pareil. Je ne

116

sais comment te l'expliquer, mais on dirait que le mal hante cet endroit. On en relève encore les traces, pareilles à des rognures d'ongles ou des croûtes de morve que quelque dégoûtant aurait essuyée sous le siège d'une chaise. Je sais qu'il se passe de vilaines choses dans tous les hôtels du monde, et Dieu sait que j'en ai vu dans ma vie. Pourtant il n'y a qu'ici que j'ai eu cette impression-là. Mais tu ne dois pas te tourmenter, Danny. Ne te laisse pas impressionner par tes visions. Elles ne peuvent pas te faire de mal. (A chaque syllabe qu'il prononçait, il secouait légèrement les épaules de l'enfant.) Alors, si tu vois quelque chose de bizarre dans un corridor, ou dans une chambre, ou dehors, dans la buissaie..., tu n'as qu'à détourner les yeux, et quand tu regarderas de nouveau, la vision aura disparu. Tu comprends ?

— Oui, fit Danny.

Il se sentit beaucoup mieux, rassuré. Il se mit sur les genoux, serra Hallorann dans ses bras et l'embrassa sur la joue. Hallorann le serra, lui aussi.

— Je n'ai pas l'impression que tes parents aient le Don, dit Hallorann, desserrant son étreinte.

— Non, je ne crois pas.

— Je les ai un peu tâtés, comme j'ai fait avec toi, dit Hallorann. Ta maman a sursauté un tout petit peu. Je crois que toutes les mamans ont une sorte de sixième sens, tant que leurs enfants ne peuvent pas encore se débrouiller tout seuls. Quant à ton père...

Hallorann hésita. Il avait sondé Jack et ne savait qu'en penser. Ses essais avaient donné des résultats... étranges, comme si Jack Torrance cachait quelque chose, comme s'il gardait ses pensées si profondément enfouies dans son esprit qu'il était impossible de les atteindre.

— Je ne crois pas qu'il ait le Don, dit-il enfin. Ne t'en fais pas pour eux. Tu auras de quoi t'occuper rien qu'avec toi-même. *Je crois qu'il n'y a rien à craindre ici*. Alors ne te bile pas. D'accord ?

— D'ac'.

— Danny ? Hé, prof !

Danny se retourna.

— C'est 'man. Elle m'appelle. Il faut que je rentre.

— Je sais, dit Hallorann. J'espère que tu finiras par te plaire ici. Enfin autant que possible.

— Je tâcherai. Merci, Mr. Hallorann. Je me sens beaucoup mieux.

La petite phrase amicale lui revint à l'esprit :

— *Dick pour les amis.*

D'accord, Dick.

Leurs yeux se rencontrèrent et Hallorann lui fit un clin d'œil.

Danny rampa jusqu'à la portière droite et fut sur le point de l'ouvrir quand Hallorann l'arrêta.

— Danny ?

— Oui ?

— Si tu as des ennuis, appelle-moi. Si tu pousses un grand cri comme celui de tout à l'heure, il se peut que je l'entende jusqu'en Floride. Et, si je t'entends, je viendrai au grand galop.

— O.K., dit Danny, et il sourit.

— Sois prudent, mon petit.

— Je le serai.

Danny claqua la portière et courut à travers le parking jusqu'au porche où Wendy l'attendait, les bras frileusement serrés dans les mains. Les regardant, Hallorann sentit son sourire s'effacer peu à peu.

Je crois qu'il n'y a rien à craindre ici.

Je crois...

Mais s'il se trompait ? Ce qu'il avait vu dans la salle de bain de la chambre 217 avait été si horrible qu'il avait décidé de ne pas revenir l'an prochain. Ç'avait été pire que la pire des images dans le plus terrifiant des livres. Et, vu d'ici, l'enfant qui courait vers sa mère paraissait si *petit*...

Je *crois*...

Promenant son regard autour de l'hôtel une dernière fois, il remarqua de nouveau les animaux en buis taillé.

Brusquement il mit le moteur en marche, enclencha la vitesse et démarra, essayant de ne pas se retourner. Mais il ne put résister à la tentation de jeter un dernier coup d'œil vers le porche. Il était déjà désert ; ils étaient rentrés à l'intérieur. C'était comme si l'Overlook les avait engloutis.

XII

LE GRAND TOUR

— De quoi parliez-vous, chéri ? lui demanda Wendy tandis qu'ils rentraient à l'intérieur.

— Oh ! de pas grand-chose.

— C'était bien long, ce pas grand-chose.

Danny eut un haussement d'épaules — exactement semblable à celui de Jack. Tel père, tel fils. Elle savait que c'était inutile d'insister : Danny ne lui dirait plus rien. Elle éprouvait beaucoup de peine à se sentir délibérément exclue, mais en même temps elle aimait son fils et en était d'autant plus consciente qu'il lui échappait. Avec eux, elle se sentait parfois une intruse, une figurante égarée sur la scène au beau milieu du grand dialogue. Heureusement que cet hiver ils allaient vivre trop les uns sur les autres pour que ses deux hommes puissent continuer de la tenir à l'écart. Tout d'un coup elle comprit qu'elle était tout simplement jalouse de la complicité entre eux et elle en eut honte. La jalousie était un sentiment qui lui faisait horreur, un sentiment digne de sa mère...

Le hall était presque désert. Ullman et le réceptionniste faisaient tous deux leurs comptes à la caisse enregistreuse. Deux ou trois femmes de ménage, vêtues de pulls et de pantalons chauds, attendaient à la porte d'entrée au milieu d'une mer de bagages et Watson, l'homme à tout faire, était adossé contre un mur. Il surprit Wendy en train de le regarder et lui lança un clin d'œil polisson. Elle détourna précipitamment la tête.

Ses comptes terminés, Ullman referma le tiroir de la caisse d'un geste péremptoire. Il inscrivit ses initiales sur le bordereau et le glissa dans un porte-documents à fermeture éclair. Wendy remarqua l'expression de soulagement qui se peignit sur le visage du réceptionniste et compatit en silence. Ullman devait être le genre de patron à boucher les trous de la comptabilité en retenant la somme manquante sur le salaire de l'employé... et il devait savoir tondre sa victime sans lui arracher le moindre cri. Avec ses airs d'homme affairé et important, il n'éveillait guère sa sympathie. Comme tous les patrons qu'elle avait connus, homme ou femme, il devait être tout sucre tout miel avec les clients et, en coulisse, un véritable tyran avec le personnel.

— Mr. Torrance, appela Ullman sur un ton sec. Voulez-vous venir ici, s'il vous plaît ?

Jack se dirigea vers lui, faisant signe à Wendy et Danny de le suivre.

Le réceptionniste, qui avait disparu dans les bureaux du fond, réapparut, vêtu de son pardessus.

— Je vous souhaite de passer un bon hiver, Mr. Ullman.

— Ça m'étonnerait, dit Ullman d'un air absent. Le 12 mai, Braddock. Pas un jour de plus ni de moins.

— Oui, monsieur.

Braddock fit le tour du bureau de l'air grave et

121

digne qui convenait à quelqu'un de sa situation. Mais, dès qu'il eut tourné le dos à Ullman, un grand sourire d'écolier espiègle gagna son visage. Il échangea quelques mots avec les deux filles qui attendaient qu'on vienne les chercher, puis s'éloigna, suivi de rires étouffés.

— L'Overlook est un hôtel magnifique, dit Ullman en s'animant. C'est un plaisir pour moi de vous le montrer.

« Ça ne m'étonne pas », pensa Wendy.

— Montons d'abord au troisième. Nous ferons notre tour de haut en bas, dit Ullman.

Il avait l'air réellement enthousiaste.

— Si vous avez autre chose à faire..., dit Jack.

— Pas du tout, répondit Ullman. J'ai fermé boutique. *C'est fini*[1], au moins pour cette année. Je vais passer la nuit à Boulder — au Boulderado, naturellement. C'est le seul hôtel convenable à l'est de Denver..., exception faite de l'Overlook lui-même, évidemment. Par ici.

L'ascenseur, une pièce de musée décorée de rinceaux en cuivre, s'affaissa nettement quand ils pénétrèrent à l'intérieur. Danny, qui n'était pas très rassuré, s'agita un peu. Ullman lui lança un sourire indulgent que Danny essaya de lui rendre, sans y parvenir.

— Ne crains rien, mon enfant, dit Ullman. On peut le prendre en toute confiance.

— C'est ce qu'on a dit du *Titanic*, dit Jack, admirant le globe en cristal taillé qui ornait le plafond.

Wendy se mordit les lèvres pour ne pas sourire.

Ullman, qui ne semblait pas goûter la plaisanterie, rabattit bruyamment la porte coulissante de la cabine.

1. En français dans le texte original.

— Le *Titanic* n'a fait qu'un voyage, Mr. Torrance. Cet ascenseur, lui, en a fait des milliers depuis sa mise en service en 1926.

— Voilà qui nous rassure, dit Jack, ébouriffant les cheveux de Danny. L'avion ne va pas s'écraser, prof.

Ullman abaissa la manette de commande. Aussitôt le plancher se mit à frémir et le moteur à geindre, effaçant toute autre sensation. Soudain Wendy les voyait tous les quatre coincés entre deux étages, pris comme des mouches dans une bouteille. On ne les retrouverait qu'au printemps — ou plutôt ce qui resterait d'eux, car il leur manquerait de-ci de-là des petits morceaux... comme pour les Donner...

(Arrête !)

Secoué de vibrations violentes, l'ascenseur finit par démarrer dans un bruit d'enfer. Le vacarme se calma peu à peu et la montée se fit plus régulière. Au troisième, Ullman réussit à l'arrêter, malgré quelques secousses de protestation. Il fit glisser la portière coulissante et poussa celle du palier. La cabine s'était arrêtée à dix centimètres au-dessous du sol. Sidéré, Danny regardait fixement cette dénivellation qui lui semblait porter atteinte à l'ordre naturel des choses. Se raclant la gorge, Ullman fit monter encore un peu l'ascenseur qui s'arrêta, dans une dernière secousse, à cinq centimètres du troisième étage. Dès qu'ils furent sortis, la cabine allégée bondit, retrouvant du coup le niveau du palier. Horrifiée, Wendy se promit d'emprunter désormais l'escalier ; les boniments d'Ullman n'y changeraient rien. Et en aucun cas elle ne permettrait qu'ils montent tous les trois ensemble dans cette machine infernale.

— Tu inspectes la moquette, prof ? demanda Jack d'un air moqueur. Il y a des taches ?

— Bien sûr que non, dit Ullman, touché au vif.

Toutes les moquettes ont été shampouinées il y a deux jours.

Wendy aussi jeta un coup d'œil à la moquette du couloir. C'était joli, mais certainement pas ce qu'elle aurait choisi pour leur maison — si toutefois il leur arrivait un jour d'en avoir une. Moelleuse, d'un bleu profond, elle s'ornait d'une jungle de lianes, de guirlandes et d'oiseaux exotiques, on n'aurait su dire lesquels, puisque seules leurs silhouettes noires étaient indiquées.

— Est-ce que la moquette te plaît ? demanda Wendy à Danny.

— Oui, 'man, répondit-il d'une voix éteinte.

Ullman, flatté, approuva d'un signe de tête.

— Presque toute la décoration du troisième est due à Mr. Derwent. Voici la chambre 300. C'est la suite présidentielle.

Il tourna la clef dans la serrure de la double porte en acajou qu'il ouvrit toute grande. Le salon offrait une vue panoramique vers l'ouest qui leur coupa le souffle. Ullman, qui avait sans doute prévu leur réaction, eut un sourire de satisfaction.

— Quelle vue admirable, n'est-ce pas ?

— Sans aucun doute, dit Jack.

La grande baie occupait presque toute la longueur de la pièce. Au loin, le soleil, en équilibre entre deux cimes en dent de scie, versait sa lumière dorée sur les pics vertigineux dont les sommets enneigés paraissaient saupoudrés de sucre glace. Les nuages qui s'amoncelaient derrière le cirque de montagnes se teignaient d'or et un rayon de soleil solitaire, se détachant sur l'ombre profonde qui baignait les sapins de la vallée, achevait de faire de ce paysage une vue de carte postale.

Absorbés par le spectacle, Jack et Wendy n'avaient pas remarqué que Danny regardait ailleurs. Il avait les yeux rivés sur le mur tapissé de soie à rayures blanches et rouges à côté de la porte de la chambre. Lui aussi retenait son souffle, mais ce n'était pas sous l'effet de la beauté.

De grandes éclaboussures de sang séché, tachetées de minuscules caillots d'une substance grisâtre, maculaient la tapisserie. Danny en avait la nausée. Les taches suggéraient la représentation d'un visage humain, convulsé par la terreur et la douleur, bouche béante, la tête à moitié pulvérisée. C'était l'œuvre d'un fou, dessinée dans le sang...

(Alors si tu vois quelque chose de bizarre, détourne la tête, et quand tu regarderas de nouveau, ta vision aura disparu. Tu saisis ?)

Détournant la tête, Danny se força à regarder par la fenêtre. Décidé à ne pas trahir son émotion, il garda une expression neutre et, quand la main de sa mère se referma sur la sienne, il la saisit mais ne la serra pas, de peur d'éveiller ses soupçons.

Ullman recommanda à Jack de bien fermer les volets de la grande baie afin d'éviter qu'une bourrasque violente ne la fît voler en éclats, et Jack hocha la tête en signe d'assentiment. Avec précaution, Danny ramena son regard vers le pan de mur. La grande tache séchée parsemée de petits caillots grisâtres avait disparu.

Ullman les fit sortir. En partant, Maman lui avait demandé s'il trouvait les montagnes jolies et il avait répondu par l'affirmative. Mais, en vérité, elles ne lui faisaient ni chaud ni froid. Juste avant qu'Ullman ne fermât la porte derrière eux, Danny jeta un dernier regard par-dessus son épaule. La tache de sang avait réapparu. Toute fraîche, elle dégoulinait sous les yeux d'Ullman qui, sans y prêter attention, poursuivait imperturbablement son discours, énumérant les hommes célèbres qui avaient séjourné dans ces lieux. Tandis qu'ils s'éloignaient dans le corridor, Danny s'aperçut qu'il s'était mordu la lèvre si fort qu'elle saignait. Il se laissa un peu devancer par les autres et, s'essuyant le sang du revers de sa main, il se mit à réfléchir au

(sang)

(Était-ce du sang que Mr. Hallorann avait vu ou quelque chose d'encore pire ?)

(Je ne pense pas que tes visions puissent te faire de mal.)

Un cri lui monta aux lèvres, mais il le retint. Ses parents ne voyaient pas ces visions, pas plus aujourd'hui qu'hier. Il fallait se taire. Papa et Maman s'aimaient. C'était l'essentiel. Le reste, ce n'était que des images dans un livre. Elles pouvaient faire peur, mais elles ne pouvaient pas faire mal. *(Elles... ne peuvent pas te faire de mal.)*

Mr. Ullman les fit passer par un labyrinthe de couloirs et leur montra, au passage, quelques autres chambres. Dans ses commentaires, il était sans cesse question de la « crème », des « huiles », du « gratin ». Mais, Danny avait beau chercher, il ne voyait rien à manger. Mr. Ullman leur montra les chambres qu'avaient louées une dame qui s'appelait Marilyn Monroe et un monsieur du nom d'Arthur Miller. D'après ce que Danny avait pu comprendre, leur séjour à l'Overlook s'était soldé par un DIVORCE.

— C'est dans cette chambre que Truman Capote a passé quelques jours, dit Mr. Ullman, poussant une porte. C'était déjà de mon temps. Un homme charmant, d'une politesse exquise, à l'européenne.

Il n'y avait rien de remarquable dans ces chambres (sinon l'absence d'huile, de crème et de gratin, malgré les fréquentes allusions de Mr. Ullman), rien qui lui fît peur. Il avait pourtant remarqué, pendant ce tour du troisième étage, un objet qui l'inquiétait, sans qu'il sût pourquoi. C'était un extincteur accroché au mur d'un petit couloir qui débouchait sur le grand couloir de l'ascenseur. Ce dernier, dont les portes étaient restées ouvertes, évoquait la gueule d'un géant, pleine de dents en or, prête à les happer.

L'extincteur, qui était d'un vieux modèle, ne ressemblait pas aux extincteurs que Danny avait déjà vus, celui de la maternelle par exemple, mais ce n'était sûrement pas pour ça qu'il le trouvait inquiétant. Lové comme un serpent endormi, avec sa lance étincelante qui se détachait sur le papier bleu ciel du mur, cet objet le mettait mal à l'aise. Il ne se sentit vraiment rassuré qu'une fois dans le couloir principal, d'où il ne pouvait plus le voir.

— Évidemment, il vaudrait mieux fermer tous les volets, dit Mr. Ullman en remontant dans l'ascenseur. (La cabine s'affaissa de nouveau sous son poids.) Mais surtout ceux de la grande baie de la suite présidentielle. Elle nous avait coûté, il y a trente ans, quatre cent vingt dollars. Il nous en faudrait huit fois plus pour la remplacer.

— Je fermerai les volets, dit Jack.

Ils sortirent au deuxième où ils découvrirent un labyrinthe de couloirs encore plus inextricable. Le soleil avait commencé à descendre derrière les montagnes et la lumière qui venait des fenêtres avait faibli sensiblement. Mr. Ullman ne leur montra qu'une ou deux chambres. Sans ralentir le pas, il passa devant la chambre 217, celle contre laquelle Dick Hallorann avait mis Danny en garde. La petite plaque numérotée sur la porte, apparemment inoffensive, semblait pourtant exercer sur Danny une certaine fascination.

Ils descendirent au premier étage qu'ils traversèrent sans que Mr. Ullman leur fît visiter aucune chambre. A deux pas de l'escalier qu'ils allaient prendre pour descendre au hall, il leur annonça :

— Voici votre appartement. J'espère que vous le trouverez à votre convenance.

Au premier coup d'œil à l'intérieur, Wendy se sentit soulagée. La froide élégance de la suite

présidentielle lui en avait imposé. Visiter un monu-
ment historique, voir le lit dans lequel un Lincoln,
un Roosevelt avait passé la nuit ne lui était pas
désagréable. Mais coucher dans un tel lit ne lui
disait rien du tout. L'idée de faire l'amour, se
débattant sous des kilos de draps en toile de lin, là
où les plus grands hommes (les plus puissants, en
tout cas, rectifia-t-elle) avaient dormi la mettait mal
à l'aise. Leur appartement à eux était simple et
chaleureux, presque intime. Elle y passerait l'hiver
sans déplaisir.

— C'est très agréable, dit-elle à Ullman, d'une
voix vibrante de gratitude.

Ullman hocha la tête.

— C'est simple, mais convenable. Pendant la saison, c'est ici qu'habitent le cuisinier et sa femme ou
son apprenti, selon les cas.

— Mr. Hallorann a habité ici ? demanda
Danny.

— Parfaitement, mon petit bonhomme. Lui et
Mr. Nevers. (Il se tourna de nouveau vers Jack et
Wendy.) Voici le living.

Il y avait plusieurs fauteuils confortables sinon
luxueux, une table basse qui avait dû coûter cher,
mais qui était sérieusement éraflée d'un côté, deux
bibliothèques et un poste de télé banal, comme on
en trouve dans tous les motels. Rien à voir avec les
élégants postes encastrés qu'ils avaient vus dans les
chambres.

— Pas de cuisine, évidemment, dit Ullman, mais
celle de l'hôtel est située directement en dessous
et il y a un remonte-plats qui communique avec
elle.

Faisant glisser un panneau coulissant dans le
mur, il découvrit un grand plateau suspendu.
Quand il le poussa, le plateau disparut, entraînant
sa corde derrière lui.

— C'est un passage secret ! s'écria Danny. (L'idée

excitante d'un conduit caché dans le mur lui fit oublier un instant ses frayeurs.) *C'est comme dans Abbott et Costello contre les monstres !*

Ullman traversa le salon et ouvrit la porte de la chambre. Elle était claire et spacieuse. En voyant les lits jumeaux, Wendy regarda son mari d'un air entendu, sourit et haussa les épaules.

— Ça ne fait pas problème, dit Jack. Nous les rapprochcrons.

— Je vous demande pardon ? dit Ullman, perplexe.

— Les lits, dit Jack. Noús les rapprocherons.

— Oh ! parfait ! s'exclama Ullman, toujours déconcerté.

Puis un flux de sang monta le long de son cou et lui empourpra tout le visage.

— Comme il vous plaira.

Il les fit retraverser le salon et les conduisit à la porte d'une autre chambre, plus petite, pourvue de lits-couchettes superposés. Dans l'angle, un radiateur faisait déjà du raffut. Le tapis, orné d'un affreux décor de sauges et de cactus, avait séduit Danny au premier coup d'œil. Des lambris en pin massif couvraient les murs.

— Tu pourras te faire à cette chambre, prof ? demanda Jack.

— Bien sûr. Je vais dormir dans le lit du haut. D'accord ?

— Si tu veux.

— Ce tapis est drôlement chouette aussi. Mr. Ullman, vous auriez dû mettre ce genre de tapis partout.

Ullman fit la grimace de quelqu'un qui vient d'enfoncer les dents dans un citron.

— Voilà, je crois que vous avez tout vu, sauf la salle de bain, qui communique avec la chambre de maître. L'appartement n'est pas très grand, mais vous pourrez disposer de tout l'hôtel pour vous étendre. La cheminée du hall tire très bien, c'est du moins ce que Watson m'a affirmé. Vous êtes libres de prendre vos repas à la salle à manger si vous le souhaitez.

Le ton de sa voix disait assez quelle faveur insigne il leur accordait là.

— C'est entendu, dit Jack.

— Vous êtes prêts à rester ? demanda Ullman.

— Tout à fait, répondit Wendy.

Ils reprirent l'ascenseur pour descendre au rez-de-chaussée. Dans le hall désert, il ne restait que Watson qui, un cure-dent entre les lèvres, s'appuyait contre la porte d'entrée.

— Tiens, vous êtes encore là ? Je vous croyais déjà à des kilomètres d'ici, dit Mr. Ullman sur un ton glacé.

— Je voulais rappeler à Mr. Torrance de bien surveiller la chaudière, dit Watson en se redressant. Gardez l'œil sur elle, mon gars, et elle marchera très bien. Faites baisser la pression une ou deux fois par jour. Elle grimpe.

Elle grimpe, pensa Danny. Les mots se répercutèrent dans son esprit comme dans un long corridor silencieux, tapissé de miroirs qui ne renvoyaient aucun reflet.

— J'y veillerai, dit Jack.

— Alors vous n'aurez pas d'histoire, dit Watson, tendant sa main à Jack qui la serra. (Puis il se tourna vers Wendy et inclina la tête.) Madame, dit-il.

— Très heureuse, dit Wendy, craignant à tort que cette formule raccourcie ne parût ridicule.

Ayant à peine quitté sa Nouvelle-Angleterre natale, elle ignorait encore tout de l'Ouest, mais cette brève rencontre avec Watson lui avait appris l'essentiel, pensait-elle. Avec son auréole vaporeuse de cheveux fous, il avait su exprimer, à travers ses quelques courtes phrases, ce qu'étaient les gens de

130

l'Ouest. Et le clin d'œil lubrique de tout à l'heure n'y changeait rien.

— Jeune homme, dit Watson solennellement, tendant la main à Danny.

Bien que celui-ci pratiquât le serre-main depuis un an déjà, il n'offrit la sienne à Watson qu'avec une certaine appréhension. Elle fut instantanément engloutie.

— Prends bien soin de tes parents, Dan.

— Oui, Mr. Watson.

Watson lâcha la main de Danny et se redressa. Il fixa Ullman.

— A la prochaine, lui dit-il en lui tendant la main.

Ullman la prit mollement.

— Le 12 mai, Watson, dit-il. Pas un jour de plus ni de moins.

— Oui, monsieur, dit Watson, ajoutant en son for intérieur l'expression de ses sentiments distingués : *Va te faire foutre, espèce d'enculé.*

» Je vous souhaite de passer un bon hiver, Mr. Ullman.

— Oh ! ça m'étonnerait, répondit Ullman d'un air absent.

Watson, dont un aïeul avait été propriétaire de l'hôtel, se faufila humblement par la porte. Elle se referma derrière lui, faisant barrage contre le vent. Ensemble, ils le regardèrent dévaler bruyamment les larges marches de l'escalier dans ses grandes bottes de cow-boy éraflées. Se dirigeant vers sa camionnette International Harvester, il traversa le parking, soulevant avec ses talons des tourbillons de feuilles de tremble, jaunes et craquantes. Il s'installa derrière le volant et mit le moteur en marche ; un jet de fumée bleue sortit du pot d'échappement rouillé. Ullman et les Torrance regardèrent sa marche arrière et son départ en silence, comme si on leur avait jeté un sort. La camionnette disparut derrière la crête de la colline, puis, rapetissée, réapparut plus loin, sur la grande route, roulant vers l'ouest.

Danny se sentit soudain plus seul qu'il ne l'avait jamais été de sa vie.

XIII

SUR LE PORCHE

Sur le long porche de l'hôtel, les Torrance avaient l'air de poser pour un portrait de famille. Au milieu, Danny, dans sa veste de demi-saison de l'an dernier qui le serrait maintenant et qui était percée au coude. Derrière lui, Wendy, une main sur son épaule et à sa gauche Jack, une main posée sur la tête de son fils.

Mr. Ullman, emmitouflé dans un luxueux pardessus de mohair marron, se tenait sur la première marche. Le soleil avait disparu derrière les montagnes qu'il ourlait de flammes dorées, et les ombres, devenues violettes, s'étaient allongées. Il ne restait plus, dans le parking, que trois véhicules : la camionnette de l'hôtel, la Lincoln d'Ullman et la Volkswagen cabossée des Torrance.

— Vous avez vos clefs, dit Ullman à Jack, et vous avez bien compris pour la chaudière ?

Jack hocha la tête. En cet instant il ne pouvait pas s'empêcher d'éprouver une certaine sympathie pour Ullman. La saison était terminée et, en attendant le 12 mai, pas un jour de plus ni de moins, tout était prêt pour l'hiver. Mais Ullman ne se contentait pas d'assumer la responsabilité de l'hôtel, il lui vouait visiblement une véritable passion et n'arrivait pas à décrocher.

— Je pense que j'ai la situation bien en main, dit Jack.

— Parfait. Je resterai en contact avec vous.

Mais il s'attardait encore, comme s'il attendait que quelque rafale de vent ne l'expédiât vers sa voiture. Il soupira.

— Très bien. Je vous souhaite de passer un excellent hiver, Mr. et Mrs. Torrance. Et toi aussi, Danny.

— Merci, monsieur, dit Danny. Et vous de même.

— Ça m'étonnerait, répéta Ullman, d'un air triste. Si je peux me permettre de parler crûment, l'hôtel en Floride n'est qu'un bastringue de bas étage. Ce travail sert à m'occuper pendant la morte-saison, c'est tout. Ma véritable vocation, c'est l'Overlook. Prenez-en bien soin pour moi, Mr. Torrance.

— Je pense qu'il sera encore ici pour votre retour au printemps, dit Jack.

Une pensée traversa l'esprit de Danny comme un éclair : « Et nous, serons-nous encore ici ? »

— Bien sûr qu'il sera encore là.

Ullman jeta un dernier coup d'œil vers le parc où les buis taillés grinçaient dans le vent. Il hocha de nouveau la tête d'un air décidé.

— Il faut y aller. Au revoir.

Sans se départir de son allure guindée, il se hâta vers sa voiture, ridiculement grosse pour un homme aussi petit, et s'installa au volant. Le moteur de la Lincoln se mit à ronronner et les feux arrière s'allumèrent tandis qu'elle quittait le parking.

Ils la suivirent des yeux pendant qu'elle s'éloignait vers l'est. Quand elle eut disparu, ils échangèrent un regard angoissé sans rien dire. Ils étaient seuls désormais. Des tourbillons de feuilles de tremble s'envolaient à travers la pelouse qui leur parut tout à coup trop nette, trop soignée. Il n'y avait plus qu'eux pour contempler les ébats silencieux des feuilles mortes sur l'herbe. Jack eut l'étrange sensation d'avoir rapetissé, comme si la flamme de sa vie n'eût plus été qu'une étincelle et que l'hôtel eût pris des proportions gigantesques, faisant peser sur eux une menace indéfinissable.

Wendy rompit enfin le silence :

— Tu devrais te voir, prof. Ton nez coule comme une fontaine. Rentrons.

C'est ce qu'ils firent, refermant la porte derrière eux contre le gémissement incessant du vent.

TROISIÈME PARTIE

LE NID DE GUÊPES

XIV

SUR LE TOIT

— Sale guêpe ! s'exclama Jack Torrance en poussant un cri de surprise et de douleur.

Il se donna une claque sur sa chemise de toile bleue pour en déloger la grosse guêpe léthargique qui venait de le piquer. Puis il escalada le toit à toute vitesse tout en regardant derrière lui pour s'assurer que les sœurs et les cousines de la guêpe n'avaient pas surgi du nid qu'il venait de découvrir pour se lancer à sa poursuite. Si d'autres guêpes s'avisaient de prendre la relève, ça pourrait tourner mal ; le nid se trouvait entre lui et l'échelle, et, comble de malchance, la trappe qui communiquait avec le grenier était verrouillée de l'intérieur. Il y avait une bonne vingtaine de mètres du toit jusqu'au patio en ciment qui séparait l'hôtel de la pelouse.

Mais rien ne vint troubler le silence et la pureté de l'air autour du nid.

Assis à califourchon sur le faîte du toit, il examina son index droit et poussa entre ses dents un sifflement de colère. Le doigt avait déjà commencé à enfler et, avant de pouvoir faire des applications de glace sur la piqûre, il lui faudrait se débrouiller pour redescendre. Il espérait pouvoir rejoindre l'échelle en passant à côté du nid sans que les guêpes s'en aperçoivent.

C'était le 20 octobre. Wendy et Danny étaient descendus à Sidewinter dans la camionnette de l'hôtel (une vieille Dodge déglinguée qui paraissait toutefois plus digne de confiance que la Coccinelle dont les hoquets annonçaient une fin imminente), pour acheter douze litres de lait et faire quelques courses pour Noël. C'était un peu tôt pour penser à Noël, mais on ne savait jamais quand la neige se mettrait à tomber pour de bon. Il y avait déjà eu quelques bourrasques et, à certains endroits, la route entre l'Overlook et Sidewinter était verglacée.

Jusqu'à présent l'automne avait été d'une beauté incomparable. Depuis trois semaines qu'ils étaient là, chaque journée avait paru plus radieuse que la précédente. Les matinées étaient fraîches, avec des températures entre cinq et dix degrés, mais, l'après-midi, le thermomètre montait jusqu'à quinze ou vingt degrés : un temps idéal pour grimper sur le toit et remplacer les bardeaux du versant ouest. Jack aurait pu en finir quatre jours plus tôt, mais il avait préféré — et il l'avait dit à Wendy — faire durer le plaisir. Ce n'était pas seulement la vue qu'il avait de là-haut qu'il appréciait, bien qu'aucune autre, même celle de la suite présidentielle, ne pût soutenir la comparaison ; ce qui comptait surtout, c'était l'effet lénifiant du travail lui-même. Là-haut, il se sentait guérir des blessures des trois dernières années. Sur le toit, il avait l'âme en paix. Ces trois années de cauchemar s'éloignaient et il se sentait prêt à tourner la page.

Les bardeaux étaient bien pourris et certains avaient été emportés par les blizzards de l'hiver dernier. Il les avait tous arrachés, les lançant à la volée par-dessus bord et criant à chaque fois « Gare à la bombe ! » pour prévenir Danny, s'il s'était aventuré de ce côté. Il était en train de retirer les mauvaises lattes quand la guêpe l'avait piqué.

Ce n'était vraiment pas de chance. Sachant qu'il risquait de tomber sur un nid de guêpes, il avait toujours été sur ses gardes. Il avait même acheté une bombe insecticide pour parer à ce danger. Mais, ce matin-là, le silence et la tranquillité étaient si profonds là-haut qu'il avait oublié de se méfier. Il avait l'esprit ailleurs, plongé dans l'univers de sa pièce de théâtre à laquelle il s'était remis. Il ébauchait dans sa tête la scène sur laquelle il allait travailler le soir. La pièce prenait tournure et bien que Wendy ne lui eût rien dit, il savait qu'elle était contente. Pendant les six derniers mois qu'ils avaient passés à Stovington, il avait été complètement bloqué et la scène capitale, celle où s'affrontent Denker, le directeur sadique, et Gary Benson, le jeune héros, n'avait pas avancé d'un pouce. Pendant cette période difficile, la tentation de boire était devenue si forte qu'il était tout juste capable de préparer ses cours, sans qu'il fût question pour lui de poursuivre ses activités littéraires.

Mais depuis une douzaine de jours, dès qu'il s'installait le soir devant la vieille Underwood qu'il avait empruntée à la réception, le blocage se dissipait miraculeusement sous ses doigts comme la barbe à papa fond au contact des lèvres. Il avait réussi presque sans effort à clarifier tout ce qui était resté obscur dans le caractère de Denker et en même temps à réécrire la plus grande partie du deuxième acte en le construisant autour de la nouvelle scène. Et toute la progression du troisième acte qu'il était en train de ruminer au moment où la guêpe l'avait interrompu se précisait.

Il pensait que dans deux semaines il aurait fini d'en ébaucher les grandes lignes et qu'avant le nouvel an sa nouvelle version serait entièrement terminée.

Cette pièce symbolisait à ses yeux toutes ces mauvaises années à Stovington Prep : son mariage qu'il avait failli envoyer à la casse, comme un gosse écervelé qui fait le fou au volant d'un vieux tacot, l'agression monstrueuse qu'il avait commise sur son fils et l'incident avec George Hatfield dans le parking, incident qu'il n'arrivait plus à considérer comme une simple explosion de colère. Il estimait à présent que son besoin de boire provenait, en partie du moins, d'un désir inconscient de se libérer des contraintes que lui imposait Stovington et de la sécurité qui étouffait, pensait-il, tous ses instincts créateurs. Il s'était arrêté de boire, mais le besoin de se libérer n'avait pas diminué pour autant, d'où l'incident avec George Hatfield. Maintenant il ne restait plus de ces mauvais jours que cette pièce de théâtre sur le bureau de leur chambre et, une fois qu'elle serait terminée, il pourrait se consacrer à autre chose. Pas à un roman. Il ne se sentait pas encore de taille à entreprendre un ouvrage de longue haleine auquel il lui faudrait consacrer trois ans de son existence, mais il écrirait certainement d'autres nouvelles, peut-être tout un recueil.

Il redescendit à quatre pattes la pente du toit et dépassa la ligne de démarcation entre les bardeaux neufs tout verts et la partie qu'il venait de nettoyer. Arrivé au bord du toit, il s'approcha non sans appréhension du nid de guêpes, prêt à rebrousser chemin ou à dévaler l'échelle à la moindre alerte.

Il se pencha sur le trou qu'il avait ouvert en retirant les lattes pourries et jeta un coup d'œil à l'intérieur.

Le nid était là, logé entre les vieilles lattes et la

142

charpente. D'une taille impressionnante, il ressemblait à une boule de papier mâché gris dont le diamètre devait faire plus de cinquante centimètres. Sa forme n'était pas parfaitement sphérique parce que les guêpes n'avaient disposé que d'un espace étroit, entre les bois, mais Jack dut reconnaître que les petites salopes avaient fait du beau travail. La surface du nid grouillait de guêpes engourdies qui se déplaçaient avec lenteur. Ce n'étaient pas de ces petites guêpes jaunes, relativement inoffensives, mais de grosses et méchantes guêpes de murs. Le froid de l'automne avait ralenti leur activité, mais Jack, qui connaissait les guêpes depuis son enfance, s'estimait heureux de n'avoir été piqué qu'une fois. Et il songea que si Ullman avait fait faire ce travail en plein été, l'ouvrier qui aurait arraché ces lattes-là aurait eu une drôle de surprise. Oui, une drôle de surprise. Sous l'assaut d'une douzaine de ces bestioles, s'acharnant sur son visage, ses mains, ses bras et même sur ses jambes à travers le pantalon, il aurait très bien pu oublier qu'il se trouvait à vingt mètres du sol et, pour leur échapper, plonger par-dessus le bord du toit. Et tout ça à cause de ces petits insectes pas plus gros qu'un mégot.

Contemplant ce nid grouillant, il lui semblait y voir l'image de son destin. Car, à bien y réfléchir, les malheurs qui l'avaient frappé (lui et les otages que le sort lui avait confiés) lui étaient tombés dessus comme un essaim de guêpes. Quel meilleur symbole pour exprimer tout ce qui lui était arrivé ? Il estimait que l'histoire de Jack Torrance n'avait de sens qu'à condition d'être racontée à la voix passive. Elle était faite non pas d'actes dont il s'était voulu l'auteur, mais de malheurs qui l'avaient frappé, sans qu'il y fût pour rien. Il avait connu à Stovington des tas d'autres professeurs qui buvaient, et notamment deux collègues du département d'anglais. Zack Tunney avait l'habitude de s'acheter une pleine caisse de bière le samedi après-midi, de la planter dans une congère de neige pour la tenir au frais pendant la nuit et de la siffler presque entièrement le dimanche, en regardant les matches de rugby et les vieux films à la télé. Pourtant, pendant la semaine, Zack restait aussi sobre qu'un juge, et un petit cocktail avant le déjeuner était un événement.

Al Shockley et lui avaient été de véritables alcooliques. Leur amitié avait été celle de deux naufragés qui gardent juste assez d'instinct grégaire pour préférer se noyer ensemble plutôt que seuls ; et, pour le faire, ils avaient choisi une mer d'esprit de grain plutôt que de l'eau salée. Perdu dans la contemplation des lentes évolutions des guêpes qui vaquaient aux tâches que nécessitait la préservation de l'espèce, en attendant que l'hiver ne vînt les exterminer — à l'exception de leur reine en hibernation — Jack décida d'aller jusqu'au bout de son analyse. Alcoolique, il l'était encore et le serait toujours. Peut-être même l'avait-il toujours été, dès son premier verre, bu au bal de la classe de seconde. Ça n'avait rien à voir avec la volonté, l'immoralité de l'alcool ou la faiblesse de son caractère. Il y avait seulement quelque part, dans son circuit intérieur, un interrupteur défectueux, un disjoncteur qui ne fonctionnait pas et il s'était progressivement enfoncé dans le gouffre, lentement d'abord, puis plus rapidement, sous la pression des événements. A Stovington, ç'avait été la dégringolade. Avec la bicyclette écrasée et un fils au bras cassé, il avait touché le fond de l'abîme. Il avait tout subi passivement. Quant à ses accès de colère, c'était la même chose. Depuis toujours, il avait essayé de les contrôler, mais en vain. Il se souvenait qu'à l'âge de sept ans, après avoir été fessé par une voisine qui l'avait attrapé en train de jouer avec des allumettes, il était sorti et avait jeté une pierre à une voiture qui passait. Son père, qui l'avait vu faire, avait foncé sur lui en rugissant et lui avait donné une raclée, lui mettant un œil au beurre noir. Grommelant toujours, son père était enfin rentré à la maison voir ce qu'il y avait à la télé et Jack s'était aussitôt précipité sur un chien égaré qu'il avait chassé du trottoir à coups de pied. Il avait eu une vingtaine de bagarres à l'école primaire, et davantage encore au lycée, ce qui lui avait valu, malgré ses bonnes notes, deux exclusions provisoires et un nombre incalculable de retenues. Le rugby avait été dans une certaine mesure une soupape de sécurité, bien qu'il se rappelât parfaitement avoir vécu les matches dans un état d'énervement extrême, prenant comme un affront personnel chaque offensive de l'équipe adverse. Excellent joueur, il avait été sélectionné pour l'équipe All Conference les deux dernières années du lycée. Mais il savait que c'était à son sale caractère qu'il devait ses succès de rugbyman et il n'avait pas vraiment aimé ce sport. Pour lui, chaque match était une revanche.

Et pourtant, à travers toutes ces expériences, il n'avait pas eu le sentiment d'être un salaud. Au contraire, il se croyait un très brave type. Évidemment, ses accès de colère risquaient de lui attirer un jour de véritables ennuis, et il aurait intérêt à les maîtriser, ainsi que son faible pour l'alcool... Mais, avant d'être alcoolique, il avait été caractériel. Les deux infirmités devaient d'ailleurs se confondre quelque part dans les profondeurs de son être, là où il valait mieux ne pas mettre le nez. Mais il se fichait pas mal de savoir s'il existait un rapport entre ces problèmes, ou si leurs causes étaient sociales, psychiques ou physiques. Les conséquences, elles, restaient toujours les mêmes : fessées, taloches, exclusions. Et c'était lui qui devait y faire face, qui devait expliquer les vêtements déchirés dans les bagarres à la récré et plus tard les gueules de bois, la dissolution progressive de son mariage, la roue de bicyclette avec ses rayons tordus, le bras cassé de Danny et bien sûr, pour finir, l'histoire de George Hatfield.

Il avait fourré sa main dans le Grand Guêpier de la Vie, sans s'en rendre compte. L'image était d'un goût douteux, mais, comme métaphore, le Grand Guêpier de la Vie n'était pas sans mérite. C'était comme s'il avait passé la main derrière des lattes pourries et que son bras tout entier avait été dévoré par des flammes sacrées. Elles avaient obscurci sa raison, lui faisant oublier tout comportement civilisé. Pouvait-on s'attendre à une conduite rationnelle de la part de quelqu'un dont la main était transpercée par une multitude d'aiguillons brûlants ? Quand des nuées de guêpes vengeresses, dissimulées derrière l'apparence innocente des choses, surgissaient soudain et s'acharnaient contre lui, pouvait-on le tenir responsable de ses actes alors qu'il courait comme un fou sur un toit en pente, au bord d'un précipice de vingt mètres, sans savoir où il allait, sans se rendre compte que si dans son affolement il venait à trébucher il serait projeté par-dessus la gouttière et irait s'écraser sur les dalles de béton. Non, pensait Jack, un tel homme ne pouvait être tenu pour responsable. Quand il avait fourré sa main dans ce guêpier, ce n'était pas qu'il eût conclu un pacte avec le diable, renonçant à toutes les valeurs civilisées, l'amour, le respect, l'honneur. Non, ça lui était arrivé, un point, c'est tout. Passivement, sans qu'il eût son mot à dire, il avait cessé d'être un homme de raison et il était devenu le jouet de ses nerfs. En quelques secondes, le licencié ès lettres avait été transformé en bête furieuse.

Il se rappela George Hatfield.

George faisait ses études à Stovington en amateur. Champion de rugby et de base-ball, il avait un programme d'études allégé et il se contentait d'obtenir des C avec, de temps en temps, un B en histoire ou en botanique. Battant féroce sur le terrain de sport, il devenait en classe un étudiant nonchalant. Jack avait appris à connaître les athlètes, non pas tellement à Stovington, mais en les côtoyant au lycée et à l'université. Et George Hatfield était le prototype de l'athlète. En classe, il pouvait se montrer calme, même effacé, mais, si on lui appliquait les stimuli requis (un peu comme la créature de Frankenstein se transformait en monstre quand on lui appliquait les électrodes aux tempes, pensa Jack, sarcastique), il devenait un rouleau compresseur.

Au mois de janvier, quand on avait formé l'équipe de Stovington pour les joutes d'éloquence interscolaires, George avait été l'un des candidats. Il avait été parfaitement franc avec Jack. Son père était avocat d'une grande compagnie et voulait que son fils prît le même chemin. George, qui ne se sentait aucune vocation particulière, n'y voyait pas d'inconvénient. Ses notes n'étaient pas fameuses, mais il n'était encore qu'au collège et il serait toujours temps de faire ses preuves. D'ailleurs, si jamais il n'arrivait pas à entrer à l'école de droit par ses propres moyens, son père ferait jouer ses relations. Et ses talents d'athlète lui ouvriraient d'autres portes. Mais Mr. Hatfield était persuadé que son fils avait tout intérêt à faire partie de l'équipe de débatteurs. C'était un excellent entraînement, fort apprécié des commissions d'admission des écoles de droit. George fut donc pris dans l'équipe, mais vers la fin du mois de mars Jack l'avait éliminé.

Les débats organisés à la fin de l'hiver et qui opposaient entre eux les différents membres de

l'équipe avaient allumé tous les instincts compéti-
tifs de George Hatfield. Il était devenu un débatteur acharné, décidé à vaincre. Il préparait avec le
même acharnement le dossier pour et le dossier
contre. Peu importait que le sujet fût la légalisation
de la marijuana, la restauration de la peine de mort
ou les allocations gouvernementales accordées aux
compagnies pétrolières pour la non-exploitation de
leurs gisements. George étudia à fond tous ses
dossiers et son manque de convictions véritables
lui permettait de défendre avec une énergie égale
des thèses opposées. Jack savait que même chez les
meilleurs débatteurs cette aptitude à ne pas prendre parti était une qualité aussi rare que précieuse.
Le véritable débatteur est un opportuniste dont le
seul but est de convaincre. Jusque-là, tout allait
bien.

Mais malheureusement George Hatfield bégayait.

On n'avait jamais remarqué cette infirmité en
classe, où George faisait preuve d'un flegme imper-
turbable, même quand il n'avait pas fait ses devoirs,
et encore moins sur le terrain de sport où savoir
parler ne vous menait à rien et pouvait même vous
faire disqualifier, si vous discutiez trop.

Mais, quand le débat s'échauffait, George se mettait à bégayer et plus il se passionnait, plus il
bégayait. Dès qu'il tenait son adversaire, un blocage
se produisait au niveau des centres moteurs de la
parole et il restait là sans pouvoir prononcer un
seul mot, jusqu'à ce que la sonnerie mît fin au
débat. C'était pénible à voir.

« J-j-je-p-p-pense qu'il f-f-faut dire que les f-f-faits
cités par Mr. D-d-dorsky sont r-r-rendus caducs
p-p-par la récente d-d-décision de la cour... »

La sonnerie tintait et George se tournait vers
Jack, assis près du chronomètre, et le fixait d'un
regard haineux. Dans ces moments-là, son visage

148

devenait cramoisi et dans son agitation sa main se crispait, froissant les notes qu'elle tenait.

Jack avait gardé George dans l'équipe bien après s'être débarrassé de tous les autres poids morts. Contre toute raison, il avait espéré que ça finirait par s'arranger. Il se souvint de l'altercation qui avait eu lieu à peu près une semaine avant que George ne fût éliminé de l'équipe. George était resté après le départ des autres et avait pris Jack à partie.

— Vous avez d-d-déclenché le chronomètre en a-a-avance.

Jack leva les yeux des papiers qu'il rangeait dans sa sacoche.

— Que voulez-vous dire, George ?

— Je n'ai p-p-pas eu mes cinq m-m-minutes. Vous l'avez d-d-déclenché en avance. J'ai r-r-regardé la p-p-pendule.

— Le chronomètre et la pendule ne sont peut-être pas parfaitement synchronisés, mais je n'ai pas touché au chronomètre, parole d'honneur.

— S-s-si, vous l'avez f-f-fait !

L'agressivité de George, son air d'innocence offensée avaient fini par exaspérer Jack. Ça faisait deux mois qu'il n'avait pas touché à l'alcool, deux mois de trop, et il avait les nerfs à vif. Il fit un dernier effort pour se maîtriser.

— Je vous assure que je n'ai pas touché au chronomètre, George. Le problème, c'est que vous bégayez. Avez-vous une idée de ce qui peut causer cette infirmité ? Vous ne bégayez pas en classe.

— J-j-je ne b-b-bégaie pas !

— Ne criez pas.

— Vous voulez ma p-p-peau ! V-v-vous ne me v-v-voulez pas dans v-v-votre équipe !

— Je vous répète de ne pas crier. On peut discuter de ça calmement.

— Je me fous de vos boniments !

— George, si vous pouvez maîtriser votre bégaiement, je serai enchanté de vous garder. Vous préparez bien vos dossiers, vous êtes rarement pris au dépourvu. Mais tout cela ne sert pas à grand-chose si vous n'arrivez pas à parler...

— J-j-je n'ai jamais b-b-bégayé de ma v-v-vie ! s'écria-t-il. C-c-c'est vous ! Si q-q-quelqu'un d'autre était ch-chargé de l'équipe, je p-p-pourrais...

Jack sentait la moutarde lui monter au nez.

— George, vous ne pourrez jamais devenir avocat tant que vous bégaierez comme ça. Le droit, ce n'est pas le rugby. Il ne suffit pas de vous entraîner deux heures par jour pour vous débarrasser de ce handicap. Que ferez-vous quand il vous faudra prendre la parole devant le conseil d'administration ? Allez-vous leur dire : « M-m-maintenant, messieurs, examinons cette p-p-plainte » ?

Il rougit tout à coup, non de colère, mais de honte devant sa propre cruauté. Ce n'était pas un homme qu'il avait devant lui mais un gosse de dix-sept ans qui affrontait le premier échec de sa vie et qui, en le provoquant, cherchait peut-être, d'une façon détournée, à obtenir son aide.

George lui lança un dernier regard furieux, la bouche tordue par des paroles qu'il retenait à grand-peine et qui finirent par éclater :

— V-v-vous l'avez déclenché en avance ! V-v-vous me d-d-détestez parce que v-v-vous savez que je s-s-sais...

Il poussa un cri inarticulé et quitta brusquement la salle de classe, claquant derrière lui la porte dont les vitres tremblèrent. Malgré la honte qu'il éprouvait à s'être moqué du bégaiement de George, Jack ne pouvait s'empêcher de jubiler à la pensée que pour la première fois de sa vie George Hatfield n'avait pas pu obtenir ce qu'il désirait. Pour la première fois de sa vie, il avait rencontré un obstacle que tout l'argent de Papa ne lui permettrait pas de franchir. Mais sa jubilation, rapidement submergée par la honte, fut de courte durée. Et il se retrouva dans le même état d'esprit que lorsqu'il avait cassé le bras de Danny.

Oh ! mon Dieu, faites que je ne sois pas un salaud, je vous en supplie.

Cette joie malsaine qu'il avait ressentie devant la débandade de George était certainement plus caractéristique du personnage de Denker, dans la pièce, que de Jack Torrance, dramaturge.

Vous me détestez parce que vous savez que je sais...

Parce qu'il savait quoi ?

Que pouvait-il savoir de George Hatfield qui pût le lui faire détester ? Qu'il avait la vie entière devant lui ? Qu'il ressemblait un peu à Robert Redford et que les filles arrêtaient de parler quand, du plongeoir de la piscine, il exécutait un double saut de carpe ? Qu'il jouait au rugby et au base-ball avec une grâce innée ?

C'était ridicule, totalement absurde. Il ne lui enviait rien. En fait, il était encore plus navré du bégaiement de George que George lui-même, parce que George aurait réellement fait un excellent débatteur. Et si Jack avait déclenché son chrono-mètre en avance — ce qu'il n'avait pas fait, évidem-ment — ç'aurait plutôt été pour couper court au spectacle de son humiliation — aussi insupportable que celle de l'orateur qui, à la distribution des prix, a un trou de mémoire — et au sentiment de gêne qu'elle provoquait. Oui, s'il avait déclenché le chro-nomètre en avance, c'était uniquement pour épar-gner à George d'inutiles souffrances.

Mais il ne l'avait pas fait ; il en était quasiment certain.

Une semaine plus tard, quand Jack avait éliminé George de l'équipe, il avait su rester maître de lui-même. Les cris, les menaces étaient venus de

George. Quelques jours après, pendant que l'équipe s'entraînait, Jack était allé au parking chercher des recueils de textes qu'il avait laissés dans le coffre de la Volkswagen, et il avait trouvé George, un genou à terre, ses longs cheveux blonds flottant devant son visage, un couteau de chasse à la main. Il était en train de taillader le pneu avant droit de la Volkswagen. Les pneus arrière étaient déjà lacérés et la Coccinelle était assise sur son arrière-train comme un petit chien fatigué.

Jack avait vu rouge, mais il ne se souvenait pas très bien de l'empoignade qui avait suivi. Il avait dit dans un grognement rauque :

— Très bien, George. Si c'est ça que vous cherchez, vous allez être servi.

Il se rappelait l'expression de surprise sur le visage de George et son regard plein d'appréhension. Il avait commencé : « Mr. Torrance... », comme s'il voulait prouver que tout cela n'était qu'une erreur, que les pneus étaient déjà à plat quand il était arrivé, et qu'avec le couteau qui s'était trouvé par hasard dans sa poche il ne faisait que nettoyer la terre qui s'était prise dans les rainures...

Jack avait foncé, les poings levés devant lui et un sourire aux lèvres, c'est du moins ce qu'il lui semblait.

Son dernier souvenir, c'était George brandissant son canif et le menaçant :

— Ne vous approchez pas davantage, sinon gare à vous...

Ensuite il ne se souvenait de rien jusqu'au moment où Miss Strong, le professeur de français, lui avait saisi le bras. Elle pleurait, criant :

— Arrêtez, Jack, arrêtez ! Vous allez le tuer !

Il avait regardé autour de lui d'un air hébété. Le canif gisait innocemment sur le macadam du parking à une dizaine de mètres. La Volkswagen, pauvre vieux tacot qui avait survécu à tant de beuveries nocturnes, à tant de courses folles, était toujours assise sur ses trois pattes cassées. Il y avait un nouveau coup au pare-chocs et, au milieu, une tache rouge — de peinture ou de sang. Pendant un moment tout s'était embrouillé dans sa tête.

(Nom de Dieu, Al, nous l'avons touché.)

Puis il avait aperçu George, étendu sur le macadam. Il avait l'air sonné et clignait des yeux. Tous les membres de l'équipe de débatteurs étaient sortis. Blottis près de la porte, ils gardaient les yeux rivés sur George. Une blessure au cuir chevelu, probablement sans gravité, lui avait ensanglanté le visage, mais le filet qui s'écoulait d'une oreille indiquait sans doute un traumatisme crânien. Quand George essaya de se relever, Jack se libéra de l'emprise de Miss Strong et se dirigea vers lui. George eut un mouvement de recul.

Jack posa ses mains sur la poitrine de George et le poussa en arrière.

— Restez couché, dit-il. N'essayez pas de bouger.

Il se tourna vers Miss Strong qui les regardait tous deux d'un air horrifié.

— Miss Strong, allez chercher le médecin du collège, s'il vous plaît, lui dit-il.

Elle fit demi-tour et partit en courant vers le secrétariat. Il regarda les membres de l'équipe de débatteurs droit dans les yeux. Il avait repris la barre, il était redevenu lui-même et, quand il était lui-même, il n'y avait pas de plus chic type dans tout le Vermont. Ses élèves le savaient bien, il en était sûr.

— Vous pouvez rentrer chez vous, leur avait-il dit posément. Nous nous réunirons de nouveau demain.

Mais, avant la fin de la semaine, ses deux meilleurs débatteurs et quatre autres membres de l'équipe avaient donné leur démission. A ce moment-là, ça n'avait d'ailleurs plus beaucoup d'importance puisqu'on l'avait informé qu'il allait être obligé de démissionner lui aussi.

Pourtant, dans cette épreuve, il avait résisté à la tentation de boire, ce qui représentait, après tout, une sorte de victoire.

Il n'avait pas éprouvé de haine à l'égard de George Hatfield, il en était sûr. Ce qu'il avait fait, il l'avait fait malgré lui.

Deux guêpes léthargiques se traînaient sur le toit, à côté du trou béant entre les lattes.

Il les regardait déployer leurs ailes, ces ailes qui étaient la négation même de tous les principes de l'aérodynamique et qui pourtant fonctionnaient si bien. Elles s'envolèrent lourdement dans la lumière du soleil d'octobre, peut-être pour aller piquer quelqu'un d'autre. Le bon Dieu avait cru bon de leur donner des dards et Jack supposait qu'il leur fallait s'en servir.

Combien de temps était-il resté là, assis, à contempler ce trou qui lui avait réservé une si mauvaise surprise et à ressasser de vieilles histoires ? Il regarda sa montre : ça faisait presque une demi-heure.

Il se laissa glisser sur la pente jusqu'au bord du toit, passa une jambe par-dessus la gouttière et chercha du pied le premier barreau de l'échelle, juste en dessous du surplomb. Il allait descendre à la remise où il avait rangé la bombe insecticide sur un rayon assez haut pour que Danny ne pût l'atteindre.

Il la prendrait, remonterait et ferait aux guêpes une bonne surprise. On pouvait se faire piquer, mais on pouvait aussi rendre la pareille. Chacun son tour. Ça, il le croyait vraiment. Dans deux heures, le nid ne serait plus qu'une boule de papier mâché vide que Danny pourrait conserver dans sa chambre s'il le désirait... Jack en avait gardé un chez lui quand il était gosse, un nid qui avait toujours vaguement senti la fumée de bois et l'essence. Danny pourrait le mettre à la tête de son lit. Il n'y aurait plus aucun risque.

— Je me sens mieux.

Il n'avait pas eu l'intention de parler tout haut, mais le son de sa propre voix, si confiante dans le silence de l'après-midi, le rassura. Effectivement, il allait mieux. Il se sentait capable désormais de mener sa barque, de neutraliser la force qui avait failli le rendre fou et de la considérer avec détachement, comme un phénomène curieux, sans plus.

Et s'il y avait un endroit au monde où sa guérison fût possible, c'était bien ici.

Il descendit l'échelle pour aller chercher la bombe. Elles paieraient cher, ces sales guêpes, pour l'avoir piqué !

XV

DANS LA COUR

Jack avait déniché, au fond de la remise, un énorme fauteuil en osier peint en blanc et contre les objections de Wendy, qui disait n'avoir jamais rien vu d'aussi laid, il l'avait mis sur le porche. Il y était à présent confortablement installé et savourait la lecture de *Vivre d'amour et d'eau fraîche* d'E.L. Doctorow quand la camionnette brinquebalante, conduite par sa femme avec Danny à ses côtés, s'engagea dans l'allée de l'hôtel.

Wendy se gara au parking, donna un coup d'accélérateur puis coupa le contact. L'unique feu arrière s'éteignit, mais le moteur continua de hoqueter quelques instants encore avant de se taire. Jack se leva de son fauteuil et se dirigea vers eux d'un pas nonchalant.

— Salut, 'pa! cria Danny en s'élançant vers son père. Il tenait une boîte à la main. Regarde ce que Maman m'a acheté!

Jack souleva son fils, lui fit faire deux tours en l'air et lui donna une grosse bise sur la bouche.

— Jack Torrance, je présume, l'Eugene O'Neill de sa génération, le Shakespeare américain! s'écria Wendy, tout sourire. Quelle chance de vous rencontrer ici, dans ces montagnes perdues.

— Chère madame, la médiocrité des hommes a fini par me faire fuir, dit-il en la prenant dans ses bras et en l'embrassant. Vous avez fait bon voyage ?

— Très bon. Danny se plaint d'avoir été secoué, mais la camionnette n'a pas calé une seule fois et... Oh ! Jack, tu as fini !

Suivant le regard de sa mère, Danny vit qu'elle regardait le toit. Quand il aperçut la large bande vert clair de bardeaux neufs sur l'aile ouest du toit, son visage s'assombrit un instant, mais s'éclaircit de nouveau, dès qu'il se rappela la boîte qu'il tenait dans sa main.

— Regarde, Papa, regarde !

Jack prit la boîte que son fils lui tendait. C'était une voiture miniature « Big Daddy Roth ». Danny avait toujours raffolé de ces maquettes fantaisistes — celle-ci s'appelait La Folle Volkswagen Violette et l'image sur la boîte montrait une énorme Volkswagen violette avec feux arrière en queue de poisson genre Cadillac, lancée à fond de train sur une piste en terre. Elle était pilotée par un monstre portant une énorme casquette de course, visière à l'arrière. Il serrait le volant dans ses mains griffues et sa tête, couverte de verrues, aux yeux exorbités, injectés de sang, à la bouche fendue d'un rire dément, sortait par le toit ouvrant.

Wendy lança à Jack un sourire entendu et Jack lui fit un clin d'œil.

— Ce que j'apprécie chez toi, prof, dit Jack en rendant la boîte à Danny, c'est ton attirance pour tout ce qui est intellectuel. Tu es le vrai fils de ton père.

— Maman a dit que tu m'aideras à la monter dès que j'aurai fini mon premier livre de lecture.

— Ça veut dire à la fin de la semaine, répondit Jack. Et que cachez-vous encore dans cette belle camionnette, chère madame ?

— Pas question, mon vieux. (Elle lui saisit le bras

et le fit reculer.) Tu ne regarderas pas. Il y a quelques affaires pour toi là-dedans, mais, Danny et moi, nous nous chargeons de tout rentrer. Toi, tu peux prendre le lait. Il est par terre dans la cabine.

— Voilà tout ce que je suis pour vous ! s'écria Jack, se prenant le front entre les mains. Un cheval de charge, une bête de somme. Rien de plus. Porte-moi ci, porte-moi ça, voilà tout ce que j'entends !

— Vous pouvez commencer par me monter ce lait jusqu'à la cuisine, cher monsieur.

— C'en est trop ! s'écria-t-il en se jetant par terre tandis que Danny le regardait faire en se tordant de rire.

— Lève-toi, vieille bête, dit Wendy en lui chatouillant les côtes du bout de son pied.

— Tu vois ? dit-il à Danny. Elle m'a appelé vieille bête ! Je te prends à témoin.

— Je suis témoin, je suis témoin ! s'écria Danny, qui, ivre de joie, sauta par-dessus son père étendu par terre.

Jack s'assit.

— Ça me rappelle, fiston, que moi aussi j'ai quelque chose pour toi. C'est sur le porche, à côté du fauteuil.

— Qu'est-ce que c'est ?

— Je ne me souviens pas. Va voir.

Jack s'était remis debout et Wendy et lui, côte à côte, regardèrent Danny traverser la pelouse en courant puis grimper deux à deux les marches du porche. Jack passa un bras autour de la taille de sa femme.

— Alors, princesse, tu es heureuse ?

Elle se tourna vers lui et le regarda droit dans les yeux. Il vit qu'elle ne plaisantait plus.

— Je n'ai jamais été aussi heureuse depuis que nous sommes mariés.

— C'est vrai ?

— C'est vrai.

Il la serra dans ses bras.

— Je t'aime.

Émue, elle lui rendit son étreinte. Jack Torrance n'avait jamais été prodigue de ces mots-là et elle aurait pu compter sur ses dix doigts le nombre de fois qu'il les avait prononcés, avant et après leur mariage.

— Moi aussi, je t'aime.

— Maman ! Maman ! criait Danny d'une voix perçante du haut du porche. (Il était au comble de l'excitation.) Viens voir ! Ah ! ce que c'est chouette !

— Qu'est-ce que c'est ? lui demanda Wendy tandis qu'ils quittaient le parking, la main dans la main.

— Zut ! J'ai complètement oublié, dit Jack.

— A d'autres, dit-elle en lui donnant un coup de coude dans les côtes. Je ne me laisserai pas prendre.

— C'est ce que nous verrons ce soir, répliqua-t-il, et elle rit.

Quelques instants après, il lui demanda :

— Crois-tu que Danny est heureux ?

— Tu devrais le savoir mieux que moi. C'est toi qui passes des heures à bavarder avec lui tous les soirs avant qu'il n'aille au lit.

— D'habitude nous parlons de ce qu'il fera quand il sera grand ou de l'existence du Père Noël. Il ne m'a presque rien dit sur l'Overlook.

— A moi non plus, dit-elle. (Ils montaient les marches de l'escalier.) Il ne parle pas beaucoup. Et je crois qu'il a maigri, oui, j'en suis presque certaine, Jack.

— Mais non, il grandit, tout simplement.

Danny leur tournait le dos et Wendy ne pouvait pas voir ce qu'il examinait sur la table à côté du fauteuil de Jack.

— Il commence à chipoter avec sa nourriture. Tu te souviens du coup de fourchette qu'il avait ?

— A partir d'un certain âge, ils mangent moins, dit-il d'un air absent. Je pense avoir lu ça dans *Spock*. A sept ans ce sera de nouveau un gouffre.

Ils s'étaient arrêtés sur la dernière marche.

— Il a terriblement envie d'apprendre à lire, dit-elle. Je sais qu'il veut nous faire plaisir... ou plutôt il veut *te* faire plaisir à toi, ajouta-t-elle à contrecœur.

— Il veut surtout se faire plaisir à lui-même, dit Jack. Je ne le pousse pas. En fait, je préférerais qu'il ne force pas tant.

— Me trouverais-tu ridicule si je prenais rendez-vous pour qu'on lui fasse un check-up ? Il y a un généraliste à Sidewinter, un jeune, d'après ce que m'a dit la caissière du supermarché...

— Tu es inquiète en voyant s'approcher l'hiver ?

Elle haussa les épaules.

— Oui, sans doute. Si tu trouves que c'est idiot...

— Pas du tout. Tu n'as qu'à prendre rendez-vous pour nous tous. Comme ça nous aurons nos certificats de bonne santé et nous pourrons dormir sur nos deux oreilles.

— Je prendrai rendez-vous dès cet après-midi, dit-elle.

— 'man ! Regarde, 'man !

Danny arriva en courant, tenant dans ses mains un gros objet gris que Wendy, par une méprise tragi-comique, prit d'abord pour un cerveau humain. Quand elle comprit ce que c'était, elle eut un mouvement de recul.

Jack lui passa un bras autour des épaules.

— N'aie pas peur. Toutes celles qui ne se sont pas envolées ont été tuées par une bombe insecticide.

160

Elle regarda le gros nid de guêpes que tenait son fils mais refusa de le toucher.

— Tu es sûr qu'il n'y a aucun danger ?

— Absolument sûr. J'en avais un dans ma chambre quand j'étais gosse. C'est mon père qui me l'avait donné. Veux-tu le mettre dans ta chambre, Danny ?

— Ouais, tout de suite !

Il fit demi-tour et se précipita vers la porte d'entrée à double battant. Ils purent entendre le bruit étouffé de ses pas dans l'escalier.

— C'est vrai qu'il y avait des guêpes là-haut ? demanda-t-elle. Tu ne t'es pas fait piquer ?

— Si, justement. Regarde comme j'ai bien mérité de la patrie, dit-il en lui montrant son doigt qui avait commencé à désenfler déjà.

Elle le cajola avec des roucoulements tendres et posa sur le doigt blessé un petit baiser.

— Est-ce que tu as retiré le dard ?

— Les guêpes ne laissent pas de dard. A la différence des abeilles, qui ont le dard fourchu, les guêpes ont le dard lisse, ce qui explique pourquoi elles sont si dangereuses ; elles peuvent piquer plusieurs fois de suite.

— Jack, es-tu sûr que ce nid ne présente aucun risque pour Danny.

— J'ai suivi toutes les instructions inscrites sur la bombe. On garantit que ce produit tue tout insecte dans un délai de deux heures et qu'ensuite il se dissipe sans laisser de résidu.

— Je les déteste, dit-elle.

— Quoi... les guêpes ?

— Toutes ces bêtes qui piquent, dit-elle.

Elle croisa les bras sur sa poitrine et se prit les coudes dans ses mains.

— Moi aussi, dit-il en la serrant dans ses bras.

XVI

DANNY

De sa chambre au fond du couloir, Wendy pouvait entendre la machine à écrire de Jack crépiter trente secondes, se taire deux ou trois minutes, puis reprendre son crépitement. C'était comme si, tapie au fond d'une tranchée, elle écoutait des rafales de mitraillette. Mais, pour elle, c'était une véritable musique ; depuis la deuxième année de leur mariage, celle où Jack avait écrit la nouvelle achetée par *Esquire*, il n'avait plus travaillé avec cette régularité-là. Il lui avait dit qu'il pensait terminer la pièce pour la fin de l'année et qu'il comptait ensuite entreprendre autre chose. Mais le simple fait qu'il se soit remis à écrire avait suffi à faire renaître l'espoir. Non pas qu'elle s'imaginât que cette pièce allait leur apporter gloire ou fortune, mais il lui semblait qu'en l'écrivant son mari refermait peu à peu la porte sur un passé plein de monstres. Depuis longtemps il pesait de toutes ses forces contre cette porte et elle paraissait enfin céder.

Chaque touche frappée la refermait encore un peu plus.

162

— Regarde, Dick, regarde.

Danny se penchait sur le premier des cinq livres de lecture pour débutant que Jack, à force de fouiner à Boulder chez les marchands de livres d'occasion, avait réussi à dénicher. Ces livres mettraient Danny au niveau du cours élémentaire de première année. C'était, selon Wendy, un programme beaucoup trop ambitieux, et elle l'avait dit à Jack. Leur fils était intelligent, ils le savaient, mais ce n'était pas une raison pour le pousser trop vite. Jack était d'accord là-dessus, mais, si Danny avançait vite, il ne voulait pas se trouver pris au dépourvu. Et elle se demandait si Jack n'avait pas eu raison, une fois de plus.

Danny, mûri par quatre ans de *Sesame Street* et trois d'*Electric Company* à la télé, apprenait à une vitesse vertigineuse, voire inquiétante, de l'avis de Wendy. Le planeur en balsa et le poste à galène, posés sur le rayonnage au-dessus de sa tête, montaient la garde tandis qu'il se penchait sur ces petits livres aux récits anodins. On aurait dit qu'apprendre à lire était pour lui une question de vie ou de mort. A la lumière chaude et intime de la lampe tulipe qu'ils avaient installée dans sa chambre, son visage lui parut pâle et ses traits tirés.

— *Regarde Jip courir*, lut Danny lentement. *Cours, Jip, cours. Cours, cours, cours.* (Il s'arrêta, abaissant son doigt à la ligne suivante.) *Regarde la...* (Il se pencha encore plus près de la page, qu'il touchait presque de son nez à présent.) *Regarde la...*

— Pas si près, prof, dit Wendy doucement. Tu vas te faire mal aux yeux. C'est...

— Ne me le dis pas ! s'écria-t-il en se redressant brusquement. (Sa voix était chargée d'émotion.) Ne me le dis pas, Maman, j'y arriverai !

— D'accord, chéri, dit-elle. Mais ne te mets pas dans des états pareils ; ça ne vaut vraiment pas la peine.

163

Sans prêter la moindre attention à ce que lui disait sa mère, Danny se penchait toujours sur son livre. Il n'aurait pas été plus tendu s'il avait été en train de passer un concours d'agrégation. Et Wendy trouvait cela de plus en plus inquiétant.

— *Regarde la... beu. Ah. Elle. Regarde la beu-ah-elle ? Regarde la beuahelle. Balle !* (Son exaltation triomphante avait quelque chose d'effrayant.) *Regarde la balle !*

— C'est juste, dit Wendy. Chéri, je crois que ça suffit pour ce soir.

— Une ou deux pages encore, Maman ? Je t'en supplie !

— Non, prof. (Elle referma le petit livre à couverture rouge d'un air décidé.) C'est l'heure d'aller te coucher.

— S'il te plaît.

— N'insiste pas, Danny. Maman est fatiguée.

— O.K.

Mais il n'arrivait pas à détacher ses yeux du livre.

— Va embrasser ton père et ensuite tu iras te laver. N'oublie pas de te brosser les dents.

— Ouais.

Il s'en alla, emmitouflé des pieds jusqu'au cou dans son pyjama-combinaison de flanelle dont le devant s'agrémentait d'une image de ballon de rugby et qui arborait, à l'envers, l'inscription NEW ENGLAND PATRIOTS.

La machine à écrire marqua un temps d'arrêt, et elle entendit le baiser de Danny.

— 'nuit, Papa.

— Bonne nuit, prof. Tu as bien travaillé ?

— Oui, pas trop mal, mais Maman m'a arrêté.

— Maman a eu raison. Il est plus de huit heures et demie. Tu vas te laver ?

— Ouais.

— Bonne idée. Il y a de la pomme de terre qui commence à te pousser dans les oreilles. Et de l'oignon, des carottes, de la ciboulette et...

Le rire de Danny s'éloigna puis s'interrompit brusquement, coupé par le déclic du verrou de la porte de la salle de bain. Danny avait toujours considéré que ce qu'il faisait à la salle de bain ne concernait que lui, alors qu'avec Jack et Wendy ça se passait à la bonne franquette. C'était encore un de ces nombreux signes qui montraient que Danny n'était ni une copie conforme de l'un de ses parents, ni un mélange des deux, mais un être humain entièrement neuf. Wendy s'en attristait quelquefois. Son enfant deviendrait un jour un étranger pour elle comme elle en serait une pour lui...

De nouvelles rafales de machine à écrire retentirent.

L'eau coulait toujours dans la salle de bain et elle se leva pour voir si tout allait bien. Perdu dans le monde qu'il inventait, Jack ne leva pas les yeux. Cigarette au bec, il fixait sa machine d'un regard absent.

Elle frappa doucement à la porte d'entrée de la salle de bain.

— Ça va, prof ? Tu ne t'es pas endormi ?

Pas de réponse.

— Danny ?

Pas de réponse. Elle essaya d'ouvrir la porte, mais elle était verrouillée.

— Danny ?

Elle était inquiète à présent. L'absence de tout bruit hormis celui de l'eau qui coulait lui paraissait suspecte.

— Danny ? Ouvre la porte, mon lapin.

Toujours pas de réponse.

— Danny !

— Nom de Dieu, Wendy, comment veux-tu que je

réfléchisse si tu continues de cogner sur cette porte ?

— Danny s'est enfermé dans la salle de bain et il ne répond pas !

Jack quitta son bureau, l'air mécontent. Il frappa violemment à la porte.

— Ouvre, Danny, ce n'est pas drôle.

Pas de réponse.

Jack frappa encore plus fort.

— Fini la rigolade. Quand c'est l'heure de se coucher, il faut se coucher. Si tu n'ouvres pas, c'est la fessée.

« Il va s'emporter », pensa-t-elle, de plus en plus effrayée. Depuis le fameux soir d'il y a deux ans, Jack n'avait plus touché à Danny, mais à présent il paraissait suffisamment en colère pour le faire.

— Danny, chéri..., reprit-elle.

Pas de réponse. Rien que l'eau qui continuait de couler.

— Danny, si tu m'obliges à casser cette serrure, je te promets que tu passeras la nuit couché sur le ventre, menaça Jack.

Toujours rien.

— Enfonce-la, dit-elle. (Elle avait soudain du mal à parler.) Vite, ajouta-t-elle.

Il leva son pied et l'abattit contre la porte de toutes ses forces, à droite de la poignée. La serrure, de mauvaise qualité, céda au premier coup. La porte s'ouvrit et, vibrant sous le choc, rebondit contre le carrelage du mur de la salle de bain.

— Danny ! cria-t-elle.

L'eau coulait à toute force dans le lavabo. Le tube de dentifrice Crest, décapuchonné, était posé sur le rebord. A l'autre bout de la pièce, assis sur le rebord de la baignoire, Danny, la bouche cernée d'une épaisse mousse dentifrice, tenait mollement sa brosse à dents dans sa main gauche et fixait d'un regard vide le miroir de l'armoire de toilette. L'expression d'horreur qui se lisait sur son visage était si violente que Wendy crut tout d'abord qu'il avait eu une attaque d'épilepsie et qu'il avait avalé sa langue.

— Danny !

Danny ne répondit pas. Il ne montait de sa gorge que des grognements gutturaux.

Jack écarta Wendy si brutalement qu'elle heurta le porte-serviettes. Il s'agenouilla devant son fils.

— Danny, dit-il. Danny, Danny !

Il claqua ses doigts devant les yeux vides de Danny.

— Ah ! oui, dit Danny. C'est un match de tournoi. Un coup et vlan !

— Danny...

— Roque ! (La voix de Danny était devenue grave, c'était presque celle d'un homme.) Roque ! Le coup tombe ! On peut se servir des deux bouts d'un maillet de roque. Raaaa...

— Oh ! Jack, qu'est-ce qu'il a ?

Jack saisit l'enfant par les coudes et le secoua très fort. La tête de Danny roula mollement vers l'arrière puis rebondit brusquement vers l'avant, comme un ballon attaché à une baguette.

— Roque ! Vlan ! Tromal !

Jack le secoua de nouveau et soudain le regard de Danny s'éclaircit. La brosse à dents glissa de sa main et tomba sur le carrelage avec un bruit sec.

— Qu'est-ce qui se passe ? demanda-t-il, regardant autour de lui. (Il vit son père agenouillé devant lui et Wendy debout contre le mur.) Qu'est-ce qui se passe ? demanda Danny de nouveau, dans un affolement croissant. Qu'est-ce que-que...

— Arrête de bégayer ! lui cria Jack au visage.

Terrifié, Danny se mit à hurler. Son corps se raidit et, se débattant pour se libérer de l'étreinte de son père, il finit par éclater en sanglots. Bouleversé, Jack l'attira vers lui.

— Oh ! mon petit, je suis désolé. Je suis désolé, prof. S'il te plaît, ne pleure pas. Je te demande pardon. Calme-toi.

L'eau n'arrêtait pas de couler dans le lavabo et Wendy eut tout à coup le sentiment qu'elle revivait l'affreux cauchemar d'il y a deux ans, lorsque son mari ivre avait cassé le bras de son fils, puis pleurniché sur lui de la même façon, avec les mêmes mots.

(Oh ! mon petit, je suis désolé. Vraiment je suis désolé, prof. Arrête, je t'en prie. Je te demande pardon.)

Elle se précipita vers eux et arracha Danny des bras de Jack, sans prêter attention au regard furieux qu'il lui décocha et auquel elle aurait toujours le temps de penser, plus tard. Danny lui passa les bras autour du cou et, suivi par Jack, elle l'emporta dans sa petite chambre.

Assise sur son lit, elle le berça longuement, tâchant de le calmer avec un babil incohérent qu'elle répétait inlassablement. Elle leva les yeux sur Jack, mais ne put lire dans son regard autre chose que de l'inquiétude. Il haussa les sourcils en guise d'interrogation, et pour toute réponse elle secoua faiblement la tête.

— Danny, dit-elle, Danny, Danny, Danny. Ça va, prof. Tout va bien.

Elle réussit enfin à l'apaiser : il ne tremblait presque plus dans ses bras. Ce fut pourtant à Jack, qui s'était assis à côté d'eux sur le lit, qu'il parla le premier, et la vieille blessure se rouvrit.

C'est lui le premier ; il a toujours été le premier.

Jack l'avait rudoyé, elle l'avait consolé, mais c'était pourtant à son père que Danny dit :

— Je te demande pardon si j'ai fait quelque chose de mal.

— Il n'y a rien à te pardonner, prof. Jack lui

ébouriffa les cheveux. Mais qu'est-ce que tu foutais là-dedans ?

Danny secoua lentement la tête, d'un air hébété.

— Je... je ne sais pas. Pourquoi est-ce que tu m'as dit de ne pas bégayer, Papa ? Je ne bégaie pas.

— Bien sûr que non, répondit Jack avec une hâte qui glaça le cœur de Wendy.

Jack semblait avoir peur, comme s'il venait d'apercevoir un fantôme.

— C'est à cause du chronomètre, murmura Danny.

— *Quoi ?*

Jack se pencha en avant et Danny tressaillit dans les bras de sa mère.

— Jack, tu lui fais peur ! dit-elle d'une voix altérée, perçante et accusatrice.

Elle se rendit compte tout à coup qu'ils avaient tous peur. Mais peur de quoi ?

— Je ne sais pas, je ne sais pas, disait Danny à son père. Mais... qu'est-ce que j'ai dit, Papa ?

— Rien, marmonna Jack.

Il tira son mouchoir de sa poche arrière et s'en essuya la bouche. Le temps d'un éclair, Wendy eut de nouveau l'impression de revivre le passé. Elle se souvenait bien de ce geste-là ; c'était sa manie du temps où il buvait.

— Danny, pourquoi est-ce que tu as fermé la porte à clef ? demanda-t-elle doucement. Pourquoi est-ce que tu as fais ça ?

— C'est Tony, dit-il. C'est Tony qui m'a dit de le faire.

Ils échangèrent un regard d'intelligence au-dessus de sa tête.

— Est-ce que Tony t'a dit pourquoi, mon petit ? demanda Jack doucement.

— Je me brossais les dents et je pensais à ma leçon de lecture, dit Danny. Je réfléchissais très fort. Et... et alors j'ai vu Tony au fond du miroir. Il m'a dit qu'il voulait me montrer quelque chose.

— Tu veux dire qu'il se trouvait derrière toi ? demanda Wendy.

— Non, il était dans le miroir. (Danny insista sur ce point.) Au fond du miroir. Ensuite, j'ai traversé le miroir. Après, je ne me souviens de rien, jusqu'au moment où Papa m'a secoué et que j'ai cru avoir encore fait quelque chose de mal.

Jack sursauta comme si on l'avait giflé.

— Mais non, prof, dit-il d'une voix éteinte.

— Tony t'a dit de fermer la porte à clef ? demanda Wendy, en lui caressant les cheveux.

— Oui.

— Et que voulait-il te montrer ?

Danny se raidit brusquement dans ses bras, les muscles tendus comme les cordes d'un piano.

— Je ne m'en souviens pas, dit-il, pris de panique. Je ne me souviens pas. Ne me le demande pas. Je... je ne me souviens de rien !

— Chut, dit Wendy, anxieuse. (Elle se mit à le bercer de nouveau.) Ça ne fait rien si tu ne t'en souviens pas, mon lapin. Ne t'en fais pas.

Danny finit par se détendre un peu.

— Veux-tu que je reste un moment avec toi ? Que je te lise une histoire ?

— Non. Mais laisse la lampe de nuit allumée. (Il regarda timidement son père.) Papa, tu veux bien rester un peu ? Juste une minute ?

— Bien sûr, prof.

Wendy soupira.

— Je serai au salon, Jack.

— Entendu.

Elle se leva et regarda Danny se glisser sous les couvertures. Il paraissait très petit.

— Tu es sûr que ça va, Danny ?

— Ça va. N'oublie pas d'allumer mon Snoopy, 'man.

— D'accord.

Elle alluma la lampe de chevet sur laquelle on voyait Snoopy dormant sur le toit de sa niche. Danny n'avait jamais éprouvé le besoin d'avoir une lampe de chevet avant de venir à l'Overlook, mais, dès leur installation ici, il leur en avait demandé une. Elle hésita un instant puis les quitta sans faire de bruit.

— Tu as sommeil ? lui demanda Jack tout en écartant les cheveux de son front.

— Ouais.

— Tu veux boire ?

— Non...

Pendant cinq minutes ce fut le silence. Jack avait toujours la main posée sur la tête de Danny. Pensant que Danny avait fini par s'endormir, il était sur le point de se lever quand l'enfant, luttant contre le sommeil, se mit à parler :

— Roque.

Jack se retourna, épouvanté.

— Danny... ?

— Tu ne ferais pas de mal à Maman, n'est-ce pas, Papa ?

— Non.

— Ni à moi ?

— Bien sûr que non.

De nouveau le silence les enveloppa.

— Papa ?

— Quoi ?

— Tony est venu pour me parler du jeu de roque.

— Ah ! oui ? Qu'est-ce qu'il t'a dit ?

— Je ne me souviens plus très bien. Sauf qu'il disait que la partie se divise en tours de batte, comme le base-ball. C'est drôle, n'est-ce pas ?

— Oui.

Le cœur de Jack battait la chamade. Comment diable un petit garçon de l'âge de Danny avait-il pu apprendre une chose pareille ? Le roque se jouait effectivement en tours de batte, non pas tout à fait comme le base-ball, mais plus exactement comme le cricket.

— Papa... ?

Il était presque endormi à présent.

— Qu'est-ce qu'il y a ?

— Qu'est-ce que c'est que TROMAL ?

— Trop mal ? Si tu te fais piquer par une guêpe, par exemple, tu auras peut-être trop mal.

Le silence revint.

— Hé ! prof ?

Mais Danny s'était endormi ; sa respiration était devenue profonde et régulière. Jack resta là un moment à le regarder et une vague d'amour le souleva comme une lame de fond.

— Je t'aime, Danny, chuchota-t-il. Dieu sait combien je t'aime.

Il quitta la chambre. Il s'était laissé emporter de nouveau, pas beaucoup, mais assez pour se dégoûter lui-même et pour avoir peur. S'il buvait un verre, le sentiment de sa propre indignité disparaîtrait. Rien qu'un petit verre et il ne sentirait plus rien.

(C'est à cause du chronomètre.)

Il ne souffrirait plus du tout. Il n'y avait pas d'erreur possible. C'étaient bien ces mots-là que Danny avait prononcés. Ils retentissaient encore dans ses oreilles. Jack s'arrêta un instant dans le couloir, jeta un regard en arrière et, avec son mouchoir, s'essuya machinalement les lèvres.

Leurs formes n'étaient plus que des silhouettes sombres à peine visibles dans la lueur de la veilleuse. Wendy, ne portant que sa culotte, s'approcha du lit de Danny et le reborda, car il avait rejeté les couvertures. Jack, debout dans l'embrasure de la porte, la regardait toucher le front de l'enfant de l'intérieur de son poignet.

— A-t-il de la fièvre ?

— Non.

Elle lui embrassa la joue.

— Heureusement que tu as pris rendez-vous avec le médecin, dit-il lorsqu'elle le rejoignit à la porte. Est-ce que tu crois que ce type connaît son métier ?

— La caissière m'a dit qu'il était très bien. C'est tout ce que je sais.

— Si Danny a quelque chose, vous irez tous les deux chez ta mère, Wendy.

— Non, pas question.

— Je sais, dit-il, l'enlaçant de son bras, je sais ce que tu ressens.

— Tu ne peux pas savoir ce que je ressens à son égard.

— Wendy, c'est le seul endroit où je puisse vous envoyer. Tu le sais très bien.

— Si tu venais avec nous...

— Sans ce poste, nous sommes foutus, dit-il simplement. Tu le sais.

Sa silhouette fit oui de la tête. Elle le savait, en effet.

— Quand je suis allé voir Ullman, j'ai cru qu'il me racontait des histoires pour m'impressionner. Mais je commence à avoir des doutes. Peut-être que j'ai eu tort de vous amener ici avec moi, à cinquante kilomètres de tout lieu habité.

— Je t'aime, dit-elle. Et Danny t'aime encore davantage, si c'est possible. Et il aura le cœur brisé si tu nous renvoies.

— Ne le prends pas comme ça.

— Si le docteur dit qu'il y a quelque chose d'anormal, je chercherai du travail à Sidewinter, dit-elle. Si je ne trouve rien à Sidewinter, Danny et moi, nous irons à Boulder. Je ne peux pas retourner chez ma mère, Jack. Pas dans ces conditions-là. Ne me le demande pas. Je... je ne le peux pas, c'est tout.

— Je m'en doutais bien. Allons, ne te laisse pas abattre. Ce n'est peut-être rien.

— Peut-être.

— Le rendez-vous est pour deux heures ?

— Oui.

— Laissons la porte de la chambre ouverte, Wendy.

— Oui, ça vaut mieux. Mais je crois qu'il ne se réveillera plus.

Il se réveilla pourtant.

Boum... boum... boum... boum... BOUM... BOUM... Poursuivi par ce martèlement sourd, Danny s'enfuyait dans le dédale tortueux des couloirs, ses pieds nus faisant murmurer la jungle bleu de nuit de la moquette. Chaque fois qu'il entendait le maillet de roque s'abattre contre le mur derrière lui, il avait envie de hurler. Mais il savait qu'il devait se retenir, car un hurlement le trahirait et alors...

(alors TROMAL)

(Tu vas recevoir ta raclée, sale garnement.)

Celui qui criait ces menaces le cherchait ; il se rapprochait inexorablement. Danny pouvait l'entendre longer le couloir d'à côté comme un tigre dans une jungle bleu de nuit, un tigre mangeur d'hommes.

(Montre-toi, petit merdeux !)

S'il parvenait à regagner l'escalier ou l'ascenseur et à fuir ce troisième étage, il serait peut-être sauvé. Mais il lui fallait d'abord se rappeler ce qu'il avait oublié. Il faisait noir et dans sa terreur il avait perdu tout sens de l'orientation. Complètement affolé, il avait tourné à droite ou à gauche au hasard, tant il redoutait à chaque tournant de se retrouver nez à nez avec le tigre humain qui rôdait dans ce labyrinthe. Le martèlement des coups s'était encore rapproché, les affreux cris rauques le talonnaient de près à présent.

Il s'engagea dans un petit couloir qui, il le comprit trop tard, se terminait en cul-de-sac. De tous côtés, les portes verrouillées lui interdisaient la fuite. Il se trouvait alors au fond de l'aile ouest et dehors l'orage grondait, sa voix étranglée par les bourrasques de neige.

Alors il se mit à pleurer à chaudes larmes et, le cœur palpitant comme un lapin pris dans un collet, il recula contre le mur. Quand ses épaules touchèrent la tapisserie murale de soie brochée bleu ciel, ses jambes se dérobèrent sous lui et il s'écroula sur la moquette. Là, les mains posées à plat sur les lianes et les guirlandes tissées, la respiration sifflante, il attendit.

Plus fort. Plus près.

Les rugissements du tigre s'approchaient, il allait déboucher d'un moment à l'autre du grand couloir. C'était un tigre qui faisait tournoyer un maillet de roque, un tigre qui marchait à deux pattes; c'était...

Il se réveilla en sursaut, s'assit droit sur son séant et regarda dans le noir ses mains croisées devant son visage.

C'étaient des guêpes. Trois guêpes.

C'est alors qu'elles le piquèrent, enfonçant dans sa chair leurs dards toutes à la fois. Les images du rêve se déchirèrent, l'inondant de leurs flots noirs, et il se mit à hurler dans la nuit. Les guêpes s'accrochaient à sa main gauche, la piquant et la repiquant sans arrêt.

La lumière s'alluma. Papa était là en caleçon, l'air mécontent, et derrière lui se trouvait Maman, mal réveillée et effrayée.

— Chasse-les ! hurla Danny.

— Nom de Dieu ! s'écria Jack.

Il avait vu.

— Jack, qu'est-ce qu'il y a ? *Mais qu'est-ce qu'il y a ?*

Il ne lui répondit pas mais courut vers le lit et, attrapant l'oreiller, il se mit à en frapper la main que l'enfant secouait pour en détacher les guêpes. Pendant que Jack s'acharnait sur elles, Wendy remarqua des petites formes bourdonnantes qui s'envolaient lourdement en l'air, et qui ressemblaient à des insectes.

— Prends une revue ! lui cria-t-il par-dessus l'épaule. Écrase-les !

— Des guêpes ? dit-elle, d'un air détaché, comme si cette nouvelle ne la concernait pas. (Puis la connexion entre son cerveau et ses émotions se rétablit et elle comprit.) Des guêpes, mais, Jack, tu avais dit que...

— *Tais-toi et tue-les !* rugit-il. *Veux-tu faire ce que je te dis !*

L'une d'entre elles avait atterri sur le bureau de Danny. Elle prit un livre de coloriages sur sa table de travail et l'abattit sur la guêpe, qui laissa sur la couverture une tache brune et visqueuse.

— Il y en a une autre sur le rideau, cria-t-il, s'enfuyant avec Danny dans les bras.

Il emporta l'enfant dans leur chambre et le coucha sur leur grand lit improvisé, du côté où dormait Wendy.

— Reste ici, Danny, et ne reviens pas avant qu'on ne te le dise. Tu as compris ?

Le visage gonflé et strié de larmes, Danny hocha la tête.

— Tu es un garçon très courageux.

Jack sortit dans le couloir et courut vers l'escalier. Il entendit derrière lui s'écraser le livre de coloriages encore deux fois, puis sa femme pousser un cri de douleur. Sans ralentir, il dévala les marches deux à deux et se précipita dans le hall obscur. Traversant le bureau de la réception, il pénétra dans la cuisine sans même sentir qu'il s'était cogné la cuisse contre l'angle du bureau en chêne d'Ullman. La vaisselle du dîner était entassée dans l'égouttoir où Wendy l'avait laissée à sécher. Il saisit le grand bol en pyrex qui couronnait le tout et, retraversant le bureau d'Ullman, remonta l'escalier.

Essoufflée et blanche comme un linge, Wendy l'attendait dans l'embrasure de la porte de la chambre de Danny. Elle avait les yeux brillants mais le regard éteint et ses cheveux mouillés lui collaient au cou.

— Je les ai toutes eues, dit-elle d'une voix atone, mais il y en a une qui m'a piquée. Jack, tu avais dit qu'elles étaient toutes mortes.

Elle éclata en sanglots.

Il passa à côté d'elle sans lui répondre et, le bol en pyrex à la main, se dirigea vers le nid posé près du lit de Danny. Rien ne bougeait. Il n'y avait plus de guêpes, du moins pas à l'extérieur. Il renversa le bol sur le nid.

— Voilà, dit-il. Vous pouvez revenir maintenant.

Ils revinrent dans la chambre.

Assis au pied du lit, Danny se tenait la main gauche et les regardait. Les yeux creusés par toutes ces émotions, il adressa à son père un regard chargé de reproches.

— Papa, tu avais dit que tu les avais toutes tuées. Ma main... elle me fait drôlement mal.

— Fais voir, prof... Non, je n'y toucherai pas, je ne te ferai pas mal. Tu me la montres, c'est tout.

Il tendit sa main et Wendy poussa un gémissement.

— Oh! Danny, oh! la pauvre petite main!

Le docteur devait par la suite compter onze piqûres. Ce qu'ils voyaient à présent, c'était un semis de petits trous, comme si l'on avait saupoudré la paume et les doigts de sa main de minuscules confetti rouges. La main était déjà très enflée et commençait à ressembler à celle de Tom dans les bandes dessinées, après que Jerry l'eut écrasée avec un marteau.

— Wendy, va chercher la bombe aérosol qui est dans la salle de bain, dit-il.

Tandis qu'elle allait la chercher, Jack, s'asseyant à côté de Danny, glissa son bras autour des épaules de son fils.

— Une fois que nous t'aurons vaporisé la main, je vais en prendre quelques photos polaroïd, prof. Ensuite, tu viendras te coucher avec nous. D'accord ?

— Oui, dit Danny. Mais pourquoi est-ce que tu veux prendre des photos ?

— Pour pouvoir attaquer ces salauds-là en justice.

Wendy revint avec la bombe aérosol.

— Ça ne te fera pas mal, mon poulet, dit-elle en enlevant le capuchon.

Danny tendit la main et elle en vaporisa les deux côtés jusqu'à ce qu'elle fût toute luisante. Il poussa un soupir profond.

— Ça pique ? demanda-t-elle.

— Non. Ça va mieux.

— Maintenant prends ça. Il faut les croquer.

Elle lui tendit cinq aspirines pour enfants parfumées à l'orange. Danny les prit et les envoya une à une dans sa bouche.

— Est-ce que ça ne fait pas beaucoup d'aspirine ? demanda Jack.

— Ça fait beaucoup de piqûres, lui lança-t-elle sur un ton accusateur. Tu vas nous débarrasser de ce nid immédiatement, John Torrance.

— Attends une minute.

Il se dirigea vers la commode et sortit son appareil de photo Polaroïd du premier tiroir. Il fouilla dans le fond et trouva les flashes.

— Jack, qu'est-ce que tu fais ? demanda-t-elle d'une voix légèrement hystérique.

— Il va prendre des photos de ma main, dit Danny avec sérieux, et nous allons attaquer ces salauds-là en justice ; pas vrai, Papa ?

— C'est vrai, dit Jack d'un air sombre. (Il avait trouvé la rallonge du flash et l'avait enfoncée dans la prise de l'appareil.) Tends la main, petit. Je parie que ces piqûres valent cinq mille dollars chacune.

— Mais de quoi parlez-vous ? s'écria Wendy, hors d'elle.

— Je vais te l'expliquer, dit-il. J'ai suivi toutes les indications imprimées sur cette saloperie de bombe insecticide. Elle devait être défectueuse, sinon comment expliquer ce qui s'est passé ? Alors nous allons leur intenter un procès.

— Oh ! dit-elle d'une petite voix.

Il prit quatre photos, chronométrant le tirage de chaque épreuve à la petite montre-médaillon que Wendy portait autour du cou. Danny, fasciné par l'idée que sa main piquée pouvait valoir des milliers de dollars, commençait à surmonter sa peur et à s'intéresser activement à ce qui se passait. La douleur lancinante à sa main s'était un peu calmée, mais il avait mal à la tête.

Quand Jack eut rangé l'appareil de photo et qu'il eut étalé les épreuves sur le dessus de la commode pour les faire sécher, Wendy s'inquiéta :

— Est-ce qu'il faut l'emmener chez le médecin cette nuit même ?

— Non ; il n'a pas tellement mal, dit Jack. S'il était allergique au venin de guêpe, ça se serait déclaré dans les trente premières secondes.

— Comment, qu'est-ce qui se serait déclaré ? Que veux-tu dire ?

— Le coma ou des convulsions.

— Oh! Oh! mon Dieu.

L'air abattu et épuisé, elle se serra les coudes dans ses mains.

— Comment te sens-tu, petit? Tu penses que tu vas dormir?

Danny cligna des yeux. Le cauchemar, relégué à présent au fond de son esprit, avait perdu sa netteté, mais il était toujours effrayé.

— Oui, si je dors avec vous.

— Bien sûr, dit Wendy. Oh! mon chéri, ça me fait tellement de peine!

— C'est rien, Maman.

Elle se remit à pleurer et Jack posa ses mains sur ses épaules.

— Wendy, je te jure que j'ai suivi toutes les indications à la lettre.

— Est-ce que tu me promets de jeter ce nid dès le matin? S'il te plaît?

— Naturellement.

Ils se mirent au lit tous les trois ensemble. Jack était sur le point d'éteindre la lumière quand il s'arrêta et rejeta les couvertures.

— Je veux une photo du nid aussi.

— Dépêche-toi.

— Oui.

Il alla à la commode, prit l'appareil ainsi que le dernier flash et de l'autre main fit à Danny le V de la victoire. Danny lui sourit et de sa main valide lui renvoya le signe.

C'est un gosse extraordinaire, pensa-t-il en se dirigeant vers la chambre de Danny. *C'est le moins qu'on puisse dire*. Le plafonnier était toujours allumé. Jack traversa la chambre et s'approcha des lits superposés. Ce qu'il vit alors sur la table de nuit lui donna la chair de poule; même les cheveux fins au bas de sa nuque se hérissèrent. L'intérieur du bol en pyrex grouillait tellement de guêpes qu'on pouvait à peine entrevoir le nid. Il était difficile de dire combien elles étaient ; cinquante au moins, peut-être cent.

Le cœur cognant lentement dans sa poitrine, il prit ses photos, posa l'appareil et attendit que le tirage des épreuves se fît, tout en s'essuyant les lèvres de la paume de la main.

Il alla à la table de travail de Danny, fourragea dans les tiroirs et finit par trouver le plateau en contre-plaqué d'un grand jeu de puzzle. Il revint à la table de nuit et avec précaution fit glisser dessus le bol avec le nid. Les guêpes bourdonnaient rageusement dans leur prison. Puis, posant fermement la main sur le fond du bol pour l'empêcher de bouger, il sortit dans le couloir.

Comment était-ce arrivé ? Comment une chose pareille avait-elle pu se produire ?

La bombe avait pourtant bien fonctionné. Quand il avait tiré sur l'anneau, il avait vu sortir d'épaisses bouffées de fumée blanche. Et lorsqu'il était remonté sur le toit, deux heures plus tard, il avait fait tomber du trou une avalanche de petits cadavres.

Alors comment était-ce possible ? La génération spontanée ?

C'était ridicule. La génération spontanée, c'était une fumisterie du dix-septième siècle. Les insectes ne se reproduisaient pas comme ça. Et, même si des œufs de guêpe pouvaient produire des insectes adultes en l'espace de douze heures, ce n'était pas la saison de la ponte, qui avait lieu au mois d'avril ou de mai. L'automne était au contraire la saison où elles mouraient.

Vivantes énigmes, les guêpes bourdonnaient furieusement à l'intérieur du bol.

Portant le nid, il descendit l'escalier et traversa la cuisine. Il ouvrit la porte du fond qui donnait sur une petite plate-forme, celle où le laitier déposait

sa livraison pendant l'été. Un petit vent glacé trans-
perça son corps pratiquement nu et le froid intense
du béton de la plate-forme lui engourdit instantanément les pieds. Avec précaution il posa à terre le
plateau avec le bol renversé. Se redressant, il
regarda le thermomètre à côté de la porte :
RETROUVEZ LA FORME AVEC SEVEN-UP, disait-il,
et le mercure marquait moins deux. Le froid les
tuerait avant le matin. Il rentra à l'intérieur et
ferma énergiquement la porte.

Soudain l'hôtel parut s'animer d'une multitude
de bruits furtifs : grincements, gémissements et le
reniflement sournois du vent autour du toit où
d'autres nids de guêpes avaient peut-être poussé,
comme des fruits vénéneux.

Elles étaient revenues.

Et tout d'un coup il lui sembla que l'Overlook ne
lui plaisait plus tellement, non pas tant à cause des
guêpes qui avaient piqué son fils et survécu à
l'assaut de la bombe insecticide qu'à cause de
l'hôtel lui-même.

Avant de remonter l'escalier pour retrouver sa
femme et son fils, il prit une résolution inébran-
lable :

*Désormais, tu ne te laisseras pas emporter, quoi
qu'il arrive.*

S'engageant dans le couloir qui conduisait à leur
appartement, il s'essuya les lèvres du revers de sa
main.

XVII

LE CABINET DU MÉDECIN

Danny Torrance, étendu en slip sur la table d'auscultation, paraissait tout petit. Il regardait le docteur Edmonds (« appelle-moi Bill ») qui poussait une grande machine noire vers lui. Danny tourna un peu la tête pour mieux la voir.

— Ne te laisse pas impressionner, mon vieux, dit Bill Edmonds. C'est un électro-encéphalographe, il ne te fera aucun mal.

— Electro...

— Nous l'appelons un EEG. Je vais attacher ces fils à ta tête — non, n'aie pas peur, je ne les fais pas pénétrer, je les fixe simplement au crâne avec du sparadrap. A l'intérieur il y a des stylos qui vont enregistrer les ondes électriques de ton cerveau.

— Comme dans le feuilleton *L'Homme qui valait six milliards* ?

— C'est ça. Est-ce que tu aimerais être Steve Austin quand tu seras grand ?

— Pour rien au monde, répliqua Danny. L'infirmière commençait à lui attacher les fils à certains points de son cuir chevelu qu'elle avait préalablement rasés. Mon papa dit qu'un de ces jours il va y avoir un court-circuit et que Steve Austin va se retrouver dans la mer..., dans la mélasse jusqu'au cou.

— Dans la mer Mélasse ? Je connais bien cette mer-là. J'y ai fait un tour ou deux moi-même, et sans bouée de sauvetage, dit le docteur Edmonds sur un ton amical. Un EEG peut nous apprendre un tas de choses, Danny.

— Lesquelles ?

— Il peut nous dire si tu souffres d'épilepsie, par exemple. Si le résultat est positif, ça veut dire qu'il y a un petit problème au niveau du...

— Ouais, je sais ce que c'est que l'épilepsie.

— Ah ! vraiment ?

— Oui. Dans le Vermont, à la maternelle — quand j'étais tout petit, j'allais à la maternelle — il y avait un gosse qui était épileptique. Il ne devait pas se servir du tableau-flash.

— Qu'est-ce que c'est qu'un tableau-flash, Dan ? Il avait branché la machine qui s'était mise à tracer des zigzags sur le papier quadrillé.

— C'est un tableau couvert de lumières de toutes les couleurs. Quand on le met en marche, certaines couleurs s'allument, mais pas toutes. Il faut compter les couleurs et, si on enfonce le bon bouton, la machine s'arrête. Brent n'avait pas le droit de s'en servir.

— C'est parce que les lumières qui clignotent peuvent parfois déclencher une attaque d'épilepsie.

— Alors ce tableau aurait pu lui faire piquer sa crise ?

Edmonds et l'infirmière échangèrent un regard amusé.

— Ce n'est peut-être pas la façon la plus élégante de le dire, mais c'est bien ça, Danny.

La machine continua de bourdonner et de gratter le papier pendant cinq minutes, après quoi le docteur Edmonds l'arrêta.

— C'est terminé, mon vieux, dit Edmonds d'un air pressé. Laisse Sally t'enlever ces électrodes et tu viendras me rejoindre à côté. Je voudrais te parler. D'accord ?

— Entendu.

— Sally, vous lui ferez une cuti avant de me l'envoyer.

— D'accord.

Edmonds arracha le long rouleau de papier que la machine avait dégorgé et, tout en l'examinant, passa dans la pièce voisine.

Dès que Danny eut remonté son pantalon, l'infirmière lui dit :

— Il faut nous assurer que tu n'as pas la tuberculose.

— On me l'a déjà fait l'an dernier, à la maternelle, dit Danny, essayant, sans grand espoir, de passer au travers.

— Mais l'an dernier c'est loin déjà. Maintenant tu es un grand garçon, n'est-ce pas ?

— Je suppose que oui, dit Danny en soupirant, et il offrit son bras en sacrifice.

Il remit sa chemise et ses chaussures et, passant par la porte coulissante, pénétra dans le bureau du médecin. Edmonds, assis au bord de son bureau, balançait ses jambes d'un air pensif.

— Salut, Danny.

— Salut.

— Comment va ta main à présent ? demanda-t-il, désignant la main gauche qu'on venait de panser.

— Pas mal.

— Bon. J'ai regardé ton EEG, qui me paraît tout à fait normal. Mais je vais l'envoyer, par acquit de conscience, à un confrère de Denver dont c'est le métier de lire les EEG.

— Oui, monsieur.

— Parle-moi de Tony, Dan.

Les pieds de Danny se mirent à gigoter.

— Ce n'est qu'un ami imaginaire, dit-il. Je l'ai inventé pour me tenir compagnie.

Edmonds rit et posa les mains sur les épaules de Danny.

— Ça, c'est ce que disent tes parents. Mais tu peux parler franchement à ton médecin. Ça restera entre nous. Dis-moi la vérité et je promets de ne rien dire, à moins que tu m'en donnes la permission.

Toujours méfiant, Danny dit :

— Je ne sais pas qui est Tony.

— Est-ce qu'il a ton âge ?

— Non. Il a au moins onze ans. Il est peut-être plus âgé, mais je ne l'ai jamais vu de près. Il pourrait même être assez grand pour conduire une voiture.

— Tu ne le vois que de loin ?

— Oui, monsieur.

— Et il vient toujours juste avant que tu ne t'évanouisses ?

— En fait, je ne m'évanouis pas. Je m'en vais avec lui et il me montre des choses.

— Quel genre de choses ?

— Eh bien...

Danny hésita un moment puis raconta l'histoire de la malle qui contenait les papiers de Papa et que l'on avait crue perdue, mais qui se trouvait en fait sous l'escalier.

— Et ton papa l'a trouvée à l'endroit que Tony avait indiqué ?

— Oui, monsieur. Seulement Tony ne m'a rien *dit*. Il m'a montré l'endroit.

— Je comprends. Et hier au soir, quand tu t'es enfermé dans la salle de bain, que t'a-t-il montré ?

— Je ne me souviens pas, répondit aussitôt Danny.

— Tu en es sûr ?

— Oui, monsieur.

— Il y a un instant, j'ai dit que c'était toi qui avais fermé à clef la porte de la salle de bain, mais, en fait, c'était Tony, n'est-ce pas ?

— Non, monsieur. Tony n'aurait pas pu fermer la porte à clef puisqu'il n'existe pas. Il voulait que je le fasse et je l'ai fait. C'est moi qui l'ai fermée à clef.

— Est-ce que Tony te montre toujours où se trouvent les objets perdus ?

— Non, monsieur. Quelquefois il me montre ce qui va se passer dans l'avenir.

— Vraiment ?

— Oui. Une fois il m'a montré le parc d'attractions et le zoo de Great Barrington et il m'a dit que mon papa m'y emmènerait pour mon anniversaire. Et c'est ce qu'il a fait.

— Qu'est-ce qu'il t'a encore montré ?

Danny fit un effort pour se souvenir.

— Des panneaux. Il me montre tout le temps des panneaux que je n'arrive presque jamais à lire.

— Pourquoi crois-tu que Tony fait ça, Danny ?

— Je ne sais pas. (Son visage s'éclaira.) Mais Papa et Maman m'apprennent à lire, et je fais de gros efforts pour y arriver.

— Pour pouvoir lire les panneaux de Tony ?

— En fait, je voudrais réellement apprendre à lire. Mais c'est pour les panneaux aussi.

— Est-ce que tu aimes Tony, Danny ?

Danny regarda le sol carrelé sans répondre.

— Danny ?

— C'est difficile à dire, dit Danny. Autrefois je l'aimais. Tous les jours j'espérais qu'il viendrait parce qu'il me montrait toujours des choses agréables, surtout depuis que Papa et Maman ne pensent plus au DIVORCE. (Le regard d'Edmonds se fit plus aigu, mais Danny n'y prêta pas attention. Il fixait le plancher et se concentrait afin de bien s'exprimer.) Mais maintenant quand il vient il me montre des choses désagréables. Des choses *terribles*, comme hier au soir dans la salle de bain. Ce qu'il m'a montré m'a fait aussi mal que les piqûres de guêpes, seulement c'est ici qu'il m'a fait mal.

Il braqua son index contre sa tempe, mimant sans le savoir le geste du suicide.

— Qu'est-ce qu'il t'a montré, Danny ?

— Je n'arrive pas à m'en souvenir ! s'écria Danny, au supplice. Je vous le dirais si je le pouvais ! C'est comme si je ne voulais pas m'en souvenir. La seule chose que j'ai retenue en me réveillant, c'est le mot TROMAL.

— Trop mal, en deux mots ?

— Non, TROMAL en un seul mot.

— Qu'est-ce que c'est, Danny ?

— Je ne sais pas.

— Danny ?

— Oui, monsieur ?

— Est-ce que tu peux faire venir Tony maintenant ?

— Je ne sais pas. Il ne vient pas toujours. Je ne sais même plus si j'ai envie de le voir.

— Essaie, Danny. Je serai là, à côté de toi.

Danny scruta Edmonds d'un air inquiet, puis fit un signe affirmatif de la tête.

— Mais je ne sais pas si ça marchera. Je ne l'ai jamais fait quand quelqu'un me regardait. Et de toute façon, Tony ne vient pas à chaque fois.

— S'il ne vient pas, tant pis, dit Edmonds. Tout ce que je te demande, c'est d'essayer.

— O.K.

Danny baissa les yeux, et, tout en fixant les mocassins d'Edmonds qui oscillaient doucement, il se mit à penser à son papa et à sa maman. Ils étaient ici quelque part..., oui, juste derrière la cloison où était accroché ce tableau. Assis côte à côte, ils feuilletaient des revues en silence. Ils se faisaient beaucoup de souci à son sujet.

Un nouvel effort de concentration lui plissa le front. Il essayait de sonder les pensées de sa maman, mais c'était difficile parce qu'elle n'était pas dans la même pièce que lui. Enfin il y parvint. Maman pensait à sa sœur, celle qui était morte. Sa maman pensait que c'était pour ça que sa mère était devenue une

(garce ?)

chipie. Parce que sa fille était morte. Toute petite, elle avait été

(renversée par une voiture oh mon Dieu je ne pourrai jamais rien supporter de pareil pas comme Aileen mais que faire s'il est vraiment malade le cancer une méningite la leucémie une tumeur cérébrale comme le fils de John Gunther la dystrophie musculaire oh Seigneur les enfants de son âge deviennent souvent leucémiques les rayons X la chimiothérapie comment payer tout ça mais après tout ils ne peuvent pas vous laisser crever dans la rue d'ailleurs il n'a rien il n'a rien tu as tort de te mettre dans des états pareils)

(Danny...)

(au sujet d'Aileen et)

(Danni...i...y)

(cette voiture)

(Danni...i...y)

Tony ne vint pas, mais sa voix était là, une voix lointaine que Danny se mit à suivre. Il s'enfonça progressivement dans le noir, puis tout à coup tomba dans un gouffre mystérieux qui s'était ouvert entre les mocassins ballants de Mr. Bill. Dans sa chute il entendit des coups retentissants, un tintement de cloche d'église, il aperçut au passage une baignoire où flottait dans la pénombre quelque chose d'horrible, une pendule sous un dôme en verre. Au fond du gouffre, un faisceau de lumière, festonné de toiles d'araignée, perçait faiblement les ténèbres, révélant un dallage de pierre froid et humide. Un bruit tout proche lui parvenait, régulier, rassurant, comme le ronflement engourdissant d'une machine, *Voilà ce que Papa va oublier*, pensa Danny dans une demi-torpeur.

Dès que ses yeux se furent accoutumés à la pénombre, il distingua devant la silhouette de Tony qui regardait quelque chose qu'il s'efforça de voir lui aussi.

(Ton papa. Est-ce que tu vois ton papa ?)

Bien sûr qu'il le voyait. Comment ne pas le voir, même dans la faible lueur de ce sous-sol ? Agenouillé à terre, Papa promenait le faisceau lumineux de sa torche sur de vieilles boîtes de carton et de vieilles caisses en bois, pleines de journaux, de livres, de bouts de papier griffonnés qui ressemblaient à des factures. Après avoir examiné tous ces papiers avec le plus vif intérêt, Papa se leva et braqua sa torche vers l'autre côté de la pièce. Là, il découvrit un grand livre dont les pages, reliées par un fil d'or, étaient prises dans une couverture de cuir blanc. Danny eut soudain envie de mettre son père en garde, de lui crier qu'il ne devait pas toucher à ce livre, qu'il y avait des livres qu'il valait mieux ne jamais ouvrir. Mais son papa, enjambant les caisses, se dirigeait déjà vers lui.

Danny avait fini par comprendre que la machine dont il entendait le ronflement était la chaudière de l'Overlook, celle-là même que son père allait vérifier trois ou quatre fois par jour. D'inquiétants hoquets avaient commencé à ponctuer son ronronnement régulier. S'amplifiant, ils se transformèrent en un bruit de coups. L'odeur de moisi et de papier pourrissant devint peu à peu celle du genièvre qui flottait autour de son papa quand il Faisait le Vilain. Et son père venait de tendre sa main vers le livre qu'il avait saisi.

La voix de Tony jaillit des ténèbres.

(Ce lieu maudit enfante des monstres.)

Il répétait sans cesse cette phrase incompréhensible.

(Enfante des monstres.)

Danny tombait de nouveau dans le gouffre. Les hoquets de la chaudière étaient devenus des coups de maillet. En s'abattant contre les murs tapissés de soie, ils faisaient s'envoler des nuages de poussière de plâtre.

Se sentant perdu, Danny s'accroupit sur une moquette à fond bleu et aux motifs noirs.

(Sors de là !)

(Ce lieu maudit)

(Viens recevoir ta raclée !)

Un cri d'horreur résonna dans sa tête et il se hissa hors du gouffre. Sentant des mains qui l'agrippaient, il craignit un instant que ce ne fût le prédateur de l'Overlook et il commençait à se débattre quand la voix du docteur Edmonds le réveilla :

— Ce n'est rien, Danny. Calme-toi. Tout va bien.

Danny reconnut le médecin, puis le bureau dans lequel il était entré avec lui. Il fut alors pris d'une violente crise de tremblements que le docteur Edmonds s'efforça de calmer en tenant Danny contre lui. Quand il eut cessé de trembler, Edmonds lui demanda :

— Tu as dit quelque chose à propos de monstres, Danny. Qu'est-ce que c'était ?

— Ce lieu maudit, répéta Danny d'une voix rauque. Tony m'a dit... ce lieu maudit... enfante... enfante... (Il secoua la tête.) Je n'arrive pas à me rappeler la suite.

— Essaie !

— Je ne peux pas !

— Est-ce que Tony est venu ?

— Oui.

— Qu'est-ce qu'il t'a montré ?

— Il faisait noir, j'ai entendu un bruit de coups. Je ne me souviens pas.

— Où vous trouviez-vous ?

— *Laissez-moi tranquille ! Je ne me souviens pas ! Laissez-moi tranquille !*

A bout de forces, Danny éclata en sanglots.

Edmonds alla au distributeur d'eau et remplit un gobelet en papier. Danny le vida d'un trait et Edmonds alla le remplir de nouveau.

— Ça va mieux ?

— Oui.

— Danny, je ne veux pas te tourmenter..., je veux dire t'embêter. Mais est-ce que tu te souviens de ce qui s'est passé *avant* que Tony ne vienne ?

— Maman... (Danny réfléchit.) Maman se faisait du souci pour moi.

— Toutes les mères sont comme ça, mon vieux.

— Elle pensait à sa sœur qui est morte quand elle était encore petite, sa sœur Aileen. C'est en se rappelant qu'Aileen avait été tuée par une voiture que Maman s'est mise à se faire du souci pour moi. Voilà tout ce dont je me souviens.

Edmonds l'observait attentivement.

— C'est à cette sœur qu'elle pensait tout à l'heure ? Dans la salle d'attente, à côté ?

— Oui, monsieur.

— Danny, comment le sais-tu ?

— Je ne sais pas, dit Danny, épuisé. Je suppose que c'est le Don.

— Le quoi ?

Danny secoua la tête lentement.

— Je n'en peux plus. Je voudrais aller trouver mon papa et ma maman. Je ne veux plus répondre à vos questions. Je suis fatigué et j'ai mal au cœur.

— Tu as envie de vomir ?

— Non, monsieur. Je veux seulement voir mon papa et ma maman.

— O.K., Dan. (Edmonds se mit debout.) Tu vas les voir une minute et puis tu me les envoies. J'ai à leur parler. D'accord ?

— Oui, monsieur.

— Tu pourras feuilleter des livres là-bas. Tu aimes les livres, n'est-ce pas ?

— Oui, monsieur, dit Danny docilement.

— Tu es un brave garçon, Danny.

Danny lui sourit du bout des lèvres.

— Je ne lui trouve rien d'anormal, dit le docteur Edmonds aux Torrance. Du moins pas physiquement. Du point de vue intellectuel, il est intelligent et un peu trop imaginatif. Ça arrive. L'imagination est un vêtement trop grand que les enfants mettent longtemps à remplir. Celle de Danny est encore beaucoup trop grande pour lui. Est-ce que vous lui avez fait subir un test d'intelligence ?

— Je ne crois pas à ces tests, dit Jack. Tout ce qu'ils font, c'est imposer aux parents et aux professeurs un tas d'idées préconçues sur les capacités de l'enfant.

Le docteur Edmonds hocha la tête en signe d'approbation.

— C'est possible. N'empêche que, si vous lui faisiez subir un test d'intelligence, je suis persuadé qu'il crèverait le plafond de son âge. Son aptitude verbale est tout à fait remarquable pour un enfant de cinq ans et demi.

— Nous ne lui parlons jamais comme on parle à un enfant, dit Jack avec une pointe de fierté.

— Je pense que vous n'avez jamais eu besoin de le faire. Tripotant son stylo, Edmonds hésita. A ma demande, il est entré en transe ici, devant moi. Ça ressemblait tout à fait à votre description de ce qui s'est passé dans la salle de bain hier au soir.

Tous ses muscles se sont décontractés, son corps s'est affaissé et ses yeux sont devenus exorbités. C'était un cas clinique d'autohypnose. J'en étais stupéfait. Je le suis encore.

Les Torrance se dressèrent sur leurs sièges.

— Que s'est-il passé ? demanda anxieusement Wendy.

Edmonds leur fit le récit de la crise de Danny, sa transe, les quelques mots qu'il avait marmonnés — « monstre », « noir », « coups » et qu'Edmonds avait pu saisir au vol, et enfin sa réaction de larmes, d'hystérie et de nausée.

— C'est encore Tony, dit Jack.

— Pourquoi ces crises ? questionna Wendy. Est-ce que vous avez une idée ?

— J'en ai plusieurs, mais je ne suis pas sûr qu'elles vous plairont.

— Allez-y quand même, dit Jack.

— D'après ce que j'ai compris, son « camarade imaginaire » a été un véritable ami tant que vous êtes restés en Nouvelle-Angleterre. Mais, depuis que vous êtes venus ici, Tony est devenu un personnage inquiétant. Les charmantes idylles d'autrefois se sont transformées en cauchemars tellement effrayants que votre fils n'arrive pas à s'en souvenir. C'est un phénomène courant ; nous nous rappelons plus volontiers les bons rêves que les mauvais.

— Vous croyez que notre départ de la Nouvelle-Angleterre l'a tellement bouleversé ? demanda Wendy.

— C'est possible, surtout si ce changement a eu lieu dans des circonstances traumatisantes, dit Edmonds. Est-ce que c'est le cas ?

Wendy et Jack se regardèrent.

— J'étais professeur dans un collège privé, dit Jack lentement, et j'ai été renvoyé.

— Je vois, dit Edmonds. Il remit sur son support

le stylo qu'il tripotait. Mais ce n'est pas tout, malheureusement, et ce que j'ai à vous dire risque de vous blesser. Votre fils semble croire que vous avez sérieusement songé au divorce tous les deux. Il en a parlé avec un certain détachement ; il est persuadé que vous n'y pensez plus.

Jack resta bouche bée et Wendy eut un mouvement de recul comme si on l'avait giflée.

— Nous n'en avons jamais parlé ! dit-elle, tremblante d'émotion. Ni devant lui ni même entre nous ! Nous...

— Je pense qu'il vaut mieux vous dire la vérité, docteur, interrompit Jack. Peu après la naissance de Danny, je suis devenu alcoolique. Déjà à l'université, j'avais un penchant pour la boisson, qui s'est atténué lorsque j'ai rencontré Wendy. Mais, après la naissance de Danny, le problème s'est aggravé, compromettant même mon travail littéraire que je considère comme ma véritable vocation. Un jour, Danny, qui avait trois ans et demi à l'époque, a renversé de la bière sur le manuscrit d'une pièce de théâtre que j'étais en train de reprendre, et... bref j'ai..., eh bien..., oh merde ! (Sa voix se brisa, mais ses yeux restèrent secs et impassibles.) Quand on le raconte, ça paraît si brutal. Bref, en le retournant pour lui administrer une fessée, je lui ai cassé le bras. Trois mois plus tard, j'ai renoncé à l'alcool et je n'y ai plus touché depuis.

— Je vois, dit Edmonds sur un ton neutre. Je savais, naturellement, qu'il avait eu un bras cassé. La réduction a d'ailleurs été bien faite. (Il se poussa un peu en arrière et croisa les jambes.) Si vous permettez que je vous parle franchement, je n'ai constaté, à l'examen, aucun signe de mauvais traitement. A part les piqûres, il ne présente que les bleus et les cicatrices communs à tous les gosses.

— Évidemment, dit Wendy, indignée. Jack ne voulait pas dire que...

Jack interrompit :

— Non, Wendy. Ça ne pouvait pas être un accident. Je devais savoir, inconsciemment, ce que je faisais... Je souhaitais peut-être quelque chose d'encore pire. (Il regarda Edmonds de nouveau.) Je voudrais que vous sachiez, docteur, que c'est la première fois que nous prononçons le mot divorce entre nous. Et nous n'avons jamais évoqué ni mon alcoolisme ni ma brutalité vis-à-vis de Danny. Ça fait donc trois premières en cinq minutes.

— Justement, c'est peut-être là que le bât blesse, dit Edmonds. Je ne suis pas psychiatre et, si vous désirez en consulter un pour Danny, je peux recommander celui du centre médical de Mission Ridge, à Boulder. Mais je suis à peu près sûr de mon diagnostic. Danny est un garçon intelligent, imaginatif et perspicace. Je ne pense pas qu'il aurait été aussi bouleversé par vos problèmes conjugaux que vous semblez le croire. Les enfants savent se montrer très philosophes. Ils ne comprennent ni la honte ni le besoin de dissimuler.

Jack observait ses mains et Wendy en prit une pour la serrer.

— Mais il sentait très bien ce qui clochait. Et, de son point de vue à lui, le principal n'était pas le bras cassé, mais le lien cassé — ou en train de se casser — entre vous deux. Il m'a parlé du divorce, mais non du bras cassé. Quand mon infirmière a fait allusion à cet accident, il s'est contenté de hausser les épaules. Ce n'était pas un point sensible. Il a dit quelque chose comme : « C'est arrivé il y a longtemps. »

— Quel gosse ! marmonna Jack, les mâchoires serrées, le visage tendu. Nous ne méritons pas de l'avoir.

— N'empêche que vous l'avez, dit Edmonds sèchement. Et c'est un enfant qui aime à se retirer

dans un monde de rêves. Ça n'a rien d'extraordinaire en soi; c'est le cas de beaucoup d'enfants. Si
j'ai bon souvenir, à l'âge de Danny, j'avais, moi
aussi, un ami imaginaire. C'était un coq qui parlait
et que j'appelais Coco. Évidemment, j'étais seul à
pouvoir le voir. J'avais deux frères plus âgés qui
n'appréciaient pas toujours ma compagnie. A ces
moments-là, Coco m'était drôlement utile. Je pense
que vous avez compris pourquoi l'ami imaginaire
de Danny s'appelle Tony au lieu de s'appeler Mike,
Hal ou Dutch.

— Bien sûr, dit Wendy.

— Est-ce que vous le lui avez fait remarquer?

— Non, dit Jack. Faut-il le faire?

— A quoi bon? Laissez-le découvrir cela par
lui-même quand il le voudra. Voyez-vous, l'imagination créatrice de Danny a fait de Tony un ami
invisible exceptionnellement intéressant. Ce que
Tony apprend à Danny est souvent utile ou agréable, parfois même étonnant. Naturellement Danny
en est venu à attendre ses visites avec la plus
grande impatience. Tantôt Tony lui montre où se
trouve la malle perdue de Papa... sous l'escalier;
tantôt il lui apprend que Papa et Maman vont
l'emmener au parc d'attractions pour son anniversaire...

— A Great Barrington! s'exclama Wendy. Mais
comment a-t-il pu le savoir? Quelquefois ce qu'il
raconte me fait peur. C'est comme si...

— Comme s'il avait le don de seconde vue?
interrogea Edmonds, souriant.

— Vous savez qu'il avait une coiffe à la naissance, dit Wendy d'une voix presque inaudible.

Le sourire d'Edmonds se transforma en un gros
rire franc. Jack et Wendy échangèrent un regard et
sourirent eux aussi, étonnés de découvrir qu'ils
pouvaient se parler à cœur ouvert des pressentiments de Danny. C'était encore un de ces sujets

qu'ils n'avaient pas souvent abordés ensemble.

— Bientôt vous allez me soutenir qu'il se soulève par lévitation, dit Edmonds, toujours souriant. Non, soyons sérieux. Ce n'est pas la perception extrasensorielle qui est à l'origine de ces phénomènes. C'est tout simplement notre bonne vieille perception humaine, que Danny possède au plus haut point. Mr. Torrance, Danny savait que votre malle se trouvait sous l'escalier de la cave parce que vous aviez sans doute regardé partout ailleurs. Il est arrivé à cette conclusion par voie d'élimination, tout bêtement.

» Quant au parc d'attractions de Great Barrington, qui a eu le premier l'idée d'y aller ? Vous ou lui ?

— Lui, naturellement, dit Wendy. Il y avait des spots publicitaires tous les matins dans les émissions enfantines. Il avait une envie folle d'y aller. Malheureusement nous n'avions pas les moyens de l'y emmener, et nous le lui avions dit.

— Puis une revue masculine à qui j'avais vendu une nouvelle en 1971 m'a envoyé un chèque de cinquante dollars, dit Jack. Ils allaient réimprimer la nouvelle dans un recueil annuel. Nous avons décidé de dépenser cet argent pour Danny.

Edmonds haussa les épaules.

— Il a pris ses désirs pour des réalités et la chance a fait le reste.

— Nom d'une pipe, je parie que c'est exactement comme ça que ça s'est passé ! dit Jack.

Edmonds eut un petit sourire satisfait.

— Danny reconnaît lui-même que toutes les prévisions de Tony ne se réalisent pas. Celles qui n'ont pas de suite étaient fondées sur une perception erronée des choses, c'est tout. Danny fait inconsciemment ce que tous les soi-disant mystiques et voyants font consciemment ou cyniquement. Je l'admire pour ça. Si la vie ne le force pas à rentrer ses antennes, il deviendra un homme remarquable.

Wendy approuva de la tête — elle était d'accord évidemment pour penser que Danny allait devenir un homme remarquable — mais l'explication du docteur lui parut trop facile. Ce n'était qu'un ersatz d'analyse, de la margarine essayant de passer pour du beurre. Edmonds n'avait pas vécu avec eux. Il n'était pas là quand Danny avait retrouvé des boutons égarés, ni quand il avait déniché le guide de la télé sous le canapé ; il n'avait pas vu Danny, par une belle matinée ensoleillée, insistant pour chausser ses caoutchoucs avant de partir à la maternelle et rentrant l'après-midi sous une pluie battante, abrité sous le parapluie de Wendy.

A haute voix, elle demanda :

— Alors pourquoi ces cauchemars maintenant ? Pourquoi Tony lui a-t-il dit de fermer à clef la porte de la salle de bain ?

— Je crois que c'est précisément parce que Tony n'a plus de raison d'être, dit Edmonds. Il est né — je parle de Tony — à un moment où votre mariage se trouvait menacé. Votre mari buvait ; il y avait eu l'incident du bras cassé et un mutisme inquiétant s'était installé entre vous.

Un mutisme inquiétant, oui, c'était bien l'expression qui convenait. Les repas sinistres où les « Tu me passes le beurre, s'il te plaît », les « Danny, finis tes carottes » ou encore les « Est-ce que je peux me lever de table, s'il vous plaît ? » tenaient lieu de conversation. Les soirées où Jack sortait et qu'elle se couchait, les yeux secs, sur le canapé tandis que Danny regardait la télé. Les matins où Jack et elle rôdaient l'un autour de l'autre comme deux matous furieux se disputant une petite souris terrifiée et toute tremblante. Tout cela n'était que trop vrai.

Edmonds reprit :

— Mais les choses ont bien changé. Comme vous le savez, les enfants ont assez fréquemment un comportement schizophrène. C'est une chose admise et les adultes semblent trouver tout normal que les enfants se conduisent comme des fous. Ils ont des amis imaginaires. Quand ils sont déprimés, ils vont s'asseoir dans un placard — ils se retirent du monde. Ils s'amourachent d'une couverture ou d'un ours en peluche. Ils se sucent le pouce. Qu'un adulte s'avise de voir ce que personne d'autre ne voit, il se retrouve à l'asile. Par contre, l'enfant qui prétend avoir vu un ogre dans son placard ou un vampire à sa fenêtre suscite notre condescendance souriante. Il y a un vieux dicton qui essaie de rassurer les adultes...

— Ça lui passera avec l'âge, compléta Jack.

Edmonds sourcilla.

— J'allais le dire, dit-il. Oui. J'ai l'impression que Danny était bien parti pour faire une véritable psychose. Tous les ingrédients y étaient : milieu familial compromis, imagination débordante, ami imaginaire si réel pour lui qu'il finit par le devenir pour vous. Au lieu de « passer avec l'âge », sa schizophrénie enfantine aurait pu croître et embellir.

» Mais, à présent, les conditions sont radicalement différentes. Mr. Torrance ne boit plus. Vous vous trouvez dans une nouvelle situation qui vous force à resserrer les liens familiaux — ils sont certainement plus étroits que les miens actuellement, puisque ma femme et mes enfants ne me voient que deux ou trois heures par jour. A mon avis, Danny se trouve dans des circonstances idéales pour guérir. Et je pense que le fait qu'il distingue si bien le monde de Tony du monde réel en dit long sur sa santé mentale. Il m'a dit que vous ne songiez plus au divorce et je crois qu'il a raison, n'est-ce pas ?

— Oui, répondit Wendy, à qui Jack pressa la main si fort qu'il faillit l'écraser.

Wendy pressa la sienne à son tour.

Edmonds approuva avec un hochement de tête.

— Il n'a plus besoin de Tony et il est en train de l'éliminer de son organisme. Tony ne lui apporte plus de visions agréables, mais des cauchemars tellement affreux qu'il ne veut même pas s'en souvenir. Pendant une période difficile de sa vie, il s'est laissé totalement envahir par Tony et Tony ne va pas se laisser évincer facilement. Mais il n'en a plus pour longtemps. Votre fils est comme un petit drogué qui se désintoxique.

Il se leva et les Torrance en firent autant.

— Comme je vous l'ai dit, je ne suis pas psychiatre. S'il fait encore des cauchemars, Mr. Torrance, je vous conseille fortement de l'emmener chez mon confrère à Boulder, au printemps, quand votre contrat à l'Overlook prendra fin.

— Entendu.

— Allons lui dire maintenant qu'il peut rentrer chez lui, dit Edmonds.

— Je tiens à vous remercier, lui dit Jack d'un air malheureux. Je me sens plus rassuré que je ne l'ai été depuis longtemps.

— Moi aussi, dit Wendy.

A la porte, Edmonds hésita, puis se tourna vers Wendy :

— Avez-vous une sœur, Mrs. Torrance ? Une sœur qui s'appelait Aileen ?

Wendy le regarda, surprise.

— Oui, bien sûr. Elle est morte à l'âge de six ans, tuée par un camion de livraison, devant notre maison à Somersworth, dans le New Hampshire. J'avais dix ans à l'époque.

— Est-ce que Danny est au courant ?

— Je l'ignore, mais je ne le crois pas.

— Il prétend que vous y pensiez tout à l'heure, dans la salle d'attente.

— C'est vrai, dit Wendy lentement. Pour la première fois depuis..., oh ! depuis une éternité.

— Est-ce que le mot « tromal » vous dit quelque chose ?

Wendy secoua la tête, mais Jack dit :

— Il en a parlé hier au soir juste avant de s'endormir. Trop mal.

— Non, *tromal*, corrigea Edmonds. Il a bien précisé que c'était en un seul mot. Ça ressemble à « trauma ».

— Oh ! dit Jack. Comme tout s'explique, n'est-ce pas, docteur ?

Il tira son mouchoir de sa poche arrière et s'en essuya les lèvres.

— Et savez-vous ce qu'il entend par « le Don » ?

Cette fois-ci, ils secouèrent la tête tous les deux.

— C'est probablement sans importance, dit Edmonds en ouvrant la porte de la salle d'attente. Y a-t-il un certain Danny Torrance qui veut rentrer chez lui ?

— Salut, Papa ! Salut, Maman !

Danny se leva de derrière la petite table où il tournait lentement les pages des *Secrets de la nature* en ânonnant tous les mots qu'il connaissait.

Il courut à Jack, qui le prit dans ses bras. Wendy lui ébouriffa les cheveux.

Edmonds lui lança un regard perçant :

— Si tu n'aimes pas ton papa et ta maman, tu peux rester avec ton bon vieux Bill.

— Non, monsieur ! s'écria Danny avec conviction.

Ivre de joie, il mit un bras autour du cou

de Jack et l'autre autour du cou de Wendy.

— D'accord, dit Edmonds, souriant. (Il regarda Wendy.) Appelez-moi s'il y a quoi que ce soit.

— Bien sûr.

— Mais je crois que ce ne sera pas nécessaire.

XVIII

L'ALBUM

C'était le 1er novembre. Malgré l'époque tardive, le beau temps persistait et ils étaient tous les trois bronzés par le soleil. Wendy et Danny, partis se promener, avaient pris la vieille route défoncée derrière le court de roque qui montait jusqu'à la scierie abandonnée trois kilomètres plus haut. C'est pendant leur absence que Jack découvrit l'album.

Descendu au sous-sol pour réduire la pression de la chaudière, il avait subitement eu envie d'aller jeter un coup d'œil sur les vieux papiers. Ce serait en même temps l'occasion de repérer les meilleurs endroits pour poser ses pièges à rat, même s'il n'avait pas l'intention de le faire avant un mois. — « Je veux d'abord être sûr qu'ils sont tous rentrés de vacances », avait-il dit à Wendy.

Il alla prendre la torche électrique sur l'étagère à côté du schéma de la plomberie et, dépassant la cage de l'ascenseur, s'enfonça dans l'obscurité.

Tout en sifflant entre ses dents un air monocorde, il promenait autour de lui le faisceau lumineux. Des montagnes de papiers, véritable chaîne des

Andes en miniature, surgissaient de l'ombre, des dizaines de boîtes et de cartons bourrés de papiers ramollis par l'humidité, jaunis par le temps. Certaines boîtes avaient crevé, répandant sur le dallage leurs feuilles fanées. Dans d'autres on apercevait ce qui ressemblait à des registres et des liasses de factures maintenues par des élastiques.

La torche à la main, Jack passait entre les piles de carton, cherchant les traces de rats. Mais il ne trouva que quelques crottes desséchées et des nids, faits de lambeaux de papier soigneusement déchirés et visiblement abandonnés depuis longtemps.

Jack tira un journal d'une des liasses et jeta un coup d'œil sur la manchette :

JOHNSON PROMET
UNE TRANSITION HARMONIEUSE

Et affirme que l'œuvre de J.F.K.
sera poursuivie pendant l'année à venir

Le journal s'intitulait le *Rocky Mountain News* et il datait du 19 décembre 1963. Jack le remit sur la pile. Il se disait que n'importe qui aurait éprouvé la même fascination que lui pour ces vieux journaux dont les nouvelles s'étaient déjà transformées en histoire. Il y avait des lacunes dans ces archives : de 1937 à 1945, puis de 1957 à 1960 et encore de 1962 à 1963. Ç'avait dû être les années où l'hôtel était resté fermé, pensa-t-il.

La version qu'Ullman lui avait donnée des difficultés de l'Overlook lui avait toujours paru suspecte. Rien que son emplacement extraordinaire aurait dû, à son avis, lui assurer une réussite continue. Le beau monde avait toujours eu ses lieux de prédilection, et l'Overlook aurait pu, de toute évidence, occuper une place de choix dans ses migrations saisonnières. Même le nom, Overlook, avait la consonance voulue. L'itinéraire idéal devait comprendre le Waldorf en mai, le Bar Harbor House en juin-juillet, l'Overlook en août et début septembre et, à l'automne, les Bermudes, La Havane ou Rio. Les vieux registres de réception qu'ils avaient découverts confirmaient ses théories. Nelson Rockefeller, en 1950 ; Henry Ford et famille, en 1927 ; Jean Harlow, Clark Gable et Carole Lombard, en 1930. En 1956, « Darryl F. Zanuck et sa suite » avaient loué tout le troisième étage pour une semaine. Oui, pour que l'Overlook fasse de mauvaises affaires, il fallait vraiment le gérer en dépit du bon sens.

L'histoire était là, sans aucun doute, et pas seulement dans les gros titres des journaux. Elle se cachait entre les lignes de ces registres, de ces livres de comptes, de ces factures.

Stimulé par ses découvertes, il se promenait lentement parmi les monceaux de papier. Avec une agilité d'esprit prodigieuse, il dégageait les lignes maîtresses de cette histoire dont aucun détail ne semblait échapper à son pouvoir d'analyse. Il y avait des années qu'il n'avait pas connu une exaltation pareille et il se sentit tout à coup capable d'écrire ce livre auquel il avait songé sans trop y croire. Et c'était ici, enterré sous ces amas de papiers, qu'il en trouverait le sujet.

Sous la lumière tamisée par les toiles d'araignée il se redressa, tira son mouchoir de sa poche arrière et s'en essuya les lèvres d'un geste machinal. Ce fut alors qu'il aperçut l'album.

Il était là, à sa gauche, perché en équilibre instable au sommet d'une tour de Pise de vieux cartons qui menaçaient ruine depuis des années. Ses pages étaient serrées entre deux feuilles de carton, revêtues de cuir blanc et reliées par un cordonnet d'or dont les nœuds chatoyants brillaient dans la pénombre.

Piqué par la curiosité, il alla le prendre. Une épaisse couche de poussière s'était déposée sur la couverture et, le soulevant à hauteur de ses lèvres, il souffla dessus pour la faire envoler. Quand il ouvrit l'album, une carte s'en échappa qu'il rattrapa au vol. Elle portait, gravée sur du beau bristol, une vue de l'hôtel, toutes fenêtres illuminées. Il avait l'impression d'être invité à pénétrer dans l'Overlook d'il y a trente ans.

> *M. H. Derwent a l'honneur*
> *de vous inviter à assister*
> *au bal masqué donné pour*
> *célébrer l'ouverture de*
> *l'OVERLOOK.*
> *Le dîner sera servi à 20 heures.*
> *A minuit on ôtera les masques*
> *et le bal commencera.*
> *Le 29 août   RSVP*

Le dîner sera servi à 20 heures ! A minuit on ôtera les masques et le bal commencera !

Il imaginait les hommes les plus riches d'Amérique avec leurs femmes, tous réunis dans la salle à manger, il voyait leurs smokings et leurs chemises amidonnées, éclatantes de blancheur, les escarpins étincelants à talon aiguille, il entendait la musique de l'orchestre, le tintement des verres, les détonations joyeuses des bouchons de champagne. La guerre était finie — ou presque — et un avenir glorieux et paisible s'étendait devant eux. L'Amérique était devenue la plus grande puissance du monde, elle en avait pris conscience et accepté ce rôle.

Plus tard dans la soirée, c'est Derwent lui-même qui avait crié : « Enlevez vos masques ! Enlevez vos masques ! » Et les masques étaient tombés.

(Et la Mort Rouge les tenait en son pouvoir !)

Soudain déconcerté, il se demandait d'où sortait cette citation. Ah! oui, elle était de Poe, ce prince des écrivassiers. Mais pourquoi avait-elle surgi dans son esprit au moment où il regardait cette carte d'invitation avec sa gravure d'un Overlook si fastueux? Quel rapport pouvait-il y avoir entre cet élégant palace et le monde ténébreux d'Edgar Allan Poe?

Il remit l'invitation à sa place et tourna la page. Il trouva là une coupure d'un journal de Denver avec, griffonnée au-dessous, la date du 15 mai 1947.

UNE STATION DE MONTAGNE HUPPÉE
FÊTE SA RÉOUVERTURE

DES INVITÉS DE MARQUE

*Derwent proclame l'Overlook
le « nec plus ultra des palaces »*
(Par David Felton, notre envoyé spécial.)

L'hôtel Overlook a plusieurs fois fêté sa réouverture depuis les trente-huit années de son existence, mais rarement avec autant de panache que cette fois-ci, sous les auspices d'Horace Derwent, le mystérieux milliardaire californien qui en est le nouveau propriétaire.

Derwent, qui ne cache pas avoir investi plus d'un million de dollars dans cette opération — et certains prétendent que le chiffre exact approcherait plutôt les trois millions — dit que « le nouvel Overlook sera le *nec plus ultra* des palaces, le genre d'hôtel dont on se rappellera, trente ans après, la nuit qu'on y a passée ».

Interrogé sur la possibilité que l'achat et la remise à neuf de l'Overlook signalent le début d'une campagne en faveur de la légalisation du jeu dans l'État du Colorado, Derwent, gros bonnet des industries aéronautique et maritime, armateur, producteur de cinéma et, d'après la rumeur publique, propriétaire de nombreux casinos à Las Vegas, a opposé un démenti, déclarant que l'introduction du jeu à l'Overlook ne ferait qu'en rabaisser le standing.

Un sourire rêveur aux lèvres, Jack continua de feuilleter et tomba sur une pleine page de publicité parue dans la section touristique de l'édition dominicale du *New York Times*. A la page suivante, il y avait un reportage sur Derwent lui-même, avec une vieille photo de lui, fanée par l'âge, mais où ses yeux de rapace brillaient toujours avec un même éclat féroce. A moitié chauve, portant des verres sans monture, sa fine moustache en trait de crayon n'arrivait pas à le faire ressembler à Errol Flynn. Il avait le faciès d'un comptable et sa seule singularité était son regard.

Jack parcourut l'article à toute allure. Un reportage paru dans *Newsweek* un an auparavant l'avait déjà familiarisé avec les grandes lignes de la vie de Derwent. Né sans le sou à St. Paul, il n'avait jamais terminé ses études secondaires et s'était engagé dans la marine où il avait obtenu rapidement de l'avancement. C'est de cette époque-là que datait sa première invention, un nouveau type d'hélice. Mais un conflit éclata entre lui et ses employeurs à propos du brevet d'invention et il donna sa démission. Dans l'épreuve de force qui suivit, opposant à la marine un jeune inconnu du nom d'Horace Derwent, l'Oncle Sam, comme il fallait s'y attendre, sortit vainqueur. Mais, par la suite, les nouveaux brevets de Derwent lui filèrent tous sous le nez.

A la fin des années vingt et au début des années trente, Derwent s'orienta vers l'aéronautique. Il racheta une petite compagnie en faillite qui s'était spécialisée dans l'épandage des insecticides, la reconvertit en service postal aérien et la fit prospérer. D'autres brevets suivirent : un nouveau modèle d'ailes pour les avions monoplans, un porte-bombes qui, incorporé par la suite aux forteresses volantes, allait servir à faire pleuvoir le feu sur Hambourg, Dresde et Berlin, une mitrailleuse à système de refroidissement à alcool et un siège éjectable, prototype de ceux qu'on utilisa plus tard sur les avions à réaction.

Et toujours, le comptable qui doublait l'inventeur faisait fructifier les bénéfices. Il racheta quelques usines de munitions dans les États de New York et du New Jersey, cinq fabriques de textiles en Nouvelle-Angleterre et des usines de produits chimiques dans le Sud encore ruiné. Ces compagnies, qu'il avait acquises pour une bouchée de pain et qui étaient invendables, sinon à perte, constituaient, à la fin de la dépression, toute sa fortune et Derwent aimait dire à l'époque que même s'il vendait tout ce qu'il possédait, il arriverait tout juste à se payer une Chevrolet d'occasion.

Le bruit avait couru, Jack s'en souvint, que Derwent n'était pas toujours très regardant quant aux moyens utilisés pour se maintenir à flot. Il aurait été mêlé au commerce clandestin de l'alcool et à la prostitution dans certains États du Centre, à la contrebande le long de la côte sud et à l'établissement des maisons de jeu dans l'Ouest.

Sa plus célèbre opération financière restait sans doute l'achat des Top Mark Studios, une compagnie de cinéma alors en pleine déroute. Il avait mis à sa tête un certain Henry Finkel, homme d'affaires futé et obsédé sexuel de surcroît, qui, pendant les deux années qui précédèrent l'attaque de Pearl Harbor, jeta sur le marché une soixantaine de films dont cinquante-cinq en prenaient à leur aise avec les règles pudibondes de la censure. Si les cinq autres n'en faisaient pas autant, c'est qu'il s'agissait

210

de films éducatifs, commandés par le gouvernement. Les films commerciaux avaient connu un
grand succès. Dans le plus célèbre d'entre eux,
l'héroïne, grâce à un nouveau modèle de soutien-
gorge sans bretelles, avait pu, dans la grande scène
du bal, révéler tous ses charmes à la seule exception d'un grain de beauté sous le pli de sa fesse
droite. On passa sous silence le nom du petit
costumier qui était responsable de cette belle
invention et toute la gloire — ou plutôt la notoriété
— revint à Derwent.

C'est pendant la guerre qu'il était devenu riche et
il l'était resté. Il habitait Chicago où on le voyait
rarement, sinon au conseil d'administration de Derwent Enterprises, qu'il menait de main de maître.
On n'hésitait pas à le dire propriétaire non seulement d'United Airlines et de Las Vegas (où il
détenait, de notoriété publique, la majorité des
actions dans quatre hôtels-casinos et avait des
intérêts dans au moins six autres), mais même de
Los Angeles, voire des U.S.A. tout entiers. Réputé
l'homme le plus riche du monde, il fréquentait
indifféremment les princes, les présidents et les
rois de la pègre.

N'empêche qu'il avait été incapable de faire prospérer l'Overlook, songea Jack, qui posa un instant
l'album pour tirer de la poche de sa chemise le
petit carnet et le porte-mine qu'il y gardait et noter
Enquête sur H. Derwent, bibliothèque de Side. L'air
préoccupé et lointain, il remit le carnet dans sa
poche et reprit l'album. Tout en tournant les pages,
il n'arrêtait pas de s'essuyer la bouche.

Une coupure du 1er février 1952 le fit sursauter :

DERWENT LIQUIDE SES INVESTISSEMENTS
DANS LE COLORADO

Le célèbre milliardaire révèle la vente de l'Overlook
à une société californienne
(Par Rodney Conklin, notre chroniqueur financier.)

Dans un bref communiqué, le siège central des Derwent Enterprises à Chicago a révélé que le milliardaire Horace Derwent vient de se défaire de tous ses investissements dans le Colorado. Cette importante transaction financière sera signée le 1er octobre 1954. En plus de ses actions dans le gaz naturel, le charbon et l'énergie hydro-électrique, Derwent avait à son nom une société immobilière qui a acheté ou pris une option sur un million d'hectares de terrains dans le Colorado.

De tout cet empire financier, il n'y a guère que l'hôtel Overlook qui soit connu du grand public. Dans une de ses rares interviews, Derwent a annoncé hier que l'Overlook vient d'être vendu à une société anonyme dirigée par Charles Grondin, ancien directeur d'une association pour la mise en valeur des terres de la Californie. Bien que Derwent ait refusé de divulguer les termes du contrat, nous avons appris, de source sûre...

Il avait donc vendu l'hôtel et tout le bataclan. Certes, l'Overlook n'était pas seul concerné, mais, tout de même, c'était bizarre...

Le consortium californien n'avait tenu que deux saisons, après quoi l'hôtel avait été vendu à une association de promoteurs qui s'intitulait Société pour le développement du Colorado. Celle-ci avait fait faillite en 1957 au milieu d'accusations de corruption, de pots-de-vin et de détournements de fonds. Le président de l'association s'était tiré une balle dans la tête à la veille de sa comparution devant le juge d'instruction.

Ensuite, l'hôtel était resté fermé pendant cinq ans. Pour cette période-là, il n'y avait qu'un seul article à son sujet, un reportage dans une édition dominicale intitulé *L'ANCIEN PALACE TOMBE EN RUINE*. Jack eut le cœur serré en regardant les photos qui illustraient l'article : la peinture écaillée du porche, le gazon brûlé qui retournait à l'état sauvage, les vitres cassées par les orages ou par les pierres. S'il arrivait un jour à écrire ce livre, il consacrerait un chapitre à cette période : « Le phénix qui renaît de ses cendres. » Il se jura d'entretenir l'hôtel de son mieux. Il avait l'impression de comprendre pour la première fois la gravité de sa responsabilité vis-à-vis de l'Overlook. C'était un peu comme s'il remplissait une mission historique. Se frottant les lèvres, il tourna la page suivante.

Arrivé au dernier tiers de l'album, il se demanda tout à coup à qui il pouvait bien appartenir et pourquoi on l'avait laissé là, juché au sommet d'une pile de cartons qui pourrissaient au sous-sol.

Une nouvelle manchette, celle du 10 avril 1963 :

UN CONSORTIUM DE LAS VEGAS ACHÈTE UN CÉLÈBRE HÔTEL DU COLORADO

L'Overlook, station de montagne de luxe,
devient un club privé

Robert T. Leffing, porte-parole d'un groupe de promoteurs connu sous le nom de « Mutuelle des Stations de Montagne », vient de conclure un accord concernant le célèbre palace Overlook, perché dans les Rocheuses. Tout en refusant de donner les noms des sociétaires, Leffing a affirmé que l'hôtel allait devenir un club privé très sélect. Il a déclaré que la société qu'il représente espère intéresser à ce club les P.D.G. des grands trusts américains et étrangers.

L'article suivant, daté de quatre mois plus tard, n'était qu'un entrefilet. Les nouveaux gérants de l'Overlook avaient ouvert l'hôtel. Apparemment le journal n'avait pas pu ou n'avait pas voulu apprendre les noms des principaux sociétaires, car le seul qui figurât dans la notice était celui de la Mutuelle des Stations de Montagne. Avec un nom pareil, se dit Jack, c'était certainement la société la plus anonyme qu'il ait jamais connue, à part une chaîne de magasins de bicyclettes et d'électro-ménager en Nouvelle-Angleterre qui s'appelait Business, Inc.

Il ouvrit de grands yeux en lisant la coupure de la page suivante.

RETOUR DE DERWENT DANS LE COLORADO PAR LA PORTE DE SERVICE ?

Le P.D.G. de la Mutuelle des Stations de Montagne n'est autre que Charles Grondin
(Par Rodney Conklin, notre chroniqueur financier.)

L'Overlook, hôtel de renommée internationale situé dans les montagnes du Colorado et anciennement propriété du milliardaire Horace Derwent, est au cœur d'une affaire de gros sous fort embrouillée qui commence à peine à faire surface.

Le 10 avril de l'an dernier, une firme de Las Vegas avait racheté l'hôtel dans le but d'en faire un club privé à l'intention des P.D.G. des grands trusts américains et étrangers. Des sources dignes de foi prétendent que le directeur de cette association, qui s'appelle la Mutuelle des Stations de Montagne, est Charles Grondin, 53 ans, directeur de la société californienne « Terrains à Bâtir » jusqu'en 1959, date à laquelle il donna sa démission pour devenir vice-président du bureau central des Entreprises Derwent, à Chicago.

Cette nouvelle a fait courir le bruit que la

Mutuelle des Stations de Montagne n'est qu'un paravent et qu'à travers Grondin c'est Derwent lui-même qui est devenu propriétaire de l'Overlook pour la deuxième fois, et dans des circonstances fort curieuses.

Il nous a été impossible de joindre Grondin qui, en 1960, avait été traduit en justice pour fraude fiscale puis acquitté. Derwent, qui garde jalousement le secret sur ses affaires financières, a refusé tout commentaire, hier, quand nous l'avons contacté au téléphone. Un représentant de la législature de l'État, Dick Bows, a réclamé que l'on fasse toute la lumière sur cette affaire.

Cette coupure-là portait la date du 27 juillet 1964. La suivante était un article paru dans une édition dominicale de septembre de la même année, et signé « Josh Brannigar », un journaliste redresseur de torts et grand ennemi de la corruption, émule de Jack Anderson.

ZONE FRANCHE POUR LA MAFIA DANS LE COLORADO ?

(Par Josh Brannigar.)

Le nouveau rendez-vous des rois de la pègre semble être l'Overlook, un grand hôtel perdu au cœur des Rocheuses. Ce palace, qui a dû changer de mains une douzaine de fois depuis son ouverture en 1910, a toujours été un cadeau empoisonné pour les malheureux individus et sociétés qui ont essayé d'en tirer quelque profit. Aujourd'hui, on y a organisé, à l'abri des regards indiscrets, un club privé destiné ostensiblement à permettre aux hommes d'affaires de se détendre et de se divertir. On nous dit que les nouveaux sociétaires de l'hôtel sont dans les affaires, mais lesquelles ? Voilà ce que nous cherchons à tirer au clair.

215

Nous avons pu nous en faire une petite idée grâce à une liste des membres qui ont séjourné à l'hôtel pendant la semaine du 16 au 23 août. Cette liste, que nous publions ci-dessous, nous a été transmise par un ancien employé de la Mutuelle des Stations de Montagne, société qu'on avait d'abord prise pour un paravent des Entreprises Derwent, mais qui semble en fait appartenir à certains gros bonnets de Las Vegas dont les relations avec la Mafia ne sont plus à prouver.

Il y en avait bien davantage, mais Jack se contenta de parcourir rapidement l'article, sans cesser de s'essuyer les lèvres de sa main.

Mon Dieu ! Quelle histoire ! Et ils avaient tous habité là, dans ces chambres vides, directement au-dessus de lui. Il y avait de quoi écrire tout un roman, et quel roman ! Fièvreusement il tira de nouveau le carnet de sa poche et griffonna dessus une note pour se rappeler de faire une enquête à la bibliothèque de Denver sur les principaux intéressés des transactions. Si chaque hôtel avait son fantôme, l'Overlook en avait, lui, toute une armée ! D'abord le suicide, ensuite la Mafia, et quoi encore ?

La coupure de la page suivante était si volumineuse qu'on avait dû la plier. Jack la déplia et retint son souffle. Il eut l'impression que la photographie lui sautait au visage ; bien que le papier peint eût été changé depuis, il reconnaissait parfaitement cette fenêtre-là avec sa vue : c'était la baie occidentale de la suite présidentielle. Après le suicide et la Mafia il y avait donc eu l'assassinat. Le mur du salon, près de la porte de la chambre, était taché de sang et d'une matière gélatineuse qui devait être des débris de cervelle. Un flic au visage impassible montait la garde près d'un cadavre caché sous une couverture.

Sous la coupure, quelqu'un avait griffonné d'une écriture épaisse à la pointe bic : *Et ils ont emporté ses couilles avec eux.* Jack resta longtemps les yeux rivés sur ce graffitti qui lui faisait froid dans le dos. Mais à qui donc appartenait cet album ?

Il finit par avaler la boule qui lui bloquait la gorge et tourna la page. Il y avait un autre article de Josh Brannigar, daté du début de 1967. Jack n'en lut que la manchette :

UN HÔTEL DE TRISTE RENOMMÉE
VENDU À LA SUITE DE
L'ASSASSINAT D'UN GANGSTER

Les pages suivantes étaient vierges.
Ils ont emporté ses couilles avec eux.

Puis il feuilleta les pages à rebours jusqu'au début, cherchant un nom, une adresse, un numéro de chambre même — car il était pratiquement certain que cet album avait été tenu par un client de l'hôtel. Mais il ne trouva rien.

Il s'apprêtait à revoir toutes les coupures, de plus près cette fois, quand une voix l'appela dans l'escalier :

— Jack ? Chéri ?

Wendy.

Il tressaillit d'un air presque coupable, comme s'il avait bu en cachette et qu'elle allait pouvoir détecter l'odeur de l'alcool sur lui. C'était ridicule. Il se frotta les lèvres de sa main et lui cria :

— Ouais, princesse. Je cherche les rats.

Elle allait venir : il l'entendit descendre l'escalier et traverser la chaufferie. Prestement, sans réfléchir à ce qu'il faisait, il fourra l'album sous une liasse de factures et de reçus. A peine s'était-il redressé qu'elle franchissait le passage voûté.

— Qu'est-ce que tu fabriques ici ? Il est presque trois heures.

Il sourit.

— C'est si tard que ça ? Je me suis mis à fureter dans tous ces vieux papiers. J'espérais découvrir la cachette où ils enterraient leurs cadavres.

Il trouva que ces mots sonnaient faux.

Elle s'approcha davantage, les yeux braqués sur lui, et il fit involontairement un pas en arrière. Il savait ce qu'elle faisait ; elle essayait de flairer sur lui l'odeur de l'alcool. Elle ne se rendait probablement pas compte qu'elle le soupçonnait, mais lui le sentait bien. Et ça le mettait hors de lui.

— Ta bouche saigne, dit-elle sur un ton curieusement indifférent.

— Hein !

Il porta sa main à ses lèvres et, y sentant la brûlure d'une petite plaie, la retira aussitôt. La vue de la tache de sang sur son index ne fit qu'accroître son sentiment de culpabilité.

— Tu as recommencé à te frotter la bouche, dit-elle.

Il baissa les yeux et haussa les épaules.

— Ouais, on dirait.

— Ça a dû être un enfer pour toi, n'est-ce pas ?

— Non, pas vraiment.

— Est-ce que tu souffres moins à présent ?

Il leva les yeux sur elle et se força à faire un premier pas dans sa direction. Ses pieds se mirent à avancer : le plus dur était fait. Arrivé à côté de Wendy, il glissa son bras autour de sa taille. Repoussant une mèche de ses cheveux blonds, il lui embrassa le cou.

— Oui, dit-il. Où est Danny ?

— Oh ! il traîne quelque part dans les parages. Le temps est en train de se couvrir. Tu as faim ?

Avec une lubricité feinte, il glissa sa main le long de ses fesses moulées dans le jean étroit.

— Faim de ça, oui.

218

— Attention, mon vieux. Ne te lance pas dans une affaire que tu ne pourras pas terminer.

— En affaires, je suis plutôt prudent, princesse. Mais celle-là, c'est du solide, dit-il, continuant de lui masser les fesses. J'ai bien envie de placer mon capital là-dedans.

Au moment de s'engager dans le passage voûté, il jeta un dernier coup d'œil au carton dans lequel il avait caché l'album.

(Mais à qui appartenait-il ?)

Sans lumière, le carton n'était plus qu'une ombre. Il se sentit pourtant soulagé d'avoir éloigné Wendy. Son désir se fit plus vrai, moins joué, tandis qu'ils s'avançaient vers l'escalier.

— On verra, dit-elle. Après qu'on t'aura fait un sandwich... *aïe !* (Elle se dégagea de son étreinte, riant aux éclats.) Tu me chatouilles !

— Ce n'est rien, princesse, à côté des papouilles que Jack Torrance va te faire.

— Bas les pattes, satyre. Que dirais-tu d'un sandwich au jambon et au fromage... pour commencer ?

Ils montèrent l'escalier ensemble, et Jack ne regarda plus en arrière. Mais il se rappela les paroles de Watson :

« Tout grand hôtel a son fantôme. Pourquoi ? Que voulez-vous, les gens vont et viennent... »

Puis Wendy referma derrière eux la porte du sous-sol qui retourna à ses ténèbres.

XIX

DEVANT LA PORTE DE LA CHAMBRE 217

Danny se rappelait les paroles d'un autre employé de l'hôtel :

« Elle prétendait avoir vu quelque chose dans une des chambres..., il s'y était passé quelque chose de... moche. C'était la chambre 217 et je veux que tu me promettes de ne jamais y mettre le nez... Tu fais comme si elle n'existait pas... »

C'était une porte tout à fait ordinaire, identique aux autres portes des deux premiers étages. Elle se trouvait au milieu du petit couloir qui partait à angle droit du couloir principal du deuxième étage. Les chiffres sur la porte ressemblaient à ceux de leur appartement à Boulder. Il y avait un 2, un 1 et un 7. La belle affaire. En dessous du numéro, la porte était percée d'un minuscule trou vitré. Danny savait par expérience que c'était un judas. De l'intérieur on avait une vue très évasée du couloir, mais de l'extérieur, on avait beau cligner des yeux, on ne voyait rien. C'était de la triche.

(Mais que diable fais-tu là ?)

Après leur promenade derrière l'hôtel, sa mère et

lui étaient rentrés déjeuner. Elle lui avait préparé son repas préféré, un sandwich au fromage et au saucisson et une soupe aux haricots Campbell's. Ils avaient déjeuné dans la cuisine de Dick, tout en bavardant et en écoutant à la radio une musique grêle et grésillante qui leur parvenait de l'émetteur d'Estes Park. De l'avis de Danny, la cuisine était l'endroit le plus agréable de l'hôtel. Ses parents devaient sans doute partager cette opinion puisqu'ils avaient fini par opter pour elle après avoir essayé, au début, de prendre leurs repas dans la salle à manger.

Maman avait laissé la moitié de son sandwich et n'avait pas touché à la soupe. Elle avait dit que Papa ne devait pas être bien loin puisque la Volkswagen et la camionnette se trouvaient toutes deux dans le parking. Elle avait ajouté qu'elle se sentait fatiguée et que, s'il croyait pouvoir s'amuser tout seul sans faire de bêtises, elle irait volontiers s'étendre pendant une heure ou deux. La bouche pleine de fromage et de saucisson, Danny avait répondu qu'il pensait pouvoir trouver à s'occuper.

— Pourquoi est-ce que tu ne vas pas t'amuser au terrain de jeu ? lui demanda-t-elle. Je pensais que tu t'y plairais beaucoup, que tu y passerais des heures à jouer avec tes camions dans le bac à sable.

Il avala, mais la nourriture, devenue une boule dure et sèche, passa difficilement.

— Ça viendra peut-être, répondit-il en se tournant vers la radio dont il se mit à tripoter les boutons.

— Et tous ces beaux animaux de buis taillé, dit-elle en enlevant son assiette vide, il va falloir que ton père les tonde bientôt.

— Ouais, dit-il.

(J'ai vu de vilaines choses... une fois c'était ces maudits buis taillés...)

— Si tu vois ton père, dis-lui que je suis montée m'étendre.

— D'accord, 'man.

Elle rangea la vaisselle sale dans l'évier puis revint vers lui.

— Est-ce que tu es heureux ici, Danny?

Une moustache de lait sur sa lèvre, il leva sur elle son regard candide.

— Oui.

— Plus de mauvais rêves?

— Non.

Tony était revenu une fois la nuit et l'avait appelé de sa voix lointaine, mais Danny avait fermé les yeux très fort pour ne pas le voir et il était parti.

— Tu en es sûr?

— Oui, 'man.

Elle parut satisfaite.

— Comment va ta main?

Il la remua pour elle.

— Elle va bien.

Elle hocha la tête. Jack avait retiré le nid du bol en pyrex plein de guêpes gelées et l'avait brûlé derrière la remise, dans l'incinérateur à ordures. Il avait écrit à un avocat de Boulder et avait joint à sa lettre les photos de la main piquée. L'avocat, qui avait téléphoné deux jours auparavant, avait eu avec Jack une conversation dont l'unique résultat avait été de le mettre de mauvaise humeur pour le restant de l'après-midi. Étant donné qu'il n'y avait que son propre témoignage pour prouver qu'il avait bien suivi les instructions accompagnant la bombe, l'avocat doutait que Jack pût avoir gain de cause devant un tribunal. Jack lui avait demandé si en testant d'autres bombes de la même marque on n'arriverait pas à établir un défaut de fabrication. L'avocat avait répondu que, même si toutes les bombes étaient défectueuses, le jugement ne leur serait pas favorable pour autant. Et il avait raconté à Jack l'histoire d'un homme qui s'était brisé le dos en tombant d'une échelle et qui avait intenté un procès contre le fabricant sans en obtenir un sou.

Wendy avait compati à sa déception, mais en son for intérieur elle était soulagée de voir que Danny s'en était tiré à si bon compte. Il valait mieux laisser les procès à ceux qui s'y connaissaient, c'est-à-dire à d'autres que les Torrance. Et depuis, ils n'avaient plus vu de guêpes.

— Va jouer, prof. Amuse-toi bien.

Mais il ne s'était pas amusé. Il avait fait le tour de l'hôtel, se promenant à pas feutrés sur la moquette bleue aux festons noirs. Errant sans but, il avait mis le nez partout, furetant en vain dans les placards des femmes de ménage et dans l'appartement du concierge à la recherche de quelque chose d'intéressant. Il avait essayé d'ouvrir quelques portes, mais elles étaient toutes fermées à clef. Il savait où son père suspendait le passe-partout dans le bureau de la réception, mais Papa lui avait défendu d'y toucher. D'ailleurs il n'avait pas envie d'y toucher. Pas du tout.

(Mais que diable fais-tu là ?)

En fait, s'il se trouvait là, ce n'était pas par hasard. Il avait été attiré vers la chambre 217 par une sorte de curiosité morbide. Il s'était rappelé une histoire que son père lui avait lue un soir. Il y avait longtemps de cela, mais l'impression que cette histoire lui avait laissée restait aussi vive qu'au premier jour. C'était un soir où Papa était ivre et Maman l'avait grondé en lui disant qu'on n'avait pas idée de lire une histoire aussi effrayante à un enfant de trois ans. L'histoire s'intitulait Barbe-Bleue, mais il s'agissait surtout de la femme de celui-ci, une jolie dame qui avait des cheveux couleur de maïs comme Maman. Après leur mariage, Barbe-Bleue et sa femme étaient allés habiter un grand château ténébreux qui ressemblait un peu à l'Overlook. Et tous les jours, avant de partir à son travail, Barbe-Bleue recommandait à sa jolie petite femme de ne pas aller regarder dans la chambre qu'il fermait à clef, bien que la clef fût à sa portée, suspendue à un crochet, exactement comme le passe-partout l'était au mur de la réception. Mais cette chambre fermée à clef avait éveillé la curiosité de la femme de Barbe-Bleue. Elle avait essayé de jeter un coup d'œil à l'intérieur en regardant par le trou de la serrure comme Danny avait fait par la serrure de la chambre 217, mais sans davantage de succès. Il y avait même une image qui la montrait à quatre pattes, essayant de regarder par-dessous la porte, mais la fente n'était pas assez large pour qu'elle puisse voir. Enfin, n'y tenant plus, elle l'avait ouverte et...

L'artiste qui avait illustré le vieux livre de contes de fées avait noté tous les détails de la scène avec une délectation morbide. Les têtes des sept femmes précédentes de Barbe-Bleue étaient posées sur des piédestaux. Leurs yeux révulsés ne laissaient voir que le blanc et leurs bouches grandes ouvertes semblaient pousser des hurlements silencieux. Le sang ruisselait de leurs cous sauvagement déchiquetés sur le fût des piédestaux.

Terrifiée, la femme de Barbe-Bleue s'apprêtait à fuir quand, se retournant, elle se trouva nez à nez avec son mari. La foudroyant du regard, il lui barra le chemin. « Je t'avais interdit d'entrer dans cette pièce, s'écria-t-il. Malheureuse ! Tu as cédé à la même curiosité qui a perdu mes sept autres femmes et, bien que tu sois ma préférée, tu vas connaître le même sort qu'elles. Prépare-toi à mourir ! »

Danny se souvint vaguement qu'à la fin tout s'était arrangé, mais cette fin heureuse ne pesait pas lourd en face des deux images terribles qui

224

restaient gravées dans sa mémoire : celle de la porte fermée à clef sur son affreux secret et celle du secret lui-même, les sept têtes coupées.

Il avança la main et caressa la poignée de la porte, presque furtivement. Depuis combien de temps regardait-il, hypnotisé, cette banale porte grise ? Il n'en avait pas la moindre idée.

Il plongea la main gauche dans sa poche et en tira le passe-partout qui, comme par hasard, s'y trouvait.

Il l'avait pris par sa plaquette d'identification carrée sur laquelle on avait écrit *BUREAU* au stylo-feutre. Il se mit à faire tournoyer la clef au bout de sa chaîne et la regarda voltiger. Au bout de quelques minutes, lassé de ce jeu, il glissa dans la serrure le passe-partout qui s'y introduisit d'un seul coup, comme s'il n'avait attendu que ça.

(J'ai cru voir des choses, de vilaines choses... promets-moi de ne jamais y mettre les pieds.)

(Je te le promets.)

Une promesse, évidemment, ne se faisait pas à la légère. Mais il n'arrivait pas à contenir sa curiosité ; elle le tourmentait, le démangeait comme un urticaire mal placé qu'on n'arrive pas à gratter. C'était une curiosité morbide, celle qui nous pousse à regarder entre nos doigts pendant les scènes d'horreur au cinéma. Seulement ce qui se trouvait derrière cette porte n'était pas du cinéma.

(Je ne crois pas que tes visions puissent te faire du mal... elles sont comme des images dans un livre...)

Tout à coup, sans se rendre compte de ce qu'il faisait, il retira le passe-partout de la serrure et le remit dans sa poche. Il resta encore un moment ses yeux gris-bleu fixés sur la porte, puis tourna les talons et s'en alla vers le couloir principal.

Soudain il s'arrêta, sans trop savoir pourquoi. Il se souvint alors que sur le chemin du retour, accroché au mur du couloir principal, il y avait un

225

de ces vieux extincteurs à tuyau, enroulé sur lui-même comme un serpent endormi.

Ce n'était pas un extincteur chimique, avait dit Papa, bien qu'à la cuisine il y en eût de ce type-là. Celui-ci était le prototype des extincteurs modernes à aspersion. Le long tuyau de toile se branchait directement sur les conduites d'eau et il suffisait d'ouvrir une vanne pour disposer d'une arme qui valait bien toute une brigade de sapeurs-pompiers. Papa avait dit pourtant que les extincteurs chimiques, qui projetaient de la mousse ou du gaz carbonique, étaient plus efficaces. Les produits chimiques étouffaient les flammes qu'ils privaient de l'oxygène dont elles avaient besoin pour brûler, alors qu'un jet pressurisé pouvait même les activer.

Danny jeta un coup d'œil dans le couloir principal.

L'extincteur était bien là, relié par un long tuyau plat, replié une douzaine de fois sur lui-même, à un réservoir cylindrique rouge accroché au mur. Au-dessus de l'extincteur il y avait une hache, enfermée comme une pièce de musée dans une vitrine portant en lettres blanches sur fond rouge l'inscription : *EN CAS DE FORCE MAJEURE CASSER LA VITRE.* Danny savait lire les mots *EN CAS DE FORCE MAJEURE* parce que c'était le titre d'une de ses émissions de télévision préférées, mais il n'était pas sûr des autres mots. Il n'aimait pas qu'on parlât de CAS DE FORCE MAJEURE à propos de ce long tuyau plat. Les CAS DE FORCE MAJEURE, c'étaient les incendies, les explosions, les accidents de voiture, les blessés, les morts parfois. Il n'aimait pas non plus l'air narquois de ce tuyau accroché au mur. Quand il était seul, il suffisait qu'il tombât sur un de ces extincteurs pour détaler à toutes jambes sans raison, et rien qu'à courir il se sentait plus en sécurité.

226

Le cœur battant, il déboucha dans le couloir principal et jeta un coup d'œil en direction de l'escalier. Il n'avait qu'à avancer tout droit, sans faire attention à l'extincteur, et descendre l'escalier. Il s'engagea dans le grand couloir, rasant de si près le mur opposé à l'appareil que son bras gauche frôla la précieuse tapisserie de soie. Plus que vingt pas à faire pour dépasser l'extincteur, plus que quinze, douze.

Quand il ne fut plus qu'à dix pas, la lance en cuivre glissa soudain de son support et tomba sur la moquette avec un bruit sourd. Elle visait maintenant Danny de son bout percé. Tremblant de peur, Danny resta cloué sur place. Le sang bourdonnait dans ses oreilles, battait à ses tempes. Il avait la bouche sèche et il serrait les poings de toutes ses forces.

Oui, elle était tombée. Et après ? Ce n'était qu'un extincteur, rien de plus. Il fallait être fou pour s'imaginer qu'elle pouvait être une de ces vipères qu'il avait vues dans *Le Monde des animaux* et qu'il aurait dérangée dans son sommeil..., même si la toile surpiquée ressemblait à des écailles. Il n'avait qu'à l'enjamber et à suivre le couloir jusqu'à l'escalier, en pressant peut-être un peu le pas pour éviter qu'elle n'essaie de le mordre ou de s'enrouler autour de son pied.

Imitant inconsciemment son père, il s'essuya les lèvres de sa main gauche et fit un pas en avant. Le tuyau ne bougea pas. Encore un pas. Toujours rien. Tu vois comme tu es bête ? A force de penser à cette chambre maudite et à cette histoire idiote de Barbe-Bleue, tu t'es laissé monter la tête. Ça fait probablement cinq ans que cette lance est sur le point de tomber de son support, voilà tout.

Les yeux rivés sur la lance qui gisait à terre, Danny se rappela les guêpes.

Étincelant paisiblement sur la moquette, la lance

semblait dire : « Ne t'inquiète pas. Je ne suis qu'un tuyau, rien de plus. Et, même si j'étais une vipère, je ne te ferais pas beaucoup plus mal qu'une abeille. Ou une guêpe. Car que veux-tu que je fasse à un mignon petit garçon comme toi, sinon le mordre et le remordre ! »

Le sang se glaça dans ses veines. Presque hypnotisé, il fixait le trou noir au milieu du bout de la lance. Elle était peut-être pleine de guêpes, de guêpes secrètes, leurs petits corps marrons gonflés de venin, d'un venin automnal qui coulait de leurs dards en grosses gouttes.

Soudain il comprit qu'il était quasiment paralysé de terreur ; que s'il ne se forçait pas tout de suite à avancer, ses pieds finiraient par rester collés à la moquette. Il était fasciné par ce trou noir comme un oiseau par un serpent. Allait-il rester là jusqu'à ce que son père vînt le trouver ? Et que se passerait-il alors ?

Il poussa un gémissement aigu et se mit à courir. Quand il arriva à hauteur du tuyau, celui-ci, sous l'effet de quelque jeu de lumière, parut se mettre à bouger, à se dresser pour l'attaque et Danny fit un bond pour l'esquiver. Dans son affolement il avait cru sentir l'épi de cheveux drus au sommet de sa tête frôler le plafond. En y réfléchissant plus tard, il avait reconnu qu'il n'avait pas pu sauter si haut et qu'il avait dû être victime d'une illusion.

Dès qu'il eut atterri de l'autre côté du tuyau, la lance se jeta à sa poursuite avec un bruissement sec et étouffé. Cette tête en cuivre fonçait sur la moquette comme un éclair... ou plutôt comme un serpent à sonnettes se faufilant dans un champ d'herbe desséchée.

Arrivé enfin à l'escalier, Danny dut battre désespérément des bras pour rattraper son équilibre. Pendant un instant il se crut perdu et se vit précipité dans le vide, la tête la première.

Il jeta un coup d'œil en arrière.

Le tuyau n'avait pas bougé, il était toujours dans la même position, une de ses boucles déroulée, la lance tournée, d'un air indifférent, dans la direction opposée. *Tu vois, gros bêta ?* se reprocha-t-il. *Tu as tout inventé. Tu n'es qu'une poule mouillée.*

Ses jambes tremblaient encore sous le choc et il dut s'accrocher à la balustrade.

Le tuyau, étendu sur la moquette, semblait presque l'inviter à revenir pour un deuxième essai.

Pantelant, Danny dévala l'escalier quatre à quatre.

XX

CONVERSATION AVEC Mr. ULLMAN

La bibliothèque municipale de Sidewinter était un petit immeuble modeste, à quelques pas du centre ville. La collection de vieux journaux se trouvait au sous-sol. Elle comprenait le *Sidewinter Gazette*, qui avait fait faillite en 1963, le quotidien d'Estes Park et le *Camera* de Boulder.

Avec un soupir, Jack opta pour le *Camera*.

A partir de 1965, les journaux avaient été remplacés par des microfilms (« C'est grâce à une subvention du gouvernement fédéral, lui avait dit la bibliothécaire avec une pointe de fierté. Nous comptons microfilmer les années 1958 à 1964 dès que nous recevrons la deuxième tranche de crédits, mais vous savez combien ils sont lents. ») Il commença par les journaux. Pour les microfilms, il n'y avait qu'une seule visionneuse, dont la lentille était faussée ; au bout de quarante-cinq minutes, quand Wendy posa sa main sur son épaule, il avait un mal de crâne carabiné.

— Danny est au parc, dit-elle, mais je ne veux pas qu'il reste dehors trop longtemps. Il te faut combien de temps encore ?

— Dix minutes, dit-il.

En fait, il avait réussi à reconstituer entièrement toute la fascinante histoire de l'Overlook, depuis l'assassinat du gangster jusqu'à l'arrivée de Stuart Ullman et compagnie. Mais avec Wendy il restait toujours aussi réticent à ce sujet.

— Mais qu'est-ce que tu fais là ? lui demanda-t-elle en lui ébouriffant les cheveux.

A sa voix, il sentait bien qu'elle ne plaisantait qu'à moitié.

— Je me documente sur le passé de l'Overlook, dit-il.

— Sans but particulier ?

— Sans but particulier.

Et d'ailleurs, qu'est-ce que ça peut te foutre ?

— Je suis curieux, c'est tout.

— Tu as trouvé des choses intéressantes ?

— Pas grand-chose, dit-il, s'efforçant de rester aimable.

Elle l'espionnait, elle l'avait toujours espionné. Depuis leur arrivée à Stovington, alors que Danny était encore au berceau, il avait été en résidence surveillée. « Où vas-tu, Jack ? Quand reviens-tu ? Combien d'argent as-tu pris ? Sors-tu en voiture ? Al sort avec toi ? Est-ce que l'un de vous deux restera assez sobre pour conduire ? » C'était sans cesse l'inquisition. Elle l'avait poussé à bout, ce qui revenait à dire qu'elle l'avait poussé à boire. Ce n'était peut-être pas entièrement sa faute, mais, bon Dieu, pourquoi ne pas dire la vérité pour une fois ? Oui, c'était *aussi* sa faute à elle. Elle l'avait asticoté, importuné et harcelé au point qu'il avait eu envie de lui flanquer une tarte, rien que pour avoir la paix.

(Où ? Quand ? Comment ? Aujourd'hui ? Demain ?)

Un flot de questions intarissable, à vous donner mal au crâne, mal au cœur.

(Mal au crâne ? Mal au cœur ?)

Mais non, c'était la faute de la visionneuse, cette foutue visionneuse avec sa lentille faussée. C'est pour ça qu'il avait un tel mal de crâne.

— Jack, est-ce que ça va ? Tu es tout pâle...

Il secoua impatiemment la tête pour repousser la caresse de sa main.

— *Je vais très bien !*

Elle se sentit défaillir sous son regard brûlant. Elle esquissa un sourire qui mourut sur ses lèvres.

— Eh bien..., si ça va..., je vais aller t'attendre dans le parc avec Danny...

L'air perplexe et abattu, elle commençait à s'éloigner.

Il la rappela :

— Wendy ?

— Qu'est-ce qu'il y a, Jack ?

Il se leva et alla vers elle.

— Je suis désolé, princesse. En fait, ça ne va pas. La lentille de la visionneuse est faussée et j'ai atrocement mal à la tête. Tu n'as pas de l'aspirine ?

— Bien sûr. (Elle fouilla dans son sac et découvrit un tube d'Anacin.) Tiens, prends-les toutes.

Il prit le tube.

— Pas d'Excedrin ?

Il vit son visage se contracter imperceptiblement et comprit aussitôt. Au début, du temps où ils pouvaient encore en plaisanter, il avait prétendu que l'Excedrin était le seul médicament vendu sans ordonnance qui pouvait mettre fin illico à la gueule de bois. Et, quand il avait la gueule de bois, il disait qu'il avait le mal de crâne Excedrin Vat 69.

— Pas d'Excedrin, dit-elle. Désolée.

— Ça ne fait rien, répondit-il, celles-ci feront très bien l'affaire.

Mais elles ne feraient rien du tout, et Wendy aurait dû le savoir. Par moments, c'était une vraie connasse...

— Tu veux de l'eau ? demanda-t-elle d'un air empressé.

Non, je ne veux qu'une chose : que tu me foutes la paix !

— Je prendrai de l'eau au distributeur quand je monterai. Merci.

— O.K.

D'un air absent, il glissa le tube d'Anacin dans sa poche, retourna à la visionneuse et l'éteignit. Quand il fut certain qu'elle était partie, il monta l'escalier à son tour. Dieu, quel mal de crâne ! Et dire qu'il ne pouvait même pas s'offrir un verre ou deux pour se requinquer !

De plus en plus contrarié, il s'efforça de chasser cette pensée. Il se dirigea vers le bureau principal tout en tripotant une pochette d'allumettes avec un numéro de téléphone écrit dessus.

— Pardon, madame, est-ce que vous avez un téléphone public ?

— Non, monsieur, mais vous pouvez vous servir de celui-ci pour les communications locales.

— Non, c'est une communication à grande distance.

— Alors je pense que vous aurez plus de chance au drugstore. Ils ont une cabine.

— Merci.

Les mains fourrées dans les poches, la tête prête à éclater, il sortit et descendit le trottoir en direction du centre ville. Le ciel était de plomb ; on était le 7 novembre et depuis le début du mois le temps s'était fait menaçant. Dès le mois d'octobre il y avait eu des bourrasques, mais la neige avait fondu. Les chutes plus récentes avaient tenu, laissant une fine couche givrée qui étincelait au soleil comme du cristal. Mais il n'y avait pas de soleil aujourd'hui et au moment où il arrivait au drugstore le ciel se remit à cracher de gros flocons.

Faisant sonner la mitraille dans ses poches, il se

dirigea vers le fond du drugstore où se trouvait la cabine téléphonique. En passant devant le rayon pharmacie, il remarqua les petites boîtes blanches familières avec leurs inscriptions en lettres vertes. Il en prit une, l'apporta à la caissière, paya, puis s'en revint vers la cabine téléphonique. Il ferma la porte, posa sa monnaie avec sa pochette d'allumettes sur la planchette et composa le zéro.

— Quel numéro désirez-vous, s'il vous plaît ?

— Fort Lauderdale, en Floride, mademoiselle.

Il donna à la standardiste le numéro de Fort Lauderdale ainsi que celui de la cabine. Elle lui dit que ça ferait un dollar quatre-vingt-dix cents pour les trois premières minutes. Il introduisit alors huit quarters dans la fente, sursautant à chacun des huit tintements.

Puis, perdu dans les limbes des cliquetis lointains et des gazouillis de la connexion téléphonique, il tira la bouteille verte de sa boîte et en ôta le capuchon, laissant tomber le tampon d'ouate sur le sol. Coinçant le récepteur entre son oreille et son épaule, il secoua la bouteille et en fit tomber trois comprimés qu'il aligna sur le comptoir à côté de la monnaie restante. Puis il enfonça le capuchon sur la bouteille et remit celle-ci dans sa poche.

A l'autre bout de la ligne, on décrocha le téléphone dès le premier coup de la sonnerie.

— Surf-Sand Resort, à votre service, dit la petite voix vive de la réceptionniste.

— Je voudrais parler au manager, s'il vous plaît.

— Vous voulez dire Mr. Trent ou...

— Non, Mr. Ullman.

— Je crois que Mr. Ullman est occupé, mais si vous voulez que je vérifie.

— Je veux bien. Dites-lui que c'est de la part de Jack Torrance, dans le Colorado.

— Un instant, s'il vous plaît.

Elle le brancha sur l'attente musicale.

Jack se sentit envahi de nouveau par son animosité pour ce petit con prétentieux. Il prit un des comprimés d'Excedrin sur la planchette, le contempla un instant, le mit dans sa bouche et commença à le croquer lentement, avec délice. Il avait le goût du souvenir, un mélange juteux de plaisir et de tristesse, un goût sec et amer mais irrésistible. Il avala avec une grimace. Du temps où il buvait, il avait pris l'habitude de croquer de l'aspirine, mais il avait arrêté depuis. Quand le mal de tête était particulièrement violent, après qu'il avait bu, ou comme aujourd'hui, il lui semblait que le fait de croquer les comprimés activait leur effet. Il avait lu quelque part qu'on pouvait se droguer à l'aspirine. Il essayait de se rappeler d'où il tenait ce renseignement, quand Ullman prit la communication.

— Torrance, qu'est-ce qui ne va pas ?

— Tout va bien, dit-il. La chaudière marche et je n'ai pas assassiné ma femme, du moins pas encore. Je garde ça en réserve pour les mortelles soirées d'hiver, après les fêtes.

— Très drôle. Mais pourquoi me téléphonez-vous ? Je suis un homme très...

— Très occupé, oui, je le sais. Je vous téléphone à propos de certains détails que vous n'avez pas jugé dignes de figurer dans l'historique que vous m'avez fait du passé prestigieux de l'Overlook. Par exemple qu'Horace Derwent l'avait vendu à une bande d'escrocs de Las Vegas qui l'ont ensuite repassé à tant d'organisations fictives que même le fisc ne s'y retrouvait plus ; que par la suite c'est devenu un refuge pour les gros bonnets de la Mafia et que, si en 1966 on l'a fermé, c'est parce qu'un gangster s'y est fait assassiner avec ses gardes du corps, dans la suite présidentielle. Très distinguée, cette suite présidentielle. Wilson, Harding, Roosevelt, Nixon et Vito le Tueur. C'est ça, n'est-ce pas ?

Il y eut un instant de silence pendant qu'Ullman se reprenait, puis il dit calmement :

— Je ne vois pas quel rapport il peut y avoir entre votre travail et toutes ces histoires, Mr. Torrance. Il...

— Mais le plus beau, n'est-ce pas, c'est ce qui se passe après l'assassinat de Gienelli. Encore deux rapides tours de passe-passe, on brouille bien les cartes, et à la nouvelle donne on découvre que par une extraordinaire coïncidence la nouvelle propriétaire, une certaine Sylvia Hunter, n'est autre que l'ex-Mrs. Derwent.

— Vos trois minutes sont terminées, interrompit la standardiste. Appelez-moi quand vous aurez fini.

— Mon cher Torrance, toute la lumière a déjà été faite sur cette affaire ; c'est de l'histoire ancienne.

— Pas pour moi en tout cas. Et je doute qu'il y ait beaucoup de gens qui soient au courant — je veux dire réellement au courant. Ils se souviennent de l'assassinat de Gienelli peut-être, mais je ne pense pas que l'on ait jamais rassemblé les morceaux du puzzle. Depuis 1945, l'Overlook a été l'objet d'une suite de combines et de machinations sans précédent. Et chaque fois il semble que ce soit Derwent ou l'un de ses associés qui finisse par décrocher le cocotier. Que faisait Sylvia Hunter au juste là-haut, entre 67 et 68, Mr. Ullman ? Elle dirigeait un bordel, n'est-ce pas ?

— Torrance !

Sa voix crépitait à travers les deux mille miles de câble téléphonique sans rien perdre de son indignation.

Souriant, Jack glissa une autre Excedrin dans sa bouche et la croqua.

— Quand un sénateur connu y est mort d'une attaque cardiaque, elle a dû vendre, évidemment. Le bruit courait qu'on l'avait trouvé en bas de nylon noirs, porte-jarretelles et escarpins à talon aiguille. Des escarpins vernis, pour être exact.

— C'est un mensonge éhonté ! s'écria Ullman.

— Ah ! oui ? demanda Jack.

Il commençait à se sentir mieux. Le mal de tête se résorbait peu à peu. Il prit la dernière Excedrin et la croqua, savourant son goût amer et râpeux pendant qu'il la pulvérisait dans sa bouche.

— Ce fut un incident tout à fait regrettable, dit Ullman. Mais je ne vois pas où vous voulez en venir, Torrance. Si vous avez l'intention d'écrire un article pour nous traîner dans la boue... ou de nous faire un chantage aussi incroyablement stupide...

— Ce n'est pas du tout mon intention, dit Jack. J'ai téléphoné parce que je considère que vous n'avez pas joué franc jeu avec moi. Et parce que...

— Je n'ai pas joué franc jeu ? s'écria Ullman. Mais, grands dieux, vous vous imaginez vraiment que j'allais laver le linge sale de l'hôtel devant le *gardien ?* Mais dites donc, pour qui vous prenez-vous ? Et d'ailleurs, qu'est-ce que ça peut vous faire, ces vieilles histoires ? Croyez-vous que des fantômes enveloppés de draps et criant « Malheur ! » hantent les couloirs de l'aile ouest ?

— Non, je ne crois pas aux fantômes. Mais vous avez bien fourré votre nez dans mon passé à moi, avant de m'attribuer ce poste. Vous m'avez mis sur la sellette, vous m'avez soumis à un véritable interrogatoire afin de vous assurer que j'étais capable de m'occuper de votre hôtel. Vous m'avez traité comme un petit garçon qu'on traîne devant la maîtresse parce qu'il a pissé dans le vestiaire. Vous m'avez humilié.

— Je suis suffoqué par votre insolence, Mr. Torrance. Vous avez un culot monstre. (A l'entendre, on aurait dit qu'Ullman s'étranglait.) J'aimerais vous vider et je le ferai peut-être.

— Je pense qu'Al Shockley s'y opposerait. Et vigoureusement.

— Et moi je pense que vous surestimez votre pouvoir sur Mr. Shockley.

Le mal de tête revint, lancinant et, envahi par la douleur, Jack ferma les yeux. Comme si sa voix lui parvenait de loin, il s'entendit demander :

— Qui est le propriétaire actuel de l'Overlook ? Est-ce encore Derwent Enterprises ? Ou est-ce que vous êtes trop menu fretin pour le savoir ?

— Je pense que ça suffit comme ça, Mr. Torrance. Vous n'êtes qu'un employé de l'hôtel, au même titre qu'un chasseur ou qu'un plongeur. Je n'ai nullement l'intention...

— C'est bon, je vais écrire à Al, dit Jack. Il le saura, lui. Après tout, il siège au conseil d'administration. Et il se pourrait que j'ajoute un petit post-scriptum pour dire que...

— Derwent n'est plus propriétaire.

— Quoi ? Je ne vous entends pas.

— J'ai dit que Derwent n'est plus propriétaire. Les actionnaires de l'hôtel sont tous des gens de l'Est. Et l'actionnaire principal, celui qui détient la plus grosse part, à savoir plus de trente-cinq pour cent des actions, c'est votre ami Mr. Shockley. Quant à savoir si Shockley est lié à Derwent, vous êtes mieux placé que moi pour le lui demander.

— Qui sont les autres actionnaires ?

— Je n'ai nullement l'intention de divulguer leurs noms, Mr. Torrance, et je vais soumettre toute cette affaire à...

— J'ai l'intention d'écrire un livre sur l'Overlook.

— Je pense qu'il serait extrêmement imprudent d'écrire un livre sur l'Overlook, dit Ullman. Surtout de l'écrire dans votre optique à vous.

— Je me doutais bien que ce projet ne vous emballerait pas.

Son mal de tête avait disparu. Il avait maintenant l'esprit clair, les idées nettes, comme autrefois quand son travail marchait très bien ou qu'il en était à son troisième verre. Il avait oublié que l'Excedrin le mettait dans cet état-là. Il ignorait quel effet ce médicament produisait chez d'autres, mais chez lui c'était radical : il lui suffisait d'en croquer trois pour être tout à fait parti.

Il poursuivit :

— Ce que vous aimeriez, vous, c'est une sorte de guide, écrit sur mesure, que vous pourriez distribuer gratis aux clients dès leur arrivée. Une brochure pleine de belles photos glacées des montagnes au lever et au coucher du soleil, et un texte à l'eau de rose. Un chapitre serait consacré aux personnalités qui y ont séjourné, sans mentionner, bien entendu, les plus pittoresques, du genre de Gienelli et de ses complices.

— Si j'étais certain de pouvoir vous renvoyer sans que ça se retourne contre moi, dit Ullman d'une voix étranglée, je n'hésiterais pas à vous mettre à la porte sur-le-champ, au téléphone. Mais, par acquit de conscience, je vais d'abord consulter Mr. Shockley, et dès que vous aurez raccroché..., ce qui ne saurait tarder, si vous voulez bien me faire ce plaisir.

— Il n'y aura rien dans le livre qui ne soit vrai, vous savez. Je n'aurai pas besoin de broder, rétorqua Jack.

(Pourquoi le provoques-tu ? Tu cherches à te faire renvoyer ?)

— Je me fous pas mal que votre chapitre cinq raconte les coucheries du pape et de la Sainte

Vierge, explosa Ullman. Je ne veux plus de vous dans mon hôtel !

— *Ce n'est pas votre hôtel !* cria Jack, et il raccrocha violemment.

Respirant avec difficulté, Jack resta cloué sur son tabouret, incapable de se lever. Il était un peu effrayé (un peu ? non, *très* effrayé) de ce qu'il avait fait et se demandait pourquoi diable il avait téléphoné à Ullman.

(Tu as encore perdu la tête, Jack.)

Oui. Oui, c'était vrai. Ce n'était pas la peine de le nier. Et le plus emmerdant, c'était qu'il ne savait pas du tout si Al n'allait pas se laisser influencer par ce petit con prétentieux, ni s'il le soutiendrait toujours en souvenir du bon vieux temps. Si Ullman tenait parole et posait à Al un ultimatum du genre « c'est lui ou moi », est-ce qu'Al ne serait pas obligé de céder ? Il ferma les yeux, essayant d'imaginer comment il présenterait la nouvelle à Wendy. « Devine, princesse. J'ai encore perdu mon job. Cette fois-ci il m'a fallu envoyer mon coup de poing à travers deux milles miles de lignes téléphoniques, mais j'y suis arrivé. »

Il ouvrit les yeux et s'essuya la bouche avec son mouchoir. Il avait envie de boire un coup, bon Dieu, il avait *besoin* de boire un coup. Il y avait un bar à quelque cent mètres de là ; il avait sûrement le temps d'avaler une bière avant de rejoindre le parc, rien qu'une seule, pour se remettre d'aplomb...

Ses mains se crispèrent dans un geste d'impuissance.

La question revenait toujours : pourquoi avait-il téléphoné à Ullman ? Du temps où il buvait, Wendy l'avait accusé une fois de souhaiter sa propre destruction. Mais, disait-elle, comme il n'avait pas assez de caractère pour y aller carrément, il se débrouillait pour que d'autres le fassent mourir, lui et sa famille, à petit feu. Était-ce possible ? Avait-il peur que l'Overlook ne soit en effet la planche de salut qu'il lui fallait pour terminer sa pièce et pour se reprendre en main ? Est-ce qu'il se mettait lui-même au rancart ? « Oh ! mon Dieu, faites que ce ne soit pas vrai ! Je vous en supplie ! »

Mais alors pourquoi avait-il téléphoné à Ullman ?

Parce que ce petit con l'avait humilié ? Mais il avait déjà eu affaire plus d'une fois à d'autres experts en humiliation, et en particulier au plus grand de tous, lui-même. Lui avait-il téléphoné pour avoir le plaisir de le narguer, de mettre à nu son hypocrisie ? Non, Jack ne pensait pas être si mesquin. Il essayait de bâtir une théorie selon laquelle c'était la découverte de l'album qui l'avait incité à téléphoner à Ullman, mais plus il y pensait, plus cette explication lui paraissait invraisemblable. Les chances qu'Ullman connût le nom de l'actuel propriétaire étaient minimes. Lors de leur interview, Ullman avait parlé du sous-sol comme d'un autre monde, un monde sous-développé de surcroît. Si Jack n'avait eu d'autre but que de se renseigner, il aurait plutôt téléphoné à Watson dont le numéro se trouvait, lui aussi, dans le petit calepin du bureau. Watson n'aurait peut-être pas pu répondre à toutes ses questions, mais il en savait certainement plus long qu'Ullman.

Et pourquoi diable lui parler du livre ? Ç'avait été le bouquet. Comment avait-il pu être bête à ce point ? Non seulement il risquait d'être mis à la porte, mais il s'était fait interdire par ce coup magistral tout accès à de précieuses sources d'information, car Ullman ne manquerait pas de prévenir les gens contre lui. Il aurait pu mener son enquête sans bruit, peut-être même organiser dès maintenant quelques rendez-vous pour le printemps... et au moment de la parution du livre, alors

qu'il serait déjà loin, rire dans sa barbe en voyant la
rage folle d'Ullman... Le Zorro de la littérature
frappe encore... Au lieu de quoi il avait donné ce
coup de téléphone absurde, il s'était laissé emporter, avait provoqué Ullman et réveillé en lui
tous ses instincts fachos. Et pourquoi ? Comment
ne pas y voir une tentative désespérée pour se
faire vider du seul poste qu'Al avait pu lui trouver ?

C'était le genre de bêtise qu'il aurait pu inventer
s'il avait été ivre. Mais il n'avait pas bu ; pas une
seule goutte.

En quittant le drugstore, il croqua une autre
Excedrin, savourant, avec une grimace, son goût
amer.

Dehors, sur le trottoir, il rencontra Wendy et
Danny.

— Salut, on venait te chercher, dit Wendy. Il
commence à neiger.

Jack regarda le ciel en clignant les yeux.

— Ah ! oui.

La neige tombait dru. La rue principale de Sidewinter en était toute saupoudrée et la ligne blanche
du milieu n'était plus visible. Danny avait rejeté sa
tête en arrière et tirait la langue pour attraper les
flocons.

— Tu penses que c'est pour de bon cette fois-ci ?
demanda Wendy.

Jack haussa les épaules.

— Je n'en sais rien. J'espérais que nous aurions
encore une ou deux semaines de répit. Nous les
aurons peut-être quand même.

*Je suis désolé, Al. Pitié. Accorde-moi une dernière
chance.*

Combien de fois avait-il dû supplier qu'on lui
accordât encore une chance ? Pourtant il n'était
plus un gosse. Il se trouvait tout à coup si minable,
si répugnant qu'il eut envie de hurler.

242

— Comment va ton mal de tête ? demanda-t-elle, le scrutant attentivement.

Il lui passa le bras autour de la taille et la serra très fort.

— Ça va mieux. Allons-y, les gars, rentrons pendant qu'il est encore temps.

En se glissant derrière le volant de la camionnette, Jack se dit que, malgré la fascination que l'Overlook exerçait sur lui, il ne l'aimait pas beaucoup. Il n'était pas sûr que cet endroit leur fît du bien, à aucun d'eux. C'était peut-être pour ça qu'il avait téléphoné à Ullman.

Pour qu'on le renvoie avant qu'il ne soit trop tard.

Il fit une marche arrière, traversa la ville et prit la direction des montagnes.

XXI

INSOMNIES

Il était dix heures. Dans leur chambre régnait un sommeil simulé.

Couché sur le côté, Jack écoutait la respiration lente et régulière de Wendy. L'aspirine en fondant avait insensibilisé sa langue, l'avait rendue râpeuse. A six heures moins le quart, huit heures moins le quart dans l'Est, Al Shockley avait téléphoné. Wendy se trouvait alors en bas dans le hall avec Danny, lisant devant la cheminée.

— C'est une communication avec préavis, dit l'opératrice, pour Mr. Jack Torrance.

— C'est lui-même.

Il prit le récepteur de sa main droite et plongea sa main gauche dans la poche arrière de son pantalon, en retira son mouchoir et s'en essuya ses lèvres gercées. Puis il alluma une cigarette.

La voix d'Al retentit très fort dans son oreille :

— Jacky-boy, pour l'amour du ciel, qu'est-ce que tu es en train de manigancer ?

— Salut, Al.

Il éteignit la cigarette et chercha à tâtons la bouteille d'Excedrin.

— Qu'est-ce qui se passe, Jack ? J'ai reçu un coup de téléphone *délirant* de Stuart Ullman cet après-midi. Et, quand Stuart Ullman se fend d'une communication à longue distance, tu peux être sûr que ce n'est pas pour des prunes.

— Ullman n'a aucune raison de s'inquiéter, Al. Et toi non plus.

— Oui, mais qu'est-ce que c'est exactement qui ne doit pas nous inquiéter ? A écouter Stu, il s'agirait d'une affaire de chantage avec publication d'un article diffamatoire à la clef. Allons, parle, mon vieux.

— Je voulais l'asticoter un peu, dit Jack. Quand je suis venu ici me faire interviewer, il n'a pas pu s'empêcher de me sortir tout mon linge sale. Le fait que je buvais, que j'avais perdu mon poste pour avoir tabassé un élève et que je n'étais peut-être pas l'homme qu'il fallait, tout y est passé. Ce qui m'a énervé, c'est qu'il remuait toutes ces vieilles histoires par amour de ce maudit hôtel. Le magnifique, le sacro-saint Overlook. L'Overlook, gardien des traditions. Eh bien, j'ai trouvé au sous-sol un album qui présentait une version un peu moins reluisante de l'histoire de l'Overlook et j'ai compris que dans la cathédrale d'Ullman on célébrait en catimini des messes noires.

— J'espère que dans ton esprit ce n'est qu'une métaphore, Jack.

La voix d'Al était d'une froideur glaciale.

— Évidemment. Mais j'ai découvert...

— Je connais l'histoire de l'hôtel.

Jack se passa la main dans les cheveux.

— Alors je lui ai téléphoné pour lui envoyer tout ça à la figure. J'avoue que ce n'était pas très malin, et, si c'était à refaire, je ne le ferais pas. Voilà toute l'histoire.

— Stu prétend que tu as l'intention de laver un peu de linge sale en public.

— Stu est un trou-du-cul ! aboya Jack au téléphone. Je lui ai seulement dit que je songeais à écrire un livre sur l'Overlook et c'est vrai. Je pense que cet hôtel est un prisme où se reflète toute l'Amérique de l'après-guerre. Je sais que, dit comme ça, ça paraît un peu ridicule, mais, Al, c'est toute une époque que je voudrais faire revivre à travers l'histoire de cet hôtel. Ça pourrait faire un livre sensationnel. Mais c'est pour bien plus tard de toute façon ; j'ai déjà assez de pain sur la planche et...

— Jack, ça ne me suffit pas.

Il resta bouche bée devant le récepteur, incapable de croire à ce qu'il était pourtant sûr d'avoir entendu.

— Quoi, Al ? Tu dis... ?

— J'ai dit ce que j'ai dit. Qu'est-ce que ça veut dire : « C'est pour bien plus tard » ? Pour toi, ça peut vouloir dire deux ans, peut-être cinq. Pour moi, il faudrait que ce soit seulement dans trente ou quarante ans, parce que j'ai l'intention de prolonger longtemps mon association avec l'Overlook. L'idée que sous prétexte d'écrire une grande œuvre littéraire tu pourrais traîner mon hôtel dans la boue, ça me rend malade.

Jack restait muet de stupéfaction.

— J'ai voulu t'aider, Jacky-boy. Nous avons fait les quatre cents coups ensemble et je pensais que c'était mon devoir de te tirer de ce mauvais pas. Tu te souviens de nos virées ?

— Je m'en souviens, marmonna Jack, mais le ressentiment s'était mis à brûler dans son cœur.

D'abord ç'avait été Ullman, puis Wendy et maintenant Al. Décidément, ils semblaient tous s'être donné le mot pour lui tomber dessus le même jour. Les lèvres serrées, il tendit la main vers le paquet de cigarettes mais les fit tomber à terre. Était-ce possible qu'il eût jamais aimé ce salaud qui lui parlait du fond de sa bibliothèque à boiseries d'acajou ? Était-ce possible ?

— Avant que tu n'aies rossé le gosse Hatfield, disait Al, j'avais réussi à convaincre les membres du conseil non seulement de te garder, mais même de t'attribuer un poste permanent. Mais tu as gâché tes chances. Puis je t'ai trouvé cette place dans un hôtel bien tranquille où tu pouvais te remettre d'aplomb, achever ta pièce de théâtre et attendre qu'Harry Effinger et moi nous arrivions à convaincre le conseil de te reprendre malgré tout. Et voilà que tu te mets à mordre la main qui te nourrit et à mijoter des projets encore plus insensés. C'est comme ça que tu remercies tes amis, Jack ?

— Non, chuchota-t-il.

Il n'osa pas en dire davantage. Des paroles enflammées se bousculaient dans sa tête, brûlant de se faire entendre. Il essaya désespérément de penser à Danny et à Wendy qui comptaient sur lui, Danny et Wendy assis paisiblement en bas devant le feu, penchés sur le premier livre de lecture, persuadés que tout allait pour le mieux. S'il perdait son poste, que se passerait-il ? Partiraient-ils en Californie dans leur vieille Volkswagen déglinguée avec sa pompe démolie, comme une famille de va-nu-pieds pendant la Dépression ? Il se dit qu'avant d'en arriver là il se mettrait plutôt à genoux pour supplier Al de le garder, mais les paroles incendiaires lui brûlaient toujours les lèvres et il avait peur de ne pas pouvoir les contenir.

— Quoi ? dit Al d'une voix pointue.

— Non, dit-il. Ce n'est pas comme ça que je traite mes amis. Et tu le sais.

— Comment est-ce que je le saurais ? Dans le pire des cas, tu as l'intention de salir mon hôtel en déterrant des cadavres honnêtement enterrés il y a des années. Dans le meilleur, tu téléphones à mon manager qui est extrêmement compétent mais très soupe-au-lait et tu t'amuses à le provoquer... afin d'exercer quelque vengeance puérile.

— Ce n'est pas si puéril que ça, Al. C'est plus facile pour toi. Tu n'es pas obligé d'accepter la charité d'un riche ami. Tu n'as pas besoin qu'on plaide ta cause devant le tribunal : tu *es* le tribunal. Le fait que tu as été toi-même à deux doigts de devenir un ivrogne passe pratiquement inaperçu, n'est-ce pas ?

— Je suppose que oui, dit Al. (Sa voix avait baissé d'un cran ; toute cette affaire commençait à l'ennuyer profondément.) Mais, Jack, Jack..., ce n'est pas ma faute. Que veux-tu que j'y fasse ?

— Rien, je le sais, répondit Jack d'une voix atone. Est-ce que je suis renvoyé ? Autant me le dire tout de suite.

— Non, mais à deux conditions.

— D'accord.

— Ne vaudrait-il pas mieux écouter les conditions d'abord et donner ton assentiment ensuite ?

— Non. Quelle que soit ta proposition, je l'accepte. Je dois tenir compte de Wendy et Danny. Alors, si tu veux mes couilles, je te les enverrai par avion.

— Crois-tu vraiment pouvoir t'offrir le luxe de t'apitoyer sur toi-même, Jack ?

Fermant les yeux, il avait glissé une Excedrin entre ses lèvres desséchées.

— Au point où j'en suis, je crois que c'est le seul luxe que je puisse encore me payer. Alors, vas-y, pose-moi tes conditions.

Al se tut un instant, puis reprit :

— D'abord, plus de coups de fil à Ullman. Même si l'hôtel brûle. S'il arrive un pépin, téléphone à ce type qui parle comme un charretier, tu sais, l'homme à tout faire...

— Watson.

— Oui.

— D'accord. Entendu.

— Ensuite, je veux ta parole d'honneur qu'il n'y aura pas de livre sur le passé louche d'un hôtel célèbre perché dans les montagnes du Colorado.

Suffoqué, Jack resta un instant sans pouvoir parler. Le sang bourdonnait à ses oreilles. Al se prenait vraiment pour un prince Médicis du vingtième siècle, parlant à un de ses protégés : « Si tu peins nos verrues, on te jettera aux chiens. Ce n'est pas pour voir des horreurs qu'on t'a engagé. Naturellement, nous resterons amis..., nous sommes entre gens de bonne compagnie, n'est-ce pas ? Nous avons partagé le pain, le sel et la bouteille. Nous nous abstiendrons de faire allusion au collier de chien que je t'ai passé au cou, et je prendrai bien soin de toi. Tout ce que je te demande en échange, c'est ton âme. Peu de chose, tu en conviendras. Nous pouvons même feindre d'ignorer que tu me l'as donnée, comme nous feignons d'ignorer le collier de chien. Souviens-toi, mon ami, les rues de Rome sont pleines de mendiants qui auraient pu devenir des Michel-Ange... »

— Jack, est-ce que tu m'entends ?

Il émit un bruit étouffé qui se voulait un oui.

La voix d'Al était ferme et confiante.

— Je n'ai pas l'impression de demander un grand sacrifice, Jack. Il y aura d'autres livres. Mais tu ne peux vraiment pas t'attendre à mon soutien alors que tu...

— Bon, c'est d'accord.

— Ne crois pas que je souhaite contrôler ta vie artistique, Jack. Tu me connais mieux que ça. C'est seulement que...

— Al ?

— Quoi ?

— Est-ce que Derwent est encore mêlé aux affaires de l'Overlook ? De près ou de loin ?

— Jack, je ne vois absolument pas en quoi ça te concerne.

— Non, répondit Jack d'une voix distante. Tu as sans doute raison. Écoute, Al, je crois que Wendy m'appelle. On remet ça à une autre fois.

— Entendu, Jacky-boy. Nous reparlerons de ça et du reste. Comment vas-tu ? Tu t'abstiens toujours de boire ?

« JE ME SUIS LIVRÉ PIEDS ET POINGS LIÉS ! QU'EST-CE QUE TU VEUX DE PLUS ? »

— Pas une goutte.

— Moi non plus. J'arrive même à trouver un certain charme à l'abstinence. Si...

— Je dois te quitter, Al. Wendy...

— Bien sûr. D'accord.

Dès qu'il raccrocha, il fut saisi par des crampes abdominales si violentes qu'elles le cassèrent en deux devant le téléphone comme un pénitent devant la croix. Il se tenait le ventre à deux mains, sa tête cognait à grands coups.

La guêpe s'approche, pique et s'envole...

Ça allait déjà un peu mieux quand Wendy monta l'escalier pour lui demander qui avait téléphoné.

— Al, dit-il. Il a téléphoné pour demander si tout allait bien.

— Jack, tu as une mine effroyable. Es-tu malade ?

— Non, mais mon mal de tête est revenu. Je vais me coucher de bonne heure. Ce n'est pas la peine que j'essaie d'écrire.

— Est-ce que tu veux que je te fasse chauffer un peu de lait ?

Il esquissa un sourire.

— Je veux bien.

Et maintenant il était couché près d'elle, qui dormait, sa cuisse chaude contre la sienne. Quand il se rappelait sa conversation avec Al et la façon dont il s'était aplati, il se sentait tour à tour fiévreux et grelottant. Un jour il aurait sa revanche. Un jour il écrirait ce livre, non pas l'œuvre indulgente, nourrie de réflexions quasiment philosophiques, à laquelle il avait d'abord songé, mais une œuvre dure comme pierre, un réquisitoire d'une exactitude rigoureuse, accompagnée d'une collection de photos qui exposerait toute l'histoire de l'Overlook avec ses sales combines financières et ses tours de passe-passe louches. Il l'étalerait en long et en large comme on dissèque une écrevisse. Et, si Al Shockley avait partie liée avec Derwent, alors tant pis pour lui.

Les nerfs tendus à rompre, il gardait, dans le noir, ses yeux grands ouverts, sachant que bien des heures passeraient encore avant qu'il ne trouvât le sommeil.

Couchée sur le dos, les yeux fermés, Wendy Torrance écoutait la respiration de son mari, l'inspiration profonde, le bref arrêt, l'exhalaison légèrement rauque. Il dormait, rêvait peut-être. Vers quel Eldorado s'envolait-il dans ses rêves ? se demandait-elle. Son jardin de délices, était-ce un parc d'attractions, une sorte de Grand Barrington paradisiaque, où tous les tours étaient gratuits, où il pouvait manger autant de hot dogs qu'il voulait sans qu'une épouse-mère l'arrête ou le force à rentrer avant la nuit ? Non, il préférait sans doute la fréquentation de quelque bar tapi dans l'ombre, dont les clients n'arrêtaient pas de pousser la porte à double battant et où on n'en finissait pas de boire. Autour d'un billard électrique, les vieux habitués se pressaient, un verre à la main, Al Shockley en tête, cravate desserrée et col de chemise défait, mais Danny et elle n'étaient pas de la fête.

Wendy était de nouveau inquiète pour Jack. Elle

avait pourtant cru laisser une fois pour toutes ces vieilles angoisses derrière elle dans le Vermont — comme si on arrêtait les inquiétudes à la frontière des États — mais elle ne pouvait pas s'empêcher de penser que l'Overlook exerçait une influence néfaste sur Jack et Danny.

Ce qui l'inquiétait le plus, sans qu'elle eût pu jusqu'à présent se l'avouer clairement, c'était que tous les symptômes de l'alcoolisme de Jack étaient revenus, l'un après l'autre..., tous sauf l'alcool lui-même. La manie de s'essuyer les lèvres avec sa main ou son mouchoir, comme si elles étaient trop humides, les longs silences de la machine à écrire, les boules de papier froissé dans la corbeille à papier. Après le coup de téléphone d'Al, elle avait remarqué sur la tablette du téléphone une bouteille d'Excedrin, mais pas de verre d'eau. Il s'était donc remis à croquer des comprimés. Et il s'irritait de petites choses. Quand le silence commençait à l'énerver, il se mettait à claquer nerveusement des doigts. Son langage était devenu plus grossier. Même son apparente bonne humeur l'inquiétait. Elle aurait été soulagée de le voir exploser ; comme le tour de manette qu'il donnait matin et soir à la chaudière, ça aurait fait tomber la pression. Elle aurait été presque soulagée de l'entendre jurer, claquer une porte, de le voir envoyer promener d'un coup de pied une chaise. Mais il semblait s'interdire toute manifestation de colère. Pourtant elle avait bien l'impression qu'en dépit des apparences il était de plus en plus exaspéré contre Danny et elle. La chaudière avait un manomètre, vieux, craquelé et encrassé, mais qui fonctionnait quand même. Jack, lui, n'en avait pas. Elle n'avait jamais très bien su lire en lui et Danny, qui savait le faire, se refusait à parler.

Puis il y avait eu le coup de téléphone d'Al. Dès le début de la communication Danny avait cessé de s'intéresser à l'histoire qu'ils étaient en train de lire. La laissant seule au coin du feu, il était allé jouer au grand bureau où Jack lui avait construit une route pour ses camions et ses voitures miniatures. Tout en faisant semblant de lire, elle l'avait observé par-dessus son livre. Danny trahissait son anxiété par les mêmes tics que ses parents. Il s'essuyait les lèvres comme son père, se passant nerveusement les deux mains dans les cheveux, comme elle le faisait elle-même autrefois quand elle attendait que Jack rentre de sa tournée des bars. Elle ne pouvait pas croire qu'Al avait téléphoné rien que pour avoir de leurs nouvelles. Si l'on voulait tailler une bavette, on téléphonait à Al. Si Al vous téléphonait, c'était pour parler affaires.

Plus tard, quand elle était redescendue, elle avait trouvé Danny recroquevillé de nouveau devant le feu, en train de lire, avec la plus grande attention, les aventures de Joe et Rachel dans le livre de lecture du cours élémentaire.

— Dis donc, prof, il est l'heure d'aller te coucher, dit-elle.

— Ouais, d'accord.

Il marqua la page et se leva.

— Va te laver et te brosser les dents.

— O.K.

— N'oublie pas de te servir du fil dentaire.

— Je n'oublierai pas.

Côte à côte, ils s'attardèrent devant le foyer à regarder rougeoyer les braises. Plus loin le hall était froid et plein de courants d'air, mais là, devant le feu, il y avait un cercle magique de chaleur auquel ils n'arrivaient pas à s'arracher.

— C'était l'oncle Al au téléphone, dit-elle en prenant un air naturel.

— Ah oui ?

Il ne manifesta aucune surprise.

— Je me demande si l'oncle Al était en colère contre Papa, dit-elle sur un ton neutre.

— Pour ça, oui, il était furax, dit Danny, sans cesser de regarder le feu. Il ne voulait pas que Papa écrive le livre.

— Quel livre, Danny ?

— Le livre sur l'hôtel.

Une question lui monta aux lèvres, la même que Jack et elle lui avaient déjà posée tant de fois : « Comment sais-tu cela ? » Mais elle ne la lui posa pas. Elle ne voulait pas l'énerver juste avant qu'il n'aille se coucher, ni lui donner le sentiment qu'elle considérait ce sixième sens dont il était doué comme une faculté naturelle qui allait de soi. Car il *savait* réellement, elle en était convaincue. Tout ce que le docteur Edmonds lui avait dit sur ses pouvoirs de déduction et sur la logique de l'inconscient n'était que des balivernes. Sa sœur par exemple : comment Danny aurait-il pu savoir qu'elle était en train de penser à Aileen dans la salle d'attente ?

(J'ai rêvé que Papa a eu un accident.)

Elle secoua la tête comme pour s'éclaircir les idées.

— Va te laver, prof.

— O.K.

Il avait grimpé l'escalier à toute allure et couru vers leur appartement. L'air renfrogné, elle s'en était allée à la cuisine pour faire chauffer le lait de Jack.

Et maintenant, étendue sur son lit sans pouvoir dormir, elle écoutait la respiration de son mari et le hurlement du vent au-dehors. La neige qui avait commencé à tomber pendant qu'ils étaient à Sidewinter s'était déjà arrêtée : le gros de l'hiver les épargnait toujours. Wendy se laissa complètement aller à la contemplation de ce fils merveilleux et inquiétant, né le visage voilé par une « coiffe », cette fine membrane que les accoucheurs ne voient qu'une fois sur mille et qui, dans les contes de bonnes femmes, est le signe de la seconde vue.

Elle se dit qu'il était grand temps de parler à Danny de l'Overlook..., grand temps d'essayer de le faire parler. Demain, sans faute. Ils devaient descendre ensemble à la bibliothèque de Sidewinter pour demander l'autorisation d'emprunter, pour la durée de l'hiver, quelques livres de lecture du cours élémentaire. Elle en profiterait pour aborder ce sujet avec lui. Elle lui parlerait franchement. Cette pensée la rasséréna et elle s'abandonna enfin au sommeil.

Couché dans son lit, les yeux ouverts, le bras gauche serrant son vieil ours fatigué (Pooh avait perdu un de ses yeux en boutons et sa bourre s'échappait par une douzaine de coutures éclatées), Danny écoutait dormir ses parents dans leur chambre. Il avait le sentiment que, sans le vouloir, il montait la garde sur eux. C'était la nuit que le vent se mettait à hurler autour de l'aile ouest de l'hôtel. Il détestait tout particulièrement les nuits — elles étaient pires que tout.

Il se retourna dans son lit, cherchant anxieusement du regard la lueur réconfortante de la lampe de nuit. Ici, à l'Overlook, tout se gâtait. Il en était sûr à présent. Au début ça n'avait pas été si mal, mais petit à petit..., sans raison, son papa s'était remis à songer à boire. Quelquefois il se fâchait contre Maman. Il n'arrêtait pas de s'essuyer les lèvres de son mouchoir et son regard était vague et distant. Maman se faisait du souci pour lui et pour Danny aussi. Il n'avait pas eu besoin de se concentrer pour le savoir ; il l'avait compris rien qu'à la façon dont elle l'avait interrogé le jour où il avait cru voir l'extincteur se transformer en serpent.

Mr. Hallorann avait dit que toutes les mères avaient du flair. La sienne, en tout cas, avait bien senti qu'il s'était passé quelque chose ce jour-là, sans savoir quoi.

Il avait failli lui parler de l'extincteur, mais au dernier moment il avait décidé qu'il valait mieux garder le silence. Il savait que le docteur de Sidewinter pensait que Tony et les visions qu'il montrait à Danny étaient tout à fait — enfin presque — normales. Pourtant, s'il parlait à sa mère de l'extincteur, elle pourrait ne pas le croire, ou, pire encore, y voir la preuve qu'il PERDAIT LA BOULE. Il comprenait un peu ce que signifiait PERDRE LA BOULE, moins bien peut-être que FAIRE UN ENFANT, que sa mère lui avait expliqué en détail l'an dernier, mais pas trop mal quand même.

Un jour, à la maternelle, son ami Scott lui avait montré un garçon appelé Robin Stenger qui se traînait lamentablement autour des balançoires avec une mine si longue qu'on aurait presque pu marcher dessus. Le père de Robin enseignait les maths au même collège que Papa, et le papa de Scott y enseignait l'histoire.

Scotty et lui étaient assis dans le vaisseau spatial quand Scotty lui avait montré Robin du pouce et dit :

— Tu connais ce gosse ?

— Ouais, avait répondu Danny.

Scott s'était penché en avant.

— Son père a PERDU LA BOULE hier au soir. On l'a emmené.

— Ah ! oui ! Parce qu'il a perdu une boule ?

Scotty avait fait une moue de mépris.

— Il est devenu fou, quoi (et il s'était mis à loucher, à tirer la langue et à faire de grands cercles autour de ses oreilles avec ses deux index). On l'a emmené au cabanon.

— Sans blague ! avait dit Danny. Et quand le laissera-t-on sortir ?

— Jamais plus, avait répliqué Scotty d'un air sombre.

Dans le courant de la journée et de celle qui suivit, Danny avait entendu dire que :

a) Mr. Stenger avait essayé de tuer tous les membres de sa famille, y compris Robin, avec un pistolet qu'il avait gardé en souvenir de la deuxième guerre mondiale ;

b) Mr. Stenger, complètement BOURRÉ, avait tout démoli dans la maison ;

c) Mr. Stenger, furieux de voir les Red Stox perdre leur match de base-ball, avait essayé d'étrangler sa femme avec un bas.

Enfin, trop bouleversé pour ne pas en parler, Danny avait demandé à son papa ce qui était arrivé à Mr. Stenger. Papa l'avait pris sur les genoux et lui avait expliqué que Mr. Stenger avait vécu sous pression, qu'il avait eu beaucoup de soucis dans sa famille, d'autres dans son travail et d'autres encore que seuls les médecins pouvaient comprendre. Il avait eu des crises de larmes et trois jours auparavant, en pleine nuit, il s'était mis à pleurer sans pouvoir s'arrêter. Alors, de rage, il avait cassé pas mal de choses dans leur maison. Ça ne s'appelait pas PERDRE LA BOULE, avait dit Papa, mais AVOIR UNE CRISE DE NERFS, et Mr. Stenger n'était pas au CABANON, mais dans un ASILE. En dépit des explications consciencieuses de Papa, Danny avait eu peur. Il ne faisait aucune différence entre PERDRE LA BOULE et AVOIR UNE CRISE DE NERFS, et qu'on l'ait envoyé au CABANON ou dans un ASILE, il y aurait toujours des barreaux devant sa fenêtre et il ne pourrait pas sortir quand il le voudrait. En fait, son père avait plutôt confirmé les dires de Scotty, surtout en ce qui concernait une petite phrase anodine qui avait rempli son cœur de terreur. Quand vous PERDEZ LA BOULE, les HOMMES EN BLOUSES BLANCHES viennent vous chercher dans une fourgonnette sans fenêtres, une fourgonnette grise comme une pierre tombale. Elle se range au bord du trottoir devant votre maison, les HOMMES EN BLOUSES BLANCHES en sortent et vous emmènent loin de votre famille et vous font vivre dans une chambre aux murs capitonnés. Quand vous voulez écrire chez vous, vous devez le faire avec des crayons de couleur en cire.

— Quand est-ce qu'on le laissera revenir ? demanda Danny à son père.

— Dès qu'il ira mieux, prof.

— Mais quand est-ce qu'il ira mieux ? avait insisté Danny.

— Dan, avait dit Jack, PERSONNE NE LE SAIT.

C'était ça le pire. Ça revenait à dire « plus jamais ». Un mois plus tard sa mère avait retiré Robin de la maternelle et ils avaient tous deux quitté Stovington sans Mr. Stenger.

C'était il y a plus d'un an, après que Papa eut arrêté de Faire le Vilain, mais avant qu'il n'eût perdu son poste. Danny y pensait encore souvent. Parfois, quand, à la suite d'une chute, d'un coup à la tête ou d'un accès de crampes intestinales, il se mettait à pleurer, le souvenir de Mr. Stenger revenait le hanter. S'il n'arrivait pas à arrêter ses larmes, son père irait au téléphone, composerait un certain numéro et dirait : « Allô ? Ici, Jack Torrance, 149 Mapleline Way. Mon fils ne peut plus s'arrêter de pleurer. Voulez-vous avoir l'amabilité de nous envoyer les HOMMES EN BLOUSES BLANCHES pour l'emmener à l'ASILE ? Oui, c'est ça, il a PERDU LA BOULE. Merci. » Et la fourgonnette grise viendrait se ranger devant *sa* porte, ils le feraient monter, pleurant toujours à chaudes

258

larmes, et ils l'emmèneraient. Quand reverrait-il son papa et sa maman ? PERSONNE NE LE SAVAIT.

C'était cette crainte qui l'avait retenu de parler à sa mère de l'extincteur. Il avait maintenant un an de plus et il était quasi certain que son papa et sa maman ne permettraient pas qu'il soit emmené à l'ASILE simplement parce qu'il avait cru voir un tuyau se transformer en serpent. Mais, dès qu'il songeait à le leur dire, il avait beau se raisonner, ce vieux souvenir surgissait du passé, le paralysant et l'obligeant à garder le silence. Tony, c'était différent. Ses parents semblaient accepter Tony comme un phénomène plus ou moins naturel. Danny avait un compagnon invisible parce qu'il était TRÈS INTELLIGENT, ce qui, pour ses parents, allait de soi (tout comme il allait de soi qu'ils étaient TRÈS INTELLIGENTS, eux aussi), mais s'imaginer qu'un tuyau se transforme en serpent, voir une tache de sang et des débris de cervelle là où les autres ne voient rien risquait de leur paraître anormal. Ils avaient déjà consulté un médecin à son propos. N'était-il pas raisonnable de craindre que l'étape suivante ne soit les HOMMES EN BLOUSES BLAN-CHES ?

Il se serait malgré tout confié à eux s'il n'avait pas eu la certitude que ses révélations les décide-raient tôt ou tard à l'emmener loin de l'hôtel. Et, bien qu'il eût terriblement envie de quitter l'Over-look, il savait que l'hôtel était la dernière chance pour son papa. Il savait que son père n'était pas venu ici uniquement pour être gardien, mais aussi pour terminer sa pièce de théâtre, pour se remettre du choc d'avoir perdu son poste et pour aimer Maman/Wendy. Au début, tout avait paru se passer comme prévu. Ce n'était que tout dernièrement que Papa avait commencé à perdre pied. Depuis qu'il avait trouvé ces papiers.

(Ce lieu maudit enfante des monstres.)

Oui, depuis quelque temps, les choses se gâtaient carrément à l'Overlook.

La neige allait venir et, quand elle serait là, il n'aurait plus le moyen de choisir. Une fois la neige tombée, que se passerait-il ? Quand ils seraient enfermés, prisonniers, à la merci d'une puissance maléfique qui déjà jouait au chat et à la souris avec eux ?

(Sors de là ! Viens recevoir ta raclée !)

Et ensuite quoi ? TROMAL.

Tout frissonnant, il se retourna dans son lit. Il savait mieux lire maintenant. Demain, peut-être essaierait-il d'appeler Tony pour l'obliger à lui montrer exactement ce que c'était que TROMAL et lui expliquer le moyen de s'en défendre. Il fallait *savoir*, même au risque de refaire des cauchemars.

Sentinelle solitaire, Danny resta éveillé encore longtemps, bien après que le sommeil feint de ses parents fut devenu réel. Il se tournait et se retournait dans son lit, se battant avec les draps, aux prises avec un problème qu'il était trop petit pour résoudre. A minuit passé, il finit lui aussi par s'endormir. Il n'y eut plus alors à veiller que le vent déchaîné qui s'acharnait contre l'hôtel et hurlait autour des toits sous le regard éclatant et implacable des étoiles.

XXII

DANS LA CAMIONNETTE

Je vois se lever une lune de mauvais augure
Je vois un cortège de malheurs.
Je vois tremblements de terre et éclairs.
Funeste est le jour qui se prépare.
Ne sors pas cette nuit.
Car tu y risquerais ta vie.
Une lune de mauvais augure se lève[1].

Sur le très vieux poste de radio installé sous le tableau de bord de la camionnette ils captaient — malgré la statique — la chanson de l'inimitable John Fogerty, interprétée par son groupe, le Creedence Clearwater Revival. Wendy et Danny descendaient la route qui mène à Sidewinter. Il faisait une belle journée ensoleillée. Danny tournait et retournait dans ses mains la carte orange de la bibliothèque et, bien qu'il parût être de bonne humeur,

1. *Bad Moon Rising*, de J.C. Fogerty, 1969, Jandora Music, Berkeley, Cal U.S.A. Tous droits de reproduction et de traduction réservés pour tous pays.

Wendy lui trouva les traits tirés et l'air fatigué, comme s'il n'avait pas assez dormi et vivait sur ses nerfs.

La chanson terminée, le présentateur reprit l'antenne.

— Ouais, c'était bien Creedence. Et, à propos de mauvaise lune, il paraît qu'il va bientôt s'en lever une sur notre région, aussi incroyable que cela puisse paraître, après les belles journées printanières que nous venons d'avoir. Les grands sorciers de la météo prévoient qu'avant une heure de l'après-midi l'anticyclone aura fait place à une dépression généralisée qui s'installera chez nous, dans les régions montagneuses, où l'air est raréfié. Les températures baisseront rapidement et les précipitations commenceront à la tombée de la nuit. Les régions situées à moins de deux mille cinq cents mètres d'altitude, y compris Denver et les environs, peuvent s'attendre à un mélange de neige et de neige fondue, avec du verglas sur certaines routes, mais chez nous, les copains, il n'y aura que de la neige. On en prévoit de cinq à dix centimètres sur les hauteurs à moins de deux mille cinq cents mètres d'altitude, et de vingt à trente centimètres sur le plateau central du Colorado et sur le versant ouest. La Commission de la sécurité routière vous rappelle que si vous avez l'intention de vous balader en montagne cet après-midi, les chaînes sont obligatoires. Et sauf cas de nécessité, abstenez-vous de sortir. Souvenez-vous des Donner, ajouta-t-il d'un air facétieux, c'est comme ça qu'ils se sont perdus. S'ils étaient restés bien sagement au bistrot du coin, il ne leur serait rien arrivé.

Il y eut un spot publicitaire pour Clairol, et Wendy tendit la main pour fermer le poste.

— Ça t'ennuie ?

— Non, ça ne fait rien. (Il jeta un coup d'œil au ciel qui était d'un bleu intense.) Heureusement que Papa a décidé de tailler les buis aujour-d'hui.

— Oui, c'est une chance, dit Wendy.

— Ça n'a vraiment pas l'air d'un temps de neige, ajouta Danny, qui ne perdait pas tout espoir.

— Tu regrettes qu'on soit parti ? demanda Wendy.

Elle pensait toujours à la remarque du présentateur au sujet des Donner.

— Non, pas vraiment.

« Eh bien, pensa-t-elle, c'est le moment. Si tu veux parler, fais-le tout de suite. Après, ce sera trop tard. »

— Danny, commença-t-elle en s'efforçant de paraître aussi naturelle que possible. Est-ce que tu serais plus heureux si nous nous en allions ? Si nous ne passions pas l'hiver ici ?

Baissant les yeux, Danny regarda ses mains.

— Je crois que oui, dit-il enfin. Ouais. Mais Papa a son travail ici.

— Parfois, dit-elle prudemment, j'ai l'impression que Papa aussi serait plus heureux loin de l'Over-look.

Ils dépassèrent un panneau qui indiquait *SIDE-WINTER 25 KM*. Elle négocia avec précaution un virage en épingle à cheveux et passa la seconde. Elle ne prenait pas de risques à la descente ; ces raidillons la terrifiaient.

— Tu le crois vraiment ? demanda Danny. Pendant un moment il la scruta attentivement, puis il secoua la tête. Non, je ne le crois pas.

— Et pourquoi ?

— Parce qu'il se fait du souci pour nous, dit Danny, choisissant ses mots avec discernement.

C'était d'autant plus difficile à expliquer qu'il ne comprenait pas très bien lui-même ce que ressentait son père. Les adultes étaient tellement compliqués ; à chaque décision ils s'embrouillaient dans les doutes, les réflexions sur les conséquences, les considérations relatives à l'amour-propre, aux sentiments d'affection et de responsabilité. Chaque décision comportait des inconvénients dont Danny ne saisissait pas toujours les implications. C'était vraiment très dur à comprendre.

— Il pense..., recommença Danny, glissant un regard furtif à sa mère.

Voyant qu'elle n'avait pas détourné ses yeux de la route pour le regarder, il se sentit la force de continuer.

— Il pense que nous risquons de souffrir de la solitude. Mais, en même temps, il se plaît ici et trouve que nous y sommes bien. Il nous aime et il ne veut pas que nous nous sentions seuls... ou tristes..., mais il pense que, même si nous le sommes, ce ne sera qu'un mauvais-moment-à-passer. Tu connais les mauvais-moments-à-passer ?

Elle hocha la tête.

— Oui, mon chéri, je les connais.

— Il a peur que si nous partions il ne puisse pas trouver du travail ailleurs. Que nous soyons obligés de mendier, ou quelque chose de ce genre.

— C'est tout ?

— Non, mais le reste est trop embrouillé. Parce qu'il a changé.

— Oui, dit-elle avec un début de soupir.

La pente devint moins raide et elle passa la troisième avec précaution.

— Je n'invente rien, Maman. Je te le jure.

— Je le sais, dit-elle en souriant. C'est Tony qui t'a dit tout ça.

— Non, répondit-il. Je le sais tout seul. Le docteur n'a pas cru à Tony, n'est-ce pas ?

— Ne t'occupe pas du docteur, dit-elle. Moi, je crois en Tony. Je ne sais pas ce qu'il est ni qui il est, s'il fait partie de toi... ou s'il vient du dehors, mais je crois en lui, Danny. Et si toi... ou lui... vous considérez qu'il faut partir, nous partirons. Nous partirons tous les deux et nous rejoindrons Papa au printemps.

Un fol espoir illumina son regard.

— Où irons-nous ? Dans un motel ?

— Mon chéri, nous ne pourrions pas nous payer une chambre de motel. Il faudrait aller chez ma mère.

La lueur d'espoir qui avait éclairé son visage s'éteignit.

— Je sais..., dit-il, puis il s'arrêta.

— Tu sais quoi ?

— Rien, marmonna-t-il.

La pente s'accentua de nouveau et elle rétrograda en seconde.

— Non, prof, je t'en prie, ne me cache rien. Il y a des semaines que nous aurions dû avoir cette conversation. S'il te plaît, dis-moi ce que tu as sur le cœur. Je ne me fâcherai pas. Je ne pourrai pas me fâcher parce que c'est trop important. Parle-moi franchement.

— Je sais comment tu te sens chez ta mère, dit Danny en soupirant.

— Comment est-ce que je me sens ?

— Mal, dit Danny. Tu te sens mal, tu es triste, et tu lui en veux, dit-il d'une voix chantante qui n'était pas la sienne et qui effraya Wendy. C'est comme si elle n'était pas vraiment ta mère. Comme si elle voulait te manger. (Il la regarda, affolé.) Moi non plus, je ne me plais pas chez elle. Elle s'imagine toujours qu'elle serait une meilleure maman que toi, et elle passe son temps à essayer de m'enlever à toi. Maman, je ne veux pas aller chez elle. Je préfère rester à l'Overlook.

Wendy était bouleversée. Ses rapports avec sa mère s'étaient-ils donc envenimés à ce point ? Dieu, mais quel enfer ç'avait dû être pour l'enfant s'il avait vraiment pu lire dans leurs esprits et voir ce qu'elles pensaient l'une de l'autre ! Elle se sentait nue comme un ver, comme si on l'avait surprise en train de commettre un acte obscène.

— D'accord, dit-elle. J'ai compris, Danny.

— Tu es fâchée contre moi, dit-il d'une petite voix étranglée, proche des larmes.

En voyant le panneau qui indiquait *SIDEWINTER 20 KM* Wendy se détendit un peu. A partir de là, la route devenait meilleure.

— Je voudrais te poser encore une question, Danny, et que tu y répondes aussi franchement que possible. Tu veux bien le faire ?

— Oui, Maman, dit-il d'une voix à peine audible.

— Est-ce que ton papa s'est remis à boire ?

— Non, répondit-il, étouffant les deux mots qui brûlaient de nuancer la négation catégorique : *pas encore.*

Wendy se détendit. Elle posa sa main sur la cuisse de Danny et la serra à travers la toile de jean.

— Ton papa a fait un effort de volonté surhumain, dit-elle doucement. Parce qu'il nous aime. Et nous, nous l'aimons aussi, n'est-ce pas ?

Il inclina gravement la tête en signe d'assentiment.

Se parlant presque à elle-même, elle poursuivit :

— Ce n'est pas un homme parfait, mais il essaie... Danny, il essaie ! Quand il... s'est arrêté de boire, sa vie est devenue un enfer. Elle l'est toujours. Je crois que s'il n'avait pas pensé à nous il aurait abandonné la lutte. Je souhaite bien faire, mais je ne sais pas s'il vaut mieux partir ou rester. C'est comme si on était pris entre deux feux.

— Je sais.

— Veux-tu faire quelque chose pour moi, prof ?

— Quoi ?

— Essaie de faire venir Tony. Là, maintenant. Demande-lui si nous sommes en sécurité à l'Overlook.

— J'ai déjà essayé, dit Danny lentement. Ce matin.

— Qu'est-ce qui s'est passé ? demanda Wendy. Qu'est-ce qu'il t'a dit ?

— Il n'est pas venu, dit Danny. Tony n'est pas venu.

Et soudain il éclata en sanglots.

— Danny, dit-elle, effrayée. Ne pleure pas, mon chéri, je t'en prie !

La camionnette s'était déportée et, voyant avec horreur qu'elle avait traversé la ligne continue, elle la redressa d'un coup de volant.

— Ne m'emmène pas chez grand-maman, supplia Danny à travers ses larmes. Je t'en prie, Maman, je ne veux pas y aller, je veux rester avec Papa.

— Bien sûr, dit-elle doucement. C'est ce que nous ferons.

Elle tira un kleenex de la poche de sa chemise de cow-boy et le lui tendit.

— Nous resterons ici. Et tout ira très bien, mon lapin. Très, très bien.

XXIII

AU TERRAIN DE JEUX

Remontant sa fermeture Éclair jusqu'au menton, Jack sortit sur la véranda où la lumière éblouissante le fit cligner des yeux. Il tenait dans sa main gauche une tondeuse à haies qui marchait sur piles. De sa main droite, il tira un mouchoir propre de la poche arrière de son pantalon, s'en essuya les lèvres et le remit à sa place. La radio avait annoncé de la neige. C'était difficile à croire, bien qu'il pût voir s'amonceler les nuages à l'horizon.

Il fit passer la tondeuse dans l'autre main et s'engagea sur le chemin du parc aux buis. Ce ne serait pas long ; quelques retouches suffiraient. Les nuits froides avaient certainement dû ralentir leur croissance. Un duvet avait poussé aux oreilles du lapin, des ergots verts avaient jailli aux deux pattes avant du chien, mais les lions et le buffle étaient parfaitement nets. Une petite tonte ferait l'affaire et, après, la neige pourrait tomber.

Il quitta l'allée de béton qui s'arrêtait net comme un plongeoir devant la piscine vidée et emprunta le chemin de gravier qui serpentait entre les buis

268

taillés pour aboutir au terrain de jeux. Il se dirigea vers le lapin et poussa le bouton sur la poignée de la tondeuse, qui se mit à ronronner doucement.

— Salut, Jeannot Lapin, lança Jack. Comment allez-vous aujourd'hui ? On vous égalise un peu le dessus et on vous nettoie les petites pousses autour des oreilles ? D'accord. Dites, vous connaissez l'histoire du commis voyageur et de la vieille dame au caniche ?

Ses plaisanteries lui paraissaient bêtes et forcées et il se tut. Il tondit les oreilles du lapin, puis les balaya afin de faire tomber les brindilles coupées. La tondeuse avait le désagréable bourdonnement métallique de tous les appareils qui marchent sur piles. Le soleil éblouissant ne chauffait guère et Jack commençait à croire à cette menace de neige. Il menait son affaire rondement, sachant que le secret d'une jolie tonte c'était d'aller de l'avant, sans hésiter et sans s'arrêter. Il nettoya d'abord le « visage » du lapin, puis passa la tondeuse le long de son ventre.

Le lapin terminé, il arrêta la tondeuse et se dirigea vers le terrain de jeux. A mi-chemin, il se retourna brusquement pour juger de son œuvre. Oui, le lapin était bien net. Bon, maintenant c'était le tour du chien.

Il allait s'attaquer à celui-ci quand, sur un coup de tête, il changea d'avis et poussa jusqu'au terrain de jeux. *C'est drôle comme on connaît mal les gosses,* pensa-t-il. Wendy et lui auraient juré que Danny raffolerait de ce terrain de jeux qui possédait tout ce dont un enfant pouvait rêver. Mais Danny n'y était allé qu'une demi-douzaine de fois, sans doute parce qu'il n'avait pas de camarade de jeu, se dit Jack.

Le portail grinça légèrement quand il le poussa et le gravier se mit à crisser sous ses pieds. Il se dirigea d'abord vers la petite maison, modèle réduit de l'Overlook lui-même. Elle lui arrivait à mi-cuisse, exactement comme Danny. Jack s'accroupit pour regarder par les fenêtres du troisième étage.

— Le géant est venu vous manger dans vos lits, grogna-t-il d'une voix caverneuse. Vous pouvez dire adieu à vos trois étoiles.

Mais ce n'était pas drôle non plus. La maison s'ouvrait quand on tirait sur la façade qui pivotait sur une charnière cachée. L'intérieur était décevant. Les murs étaient peints, mais il n'y avait aucun mobilier. Les quelques meubles qui avaient pu s'y trouver pendant l'été avaient été enlevés et rangés sans doute dans la remise. D'ailleurs il ne devait y en avoir que le strict minimum, car, sinon, comment est-ce que les enfants pourraient y entrer ? Il referma la maison et entendit le déclic du verrou.

Il se dirigea alors vers le toboggan, posa la tondeuse et, après avoir jeté un coup d'œil dans l'allée de l'hôtel pour s'assurer que Wendy et Danny n'étaient pas revenus, il grimpa au sommet du toboggan et s'assit. Bien que ce fût celui des grands, il s'avéra trop étroit pour ses fesses d'adulte. Jack se souvint que, quand il avait l'âge de Danny, son père l'emmenait souvent au parc de Berlin. Après avoir tout essayé, le toboggan, les balançoires et les tourniquets, le vieux et lui allaient déjeuner d'un hot dog puis s'achetaient des cacahuètes au marchand à la charrette. Dès qu'ils s'asseyaient sur un banc pour les grignoter, ils étaient assaillis par des nuées de pigeons gris qui se rassemblaient autour de leurs pieds.

— Ignobles charognards, disait son père. Ne leur donne rien à manger, Jack.

Mais ils finissaient toujours par leur jeter des cacahuètes et ils attrapaient des fous rires en voyant l'avidité avec laquelle les pigeons se jetaient sur elles. Autant que Jack pouvait s'en souvenir, son père n'avait jamais emmené ses frères au parc. Jack avait été son préféré, ce qui ne l'avait pas empêché de recevoir, lui aussi, sa part de taloches quand le vieux était saoul, ce qui était souvent le cas. Mais Jack l'avait aimé aussi longtemps qu'il l'avait pu, bien après que l'affection des autres enfants se fût changée en haine et en crainte.

Il se lança en se poussant avec les mains et descendit jusqu'en bas, mais il ne fut pas très satisfait de sa glissade. Le toboggan, peu utilisé, n'était pas assez lisse pour que l'on pût glisser vite. Et son cul était tout simplement trop large. Ses grands pieds d'adulte touchèrent le sol dans la petite dépression creusée par les milliers de pieds enfantins qui avaient atterri là avant lui et, s'essuyant le derrière, il se mit debout. Il regarda la tondeuse, mais, au lieu de la ramasser, il alla vers les balançoires, qui, elles aussi, lui réservèrent une déception. Abandonnées depuis la fin de la saison, les chaînes s'étaient rouillées et grinçaient comme si on les mettait à la torture. Jack se promit de les graisser au printemps.

« Tu devrais t'arrêter, se dit-il. Tu n'es plus un gosse. As-tu vraiment besoin d'un terrain de jeux pour te le prouver ? »

Ce fut alors qu'il entendit un bruit derrière lui.

Il se retourna vivement et se demanda, à la fois gêné et mécontent, si quelqu'un ne l'avait pas observé pendant qu'il faisait l'imbécile sur la balançoire. Il jeta un coup d'œil au toboggan, à la planche à bascule, aux balançoires que seul le vent poussait. Plus loin, il vit la barrière avec son portail qui séparait le terrain de jeux de la pelouse et de la buissaie où il pouvait distinguer les lions montant la garde le long de l'allée, le lapin, le dos arqué comme pour brouter l'herbe, le buffle s'apprêtant à charger et le chien accroupi comme pour bondir.

Au-delà il aperçut le terrain de golf et, plus haut encore, l'hôtel lui-même avec, le long de l'aile ouest, le court de roque dont il devina la petite bordure surélevée.

Tout était exactement comme avant. Alors pourquoi avait-il soudain des fourmillements au visage et aux mains ? Pourquoi ses cheveux s'étaient-ils dressés sur sa nuque comme si sa peau avait subitement rétréci ?

En revenant vers la tondeuse qu'il avait laissée au pied du grand toboggan, le bruit de ses pas sur le gravier lui parut anormalement fort. Les fourmillements avaient gagné ses testicules et ses fesses lui semblaient dures et lourdes, comme de la pierre.

Nom de Dieu, mais qu'est-ce qui m'arrive ?

Il s'arrêta à côté de la tondeuse, mais ne se baissa pas pour la ramasser. Oui, quelque chose avait changé. C'étaient les buis. Et c'était tellement simple, tellement gros qu'il n'arrivait pas à mettre le doigt dessus. « Allons, se dit-il, s'énervant contre lui-même, tu viens de tailler ce maudit lapin et pourquoi diable... »

C'est bien ça !

Il en eut le souffle coupé.

A présent, le lapin broutait l'herbe à quatre pattes alors que dix minutes auparavant il faisait le beau sur ses pattes arrière. Il en était sûr, puisqu'il lui avait taillé le ventre.

Il tourna son regard vers le chien. Quand il était arrivé, le chien aussi se dressait sur son arrière-train, comme s'il mendiait un sucre. Maintenant il était allongé et il levait la tête en montrant les dents et en grognant en silence. Et les lions...

Ah ! non, mon vieux, ce n'est pas possible !

Les lions s'étaient avancés vers l'allée. Ceux de droite s'étaient en outre légèrement rapprochés l'un de l'autre, et la queue de celui de gauche mordait presque maintenant sur l'allée. Pourtant il

272

lui semblait bien que tout à l'heure, quand il l'avait dépassé en allant au terrain de jeux, ce lion-là se trouvait à sa droite et qu'il avait alors la queue enroulée autour de sa croupe.

A présent les lions ne gardaient plus l'allée. Ils la bloquaient.

Jack se mit brusquement une main devant les yeux puis la retira, espérant que les animaux se seraient remis à leur place, mais il n'en était rien. Il laissa échapper un gémissement sourd. Du temps où il buvait, il avait toujours redouté qu'il ne lui arrive une expérience de ce genre. Chez les ivrognes on appelait ça une crise de delirium tremens. Quand ce brave vieux Ray Milland en avait eu une dans *Lost Week-end*, il avait vu de la vermine sortir des murs.

Mais comment appeler ça quand on n'avait pas touché à une seule goutte d'alcool ?

La question s'était voulue académique, mais son cerveau lui fournit immédiatement la réponse :

Ça s'appelle la folie.

Regardant de plus près les animaux en buis taillé, il observa d'autres changements, survenus pendant qu'il s'était couvert les yeux de la main. Le chien, qui s'était encore rapproché, n'était plus couché, mais semblait courir, les hanches fléchies, une patte antérieure rejetée vers l'arrière, l'autre lancée en avant. Il avait entrouvert sa gueule de buis et de petites branches piquantes hérissaient ses babines de dents pointues et méchantes. Dans l'épaisseur du feuillage Jack crut même remarquer deux trous qui le fixaient comme des yeux.

Pourquoi faut-il les tailler ? se demanda-t-il, proche de l'hystérie ! *Ils sont parfaits.*

Il y eut un bruit sourd et, malgré lui, il fit un pas en arrière. Il venait de s'apercevoir que l'un des deux lions sur sa droite baissait la tête maintenant et s'était encore rapproché de la barrière, qu'il touchait presque de sa patte avant droite. Grands dieux, comment tout cela allait-il se terminer ?

Le lion va bondir sur toi et t'avaler d'un coup comme dans les contes de fées.

Le lion de gauche s'était avancé lui aussi et son museau touchait les planches de la barrière. Croyant discerner un sourire narquois sur la gueule de la bête, Jack recula un peu plus. Le sang lui battait furieusement aux tempes et sa respiration sèche lui raclait la gorge. Le buffle aussi s'était mis en mouvement, contournant le lapin par derrière. Il avait lui aussi la tête baissée et semblait viser Jack de ses cornes de feuillage. La difficulté était qu'il ne pouvait pas les surveiller tous à la fois.

Il se cacha les yeux derrière les mains, se frotta le front, et les tempes douloureuses, s'agrippa les cheveux, et s'efforça de garder les yeux fermés aussi longtemps qu'il put, mais la peur finit par l'emporter et avec un cri, il arracha ses mains de son visage.

Près du terrain de golf, le chien se dressait sur ses pattes arrière comme s'il mendiait un sucre. Le buffle contemplait le court de roque d'un air indifférent, dans la même position que lorsque Jack était arrivé avec sa tondeuse. Le lapin, debout sur ses pattes arrière, le ventre fraîchement tondu à l'air, dressait ses oreilles au moindre bruit. Les lions, immobiles, étaient solidement plantés de part et d'autre de l'allée.

Il resta longtemps sans pouvoir bouger. Quand enfin sa respiration haletante se fut calmée, il prit le paquet de cigarettes qu'il avait dans la poche mais dans son énervement en laissa tomber quatre sur l'allée de gravier. Sans quitter des yeux les buis, de peur qu'ils ne se remissent à bouger, il se baissa pour les ramasser, en fourra trois pêle-mêle dans le paquet et alluma la quatrième. Après avoir tiré deux profondes bouffées, il la jeta et l'écrasa du pied. Après quoi il alla ramasser la tondeuse.

— Je dois être très fatigué, dit-il, trouvant tout naturel de se parler à lui-même. Il n'avait pas du tout l'impression, ce faisant, de se conduire comme un fou. Je suis miné par les soucis. Les guêpes..., la pièce..., le coup de téléphone d'Al. Mais ça va mieux maintenant.

Il repartit en direction de l'hôtel. Il aurait été plus prudent, certes, de faire un détour pour éviter les buis, mais, prenant son courage à deux mains, il remonta directement par l'allée qu'ils flanquaient. Une légère brise les agitait, rien d'autre. Il avait tout inventé. Il avait eu très peur, mais c'était fini à présent.

Il fit une halte dans la cuisine de l'hôtel pour prendre deux Excedrin, puis il descendit au sous-sol où il s'occupa à trier les vieux papiers jusqu'à ce qu'il entendît le bruit lointain de la camionnette qui brinquebalait dans l'allée. Tout à fait remis de ses émotions, il alla à leur rencontre. Il n'éprouvait pas le besoin de leur raconter son hallucination. Il avait eu une crise de peur un peu paranoïaque, mais tout était rentré dans l'ordre.

XXIV

LA NEIGE

Le jour tombait.

Ils étaient sortis tous les trois sur le porche. Jack, au milieu, avait passé son bras gauche autour des épaules de Danny et son bras droit autour de la taille de Wendy. Dans la lumière pâlissante, ils regardaient tomber la neige qui leur enlevait la liberté de partir.

A deux heures et demie, le ciel s'était complètement bouché et une heure plus tard il s'était mis à neiger. Cette fois-ci, on n'avait pas besoin de la météo pour savoir que ce n'était plus une de ces petites bourrasques dont il ne resterait aucune trace dans une heure ou deux. Les flocons tombèrent d'abord à la verticale, recouvrant le paysage d'une couche uniforme. Mais, au bout d'une heure, le vent du nord-ouest s'était levé et la neige avait commencé à s'amonceler contre le porche et les talus bordant l'allée de l'hôtel. Au-delà de la pelouse, la route avait disparu sous un épais linceul blanc et les silhouettes des buis avaient commencé à s'empâter. Dès son retour, Wendy avait complimenté Jack sur le beau travail qu'il avait fait à la buissaie. « Tu trouves ? » avait-il demandé, sans plus. Les animaux de buis étaient maintenant sous des monceaux de neige.

Leurs préoccupations n'étaient pas les mêmes, mais, curieusement, ils éprouvaient le même soulagement ; ils avaient dépassé le point de non-retour.

— Le printemps viendra-t-il un jour ? murmura Wendy.

Jack la serra plus fort.

— Plus tôt que tu ne le crois. Et si nous rentrions prendre notre souper ? Il fait froid ici.

Elle sourit. Tout l'après-midi, Jack lui avait paru distant et..., et bien étrange. Mais maintenant il semblait être redevenu lui-même.

— C'est une excellente idée. Qu'en dis-tu, Danny ?

— D'accord.

Alors ils rentrèrent à l'intérieur et le vent, redoublant de violence, prit cette tonalité grave qu'il allait garder toute la nuit. C'était un bruit qu'ils allaient apprendre à bien connaître. Les flocons de neige tourbillonnaient et virevoltaient sur le porche et l'Overlook avec ses fenêtres sombres dentelées de neige tenait tête à la tempête comme il l'avait toujours fait depuis trois quarts de siècle. Il paraissait indifférent à son isolement ; peut-être même éprouvait-il une certaine satisfaction à se voir coupé du monde. Emprisonnés dans sa coquille comme des microbes pris dans les entrailles d'un monstre, ses trois hôtes vaquaient comme tous les soirs à leurs occupations habituelles.

XXV

DANS LA CHAMBRE 217

Une semaine et demie plus tard, l'Overlook et sa pelouse étaient ensevelis sous cinquante centimètres d'une neige fine et craquante. Les animaux de buis y étaient enfoncés jusqu'aux hanches ; le lapin, dressé sur ses pattes arrière gelées, semblait émerger d'un lac d'albâtre. Certaines congères atteignaient jusqu'à un mètre et demi de hauteur. Le vent les remodelait sans cesse, en dunes sinueuses aux formes changeantes. Par deux fois Jack avait dû chausser ses raquettes pour aller chercher dans la remise la pelle avec laquelle il enlevait la neige du porche. Puis, lassé, il s'était contenté de déblayer devant la porte un chemin qui offrait également à Danny une petite piste pour son traîneau. C'était le long de l'aile ouest que s'étaient formées les congères les plus impressionnantes dont certaines s'élevaient jusqu'à sept mètres de haut. Elles étaient séparées par des plages où le souffle du vent avait dénudé complètement la pelouse. Les fenêtres du premier étage étaient bloquées et, dans la salle à manger, à la place de l'admirable vue qui avait tant frappé Jack le jour de la fermeture, il n'y avait plus qu'un écran de cinéma vide. Depuis huit jours les lignes téléphoniques étaient coupées et le seul moyen de communication avec le monde extérieur était le poste émetteur dans le bureau d'Ullman.

Il neigeait tous les jours à présent. Quelquefois ce n'étaient que de brèves bourrasques qui saupoudraient de neige la croûte brillante. Mais, d'autres fois, c'étaient de véritables blizzards qui hurlaient comme des furies et faisaient trembler et geindre le vieil hôtel dans son cocon de neige. La nuit, la température restait au-dessous de moins quinze et, bien que le thermomètre à côté de la porte de la cuisine grimpât quelquefois jusqu'à moins cinq en début d'après-midi, le vent, coupant comme une lame, rendait indispensable le port du passe-montagne. Ils sortaient quand même, dès qu'il faisait beau, emmitouflés dans deux épaisseurs de vêtements. Pour se protéger les mains, ils enfilaient des mitaines par-dessus leurs gants. Sortir était devenu une sorte d'idée fixe. L'hôtel était entouré du double sillon du traîneau Flexible Flyer de Danny. Les variations sur le thème de la course en traîneau semblaient infinies : Danny monté sur le traîneau tiré par ses parents ; Papa, pouffant de rire, tiré tant bien que mal par Wendy et Danny (c'était tout juste possible sur la croûte verglacée et tout à fait impossible quand celle-ci était saupoudrée de neige fraîche) ; Danny et Maman sur le traîneau ; Wendy, seule sur le traîneau, tirée par Papa et Danny qui, soufflant des bouffées de vapeur blanche, feignaient de peiner comme des bêtes de somme. Ils riaient beaucoup pendant ces courses en traîneau autour de la maison, mais le sauvage hululement du vent écrasait leurs rires et les faisait paraître forcés.

Ils avaient aperçu des empreintes dans la neige

et un jour un troupeau de cinq caribous s'était arrêté au-dessous du parapet de l'hôtel. Ils les avaient observés à tour de rôle avec les jumelles Zeiss-Ikon de Jack, et Wendy avait ressenti une impression d'irréalité à les regarder, comprenant soudain que désormais, jusqu'à la fonte des neiges au printemps, cette route appartiendrait davantage aux caribous qu'à eux. Tout ce qui avait été bâti par l'homme ne comptait plus guère à présent. Et les caribous eux-mêmes, plantés dans la neige jusqu'aux genoux, semblaient en être conscients. Abandonnant les jumelles et prétextant le déjeuner à préparer, elle s'était réfugiée à la cuisine pour pleurer et tenter de se soulager de cette tristesse refoulée qui opprimait son cœur. Elle pensait aux caribous, aux guêpes que Jack avait mises dehors sur la plate-forme derrière la cuisine pour les faire mourir de froid sous leur bol en pyrex.

Dans la remise, accrochées à des clous, ils avaient découvert toute une collection de raquettes de neige et Jack avait réussi à trouver pour chacun une paire à sa taille, quoique celle de Danny fût un peu grande. Jack s'en tirait fort honorablement ; bien qu'il n'eût pas chaussé des raquettes depuis son enfance à Berlin, dans le New Hampshire, il réapprit rapidement à s'en servir. Wendy n'était pas très enthousiaste ; après un quart d'heure de marche sur ces grosses raquettes encombrantes, ses jambes et ses chevilles lui faisaient atrocement mal. Mais Danny se piqua au jeu et fit de son mieux pour attraper le coup. Il tombait encore souvent, mais Jack était satisfait de ses progrès. Il disait que d'ici au mois de février Danny serait si fort qu'il leur ferait la pige.

Aujourd'hui il faisait gris et dès avant midi le ciel avait commencé à cracher de la neige. La radio, qui prédisait vingt à trente centimètres de neige et plus, n'arrêtait pas d'encenser la déesse Précipitation, bénédiction des skieurs du Colorado. Assise dans sa chambre, Wendy tricotait une écharpe tout en se disant rageusement qu'elle savait exactement où les skieurs pouvaient se foutre toute cette neige.

Jack était au sous-sol. Il était descendu vérifier la chaudière — ces visites de contrôle étaient devenues rituelles depuis que la neige les avait emmurés — et, après s'être assuré que tout allait bien, il s'était dirigé vers le passage voûté. Il avait vissé une ampoule pour s'éclairer et, assis sur un vieux siège de camping qu'il avait trouvé là, il feuilletait les vieilles archives tout en s'essuyant constamment la bouche de son mouchoir. Il avait trouvé, glissées entre les factures pro forma, les récépissés d'expédition et les reçus, des choses bizarres, inquiétantes. Un lambeau de drap taché de sang, un ours en peluche désarticulé et qui semblait avoir été déchiqueté, une feuille de papier à lettres de femme toute froissée et qui, sous l'odeur musquée du temps, gardait encore un relent de parfum. Le bleu de l'encre était passé et la lettre était restée inachevée : *Tommy, mon chéri, je n'arrive pas à réfléchir ici comme je l'avais espéré. Chaque fois que j'essaie de penser — à toi bien sûr, car à qui d'autre penser — je suis sans cesse dérangée. Et je fais des rêves étranges où j'entends frapper des coups dans la nuit... C'est drôle, n'est-ce pas ?* C'était tout. La lettre portait la date du 27 juin 1934. Elle le fascinait, sans qu'il sût dire pourquoi. Il avait l'impression que toutes les pièces de ce puzzle devaient s'emboîter les unes dans les autres ; mais il fallait trouver celles qui manquaient pour que tout se mît en place. Alors il persévéra, poursuivant ses recherches, tout en s'essuyant les lèvres et sursautant chaque fois que la chaudière derrière lui se rallumait en rugissant.

Danny était de nouveau devant la porte de la chambre 217, avec le passe-partout dans sa poche. Il fixait sur la porte un regard absent, hypnotisé. Sous sa chemise de flanelle, ses muscles se contractaient involontairement et il chantonnait doucement un air monocorde.

Il n'avait nullement souhaité revenir ici après l'histoire de l'extincteur. Il était effrayé de se retrouver devant cette porte et plus encore d'avoir désobéi à son père en prenant le passe-partout.

Mais il avait fallu qu'il revienne. Il avait cédé une première fois à la curiosité, sans la satisfaire. Il avait mordu à l'hameçon et maintenant il était pris ; sa curiosité inassouvie le hantait à longueur de journée comme un chant de sirène. D'ailleurs, Mr. Hallorann lui avait bien dit : *Je crois que tu n'as rien à craindre ici.*

(Tu as promis.)

(Les promesses sont faites pour être rompues.)

Mr. Hallorann avait certainement raison. C'était parce qu'il n'y avait rien à craindre qu'il les avait laissé emprisonner par la neige sans rien dire.

(Tu n'auras qu'à fermer les yeux et la vision disparaîtra.)

Ce qu'il avait vu dans la suite présidentielle avait disparu. Et il s'était rendu compte que le serpent n'était qu'un tuyau d'extincteur tombé sur la moquette. Il n'y avait rien, absolument rien à craindre dans cet hôtel et si pour se le prouver il avait besoin de pénétrer dans cette chambre, ne fallait-il pas le faire ?

En venant il s'était arrêté devant l'extincteur et, le cœur battant follement, il avait remis la lance en cuivre sur son support. Il l'avait tapotée du doigt en murmurant : « Vas-y, mords-moi ! Vas-y, mords, espèce d'imbécile ! Tu n'y arrives pas, hein ? Tu n'es rien d'autre qu'un misérable tuyau d'extincteur.

Tout ce que tu sais faire, c'est t'étaler par terre. Vas-y, mais vas-y donc ! » Sa bravade lui avait paru d'une audace insensée.

Danny tira le passe-partout de sa poche et le glissa dans la serrure.

Il palpa la clef, la caressa de ses doigts. Il avait la bouche sèche et ne se sentait pas très bien. Il tourna la clef et le pêne sortit facilement de la gâche.

(Ce n'est pourtant pas le croquet, les maillets sont trop courts, ce jeu s'appelle...)

Danny poussa la porte qui s'entrebâilla sans le moindre grincement. Une grande pièce — à la fois chambre et living — s'ouvrait devant lui. Il y faisait sombre, non pas à cause des congères, qui n'arrivaient pas encore au niveau du deuxième étage, mais parce que deux semaines auparavant son père avait fermé tous les volets de l'aile ouest.

Dans l'entrée il tâtonna, puis trouva l'interrupteur qui alluma deux ampoules dans un plafonnier en cristal taillé. Danny entra et, regardant autour de lui, vit une moelleuse moquette d'un vieux rose reposant, un grand lit avec un couvre-lit et un secrétaire.

S'avançant encore de quelques pas, il put s'assurer qu'il n'y avait rien dans cette chambre, absolument rien d'anormal. Ce n'était qu'une pièce vide et froide — Papa chauffait l'aile est aujourd'hui. Une commode et une table de nuit sur laquelle on avait posé une bible Gidéon complétaient l'ameublement. Au fond, la porte entrebâillée du placard laissait voir une rangée de cintres d'hôtel, indécrochables pour qu'on ne puisse pas les voler. A gauche, la glace en pied de la porte de la salle de bain lui renvoyait le reflet de son visage blême.

Il regarda son sosie et le salua gravement de la tête.

Oui, c'était bien là que ça se trouvait. S'il y avait quelque chose à trouver, c'était bien là, dans la salle de bain. Son sosie s'avançait toujours, comme s'il voulait sortir du miroir, puis tendit la main et la pressa contre celle de Danny. Quand la porte de la salle de bain s'ouvrit, le sosie s'éloigna de biais et Danny put glisser un regard à l'intérieur.

C'était une salle de bain toute en longueur qui, avec son luxe démodé, faisait penser à un wagon-salon de train Pullman. Le sol était recouvert d'un carrelage de petites dalles hexagonales. Au fond trônait un W.C. à couvercle levé, à droite il y avait un lavabo surmonté d'une armoire de toilette à glace, et à gauche une grande baignoire blanche à pieds griffus, dont le rideau de douche était tiré. Comme un somnambule, Danny se dirigea vers la baignoire. Il avait l'impression de se trouver dans un rêve, un des rêves de Tony. S'il écartait le rideau de douche, il découvrirait peut-être quelque chose d'agréable, quelque chose que Papa avait oublié ou que Maman avait perdu, quelque chose qui leur ferait plaisir...

Il fit glisser le rideau de douche.

La femme qui gisait dans la baignoire était morte depuis longtemps. Elle était toute gonflée et viola-cée et son ventre, ballonné par les gaz et ourlé de glace, émergeait de l'eau gelée comme une île de chairs livides. Elle fixait sur Danny des yeux vitreux, exorbités comme des billes. Un sourire grimaçant étirait ses lèvres pourpres. Ses seins pendillaient, les poils de son pubis flottaient à la surface et ses mains congelées se recroquevillaient comme des pinces de crabe sur les bords godron-nés de la baignoire en porcelaine.

Danny hurla sans qu'aucun son ne sortît de sa gorge ; le cri refoulé plongea au fond de son être comme une pierre qui tombe au fond d'un puits. Il recula de nouveau, faisant tinter le carrelage sous ses pas, et subitement il sentit que dans son affolement il s'était inondé d'urine.

Alors la femme se mit sur son séant.

Toujours grimaçante, elle rivait sur Danny ses énormes yeux exorbités. Ses paumes mortes crissaient sur la porcelaine, ses seins se balançaient comme de vieux punching-balls craquelés. Quand elle se leva, on entendit un bruit à peine perceptible de bris d'échardes de glace, mais elle ne respirait pas : ce n'était qu'un cadavre, mort depuis des années.

Les yeux écarquillés, les cheveux dressés sur la tête comme des piquants de hérisson, Danny fit volte face et s'enfuit à toutes jambes vers la porte extérieure qu'il trouva refermée. Sans penser qu'elle n'était peut-être pas verrouillée et qu'il suffisait de tourner la poignée pour sortir, il se mit à cogner dessus et à pousser des hurlements déchirants qu'aucune oreille humaine ne put entendre. La morte au ventre ballonné, aux cheveux desséchés, qui gisait, magiquement embaumée, depuis des années dans cette baignoire, s'était levée et, les bras tendus, s'était lancée à sa poursuite. Il l'entendait s'approcher, mais dans son affolement il ne trouvait d'autre défense que de cogner encore plus désespérément sur cette porte qui se refusait à s'ouvrir.

Tout à coup, une voix calme et rassurante se fit entendre, la voix de Dick Hallorann. Et Danny, qui avait retrouvé la sienne, se mit à pleurer doucement, non pas de peur mais de soulagement.

(Je ne crois pas que tes visions puissent te faire de mal..., pas plus que les images dans un livre... Si tu fermes les yeux, elles disparaîtront.)

Il ferma les yeux, serra les poings et se concentra si fort que ses épaules se contractèrent.

(Il n'y a rien, rien du tout, RIEN, RIEN DU TOUT !)

Quelques minutes passèrent. Il commençait tout juste à se détendre, à réaliser que la porte était forcément ouverte et qu'il pouvait s'enfuir, quand deux mains puantes, tuméfiées, suintantes de l'humidité des années, se refermèrent doucement autour de son cou et le forcèrent à se retourner et à regarder dans les yeux le visage violacé de la mort.

QUATRIÈME PARTIE

PRISONNIERS DE LA NEIGE

XXVI

AU PAYS DES RÊVES

Le tricot lui donnait sommeil. Aujourd'hui, même Bartok lui aurait donné sommeil, mais ce n'était pas du Bartok qui passait sur le petit électrophone, c'était du Bach. Ses mains ralentissaient de plus en plus et, au moment où son fils faisait la connaissance de l'hôte permanente de la chambre 217, Wendy s'était endormie, son tricot sur les genoux. La pelote de laine et les aiguilles montaient et descendaient au rythme régulier de sa respiration. Son sommeil était profond, sans rêve.

Jack Torrance dormait lui aussi, mais d'un sommeil léger et agité, peuplé de rêves qui paraissaient presque trop vrais pour n'être que des rêves.
Ses paupières avaient commencé à s'alourdir alors qu'il feuilletait des liasses de factures de lait. A raison de cent factures par liasse, ça devait faire au total des dizaines de milliers de factures, mais il jetait un coup d'œil à chaque facture, craignant de laisser passer par négligence la pièce à conviction qu'il cherchait et qui, il en était persuadé, devait se trouver quelque part ici. Il était comme quelqu'un

qui cherche à tâtons le commutateur dans une pièce obscure ; s'il le trouvait, tout s'éclairerait.

Il avait bien réfléchi au coup de téléphone d'Al Shockley et à la promesse qu'il lui avait faite. Son expérience étrange du terrain de jeux l'avait aidé à prendre une décision. Ses hallucinations ressemblaient à de véritables manifestations psychotiques. Il était persuadé qu'il fallait voir en elles la révolte de son cerveau contre son renoncement au livre sur l'Overlook, renoncement qu'Al lui avait réclamé sur un ton si impérieux. Elles étaient peut-être le signal d'alarme le prévenant qu'à force de se laisser piétiner il finirait par perdre tout respect de lui-même. Il fallait qu'il écrive ce livre, même s'il fallait renoncer, pour cela, à l'amitié d'Al. Il raconterait l'histoire de l'hôtel aussi franchement, aussi simplement que possible. L'introduction serait le récit de ses hallucinations dans le parc aux buis. Le titre, sans être génial, serait fonctionnel : *L'Overlook ou les mystères d'une station de montagne.* Il dirait la vérité, non pas pour se venger d'Al, de Stuart Ullman, de George Hatfield ou de son père (bien que ce fût un misérable ivrogne et un tyran domestique), ni d'ailleurs de qui que ce soit d'autre. Il l'écrirait parce que l'Overlook l'avait ensorcelé — pouvait-on imaginer une explication plus simple ou plus vraie ? — et pour la même raison que l'on écrivait toute grande œuvre littéraire, que ce soit de la fiction ou non : pour dire la vérité, laquelle finit toujours par éclater. Il l'écrirait parce qu'il avait besoin de l'écrire.

Les paupières lourdes, il s'affaissa un peu plus sur sa chaise, tenant encore une poignée de reçus que ses yeux ne lisaient déjà plus. L'Overlook n'occupait plus son esprit ; il pensait à son père qui avait été infirmier à l'hôpital communal de Berlin. C'était un colosse d'un mètre quatre-vingt-dix, trois centimètres de plus que Jack lui-même. Jack était

le benjamin et le vieux aimait le lui rappeler :
« C'est le Tom-Pouce de la famille », disait-il en
riant et en donnant à Jack une petite tape amicale.
Ses deux frères étaient encore plus grands que le
père et Jack avait même mis longtemps à rattraper
et à dépasser sa sœur Becky qui ne mesurait
aujourd'hui que sept centimètres de moins que
lui.

L'évolution de ses rapports avec son père avait
ressemblé à l'éclosion d'un bourgeon qui promet
une fleur magnifique mais qui, piqué à l'intérieur,
ne s'épanouit pas. Jusqu'à l'âge de sept ans, il avait
aimé son père très fort, sans jamais le juger, malgré
les fessées, les bleus et parfois même les yeux
pochés.

Il se souvenait de ces délicieux soirs d'été où la
maison respirait le calme et la tranquillité. Brett, le
frère aîné, était sorti avec sa petite amie, le second
était dans sa chambre à étudier, sa sœur Becky et
sa mère regardaient au salon le vieux poste de
télévision tandis que lui, assis dans l'entrée avec
rien d'autre sur la peau que sa chemise de corps,
faisait semblant de jouer avec ses camions mais
attendait en fait le moment où son père, rompant
le silence, rentrerait à la maison. Il arrivait en
faisant claquer la porte derrière lui, lançait un
bonsoir tonitruant à l'enfant qui l'avait attendu et
Jacky piaillait de joie en voyant s'avancer vers lui
ce grand bonhomme dont la calvitie rose luisait
sous le plafonnier. Sous cette lumière, dans son
uniforme blanc, avec sa chemise flottante, parfois
tachée de sang, et son pantalon dont les revers
s'avachissaient sur des chaussures noires, il ressemblait à quelque fantôme géant.

Son père le prenait alors dans ses bras et le jetait
en l'air avec une telle force que la pression de l'air
lui comprimait soudain le crâne comme une calotte
de plomb. Il montait comme une flèche, de plus en

291

plus haut, tout en criant, avec son père : « Ascenseur ! ascenseur ! » Certains soirs, quand son père, le visage nimbé d'un brouillard de bière, était trop saoul pour pouvoir contrôler l'élan de ses bras vigoureux, Jacky, propulsé comme un projectile humain, partait en vol plané par-dessus le crâne plat de son père et allait s'écraser derrière lui sur le parquet de l'entrée. Mais il y avait d'autres soirs où son père, à force de l'envoyer en l'air, de le rattraper et de le secouer comme un vieux chiffon, le jetait dans de telles transes de fou rire qu'il en attrapait le hoquet.

Les doigts de Jack se détendirent, lâchant les reçus qui glissèrent à terre en se balançant paresseusement.

Ses paupières, qui gardaient l'image du père que la lanterne magique du souvenir avait projetée sur elles, s'entrouvrirent puis se refermèrent aussitôt. Un spasme parcourut son visage. Flottant comme les reçus qu'il avait lâchés, comme les feuilles de tremble à l'automne, sa conscience sombra doucement.

Telle avait été la première phase de ses rapports avec son père et, vers la fin, il s'était rendu compte que Becky et ses frères, tous plus âgés, haïssaient leur père et que leur mère, une femme incolore et inodore qui n'ouvrait pratiquement jamais la bouche, ne le supportait que parce que son éducation catholique lui en faisant un devoir. A cette époque-là, Jack n'avait pas trouvé étrange que son père réglât tous ses conflits avec ses enfants en leur flanquant des raclées, ni que son propre amour pour lui allât de pair avec la peur : peur du jeu de l'ascenseur qui pouvait, un soir ou l'autre, dégénérer en drame à la suite d'une mauvaise chute ; peur que, les jours de congé, la bonne humeur bourrue de son père ne se transformât subitement en brutales engueulades et en claques de sa « bonne main droite » ; et quelquefois même, il s'en souvenait, il avait eu peur rien qu'à voir l'ombre de son père se poser sur lui alors qu'il jouait. C'est vers la fin de cette phase-là qu'il avait commencé à remarquer que Brett n'amenait jamais ses petites amies à la maison, pas plus que Mike et Becky leurs copains.

Son amour avait commencé à tourner à l'aigre à l'âge de neuf ans, quand son père avait battu sa mère avec sa canne. Le vieux Torrance s'était mis à se servir d'une canne un an plus tôt quand, à la suite d'un accident de voiture, il était devenu boiteux. A partir de ce moment-là, cette longue canne noire à pommeau doré ne l'avait plus quitté et Jack tressaillit dans son sommeil au souvenir de son sifflement cruel quand elle s'abattait contre le mur... ou sur quelqu'un. Cet accès de brutalité était survenu à l'improviste, sans mobile apparent, sans que sa mère eût rien fait pour le provoquer. Ils étaient tous à table, en train de dîner. C'était un dimanche soir, à la fin d'un week-end de trois jours pour son père, trois jours qu'il avait passés, comme d'habitude, à se saouler en grand style. On avait servi du poulet rôti, des petits pois et de la purée de pommes de terre. Papa, au bout de la table, la canne appuyée contre sa chaise, somnolait ou presque devant son assiette pleine tandis que sa mère faisait passer les assiettes. Une veine enflée barrait son front, ce qui était toujours mauvais signe, et ses yeux, enfoncés dans les chairs rebondies de son visage joufflu, étincelaient de méchanceté. Il les avait dévisagés à tour de rôle tandis qu'une de ses grosses mains tachetées de son avait saisi le pommeau doré de la canne et le caressait. Il avait dit quelque chose au sujet du café — Jack restait persuadé, encore aujourd'hui, que c'était bien le mot « café » qu'il avait prononcé — et Maman avait ouvert la bouche pour répondre quand la canne avait fauché l'air, la frappant de plein fouet au

visage et faisant jaillir le sang de son nez. Becky
s'était mise à hurler et les lunettes de Maman
étaient tombées dans la sauce. La canne était
remontée pour s'abattre de nouveau, sur le crâne
cette fois, fendant le cuir chevelu. Maman était
tombée à terre et était restée inerte, sur le tapis.
Bajoues tremblotantes, le regard enflammé, Papa,
se déplaçant avec l'agilité et la rapidité grotesques
des gros, avait alors bondi de sa chaise et foncé sur
elle. Brandissant sa canne, il l'avait houspillée exactement comme il avait l'habitude de houspiller ses
enfants quand il les battait. « Voilà, voilà pour toi,
canaille ! Voilà ta correction ! Voilà la raclée que tu
mérites ! » La canne était montée et redescendue
encore sept fois avant que Brett et Mike pussent
l'arrêter et l'entraîner plus loin pour la lui arracher
des mains. Jack (il était redevenu « petit Jacky »
pour l'instant, un « petit Jacky » somnolant et mar-
monnant, assis sur une chaise de camping couverte
de toiles d'araignée, tandis que la chaudière recom-
mençait à rugir derrière lui) savait exactement
combien de fois la canne s'était abattue parce que
chaque coup était resté gravé dans sa mémoire,
aussi indélébile que les entailles d'un ciseau dans la
pierre : sept coups, pas un de plus ni de moins.
Incrédules et sanglotants, Becky et lui avaient
regardé les lunettes de leur mère dans la purée, un
des verres cassé et barbouillé de jus. Du fond du
couloir, Brett criait, disant à Papa que s'il bougeait
il le tuerait. Et Papa répétait sans cesse : « Fumier !
Salopard ! Donne-moi ma canne ! Je te dis de me la
donner, bon Dieu ! » et Brett, brandissant hystéri-
quement la canne, avait dit : « Oui, oui, je te la
donnerai, si tu bouges d'un poil, tu verras, je te la
donnerai autant que tu voudras, et plutôt deux fois
qu'une. Je vais te régler ton compte ! » Quant à
Maman, le visage déjà bouffi comme une vieille
chambre à air trop gonflée, saignant à quatre ou

cinq endroits, elle avait réussi à se mettre debout et avait prononcé des paroles terribles, les seules sans doute que Jack eût jamais retenues mot pour mot : « Qui est-ce qui a pris le journal ? Ton père voudrait voir les bandes dessinées. Est-ce qu'il s'est mis à pleuvoir ? » Puis, les cheveux tombant sur son visage tuméfié et ensanglanté, elle s'était écroulée à terre. Mike avait téléphoné au docteur et, balbutiant dans le récepteur, avait demandé qu'il vienne immédiatement. Oui, c'était pour leur mère, mais il ne pouvait pas dire de quoi il s'agissait, pas au téléphone, pas sur une ligne à plusieurs postes, il ne le pouvait pas. Mais qu'il vienne vite. Le docteur était venu et avait envoyé Maman à l'hôpital où Papa travaillait. Papa, un peu dégrisé (ou peut-être simplement par ruse, comme une bête traquée), avait dit au docteur qu'elle était tombée dans l'escalier. S'il y avait du sang sur la nappe, c'était parce qu'il avait essayé d'en essuyer le visage de sa pauvre femme chérie. « Et ses lunettes ont traversé en volant tout le salon pour aller atterrir dans la purée et le jus de poulet ? avait demandé le docteur avec un affreux sourire narquois. C'est comme ça que ça s'est passé, Mark ? J'ai entendu parler de gens qui reçoivent des émissions de radio sur leurs plombages en or, j'ai même vu un homme qui avait reçu une balle entre les deux yeux et a vécu pour le raconter, mais c'est bien la première fois que j'entends parler de lunettes volantes. » Papa s'était contenté de secouer la tête et de dire qu'il n'y comprenait rien, lui non plus. Elles avaient dû tomber dans la purée au moment où ils l'avaient transportée dans la salle à manger. Les quatre enfants avaient été interloqués par l'énormité du mensonge. Quatre jours plus tard, Brett avait quitté son travail à la fabrique et s'était engagé dans l'armée. Jack avait toujours pensé que si Brett était parti ce n'était pas seulement parce que son père avait agressé sa mère d'une façon aussi brutale et aussi irrationnelle, mais aussi parce qu'à l'hôpital sa mère, tout en tenant la main du curé de la paroisse, avait corroboré la version des faits donnée par son père. Dégoûté, Brett les avait abandonnés à leur sort. Il avait été tué dans la province de Dong Ho en 1965, l'année où Jack, entré à l'Université, commençait à militer en faveur de la paix. Aux manifestations, qui attiraient de plus en plus de monde, il avait brandi la chemise ensanglantée de Brett, mais, quand il prenait la parole, ce n'était pas le visage de son frère qu'il voyait devant ses yeux, mais celui de sa mère qui, hébétée et n'ayant toujours rien compris, demandait : « Qui a pris le journal ? »

Mike s'était sauvé trois ans plus tard, quand Jack avait douze ans ; bénéficiaire d'une bourse confortable, il était entré à l'université de New Hampshire. Un an plus tard, leur père était mort, terrassé par une attaque d'apoplexie pendant qu'il préparait un patient pour une opération. Il s'était écroulé dans son uniforme blanc à la chemise flottante, mort peut-être avant même de toucher le carrelage noir et rouge, et trois jours plus tard l'homme qui avait dominé la vie de Jacky, l'irrationnel dieu-fantôme blanc, était sous terre.

Sur la pierre tombale, on avait gravé *Mark Anthony Torrance, père aimant.* A cela, Jack aurait volontiers ajouté une ligne : *il savait jouer à l'ascenseur.*

Le vieux Torrance avait souscrit plusieurs assurances-vie. Certains collectionnent les assurances comme d'autres collectionnent les timbres ou les monnaies et il était de ceux-là. L'argent de l'assurance commençait à rentrer au même moment où cessaient les paiements aux assureurs et les dépenses pour l'alcool. Pendant cinq ans ils avaient été riches, ou presque...

Dans son sommeil tourmenté, un visage surgit devant ses yeux, comme dans un miroir.

(Le visage hébété de sa mère qui, battue et sanglante, sortait de dessous la table et se relevait en disant : « *De la part de ton père. Je répète, un message important de la part de ton père. Reste à l'écoute pour entendre notre émission, l'Heure du Bonheur. Je répète...* »)

La voix s'éloigna puis se tut. D'autres voix retentissaient faiblement comme un écho désincarné venu du fond d'un long couloir obscur.

(Excusez-moi, Mr. Ullman, mais est-ce que ce n'est pas)... la réception, avec ses classeurs, le grand bureau d'Ullman, le registre blanc, déjà en place pour l'an prochain (jamais pris de court, ce sacré Ullman), toutes les clefs soigneusement suspendues à leurs crochets, le poste de radio sur son étagère.

(Il manque une clef, laquelle, le passe-partout ! Passe-partout, passe-partout, qui a pris le passe-partout ?) Si nous faisions un tour à l'étage, nous découvririons peut-être le coupable.

Il alluma le poste. Les émissions des particuliers arrivaient par bribes, en petites explosions crépitantes. Changeant de fréquence et tournant le bouton de sélection, il attrapa au passage des bouffées de musique, les nouvelles, un pasteur haranguant une foule de fidèles qui gémissaient doucement, les prévisions météorologiques, enfin une autre voix sur laquelle il revint pour la capter. C'était la voix de son père.

— Tue-le. Il faut le tuer, Jacky. Et elle aussi. Parce qu'un vrai artiste doit souffrir. Parce que tout homme tue ce qu'il aime. Parce qu'ils n'arrêteront jamais de conspirer contre toi, d'essayer de t'étouffer, de te faire sombrer. A la minute où je te parle, ton fils se trouve là-haut en violation flagrante de tes ordres. C'est une canaille. Punis-le, Jacky, rosse-le, rosse-le à mort. Bois un verre, Jacky, mon petit, et nous jouerons à l'ascenseur. Je t'accompagnerai quand tu iras lui administrer sa correction. Je sais que tu pourras le faire, j'ai confiance en toi. Il faut le tuer. Il faut le tuer, Jacky, et elle aussi. Parce qu'un vrai artiste doit souffrir. Parce que tout homme...

— *Non !* s'écria-t-il tout à coup. Tu es *mort* et *enterré*, tu ne vis plus, je ne te veux plus !

Parce qu'il avait renié la partie de lui-même qui venait de son père, ce père revenait à la charge maintenant et s'introduisait sournoisement chez lui, dans cet hôtel à trois mille kilomètres de la Nouvelle-Angleterre où il avait vécu et où il était mort. Non, ce n'était pas juste !

Il souleva à bout de bras le poste de radio et le jeta à terre où il se fracassa en mille morceaux, crachant des vieux ressorts et de vieux tubes. C'était comme s'il avait joué à l'ascenseur avec le poste de radio. La voix de son père s'évanouit et dans le bureau de réception froid et impersonnel on n'entendit plus que celle de Jack qui répétait inlassablement :

— ...Mort, tu es mort, tu es mort !

Soudain il entendit, au-dessus de sa tête, un bruit de pas précipités et la voix épouvantée de Wendy :

— Jack ? *Jack !*

Sans réagir, il resta là à regarder le poste de radio fracassé.

Il ne leur restait plus d'autre lien avec le monde extérieur que le scooter des neiges dans la remise.

Il se couvrit les yeux de ses mains et se serra les tempes. Il commençait à avoir mal à la tête.

XXVII

EN CATALEPSIE

Pieds nus, Wendy se précipita le long du couloir et dévala l'escalier qui débouchait dans le hall. Elle n'eut pas l'idée de jeter, en passant, un regard à l'escalier qui montait au deuxième étage : elle y aurait vu Danny, planté sur le palier, le pouce à la bouche. Silencieux et immobile, il fixait l'espace d'un regard vide. Le col et les épaules de sa chemise étaient trempés et il avait des hématomes au cou et sous le menton.

Les cris de Jack avaient cessé, mais la peur ne la lâchait pas. La voix qui l'avait arrachée au sommeil avait retrouvé les accents menaçants d'autrefois, accents qu'elle ne connaissait que trop bien. Elle avait l'impression de rêver encore, mais elle savait bien, au fond d'elle-même, qu'elle était éveillée et ce n'en était que plus horrible. Elle se voyait faisant irruption dans le bureau et surprenant Jack, saoul et affolé, penché sur le corps inerte de Danny.

Elle poussa la porte et découvrit Jack qui, blanc comme un linge, se massait les tempes. Le grand poste émetteur fracassé gisait à ses pieds dans une nappe d'éclats de verre.

— Wendy ? demanda-t-il d'un air incertain. Wendy ?

De plus en plus stupéfaite, elle crut entrevoir un instant le vrai visage de Jack, celui qu'il dissimulait d'ordinaire si bien, le visage d'un être désespérément malheureux, impuissant comme un animal pris dans un piège dont la complexité le dépasse et dont il ne peut se dégager. Des contractions incontrôlables tiraillaient ses traits, ses lèvres tremblaient, sa pomme d'Adam montait et descendait.

Horrifiée, elle se rendit compte qu'il allait se mettre à pleurer. Elle l'avait déjà vu pleurer, mais pas depuis qu'il avait cessé de boire..., et, même du temps où il buvait, il fallait qu'il fût particulièrement ivre et bourrelé de remords. Ce n'était pas un homme à laisser paraître ses émotions et de le voir s'y abandonner l'emplissait de terreur.

Il s'avança vers elle, les yeux remplis de larmes, secouant la tête comme s'il essayait en vain de refouler le torrent de ses émotions, et de sa poitrine s'échappa un sanglot convulsif, déchirant. Ses pieds, chaussés de pantoufles tricotées, trébuchèrent sur les débris du poste et il s'affala contre Wendy, qui chancela sous son poids. L'haleine, qu'il lui soufflait au visage, ne sentait pas l'alcool. D'ailleurs comment aurait-il pu en être autrement ? Il n'y avait pas d'alcool ici.

— Qu'est-ce qui est arrivé ? lui demanda-t-elle en le soutenant du mieux qu'elle pouvait. Jack, qu'y a-t-il ?

Mais il ne parvenait pas à maîtriser ses sanglots et s'accrochait désespérément à elle, la serrant à l'étouffer, roulant sa tête sur ses épaules dans un geste de refus impuissant. Sous sa chemise, sous son jean, elle sentait son corps qui tremblait.

— Jack ? Qu'est-ce qu'il y a ? Dis-moi ce qui s'est passé !

Peu à peu des paroles émergèrent du torrent des

sanglots, incohérentes d'abord, puis de plus en plus compréhensibles au fur et à mesure que ses larmes s'épuisaient :

— ... un rêve, je crois que c'était un rêve, mais un rêve qui était si vrai que je... c'était ma mère, elle disait que mon père allait parler à la radio... il disait... il me disait de... je ne sais pas, il m'a engueulé... et alors j'ai cassé le poste... pour le faire taire. Oui, pour ne plus l'entendre. Il est mort et je ne veux plus le voir, même en rêve. Il est mort. Mon Dieu, Wendy, mon Dieu ! Je n'ai jamais fait un pareil cauchemar. Je ne veux plus jamais en refaire comme ça ! C'était atroce.

» J'étais au sous-sol, assis sur une chaise, en train de fouiller dans de vieux reçus de laiterie mortellement ennuyeux, et j'ai dû m'assoupir. C'est alors que j'ai commencé à rêver. J'ai dû monter ici tout en dormant, comme un somnambule. Blotti contre son cou, il essaya faiblement de rire. Encore une grande première.

— Jack, où est Danny ?

— Je ne sais pas. Il n'est pas avec toi ?

Il regarda Wendy et son visage se durcit quand il découvrit ses yeux accusateurs.

— Tu ne me le laisseras jamais oublier, n'est-ce pas, Wendy ?

— Jack...

— Quand je serai sur mon lit de mort, tu te pencheras encore sur moi pour me dire : « C'est bien fait pour toi après ce que tu as fait à Danny ! »

— Jack !

— Eh quoi, Jack ! demanda-t-il avec humeur, se redressant brusquement. Est-ce que tu vas nier que c'est à ça que tu penses ? Que je l'ai brutalisé autrefois et que je pourrais recommencer ?

— Je voulais savoir où il était, c'est tout !

— C'est ça, crie comme un putois. Ce n'est pourtant pas en gueulant que tu arrangeras quoi que ce soit.

Elle tourna les talons et gagna la porte.

Il la regarda s'éloigner sans bouger, un buvard plein de miettes de verre à la main. Il finit par jeter le buvard dans la corbeille à papier et, se lançant à sa poursuite, la rattrapa près du bureau de la réception. Il mit ses mains sur ses épaules et la retourna vers lui. Elle avait l'air résolu.

— Wendy, je suis désolé. C'était le rêve. Je ne suis pas moi-même. Tu me pardonnes ?

— Évidemment, dit-elle, sans changer d'expression et secouant, d'un geste impatient, son étreinte.

Elle alla jusqu'au milieu du hall et appela :

— Hé ! prof ! Où es-tu ?

N'obtenant aucune réponse, elle se dirigea vers la porte d'entrée, l'ouvrit et sortit sur le chemin que Jack avait déblayé. C'était une tranchée plutôt qu'un chemin, car les monceaux de neige tassée de part et d'autre du passage lui arrivaient à hauteur d'épaule. Elle appela Danny de nouveau, tandis que son haleine se transformait en un duvet blanc. Quand elle rentra, la peur se lisait sur son visage.

Maîtrisant son impatience, Jack lui dit d'un air raisonnable :

— Es-tu sûre qu'il n'est pas dans son lit en train de dormir ?

— Je te dis qu'il est parti jouer pendant que je tricotais. Je l'ai entendu au rez-de-chaussée.

— Tu ne t'es pas endormie ?

— Peut-être. Et après ? Je ne vois pas le rapport ? Oui, je me suis endormie. *Danny ?*

— Quand tu es descendue, il y a un instant, est-ce que tu as regardé dans sa chambre ?

— Je...

Elle s'arrêta.

302

Il hocha la tête.

— C'est bien ce que je pensais.

Sans l'attendre, il se mit à grimper l'escalier. Elle le suivit, presque en courant, mais il montait plus vite qu'elle, enjambant les marches deux à deux. Il s'arrêta net au palier du premier étage et elle vint buter contre lui. Rivé sur place, il levait des yeux épouvantés vers le deuxième étage.

— Quoi ? demanda-t-elle, puis elle suivit la direction de son regard.

Danny était là-haut, les yeux vides, le pouce à la bouche. A la lumière crue des appliques électriques du couloir, on voyait les marques cruelles sur son cou.

— Danny ! s'écria-t-elle.

Galvanisé par ce cri, Jack s'élança, suivi de Wendy, et tous deux se jetèrent aux genoux de l'enfant. Wendy le prit dans ses bras, et Danny se laissa étreindre sans réagir. Elle eut l'impression de serrer dans ses bras une poupée de chiffons et le goût douceâtre de l'horreur lui emplit la bouche. Impassible, Danny continuait de sucer son pouce et de regarder fixement dans l'espace derrière leurs têtes.

— Danny, qu'est-ce que tu as ? demanda Jack. (Il tendit la main pour toucher les ecchymoses enflées sur le cou de Danny.) Qui est-ce qui t'a...

— *Ne le touche pas !* siffla Wendy.

Elle souleva Danny dans ses bras et battit en retraite dans l'escalier avant que Jack, abasourdi, ait eu le temps de se relever.

— Quoi ? Wendy, tu ne crois quand même pas que...

— Ne le touche pas ! Je te tuerai si tu lèves encore une fois la main sur lui !

— Wendy...

— Salaud !

Elle lui tourna le dos et dévala l'escalier jusqu'au

premier étage. Danny, le pouce fermement planté dans sa bouche, dodelinait doucement de la tête. Ses yeux étaient comme des vitres givrées. Jack entendit Wendy enfiler le couloir de droite au pied de l'escalier et le suivre jusqu'au bout. Elle claqua la porte de leur chambre, poussa le verrou et tourna la clef. Il y eut ensuite un court silence suivi du doux murmure de ses consolations.

Pendant un temps indéterminé, Jack resta là, paralysé par les événements qui s'étaient précipités en quelques minutes. Son rêve, qui l'habitait toujours, semblait rendre irréel tout ce qui l'entourait. Était-ce donc lui qui avait fait mal à Danny, comme le pensait Wendy ? Avait-il vraiment essayé d'étrangler son fils pour obéir aux injonctions de son père ? Non ; il ne ferait jamais de mal à Danny.

(Il est tombé dans l'escalier, docteur.)

En tout cas, *à présent,* il ne ferait pas de mal à Danny.

(Comment savoir que la bombe insecticide était défectueuse ?)

Il n'avait jamais fait de mal à personne, sauf quand il était ivre.

(Pourtant tu as failli tuer George Hatfield.)

— Non ! cria-t-il dans le noir, martelant ses cuisses de ses poings, sans pouvoir s'arrêter.

Assise dans un fauteuil près de la fenêtre, Wendy tenait Danny serré contre elle et lui murmurait les consolations qui avaient déjà fait leurs preuves, paroles incantatoires, formules magiques dénuées de sens, oubliées aussitôt après. Il s'était recroquevillé contre elle sans protester, mais sans plaisir non plus, et il semblait s'être transformé en un simulacre de lui-même, en une affreuse poupée de cire insensible à tout. Il ne tourna même pas la tête quand Jack cria « Non ! » quelque part dans le couloir.

La confusion dans l'esprit de Wendy avait cédé la place à une émotion plus pernicieuse : la panique.

Que Jack fût l'auteur de ce nouveau méfait, elle n'en douta pas un seul instant. Ses protestations d'innocence n'entamaient nullement sa conviction et elle trouvait parfaitement plausible que Jack eût essayé d'étrangler Danny dans son sommeil, tout comme il avait fracassé le poste de radio. Il avait les nerfs malades. Mais qu'y faire ? Elle ne pouvait pas rester éternellement enfermée dans cette pièce. Il faudrait bien qu'ils en sortent, ne serait-ce que pour manger.

Une seule question comptait à ses yeux, et elle se la posa avec toute la froideur calculée que lui dictait l'instinct maternel : la sauvegarde de l'enfant devait passer avant toute chose, même avant sa propre sécurité, et, pour l'assurer, rien ni personne ne la ferait reculer, pas même Jack. Mais, avant d'élaborer un plan d'action, il fallait qu'elle sache : *Jack était-il dangereux ou pas ?*

Il avait nié toute responsabilité dans ce qui était arrivé à Danny. Il avait paru sincèrement horrifié par les bleus sur son cou et par son état semi-comateux. Si c'était lui le coupable, il avait probablement agi sous l'emprise d'un dédoublement de la personnalité. Et, s'il avait commis cet acte en dormant, c'était, paradoxalement, plutôt bon signe. Il serait alors possible de lui faire encore confiance et d'obtenir de lui qu'il les emmène loin de l'Overlook. Mais après ?

Pour elle, il n'y avait pas d'après. Elle ne voyait pas plus loin que leur arrivée dans le bureau du docteur Edmonds, à Sidewinter. Elle n'avait pas besoin de voir plus loin. La crise actuelle suffisait largement à lui occuper l'esprit.

Elle berçait Danny sur sa poitrine en chantonnant. Ses doigts avaient bien senti sur les épaules de l'enfant la moiteur du tee-shirt, mais elle ne s'était pas attardée à ce détail. Si elle y avait prêté attention, elle se serait peut-être souvenue que les mains de Jack étaient sèches quand il l'avait serrée dans ses bras dans le bureau tout à l'heure, ce qui l'aurait peut-être fait réfléchir. Mais elle avait l'esprit ailleurs. Il fallait prendre une décision. Fallait-il, oui ou non, faire confiance à Jack ?

En fait, elle n'avait pas le choix. Toute seule, elle ne pouvait rien faire, même pas descendre à la réception et lancer un appel au secours sur le poste émetteur. Mais Danny avait reçu un choc terrible et il fallait le tirer de là tout de suite, avant que le mal ne fût devenu irrémédiable. Elle se refusait à penser qu'il le fût déjà.

Pourtant elle n'arrivait toujours pas à se décider et dans son angoisse cherchait encore une solution de rechange. Elle ne voulait plus laisser Danny à la merci de Jack. C'était pour Jack, et malgré ses propres pressentiments (et ceux de Danny), qu'elle avait accepté qu'ils restent là, coupés du monde par la neige. Mais à présent elle se rendait compte que ç'avait été une erreur. Elle avait eu tort aussi de repousser l'idée d'un divorce. Et la pensée qu'en faisant de nouveau confiance à Jack elle risquait de commettre une nouvelle erreur, irréparable cette fois-ci, la paralysait.

Il n'y avait pas de fusil dans l'hôtel. Elle avait bien remarqué les couteaux suspendus à la cuisine, mais Jack lui en barrait le chemin.

Tout occupée à trouver une solution à son dilemme, elle ne voyait pas l'ironie de la situation : une heure auparavant, elle dormait, persuadée que tout allait bien, que tout s'arrangeait pour eux, et à présent elle s'apprêtait à s'armer d'un couteau de cuisine pour se défendre contre son mari, s'il ne les laissait pas tranquilles.

Tenant toujours Danny dans ses bras, elle se mit enfin debout sur ses jambes vacillantes. Sa décision était prise. Tant qu'il ne dormait pas, Jack pouvait encore se conduire comme un être de raison ; elle pourrait donc lui demander d'emmener Danny chez le docteur Edmonds, à Sidewinter. Et, si jamais Jack s'avisait de faire autre chose que de l'aider, que Dieu ait pitié de lui !

Elle se dirigea vers la porte, l'ouvrit et, remontant Danny sur son épaule, sortit dans le couloir.

— Jack ? appela-t-elle d'une voix tremblante, mais il n'y eut pas de réponse.

De plus en plus anxieuse, elle s'avança jusqu'à la cage d'escalier, mais Jack n'était pas là. Elle s'interrogeait sur la marche à suivre quand tout à coup elle entendit monter d'en bas le refrain familier :

Roulons-nous, ma belle,
Dans les foins coupés,
Couche-toi là, ma belle,
Ce n'est pas péché.

Les paroles étaient chantées avec une ironie si féroce que Wendy aurait été moins effrayée par le silence. Mais elle avait décidé de parler à Jack et elle se mit à descendre l'escalier vers le hall.

XXVIII

« C'ÉTAIT ELLE ! »

Assis dans l'escalier, Jack avait pu entendre, à travers la porte fermée, le murmure des paroles consolatrices que Wendy susurrait à Danny et son désarroi s'était transformé en colère. Au fond, rien n'avait changé. Rien dans l'attitude de Wendy en tout cas. Même s'il s'abstenait de boire pendant vingt ans, elle le soupçonnerait toujours et, le soir, quand il rentrerait du travail et qu'elle l'accueillerait à la porte avec un baiser, elle humerait encore à pleines narines son haleine afin de détecter la moindre odeur de scotch ou de gin. Elle ne lui faisait grâce de rien ; s'il avait eu un accident de voiture et que Danny eût été blessé, elle l'en aurait tenu responsable, même si l'autre chauffeur avait été ivre mort, aveugle ou paralytique.

Il revit son visage au moment où elle avait pris Danny dans ses bras et il eut tout à coup envie d'effacer à coups de poing l'accusation qu'il y avait lue.

Elle n'avait pas le droit !

Si, au début, elle avait peut-être eu le droit. C'est vrai qu'il était devenu un ivrogne et qu'il était tombé bien bas, assez bas pour casser le bras de Danny. Mais, si un homme s'amende, ne mérite-t-il pas que tôt ou tard on lui fasse de nouveau confiance ? Et, si on ne lui accorde pas cette confiance, n'a-t-il pas le droit de s'offrir les agréments d'un état dont il subit de toute façon l'ignominie ? Est-ce qu'une jeune fille accusée à tort par son père de coucher avec tous les garçons du collège ne finit pas, de guerre lasse, par mériter les reproches dont on l'accable ? Et si secrètement — ou pas si secrètement que ça — une femme continue de croire que son mari boit alors qu'il ne boit plus...

Il se mit debout et descendit l'escalier jusqu'au palier et s'y arrêta un instant. Il tira son mouchoir de sa poche et s'en essuya les lèvres, tout en se demandant s'il n'allait pas regagner leur appartement, cogner sur la porte et exiger de voir son fils. Elle n'avait pas le droit de le traiter avec tant de désinvolture. Mais il n'était pas pressé. A moins qu'elle ne fût décidée à faire la grève de la faim, il lui faudrait bien sortir, tôt ou tard. A cette pensée, un sourire venimeux gagna son visage. A elle de faire le premier pas. Il n'avait qu'à attendre.

Il descendit au rez-de-chaussée, s'arrêta un moment près du bureau de la réception sans trop savoir que faire, puis prit la direction de la salle à manger. A l'intérieur, les tables avec leurs nappes en toile de lin propres et repassées sous leurs housses en plastique scintillaient de blancheur. La salle était déserte, mais

(le dîner sera servi à 20 heures
et, à minuit, on ôtera les masques
et le bal commencera).

En se promenant parmi les tables, Jack oubliait un instant tous ses soucis, sa femme et son fils là-haut, le rêve, le poste de radio fracassé, les ecchymoses de Danny. Tout en laissant traîner ses doigts sur les housses en plastique lisses, il essayait de s'imaginer cette soirée d'été du mois d'août 1945. L'Amérique venait de gagner la guerre et un avenir tout neuf s'ouvrait devant elle, un avenir de rêve où tout paraissait possible. Des cordons de lanternes chinoises aux couleurs vives éclairaient l'allée circulaire devant l'hôtel et les fenêtres de la salle à manger, aujourd'hui bouchées par les congères de neige, déversaient des flots de lumière dorée sur la pelouse. Partout scintillaient les déguisements aux couleurs chatoyantes, ici une princesse en satin, là un marquis en bottes mousquetaires. Les bijoux rivalisaient d'éclat avec les mots d'esprit ; l'alcool coulait à flots — le vin d'abord, puis les cocktails, et pour finir les mélanges tord-boyaux — et la rumeur des conversations qui s'enflait, de plus en plus assourdissante, jusqu'au cri joyeux lancé par Derwent depuis le podium du chef d'orchestre :

Otez vos masques ! Otez vos masques !

(Et la Mort Rouge les tenait en son pouvoir...)

Jack avait traversé la salle à manger et se retrouva devant le Colorado Bar. Poussant la porte à double battant, il se dirigea vers le comptoir plongé dans l'ombre au fond de la pièce. C'est alors qu'un phénomène étrange se produisit. Il était déjà venu ici une fois pour vérifier la liste d'inventaire qu'Ullman lui avait remise et il savait que toutes les étagères étaient vides, que l'on n'y avait absolument rien laissé. Et pourtant aujourd'hui, dans la pâle lueur qui filtrait par les fenêtres enneigées, il crut distinguer, tapissant le mur du bar, des rangées entières de bouteilles qui scintillaient à côté de siphons d'eau de Seltz. Aux trois robinets étincelants de la bière à la pression, des gouttes s'étaient formées. Il pouvait même détecter l'odeur de la bière, cette odeur humide de levure fermentée qui flottait autour du visage de son père quand il rentrait le soir du travail.

Ouvrant de grands yeux, il chercha à tâtons l'interrupteur et alluma les lustres faits de grandes roues de calèche, garnies de petites ampoules de vingt watts qui projetaient sur le bar une douce lumière tamisée.

Il s'était trompé : il n'y avait rien sur les étagères, même pas une couche de poussière. Les robinets étaient secs, ainsi que les grilles en métal chromé de l'évier en dessous.

Il s'assit sur l'un des tabourets et s'accouda sur le comptoir bordé de cuir. Le bol à cacahuètes à sa gauche était vide, naturellement. C'était bien sa veine que le premier bar dans lequel il pénétrait après dix-neuf mois d'abstinence fût complètement à sec. Une puissante vague de nostalgie douce-amère l'envahit, et il se sentit gagné par le besoin physique de l'alcool qui lui brûlait les entrailles d'une soif que seules pouvaient étancher de longues gorgées glacées.

— Salut, Lloyd, dit-il. C'est plutôt calme ce soir.

Lloyd répondit que c'était exact et lui demanda ce qu'il voulait.

— Je suis vraiment ravi que vous me posiez cette question, dit Jack, vraiment ravi. Parce que j'ai dans mon portefeuille deux billets de vingt dollars et deux billets de dix, et je craignais qu'ils n'y moisissent jusqu'au mois d'avril. Il n'y a pas un seul bistrot dans le coin. C'est incroyable. Et moi qui croyais qu'il y avait des bistrots partout, même sur la lune !

Lloyd compatit à son malheur.

— Voici ce qu'on va faire, dit Jack. Vous allez me préparer une vingtaine de martinis. Vingt martinis tout rond, d'un seul coup. Un pour chaque mois

311

d'abstinence, plus un que je boirai à votre santé. Vous aurez le temps de me les préparer, n'est-ce pas ? Vous n'êtes pas trop occupé ?

Lloyd répondit qu'il n'était pas trop occupé.

— Vous êtes un brave type, Lloyd. Vous allez m'aligner tous ces martiens le long du comptoir et je vais vous les descendre l'un après l'autre. Lloyd, mon pote, il faut porter dignement le fardeau de l'homme blanc.

Lloyd lui tourna le dos et se mit au travail. Jack enfonça sa main dans sa poche à la recherche de son portefeuille mais n'y trouva que la petite bouteille d'Excedrin. Il avait dû le laisser sur le bureau de la chambre dans laquelle sa vieille guenon d'épouse s'était enfermée à clef. Félicitations, Wendy. Tu es vraiment la reine des salopes.

— Il semble que je sois un peu à court d'argent, dit Jack. Est-ce que la maison me fera crédit ?

Lloyd répondit qu'on lui ferait crédit.

— C'est super. Vous êtes vraiment sympa, Lloyd. Vous êtes vraiment la crème des barmen. De Barre à Boulder — ou à Los Angeles tant qu'on y est — il n'y en a pas de meilleur.

Lloyd le remercia du compliment.

Jack décapsula la bouteille d'Excedrin, en fit tomber deux comprimés et les envoya dans sa bouche, qui fut aussitôt inondée de ce goût acide reconnaissable entre tous.

Il eut tout à coup l'impression d'être observé et que derrière lui de vieux beaux et de belles jeunes femmes, installés dans les boxes, suivaient avec une curiosité un peu dédaigneuse le déroulement du drame qui se préparait.

Mais, quand Jack fit tournoyer son tabouret, il put constater que tous les boxes le long des murs étaient vides. Personne n'occupait les fauteuils de cuir capitonnés et sur les tables luisantes en formica noir il n'y avait que des cendriers contenant chacun une pochette d'allumettes portant en lettres dorées la légende *Colorado Bar* avec, en dessous, une représentation stylisée de la porte à double battant.

Jack se retourna vers le bar et avala avec une grimace ce qui restait du comprimé d'Excedrin à moitié fondu.

— Lloyd, vous êtes fantastique, dit-il. Déjà prêts. Votre rapidité n'a d'égale que la beauté de vos grands yeux napolitains. *Salud.*

Jack contemplait les vingt cocktails imaginaires, vingt verres embués de gouttelettes, chacun avec sa grosse olive charnue, piquée au bout d'un cure-dent. Il lui semblait presque sentir l'odeur du gin.

— L'abstinence, dit-il. Lloyd, avez-vous déjà rencontré un homme qui avait renoncé à boire ? (Lloyd reconnut qu'il en avait connu quelques-uns.) Mais est-ce que vous en avez rencontré qui se sont remis à boire ?

Lloyd reconnut qu'il ne pouvait pas l'affirmer avec certitude.

— C'est bien ça, vous n'en avez jamais vu un seul, dit Jack.

Il referma sa main sur le premier verre, la porta, tout arrondie, à sa bouche ouverte, puis, la renversant vers le bas, il avala et envoya le verre imaginaire par-dessus son épaule. Le bal costumé avait pris fin et les convives étaient revenus à leurs places. Ils l'observaient de nouveau, étouffant leurs rires moqueurs derrière leurs mains. Il pouvait les sentir derrière son dos et si le fond du bar avait été recouvert d'une glace, au lieu de ces ridicules étagères vides, il aurait même pu les voir. Ils pouvaient bien le regarder tant qu'ils voulaient. Il les emmerdait tous.

— Non, Lloyd, vous n'en avez jamais vu un seul, reprit-il, car rares sont ceux qui survivent à

313

l'épreuve de l'abstinence et quand ils reviennent, ils vous font un récit effroyable de leurs tourments. Quand l'ivrogne renonce à boire pour suivre le Droit Chemin, ce chemin lui paraît une voie royale qui domine de haut le ruisseau où se vautrent les poivrots au milieu de leurs vomissures et de leurs bouteilles de Thunderbird et de Granddad. Il se dit que tous ces braves gens qui le sommaient de s'amender ou de déguerpir garderont désormais leurs flèches empoisonnées pour d'autres. Vu du ruisseau, Lloyd, mon ami, le Droit Chemin est le plus beau chemin du monde, un chemin tout pavoisé, avec une fanfare qui ouvre la marche et des majorettes qui font tournoyer leurs bâtons et vous montrent le bout de leurs culottes en levant la jambe. L'ivrogne est persuadé qu'il faut prendre ce Droit Chemin et dire adieu à ces poivrots du ruisseau qui se saoulent de n'importe quoi, même de leur propre vomi, et qui ramassent tous les mégots, même quand il n'en reste que le filtre.

Il vida encore deux verres imaginaires et les jeta par-dessus son épaule. Il aurait presque pu les entendre se fracasser par terre. Du diable s'il ne commençait pas à se sentir un peu parti. Ça devait être l'Excedrin.

— Alors, il se tire du ruisseau et il se met sur le Droit Chemin, tout fier de lui, vous pouvez me croire. Les spectateurs de part et d'autre du chemin l'applaudissent, l'acclament comme s'il était sur le plus beau char de tout le défilé. Il n'y a que les saoulards ivres morts dans le ruisseau qui n'applaudissent pas. C'étaient ses amis, mais, tout ça, c'est fini maintenant.

Il porta son poing vide à sa bouche et avala son quatrième martini — plus que seize à descendre. Ça avançait bon train. Il oscilla légèrement sur le tabouret. Qu'ils le reluquent donc, puisque ça les émoustillait. Ils n'avaient qu'à le prendre en photo, comme ça ils pourraient emporter son portrait avec eux.

— Mais bientôt il commence à découvrir la vérité, Lloydie, mon pote, la vérité qu'il ne pouvait pas voir du ruisseau. Il découvre que le goudron frais de ce beau chemin lui colle aux pieds, qu'il n'y a pas de bancs pour s'asseoir, que toutes les femmes qu'on y croise sont de vieilles harpies plates comme des limandes, habillées de robes longues avec un peu de dentelle autour du cou et qui, pour faire leurs chignons, ont si fort tiré sur leurs cheveux qu'on croit encore les entendre hurler. Elles ont toutes le même visage plat, pâle et luisant et elles chantent à l'unisson *Vers la Jérusalem céleste*. On lui passe un missel et on lui dit de chanter lui aussi. S'il veut rester sur le Droit Chemin, il faut chanter, matin, midi et soir, surtout le soir. C'est alors qu'il se rend compte de la vérité, Lloyd. La vérité, c'est que le Droit Chemin ne mène pas au paradis, mais en prison.

Jack s'arrêta. Lloyd était parti. Pis encore, il n'avait jamais été là et les martinis non plus. Il n'y avait que les fêtards dans leurs boxes et il pouvait presque entendre leurs rires narquois, les voir qui le montraient du doigt, leurs yeux étincelant de cruauté.

Faisant une pirouette sur son tabouret, il leur cria :

— Laissez-moi !

(seul ?)

Tous les boxes étaient vides. Les rires s'étaient subitement tus, comme un bruissement de feuilles d'automne quand le vent tombe. Pendant un long moment, Jack promena son regard autour de la pièce vide. Sur son front, la pulsation du sang faisait saillir une veine. Au plus profond de son être, une certitude terrifiante prenait forme, la certitude d'être en train de perdre la raison. Il lui prit une envie folle de saisir le siège à côté de lui et de s'en servir pour tout saccager comme quelque furie vengeresse. Il pivota sur son tabouret et, face au bar, se mit à beugler :

> *Roulons-nous, ma belle,*
> *Dans les foins coupés,*
> *Couche-toi là, ma belle,*
> *Ce n'est pas péché.*

Le visage de Danny surgit devant ses yeux, non pas son visage habituel, vif et animé, avec son regard pétillant, mais le visage cataleptique d'un mort-vivant, les yeux ternes et opaques, la bouche, comme celle d'un bébé, suçant le pouce. Mais qu'est-ce qu'il foutait là, bon Dieu ? Comment pouvait-il rester là à faire le con alors que son fils était en train de perdre la boule, comme Vic Stenger, avant que les hommes en blouses blanches ne soient venus le chercher ?

Mais je ne l'ai même pas touché ! Ce n'est pas moi, nom de Dieu !

— Jack ?

La voix était timide et hésitante.

Il fut tellement surpris qu'en se retournant sur le tabouret il faillit tomber. Wendy était là, juste devant la porte à double battant, berçant dans ses bras Danny qui ressemblait à un affreux petit mannequin de cire dans un film d'horreur. Jack ne put s'empêcher de penser que le tableau qu'ils formaient à eux trois semblait tiré d'une de ces vieilles pièces de patronage sur les méfaits de l'alcoolisme, à une différence près : celle-ci avait été si mal mise en scène que le régisseur avait oublié de garnir les étagères de ce lieu de perdition.

— Je ne l'ai jamais touché, dit Jack d'une voix brouillée. Je ne l'ai jamais touché depuis la nuit où je lui ai cassé le bras. Même pas pour lui donner la fessée.

— Jack, c'est sans importance à présent, ce qui compte, c'est...

— *Si, c'est important !* hurla-t-il, cognant sur le comptoir et faisant tressauter les bols à cacahuètes vides. *C'est important, nom de Dieu, c'est important !*

— Jack, il faut l'emmener loin d'ici. Il est...

Danny commença à remuer dans les bras de Wendy. Comme l'eau au printemps se libère de sa croûte de glace, ses traits perdirent peu à peu leur fixité inexpressive. Sa bouche se tordit comme s'il avait goûté à quelque chose d'amer et ses yeux se dilatèrent. Il leva les mains comme s'il voulait s'en couvrir le visage, puis les laissa retomber.

Brusquement il se raidit dans les bras de Wendy avec une force qui la fit chanceler. S'arc-boutant, il se mit à pousser des cris si perçants qu'ils faisaient résonner toutes les pièces vides du rez-de-chaussée. C'était comme si des centaines de Danny s'étaient mis à hurler en même temps.

— Jack, s'écria-t-elle, terrifiée. *Oh ! Jack, qu'est-ce qu'il a ?*

Jack descendit du tabouret, les jambes complètement insensibilisées. Jamais de sa vie il n'avait éprouvé une pareille angoisse. Dans quel guêpier son fils s'était-il fourré ?

— Danny, cria-t-il. Danny !

Quand Danny vit son père, il s'arracha aux bras de sa mère avec une telle violence que, prise au dépourvu, elle ne put le retenir. Projetée en arrière, elle alla heurter la cloison d'un des boxes et faillit tomber.

— Papa ! hurla-t-il en courant vers Jack, les yeux exorbités de frayeur. Papa, oh ! Papa, c'était elle ! Elle ! Oh ! Paaapaaa !

Il se lança de toutes ses forces dans les bras de

Jack, qui faillit perdre l'équilibre, et se mit à le rouer de coups, comme un boxeur, puis, empoignant sa ceinture, il éclata en sanglots contre sa chemise. Jack pouvait sentir le petit visage chaud qui se frottait contre son ventre.

Papa, c'était elle.

Jack leva lentement son regard vers Wendy. Ses yeux brillaient comme deux petites pièces d'argent.

— Wendy ? (Sa voix était douce, presque câline.) Wendy, qu'est-ce que tu lui as fait ?

Le visage blême, Wendy soutint son regard d'un air incrédule. Elle secoua la tête.

— Oh ! Jack, tu ne vas pas croire que...

Dehors, la neige s'était remise à tomber.

XXIX

ENTRETIEN A LA CUISINE

Jack emporta Danny à la cuisine. L'enfant sanglotait toujours violemment et, blotti contre la poitrine de son père, refusait de lever les yeux. À la cuisine, Jack rendit Danny à Wendy qui semblait complètement abasourdie et incrédule.

— Jack, je ne sais pas de quoi il parle. Je t'assure, il faut me croire.

— Je te crois, dit-il, bien que dans son for intérieur il ne fût pas mécontent de voir les rôles inversés de façon si soudaine et inattendue.

Mais sa colère contre Wendy n'avait été que passagère. Au fond de lui, il savait qu'elle aimerait mieux s'inonder d'essence et se brûler vive plutôt que de faire du mal à Danny.

La grande bouilloire chauffait doucement sur le brûleur arrière. Il laissa tomber un sachet de thé dans la tasse de céramique et la remplit à moitié d'eau chaude.

— Tu as du vin de Xérès pour la cuisine, j'espère, dit-il à Wendy.

— Comment ?... ah ! oui, bien sûr. Deux ou trois bouteilles.

— Où sont-elles ?

Elle désigna le placard du doigt et Jack y prit une des bouteilles. Il versa une bonne rasade dans la tasse, rangea la bouteille et finit de remplir la tasse avec du lait. Puis il ajouta trois cuillerées à soupe de sucre et remua. Il porta la tasse à Danny, dont les sanglots s'étaient calmés : ce n'était plus que des reniflements et des hoquets, mais il tremblait de tout son corps et il avait toujours le regard fixe.

— Je veux que tu boives ceci, prof, dit Jack. Tu n'aimeras pas le goût, mais ça te fera du bien. Tu veux bien boire pour ton papa ?

Danny fit un signe de tête affirmatif et prit la tasse. Il en but une gorgée, fit la grimace et interrogea Jack du regard. Jack hocha la tête et il but encore. Wendy ressentit l'habituel pincement de jalousie. Elle savait que Danny n'aurait pas bu pour elle.

Cette idée en amena une autre, bien plus déroutante, bien plus inquiétante : n'aurait-elle pas voulu croire à la culpabilité de Jack ? N'était-elle pas jalouse au point de souhaiter les brouiller ? Sa mère, elle, aurait été capable d'une telle réaction, mais l'idée qu'elle pût lui ressembler, si peu que ce soit, lui était insupportable. Elle se rappela un dimanche quand son père l'avait emmenée au parc. Elle était tombée du second barreau du « jungle gym[1] » et s'était écorchée les deux genoux. Quand ils étaient rentrés à la maison, son père s'était fait attraper par sa mère : « Mais qu'est-ce que tu as dans la tête, malheureux ? Tu ne sais donc pas qu'un père doit surveiller sa fille ? Père indigne ! »

(Les engueulades de sa femme l'avaient usé :

_____

1. Jungle gym : bâti en tube d'acier sur lequel les enfants sont censés grimper comme des singes dans la jungle.

quand le divorce fut enfin prononcé, c'était trop tard.)

Dans le doute, on s'abstient de juger ; mais elle ne s'était jamais abstenue de juger Jack. Elle l'avait toujours cru coupable. Et pourtant, malgré sa honte, elle sentait bien que si ç'avait été à refaire elle n'aurait rien pu changer, ni à sa conduite ni à ses pensées. Elle portait en elle, pour le meilleur et pour le pire, la marque de sa mère et elle la porterait toujours.

— Jack, commença-t-elle, se demandant si elle devait s'excuser ou se justifier.

Dans les deux cas, elle savait que ce serait peine perdue.

— Pas maintenant, lui dit-il.

Il fallut à Danny un bon quart d'heure pour boire la moitié de son grog. Il était maintenant à peu près calme. Ses tremblements avaient pratiquement cessé.

Avec gravité, Jack posa ses mains sur les épaules de son fils.

— Danny, crois-tu pouvoir nous dire exactement ce qui t'est arrivé ? C'est très important.

Danny interrogea son père du regard, puis sa mère. Pendant cet instant de silence, ils entendirent hurler le vent du nord-ouest qui s'était levé : le vieil hôtel, grinçant et gémissant, se préparait à subir les assauts d'un nouveau blizzard. Wendy venait de prendre conscience du fossé qui les séparait à présent et elle se sentait prise de vertige.

— Je vais... Je vais tout vous raconter, dit Danny. J'aurais dû le faire avant.

Il reprit la tasse et la tint entre ses mains, comme si sa chaleur le réconfortait.

— Pourquoi est-ce que tu ne l'as pas fait avant, mon petit ? demanda Jack, écartant doucement du front de Danny ses cheveux en désordre collés par la sueur.

— Parce que tu avais tellement envie de ce poste
que l'oncle Al t'a trouvé. Je ne pouvais pas
comprendre comment ce poste pouvait te faire
tant de bien alors que l'hôtel te faisait du mal.
C'était...

Il les regarda, les appelant à sa rescousse. Il
cherchait le mot.

— C'était un dilemme ? demanda doucement
Wendy. Quand aucune solution n'est bonne ?

— Oui, c'est ça.

Soulagé, il hocha la tête.

— Le jour où tu as taillé les buis, dit Wendy,
Danny et moi, nous avons eu une conversation
dans la camionnette. Le jour où il a vraiment neigé
pour la première fois. Tu t'en souviens ?

Jack fit un signe affirmatif de la tête. Ses souvenirs du jour où il avait taillé les buis étaient
extrêmement nets.

Wendy soupira.

— Il faut croire que nous ne nous sommes pas
tout dit, n'est-ce pas, prof ?

D'un air désespéré, Danny hocha la tête.

— De quoi avez-vous parlé au juste ? demanda
Jack. Je ne suis pas sûr d'approuver le fait que ma
femme et mon fils...

— ...parlent de leur amour pour toi ?

— Je n'y comprends rien. J'ai l'impression d'être
arrivé en plein milieu d'un film.

— Nous parlions de toi, dit Wendy calmement.
Nous ne nous sommes peut-être pas tout dit, mais
nous savions la vérité, nous la sentions, moi parce
que je suis ta femme, et Danny parce que — parce
qu'il comprend les sentiments des autres.

Jack resta silencieux.

— Danny l'a très bien dit. L'Overlook semblait te
faire du bien. Tu avais échappé à toutes les contraintes qui t'avaient rendu si malheureux à Stovington. Tu étais ton propre patron, le jour tu

faisais un travail manuel qui te permettait de garder tes facultés intellectuelles intactes pour le travail littéraire du soir. Or, à partir d'un certain moment..., je ne saurais dire quand..., l'hôtel a commencé à exercer sur toi une influence néfaste. Tu passais des heures à la cave à trier tous ces papiers, à ressasser ces vieilles histoires. Puis tu t'es mis à parler dans ton sommeil...

— Dans mon sommeil? interrogea Jack, surpris.

Immédiatement sur ses gardes, il demanda :

— Je parle dans mon sommeil ?

— Le plus souvent, c'est embrouillé. Une fois que je me suis réveillée pour aller faire pipi, tu disais : « Qu'on apporte les machines à sous et qu'on n'en parle plus. Personne n'en saura rien, personne ne le saura jamais. » Une autre fois, tu m'as réveillée en sursaut, en criant : « Otez les masques, ôtez les masques ! »

— Oh! Seigneur, dit-il en se passant la main sur le front.

Il avait l'air malade.

— Et tous les symptômes de ton alcoolisme sont revenus. Tu croques des comprimés d'Excedrin. Tu t'essuies sans cesse la bouche. Tu es de mauvaise humeur le matin. Et tu n'es pas encore arrivé à terminer la pièce, n'est-ce pas ?

— Non, pas encore, mais ce n'est qu'une question de temps. J'ai l'esprit ailleurs... Un nouveau projet...

— Cet hôtel. C'est le projet qu'Al a voulu te faire abandonner.

— Comment le sais-tu ? aboya Jack. Tu m'espionnes à présent ?

— Non, dit-elle. Même si je l'avais voulu, je n'aurais pas pu écouter. Tu le saurais si tu n'avais pas l'esprit dérangé. J'étais en bas avec Danny ce soir-là. Comme le standard est coupé, le téléphone de notre appartement était le seul de tout l'hôtel à fonctionner puisqu'il est relié directement à la ligne extérieure. Tu me l'as dit toi-même.

— Alors comment sais-tu ce qu'Al m'a dit ?

— C'est Danny qui me l'a dit. Il le savait, comme il sait parfois où se trouvent les objets égarés ou quand les gens pensent au divorce.

— Le docteur a dit...

Elle secoua la tête avec impatience.

— Le docteur nous a raconté un tas d'histoires et nous en étions conscients tous les deux. Nous savons la vérité depuis toujours. Souviens-toi quand Danny nous a dit qu'il voulait voir les camions des pompiers. Il ne s'agissait pas d'un pressentiment. *C'était un bébé à l'époque.* Il *sait* en fait ce qui se passe. Et maintenant j'ai peur...

Elle scruta les bleus sur le cou de Danny.

— Est-ce que tu savais vraiment que l'oncle Al m'avait téléphoné, Danny ?

Danny hocha la tête.

— Il était très en colère, Papa. Parce que tu avais téléphoné à Mr. Ullman, et Mr. Ullman lui avait téléphoné à lui. L'oncle Al ne voulait pas que tu écrives un livre sur l'hôtel.

— Nom de Dieu ! s'exclama Jack. Ces bleus, Danny. Qui est-ce qui a essayé de t'étrangler ?

Le visage de Danny s'assombrit.

— *C'était elle*, dit-il. La femme de la chambre 217. La morte.

Ses lèvres se mirent à trembler de nouveau. Il saisit la tasse à thé et but une gorgée.

Jack et Wendy échangèrent un regard effrayé par-dessus sa tête penchée.

— Est-ce que tu es au courant de cette histoire ? lui demanda-t-il.

Elle secoua la tête.

— Non, c'est la première fois que j'en entends parler.

324

— Danny ? (Il releva le visage terrifié de l'enfant.) Essaie, mon petit. Nous sommes là.

— Je savais que cet hôtel était mauvais, dit Danny à voix basse. Je le savais dès notre arrivée à Boulder parce que Tony m'a envoyé des rêves pour me prévenir.

— Quels rêves ?

— Je ne me souviens pas du tout. Il m'a montré l'Overlook la nuit, avec une tête de mort sur la façade. Et il y avait un bruit de coups. Quelque chose... — je ne me rappelle pas quoi... — me poursuivait. C'était un monstre. Et Tony m'a mis en garde contre TROMAL.

— Qu'est-ce que c'est que ça, prof ? demanda Wendy.

Il secoua la tête.

— Je ne sais pas.

— Trop mal, comme quand on va chez le dentiste ? demanda Jack.

Danny secoua de nouveau la tête.

— Je ne sais pas. Et, quand nous sommes arrivés ici, Mr. Hallorann m'a fait monter dans sa voiture et il m'a parlé du Don. Lui aussi il a le Don.

— Le Don ?

— C'est... (Danny fit un geste large de la main, comme s'il voulait suggérer l'ampleur du phénomène.) C'est quand on comprend certaines choses, ou quand on sait des choses que les autres ne savent pas ou qu'on voit des choses que les autres ne voient pas. Comme quand j'ai su que l'oncle Al avait téléphoné. Et quand Mr. Hallorann savait que vous m'appeliez prof. Une fois, quand Mr. Hallorann était à l'armée et qu'il pelait des pommes de terre, il a compris que son frère venait d'être tué dans un accident de train. Et, quand il a téléphoné chez lui, on lui a dit que c'était vrai.

— Nom de Dieu, chuchota Jack. Tu n'es pas en

train d'inventer tout ça au moins, n'est-ce pas, Dan ?

Danny secoua énergiquement la tête.

— Non, je le jure.

Et avec une pointe de fierté, il ajouta :

— Mr. Hallorann a dit que j'avais le Don moi aussi et même qu'il n'avait jamais rencontré personne avec un don pareil. Nous avons parlé ensemble presque sans ouvrir la bouche.

Ses parents échangèrent un regard ahuri.

— Mr. Hallorann m'a pris à part parce qu'il était inquiet, poursuivit Danny. Il m'a dit que l'Overlook était mauvais pour des gens comme nous. Il m'a dit avoir vu des choses. Moi aussi, j'ai vu quelque chose tout de suite après lui avoir parlé. Pendant que Mr. Ullman nous montrait l'hôtel.

— Qu'as-tu vu ? demanda Jack.

— C'était dans la suite présidentielle, sur le mur à côté de la porte de la chambre. Une grosse tache de sang et quelque chose de gélatineux, comme de la cervelle.

— Oh ! mon Dieu ! gémit Jack.

Wendy avait blêmi, ses lèvres étaient devenues presque grises.

— Cet hôtel, dit Jack, a été la propriété pendant un certain temps des gens de la Mafia de Las Vegas.

— Des gangsters ? demanda Danny.

— Oui, des gangsters. (Il regarda Wendy.) En 1966, un des caïds du milieu, un certain Vito Gienelli, a été assassiné ici avec ses deux gardes du corps. Un journal a publié une photo de la scène qui correspond tout à fait à la description de Danny.

— Mr. Hallorann m'a dit qu'une fois il avait vu des choses bizarres dans le parc aux buis. Une autre fois, c'était dans la chambre 217. C'est une des femmes de ménage qui s'en est aperçue la première et elle a été renvoyée parce qu'elle en avait parlé. Mr. Hallorann est monté dans cette chambre et il a vu quelque chose, lui aussi, mais il n'en a pas parlé parce qu'il ne voulait pas perdre sa place. Mais il m'en a parlé à moi et il m'a dit de ne jamais y aller. Mais je l'ai fait quand même. Il m'avait dit qu'il n'y avait rien à craindre ici, que les visions que j'avais n'étaient pas plus dangereuses que les images dans un livre, et je l'ai cru.

Danny avait prononcé cette dernière phrase d'une voix à peine audible, en se tâtant les boursouflures sur son cou.

— Il avait vu quelque chose dans le parc aux buis ? demanda Jack d'une voix faussement naturelle.

— Je ne sais pas. Il a mentionné les animaux en buis taillé, c'est tout.

Jack sursauta, et Wendy l'interrogea du regard.

— Tu y as vu quelque chose, toi aussi, Jack ?

— Non, répondit-il. Rien.

Danny le regarda à son tour.

— Rien, répéta-t-il, plus calmement.

Et c'était parfaitement vrai. Il avait été victime d'une hallucination, un point, c'est tout.

— Danny, il faut nous parler de la femme, dit Wendy doucement.

Alors un torrent de paroles se mit à jaillir pêle-mêle de la bouche de Danny. Dans sa hâte à en finir, il devenait presque incohérent. Au fur et à mesure que le récit avançait, il se serrait de plus en plus contre la poitrine de sa mère.

— Je suis entré dans la chambre, commença-t-il. J'avais pris le passe-partout et je suis entré. C'était plus fort que moi. Il fallait que je sache. Et elle..., la femme..., elle était dans la baignoire. Morte et tout enflée. Elle était n... n... elle ne portait rien. (Il regarda sa mère d'un air malheureux.) Alors elle s'est dressée et elle a voulu me prendre. Je sentais bien que c'est ça qu'elle voulait. Elle ne pensait pas vraiment, pas comme Papa et toi vous pensez. Elle avait des pensées noires, des pensées qui voulaient faire mal comme les guêpes dans ma chambre !

Il avala sa salive et il y eut un court silence pendant qu'ils se remettaient du choc provoqué par la comparaison avec les guêpes.

— Alors je me suis sauvé, dit Danny, j'ai couru à la porte, mais elle était fermée. Je l'avais pourtant laissée ouverte. Je n'ai pas pensé à la rouvrir, j'avais trop peur. Alors je me suis appuyé contre la porte, j'ai fermé les yeux et j'ai pensé à ce qu'avait dit Mr. Hallorann, que ces visions ne pouvaient pas me faire de mal, qu'elles étaient comme des images dans un livre. Je me suis dit que si je répétais sans cesse : « Vous n'êtes pas là, vous n'êtes pas là... », elle finirait par s'en aller. Mais ça n'a pas marché.

Sa voix se fit aiguë, hystérique :

— Elle m'a attrapé, elle m'a forcé à la regarder... Je pouvais voir ses yeux..., ils étaient tout petits..., puis elle a commencé à m'étrangler... Je pouvais la sentir... *Elle sentait la mort...*

— Chut, ça suffit maintenant, dit Wendy, effrayée. Arrête, Danny. Ça suffit comme ça. C'est...

Elle s'apprêtait à le câliner de nouveau. *Les câlineries de Wendy Torrance*, pensa Jack, *remède miracle dont elle garde jalousement l'exclusivité.*

— Laisse-le finir, dit Jack sèchement.

— Il n'y a plus rien à raconter, dit Danny. Je me suis évanoui, peut-être parce qu'elle m'étranglait, peut-être parce que j'avais peur. Quand j'ai repris connaissance, je rêvais que vous vous disputiez tous les deux à cause de moi et que Papa voulait recommencer à Faire le Vilain. Puis tout à coup j'ai compris que ce n'était pas un rêve et que j'étais éveillé... et j'ai fait pipi dans ma culotte. Comme un bébé, j'ai fait pipi dans ma culotte.

Il renversa sa tête en arrière contre le pull de Wendy, puis, complètement épuisé, il s'abandonna aux larmes.

Jack se leva.

— Occupe-toi de lui.

— Où vas-tu ?

Son regard était terrorisé.

— Je vais monter dans cette chambre. Que croyais-tu que j'allais faire ? Boire une tasse de café ?

— Non ! Je t'en prie, Jack, n'y va pas !

— Wendy, s'il y a quelqu'un d'autre dans cet hôtel, il faut le savoir.

— Je t'interdis de nous laisser seuls ! hurla-t-elle avec une telle force qu'elle en postillonna.

— Wendy, c'est une imitation remarquable de ta mère que tu fais là, répliqua Jack.

Elle éclata en sanglots. Elle aurait voulu se cacher le visage dans les mains, mais la présence de Danny sur ses genoux l'en empêcha.

— Je suis désolé, dit Jack. Mais je dois le faire. Après tout, je suis le gardien. Je ne fais que mon travail.

Ses pleurs redoublèrent et il la laissa. S'essuyant la bouche de son mouchoir, il referma derrière lui la porte de la cuisine.

— Ne t'inquiète pas, Maman, dit Danny. Il ne risque rien. Il n'a pas le Don, lui. Rien ici ne peut l'atteindre.

— C'est faux, murmura-t-elle à travers ses larmes. Je ne te crois pas.

XXX

NOUVELLE VISITE A LA CHAMBRE 217

Jack prit l'ascenseur pour monter au deuxième. C'était la première fois depuis leur arrivée qu'il s'en servait et il se sentit vaguement mal à l'aise. Il abaissa la manette en cuivre et l'ascenseur se mit à grimper en soufflant et en secouant furieusement la grille. Quand il vit apparaître sur le mur de la cage le numéro 2, il rabattit la manette dans sa position initiale et la cabine tomba à l'arrêt dans un grincement strident. Il tira de sa poche la boîte d'Excedrin, en fit tomber trois comprimés, puis ouvrit la porte de la cabine. Non, l'Overlook ne lui faisait pas peur. Au contraire, l'hôtel lui était sympathique et il avait l'impression que la réciproque était vraie aussi.

Une fois dans le couloir principal, il jeta les comprimés d'Excedrin dans sa bouche et les mâchonna l'un après l'autre. Enfilant le petit couloir transversal, il aperçut la porte entrebâillée de la chambre 217, avec le passe-partout dans la serrure.

L'air mécontent, il fronça les sourcils. Son irritation s'était changée en colère. Cet incident était bien regrettable, c'était entendu, mais il n'aurait pas eu lieu si, au départ, Danny n'avait pas désobéi. On lui avait bien dit que certaines parties de l'hôtel lui étaient interdites : la remise, le sous-sol et toutes les chambres. Dès que Danny serait remis de sa frayeur, il le lui redirait, en se montrant sévère, mais raisonnable. Il y avait des tas de pères qui ne se seraient pas contentés de remontrances et qui lui auraient administré une bonne fessée ; d'ailleurs, c'était peut-être de cela que Danny avait besoin. Si l'enfant avait eu tellement peur, à qui la faute ? Au fond, c'était bien fait pour lui.

Il se dirigea vers la porte, retira le passe-partout qu'il mit dans sa poche et pénétra à l'intérieur. Le plafonnier était allumé. Il jeta un coup d'œil vers le lit, constata qu'il n'était pas défait, puis alla directement à la porte de la salle de bain. Il avait eu une idée curieuse, et plus il y pensait, plus elle lui semblait vraisemblable. Bien que Watson n'eût mentionné aucun nom ni aucun numéro de chambre, Jack était persuadé que c'était celle-ci que l'épouse de l'avocat avait partagée avec le jeune gigolo et que c'était dans cette baignoire qu'on l'avait trouvée morte, bourrée de barbituriques et d'alcool.

Il poussa la porte avec son miroir en pied et pénétra dans la salle de bain. Elle était sombre. Il pressa sur l'interrupteur et examina la pièce. Toute en longueur, elle avait un faux air de wagon Pullman avec son décor 1900, revu et corrigé dans les années vingt, typique de toutes les salles de bain de l'Overlook, à part celles du troisième étage qui étaient d'un luxe véritablement byzantin, digne des princes, politiciens, vedettes et chefs de gang qui étaient les clients les plus fidèles de l'hôtel.

Le rideau de douche rose bonbon était tiré, comme pour protéger des regards indiscrets la baignoire aux pieds griffus.

(Les buis avaient pourtant bougé.)

Il sentait bien que la tranquille assurance, proche de l'arrogance, qu'il ressentait depuis que Danny avait couru vers lui en criant « C'était elle, c'était elle » commençait à l'abandonner. C'était comme si une main glacée s'était posée sur son épaule, faisant tomber sa température de plusieurs degrés.

Sa colère contre Danny s'était évanouie. Il n'éprouvait rien d'autre pour son fils que de la compassion et, pour lui-même, de l'appréhension. La gorge sèche, il fit un pas en avant et repoussa le rideau de la douche.

La baignoire était vide et sèche.

Soulagé et exaspéré à la fois, il laissa échapper un petit soupir. La baignoire avait été récurée à la fin de la saison ; à part les traînées de rouille sous les robinets, elle étincelait de propreté. Une légère odeur de désinfectant flottait encore dans l'air, une odeur humble et honnête qui continuerait sans doute à imprégner les lieux pendant des semaines et des mois.

Il se pencha et passa les doigts sur le fond de la baignoire. Pas une goutte d'eau. Ou bien Danny avait eu une hallucination, ou bien il avait carrément menti. La colère commençait à le gagner de nouveau quand il remarqua le tapis de bain par terre. Il l'examina d'un air sévère, se demandant ce que diable il venait faire là. Pourquoi n'était-il pas rangé dans l'armoire à linge avec tous les draps, les serviettes et les taies d'oreiller ? Normalement, on rentrait le linge pour l'hiver. Même les lits n'étaient pas faits ; les matelas, protégés par des housses de plastique, n'étaient recouverts que de couvre-lits. Il tâta le tapis de bain : il était parfaitement sec.

Il rebroussa chemin et s'arrêta un instant dans l'embrasure de la porte. Tout était normal. L'enfant avait tout rêvé. Il n'y avait rien ici qui sortît de l'ordinaire. La présence du tapis de bain était un peu surprenante, il en convint, mais il n'était pas déraisonnable de penser qu'une des femmes de ménage, débordée, l'avait oublié là, au dernier moment. A part ça, tout était...

Ses narines se dilatèrent légèrement. Il identifia de nouveau l'odeur âcre, moralisatrice du désinfectant. Mais une autre odeur aussi...

De savon ?

Impossible. Pourtant, il n'y avait pas moyen de s'y tromper : c'était bien une odeur de savon, pas de ces savonnettes d'hôtel, grandes comme des timbres-poste, mais un savon légèrement parfumé, un savon de femme. Si ce parfum avait pu s'exprimer par une couleur, ç'aurait été le rose. C'était sans doute du Camay ou du Lowila, la marque que Wendy avait toujours utilisée à Stovington.

(Ce n'est rien. C'est ton imagination.)

(Oui, comme les buis. Ils ont pourtant bougé.)

(Non, ils n'ont pas bougé !)

Un début de mal de tête lui donnait des élancements aux tempes. Il traversa précipitamment la chambre et se dirigea vers la porte du couloir. Il s'était passé trop de choses aujourd'hui, beaucoup trop de choses. Il ne donnerait pas de fessée à son fils, il ne le brutaliserait pas, il le raisonnerait, mais il n'allait tout de même pas ajouter la chambre 217 à la liste de ses problèmes. Surtout tant qu'il n'aurait rien trouvé de plus suspect qu'un tapis de bain sec et une vague odeur de savon Lowila.

Au moment même où sa main se refermait sur la poignée de la porte, il entendit derrière lui un raclement métallique et il sursauta comme s'il avait reçu, en touchant l'acier de la poignée, une décharge électrique. Ses yeux s'exorbitèrent et ses traits se crispèrent en une grimace convulsive.

Il se reprit, lâcha la poignée et se retourna avec précaution. Ses articulations craquaient, il avait des jambes de plomb. Lentement, il revint sur ses pas jusqu'à la porte de la salle de bain.

Le rideau de douche, qu'il avait repoussé pour examiner la baignoire, était de nouveau tiré. C'étaient les anneaux qui en glissant sur la tringle d'acier avaient provoqué ce bruit métallique qui avait résonné à ses oreilles comme des ossements se tassant dans un caveau. Il regarda le rideau, bouche bée.

Quelque chose se dissimulait derrière, dans la baignoire.

C'était une forme indistincte, aux contours flous, qu'il devinait à travers le plastique. Ça pouvait être n'importe quoi. Peut-être n'était-ce qu'une illusion d'optique, provoquée par un jeu de lumière, ou l'ombre de la pomme de douche. Ou même une femme morte depuis longtemps, étendue dans son bain, une savonnette Lowila dans une de ses mains raidies, attendant la visite de son prochain amant.

Jack savait qu'il aurait dû avancer d'un pas ferme vers le rideau et l'écarter pour voir ce qu'il cachait, mais au lieu de cela, avec les mouvements brusques et saccadés d'un automate, il regagna la chambre à coucher.

La porte du couloir était fermée à présent.

Il resta un long moment à la regarder, savourant sa terreur.

Puis avec la même raideur mécanique, il se dirigea vers elle et referma ses doigts autour de la poignée.

Elle ne s'ouvrira pas.

La porte s'ouvrit.

Il chercha à tâtons l'interrupteur, éteignit la lumière et, sans se retourner, sortit dans le couloir, refermant la porte derrière lui. Il crut alors entendre, venant de l'intérieur, un bruit bizarre suivi d'un clapotis d'eau comme si tout à coup la baigneuse sortait de sa baignoire pour accueillir un nouveau visiteur ou que, déçue que celui-ci se retirât sans aller jusqu'au bout de sa galanterie, elle s'était lancée à sa poursuite et allait, toute violacée, un affreux rictus aux lèvres, le rattraper et le ramener, peut-être pour toujours, à l'intérieur.

Était-ce un bruit de pas s'approchant de la porte qu'il entendait, ou simplement les pulsations de son sang résonnant à ses tympans ?

Sa main s'acharnait maladroitement sur le passe-partout. Rétive, la clef semblait ne pas vouloir tourner dans la serrure. Le pêne finit par glisser dans la gâche. Avec un soupir de soulagement, il recula et s'adossa contre le mur du couloir, les yeux fermés. Une foule d'expressions toutes faites — des dizaines sans doute — se bousculaient dans son esprit.

(Tu perds la tête, tu déménages, tu travailles du chapeau, tu as les méninges en accordéon, tu as une araignée au plafond, tu as le timbre fêlé, tu ondules de la toiture, tu es bon pour le cabanon.)

Ou, tout simplement : *tu deviens fou.*

— Non, gémit-il. Oh ! non, mon Dieu, pitié, mon Dieu, oh ! non, répétait-il, sans se rendre compte qu'il pleurnichait et suppliait comme un enfant.

Par-delà le tohu-bohu de ses idées et le martèlement assourdissant de son cœur, il perçut un petit bruit doux et agaçant, comme celui d'une poignée que l'on tourne en vain. Quelqu'un devait se trouver enfermé dans cette chambre, quelqu'un qui voulait désespérément sortir et faire sa connaissance ainsi que celle de sa famille, tandis qu'au-dehors la tempête hurlait et qu'une nuit de poix succédait à la lumière livide du jour. S'il avait ouvert les yeux et vu la poignée bouger, il serait devenu fou. Aussi les garda-t-il fermés jusqu'à ce que le silence fût revenu.

Quand il se força enfin à les rouvrir, il craignait encore de découvrir la baigneuse debout devant lui. Mais le couloir était vide. S'arrachant à sa stupeur, il tourna le dos à la porte et gagna le couloir principal où ses pas firent bruire la jungle bleu et noir de la moquette. Au passage il s'arrêta devant l'extincteur qui semblait avoir changé de position depuis tout à l'heure. Les enroulements du tuyau de toile paraissaient être disposés autrement ; quand il était venu, le jet était dirigé vers l'ascenseur, il en était quasiment certain, alors que maintenant il pointait dans la direction opposée.

— Je n'ai rien vu, dit Jack Torrance d'une voix claire.

Il avait le visage livide et hagard et ses lèvres esquissaient sans cesse un sourire irrépressible.

Pour redescendre, Jack ne reprit pas l'ascenseur qui lui faisait trop l'effet d'une gueule grande ouverte. Il préféra emprunter l'escalier.

XXXI

LE VERDICT

Jouant avec le passe-partout dont il faisait tinter la chaînette à laquelle était suspendue la plaquette d'identification en métal blanc, Jack pénétra dans la cuisine et les dévisagea l'un et l'autre. Danny était pâle ct paraissait épuisé. Wendy avait les yeux rouges soulignés de larges cernes. Il comprit qu'elle avait pleuré et en fut heureux. Au moins n'était-il pas seul à souffrir. Eux le regardèrent sans rien dire.

— Il n'y a rien là-haut, dit-il, surpris lui-même du ton jovial de sa voix. Absolument rien.

Sans cesser de faire sauter le passe-partout, il leur fit un sourire rassurant et observa leurs visages gagnés par le soulagement. Il se dit que jamais de sa vie il n'avait eu autant envie de boire un verre que maintenant.

XXXII

LA CHAMBRE A COUCHER

A la fin de l'après-midi, Jack alla prendre un lit de camp dans la réserve du rez-de-chaussée et l'installa dans un coin de leur chambre. Wendy avait pensé que Danny n'arriverait pas à s'endormir, mais il s'était assoupi au beau milieu de l'émission *The Waltons* et, un quart d'heure après qu'ils l'eurent bordé, il dormait profondément, sans bouger, une main sous sa joue. Un doigt glissé dans un livre de poche intitulé *Cashelmara* pour en garder la page, Wendy, assise près de son lit, surveillait son sommeil. Jack était à son bureau et essayait de travailler à sa pièce.

— Oh ! merde ! s'exclama-t-il.

Wendy détourna un instant les yeux de son fils.

— Comment ?

— Rien.

Jack regardait son manuscrit avec une rage sourde. Comment avait-il pu croire que sa pièce était bonne ? Elle était puérile. Ce thème avait déjà été traité des milliers de fois. Et, pour comble

de malheur, il ne voyait pas du tout quel dénouement lui donner. Ça lui avait pourtant paru simple
il n'y avait pas si longtemps que ça. Dans un accès
de colère, Denker saisissait le tisonnier près de la
cheminée, en assommait le pur et innocent Gary,
puis le rouait de coups jusqu'à ce qu'il fût mort.
Alors, le tisonnier sanglant à la main, il se redressait et, debout devant le cadavre étendu à ses pieds,
il jetait à la salle : « C'est ici quelque part, et je
finirai bien par le trouver ! » Et, pendant que les
lumières s'éteignaient et que le rideau tombait
lentement, les spectateurs pouvaient voir au premier plan le cadavre de Gary tandis que Denker se
précipitait vers la bibliothèque au fond de la scène,
se mettait à en retirer fiévreusement les livres puis
les jetait à terre après les avoir rapidement exami-
nés. La forme traditionnelle de la pièce — une
tragédie en cinq actes — faisait son originalité et
devait, espérait Jack, assurer son succès à Broad-
way.

Sa nouvelle passion pour l'histoire de l'Overlook
l'avait, il est vrai, détourné de sa pièce, mais ses
véritables difficultés provenaient surtout du changement de son attitude vis-à-vis de ses personnages.
C'était la première fois que ça lui arrivait. D'habitude il les aimait tous sans discrimination, les bons
comme les mauvais, et il se félicitait de cette
impartialité qui lui permettrait de mieux cerner
leurs qualités et leurs défauts et de mieux comprendre leurs motivations. Sa nouvelle préférée,
vendue à une petite revue du sud de l'État du
Maine, appelée *Contraband*, avait pour titre *Paul
Delong, le Sagouin*. C'était le récit des derniers mois
d'un sadique, tortionnaire d'enfants, juste avant son
suicide. Son nom était Paul Delong, mais ses amis
l'appelaient le Sagouin. Jack avait beaucoup aimé
le Sagouin. Les envies bizarres du Sagouin éveil-
laient sa sympathie ; il savait que le Sagouin n'était

pas seul responsable des trois crimes crapuleux qu'il avait commis. Il avait eu de mauvais parents, un père brutal, comme l'avait été son père à lui, une chiffe molle de mère, à l'image de la sienne. A l'école primaire, il avait eu une expérience homosexuelle, suivie d'une humiliation publique. Au lycée et à l'université, ça n'avait fait qu'empirer. Arrêté pour exhibitionnisme devant deux petites filles qui descendaient du car scolaire, il avait été envoyé en maison de correction. Le pire de tout, c'était qu'il avait été relâché et livré à lui-même par le directeur même de l'établissement, un certain Grimmer. Grimmer savait que le Sagouin était un malade, mais il avait quand même fait un rapport positif et optimiste sur lui et l'avait laissé partir. Jack avait aimé Grimmer aussi. Il comprenait parfaitement les raisons qui l'avaient poussé à libérer le Sagouin. Grimmer était censé faire marcher sa boîte sans argent et sans personnel. Le gouvernement de l'État, préoccupé avant tout de se faire réélire, ne lui accordait les crédits qu'au compte-gouttes. Grimmer pensait que le Sagouin était capable de se réintégrer dans la société : il ne chiait pas dans sa culotte, il n'essayait pas de poignarder ses codétenus avec des ciseaux et ne se prenait pas pour Napoléon. Le psychiatre chargé du cas Delong estimait que son patient avait plus d'une chance sur deux de s'en sortir une fois libéré, et ils savaient tous les deux que plus on garde un homme dans un établissement de ce genre, plus il s'habitue à ce milieu en vase clos, comme le toxicomane s'habitue à sa dose. Et, pendant qu'ils délibéraient, les vrais fous cognaient aux portes, paranoïaques, schizophrènes, cycliques, cataleptiques, ceux qui se déclarent être allés au paradis sur des soucoupes volantes, celles qui se sont brûlé les organes génitaux avec des briquets Bic, les alcooliques, les pyromanes, les kleptomanes, les mélancoliques, les suicidaires. La vie, mon vieux, c'est pas de la tarte. Si vous n'avez pas le cœur solidement accroché, on vous réduira en bouillie avant que vous n'ayez trente ans. Jack compatissait aux soucis de Grimmer, au malheur des parents des victimes et au malheur des victimes elles-mêmes, évidemment. Mais il compatissait aussi au malheur du Sagouin. Au lecteur de juger. Lui refusait de jouer le rôle du moraliste.

Le Petit Collège avait été, au départ, de la même veine optimiste. Mais, ces derniers temps, il avait commencé à prendre parti et, ce qui était pire encore, à prendre en grippe son héros, Gary Benson. Au départ, Gary était un jeune homme qui voyait dans sa fortune une malédiction et ne souhaitait rien tant que de devoir son admission dans une bonne université à ses mérites personnels plutôt qu'aux relations de son père. Mais, tout dernièrement, il était devenu, aux yeux de Jack, une insupportable sainte nitouche qui préférait se donner des airs de jeune homme cultivé plutôt que de s'instruire réellement, qui cachait son cynisme sous les apparences de la vertu et qui n'était pas vraiment brillant, comme Jack l'avait imaginé au début, mais simplement malin et rusé. D'un bout à l'autre de la pièce, il s'était toujours adressé à Denker en lui disant « Monsieur ». De même, Jack avait appris à Danny à dire « Monsieur » aux personnes plus âgées ou qui occupaient, dans la hiérarchie sociale, une position importante, et il lui semblait que dans la bouche de Danny le mot était sincère. Mais, depuis qu'il avait commencé le cinquième acte, il avait de plus en plus l'impression qu'en disant « Monsieur » Gary Benson se payait la tête de Denker, qu'il employait le mot avec une intention moqueuse. Denker, lui, n'avait jamais été un privilégié. Il avait trimé dur toute sa vie pour arriver à la tête de ce petit collège. Et maintenant il

341

se voyait menacé de ruine à cause de ce beau jeune homme riche qui faisait l'innocent, mais qui, en fait, avait triché à ses examens tout en se débrouillant pour ne pas se faire prendre. Au début, Denker lui avait paru être le type du tyran, pareil à ces petits dictateurs de l'Amérique latine qui se prélassent à l'ombre des palmiers dans leurs royaumes pourris et s'amusent à aligner les dissidents contre le mur le plus proche pour les faire descendre à la mitraillette. Denker avait, lui aussi, son petit royaume dont il était le tyran et lui aussi était capable de transformer un caprice en croisade. A travers le microcosme de ce petit collège, Jack avait voulu dire quelque chose sur les excès du pouvoir. Mais maintenant il voyait en Denker un nouveau Mr. Chips et pour lui la véritable tragédie dans sa pièce, ce n'était plus le martyre intellectuel de Gary Benson, mais la destruction d'un vieux professeur dévoué, incapable de percer à jour les fourberies de ce monstre qui se faisait passer pour un parangon de vertu.

Il n'avait pas pu terminer sa pièce.

Penché sur elle, il se demandait d'un air furieux s'il y avait moyen de sauver la situation. Il ne voyait pas de solution. Il avait eu l'intention d'écrire une certaine pièce et en cours de route elle s'était transformée. Au fond, il s'en foutait. Dans les deux cas, sa pièce n'avait rien d'original. Dans les deux cas, c'était de la merde. Et d'ailleurs il n'en tirerait certainement rien ce soir. Après la journée qu'il avait eue, il n'était pas étonnant qu'il n'arrivât pas à aligner deux phrases.

— ... l'emmener loin d'ici ?

Il cligna des yeux, essayant de revenir à la réalité.

— Quoi ?

— J'ai dit : comment allons-nous l'emmener loin d'ici ? Il le faut, Jack.

Il avait l'esprit tellement confus qu'il ne comprit pas immédiatement de quoi il s'agissait. Quand il en prit conscience, il eut un rire sec et bref.

— Tu en parles comme si cela allait de soi.

— Je ne voulais pas dire...

— Ça ne fait aucun problème, Wendy. Je vais aller me changer dans la cabine téléphonique du hall et je m'envolerai vers Denver avec Danny sur le dos. Ce n'est pas pour rien que dans ma jeunesse on m'appelait Superman Jack Torrance.

Le visage de Wendy s'assombrit.

— Je vois bien toutes les difficultés, Jack. Le poste de radio qui ne marche plus..., la neige..., mais tu dois prendre conscience du danger qui menace Danny. Jack! Il a eu une crise de catalepsie! Qu'aurions-nous fait s'il ne s'en était pas tiré tout seul ?

— Il s'en est tiré, c'est l'essentiel, répondit Jack, un peu trop rapidement, car il avait eu peur, lui aussi, en voyant le visage de Danny, ses yeux vides, ses muscles flasques.

C'était bien naturel qu'il ait eu peur. Mais plus il y pensait, plus il se demandait si ça n'avait pas été un stratagème de Danny pour échapper à sa punition. Après tout, il avait désobéi.

— Tout de même, dit-elle, tu as bien vu les bleus sur son cou! (Elle se rapprocha de Jack et vint s'asseoir à l'extrémité du lit, près de son bureau.) Quelqu'un a essayé de l'étrangler! Nous ne pouvons plus le laisser ici!

— Ne crie pas comme ça, répliqua-t-il. J'ai mal à la tête, Wendy. Je suis aussi inquiet que toi. Seulement, je t'en prie, ne crie pas.

— C'est entendu, dit-elle, baissant la voix, je ne crierai pas. Mais je ne te comprends pas, Jack. Quelqu'un se cache ici. Quelqu'un de dangereux. Il faut descendre à Sidewinter, et pas seulement pour Danny, mais pour nous tous. Il faut faire vite. Et toi... tu trouves que c'est le moment de reprendre ta pièce ?

— Il faut s'en aller, il faut s'en aller, tu n'as que ces mots-là à la bouche. Tu me prends vraiment pour un surhomme.

— Je te prends tout simplement pour mon mari, dit-elle doucement, baissant les yeux sur ses mains.

Tout à coup sa colère éclata. Il souleva le manuscrit et le jeta rageusement sur le bureau, défaisant la pile et froissant les feuillets du bas.

— Il est grand temps, Wendy, de t'enfoncer dans le crâne quelques vérités premières que tu n'as pas l'air d'avoir intériorisées, comme disent les sociologues. On dirait qu'elles roulent dans ta tête comme des boules de billard. Il faut y mettre de l'ordre. Tu ne sembles pas comprendre que nous sommes *bloqués par la neige.*

Danny commençait à s'agiter dans son lit. « Chaque fois que nous nous disputons, c'est la même chose, pensa Wendy tristement. Et nous y voilà de nouveau. »

— Ne le réveille pas, Jack. Je t'en prie.

Il jeta un coup d'œil vers Danny et le feu de ses joues s'atténua.

— D'accord. Je te demande pardon. Si je me suis emporté, ce n'est vraiment pas contre toi. C'est moi qui ai cassé le poste. S'il y a quelqu'un qui est responsable de nos malheurs, c'est moi. Ce poste était notre seul lien avec le monde extérieur. Allô, Ranger, ici Bravo. Voulez-vous nous ramener à la maison s'il vous plaît, monsieur ? Il est tard et Maman va nous gronder.

— Ne plaisante pas, Jack, dit-elle en posant une main sur son épaule. Il appuya sa tête contre elle et de l'autre, elle lui caressa les cheveux. Je sais que tu en as le droit, après tout ce dont je t'ai accusé. Je sais que je suis parfois une garce, que je ressemble à ma mère. Mais tu dois comprendre qu'il y a des choses dont on se remet difficilement.

— Tu veux dire son bras ? dit-il, les lèvres serrées.

— Oui, répondit Wendy, se hâtant de poursuivre : mais il n'y a pas que toi qui m'inquiètes, je suis inquiète chaque fois qu'il sort jouer. Je suis inquiète à l'idée qu'il voudra une bicyclette l'an prochain, même si c'est une bicyclette avec des stabilisateurs. Je me fais du souci pour ses dents, pour sa vue et pour ce don qu'il a. Je me fais du souci parce qu'il est petit, qu'il me paraît très fragile et parce que... j'ai l'impression qu'il y a dans cet hôtel une présence malveillante qui veut s'emparer de lui, et que cette présence se servira de nous, s'il le faut, pour arriver à ses fins. C'est pour ça qu'il faut que nous partions d'ici, Jack. Je le sais ! Je le sens ! Il faut partir d'ici.

Dans son agitation, sa main s'était crispée sur son épaule, mais, bien qu'elle lui fît mal, il n'essaya pas de se dégager. Une de ses mains trouva la chair ferme et rebondie de son sein gauche et se mit à le caresser à travers le chemisier.

— Wendy, dit-il, puis il s'arrêta.

Elle attendit qu'il mît de l'ordre dans ce qu'il voulait lui dire. Elle aimait bien sentir sa main forte sur son sein, c'était une sensation apaisante.

— J'arriverais peut-être à le descendre sur les raquettes. Il pourrait faire un bout du chemin à pied, mais, pendant la plus grande partie du trajet, il faudrait que je le porte. Nous serions obligés de camper dehors une, deux, peut-être même trois nuits, et de construire un traîneau pour porter l'équipement et le couchage. Nous avons toujours le poste récepteur et nous pourrions choisir un jour où la météo prévoit du beau temps pour trois jours. Mais, si la météo se trompait, nous pourrions y rester.

Elle blêmit et son visage prit une pâleur de spectre. Il continua de lui caresser le sein en frottant la pointe avec le bout de son pouce.

Elle gémit doucement — peut-être à cause de ce qu'il venait de dire, peut-être à cause de cette douce caresse sur son sein, elle ne savait pas. La main de Jack remonta vers le premier bouton de son chemisier et le défit. Wendy déplaça un peu ses jambes. Tout à coup, elle eut l'impression que son jean la serrait trop. C'était agaçant, mais pas désagréable.

— Il faudrait te laisser ici parce que tu ne sais pas marcher avec les raquettes. Et tu resterais peut-être trois jours sans aucune nouvelle. Est-ce ça que tu souhaites?

Sa main descendit vers le deuxième bouton, le défit, exposant le creux de ses seins.

— Non, dit-elle d'une voix un peu brouillée.

Elle jeta un coup d'œil vers Danny. Il ne se tortillait plus et son pouce avait retrouvé sa bouche. Il semblait aller mieux. Non, Jack peignait le tableau trop en noir. Il avait oublié quelque chose, mais quoi?

— Si nous restons ici, dit Jack, déboutonnant les troisième et quatrième boutons avec la même lenteur délibérée, un forestier du parc national ou un garde-chasse passera bien un jour ou l'autre pour voir si tout va bien. Alors nous n'aurons qu'à lui dire que nous désirons descendre et il fera le nécessaire.

Il fit glisser ses seins nus par l'échancrure du chemisier à demi ouvert et prit entre ses lèvres la pointe de l'un d'eux, droite et dure, sur laquelle il fit aller et venir sa langue, comme elle l'aimait. La caresse lui arracha un gémissement et elle se cambra.

346

(Nous avons oublié quelque chose.)

— Chéri, demanda-t-elle, écrasant la tête de Jack contre sa poitrine, si bien que sa réponse lui parvint étouffée. Comment le forestier nous fera-t-il descendre ?

Il leva légèrement la tête pour répondre, puis colla sa bouche autour de l'autre pointe.

— Si l'hélicoptère est pris, j'imagine qu'ils viendront nous chercher avec un scooter des neiges.

(! ! !)

— Mais nous en avons un ! Ullman l'a dit !

Sa bouche se figea contre son sein, puis il s'assit. Elle avait le teint légèrement congestionné et ses yeux brillaient d'un éclat inhabituel. Jack, lui, paraissait très calme, comme s'il sortait d'une lecture ennuyeuse, et non pas de jeux amoureux avec sa femme.

— Puisqu'il y a un scooter des neiges, il n'y a plus de problème, fit-elle, tout excitée. Nous pourrons redescendre tous les trois ensemble !

— Wendy, je n'ai jamais conduit un scooter des neiges.

— Ça ne doit pas être tellement difficile. Chez nous, dans le Vermont, on voit des gamins de dix ans les conduire dans les champs... sans le consentement de leurs parents. Et autrefois, quand nous nous sommes rencontrés, tu conduisais bien une moto.

C'était vrai ; il avait eu une Honda 350 qu'il avait échangée contre une Saab peu après s'être mis en ménage avec Wendy.

— Oui, je dois y arriver, dit-il lentement. Mais je me demande si ce scooter est en état de marche. Ullman et Watson ne sont là que de mai à octobre et leurs esprits fonctionnent en termes d'été. Ils n'auront sûrement pas songé à y faire mettre de l'essence et il se pourrait qu'il n'ait ni bougies ni batterie. Il ne faut pas trop compter sur ce scooter, Wendy.

S'abandonnant maintenant tout entière au désir, elle se penchait sur lui, les seins roulant hors de son chemisier. Il eut soudain envie d'en saisir un et de le tordre jusqu'à la faire hurler. Ça lui apprendrait peut-être à se taire.

— Il n'y aura pas de problème pour l'essence, dit-elle. Les réservoirs de la Volkswagen et de la camionnette sont tous les deux pleins, de même que celui du générateur de secours au sous-sol. Nous pourrons même emporter une petite réserve dans le jerrycan qui se trouve dans la remise.

— Oui, dit-il. C'est vrai.

En fait, il y avait trois jerrycans dans la remise, un de dix litres et deux de quinze litres.

— Je te parie que les bougies et la batterie s'y trouvent aussi. On les a certainement rangées au même endroit que le scooter, tu ne crois pas ?

— C'est probable, en effet.

Il se mit debout et s'approcha du lit où dormait Danny. Une mèche de cheveux avait glissé sur le front de l'enfant et Jack l'en écarta doucement. Danny ne bougea pas.

— Si tu arrives à le faire marcher, tu nous descendras ? lui demanda-t-elle derrière lui. Le premier jour de beau temps ?

Agité de sentiments contradictoires, il resta un moment sans répondre, à regarder son fils. Danny était, comme l'avait dit Wendy, fragile, vulnérable et les bleus sur son cou étaient tellement visibles. Une vague de tendresse pour son fils l'envahit, le décidant à agir.

— Oui, répondit-il. Je vais le mettre en état de marche et nous partirons d'ici dès que nous le pourrons.

— Dieu soit loué !

Il se retourna. Elle avait enlevé son chemisier et

s'était renversée sur le lit, offrant son ventre plat et ses seins dardés. Elle les caressait nonchalamment, effleurant leur pointe de ses doigts.

— Allons, messieurs, dit-elle doucement, dépêchez-vous.

Après, dans la pénombre de la chambre, éclairée seulement par la lampe de chevet que Danny avait apportée avec lui, elle se sentit délicieusement apaisée. Elle eut du mal à croire qu'ils partageaient l'Overlook avec un dangereux criminel.

— Jack ?

— Hummm ?

— Qu'est-ce qui est arrivé à Danny ?

Il ne répondit pas directement à sa question.

— C'est vrai qu'il possède un don qui ne doit pas être accordé à beaucoup de monde — que moi je n'ai pas, en tout cas. Il se peut aussi que l'Overlook ne soit pas un hôtel comme les autres.

— Tu veux dire que c'est un hôtel hanté ?

— Je ne sais pas. En tout cas, s'il y a des fantômes, ce ne sont pas ceux d'Algernon Blackwood. L'Overlook serait plutôt hanté par le résidu psychique laissé par ceux qui ont séjourné ici et par leurs actes, bons ou mauvais. On peut dire, j'imagine, que tous les hôtels sont « hantés » en ce sens-là, et tout particulièrement les vieux hôtels.

— Mais le cadavre d'une femme dans une baignoire... Jack, il ne devient pas fou, au moins ?

Il la serra dans ses bras.

— Nous savons que de temps en temps il a ce que j'appellerais, faute d'un autre mot, des transes. Quand il est en transe, il voit... des choses qu'il ne comprend pas. Peut-être que Danny a vraiment vu du sang sur les murs de la suite présidentielle. Pour un gosse de son âge, le sang et la mort sont des choses quasiment interchangeables. Chez les enfants, de toute façon, les facultés visuelles sont plus développées que les facultés conceptuelles. William Carlos Williams le savait bien, lui qui était pédiatre. Ce n'est que quand nous devenons adultes que nous apprenons à nous servir des concepts, laissant les images aux poètes... Mais je divague.

— J'aime bien t'entendre divaguer.

— Oyez, oyez, bonnes gens. Incroyable mais vrai ! Elle aime mes divagations !

— Mais les marques sur son cou, Jack. Elles existent vraiment, elles.

— Oui.

Pendant longtemps ils restèrent sans parler. Croyant qu'il s'était endormi, elle s'apprêtait à se laisser aller, elle aussi, au sommeil, quand il reprit :

— Lesquelles ?

Elle se mit sur son coude.

— D'abord, ce sont peut-être des stigmates, dit-il.

— Des stigmates ? Tu veux dire comme ces gens qui se mettent à saigner le vendredi saint ?

— Oui. Il y a des chrétiens très croyants dont les mains et les pieds se mettent à saigner pendant la semaine sainte. L'apparition de stigmates s'apparente à certaines pratiques des yogis. Tout cela est bien connu de nos jours. Les savants qui comprennent les rapports entre le corps et l'esprit — je veux dire qui les étudient, car personne ne les comprend vraiment — pensent aujourd'hui que l'on peut contrôler certaines fonctions physiologiques. On peut, par exemple, par un simple effort de concentration, ralentir le battement du cœur, activer le métabolisme, augmenter la transpiration et même provoquer des saignements.

— Tu penses vraiment que ces marques sont apparues sur le cou de Danny simplement parce qu'il l'a *voulu* ?

— Je pense que c'est possible, mais j'avoue que je n'y crois guère, moi non plus. Ce qui me paraît plus probable, c'est qu'il se les soit faites lui-même.

— *Lui-même ?*

— Ce n'est pas la première fois qu'il lui arrive de se faire mal quand il est en transe. Souviens-toi de ce qui s'est passé un soir à table. C'était il y a deux ans environ. Toi et moi, nous nous parlions à peine, nous étions fâchés à mort. Tout à coup ses yeux se sont révulsés, il a piqué le nez dans son assiette, puis s'est écroulé par terre. Tu t'en souviens ?

— Oui, dit-elle. Si je m'en souviens ! J'ai cru qu'il était pris de convulsions.

— Une autre fois, c'est arrivé un samedi après-midi, dans le parc où je l'avais emmené jouer. Il se balançait lentement sur la balançoire et soudain il s'est écroulé à terre comme si on l'avait abattu à bout portant. Je me suis précipité vers lui et je l'ai pris dans mes bras. Dès qu'il est revenu à lui, il a cligné des yeux et m'a dit : « Je me suis fait mal au ventre. Dis à Maman de fermer la fenêtre de la chambre s'il pleut. » Et ce soir-là il est tombé des cordes.

— Oui, mais...

— Combien de fois l'avons-nous vu rentrer à la maison avec des coupures ou les coudes écorchés ? Ses chevilles ressemblent à un véritable champ de bataille. Et, quand on l'interroge sur ses blessures, il se contente de répondre : « Oh ! c'est arrivé en jouant », et refuse d'en dire plus. Mais c'est peut-être en s'évanouissant qu'il se blesse. Le docteur Edmonds a dit qu'à sa demande Danny s'était mis en transe devant lui, dans son bureau. Tu te rends compte !

— D'accord, mais ce n'est tout de même pas en tombant qu'il s'est fait ces marques au cou. Je veux bien être pendue si ce ne sont pas des doigts qui les ont faites.

— Imagine qu'il soit entré en transe, dit Jack, et qu'il ait eu la vision de quelque scène violente qui se serait passée dans cette chambre, une dispute ou un suicide, bref, une scène où les émotions sont au paroxysme. Comme il se trouve dans un état d'hyper-réceptivité, il est profondément troublé par ce qu'il voit. Son inconscient, pour visualiser la scène avec plus de vérité, ressuscite cette morte, ce cadavre, cette charogne...

— Tu me donnes la chair de poule, dit-elle d'une voix étranglée.

— Je me la donne à moi-même. Je ne suis pas psychiatre, mais cette explication me paraît très bien coller. Cette morte-vivante incarne des sentiments morts, des vies disparues qui résistent à la dissolution..., mais en même temps, comme elle vient de son inconscient, elle fait aussi partie de lui, elle *est* Danny. Dans l'état de transe, son moi conscient est submergé, et c'est son inconscient qui tire les ficelles. Alors, quand la morte cherche à l'étrangler, ce sont les mains de Danny qui lui serrent le cou.

— Arrête, supplia-t-elle. Je saisis, Jack. C'est encore plus effrayant que l'idée d'avoir un inconnu qui rôde dans les couloirs. Tu peux fuir un étranger ; mais tu ne peux pas te fuir toi-même. Ce que tu décris là, ce n'est rien d'autre que la schizophrénie.

— Oui, mais une schizophrénie au premier degré, dit-il, légèrement à l'aise. Une schizophrénie très particulière ; sa faculté de lire les pensées d'autrui et de percer par moments le voile qui nous cache l'avenir n'est pas, à proprement parler, un symptôme de maladie mentale. D'ailleurs, le potentiel schizophrène nous habite tous. Je pense que Danny finira par maîtriser le sien. Il lui faut du temps, c'est tout.

352

— Si c'est ça l'explication, il est plus urgent que jamais de l'emmener à Sidewinter. Quel que soit son problème, l'hôtel ne fait que l'aggraver.

— Je ne serai pas aussi catégorique, objecta-t-il. S'il nous avait obéi, il ne serait jamais monté dans cette chambre et il ne lui serait rien arrivé.

— Mon Dieu, Jack ! Est-ce que tu veux insinuer qu'il méritait de se faire étrangler parce qu'il a désobéi ?

— Non..., non. Bien sûr que non. Mais...

— Il n'y a pas de mais, dit-elle, secouant violemment la tête. La vérité, c'est que nous ne comprenons rien à ce qui s'est passé. Qu'est-ce qui nous prouve qu'il ne tombera pas de nouveau dans un de ces trous d'air psychiques et qu'il n'y rencontrera pas d'autres monstres ? La seule chose dont je sois certaine, c'est qu'il faut l'éloigner d'ici. (Dans l'obscurité, elle essaya de rire.) Encore un peu et c'est nous qui nous mettrons à voir des monstres.

— Ne dis pas de bêtises, dit-il, mais dans le noir il revit les lions de buis, ces lions affamés de novembre qui lui avaient bloqué le chemin — et son front se couvrit d'une sueur froide.

— C'est bien vrai que tu n'as rien vu là-haut dans la chambre ? demanda-t-elle. Tu n'as rien remarqué ?

Une autre vision surgit devant ses yeux, chassant celle des lions : un rideau de douche rose derrière lequel gisait une forme floue. Il revit la porte fermée, entendit de nouveau le bruit étouffé dans la baignoire, les pas précipités, comme si quelqu'un le poursuivait, les battements affolés de son cœur, tandis qu'il essayait en vain de faire tourner le passe-partout dans la serrure.

— Non, rien, dit-il — et au fond c'était vrai.

Il avait été si bouleversé qu'il n'était pas sûr de ce qui s'était passé. Il n'avait pas eu le temps de chercher, à tête reposée, une explication raisonnable à ces marques sur le cou de son fils. Lui-même n'avait-il pas été victime d'un phénomène d'auto-suggestion ? Il arrive que les hallucinations soient contagieuses.

— Tu n'as pas changé d'avis ? Au sujet du scooter ?

Il crispa les poings.

« Arrête de me harceler ! »

— J'ai dit que je le ferai, et je le ferai. Maintenant, dors. Nous avons eu une longue et dure journée.

— C'est le moins qu'on puisse dire, dit-elle.

Dans un bruit de draps froissés, elle se retourna vers lui en disant :

— Je t'aime, Jack.

— Je t'aime, moi aussi, répondit-il machinalement, sans penser à ce qu'il disait.

Il n'arrivait pas à desserrer les poings qui pesaient comme du plomb au bout de ses bras et le sang lui battait aux tempes. Wendy n'avait pas dit un seul mot sur ce qu'ils feraient *après* leur arrivée à Sidewinter, une fois la fête terminée. Pas un seul mot. Ce n'était que « Danny par-ci, Danny par-là » et « Oh ! Jack, j'ai si peur ». C'est fou ce qu'elle pouvait avoir peur de tous ces fantômes, de toutes ces ombres ! Mais les difficultés matérielles existaient, elles aussi. Une fois arrivés à Sidewinter, ils n'auraient, en tout et pour tout, que soixante dollars et les vêtements qu'ils avaient sur le dos. Même pas de voiture. S'il y avait eu à Sidewinter — ce qui n'était pas le cas — un mont-de-piété, ils n'auraient eu à mettre en gage que la bague de fiançailles de Wendy qui valait quatre-vingt-dix dollars, et le poste de radio Sony AM/FM. Un prêteur leur en aurait donné vingt dollars, et encore, seulement s'il avait bon cœur. Il ne trouverait pas de travail, même pas à mi-temps, sauf quand il neigerait. Il pourrait alors déblayer les chemins des

garages pour trois dollars. A la bonne heure !
L'image de John Torrance, ce jeune homme plein
de promesses, à qui *Esquire* avait acheté une nouvelle, et qui avait caressé le rêve — fort raisonnable
à son avis — de devenir l'un des écrivains américains les plus en vue, l'image de cet homme en
train de sonner aux portes, pelle à l'épaule, effaça
subitement celle des lions de buis. Il serra encore
plus fort ses poings et, à force d'enfoncer ses ongles
dans la chair de ses paumes, il y imprima des
croissants de sang. Il voyait encore John Torrance
faisant la queue afin d'échanger ses soixante dollars
contre des tickets alimentaires, ou recevant des uns
des secours charitables et des autres des regards
chargés de mépris. Il se voyait expliquant à Al
comment ils avaient été obligés de s'en aller, d'arrêter la chaudière, d'abandonner l'Overlook et tout
ce qui s'y trouvait, de le laisser aux voleurs et aux
vandales. Il dirait qu'ils y avaient été contraints
parce que : « Vois-tu, Al, il y a des fantômes là-haut
et ils en voulaient à mon fils. Au revoir, Al. » La
suite s'appelait « Le printemps arrive pour John
Torrance ». Que feraient-ils alors ? Peut-être par-
viendraient-ils à gagner la côte ouest en Volkswagen. Avec une nouvelle pompe, elle tiendrait le
coup. D'ailleurs, à soixante-quinze kilomètres vers
l'ouest ça commençait à descendre et il n'avait qu'a
se laisser rouler sur la pente au point mort pour
atteindre l'Utah. Ensuite ils fileraient vers la Californie, le pays des oranges et des self-made men.
On donnerait certainement carte blanche à un
homme comme lui qui, après une si brillante carrière dans l'alcoolisme, s'était distingué en tabas-
sant ses étudiants au collège et en poursuivant des
fantômes dans les vieux hôtels. Toutes les portes
lui seraient ouvertes. L'industrie du tourisme ? Il
n'aurait qu'à se présenter chez Greyhound comme
ingénieur d'entretien pour qu'on le mette à net-

toyer les autocars. L'industrie automobile le tentait ? On lui donnerait une combinaison en caoutchouc et on le ferait laver les voitures. La gastronomie ? Il n'aurait qu'à se faire embaucher comme pompiste. Rendre la monnaie, rédiger les factures, voilà des activités qui n'étaient pas à la portée de n'importe qui. *Vingt-cinq heures par semaine, au salaire de base.* Avec ça ils iraient loin, surtout depuis qu'un pain Wonder coûtait soixante *cents*.

Le sang commençait à couler sur ses paumes. De vrais stigmates, quoi ! Il s'enfonça un peu plus les ongles dans sa chair, s'enivrant de douleur. Sa femme dormait à ses côtés, et quoi de plus normal ? Elle n'avait plus de soucis à se faire. Il avait promis de les emmener, Danny et elle, de les sauver du croquemitaine. *Alors tu comprends, Al, j'ai pensé que la meilleure chose à faire c'était de*

(de la tuer)

L'impensable avait brusquement fait irruption dans son esprit, surgi on ne sait d'où avec une force irrésistible. Il avait tout à coup envie d'empoigner Wendy, de la jeter brutalement au bas de son lit, toute nue, hébétée, à moitié endormie. Il lui sauterait dessus, lui saisirait le cou comme on saisit la branche verte d'un jeune tremble et l'étranglerait, les pouces sur son gosier, les autres doigts enfoncés dans sa nuque. Il lui secouerait la tête, la cognerait sans s'arrêter contre le plancher, pour l'écraser, la réduire en bouillie. Danse, ma belle, je veux te voir te trémousser, te rouler par terre. Il lui apprendrait à lui manquer de respect. Ça lui servirait de leçon !

Il eut vaguement conscience d'un bruit sourd qui le tira de ce monde intérieur si intense et fiévreux. C'était Danny qui, à l'autre bout de la chambre, s'agitait de nouveau, se tortillant dans son lit, froissant les couvertures. L'enfant laissa échapper un petit gémissement rauque. Quel cauchemar le tourmentait ? Rêvait-il qu'une morte, toute violacée, le poursuivait à travers le labyrinthe des couloirs de l'hôtel ? Non, pensa Jack, ce n'était pas la morte qu'il fuyait, mais quelque chose de bien plus redoutable encore...

Libéré soudain de la nasse de ses pensées amères, Jack sortit du lit et se dirigea vers l'enfant. C'était à Danny qu'il fallait penser, se dit-il, accablé par le remords. Seulement à Danny ; ni à Wendy ni à lui-même. Quelles qu'en fussent les conséquences, il fallait éloigner Danny de cet endroit. Il remonta les couvertures sur l'enfant et déroula l'édredon plié au pied du lit. Danny s'était calmé. Jack tâta son front de sa main (quels monstres menaient leur sarabande derrière ce rempart osseux ?) et le trouva tiède, mais pas chaud. Il dormait paisiblement de nouveau. C'était bizarre.

Il se remit au lit et essaya de trouver le sommeil, mais sans y parvenir.

Ce qui leur arrivait était tellement injuste ! La malchance s'acharnait vraiment sur eux. Ils avaient cru la semer en venant ici, mais elle ne les avait pas lâchés d'une semelle. Et demain après-midi, une fois arrivé à Sidewinter, il pourrait dire adieu à sa dernière chance. Mais s'ils ne partaient pas, s'ils arrivaient à tenir bon jusqu'au bout, alors c'est un tout autre avenir qui les attendrait. Il terminerait sa pièce. D'une façon ou d'une autre, il arriverait bien à lui trouver une fin. Sa propre ambivalence à l'égard de ses personnages enrichirait le dénouement d'une ambiguïté poignante. Il se pourrait même que cette pièce lui rapportât quelque argent. Ce n'était pas impossible. Même sans cela, Al arriverait peut-être à convaincre le conseil d'administration de Stovington de le reprendre. Évidemment il ne serait repris qu'à l'essai et ne serait pas titularisé avant longtemps, trois ans peut-être, mais, s'il réussissait à rester sobre et s'il continuait d'écrire, il pourrait peut-être, sans trop attendre, trouver un poste ailleurs. Certes, il ne s'était pas beaucoup plu à Stovington. Il avait eu l'impression d'y étouffer, de s'y enterrer vivant, mais, s'il avait réagi ainsi, c'est par manque de maturité. D'ailleurs, quel plaisir pouvait-on éprouver à enseigner dans un état second, à travers le brouillard d'une gueule de bois carabinée ? Cette fois-ci, ce serait différent. Il assumerait mieux ses responsabilités, il en était sûr.

Livré à ses réflexions, il finit par se détendre et sombra peu à peu dans le sommeil. Tandis qu'il s'y abandonnait, une pensée le poursuivait inlassablement, comme un refrain : « Je crois que je pourrais trouver la paix ici, si seulement on voulait bien me laisser tranquille. »

XXXIII

LE SCOOTER DES NEIGES

Vers minuit, pendant qu'ils dormaient d'un sommeil agité, la neige s'était arrêté de tomber. Quinze centimètres de poudreuse recouvraient maintenant la croûte gelée des chutes précédentes. Le vent s'était levé, balayant les nuages. On était au matin et dans la remise, par la fenêtre sale face au levant, un faisceau oblique de lumière dorée, fourmillante de poussière, tombait sur Jack.

La remise avait les dimensions d'un wagon de chemin de fer. Aux odeurs de graisse, d'huile et d'essence se mêlait, à peine perceptible, la senteur, douce et nostalgique, de l'herbe coupée. Quatre tondeuses à moteur, dont deux qui, avec leurs sièges incorporés, ressemblaient à des tracteurs, étaient alignées contre le mur sud comme des soldats à la revue. Sur leur gauche se trouvaient des transplantoirs, des pelles à bout rond pour l'entretien du terrain de golf, une scie et un émondoir électrique, ainsi qu'un long piquet d'acier surmonté d'un drapeau rouge.

Contre le mur est, le mieux éclairé par les rayons

obliques du soleil, trois tables de ping-pong étaient empilées de guingois comme un château de cartes. Leurs filets démontés débordaient du rayonnage du dessus. Dans l'angle étaient entassés les palets d'un jeu de galets, les arceaux d'un jeu de roque, noués en piles avec du fil de fer, deux jeux complets de maillets dans leurs étuis et une boîte à alvéoles contenant, rangées comme des œufs, des balles peintes en couleurs vives... (Ce sont de bien curieuses poules que vous avez ici, Watson... — oui, mais ce n'est rien à côté des lions dans la buissaie !)

Il se dirigea vers les maillets, enjambant au passage une vieille batterie à huit éléments qui avait dû servir autrefois à la camionnette, et un chargeur relié à elle par un serpentin de fils électriques. Il retira l'un des maillets à manche court de son étui et le tint droit devant son visage, comme un chevalier qui salue son roi de son épée.

Le roque avait dû être un jeu formidable. Jack avait trouvé au sous-sol un petit manuel tout moisi qui devait dater du début des années vingt, quand le championnat de roque de l'Amérique du Nord avait eu lieu à l'Overlook, et qui en expliquait les règles. Oui, ça devait être un jeu formidable.

(Schizophrène)

Il fronça les sourcils, puis sourit. Oui, c'était bien ça, un jeu schizophrène. Le maillet, avec sa double tête, l'une dure, l'autre molle, en disait long là-dessus. C'était un jeu où la finesse et la précision comptaient autant que la force brute.

Il fit tournoyer le maillet dans l'air et sourit en entendant le sifflement puissant. Il le remit dans son étui puis obliqua vers la gauche où il venait de découvrir un engin bizarre dont l'allure lourde et disgracieuse lui déplut instantanément.

C'était un scooter des neiges, presque neuf, qui

360

trônait au milieu de la pièce. Le capot portait en lettres noires, penchées vers l'arrière, sans doute pour suggérer la vitesse, l'inscription *Bombardier Skidoo*. Les skis qui dépassaient de la carrosserie étaient également peints en noir. Deux bandes noires, semblables à celles des voitures de course, décoraient ses flancs. Mais c'était surtout le jaune vif criard de la machine qu'il trouvait de mauvais goût. Dans la lumière matinale, avec son corps jaune strié de noir, ses skis noirs et son cockpit ouvert capitonné de cuir noir, le scooter ressemblait en fait à quelque monstrueuse guêpe mécanique dont le moteur devait avoir, en plus, le bourdonnement. Au moins avait-il le mérite de ne pas cacher ce qu'il était : une méchante guêpe, prête à piquer. Car il allait leur faire mal, très mal, à tous les trois. Quand il en aurait fini avec eux, ils auraient si mal qu'en comparaison les piqûres de guêpes sur la main de Danny leur paraîtraient aussi douces que les baisers d'une mère.

S'il n'avait pas eu à tenir compte de Danny, il aurait eu plaisir à ouvrir le capot et à cogner sur le moteur avec un de ces maillets jusqu'à ce que...

Le souffle qu'il avait retenu lui échappa dans un long soupir. Mais Wendy avait raison. Fais ce que dois, advienne que pourra, que ce soit l'enfer, le déluge ou le chômage. Démolir cette machine serait de la folie pure, quelle que soit la satisfaction immédiate qu'il en tirerait. Ce serait comme s'il tuait son propre fils à coups de maillet...

— Pauvre con, tu te prends pour un briseur de machines à présent ? dit-il tout haut.

Il se dirigea vers l'arrière du scooter, dévissa le couvercle du réservoir d'essence, et y plongea une jauge qu'il avait dénichée sur l'un des rayons qui couraient le long des murs à hauteur de poitrine. La jauge ressortit avec le bout mouillé sur un demi-centimètre. Il n'y avait pas beaucoup d'essence, mais assez pour voir si cette machine infernale était en état de marche. Plus tard il siphonnerait la Volkswagen et la camionnette de l'hôtel pour faire le plein.

Il revissa le couvercle du réservoir et ouvrit le capot. Il n'y avait ni bougies ni batterie. Il retourna à l'étagère et se mit à fureter parmi les outils, écartant des tournevis, des clefs anglaises, une pièce de carburateur d'une vieille tondeuse et des boîtes en plastique pleines de vis, de clous et d'écrous de différentes tailles.

Il finit par mettre la main sur une boîte toute tachée d'huile qui portait l'abréviation *Skid*, écrite au crayon. Il la secoua et quelque chose remua à l'intérieur. C'étaient les bougies. Il en présenta une à la lumière, essayant de juger à l'œil nu l'écartement des électrodes, pour ne pas avoir à se mettre à la recherche d'un jeu de cales. « Après tout, je m'en fous, se dit-il avec humeur en laissant retomber la bougie dans la boîte. Que l'écartement soit bon ou pas, je m'en contrefous. »

Il alla chercher le tabouret derrière la porte et s'assit dessus. Il vissa les quatre bougies, puis les coiffa de leurs petits capuchons en caoutchouc. Ce travail fini, il promena ses doigts rapidement sur la magnéto. Jack Torrance, le Rubinstein de la magnéto.

Il retourna fouiller sur les rayonnages mais sans trouver, cette fois-ci, ce qu'il cherchait, une petite batterie à quatre éléments. Il y avait bien des clefs à douille, un coffre contenant un vilebrequin et des mèches, des sacs d'engrais pour pelouse et du fumier Vigoro pour les plates-bandes de fleurs, mais pas de batterie de scooter. Il n'en ferait pas une maladie. Au contraire, il était plutôt content et soulagé. « J'ai fait de mon mieux, mon capitaine, mais je n'ai pas pu exécuter vos ordres. — Ça ne fait rien, mon gars. Vous avez bien mérité de la patrie. Je vais demander pour vous l'étoile d'argent et la rosette du scooter. Vous êtes l'orgueil de votre régiment. — Merci, mon capitaine. Je n'ai fait que mon devoir. »

Il revint vers le scooter et lui administra en passant un bon coup de pied. La question du scooter au moins était réglée. Bon débarras. Il ne lui restait plus qu'à annoncer la nouvelle à Wendy : « Désolé, princesse, mais... »

C'est alors qu'il remarqua, dans l'angle de la pièce, près de la porte, une boîte que le tabouret lui avait cachée. Sur le couvercle était écrite au crayon la mention abrégée *Skid.*

Il la contempla et le sourire s'évanouit de ses lèvres. « Regardez, mon capitaine, c'est la cavalerie qui arrive. Faut croire qu'ils ont bien reçu nos signaux de fumée. »

Ce n'était vraiment pas juste.

Pas juste, bon Dieu de merde.

Quelque chose — hasard, destin, Providence — avait essayé de le sauver. Et, au dernier moment, la bonne vieille déveine de Jack Torrance l'avait finalement emporté. La série noire n'était pas terminée.

Une vague de ressentiment lui monta à la gorge et il serra les poings.

Ce n'est pas juste, nom de Dieu !

Pourquoi n'avait-il pas porté son regard ailleurs ? N'importe où, mais ailleurs ? Pourquoi n'avait-il pas eu le torticolis, ou un chatouillement au nez ? Pourquoi n'avait-il pas cligné des yeux ? Pourquoi le hasard ne l'avait-il pas empêché de voir cette boîte ?

D'ailleurs, à bien y réfléchir, il n'avait rien vu. Ce n'était qu'une hallucination, pareille à celle qu'il avait eue hier devant la chambre 217 ou celle qui l'avait saisi devant les animaux de buis. Oui, une hallucination, due à une fatigue passagère et rien d'autre. « Tiens, j'avais cru voir une batterie de scooter dans le coin là-bas, mais non, il n'y a rien. C'est la fatigue nerveuse, mon capitaine. Depuis le temps que je suis en première ligne. — Je suis désolé, fiston, mais ne vous laissez pas abattre. Nous y passons tous un jour ou l'autre. »

Il poussa si violemment la porte qu'il faillit en arracher les gonds. Il sortit prendre ses raquettes et les rapporta à l'intérieur. La neige s'était collée à leur treillis et il les frappa contre le sol, soulevant un nuage de flocons. Il posa son pied gauche sur une raquette, puis hésita.

Danny jouait dehors près de la plate-forme de la cuisine. Autant que Jack pouvait en juger de loin, il essayait de faire un bonhomme de neige mais sans grand succès, car la neige était trop froide pour s'agglomérer. Tout emmitouflé, casquette à l'envers comme Carlton Fiske, il se démenait sans se laisser décourager, petite puce sautillante dans la lumière éblouissante du matin, entre l'éclat de la neige et celui du ciel.

(Mais à quoi penses-tu, bon Dieu ?)

La réponse partit du tac au tac.

(A moi. Je pensais à moi.)

Il se rappela soudain comment, la veille au soir, au moment de s'endormir, il avait songé à tuer sa femme.

Et en un éclair, pendant qu'il s'agenouillait, tout devint limpide. L'influence maléfique de l'Overlook ne s'exerçait pas seulement sur Danny. Leur point faible, ce n'était pas Danny mais lui. C'était lui qui était vulnérable et que l'on pouvait plier et tordre jusqu'à ce que quelque chose cassât.

Agenouillé dans le soleil, il regardait son fils jouer dans l'ombre de l'hôtel. Oui, il en était sûr à présent ; l'hôtel en voulait à Danny. Il en voulait peut-être à eux tous, mais surtout à Danny. Les animaux de buis s'étaient réellement déplacés. Il y avait réellement une morte dans la chambre 217. En temps normal elle n'était peut-être pas dangereuse, mais les bizarreries de l'esprit de Danny... et du sien... avaient remonté et remis en marche sa mécanique diabolique.

Les ecchymoses sur le cou de Danny.

Les bouteilles étincelantes, à peine perceptibles, dans le bar désert.

Le poste de radio.

Les rêves.

L'album qu'il avait trouvé au sous-sol.

Il se redressa brusquement et lança les raquettes au-dehors par la porte, puis, tremblant de tout son corps, il la referma brutalement derrière lui. Il essaya de soulever la boîte qui contenait la batterie, mais dans son affolement, il la laissa glisser de ses mains et elle se renversa.

Oh ! Seigneur, pourvu que je ne l'aie pas cassée !

Il ouvrit les rabats du carton et retira prestement la batterie, sans se soucier de l'acide qui pouvait s'en échapper et lui brûler les mains, si elle était fendue. Mais il vit qu'elle n'avait pas souffert et laissa échapper un soupir de soulagement.

La serrant contre sa poitrine, il la porta jusqu'au scooter et la plaça sur son support à l'avant du moteur. Sur une des étagères il trouva une petite clef anglaise et rapidement, sans difficulté, raccorda les fils. La batterie était chargée et il n'aurait pas besoin de brancher le chargeur. Quand il avait raccordé le câble positif à son pôle, il y avait eu en effet une étincelle suivie d'une petite odeur d'ozone. La tâche terminée, il s'écarta du scooter, s'essuyant nerveusement les mains sur sa vieille veste en toile de jean passée. Ouf, ça y était. Ça devait marcher, à moins que l'Overlook, qui les trouvait fort divertissants, et ne tenait pas à les lâcher, ne se débrouille pour qu'il ne démarre pas.

Non, à part ça, il n'y avait rien qui pût les empêcher de partir...

*(à part le fait que lui ne voulait toujours pas
partir.)*

Non, il ne voulait pas partir.

Longtemps il resta à contempler le scooter, en
soufflant des panaches blancs. Il aurait voulu
retrouver ses certitudes de tout à l'heure. Quand il
était arrivé dans la remise, il n'avait pas eu de
doutes. Il savait que s'en aller serait une erreur.
Wendy s'était laissé impressionner par les fan-
tasmes d'un petit garçon hystérique. Mais maintenant il comprenait ses raisons à elle. C'était comme
pour la pièce, cette maudite pièce. Il ne savait
plus de quel côté il était, ni quelle solution adop-
ter.

Tout avait bien marché jusqu'au moment où il
avait vu Danny jouant dans la neige. C'était la faute
de Danny. Tout avait été sa faute. C'était lui qui
avait le Don, comme il disait. Un don ? Non, plutôt
une malédiction. Si Wendy et lui avaient été seuls
ici, ils auraient passé l'hiver sans histoires, sans se
poser toutes ces questions, sans se mettre dans
tous ces états.

*(Tu ne veux pas partir ? Dis plutôt que tu ne peux
pas partir.)*

L'Overlook ne le laisserait pas partir. D'ailleurs il
n'en avait aucune envie.

Debout à côté du scooter, il s'efforçait, malgré un
début de mal de crâne, d'y voir clair. Au fond,
c'était très simple. Fallait-il rester ou partir ?

*Si nous partons, combien de temps te faudra-t-il
pour trouver le bistrot de Sidewinter, un trou sombre
avec sa minable télé couleur et ses chômeurs mal
rasés qui passent leurs journées à regarder les émissions de jeux ; ses toilettes qui dégagent une odeur de
pisse immémoriale et où, dans la cuvette des W.C.,
nage en permanence un mégot de Camel défait ; avec*

sa bière à trente cents et son juke-box qui vous serine
des rengaines d'il y a trente ans ?

Combien de temps lui faudrait-il ? Oh ! mon Dieu,
il craignait que ce ne fût pas long.

— Quoi que je fasse, je suis foutu, dit-il très
calmement.

C'était vrai. C'était comme s'il essayait de faire
une patience avec un jeu de cartes auquel il manquerait un as.

Brusquement il se pencha au-dessus du scooter
et arracha la magnéto, qui céda avec une facilité
déconcertante. Il la regarda un instant, puis gagna
la porte arrière de la remise et l'ouvrit.

Le paysage, dans la clarté étincelante du matin,
avait une perfection irréelle de carte postale. Un
champ de neige ininterrompu s'étendait jusqu'aux
premiers pins, à deux kilomètres de là. Il jeta la
magnéto aussi loin qu'il put dans la neige. Elle alla
atterrir bien plus loin qu'il n'avait cru avoir la force
de la lancer et en tombant dans la neige elle
souleva un petit nuage de floçons que la brise
légère emporta. Allons, dispersez-vous, je vous dis
qu'il n'y a rien à voir. C'est fini. Dispersez-vous.

Il se sentit l'âme en paix.

Il resta longtemps dans l'embrasure de la porte à
respirer l'air pur de la montagne. Puis il ferma
énergiquement le battant et s'en alla par l'autre
issue. Avant de rentrer annoncer à Wendy qu'ils
seraient obligés de rester, il s'arrêta pour faire avec
Danny une bataille de boules de neige.

XXXIV

LES BUIS

C'était le 29 novembre, trois jours après le Thanksgiving. La semaine écoulée avait été bonne et le dîner de Thanksgiving le meilleur qu'ils eussent jamais mangé. Wendy avait fait rôtir à point la dinde de Dick Hallorann et ils s'étaient tous gavés sans arriver à entamer sérieusement la magnifique volaille. Jack s'était plaint qu'ils allaient être condamnés à manger de la dinde tout le restant de l'hiver — de la dinde en sauce, des sandwiches à la dinde, de la dinde aux nouilles, la surprise du chef à la dinde.

Pas tout l'hiver, avait répliqué Wendy avec un sourire malicieux. Dinde jusqu'à la Noël, mais après, chapon.

Un concert de gémissements avait accueilli cette déclaration.

Les marques sur le cou de Danny s'étaient estompées et, avec elles, leurs craintes. Wendy avait passé l'après-midi du Thanksgiving à tirer Danny sur son traîneau pendant que Jack travaillait à sa pièce qui était maintenant pratiquement terminée.

— Est-ce que tu as toujours peur, prof ? avait-elle

demandé, ne sachant pas comment tourner sa question pour qu'elle ne parût pas trop brutale.

— Oui, dit-il simplement. Mais maintenant j'évite les endroits où je ne me sens pas en sécurité.

— Papa dit que tôt ou tard les forestiers finiront par se demander pourquoi notre poste émetteur ne donne plus signe de vie et qu'ils viendront voir si tout va bien. A ce moment-là, nous pourrons descendre, toi et moi. Papa passera l'hiver ici. Il a de bonnes raisons pour vouloir rester à l'Overlook. Je sais que tu ne peux pas comprendre, mais en fait nous avons le couteau sous la gorge.

— Oui, répondit Danny, sans toutefois paraître absolument convaincu.

C'était un bel après-midi ensoleillé. Ses parents sommeillaient dans leur chambre et Danny savait qu'ils venaient de faire l'amour. Ils étaient heureux, il le sentait, quoique sa mère eût encore un peu peur. C'est dans l'esprit de son père qu'il y avait quelque chose d'étrange. Celui-ci avait le sentiment d'avoir fait ce qu'il fallait, mais en même temps ça lui avait énormément coûté. Danny ne parvenait pas à voir ce que Papa avait fait, car il le cachait soigneusement, non seulement aux autres, mais apparemment à lui-même aussi. Était-ce possible, se demandait Danny, d'être à la fois fier et honteux de ce qu'on avait fait ? Et, s'il n'en avait pas honte, pourquoi Papa chassait-il cette pensée ? La question le tourmentait. Il ne pensait pas qu'il fût possible d'éprouver des sentiments aussi contradictoires, du moins pas pour un esprit normal. Quand il sondait son père de toutes ses forces, tout ce qu'il percevait, c'était l'image floue d'une sorte de pieuvre qui tourbillonnait dans un azur implacable. Et, chaque fois qu'à force de concentration il avait réussi à faire apparaître cette image, Papa l'avait foudroyé du regard, comme s'il savait ce que Danny faisait.

Danny était dans le hall et s'apprêtait à sortir. Il sortait souvent pour faire de la luge ou se promener sur ses raquettes. Il aimait quitter l'hôtel. Quand il se trouvait dehors au soleil, c'était comme si on l'eût délivré d'un grand poids.

Traversant la cuisine, il se dirigea vers la porte du fond, puis hésita ; il en avait assez de jouer derrière l'hôtel. D'ailleurs, à l'heure qu'il était, ce côté-là serait déjà à l'ombre et il n'aimait pas sentir l'ombre de l'hôtel planer sur lui. Il décida de mettre ses raquettes et d'aller au terrain de jeux. Dick Hallorann lui avait recommandé de ne pas s'approcher des buis, mais ceux-ci ne l'inquiétaient pas autrement. D'ailleurs ils étaient si bien enterrés sous la neige que sans la vague bosse qui marquait l'emplacement de la tête du lapin et les queues des lions qui émergeaient çà et là — spectacle plus absurde qu'effrayant — on ne se serait pas aperçu de leur présence.

Danny ouvrit la porte de la cuisine, prit ses raquettes sur la plate-forme de derrière et alla les chausser sur le porche. Papa l'avait félicité d'avoir si bien maîtrisé la technique des raquettes. Il avait attrapé à la perfection la démarche traînante, paresseuse, le petit coup de cheville pour faire tomber la neige prise dans les mailles du treillis ; pour devenir un crack, il ne lui restait qu'à développer les muscles de ses cuisses, de ses chevilles et de ses mollets. Chez lui, c'étaient les chevilles qui se fatiguaient les premières. Marcher sur raquettes était aussi éprouvant pour les chevilles que faire du patin à glace, parce qu'il fallait sans cesse secouer les pieds pour faire tomber la neige et toutes les cinq minutes il était forcé de s'arrêter pour se reposer, jambes écartées, raquettes à plat.

Le terrain de jeux, couvert de neige, lui parut

bien plus attrayant qu'il ne l'avait jamais été pendant l'automne. Il ressemblait maintenant à un décor de conte de fées. Les chaînes des balançoires s'étaient gelées dans des positions bizarres et les sièges frôlaient le tapis de neige. Le jungle gym ressemblait à une caverne de glace dont de longues stalactites défendaient la gueule béante. Quant à l'hôtel miniature, seules ses cheminées émergeaient encore de la neige.

Si seulement c'était le vrai qui était enterré sous la neige! Mais sans nous, évidemment.

Les anneaux de ciment affleuraient en deux endroits comme des igloos d'Esquimaux. Danny se dirigea vers eux, s'accroupit devant le premier et commença à creuser. Une fois l'ouverture dégagée, il se glissa dans le tunnel glacé. Il était Patrick McGoohan, l'agent secret, poursuivi par les agents du K.G.B. dans les montagnes suisses (on avait rediffusé ce feuilleton deux fois sur la chaîne de Burlington, dans le Vermont, et son papa n'en avait pas raté un seul épisode. Les soirs où l'on donnait *L'Agent secret* ou *La Vendetta*, il renonçait à toute sortie et Danny avait regardé toutes ces émissions avec lui). Il y avait eu des avalanches dans les environs et Slobbo, le célèbre agent du K.G.B., avait tué sa maîtresse avec une fléchette empoisonnée. Il fallait trouver la diabolique machine soviétique qui neutralisait la loi de la gravitation et qui était cachée quelque part dans ces montagnes, peut-être justement au bout de ce tunnel. Il dégaina son pistolet et, l'œil aux aguets, se mit à ramper dans le tunnel, la bouche empanachée de son haleine givrée.

Le bout du tunnel était bouché par la neige. Il essaya d'y creuser un trou et fut étonné (un peu effrayé même) de constater que cette neige, tassée sous le poids des couches successives, était aussi dure que de la glace.

Le scénario imaginaire s'effondra et il éprouva tout à coup un affreux malaise à se sentir enfermé dans cette prison cylindrique de béton. Sa respiration se fit haletante, caverneuse. Le tunnel n'était éclairé que par un pâle filet de lumière qui filtrait par l'orifice qu'il avait creusé pour s'y glisser. Tout à coup il eut une envie folle de retrouver le soleil. Il venait de se rendre compte que ses parents dormaient, qu'ils ne savaient pas où il était et que, si le tunnel s'effondrait, il serait enterré vivant ; il ne pouvait pas se défaire de l'idée que l'Overlook ne l'aimait pas particulièrement.

Non sans mal, il fit demi-tour et se mit à remonter le tunnel à quatre pattes. Les bois de ses raquettes s'entrechoquaient derrière lui et ses paumes faisaient crisser les feuilles mortes des trembles. Au moment d'atteindre l'entrée du tunnel dont l'orifice laissait passer un filet de lumière froide, un petit éboulis de neige obstrua l'ouverture, lui poudrant le visage et le laissant dans le noir.

Pendant un instant il fut saisi de panique et son cerveau cessa de fonctionner. Tout ce qu'il voyait c'était qu'il était enfermé dans ce tunnel glacé, sans lumière...

Je ne suis pas seul ici.

Sa respiration se transforma en râle. La peur distilla son venin dans ses veines et le paralysa. Non, il n'était pas seul, il sentait une présence malveillante qui avait attendu cette occasion pour se manifester. Peut-être une araignée géante, terrée sous un amas de feuilles mortes, ou un rat..., ou peut-être le cadavre d'un enfant, mort ici, au terrain de jeux. Était-ce possible ? Oui, un enfant avait pu trouver la mort ici. Il songea à la femme dans la baignoire, au sang mêlé de fragments de cervelle sur le mur de la suite présidentielle, puis à un enfant qui s'était ouvert le crâne en tombant du jungle gym et qui à présent rampait derrière lui, le poursuivant dans le noir, cherchant, le sourire aux lèvres, un compagnon de jeux pour l'éternité.

A l'autre bout du tunnel, Danny entendit un bruissement furtif de feuilles mortes — quelqu'un s'approchait en rampant. D'un moment à l'autre, une main froide allait se refermer autour de sa cheville...

Galvanisé par cette pensée, il se mit à gratter furieusement la neige meuble qui bouchait l'entrée du tunnel et qu'il rejetait entre ses jambes en bouffées poudreuses, comme un chien qui déterre un os. Une petite lumière bleuâtre commença à filtrer par une crevasse et il s'élança vers elle comme un plongeur qui remonte à la surface, s'écorchant le dos contre le bord de l'anneau en béton. Ses raquettes s'étaient prises l'une dans l'autre et la neige s'infiltrait sous son passe-montagne et son anorak, mais il continuait de griffer l'amas blanc qui semblait vouloir le retenir, le repousser au fond du tunnel, là où une ombre faisait craquer les feuilles mortes, et l'y garder pour toujours.

Il réussit enfin à passer la tête hors du trou, exposant à la lumière éblouissante du soleil son visage tout saupoudré de neige qui ressemblait à un masque d'horreur, et à s'extraire du tunnel. Il rampa jusqu'au jungle gym, où il s'assit pour rajuster ses raquettes et reprendre son souffle.

Je suis sauvé, je vais rentrer tout de suite.

Il entendit derrière lui un bruit sourd, étouffé.

Il se retourna pour voir ce que c'était, mais il savait d'avance ce qui provoquait ce bruit-là — c'était les paquets de neige qui glissaient du toit de l'hôtel.

Un paquet de neige était tombé en effet, découvrant le chien en buis. Quand il était arrivé, il n'y avait eu, à cet endroit, qu'un vague monceau de neige, mais maintenant la silhouette du chien se détachait nettement, tache verte insolite sur un océan de blancheur éblouissante. Dressé sur ses pattes arrière, l'animal semblait quêter un sucre ou un morceau de viande.

Danny était résolu à ne pas s'affoler cette fois. Il garderait tout son sang-froid. Ici, au moins, il n'était qu'un chien de buis. « Il fait plutôt chaud aujourd'hui, se dit-il, cherchant une explication rassurante, et il est possible que le soleil ait amolli la neige et qu'elle se soit détachée d'un seul coup. Après tout, quoi de plus normal ? »

(Ne t'approche pas des buis..., fuis-les comme la peste.)

Après avoir resserré autant qu'il le put les attaches de ses raquettes, il se mit debout et regarda de nouveau le tunnel de béton presque entièrement submergé par la neige. Tout à coup il se figea, le cœur glacé. Dans l'obscurité de l'orifice qu'il avait creusé pour pouvoir pénétrer à l'intérieur, il crut distinguer, malgré l'éclat éblouissant de la neige, quelque chose qui bougeait, une main qui s'agitait, la main d'un enfant désespéré qui suppliait, qui se noyait...

(Aide-moi, oh ! viens à mon secours ! Si tu ne peux pas me sauver, tu pourras au moins jouer avec moi... et nous resterons à jamais ensemble. A jamais.)

— Non ! chuchota Danny d'une voix rauque.

Ses lèvres desséchées avaient eu du mal à articuler le mot. Sa volonté commençait à vaciller et, dans son esprit, c'était la débandade, comme quand la femme dans la baignoire avait... Non, il valait mieux ne pas y penser.

Il se raccrocha de toutes ses forces à la réalité. Il fallait réfléchir, trouver une solution, faire comme l'agent secret. Il ne fallait pas perdre son sang-froid. Est-ce que Patrick McGoohan pleurait, est-ce qu'il faisait pipi dans sa culotte comme un bébé ?

Est-ce que son papa s'affolait ?

Il était sûr que non et cette pensée le calma un peu.

Il entendit de nouveau le bruit mou d'un paquet de neige s'écrasant à terre. Il se retourna et s'aperçut que la tête d'un des lions avait émergé de la neige et lui montrait les dents. La bête s'était rapprochée de Danny et touchait presque le portail du terrain de jeux.

Une vague de terreur déferla sur lui, mais il ne se laissa pas submerger par elle. Il était l'agent secret et il allait s'en tirer, coûte que coûte.

Il se mit à marcher vers la sortie du terrain de jeux, faisant le même détour que son père le jour des bourrasques de neige. Il s'appliquait à bien mouvoir ses raquettes, à poser ses pieds lentement et bien à plat. Il lui sembla mettre un temps infini rien que pour atteindre l'angle du terrain de jeux où une accumulation de neige avait presque découvert la barrière et permettait de la franchir aisément. Danny avait presque enjambé celle-ci quand l'une de ses raquettes s'accrocha à l'un des poteaux et il perdit l'équilibre, piquant du front vers l'avant. Il fit désespérément la roue avec ses bras pour se retenir, se souvenant de la difficulté qu'il y avait à se relever une fois que l'on était à terre.

Il y eut encore ce bruit étouffé d'un paquet de neige tombant. Tournant la tête, il vit que les deux autres lions s'étaient débarrassés de leurs enveloppes de neige ; seules leurs pattes antérieures étaient encore prises. Côte à côte, à environ soixante pas de lui, ils le fixaient de leurs yeux verts. Le chien, lui, n'avait pas tourné la tête.

Ils ne bougent que quand tu ne les regardes pas.

— Oh !

Ses raquettes s'étaient emmêlées et, battant vainement des bras, il tomba la tête la première, s'enfonçant de tout son long dans la neige qui s'infiltra de nouveau à l'intérieur de son capuchon, le long de son cou, dans l'ouverture de ses bottes. A force de se débattre, il réussit à se dégager et, le cœur battant la chamade, essaya désespérément de se remettre debout sur ses raquettes.

Agent secret. Souviens-toi que tu es un agent secret.

Il retomba à la renverse et pendant un instant il resta immobile sur le dos à contempler le ciel, se disant qu'il serait plus simple de renoncer.

Mais, quand il se rappela la créature qui l'attendait dans le tunnel, il sut qu'il devait lutter. Il se remit sur ses pieds et regarda les buis. Les trois lions n'étaient plus qu'à quarante pas de lui. Le chien, qui s'était déplacé vers leur gauche, semblait vouloir bloquer sa retraite. A part les cercles poudreux autour de leurs cous et de leurs museaux, les animaux de buis s'étaient entièrement libérés de leur gaine de neige et braquaient sur lui leurs yeux feuillus.

Il était maintenant à bout de souffle et l'angoisse, comme un rat en cage, tournait en rond dans son cerveau, mais il affrontait résolument ses deux adversaires, les raquettes et la panique.

(Soudain il entendit la voix de son père : *N'essaie pas de te battre contre elles, prof. Marche avec elles comme si elles étaient tes propres pieds.*)

(*Oui, Papa.*)

Et il reprit sa marche, essayant de retrouver le style coulé qu'il avait appris avec son père. Le bon rythme lui revenait peu à peu, mais il prenait en même temps conscience de sa fatigue, de l'épuisement nerveux causé par la peur. Il fit une pause pour regarder derrière lui. Sa respiration s'arrêta net et ne reprit que plus précipitée encore. Le premier des lions n'était plus qu'à vingt pas et il fendait la neige comme un chien qui nage dans une mare. Les deux autres suivaient de près. A eux trois ils ressemblaient à une patrouille dont le chien, qui les précédait sur la gauche, eût été l'éclaireur. Le lion le plus proche avait la tête baissée, ses épaules bosselées par la contraction de leurs muscles puissants. Sa queue se dressait aussi vivement que si quelques instants auparavant elle avait fouetté l'air. Il ressemblait à un gros matou qui s'amuse avec une souris avant de la tuer.

S'il venait à tomber...

S'il tombait, il était perdu. Ils ne le laisseraient jamais se relever et fonceraient sur lui. Agitant frénétiquement ses bras, il se lança en avant, trébuchant mais rattrapant à chaque pas son équilibre. Il avançait en titubant et jetait par moments de rapides coups d'œil par-dessus son épaule. Son haleine s'échappait de sa gorge en feu avec un sifflement de verre en fusion.

Le lion le plus proche n'était plus qu'à cinq pas de lui. Des grognements s'échappaient de sa gueule béante, les muscles de ses hanches étaient bandés comme des ressorts. Derrière les trois fauves, il aperçut le lapin dont la tête vert vif venait de se dégager de la neige et qui semblait vouloir contempler la mise à mort de ses yeux aveugles.

Danny avait maintenant atteint la pelouse qui s'étendait devant le porche, entre les deux bras de l'allée semi-circulaire. S'abandonnant à la panique, il se mit à courir sur ses raquettes. N'osant plus regarder derrière lui, le corps de plus en plus penché vers l'avant, il tendait les bras comme un aveugle qui cherche à tâtons les obstacles. Son capuchon avait glissé sur ses épaules, laissant voir son visage livide, tavelé de plaques rouges sur les joues et ses yeux exorbités par la terreur. Le porche n'était plus très loin maintenant.

Derrière la croûte de la neige craqua comme sous l'effet d'un bond puissant.

Il s'écroula sur les marches de l'escalier, poussant des hurlements qui n'arrivaient pas à sortir de sa gorge, puis il grimpa l'escalier à quatre pattes, ses raquettes, complètement de travers, cognant contre les planches.

Tout près de lui, il entendit un sifflement, suivi du bruit d'une étoffe qui se déchire. Quelque chose lui avait écorché la jambe — il en avait senti la douleur. L'effroyable rugissement qu'il avait cru entendre ne devait être — ne pouvait être — qu'une illusion. Une odeur de sang et de buis mêlés lui piqua les narines. Il s'étala de tout son long sur le porche, secoué de sanglots rauques, la bouche pleine d'un goût amer. Le battement assourdissant de son cœur lui emplissait les oreilles, et un mince filet de sang coulait de son nez.

Il n'aurait pas su dire combien de temps s'écoula avant que la double porte du hall s'ouvrît et que Jack, qui avait eu tout juste le temps d'enfiler un jean et des pantoufles, se précipitât sur lui, suivi de Wendy.

— *Danny!* s'écria-t-elle.

— Prof! Danny, pour l'amour du ciel! Qu'y a-t-il? Que s'est-il passé?

Son père l'aida à se relever. Au-dessous du genou droit, son pantalon de ski était déchiré. A l'intérieur, sa chaussette de laine était trouée et le mollet écorché... comme s'il s'était égratigné en essayant de se frayer un chemin à travers un buisson de buis...

Danny se retourna pour regarder les buis. Au-delà de la pelouse et du terrain de golf, il distingua de vagues bosses capitonnées de neige. C'étaient les animaux de buis qui avaient repris leurs places dans la buissaie, entre eux et le terrain de jeux, entre eux et la route.

Ses jambes se dérobèrent sous lui, mais Jack le rattrapa et il éclata en sanglots.

XXXV

DANS LE HALL

Il leur avait tout raconté, sauf ce qu'il avait cru entendre et voir après que l'avalanche de neige eut bloqué la sortie du tunnel. Il n'avait pas pu se résoudre à leur parler de cela. D'ailleurs il ne connaissait pas les mots qu'il fallait pour exprimer la terreur qu'il avait ressentie, et dire comment elle l'avait progressivement paralysé quand il avait entendu le craquement furtif des feuilles mortes au fond de l'obscurité glaciale. Mais il leur avait parlé des paquets de neige qui étaient tombés avec des bruits sourds et du lion qui, après avoir dégagé sa tête et ses épaules de la neige, s'était lancé à sa poursuite. Il leur avait même raconté comment le lapin avait tourné la tête à la fin pour assister au dénouement.

Ils étaient assis dans le hall devant la cheminée où Jack avait fait du feu. Danny, emmitouflé dans une couverture, buvait à petites gorgées une tasse de soupe aux nouilles. Wendy, assise à ses côtés, lui caressait les cheveux. Jack s'était assis par terre et son visage s'assombrissait au fur et à mesure que

379

Danny leur racontait son histoire. A deux reprises il tira son mouchoir de sa poche arrière et s'en essuya ses lèvres gercées.

— A la fin ils m'ont poursuivi, acheva Danny.

Jack se leva et alla à la fenêtre, leur tournant le dos. Danny regarda sa mère.

— Ils m'ont poursuivi jusqu'au porche.

Il s'efforça de garder son calme en se disant que s'il restait maître de lui on le croirait peut-être. Mr. Stenger avait perdu son sang-froid. Il s'était mis à pleurer et, comme il n'avait pas su s'arrêter, LES HOMMES EN BLOUSES BLANCHES étaient venus le chercher. Si on n'arrive pas à s'arrêter de pleurer, c'est qu'on a PERDU LA BOULE et ensuite on vous emmène au CABANON. Et quand est-ce qu'on revient ? PERSONNE NE LE SAIT. Son anorak, son pantalon de ski et ses raquettes encore pleines de neige étaient jetés en vrac sur le tapis à côté de la porte d'entrée à double battant.

Je ne pleurerai pas, je ne pleurerai pas.

Il avait su se retenir de pleurer, mais il n'avait pas réussi à contrôler les tremblements qui l'agitaient violemment. Il contemplait le feu, attendant que Papa dise quelque chose. De grandes flammes jaunes dansaient sur la pierre sombre du foyer. Un nœud de sapin explosa avec une petite détonation et les étincelles s'envolèrent par la cheminée.

— Danny, viens ici.

Jack se retourna. Son visage s'était transformé en un masque dur et implacable. Danny n'aimait pas lui voir cet air-là.

— Jack...

— Tout ce que je veux, c'est qu'il vienne ici un instant.

Danny se laissa glisser du canapé et alla rejoindre son père.

— Tu es un brave garçon. Maintenant dis-moi ce que tu vois.

380

Danny avait su ce qu'il allait voir même avant de regarder par la fenêtre. Au-delà de la zone où ils avaient l'habitude de prendre leur exercice et qui était sillonnée en tous sens par les empreintes de bottes, de raquettes et les marques du traîneau, le champ de neige qui recouvrait la pelouse de l'Overlook descendait doucement vers la buissaie et le terrain de jeux. On pouvait distinguer deux séries d'empreintes, une première qui partait du porche et allait en ligne droite jusqu'au terrain de jeux et une autre qui en revenait par un long détour.

— Je vois mes empreintes, Papa. Mais...

— Et les buis, Danny ?

Les lèvres de Danny se mirent à trembler. Il était au bord des larmes. Et s'il n'arrivait pas à s'arrêter ?

Je ne pleurerai pas, je ne pleurerai pas !

— Ils sont recouverts de neige, dit-il tout bas. Mais, Papa...

— Quoi ? Qu'est-ce que tu as dit ?

— Jack, nous ne sommes pas au tribunal ! Ne vois-tu pas qu'il est bouleversé ? Il est...

— Tais-toi ! Tu disais, Danny ?

— Les buis m'ont égratigné, Papa. Ils m'ont griffé la jambe.

— Tu as dû te couper la jambe sur la croûte de neige.

Le visage pâle, l'air furieux, Wendy s'interposa :

— Qu'est-ce que tu essaies de lui faire dire ? lui demanda-t-elle. On dirait que tu veux lui faire avouer un crime. *Mais qu'est-ce que tu as ?*

La lueur étrange dans les yeux de Jack s'évanouit.

— J'essaie de l'aider à distinguer entre la réalité et une hallucination, rien de plus. Il s'accroupit à côté de Danny pour pouvoir le regarder en face, puis le serra très fort dans ses bras. Danny, tout ce que tu nous as raconté n'est arrivé que dans ton imagination. Tu comprends ? C'était comme ces transes qui te prennent quelquefois. C'est tout.

— Papa ?

— Oui, Dan ?

— Je ne me suis pas coupé la jambe sur la croûte de neige. IL n'y a pas de croûte, la neige est poudreuse. Elle ne colle même pas assez pour faire des boules de neige. Nous avons essayé de nous battre à coups de boules de neige et nous n'avons pas pu. Tu t'en souviens ?

Il sentit son père se raidir contre lui.

— Alors tu t'es coupé contre la marche du porche.

Danny se dégagea de l'étreinte de son père. Soudain il avait compris. Dans un éclair, tout était devenu limpide. Il dévisagea son père avec de grands yeux.

— Tu sais que je dis la vérité ! chuchota-t-il, indigné.

— Danny !

Le visage de Jack se crispa, ses mâchoires se serrèrent.

— Tu sais parce que toi aussi tu as vu.

La gifle s'abattit sur le visage de Danny avec un petit bruit sec, banal. Sous le choc, la tête de l'enfant roula en arrière et l'empreinte de la main de Jack se dessina en rouge sur la joue comme une brûlure.

Wendy poussa un cri.

Pendant un moment ils restèrent tous les trois sans bouger, puis Jack prit Danny dans ses bras et lui dit :

— Danny, je te demande pardon. Je ne t'ai pas fait trop mal, prof ?

— Tu l'as frappé, espèce de salaud ! cria Wendy. Tu n'es qu'un salaud !

Elle saisit Danny par l'autre bras et essaya de l'arracher à Jack.

382

— *Oh ! arrêtez de me tirer dessus !* hurla-t-il — et sa voix exprimait une telle souffrance qu'ils le lâchèrent tous les deux sur-le-champ.

Puis, s'écroulant entre le canapé et la fenêtre, il éclata en sanglots tandis que ses parents le regardaient, sans savoir que faire, comme des enfants regardent un jouet qu'ils ont cassé en se le disputant. Dans la cheminée un autre nœud de sapin explosa comme une grenade, les faisant tous sursauter.

Wendy lui donna une aspirine pour enfant et Jack le glissa, sans qu'il proteste, entre les draps de son lit. En un rien de temps il s'endormit, le pouce à la bouche.

— Ça ne me plaît pas, dit-elle. C'est une régression.

Jack ne répondit pas.

Elle le regarda doucement, sans colère, mais sans sourire non plus.

— Tu veux que je te demande pardon de t'avoir appelé salaud ? D'accord, je te demande pardon. Je suis désolée. Mais tu n'aurais pas dû le frapper.

— Je sais, marmonna-t-il. Je sais. Je ne sais pas ce qui m'a pris.

— Tu avais promis de ne jamais plus le frapper.

Il lui lança un regard furieux, puis sa colère s'évanouit. Wendy comprit que ce visage résigné qu'elle voyait pour la première fois et qui lui faisait tellement pitié était celui du vieillard que Jack deviendrait un jour. Elle ne lui avait jamais vu cet air-là.

(Quel air ?)

L'air vaincu, se dit-elle. *Il a l'air vaincu.*

Il dit :

— J'avais toujours pensé que je pouvais tenir mes promesses.

Elle alla vers lui et posa ses mains sur son bras.

— Ça ne fait rien, c'est fini. Quand le forestier viendra nous chercher, nous lui dirons que nous voulons tous partir. D'accord ?

— D'accord, dit Jack, et, à ce moment-là, au moins, il était de bonne foi.

Comme il avait été de bonne foi quand, au lendemain de ses beuveries, il se regardait, pâle et hagard, dans la glace en se jurant : « Je vais m'arrêter, m'arrêter d'un seul coup. » Mais la matinée passait et, l'après-midi venu, il se sentait mieux. Et l'après-midi, selon son habitude, faisait place à la nuit. Comme le disait si bien un de nos grands philosophes contemporains, la nuit finit toujours par tomber.

Il aurait aimé que Wendy lui posât des questions au sujet des buis, qu'elle lui demandât ce que Danny avait voulu dire quand il avait accusé son père : « Tu sais parce que toi aussi tu as vu. » Si elle l'avait fait, il lui aurait tout dit. Tout. Les buis, la femme dans la chambre, même la lance de l'extincteur qui semblait avoir changé de position. Mais où aurait-il arrêté sa confession ? Est-ce qu'il pouvait lui avouer qu'il avait jeté la magnéto et que sans cela, à l'heure qu'il était, ils seraient déjà à Sidewinter ?

Mais elle se contenta de lui demander :

— Veux-tu une tasse de thé ?

— Oui, une tasse de thé me ferait du bien.

Et elle sortit faire du thé, le laissant seul à surveiller leur fils.

XXXVI

L'ASCENSEUR

Jack se réveilla d'un sommeil léger et agité. Dans son rêve, de vagues ombres l'avaient poursuivi à travers des champs de neige qui s'en allaient à l'infini. Dans l'obscurité de la chambre il entendit une succession de bruits mécaniques — cliquetis, vrombissements, grincements — et il crut rêver encore.

Mais Wendy se réveilla, elle aussi, en sursaut. Il comprit alors qu'il ne rêvait pas.

— Qu'est-ce que c'est ?

La main qui serrait son poignet était de glace. Il réprima son envie de la repousser — comment diable est-ce qu'il saurait ce que c'était ? Le cadran lumineux du réveil marquait minuit moins cinq.

Le vrombissement revint, fort et régulier, avec de légères variations de régime, puis s'arrêta sur un déclic. Il y eut alors un claquement métallique suivi d'un coup sourd. Puis le vrombissement reprit.

C'était l'ascenseur.

Danny s'était assis dans son lit.

— Papa ? *Papa ?* demanda-t-il d'une voix mal réveillée mais craintive.

— Je suis là, prof, dit Jack. Viens ici et monte dans notre lit. Ta maman est réveillée aussi.

Il grimpa sur le lit et se glissa entre eux, en faisant froufrouter les draps et les couvertures.

— C'est l'ascenseur, chuchota-t-il.

— Tu as raison, dit Jack. Ce n'est que l'ascenseur.

— Comment peux-tu dire : « Ce n'est que l'ascenseur » ? demanda Wendy, indignée, sur un ton qui frôlait l'hystérie. C'est le milieu de la nuit. *Qui est-ce qui le fait marcher ?*

VrooouuumMMM. Clic-clac. L'ascenseur était au-dessus de leurs têtes maintenant. Au ferraillement de la grille de la cabine qui se rabattait en accordéon succéda le double claquement des battants de la porte du palier. Puis ce fut de nouveau le ronronnement du moteur et le grincement des câbles.

Danny se mit à pleurnicher.

Jack dégagea ses pieds des draps et les posa à terre.

— C'est probablement un court-circuit. Je vais aller voir.

— Je t'interdis de sortir de cette chambre !

— Ne sois pas stupide, dit-il, passant sa robe de chambre. C'est mon travail.

En un clin d'œil elle fut debout, tenant Danny par la main.

— Nous irons avec toi.

— Wendy !

— Qu'y a-t-il ? demanda Danny d'un air sombre. Qu'est-ce qui ne va pas, Papa ?

Au lieu de répondre, Jack détourna la tête. Il avait les traits figés en un masque de colère. D'un geste brusque, il noua la ceinture de sa robe de chambre, ouvrit la porte et sortit dans l'obscurité du couloir.

Wendy hésita un moment et ce fut Danny qui fit

le premier pas. Elle se hâta de le rattraper et ils sortirent ensemble.

Jack s'était arrêté devant la cage de l'ascenseur, flanquée de banquettes et de cendriers étouffoirs, et se tenait immobile devant la porte fermée. Dans sa robe de chambre en écossais passé et ses pantoufles de cuir marron aux talons éculés, avec ses cheveux ébouriffés par le sommeil, il avait l'air de quelque Hamlet moderne, trop indécis pour modifier le cours du destin tragique dont il regardait, fasciné, la marche inexorable.

La main de Danny serrait douloureusement celle de Wendy ; les traits tirés et l'air anxieux, il levait sur elle un regard interrogateur.

— Allons-y, dit-elle, et ils avancèrent bravement dans le couloir pour rejoindre Jack.

A travers le hublot en losange au milieu de la porte de la cage, elle crut distinguer les câbles qui frémissaient encore. L'ascenseur s'était arrêté, au-dessous, au rez-de-chaussée. Ils entendirent s'ouvrir les portes, puis...

(La fête)

Pourquoi avait-elle pensé à une fête ? Ce mot venait de lui effleurer l'esprit sans raison. A part les bruits bizarres qui montaient par la cage de l'ascenseur, il régnait dans l'Overlook un silence de mort.

(C'était sûrement une fête extraordinaire.)

(QUELLE FÊTE ?)

C'est alors qu'une image surgit de son inconscient, une image si vraie qu'elle semblait être un souvenir... — pas n'importe quel souvenir, mais un de ceux que l'on chérit, que l'on n'évoque qu'aux grandes occasions et dont on parle rarement. Il y avait des centaines, des milliers de lumières ; une profusion de couleurs ; on entendait les petites détonations joyeuses des bouteilles de champagne et un orchestre de quarante musiciens jouait *In the mood* de Glenn Miller. Mais Glenn Miller avait trouvé la mort dans un bombardier pendant la guerre, avant qu'elle ne soit née. Comment aurait-elle pu se souvenir de Glenn Miller ?

En bas, la porte de l'ascenseur s'était rabattue et dans un bourdonnement grinçant la cabine avait commencé à remonter.

Elle passa sans s'arrêter au premier étage où ils se trouvaient et monta jusqu'au troisième. Wendy observait Danny qui avait les yeux grands ouverts et les lèvres pincées en lame de couteau. La porte coulissante de la cabine s'ouvrit et celle du palier claqua. C'était l'heure, l'heure de dire...

(Bonne nuit... bonne nuit... oui, c'était l'enchanteur... non, je ne peux vraiment pas rester pour les voir se démasquer... je suis une couche-tôt et une lève-toi... quoi, c'était Sheila ? Le moine ?... Quelle drôle d'idée !... Sheila en moine ! Oui, bonne nuit... quelle merveilleuse soirée !)

Clic-clac ! Vroum !

L'embrayage s'enclencha, le moteur redémarra et la cabine se mit à descendre en grinçant.

— Jack, chuchota-t-elle. Qu'est-ce qui arrive ? Pourquoi est-ce qu'il s'est mis en marche ?

— Un court-circuit, répondit Jack. (Son visage était de bois.) Je te dis que c'est un court-circuit.

L'ascenseur s'arrêta de nouveau. Le silence était revenu, l'hôtel était désert. On n'entendait plus que les craquements de la bâtisse et le gémissement du vent tourbillonnant autour du toit.

Jack s'avança vers une boîte vitrée accrochée au mur à hauteur de poitrine, sur la droite. D'un coup de poing il cassa le verre, dont les débris dégringolèrent à l'intérieur, tailladant deux de ses doigts. Il passa la main dans l'ouverture et en retira une longue clef à tige lisse.

— Jack, non, ne fais pas ça.

— Je ferai ce que j'ai à faire. Laisse-moi tranquille, Wendy.

Elle essaya de lui retenir le bras, mais il la repoussa. Ses pieds se prirent dans l'ourlet de sa robe de chambre et elle tomba lourdement à terre. Danny poussa un cri aigu et se jeta à genoux à côté d'elle. Jack retourna vers l'ascenseur et enfonça la clef dans la serrure.

Les câbles de l'ascenseur disparurent et il vit apparaître, dans le petit hublot de la porte, le plancher de la cabine. Un instant plus tard, Jack tourna la clef de toutes ses forces. La cabine tomba instantanément à l'arrêt, dans un grincement assourdissant. Au sous-sol, le moteur débrayé continua un moment à tourner, puis le disjoncteur coupa le courant et un silence irréel se fit dans l'Overlook, laissant le champ libre aux hurlements du vent dehors dans la nuit. Jack regardait d'un air hébété la porte de métal gris de la cage de l'ascenseur. Au-dessous du trou de la serrure, ses doigts avaient laissé trois taches de sang.

Il se tourna vers Wendy, assise par terre avec Danny blotti contre elle. Ils l'observaient tous deux attentivement comme s'il était un étranger qu'ils voyaient pour la première fois et dont ils se méfiaient. Sans très bien savoir ce qu'il allait dire, il ouvrit la bouche :

— C'est... Wendy, c'est mon travail.

Elle répondit en articulant avec soin :

— Je me fous de ton travail.

Il se retourna vers l'ascenseur et, glissant ses doigts dans la fente qui courait le long du côté droit de la porte, il réussit à la repousser légèrement, puis, en pesant de tout son poids, il finit par l'ouvrir complètement.

La cabine s'était arrêtée entre deux étages, son plancher arrivait à hauteur de la poitrine de Jack. Dans la chaude lumière qui la baignait, elle se détachait avec netteté sur l'obscurité glauque du puits de la cage.

Pendant un moment qui leur parut interminable, il inspecta l'intérieur.

— Elle est vide, dit-il enfin. C'était un court-circuit, comme je te l'ai dit.

Il avait accroché ses doigts dans la fente derrière la porte et commençait à la refermer quand il sentit la main de Wendy se poser sur son épaule et le tirer en arrière avec une force inattendue.

— Wendy ! lui cria-t-il.

Mais elle avait déjà saisi le bord inférieur de la cabine et s'était soulevée sur ses bras pour pouvoir regarder à l'intérieur. Puis, dans un effort violent des épaules et du ventre, elle entreprit de se hisser dans la cabine. L'issue de se tentative resta un moment en suspens : ses pieds se balancèrent au-dessus du gouffre noir qui s'ouvrait sous elle et une de ses pantoufles roses glissa, disparaissant dans le vide.

— *Maman !* cria Danny.

Elle réussit enfin à monter dans la cabine. Elle avait les joues en feu, son front était d'une pâleur lunaire.

— Qu'est-ce que tu dis de ça, Jack ? Est-ce un court-circuit ?

Elle lui jeta quelque chose et le couloir s'emplit soudain d'une pluie de confetti multicolores.

— *Et ça ?*

C'était un serpentin vert, décoloré par l'âge.

— *Et ça ?*

Elle lança en l'air un loup de soie noire pailletée qui alla atterrir sur les guirlandes de la moquette bleu de nuit.

— C'est ça, ton court-circuit, Jack ? lui hurla-t-elle au visage.

Jack battit lentement en retraite, hochant la tête lentement comme une poupée mécanique. Sur la moquette jonchée de confetti le loup fixait le plafond de son regard vide.

XXXVII

LA PENDULE

On était au 1er décembre.

Dans le dancing de l'aile est, Danny était monté sur un grand fauteuil à joues pour pouvoir examiner de près la pendule sous globe de verre qui, flanquée de deux énormes éléphants en ivoire, trônait sur le manteau de la monumentale cheminée sculptée. Danny s'attendait presque à voir les deux éléphants foncer sur lui et essayer de l'empaler sur leurs défenses, mais ils ne bougèrent pas. Ils étaient inoffensifs. Depuis l'affaire de l'ascenseur, il en était venu à ranger en deux catégories tout ce qui se trouvait dans l'Overlook. L'ascenseur, le sous-sol, le terrain de jeux, la chambre 217 et la suite présidentielle étaient des endroit dangereux. Par contre, leur appartement, le hall et le porche étaient inoffensifs et le dancing appartenait apparemment, lui aussi, à cette deuxième catégorie.

(Les éléphants, en tout cas, ne sont pas dangereux.)

Il évitait, par prudence, les endroits dont il n'était pas sûr.

Il scruta la pendule à l'intérieur de son globe de

verre. On l'avait mise sous ce globe pour protéger son mécanisme qui était entièrement à nu. Celui-ci se trouvait placé à l'intérieur d'un cercle de rails chromés et, juste au-dessous du cadran, il y avait un petit axe muni à chaque extrémité d'un engrenage. Les aiguilles de la pendule indiquaient onze heures et quart. Bien que Danny ne sût pas lire les chiffres romains, il avait pu déduire, d'après la position des aiguilles, l'heure à laquelle la pendule s'était arrêtée. Sur le support recouvert de velours, il remarqua une petite clef en argent délicatement ouvragée et que le verre convexe du globe déformait légèrement.

Danny avança les mains, saisit le globe, le souleva et le déposa à côté. Il promena un instant sur le mécanisme son index qui glissait sur les roues lisses et s'accrochait sur les roues dentées. Puis il ramassa la clef d'argent qui, trop petite pour une main d'adulte, était exactement à la mesure de la sienne. Il la glissa dans le trou au milieu du cadran et elle s'enclencha avec un petit déclic qu'il sentit plus qu'il ne l'entendit. Elle se tournait à droite, évidemment : dans le sens des aiguilles d'une montre.

Quand la clef ne voulut plus tourner, il la retira. Le tic-tac se mit en marche et les rouages commencèrent à tourner. Un grand balancier se mit à osciller et les aiguilles à avancer. En regardant attentivement, sans bouger, on pouvait voir la grande aiguille se rapprocher insensiblement de la petite aiguille qu'elle finirait par rejoindre, dans quarante-cinq minutes, sur le XII.

(Et la Mort Rouge les tenait en son pouvoir.)

Curieux de voir ce qui allait se produire, il avança de nouveau son index et poussa la grande aiguille jusqu'à la petite. Ce n'était certainement pas une pendule à coucou, mais ces rails chromés devaient bien servir à quelque chose.

Après quelques hoquets, la pendule se mit à tintinnabuler *le Beau Danube bleu*, de Strauss, grâce à un rouleau de tissu perforé qui se dévidait tandis que de petits marteaux en cuivre montaient et descendaient en cadence. Deux petits personnages sortirent de derrière le cadran, en glissant sur les rails. C'étaient des danseurs, à gauche une ballerine en tutu et bas blancs, à droite un danseur en collant noir et chaussons de danse. Ils avancèrent l'un vers l'autre, les bras arqués au-dessus de leurs têtes, et se rencontrèrent au milieu, devant le numéro VI.

Sous leurs aisselles, Danny remarqua des petites rainures dans lesquelles l'axe vint s'insérer avec un nouveau déclic. Aux deux extrémités de l'axe, les roues dentelées se mirent à tourner tandis que *le Beau Danube bleu* continuait de s'égrener. Les danseurs abaissèrent alors leurs bras et se saisirent l'un l'autre. Le garçon souleva sa partenaire au-dessus de sa tête et sauta en pirouettant par-dessus l'axe. Puis il s'étendirent l'un sur l'autre. La tête du danseur disparut sous le tutu de la ballerine, la danseuse colla son visage contre le bas-ventre de son partenaire et ils se tortillèrent avec une frénésie mécanique.

Danny fit une grimace qui lui plissa le nez. Ils s'embrassaient le zizi. Ça lui donnait mal au cœur.

Puis le ballet reprit, mais avec des mouvements inversés. Le danseur redressa sa partenaire et ressauta par-dessus l'axe, puis, les bras arqués au-dessus de leurs têtes, ils s'éloignèrent l'un de l'autre, tout en échangeant des hochements de tête complices. Ils s'en retournèrent là d'où ils étaient venus et disparurent à l'instant où *le Beau Danube bleu* prenait fin. La pendule se mit alors à sonner l'heure de son carillon d'argent.

(Minuit ! Minuit sonne !)

(Otez les masques !)

Il virevolta et faillit tomber du fauteuil. La salle de bal était vide. Par la grande fenêtre cathédrale il pouvait apercevoir les flocons d'une nouvelle chute de neige. Le grand tapis où l'or se mariait somptueusement au rouge écarlate était toujours à la même place, roulé, bien sûr, pour permettre les évolutions des danseurs et la piste était entourée de tables intimes, chacune avec ses deux chaises renversées, pieds en l'air.

Danny se retourna avec un soupir tremblant et regarda la pendule. Le balancier allait et venait avec un mouvement hypnotique. S'il gardait la tête parfaitement immobile, il pourrait voir si...

A la place du cadran il vit s'ouvrir un gouffre noir qui, grandissant à vue d'œil, engloutit d'abord la pendule puis la salle du dancing tout entière. Pris de vertige, il vacilla puis sombra à son tour dans les ténèbres qui, depuis toujours, se dissimulaient derrière ce cadran.

L'enfant s'écroula tout à coup dans le fauteuil, le corps de travers, la tête renversée en arrière, fixant d'un regard vide le haut plafond du dancing.

Il tombait, tombait dans l'abîme, sans jamais en apercevoir le fond. Tout à coup il se retrouva accroupi dans un des couloirs de l'hôtel. Il avait essayé de regagner l'escalier, mais il s'était trompé de direction et maintenant...

Ce couloir en cul-de-sac était celui qui donnait accès à la suite présidentielle. Le bruit des coups se rapprochait. Le maillet de roque fauchait l'air avec des sifflements aigus. Quand il s'abattait contre les murs, mordant l'enduit, déchirant la tapisserie de soie, il soulevait de petits panaches de poussière de plâtre.

(Viens ici, nom de Dieu ! Je t'apprendrai à me désobéir !)

Juste derrière lui, dans le cul-de-sac, quelqu'un

s'appuyait nonchalamment contre le mur — une ombre ? un spectre ?

Non, ce n'était pas un fantôme mais tout simplement quelqu'un vêtu de blanc.

(Viens ici ! Viens ici, petit merdeux !)

L'homme en blanc se redressa un peu, retira la cigarette du coin de sa bouche et essuya un brin de tabac de sa lèvre inférieure charnue. Danny reconnut Hallorann bien qu'il eût son uniforme de chef cuisinier et non le costume bleu qu'il portait le jour de la fermeture.

« S'il arrive un pépin, lui avait dit Hallorann, appelle-moi. Lance-moi un grand cri comme celui qui m'a terrassé tout à l'heure. Il se pourrait que je t'entende de la Floride. Et, si je t'entends, je volerai à ton secours. Je volerai à ton secours... »

(Alors, viens à mon secours ! Viens, viens maintenant ! Oh ! Dick, j'ai besoin de toi — nous avons tous besoin de toi !)

Mais Dick Hallorann remit sa cigarette au coin de la bouche, lui tourna le dos et s'en alla nonchalamment à travers le mur.

Danny se retrouva seul.

Ce fut alors que le monstre gigantesque surgit, perçant l'ombre de ses petits yeux rouges. Il déboucha dans le cul-de-sac et lança :

(Ah ! te voilà ! Maintenant je te tiens, petit merdeux ! Je t'apprendrai à me désobéir !)

D'une démarche titubante, le corps penché en avant, le monstre fonça sur Danny en donnant de furieux coups de maillet. Danny recula en hurlant et se retrouva soudain de l'autre côté du mur. Il avait recommencé à tomber, à tournoyer dans le vide vers le fond de ce terrier de lapin qui menait non pas au pays des merveilles mais au royaume des cauchemars.

Tony, qui l'avait précédé dans sa chute, tombait aussi.

(Je ne pourrai plus venir te voir, Danny... Il ne me laisse plus t'approcher... Aucun d'eux ne me laisse plus t'approcher...)

— *Tony !* cria-t-il.

Mais Tony avait disparu et Danny se trouvait à présent dans une chambre obscure. C'était la chambre à coucher de Papa et Maman. Dans la pénombre contre laquelle luttait une lumière tamisée, il put distinguer le bureau de son papa. Mais la chambre était sens dessus dessous — le monstre était déjà passé par là. L'électrophone de Maman gisait renversé sur le sol et ses disques étaient répandus sur le tapis. Le matelas était à moitié hors du lit et les tableaux avaient été arrachés des murs. Son propre lit de camp était couché sur le côté comme un chien mort. La Folle Volkswagen Violette n'était plus qu'un tas d'échardes de plastique.

La porte de la salle de bain était entrebâillée et c'était par là que filtrait la lumière. Juste derrière la porte, il aperçut une main qui pendait mollement, les doigts dégoulinants de sang. Sur le miroir de l'armoire à médicaments, le mot *TROMAL* s'allumait par intermittence comme une enseigne au néon.

Tout à coup, une énorme pendule sous un globe en verre parut en face du miroir. Son cadran ne portait ni aiguilles ni chiffres, mais une date en rouge : *2 DÉCEMBRE*. Alors, les yeux dilatés par l'horreur, Danny put lire, reflétées sur le globe, les lettres inversées du mot TROMAL : *LA MORT.*

Il poussa un hurlement de terreur. La date inscrite sur le cadran de la pendule avait disparu. Le cadran lui-même avait disparu, faisant place à un gouffre noir qui s'élargissait comme un iris qui se dilate. Englouti par les ténèbres, Danny bascula dans l'abîme, la tête la première.

... Il était tombé du fauteuil.

396

Respirant avec difficulté, il resta étendu sur le sol du dancing.

(Et la Mort Rouge les tenait en son pouvoir !)

(Otez les masques ! Otez les masques !)

Et, derrière tous ces masques soyeux et pailletés, se cachait un même visage, celui de l'inconnu qui l'avait poursuivi à travers les couloirs obscurs et dont il n'avait aperçu que les yeux rougeoyants et sanguinaires.

Oh ! comme il redoutait le moment où il découvrirait l'identité de celui qui se dissimulait derrière ces masques !

(DICK !)

Il hurla ce nom avec une telle violence que sa tête en vibra.

Au-dessus de lui, la pendule qu'il avait remontée avec la petite clef d'argent continuait de marquer les minutes et les heures.

CINQUIÈME PARTIE

UNE QUESTION DE VIE OU DE MORT

XXXVIII

LA FLORIDE

Au volant de sa Cadillac, Dick Hallorann, une Lucky Strike au bec, quitta le parking du supermarché et fit lentement le tour du bâtiment. Il reconnut Masterton qui, quoique devenu copropriétaire du magasin, n'avait pas perdu pour autant la démarche traînante et le maintien humble que lui avait laissés une enfance misérable. Poussant un chariot plein de laitues, il se dirigeait vers le grand immeuble sombre.

Pressant sur un bouton de commande, Hallorann abaissa la vitre et lui cria :

— Tes avocats à cinquante cents, c'est du vol, espèce de pirate !

Masterton retourna la tête et lui fit un grand sourire qui exposa ses trois dents en or.

— S'ils ne te plaisent pas, mon pote, tu sais où tu peux te les fourrer ! lui lança-t-il à son tour.

— Ça, c'est le genre de remarque que je n'oublie jamais, mon vieux.

Masterton lui fit un bras d'honneur et Hallorann lui renvoya le compliment.

— Tu as trouvé tes concombres ? demanda Masterton.

— Oui, je les ai trouvés.

— Si tu viens demain de bonne heure, je te donnerai les plus jolies pommes de terre nouvelles que tu aies jamais vues.

— J'enverrai le petit, dit Hallorann. Tu viens ce soir ?

— Tu nous offres à boire ?

— Cette caisse te suffit ?

— D'accord ; j'y serai. Tu as intérêt à rentrer directement chez toi avec ta carriole de richard. Y a pas un flic d'ici à St. Pete qui ne t'ait repéré.

— Tu sais tout, toi, dit Hallorann en souriant.

— J'en sais un peu plus long que toi en tout cas.

— Qu'est-ce qu'il ne faut pas entendre ! Tu ne manques pas de toupet, sale négro.

— Allez, fous-moi le camp avant que je ne te balance ces laitues à la gueule.

— Vas-y donc, ce sera du rab pour moi.

Masterton fit mine d'en envoyer une. Hallorann esquiva le coup, remonta la vitre et démarra. Il se sentait en pleine forme. Depuis une demi-heure, il avait une odeur d'orange dans les narines, mais il n'y avait pas prêté une attention particulière, étant donné qu'il se trouvait dans un marché aux légumes.

Il était quatre heures trente de l'après-midi, un 1er décembre. Le vieux bonhomme Hiver avait déjà planté ses fesses, rouges d'engelures, sur la plus grande partie du pays, mais ici les hommes portaient encore des chemises à manches courtes et col ouvert et les femmes des robes légères et des shorts. Sur le thermomètre lumineux encadré d'énormes pamplemousses qui se dressait sur le toit de la First Bank of Florida clignotait le chiffre 26°. « La Floride, c'est une bien belle invention, pensa Hallorann, même avec ses moustiques et tout le reste. »

Dans le coffre de sa limousine, il avait chargé deux douzaines d'avocats, un cageot d'oranges, un autre de concombres et un troisième de pamplemousses. Trois sacs à provisions contenaient des oignons d'Espagne, le légume le plus exquis qu'un Dieu miséricordieux ait jamais donné aux hommes, des petits pois sucrés pour accompagner les entrées qui, neuf fois sur dix, revenaient sans qu'on y ait touché, ainsi qu'une courge noire Hubbard pour sa dégustation personnelle.

Si Masterton ne venait pas ce soir regarder la télé et boire son Bushmill's, il n'en ferait pas une maladie et pourtant les visites de son ami comptaient beaucoup pour lui maintenant qu'ils n'étaient plus tellement jeunes. Depuis quelques jours Hallorann était très préoccupé par la vieillesse, la mort. Quand on approche de la soixantaine (à vrai dire, quand on l'a dépassée), il faut commencer à penser au grand départ. Ça pouvait arriver n'importe quand. Cette pensée le poursuivait depuis une semaine. Non pas qu'elle le tourmentât vraiment : tout simplement, il prenait conscience d'une loi naturelle. La mort faisait partie de la vie. Et, si l'on n'acceptait pas cette vérité-là, on ne comprendrait jamais rien à la vie. L'idée de sa propre mort est difficile à comprendre, mais elle n'est pas intolérable. Il n'aurait pas su dire au juste pourquoi il s'était mis tout à coup à ressasser tout ça.

D'ailleurs, s'il était allé chercher lui-même ces quelques provisions, ce n'était pas seulement pour revoir Masterton, mais aussi pour aller voir McIver, le jeune avocat noir qui avait loué le bureau au-dessus du Frank's Bar and Grill. Hallorann lui avait fait part de son désir de faire son testament et lui avait demandé s'il pouvait l'y aider. L'affaire avait été rondement menée : le document avait été rédigé et signé en trois heures, ce qui prouve que même un charlatan peut se montrer expéditif

403

à l'occasion. Plié et glissé dans une enveloppe de vélin bleu sur laquelle était écrit en lettres gothiques le mot *TESTAMENT*, il se trouvait actuellement dans la poche intérieure de sa veste.

Ça faisait des années qu'il remettait ce projet au lendemain et il n'aurait pas su dire pourquoi il avait choisi, pour le mettre enfin à exécution, une si belle journée ensoleillée, alors qu'il se sentait si bien, mais un sixième sens lui avait dit que le moment était propice et il avait l'habitude d'obéir à ce genre d'impulsion.

Tout à coup il fut assailli par une très forte odeur d'orange. Dans le rétroviseur, il pouvait voir ses yeux se dilater et il comprit aussitôt qu'il allait se passer quelque chose. Le coup lui fut asséné avec une violence qui effaça toute autre sensation : la musique à la radio, la route devant lui, la conscience même de sa propre existence. C'était comme si quelqu'un avait posé un pistolet psychique contre sa tempe et lui avait brûlé la cervelle avec un cri.

(OH ! DICK, VIENS VITE, JE T'EN SUPPLIE ! ! !)

La limousine venait d'arriver à hauteur d'un break Pinto conduit par un bonhomme en salopette d'ouvrier. Voyant que la Cadillac commençait à empiéter sur sa voie, celui-ci se mit à klaxonner. Comme elle ne se redressait toujours pas, il jeta un coup d'œil vers son conducteur et découvrit derrière le volant un grand Noir, figé sur son siège comme si une décharge électrique venait de le foudroyer et qui levait vers le ciel un regard absent.

L'ouvrier freina brusquement pour éviter l'arrière fuselé de la Cadillac qui, à son étonnement indigné, passa à un cheveu du pare-chocs de sa Pinto.

Tout en klaxonnant furieusement, il déboîta alors

404

sur sa gauche pour se porter à hauteur de la limousine dont les embardées se faisaient de plus en plus folles. Fou de rage, il se mit à invectiver Hallorann, lui suggérant de se prêter à un acte de perversion sexuelle puni par la loi et de se livrer à des rapports oraux avec divers rongeurs et oiseaux, invita tous les membres de la race noire à retourner dans leur pays d'origine et prétendit connaître la destination de l'âme d'Hallorann après sa mort ; pour finir, il déclara avoir rencontré sa mère dans une maison close de la Nouvelle-Orléans.

Puis il dépassa la Cadillac et, une fois hors de sa portée, s'aperçut qu'il avait pissé dans son pantalon.

L'appel revenait sans cesse.

(VIENS, DICK, JE T'EN PRIE, VIENS !)

Mais il faiblissait de plus en plus, comme une émission de radio à la limite de sa portée. Hallorann finit par reprendre ses esprits et se rendit compte qu'il roulait sur l'épaulement du bas-côté à plus de quatre-vingts kilomètres à l'heure. Il redressa la voiture, mais les roues arrière continuèrent à chasser tant qu'elles ne furent pas sur la chaussée.

Il regarda ses bras. Malgré la chaleur du soleil, il avait la chair de poule. Il se souvenait avoir dit à l'enfant de l'appeler en cas de besoin, et c'est ce qu'il venait de faire.

Il se demanda comment il avait pu laisser cet enfant là-haut, sachant combien son don le rendait vulnérable. Il avait sûrement eu des ennuis. Peut-être des ennuis très graves.

Quand Hallorann rentra, le manager de l'hôtel, un certain Queems, était en train de téléphoner à son bookmaker. Il voulait parier à la course à quatre chevaux de Rockaway. Non, les autres courses ne l'intéressaient pas. Mais sur celle-là il miserait six cents dollars tout ronds. Et le dimanche il parierait sur les Jets. Queems raccrocha et, à voir son air maussade, Hallorann se dit qu'il commençait à comprendre comment, tout en gagnant cinquante mille dollars par an avec cet hôtel de villégiature, il pouvait en être réduit à porter des pantalons élimés.

— Vous avez des ennuis, Dick ?

— Oui, Mr. Queems, plutôt. J'aurais besoin de m'absenter pour trois jours.

— Vous n'êtes pas le seul, dit-il. Mais qu'est-ce qui se passe ?

— J'ai besoin de trois jours, répéta Hallorann. C'est pour mon fils.

Le regard de Queems se posa sur la main gauche d'Hallorann qui ne portait pas d'alliance.

— Je suis divorcé depuis 1964, expliqua patiemment Hallorann.

— Dick, vous savez ce qu'il en est. Comme tous les week-ends, nous allons être débordés. Tout est déjà pris, même les chambres de bonne, et toutes les tables de la Florida Room sont déjà retenues pour le dimanche soir. Je suis prêt à vous donner ma montre, mon portefeuille, et ma retraite. Bon sang, vous pouvez même vous taper ma femme si vous aimez les planches à pain. Mais, je vous en supplie, ne me demandez pas un congé. Qu'est-ce qui vous arrive ? Votre fils est malade ?

— Oui, monsieur, répondit Hallorann, essayant de se mettre dans la peau de l'esclave qui, dans les vieux films, roule des yeux et triture son chapeau de toile en suppliant son maître de lui accorder une faveur. Il est blessé. Un coup de fusil.

— Un coup de fusil ! s'exclama Queems.

— Oui, monsieur, dit Hallorann d'un air solennel.

— Un accident de chasse ?

— Non, monsieur, dit Hallorann, donnant à sa

voix des accents plus graves, plus pathétiques. Jana vit avec un camionneur et c'est lui qui a tiré sur mon fils. On l'a emmené à l'hôpital de Denver, dans le Colorado, et son état est critique.

— Et comment diable l'avez-vous appris ? Je croyais que vous étiez parti faire le marché.

— C'est exact, monsieur.

Sur le chemin du retour, Hallorann s'était arrêté à la poste pour téléphoner chez Avis à l'aéroport Stapleton et leur demander de lui réserver une voiture de location. Il en avait profité pour ramasser une formule de télégramme qu'il sortait maintenant, toute froissée, de sa poche et qu'il brandissait devant les yeux injectés de sang de Queems. Puis il la remit dans sa poche en renchérissant d'une voix encore plus poignante :

— C'est Jana qui l'a envoyé. Je l'ai trouvé dans ma boîte à lettres en arrivant.

— Seigneur Jésus ! s'exclama Queems.

Il avait pris une mine de circonstance qu'Hallorann connaissait bien et qui exprimait la compassion de commande qu'un Blanc tel que Queems, qui se flattait d'avoir des rapports corrects avec les Noirs, croyait bon d'afficher pour leurs malheurs, fussent-ils mythiques.

— Bon, d'accord, vous pouvez y aller, dit Queems. Baedecker prendra la relève pendant trois jours. Le plongeur lui donnera un coup de main.

Hallorann hocha la tête et prit un air consterné, bien que la pensée du plongeur en train d'aider Baedecker l'amusât énormément. Même dans ses meilleurs jours, le plongeur était de ceux qui ne savent même pas pisser sans en mettre partout. Si on le bombardait aide-cuisinier, Dieu seul savait de quoi il serait capable.

— Je tiens à vous rembourser les jours que j'aurai manqués, poursuivit Hallorann. Je sais que je vous mets dans une situation très difficile, Mr. Queems.

Le visage de Queems se contracta encore davantage. Il avait l'air de quelqu'un qui vient d'avaler une arête de poisson.

— Nous reparlerons de cela plus tard. Allez faire vos valises. Je parlerai à Baedecker. Voulez-vous que je vous réserve une place d'avion ?

— Non, merci, monsieur, je le ferai moi-même.

Ils se serrèrent la main par-dessus le bureau.

Hallorann eut toutes les peines du monde à garder son sérieux tant qu'il ne fut pas arrivé au quartier général des employés. Là il s'esclaffa jusqu'à pleurer de rire. Il s'essuyait les yeux quand il sentit à nouveau le parfum d'orange, si fort cette fois-ci qu'il en fut incommodé. Un nouvel appel fulgurant l'atteignit en plein cerveau et le projeta en arrière contre le mur de stuc rose.

(S'IL TE PLAIT, DICK, VIENS VITE !)

Il mit un moment à reprendre ses esprits, puis, dès qu'il s'en sentit la force, il grimpa l'escalier extérieur qui montait à son appartement. Quand il se baissa pour prendre la clef qu'il cachait sous le paillasson de roseaux tressés, quelque chose tomba de la poche de sa veste et heurta avec un bruit mat les lattes du parquet. Encore sous le choc du message qu'il venait de recevoir, il resta un moment sans comprendre ce que contenait cette enveloppe bleue.

Quand il la ramassa, le lacis arachnéen du mot *TESTAMENT* lui sauta aux yeux.

Oh ! mon Dieu, c'est donc ça qui m'attend ?

Il n'en savait rien au juste, mais ce n'était pas impossible. Depuis une semaine, la pensée de sa propre disparition le hantait comme — eh bien — comme une...

Vas-y, dis-le !

Eh bien, comme une prémonition.

408

La mort ? Dans un éclair, il crut saisir le sens de sa vie, non pas sa chronologie, ni les hauts ni les bas, mais ce qu'elle représentait pour lui maintenant. Martin Luther King, peu avant qu'une balle ne l'expédiât dans sa tombe de martyr, avait dit qu'il était parvenu au sommet de la montagne. Dick ne pouvait pas en dire autant, mais il avait tout de même atteint, après des années de lutte, un plateau ensoleillé. Il avait de bons amis et toutes les références qu'il fallait pour trouver du boulot quand il le voulait. Quand il avait envie de baiser, il savait où aller. C'était à la bonne franquette, sans qu'on lui pose de questions et sans qu'on se casse la nénette pour savoir ce que tout ça voulait dire. Il avait accepté sa peau noire et il en était heureux. Il avait plus de soixante ans et il pouvait enfin se laisser vivre.

Allait-il risquer de mettre fin à tout ça pour sauver trois Blancs qu'il ne connaissait même pas ?

Mais ce n'était pas tout à fait vrai, du moins pas en ce qui concernait l'enfant. Il y avait eu d'emblée entre eux une complicité profonde, celle de très vieux amis. Ils s'étaient compris instinctivement parce que, sans l'avoir voulu, ni rien fait pour cela, ils possédaient tous deux ce don qui leur permettait de voir clair là où les autres voyaient trouble ou ne voyaient pas du tout. Ils avaient une sorte de phare dans la tête.

Non, le phare, c'est lui qui l'a. Toi, tu n'as qu'une torche électrique.

Et, maintenant qu'il sentait l'enfant en danger, il ne pouvait pas lui tourner le dos. Le fait qu'il fût blanc n'y changeait rien. Quand ils avaient bavardé ensemble, sans avoir recours à la parole, la différence de couleur n'avait pas compté. Alors il irait dans le Colorado et il ferait tout ce qu'il pourrait pour sauver l'enfant, car, sinon, il savait qu'il mourrait et qu'il le sentirait mourir dans sa tête.

Il boirait la coupe jusqu'à la lie, mais, comme il n'avait rien d'un surhomme, il ne put s'empêcher de la trouver amère.

(Elle s'était levée et s'était mise à le poursuivre.)

Il était en train de jeter pêle-mêle des vêtements de rechange dans son sac de voyage quand le vieux souvenir resurgit, le clouant sur place comme il le faisait toujours. Aussi essayait-il d'y penser le moins possible.

La femme de ménage, Dolores Vickery, dans un état hystérique, en avait parlé aux autres femmes de ménage et, pis encore, à des clients. Quand Ullman l'avait appris — et cette idiote aurait dû prévoir qu'il l'apprendrait tôt ou tard — il l'avait mise à la porte sur-le-champ. En larmes, elle était venue trouver Hallorann, bouleversée non pas tant par la perte de son job, mais par l'horreur de ce qu'elle avait vu dans cette chambre du deuxième étage.

Le soir même, il avait subtilisé le passe-partout et il était monté voir. Si jamais Ullman l'avait surpris dans la chambre, la clef à la main, il se serait retrouvé le lendemain avec Dolores au bureau des allocations de chômage.

Il avait trouvé le rideau de douche tendu devant la baignoire. Il avait eu une prémonition de ce qu'il allait découvrir s'il le tirait, mais il l'avait quand même tiré. Mrs. Massey, ballonnée et violette, gisait dans la baignoire à moitié pleine. Le cœur palpitant, la gorge serrée, il l'avait longuement regardée. Il avait déjà remarqué d'autres phénomènes inquiétants à l'Overlook, il y faisait souvent le même rêve : il y avait un bal masqué et lui, en tant que chef cuisinier, était de service au dancing. Quand les invités avaient enlevé leurs masques, ils avaient dévoilé des faciès d'insectes pourrissants. Il y avait eu aussi les buis. Par deux fois — et peut-être trois — il les avait vus (ou cru les voir) bouger. Le chien, qui jusque-là faisait le beau, lui avait semblé changer de posture et se ramasser pour bondir, et il avait cru voir les lions s'approcher du terrain de jeux comme pour attaquer les gosses qui s'y amusaient.

A sa montre, il était dix-sept heures trente. Au moment de quitter son appartement, il se souvint qu'on était déjà en plein hiver dans le Colorado, surtout là-haut dans la montagne, et il retourna vers son placard. Il tira de sa housse en plastique son long pardessus doublé de peau de mouton et le jeta sur son bras. C'était le seul vêtement d'hiver qu'il possédait. Il éteignit les lumières et jeta un coup d'œil autour de lui. N'avait-il rien oublié ? Si. Il retira le testament de la poche de sa veste et le glissa dans le cadre du miroir. Avec un peu de chance, il reviendrait le chercher.

Oui, avec un peu de chance.

Il quitta l'appartement, ferma la porte derrière lui et posa la clef sous le paillasson, puis dévala l'escalier extérieur pour rejoindre sa Cadillac décapotable.

A mi-chemin de l'aéroport international de Miami, il s'arrêta dans la blanchisserie automatique d'un centre commercial et appela United Air Lines. Là, loin du standard où Queems et ses mouchards auraient pu l'écouter, il se renseigna sur les vols vers Denver.

Il y en avait un à dix-huit heures trente-six. Est-ce que Mr. Hallorann pouvait être à l'aéroport à temps pour le décollage ?

Hallorann jeta un coup d'œil à sa montre qui marquait dix-huit heures deux, et répondit qu'il pouvait arriver à temps. Y avait-il encore des places sur ce vol ?

Je vais voir.

Il y eut dans l'écouteur un déclic métallique suivi d'une musique sirupeuse de Montavani qui était censée rendre l'attente plus supportable, mais qui n'en fit rien.

Une minute s'écoula, puis deux. Il était sur le point de partir sans attendre la réponse et de tenter sa chance, quand la voix chuchotante de la demoiselle des réservations l'informa qu'il y avait une place annulée, mais que c'était en première. Ça ne faisait rien ?

Non, il la prenait.

Est-ce qu'il payait en liquide ou avec une carte de crédit ?

En liquide, ma mignonne, en liquide. Il faut que je parte tout de suite.

Et son nom, c'était... ?

Hallorann, avec deux *l* et deux *n*. A tout de suite.

Il faillit arriver à l'heure.

Il avait poussé la limousine jusqu'à cent vingt kilomètres à l'heure et l'aéroport était déjà en vue quand un des plus beaux spécimens de la flicaille floridienne l'obligea à se ranger sur le bas-côté.

Hallorann abaissa la vitre automatique, mais à peine avait-il ouvert la bouche pour s'expliquer que déjà le flic feuilletait son carnet de procès-verbaux.

— Je *sais*, lui dit-il avec un air de commisération. C'est un enterrement à Cleveland. Celui de votre père. Ou un mariage à Seattle, celui de votre sœur. Ou encore un incendie à San José qui a brûlé la confiserie de votre grand-père. J'adore cette route juste devant l'aéroport. Déjà, à l'école, j'adorais écouter les histoires.

— Écoutez, monsieur l'agent, mon fils est...

412

— La seule chose que je n'arrive jamais à deviner avant la fin de l'histoire, dit l'agent qui avait trouvé la bonne page dans son carnet, c'est le numéro de permis de conduire du contrevenant et les renseignements qui se trouvent sur sa carte grise. Alors, soyez gentil, montrez-les-moi.

Hallorann sonda le regard placide de ces yeux bleus, se demandant s'il devait quand même raconter l'histoire de son fils blessé à l'hôpital, mais préféra se taire, de peur que ce récit n'aggravât son cas. Ce flic n'était pas un Queems. Il tira donc son portefeuille de sa poche.

— Bravo, dit le flic. Voudriez-vous avoir l'amabilité de me montrer ces papiers ? Il faut simplement que je mette le point final à votre histoire.

Sans desserrer les dents, Hallorann sortit son permis de conduire et sa carte grise et les tendit à l'agent.

— C'est très bien. C'est tellement bien que vous allez gagner un prix.

— Un prix ? demanda Hallorann, reprenant espoir.

— Quand j'aurai fini de noter vos numéros, je vais vous donner un petit ballon à gonfler pour moi.

— Sainte Vierge, ayez pitié de nous ! gémit Hallorann. Mais, monsieur l'agent, mon vol...

— Chut, dit l'agent. Soyez sage.

Hallorann ferma les yeux.

Il arriva au bureau d'United Air Lines à dix-huit heures quarante-neuf, caressant encore l'espoir que le décollage avait été retardé pour une raison quelconque. Mais il n'eut même pas besoin de demander à l'employé ; le tableau indicateur des départs au-dessus de la porte le mit tout de suite au courant. Le vol 901 pour Denver, prévu pour dix-huit heures trente-six, avait décollé à dix-huit heures quarante. Il l'avait manqué de neuf minutes.

— Oh ! merde ! dit Dick Hallorann.

Subitement une nouvelle bouffée du parfum d'orange, entêtant, écœurant, le submergea. Il eut tout juste le temps de gagner les toilettes avant que le nouvel appel ne fît résonner sa tête :

(VIENS, JE T'EN SUPPLIE, DICK, VIENS ! ! !)

XXXIX

SUR L'ESCALIER

Il était sept heures et quart (heure de la montagne), quand Wendy trouva Danny assis sur l'escalier, entre le hall et le premier étage. Il jouait avec une balle qu'il faisait sauter d'une main dans l'autre, tout en fredonnant d'une voix monocorde une chanson d'Eddie Cochran.

— *Je me tape l'escalier jusqu'au premier, puis du second au troisième et du troisième au quatrième*, chantait Danny, *jusqu'au cinquième, au sixième, au septième... et quand j'arrive sous les toits, je suis trop crevé pour danser le rock...*

Elle vint s'asseoir derrière lui et remarqua alors que sa lèvre inférieure était tuméfiée et qu'il avait du sang séché sur le menton. Son cœur bondit dans sa poitrine, mais elle s'efforça de lui parler d'une voix calme.

— Que s'est-il passé, prof ? demanda-t-elle, certaine déjà de connaître la réponse.

Jack l'avait frappé. C'était évident. Ça devait arriver : c'était ça, le progrès ; la roue tournait jusqu'à ce que l'on se retrouve au point de départ.

— J'ai appelé Tony, dit Danny. Dans le dancing.

J'ai dû tomber du fauteuil. Ça ne me fait plus mal. C'est seulement comme si j'avais une lèvre trop grosse.

— C'est bien la vérité ? demanda-t-elle en le scrutant d'un air inquiet.

— Oui, ce n'est pas Papa qui l'a fait, répondit-il. Pas cette fois-ci.

Elle le regardait lancer la balle d'une main dans l'autre et se sentait gagnée par un malaise indéfinissable. Il avait lu ses pensées, encore une fois.

— Qu'est-ce que Tony t'a dit, Danny ?

— Qu'est-ce que ça peut faire ?

Son expression fermée et sa voix indifférente lui faisaient froid dans le dos.

— Danny !

Elle lui saisit l'épaule, plus fort qu'elle ne l'aurait voulu, mais il ne réagit pas et n'essaya même pas de se dégager.

« Nous sommes en train d'abîmer cet enfant. Pas seulement Jack et moi, mais le père de Jack et ma mère aussi. Pourquoi ne viendraient-ils pas y ajouter leur grain de sel ? L'Overlook regorge tellement de fantômes déjà qu'un de plus ou de moins... Oh ! Seigneur, il me fait penser à ces valises que l'on montre dans les réclames, écrasées sous des voitures, jetées d'un avion, passées au laminoir. Ou à une de ces montres Timex indestructibles qui continuent à marcher quoi qu'on leur fasse. Oh ! Danny, tu me brises le cœur. »

— Ça ne fait rien, reprit-il. (La balle sautait d'une main dans l'autre.) Tony ne pourra plus venir. Ils ne le permettront pas. Il est vaincu.

— Qui ne le laissera pas revenir ?

— Les gens de l'hôtel, dit-il.

Il leva sur elle un regard où l'indifférence de tout à l'heure avait fait place à la terreur.

— Danny, arrête..., ne te tourmente pas ainsi.

— Ils veulent s'emparer de Papa, expliqua Danny.

416

Et de toi aussi. L'hôtel veut nous prendre tous. Ils trichent avec Papa, ils lui font croire que c'est lui qui les intéresse, alors qu'en fait c'est moi. Mais ils nous auront tous les trois.

— Si seulement le scooter...

— Ils l'ont empêché de le remettre en état de marche, dit Danny avec la même voix éteinte. Ils l'ont obligé à jeter une de ses pièces très loin dans la neige. Je le sais parce que je l'ai rêvé. Et il sait qu'il y a vraiment une femme dans la chambre 217. (Il la fixa de ses yeux sombres.) Ça ne fait rien si tu ne me crois pas.

Elle glissa son bras autour de lui.

— Je te crois. Danny, dis-moi la vérité. Est-ce que ton papa... Est-ce qu'il va essayer de nous faire du mal ?

— Ils vont l'y pousser, répondit Danny. Je lance des appels à Mr. Hallorann. Il m'avait dit que si j'avais besoin de lui, je n'avais qu'à l'appeler. Et c'est ce que je fais. Mais c'est très dur et ça me fatigue. Le pire, c'est que je ne sais pas s'il m'entend ou pas. Je ne pense pas qu'il puisse m'appeler de son côté parce que c'est trop loin pour lui. C'est peut-être même trop loin pour moi. Demain...

— Qu'y a-t-il demain ?

Il secoua la tête.

— Rien.

— Où se trouve ton père à présent ? demanda-t-elle.

— Il est au sous-sol. Je ne pense pas qu'il remonte ce soir.

Soudain elle se redressa.

— Attends-moi ici. Je reviens dans cinq minutes.

La cuisine était froide et vide sous son éclairage au néon. Elle alla au porte-couteaux où s'alignaient les couteaux retenus par des bandes aimantées. Elle prit le plus long et le plus pointu et l'enveloppa dans un torchon.

Puis elle s'en alla, sans oublier d'éteindre les lumières.

Assis sur l'escalier, Danny suivait du regard la balle rouge qui sautait d'une de ses mains dans l'autre. Il chantonnait : *Elle habite au vingtième, à l'autre bout de New York, et l'ascenseur est en panne, c'est un peu fort. Je me tape l'escalier jusqu'au premier, puis du second au troisième et du troisième au quatrième...*

En tendant l'oreille il pouvait saisir les mille bruits à peine perceptibles qui commençaient à emplir l'Overlook, effrayant palais des mystères où toutes les attractions se terminaient par la mort, où les monstres de carton-pâte étaient bel et bien vivants, où les buis taillés se mettaient soudain à bouger, où une petite clef d'argent animait des marionnettes obscènes. Ses esprits, ses fantômes soupiraient, chuchotaient inlassablement, comme le vent d'hiver autour du toit.

Dans le dancing obscur, la pendule, sous son globe de verre, sonna sept heures et demie de son carillon musical.

Une voix éraillée, que l'alcool rendait sauvage, cria :

— Otez vos masques et que tout le monde baise !

Wendy, qui traversait le hall, s'arrêta brusquement.

Elle regarda Danny, toujours assis sur l'escalier.

— Tu n'as pas entendu quelque chose ?

Danny la regarda sans répondre et continua de jouer avec sa balle.

Ils ne dormiraient pas beaucoup cette nuit-là,

418

même s'ils couchaient tous trois dans la même pièce, derrière une porte verrouillée.

Les yeux ouverts dans le noir, Danny réfléchissait :

Il veut devenir un des leurs, rester avec eux pour l'éternité. Voilà ce qu'il veut.

Wendy avait caché le couteau de boucher, enveloppé dans son torchon, sous le lit, pour l'avoir à portée de la main. Bercés par les grincements de l'hôtel, ils essayaient de s'endormir mais sans y parvenir véritablement. Dehors un ciel de plomb avait recommencé à cracher de la neige.

XL

AU SOUS-SOL

La chaudière ! Nom de Dieu, la chaudière !!!
Comme un voyant rouge, l'avertissement s'alluma
dans l'esprit de Jack. Il se souvint des paroles de
Watson :
*Si vous l'oubliez, elle n'arrêtera pas de grimper et
elle finira par vous envoyer sur la lune tous les trois.
Elle est réglée à deux cent cinquante, mais, dans l'état
où elle est, elle risque d'exploser bien avant... Même à
cent quatre-vingts j'aurais la trouille de m'approcher
d'elle.*

Jack avait passé la nuit ici, au sous-sol, penché
sur les boîtes de vieux papiers, possédé par l'idée
qu'il ne lui restait plus beaucoup de temps et qu'il
fallait se dépêcher. Il lui manquait toujours la pièce
maîtresse qui lui permettrait de comprendre l'ensemble. Les vieux papiers qui tombaient en poussière lui avaient jauni et encrassé les doigts. Plongé
dans ses recherches, il avait complètement oublié
de vérifier la chaudière. La dernière fois qu'il avait
baissé la pression, c'était la veille au soir, vers six
heures, lorsqu'il était arrivé au sous-sol. Et à présent il était...

Il regarda sa montre et bondit, renversant une pile de vieilles factures.

Nom de Dieu ! Il était cinq heures moins le quart du matin.

Derrière lui, le brûleur chauffait bon train, et la chaudière gémissait, chuintait.

Il se précipita vers elle. Depuis un mois, il avait considérablement maigri et, avec son visage mal rasé, il avait l'allure émaciée d'un survivant de camp de concentration.

Le manomètre de la chaudière marquait deux cent dix livres de pression. Il crut voir les flancs rapiécés et ressoudés de la vieille cuve céder et se distendre dans un effort ultime.

Elle grimpe... Même à cent quatre-vingts degrés, j'aurais la trouille de m'approcher d'elle.

Soudain la voix de la tentation surgit du plus profond de lui-même :

« *Laisse-la exploser. Va chercher Wendy et Danny. Foutons le camp d'ici. Laisse-la péter.* »

Il pouvait imaginer l'explosion. Deux détonations pulvériseraient l'hôtel, la première arrachant son cœur et la seconde son âme. La chaudière éclaterait dans un éclair orange et violet qui ferait pleuvoir du shrapnel brûlant dans tout le sous-sol. Il imaginait les brandons de métal fusant d'un bout de la pièce à l'autre, rebondissant du plancher au plafond comme d'étranges boules de billard, déchiquetant l'air de leurs flammes sifflantes. Certains de ces tisons meurtriers tomberaient sur les vieux papiers de l'autre côté du passage voûté et y allumeraient un feu d'enfer, un feu qui détruirait à tout jamais les secrets et les pièces à conviction, si bien que le mystère de l'hôtel demeurerait intact jusqu'à la fin des temps. Puis le gaz exploserait, transformant la partie centrale de l'hôtel en fournaise. Le feu gagnerait les escaliers, les couloirs, les plafonds et les chambres ; l'Overlook s'y consume-

421

rait comme le château dans la dernière scène de *Frankenstein*. Les flammes se répandraient dans les ailes, courraient comme des invités pressés sur la moquette à guirlandes bleu de nuit. La tapisserie de soie s'embraserait, se détacherait en tortillons fuligineux. Il n'y avait pas de système d'arrosage, rien que ces extincteurs surannés sans personne pour s'en servir et il n'y aurait pas de camion de sapeurs-pompiers avant la fin mars. Alors brûle, baby, brûle. En douze heures le feu n'aurait laissé de l'hôtel qu'une carcasse bien nettoyée.

Sa main restait figée sur la manette qui réduirait la pression et empêcherait l'incendie. Ses yeux brillaient dans leurs orbites comme des saphirs,

C'est ma dernière chance.

Wendy et Danny auraient le temps de sortir, même s'ils dormaient. Ils ne risquaient rien, il en était sûr. Et il ne pensait pas que les buis, ou quoi que ce soit d'autre, puisse les empêcher de s'enfuir si l'Overlook flambait.

Les flammes.

A l'intérieur du voyant que la crasse avait rendu presque opaque, l'aiguille était montée jusqu'à deux cent vingt. Un grognement métallique commençait à monter des entrailles de la chaudière. Par mille interstices, des jets de vapeur fusaient comme les piquants d'un porc-épic.

Le feu détruira tout.

Il se remémora comment son père, quand il était enfant, avait enfumé dans leur jardin un nid de guêpes accroché à une des branches de leur pommier, puis, une fois détaché de l'arbre, l'avait flamber en l'arrosant d'essence.

Soudain Jack sursauta. Il s'était laissé aller à somnoler et avait failli ne pas se réveiller. Mais à quoi donc pensait-il, bon Dieu ! Protéger l'hôtel, c'était son travail. Il était bien le gardien.

Sous l'effet de la peur ses mains étaient devenues

moites de sueur et elles glissèrent sur la manette. Alors il agrippa solidement ses doigts aux rayons et la fit tourner une fois, deux fois, trois fois. Un énorme jet de vapeur jaillit de la chaudière comme le souffle d'un dragon. Jack fut enveloppé d'une brume tiède et tropicale qui montait des entrailles du mastodonte. Il ne distinguait plus le cadran et crut avoir trop attendu ; les grognements et les craquements de la chaudière redoublèrent, suivis de borborygmes caverneux et de gémissements de métal tendu à craquer.

Quand la vapeur se dissipa, il vit que la pression était tombée à deux cents et qu'elle continuait de baisser. Les jets de vapeur qui s'échappaient des joints des réparations perdaient de leur force et le tintamarre se calmait peu à peu.

Cent quatre-vingt-dix..., cent quatre-vingts..., cent soixante-quinze...

Tremblant, la respiration oppressée, il s'éloigna de la chaudière et regarda ses mains. Des cloques s'étaient déjà formées sur ses paumes. Au diable les cloques, pensa-t-il avec un rire mal assuré. Il avait failli mourir, la main sur la manette, comme Casey le conducteur de train dans la chanson *La Mort de la vieille 97*. Pis encore, il avait failli laisser exploser l'Overlook. Ç'aurait été son ultime échec mais aussi le plus retentissant. Il avait échoué comme enseignant, comme écrivain, comme mari et comme père. Il n'avait même pas réussi à devenir un ivrogne. Mais, en matière d'échec, il était difficile d'imaginer un plus bel exploit que celui-là : faire exploser l'hôtel dont on vous a confié la garde.

Il avait finalement réussi à sauver l'hôtel. Ça valait bien un petit verre, non ? Il tira son mouchoir de sa poche arrière et se dirigea vers l'escalier en s'essuyant la bouche. Un petit remontant. Rien qu'un seul, pour alléger sa souffrance.

Il avait bien servi l'Overlook et maintenant

l'Overlook allait le récompenser, c'était évident. Il monta l'escalier d'un pas vif et alerte, comme un soldat pressé de rentrer chez lui après une longue et dure bataille. Il était cinq heures vingt du matin.

XLI

L'AUBE

Danny se réveilla en sursaut avec l'impression d'étouffer. Il venait de faire un affreux cauchemar : un incendie avait dévoré l'Overlook. Sa maman et lui l'avaient regardé flamber depuis la pelouse.

Maman avait dit : « Regarde, Danny, regarde les buis. »

Il les avait regardés : ils étaient tous morts. Leur feuillage roussi laissait paraître par endroits, comme des squelettes à moitié décharnés, des touffes compactes de petites branches. Une torche vivante s'était ruée dehors par la porte d'entrée. C'était son père, les vêtements en flammes, ses cheveux flambant comme un buisson ardent, la peau déjà bronzée par un hâle sinistre.

C'est alors que, la gorge serrée par l'angoisse, ses mains cramponnées aux couvertures, Danny s'était réveillé. Avait-il crié ? Il jeta un coup d'œil vers sa mère. Couverte jusqu'au menton, Wendy était couchée sur le côté, et une mèche de cheveux couleur paille barrait sa joue. Elle ressemblait elle-même à un enfant. Non, il n'avait pas crié.

Couché dans son lit, le nez pointé vers le plafond,

425

il attendit que le cauchemar se dissipe. Il avait le sentiment curieux qu'une immense tragédie venait d'être évitée de justesse. Était-ce un incendie, une explosion ? Il laissa partir son esprit à la recherche de son père et le localisa dans le hall. Il essaya de pénétrer un peu plus avant dans ses pensées et devina qu'il avait de nouveau envie de Faire le Vilain. Jack était en train de se dire que

(*Un verre ou deux, ça ne ferait pas de mal, qu'est-ce que ça peu foutre que ce ne soit pas l'heure du cocktail, tu te souviens, Al, de ce que nous disions, qu'à chaque instant le soleil est en train de se coucher quelque part et que par conséquent c'est toujours l'heure de s'envoyer un gin-tonic, un bourbon avec un soupçon de Bitter, un scotch avec du soda ou un rhum arrosé de coca-cola, tout ça est kif-kif, alors un verre pour toi et un autre pour ma pomme et trinquons aux martiens qui ont déjà atterri quelque part dans le monde, à Princeton, à Houston ou à Stokely-sur-Carmichael, je m'en fous, après tout, c'est la saison des fêtes, bien qu'ici on ne s'en aperçoive guère...*)

(ARRÊTE DE LIRE SES PENSÉES, PETIT MORVEUX !)

Cette semonce mentale lui donna la chair de poule et il s'agrippa plus désespérément encore aux couvertures. Ce n'était pas son père, mais c'était une imitation habile de la voix rauque, brutale et sarcastique qu'il avait quand il avait bu.

Ils étaient donc déjà là ?

Il rejeta les couvertures et posa les pieds à terre. De la pointe du pied, il ramena ses pantoufles de dessous le lit et les enfila. Puis il gagna la porte, ses pieds effleurant la moquette dans un bruissement sourd. A peine avait-il atteint le couloir principal qu'il aperçut, au milieu, un homme accroupi à quatre pattes.

426

Danny s'arrêta net, pétrifié.

L'homme le fixa de ses petits yeux rouges. Il était déguisé en chien dans une combinaison en étoffe d'argent pailletée avec une fermeture Éclair le long du dos et une longue queue flasque terminée par un pompon. Près de lui, à terre, gisait la tête de l'animal avec deux trous pour les yeux et une gueule grande ouverte aux crocs de papier mâché à travers laquelle on apercevait les festons noirs de la moquette bleu de nuit.

L'homme-chien avait la bouche, le menton et les joues tout barbouillés de sang.

Il se mit à grogner. Il avait beau sourire à Danny, ses grognements gutturaux avaient quelque chose de terrifiant. Puis ce furent de véritables aboiements et Danny remarqua que ses dents aussi étaient rouges de sang.

— Laissez-moi passer, dit Danny.

— Je vais te manger, mon petit bonhomme, répondit l'homme-chien, et il aboya de plus belle.

C'étaient des imitations d'aboiements, mais leur férocité n'était pas feinte.

Danny eut un mouvement de recul, mais ne s'enfuit pas.

— Laissez-moi passer.

— Je vais te manger, mon enfant, en commençant par tes petites couilles dodues.

Faisant des bonds folâtres et montrant les dents, il s'avança vers Danny.

Les nerfs de Danny craquèrent et il détala le long du petit couloir qui menait vers leur appartement, laissant derrière lui un déchaînement de hurlements, d'aboiements, de grognements, entrecoupés de paroles confuses et d'éclats de rire. A mi-chemin de leur porte, Danny s'arrêta, tout frissonnant de peur, et tendit l'oreille. L'homme-chien s'en allait par le couloir principal et, complètement ivre, hurlait d'une voix désespérée :

— Vas-y, bande ! Harry, espèce de salope, je te dis de bander ! Je me fous pas mal de tes casinos, de tes compagnies d'aviation et de tes compagnies de cinéma ! Ça ne m'impressionne pas ! Je connais le véritable Horace Derwent, je le connais bien. Je te dis de bander !

Le cœur battant, Danny gagna à pas lents la porte de la chambre au bout du couloir, l'entrebâillla et passa la tête. Sa maman dormait toujours et n'avait pas bougé. Il était le seul à entendre les vociférations de l'homme-chien.

Il referma doucement la porte et s'en revint au croisement du petit couloir et du grand, espérant que l'homme-chien aurait disparu comme avait disparu la tache de sang sur les murs de la suite présidentielle. Arrivé à l'angle, il risqua un coup d'œil furtif dans le couloir principal.

L'homme-chien se trouvait maintenant sur le palier de l'escalier. Il avait remis la tête de son déguisement et gambadait à quatre pattes, courant en rond après sa queue. Par moments, il bondissait en l'air et lâchait des jappements quand il retombait sur le tapis.

— Ouâ, ouâ !

Danny s'en revint vers la chambre, s'assit sur son lit de camp et se cacha le visage dans ses mains. A présent, c'était l'hôtel qui menait la danse. Peut-être qu'au départ tout n'était arrivé que par hasard et que les visions qu'il avait eues n'étaient pas plus dangereuses que des images dans un livre. Mais maintenant c'était l'hôtel qui tirait les ficelles dans le but évident de leur nuire. L'Overlook ne tenait pas à ce que Danny rejoigne son père : ça pourrait gâcher la fête. Alors il avait mis l'homme-chien sur son chemin, tout comme il avait interposé les animaux de buis entre eux et la route, pour bloquer une fuite éventuelle.

Mais son papa pouvait encore venir jusqu'à leur

chambre. Et c'est ce qu'il ferait tôt ou tard.

Il se mit à pleurer et les larmes ruisselaient silencieusement le long de ses joues. C'était trop tard. Ils allaient mourir, tous les trois, et, quand l'Overlook rouvrirait à la fin du printemps, ils seraient là, eux aussi, pour accueillir les clients. Comme tous les autres fantômes de l'hôtel, comme la femme dans la baignoire, l'homme-chien et l'horrible petite créature au fond du tunnel en ciment, ils seraient...

Ça suffit ! Arrête.

Furieux, il essuya avec ses poings les larmes de ses yeux. Il ne se laisserait pas faire. Au contraire, il ferait tout son possible pour qu'il ne leur arrive rien, ni à son papa, ni à sa maman, ni lui-même.

Il ferma les yeux et l'appel partit, foudroyant comme l'éclair :

(DICK, JE T'EN SUPPLIE, VIENS VITE ! NOUS AVONS LES PIRES ENNUIS ! NOUS AVONS BESOIN DE TOI !)

Et soudain, dans le noir, derrière l'écran de ses paupières, le monstre surgit, brandissant sa massue préhistorique au-dessus de sa tête, le monstre en blanc qui, dans ses rêves, le poursuivait à travers les couloirs obscurs de l'Overlook :

— *Je te ferai taire, sale garnement ! Je te ferai taire parce que je suis ton PÈRE !*

— *Non !*

Revenu soudain à la réalité, Danny se mit à hurler et ses cris, qu'il ne parvenait pas à étouffer, réveillèrent en sursaut sa mère qui se dressa, serrant nerveusement les draps contre sa poitrine.

Non, Papa, non, non, non !

Ils avaient tous les deux entendu le sifflement menaçant de la massue qui avait fauché l'air tout près d'eux. Il courut vers sa mère, l'étreignit, tremblant comme un lapin pris au collet. Les sifflements alors s'éloignèrent et le silence revint.

Non, l'Overlook ne le laisserait plus faire appel à Dick. Ça aussi, ça gâcherait la fête.

Ils étaient seuls.

Dehors la neige tombait dru, tissant un rideau épais qui les isolait du monde.

XLII

EN PLEIN VOL

Le premier appel pour le vol de Dick Hallorann fut lancé à six heures quarante cinq du matin, mais Dick, qui faisait passer nerveusement son sac de voyage d'une main à l'autre, fut retenu près de la porte d'embarquement 31 par le contrôleur, jusqu'au dernier appel, à six heures cinquante cinq. Le seul passager du vol TWA 196 Miami-Denver à ne pas s'être encore présenté, un dénommé Carlton Vecker, pouvait toujours surgir et réclamer sa place.

— O.K., dit le contrôleur en tendant à Hallorann une carte d'embarquement bleue de première classe. Vous avez eu de la chance. Vous pouvez monter, monsieur.

Hallorann se précipita sur la rampe d'embarquement. Une hôtesse de l'air au sourire mécanique déchira la carte et lui en rendit le talon.

— Nous allons servir le petit déjeuner pendant le vol, dit l'hôtesse. Voulez-vous...

— Rien que du café, ma jolie, lui dit-il au passage, et il se dirigea vers la section « fumeurs ». Jusqu'à la dernière seconde, il s'attendit à voir

431

Carlton Vecker passer sa tête par la porte et lui faire coucou d'un air narquois. Sa voisine, assise à côté du hublot, lisait *Vous pouvez être votre meilleur ami*, d'un air furibond et incrédule.

Halloran avait passé la nuit à l'aéroport, allant d'un comptoir à l'autre, d'United à Braniff, en passant par American et TWA, harcelant les employés. Un peu après minuit, tandis qu'il buvait à la cantine sa huitième ou neuvième tasse de café, il avait décidé que c'était de la folie de vouloir s'occuper de cette affaire. Ce qu'il fallait faire, c'était prévenir les autorités. Il était descendu au standard et, après avoir parlé à trois téléphonistes différentes, il avait obtenu le numéro du service secours du parc national des Rocheuses.

L'homme qui avait répondu au téléphone paraissait à bout de forces. Halloran avait donné un faux nom et avait dit qu'on avait des ennuis à l'hôtel Overlook de Sidewinter, de graves ennuis.

On lui avait demandé alors de patienter un moment.

Cinq minutes plus tard, le garde forestier (Halloran supposait que c'en était un) était revenu au bout du fil.

— Ils ont bien un poste émetteur ? demanda le garde forestier.

— Bien sûr qu'ils ont un poste émetteur, répondit Halloran.

— Alors comment se fait-il qu'ils ne nous ont pas envoyé de S.O.S. ?

— Je n'en sait rien et je m'en fous. Ils...

— Quel genre d'ennuis ont-ils, Mr. Hall ?

— Eh bien, c'est une famille, le gardien, sa femme et son fils. J'ai l'impression que le père commence à dérailler et qu'il pourrait bien s'attaquer à sa femme et à son gosse.

— Puis-je savoir d'où vous tenez ces renseignements, monsieur ?

Hallorann ferma les yeux.

— Comment vous appelez-vous, mon gars ?

— Tom Staunton, monsieur.

— Eh bien, Tom, je le *sais*, un point, c'est tout. Je vais vous expliquer aussi clairement que possible. Ça va très mal là-haut. Ça risque de dégénérer en assassinat. Vous comprenez ce que je vous dis ?

— Mr. Hall, je dois quand même vous demander de préciser les sources de vos renseignements.

— Écoutez, dit Hallorann. Je vous dis que je le *sais*.

— Mais, Mr. Hall, vous ne téléphonez pas du Colorado.

— Non, mais je ne vois pas...

— Si vous n'êtes pas dans le Colorado, vous ne pouvez pas recevoir les émissions du poste de l'hôtel. Et, si vous ne pouvez pas recevoir leurs émissions, vous n'avez pas pu avoir de contact direct avec les... euh... (Hallorann entendit un froissement de papiers) les Torrance. Tandis que vous attendiez, j'ai essayé de leur téléphoner. La ligne est coupée, ce qui n'a rien d'étonnant. Il y a encore vingt-cinq miles de lignes aériennes entre l'hôtel et le central de Sidewinter. Je finis par croire que vous n'êtes qu'un farfelu.

— Et vous, pauvre... (Mais son désespoir était trop grand pour qu'il trouvât l'épithète adéquate. Brusquement, il eut une inspiration.) Appelez-les ! s'écria-t-il.

— Pardon ?

— Vous avez un poste émetteur et ils ont un poste récepteur. Alors, appelez-les ! Appelez-les et demandez-leur ce qui se passe !

Il y eut un bref silence pendant lequel on n'entendit que le bourdonnement de la ligne.

— Vous avez déjà essayé, n'est-ce pas ? demanda Hallorann. C'est pour ça que j'ai tellement attendu. Vous avez d'abord essayé le téléphone, puis le

433

poste émetteur et vous n'avez reçu aucune réponse, mais vous continuez à affirmer que tout va bien !... Mais qu'est-ce que vous foutez là-haut, bon Dieu ? Vous passez votre temps le cul sur une chaise à faire des parties de belote ?

— Non, pas du tout, s'écria vivement Staunton, prenant la mouche à son tour.

A entendre cette voix furieuse, Hallorann se sentit soulagé. Pour la première fois, il eut l'impression d'avoir un homme et non pas un disque à l'autre bout du fil.

— Je suis seul, ici, monsieur. Tous les autres gardes forestiers, sans compter les gardes-chasse et les volontaires, sont à Hasty Notch en train de risquer leurs vies pour sauver trois couillons qui se sont imaginé qu'avec six mois d'entraînement ils pouvaient s'attaquer à la face nord du King's Ram. Ils sont coincés à mi-chemin, et il y a une chance sur deux qu'ils y restent. Alors, si vous n'avez toujours pas compris, je vais vous faire un dessin. *Primo,* je n'ai personne à envoyer à l'Overlook. *Secundo,* ce qui se passe à l'Overlook n'est vraiment pas de notre ressort — nous sommes là d'abord pour le parc national. *Tertio,* d'ici l'aube, d'après le bureau météorologique national, un blizzard carabiné va nous tomber dessus, et aucun de nos hélicoptères ne pourra décoller. Alors, vous avez pigé ?

— Ouais, dit Hallorann à voix basse. J'ai pigé.

— Quant à savoir pourquoi je n'ai pas eu de réponse à mon appel radio, je pense que l'explication est toute simple. Je ne sais pas l'heure qu'il est là où vous vous trouvez, mais, ici, il est neuf heures et demie du soir. Il est raisonnable de penser qu'ils ont débranché leur poste et qu'ils sont allés se coucher. Mais si vous voulez...

— Bonne chance avec vos alpinistes, dit Hallorann. Mais dites-vous bien qu'ils ne sont pas les seuls là-haut à risquer leur vie par imprudence.

Et il raccrocha.

A sept heures vingt, le 747 de la TWA sortit à reculons de son hangar et roula lourdement vers sa piste d'envol. Hallorann laissa échapper un long soupir. Quant à Carlton Vecker, il ne lui restait plus qu'à se ronger les sangs.

Le vol 196 décolla à sept heures vingt-huit et à sept heures trente et une, alors que l'avion prenait de l'altitude, un nouveau S.O.S. retentit dans la tête de Dick Hallorann. Pour lutter contre l'odeur d'orange, il enfonçait la tête dans les épaules, mais il n'arrivait pas à maîtriser les spasmes qui l'agitaient. Il avait le front plissé et la bouche tordue en une grimace de douleur.

(DICK, JE T'EN PRIE, VIENS VITE, NOUS AVONS DE GROS ENNUIS, NOUS AVONS BESOIN DE)

Puis ce fut tout. Ça s'était arrêté subitement cette fois-ci au lieu de s'éteindre progressivement. La communication avait été brutalement coupée, comme par un couteau. Il en fut atterré. Ses mains, agrippées aux accoudoirs, avaient presque blanchi. Il avait la bouche sèche. Quelque chose était arrivé à l'enfant, il en était sûr. Si quelqu'un lui avait fait du mal !

— Vous réagissez toujours aussi violemment aux décollages ?

Il tourna la tête de côté. C'était la femme aux lunettes en écaille.

— Ça n'a rien à voir, dit Hallorann. C'est une plaque d'acier que j'ai dans la tête, depuis la guerre de Corée. De temps en temps, elle se rappelle à mon bon souvenir.

— Ah ! oui ? Ah ! ces interventions militaires à l'étranger ! C'est toujours le simple soldat qui trinque ! dit-elle avec flamme.

— C'est vrai, madame.

— Il faut que notre pays renonce enfin à ces sales petites guerres que nous ne cessons de faire depuis le début du siècle, et qui sont toujours fomentées par la C.I.A. ou la diplomatie du dollar.

Elle rouvrit son livre et se remit à lire. Le signal *INTERDIT DE FUMER* s'éteignit. Hallorann regardait s'éloigner la terre et se demandait si rien de grave n'était arrivé à l'enfant. Il avait conçu pour lui une grande affection. Ses parents pourtant ne paraissaient guère sortir de l'ordinaire.

Pourvu qu'ils aient bien pris soin de lui !

XLIII

LA TOURNÉE DE L'HÔTEL

Dans la salle à manger, devant la porte à double battant du Colorado Bar, Jack, la tête inclinée, tendit l'oreille. Sur ses lèvres se dessinait un sourire.

Autour de lui, l'Overlook commençait à s'animer.

Il aurait eu du mal à dire comment il le savait, mais il supposait que c'était grâce à une de ces perceptions qui venaient si souvent éclairer la lanterne de Danny. Tel père, tel fils, disait le dicton populaire.

C'était une perception qui, sans faire appel ni à la vue ni à l'ouïe, restait très proche d'elles, comme si elle n'en était séparée que par une fine pellicule presque imperceptible. Un autre Overlook, caché sous l'apparence des choses, affleurait peu à peu et venait faire concurrence au monde réel — si toutefois il existait un monde réel, se dit Jack. Cela lui rappelait les films en trois dimensions de son enfance. Si vous regardiez l'écran sans les lunettes spéciales, vous n'aperceviez qu'une image double — exactement l'impression qu'il avait maintenant. Mais, quand vous mettiez les lunettes, alors tout prenait un sens.

Toutes les époques de l'hôtel semblaient avoir

fusionné pour ne plus faire qu'une seule. Il n'y manquait que l'actuelle, celle des Torrance, mais très bientôt celle-là aussi viendrait rejoindre les autres. Et il s'en félicitait, c'était une excellente chose. Il pouvait les entendre, les beaux étrangers. Il commençait à prendre conscience d'eux comme ils avaient dû prendre conscience de lui à son arrivée.

Toutes les chambres de l'Overlook étaient occupées ce matin.

L'hôtel était au grand complet.

Il poussa la porte à double battant et pénétra dans le Colorado Bar.

— Salut, les gars, dit Jack Torrance à voix basse. Je m'étais absenté quelque temps, mais me voilà de retour.

— Bonsoir, Mr. Torrance, dit Lloyd, sincèrement ravi. Je suis content de vous revoir.

— Et moi je suis content d'être là, répondit gravement Jack, enfourchant l'un des tabourets entre un homme habillé d'un complet-veston bleu vif et une femme en robe du soir noire qui sondait, d'un regard brouillé, les profondeurs de son Bloody Mary.

— Que prenez-vous, Mr. Torrance ?

— Un martini, dit-il au comble de la joie.

Il inspecta les étagères qui tapissaient le mur du bar et sur lesquelles s'alignaient des rangées de bouteilles qui luisaient doucement dans la pénombre, couronnées par l'éclat argenté de leurs bouchons-pression. Jim Beams. Wild Turkey. Gilby's Sharrod's. Private Label. Toro. Seagram's.

— Un grand martien, s'il vous plaît, dit-il. Ils sont en train d'atterrir quelque part dans le monde, Lloyd.

Il tira son portefeuille et posa un billet de vingt dollars sur le comptoir.

Pendant que Lloyd lui préparait son cocktail,

Jack jeta un regard par-dessus son épaule. Tous les boxes étaient occupés et certains des invités étaient déguisés... Il y avait une femme travestie en esclave de harem avec un pantalon bouffant transparent et un soutien-gorge étincelant de strass, un homme en frac avec une tête de renard, et un autre, déguisé en chien, qui, pour la plus grande joie de l'assistance, chatouillait le nez d'une femme en pagne avec le pompon du bout de sa longue queue.

— C'est gratuit pour vous, Mr. Torrance, affirma Lloyd, posant le verre sur le billet de vingt dollars. On ne veut pas de votre argent ici. C'est l'ordre du patron.

— Le patron ?

Un vague malaise l'envahit. Il prit néanmoins le martini et fit tournoyer le liquide, regardant les ballottements de l'olive au fond du verre glacé.

— Mais bien sûr. Le patron. (Lloyd lui fit un grand sourire, mais ses yeux restaient noyés dans l'ombre au fond de leurs orbites, et sa peau avait une blancheur cadavérique.) Plus tard, il compte s'occuper lui-même du bien-être de votre fils. Il s'intéresse énormément à votre fils. Danny est un garçon très doué.

La senteur de genièvre qu'exhalait le gin l'émoustillait agréablement mais lui brouillait en même temps l'esprit. Danny ? Pourquoi lui parlait-on de Danny ? Et que faisait-il dans un bar, un verre à la main ?

Il avait pourtant juré de suivre le Droit Chemin. Il avait définitivement renoncé à boire.

C'est moi qui les intéresse..., n'est-ce pas ? C'est moi. Pas Danny, pas Wendy. C'est moi qui me plais ici. Eux voulaient partir. C'est moi qui ai réglé son compte au scooter..., qui ai fureté dans les vieux papiers..., c'est moi qui ai réduit la pression à la chaudière..., moi qui ai menti..., moi qui leur ai vendu mon âme... Qu'est-ce qu'ils peuvent bien lui trouver, à Danny ?

— Que voulez-vous à mon fils ? Qu'est-ce qu'il vient faire là-dedans ?

Il remarqua que sa voix s'était faite suppliante.

Le visage de Lloyd semblait se décomposer à vue d'œil. Sa peau blanche devint d'un jaune bilieux et commença à se craqueler. Des chancres sanguinolents y apparurent, exsudant un pus nauséabond. Une sueur de sang se mit à perler à son front. Quelque part un carillon d'argent sonna un quart d'heure.

Ôtez les masques ! Ôtez les masques !

Jack remarqua que toutes les conversations s'étaient tues.

Il retourna la tête et regarda derrière lui. Ils avaient tous les yeux fixés sur lui et, silencieux, semblaient attendre quelque chose. L'homme en frac avait enlevé sa tête de renard et Jack reconnut Horace Derwent, le front caché sous ses cheveux blondasses. Ses voisins de bar le regardaient aussi. La femme en noir, assise près de lui, le dévisageait comme si elle l'avait déjà rencontré et cherchait à se rappeler son nom. Sa robe avait glissé de son épaule et, abaissant son regard, il aperçut la pointe fanée d'un sein flasque. Il examina son visage et crut reconnaître la femme de la chambre 217, celle qui avait essayé d'étrangler Danny. De l'autre côté, l'homme en costume bleu vif avait tiré de la poche de sa veste un petit pistolet de 32, à crosse nacrée, qu'il s'amusait à faire tournoyer sur le comptoir comme s'il rêvait d'une partie de roulette russe.

— Je veux voir le patron. Je... Je crois qu'il y a un malentendu. Mon fils n'est pour rien dans tout ça.

— Mr. Torrance, interrompit Lloyd d'une voix hideusement doucereuse qui contrastait avec son masque de pestiféré, vous rencontrerez le patron le moment venu. En fait, il a décidé de faire de vous son agent dans cette affaire. Et maintenant videz votre verre.

— Videz votre verre, reprirent-ils tous ensemble.

C'était du gin pur. Il y plongea son regard et eut l'impression de se noyer.

Il porta finalement le verre à sa bouche et le lampa en trois longues gorgées. Il sentit le gin dévaler sa gorge comme un bolide, percuter son estomac et rebondir contre son cerveau en un choc foudroyant.

La commotion passée, il se sentit très bien.

— La même chose, s'il vous plaît, dit-il, poussant le verre vide vers Lloyd.

— Oui, monsieur, dit Lloyd, en enlevant le verre.

Quand il eut devant lui un nouveau martini, il remercia d'un « *Muchas gracias*, Lloyd », et le prit.

— C'est toujours un plaisir de vous servir, Mr. Torrance.

Lloyd sourit.

— Vous avez toujours été le meilleur de tous, Lloyd.

— Je vous remercie, monsieur.

Il but lentement cette fois-ci, s'irriguant la gorge d'un mince filet de gin, tout en mâchonnant quelques cacahuètes. Quand il eut vidé son verre, il en commanda un autre. « Monsieur le Président, j'ai l'honneur de vous annoncer que j'ai rencontré les Martiens et je peux vous affirmer qu'ils sont nos amis. » Il songea de nouveau à Danny, mais, à travers le voile de son bien-être, le visage de son fils ne lui apparut que brouillé et presque anonyme. Il lui était arrivé de brutaliser Danny, mais c'était avant qu'il n'eût appris à bien tenir son alcool. C'était du passé maintenant. Il ne lèverait plus jamais la main sur lui.

Pour rien au monde.

XLIV

CONVERSATIONS AU BAL MASQUÉ

Il dansait avec une très belle femme.

Il n'avait aucune idée de l'heure, et il n'aurait pas su dire combien de temps il était resté dans le Colorado Bar, ni depuis quand il se trouvait ici dans le dancing. Le temps ne comptait plus.

Il lui semblait avoir entrevu par la porte d'entrée des festons de lanternes chinoises dont les arcs gracieux encadraient l'allée devant l'hôtel et dont les teintes pastel luisaient doucement comme des bijoux au crépuscule. Le grand plafonnier du porche était allumé et des insectes se cognaient, en voletant, contre son globe de verre. La petite part de lui-même qui n'avait pas encore sombré dans l'ivresse essayait de lui dire qu'il était six heures du matin en plein mois de décembre, mais il avait perdu toute notion du temps.

Et voilà qu'il se retrouvait maintenant dans la salle du dancing. Le grand lustre brillait de tous ses feux et des couples tournoyaient, certains déguisés, d'autres pas, sur une musique qui avait la sonorité douce d'un orchestre de l'après-guerre. Mais de quelle guerre s'agissait-il au juste ? Et comment le savoir ?

La seule chose de certain était qu'il dansait avec une très belle femme.

Grande, les cheveux acajou, moulée dans une robe de satin blanc, elle dansait tout contre lui, ses seins suaves pressés doucement contre sa poitrine. Sa main blanche était enlacée à la sienne. Elle cachait son visage derrière un petit loup pailleté et ses cheveux, ramenés de côté, tombaient en une moelleuse et étincelante cascade. Sa robe lui descendait jusqu'aux chevilles, mais il pouvait sentir de temps à autre ses cuisses contre ses jambes et il était de plus en plus persuadé qu'elle n'avait rien sous sa robe, rien que sa peau douce et poudrée.

(C'est pour mieux te sentir bander, mon chéri.)

Il bandait en effet dur comme fer. Si elle en était offusquée, elle le cachait bien ; elle se blottissait encore plus ardemment contre lui.

— Je vous trouve sympathique, chuchota-t-elle.

Son parfum était celui de ces lis sauvages qui poussent loin des regards dans les vallons secrets et moussus où les rayons du soleil ne pénètrent presque jamais.

— Moi aussi, je vous trouve sympathique.

— Nous pouvons monter à l'étage si vous voulez. Je suis censée accompagner Harry, mais il ne remarquera rien. Il est trop occupé à taquiner ce pauvre Roger.

La danse prit fin. Il y eut quelques applaudissements, puis aussitôt, sans marquer d'arrêt, l'orchestre attaqua *Mood Indigo*.

Regardant par-dessus l'épaule nue de sa partenaire, Jack aperçut Derwent debout près du buffet et, à côté de lui, une fille en pagne. Sur la nappe blanche s'alignaient des bouteilles de champagne, plantées dans leurs seaux à glace, et Derwent en tenait une, toute moussante, à la main. Il était entouré par un cercle d'amis qui se tordaient de rire. Devant Derwent et la fille en pagne, Roger, à quatre pattes, gambadait grotesquement, aboyant et traînant derrière lui sa longue queue flasque.

— Parle, mon gros, parle ! criait Derwent.

— Ouâ, ouâ ! répondait Roger.

On applaudissait, on sifflait même.

— Harry est très drôle, vous ne trouvez pas ? lui demanda sa partenaire en se serrant de nouveau contre lui. Tout le monde le dit. Il est polyvalent, vous savez. Le pauvre Roger, lui, n'a de goût que pour les hommes. Il a passé un week-end avec Harry autrefois, à Cuba..., oh ! il y a des *mois* de cela. Et depuis, il suit Harry partout, comme un toutou.

Elle eut un petit rire étouffé et une bouffée de son parfum de lis s'exhala vers lui.

— Mais comme Harry ne monte jamais deux fois le même cheval, ou du moins le même étalon, Roger n'a aucune chance de s'attirer de nouveau ses bonnes grâces. Harry lui a dit que s'il venait au bal masqué déguisé en chien, en petit chien *mignon*, il se laisserait peut-être attendrir, et Roger s'y est laissé prendre.

La danse terminée, on applaudit de nouveau. C'était l'entracte et les musiciens descendirent de l'estrade.

Près du buffet, Derwent agitait un petit sandwich triangulaire au-dessus de la tête de Roger, l'incitant à exécuter une cabriole devant les spectateurs enchantés. L'homme-chien regardait le sandwich et les flancs de la combinaison argentée s'enflaient et se dégonflaient comme un soufflet. Soudain il s'élança. Rentrant sa tête dans les épaules, il tenta de faire une pirouette en l'air, mais, trop épuisé pour bondir assez haut, il atterrit lourdement sur le dos, se cognant la tête contre le carrelage. Un grognement de douleur sortit du museau en papier mâché.

Derwent fut le premier à applaudir.

— Essaie encore, mon petit chien-chien ! Essaie encore !

Les spectateurs reprirent l'incantation — *Essaie encore, mon petit chien-chien !* — et Jack s'éloigna en titubant, avec une vague sensation de nausée.

Il faillit trébucher sur un chariot à boissons poussé par une sorte de brute au front bas, en tenue blanche de serveur. Le pied de Jack heurta le rayon chromé du bas, faisant tinter les bouteilles et leurs siphons.

— Excusez-moi, dit Jack d'une voix pâteuse.

— Il n'y a pas de mal, dit l'homme en uniforme blanc. (L'accent britannique, si poli, si correct, faisait un étrange contraste avec ce visage de gangster.) Vous voulez boire quelque chose ?

— Un martini.

— Voici.

L'autre lui tendit un verre glacé et Jack le but, soulagé de sentir le gin tuer dans l'œuf toute velléité de sobriété.

— C'est ce que vous désiriez, monsieur ?

— Oui, c'est parfait.

— Merci, monsieur.

Le chariot se remit en marche.

Tout à coup, Jack tendit le bras et toucha l'épaule du serveur.

— Oui, monsieur ?

— Excusez-moi, mais... comment vous appelez-vous ?

Le serveur ne parut nullement surpris.

— Grady, monsieur. Delbert Grady.

— Mais vous... je veux dire...

Le serveur le regardait poliment.

— N'étiez-vous pas gardien ici autrefois ? Quand vous... quand...

Mais il ne put achever sa phrase. Il n'arrivait pas à dire sa pensée.

— Mais non, monsieur. Je ne crois pas.

445

— Mais votre femme..., vos filles...

— Ma femme aide à la cuisine, monsieur. Les filles sont au lit, naturellement. Elles sont encore trop jeunes pour veiller si tard.

— Mais c'est vous le gardien qui — « Oh ! vas-y, dis-le ! » — qui a tué sa femme et ses enfants !

Grady gardait son masque de politesse impassible.

— Je n'ai aucun souvenir de cela, monsieur.

Le verre de Jack était vide. Grady le retira de la main de Jack, qui se laissa faire passivement, et il se mit à lui préparer un autre martini. Il avait sur son chariot un petit seau en plastique blanc plein d'olives. Sans qu'il sût pourquoi, elles faisaient à Jack l'impression de petites têtes tranchées. D'un geste adroit, Grady en piqua une et la fit tomber dans le verre, qu'il présenta à Jack.

— Mais vous...

— C'est *vous*, le gardien, monsieur, dit Grady doucement. Vous l'avez toujours été. Je suis bien placé pour le savoir, monsieur. Je suis ici depuis toujours. Le même manager nous a embauchés tous les deux en même temps. Est-ce que ça ira, monsieur ?

Jack avala son verre à grandes gorgées. Il avait la tête qui tournait.

— Mr. Ullman...

— Je ne connais personne de ce nom-là, monsieur.

— Mais il...

— Il n'y a qu'un manager, reprit Grady. L'*hôtel*, si vous préférez. Vous devez quand même savoir qui vous a embauché, monsieur.

— Non, dit Jack d'une voix brouillée. Non, je...

— Je crois que vous devriez vous renseigner auprès de votre fils. Il est au courant de tout, mais il ne vous dit rien. C'est plutôt vilain de sa part, monsieur, si je puis me permettre d'exprimer mon

446

opinion. En fait, il n'a jamais raté une occasion de vous trahir, n'est-ce pas ? Et il n'a pas encore six ans !

— Oui, dit Jack. C'est vrai.

Des rires fusèrent derrière lui.

— Il a besoin d'une correction, si vous permettez que je vous donne un conseil. Il a besoin qu'on lui dise deux mots et peut-être davantage. Mes filles non plus, monsieur, n'aimaient pas l'Overlook au début et l'une d'elles est allée jusqu'à me voler une boîte d'allumettes pour essayer d'y mettre le feu. Mais je les ai corrigées. Je les ai corrigées avec la dernière sévérité. Et, quand ma femme a essayé de m'empêcher de faire mon devoir, je l'ai corrigée, elle aussi. (Il fit à Jack un sourire doux et inoffensif.) Il est triste de constater que la plupart des femmes ne comprennent pas les responsabilités d'un père vis-à-vis de ses enfants. Les maris et les pères ont pourtant certaines responsabilités, n'est-ce pas, monsieur ?

— Oui, je suis d'accord.

Et il l'était. Il avait été faible avec les siens. Il ne faisait pas de doute que les maris et les pères avaient certaines responsabilités. Papa A Toujours Raison. Les autres ne comprenaient pas ça. En soi, ce n'était pas un crime, mais ils y mettaient de la mauvaise volonté. Il n'était pas par nature un homme sévère. Mais il croyait à la vertu du châtiment. Et, si son fils et sa femme avaient décidé de s'opposer volontairement à ce qu'il savait être *de leur propre intérêt,* n'était-il pas de son devoir de... ?

— La morsure du serpent est moins cruelle que l'ingratitude des enfants, dit Grady en lui passant son verre.

Brusquement, Jack fut saisi de doutes. « Je... Mais si on les laissait partir... Je veux dire qu'après tout c'est moi que le manager veut garder, n'est-ce pas ? Ce doit être moi. Parce que... » Parce que quoi ? il aurait dû savoir, mais tout à coup il ne savait plus. Dans son esprit, tout s'embrouillait.

— Vilain toutou ! criait Derwent sur un fond de rires. Vilain d'avoir fait pipi par terre !

— Vous êtes au courant, évidemment, dit Grady en se penchant d'un air confidentiel par-dessus son chariot, de la tentative de votre fils pour faire intervenir quelqu'un de l'extérieur. Votre fils a un don précieux, un don que le manager pourrait mettre à profit pour améliorer et enrichir l'Overlook. Mais votre fils essaie d'employer ce don-là contre nous. Il est obstiné, Mr. Torrance. Très obstiné.

— Quelqu'un de l'extérieur ? demanda Jack, ahuri.

Grady hocha la tête.

— Qui ?

— Un nègre, dit Grady. Un cuisinier nègre.

— Hallorann.

— Je crois bien que c'est ce nom-là, monsieur.

Jack ouvrit la bouche sans trop savoir ce qu'il allait dire.

— On m'a dit que vous n'étiez pas diplômé. Mais vous parlez comme quelqu'un d'instruit.

— Il est vrai, monsieur, que mes études ont été interrompues prématurément. Mais le manager se soucie de ses employés. Il trouve que c'est payant. L'instruction est toujours payante, ne croyez-vous pas, monsieur ?

— Oui, répondit Jack d'un air hébété.

— Par exemple, vous vous êtes beaucoup intéressé à l'histoire de l'hôtel. Vous avez eu là, monsieur, une initiative qui vous honore et qui vous servira. On a laissé au sous-sol à votre intention un certain album...

— Qui l'a laissé ? demanda Jack fiévreusement.

— Le manager, naturellement. D'autres documents pourront être mis à votre disposition, si vous le désirez.

448

— Oh ! oui, ça me ferait le plus grand plaisir.

Il s'efforça, sans grand succès, de ne pas trop laisser voir son impatience.

— Et le manager ne met aucune condition à ses largesses, poursuivit Grady. Regardez-moi. Un laissé-pour-compte sans diplôme. Pensez à l'avenir qui vous attend dans l'organisation de l'Overlook. Peut-être..., qui sait ?... que vous irez jusqu'au sommet.

— Vraiment ? chuchota Jack.

— Mais c'est à votre fils de décider, n'est ce pas ? demanda Grady en haussant ses sourcils en une mimique raffinée qui détonnait avec leur broussaille sauvage.

— A mon fils de décider ? (Jack regarda Grady en plissant le front.) Non, bien sûr que non. Je ne permettrais jamais à mon fils de prendre des décisions qui concernent ma carrière. Jamais. Pour qui me prenez-vous ?

— Je vous prends pour un homme dévoué, dit Grady avec chaleur. Peut-être que je me suis mal exprimé, monsieur. Disons simplement que votre avenir ici dépendra des mesures que vous prendrez pour discipliner votre fils.

— Je sais prendre mes décisions tout seul, chuchota Jack.

— Vous devez réagir à son égard.

— Je n'y manquerai pas. Ce sera fait.

— Un homme qui ne peut pas s'imposer à sa propre famille n'intéresse pas notre manager. Un homme qui ne peut contrôler ni sa propre femme ni son propre fils ne pourra guère se contrôler lui-même et encore moins prétendre assumer un poste de responsabilité dans une organisation de cette importance. Il...

— J'ai dit que je m'occuperai de lui ! hurla Jack, subitement furieux.

Ces paroles, hurlées, avaient rompu le calme

relatif de l'entracte et coupé court aux conversations. Jack eut l'impression que tous les regards étaient braqués sur lui. Le brouhaha des conversations finit par reprendre, montant et descendant à son propre rythme, se mêlant en contrepoint à la musique de l'orchestre qui jouait maintenant une version swing du *Ticket to Ride* de Lennon et McCartney.

J'ai entendu mieux sur les haut-parleurs des super-marchés.

Il étouffa un éclat de rire. Baissant les yeux, il s'aperçut que sa main gauche tenait un nouveau verre encore à moitié plein et il le vida d'un trait.

Il s'était arrêté devant la cheminée où la chaleur du feu crépitant dans l'âtre lui chauffait les jambes.

(Un feu ?... au mois d'août ? Comment était-ce possible ? Le temps avait-il été aboli ?)

Sur la tablette de la cheminée se trouvait une pendule sous un globe de verre, flanquée de deux éléphants sculptés en ivoire. Les aiguilles marquaient minuit moins le quart. Il examina la pendule d'un air anxieux.

Au milieu de *Ticket to Ride*, l'orchestre s'arrêta dans une fanfare de cuivres.

— *C'est l'heure !* proclama Horace Derwent. *Il est minuit ! Otez les masques ! Otez les masques !*

Jack essaya de se retourner pour voir quelles étaient les célébrités qui se cachaient sous les paillettes, le fard et les masques, mais il était paralysé, incapable de détacher ses yeux de la pendule dont les aiguilles s'étaient rejointes à la verticale.

— *Otez les masques ! Otez les masques !* reprirent en chœur les invités.

La pendule se mit à tinter délicatement et le mécanisme se déclencha, les rouages commencèrent à tourner et à s'engrener dans de chaudes lueurs de cuivre, le balancier se mit à osciller d'un mouvement régulier. Au-dessus du cadran, sur les rails d'acier, deux petits personnages s'avancèrent l'un vers l'autre.

L'un des personnages était un homme dressé sur la pointe des pieds, qui tenait dans ses mains une petite massue. L'autre était un petit garçon, coiffé d'un bonnet d'âne. Tous deux brillaient d'un vif éclat et se détachaient avec une netteté extraordinaire. Sur le bonnet d'âne du petit garçon, Jack put lire le mot *SOT*.

Aux accents d'une valse de Strauss, les deux petits personnages vinrent s'enclencher sur les deux extrémités d'un axe métallique.

La massue que tenait le papa s'abattit sur la tête du petit garçon, qui tomba à genoux. Elle n'arrêtait pas de monter et de descendre. L'enfant tendait des mains implorantes qui peu à peu s'abaissaient et bientôt il s'effondra tout du long à terre. Les coups continuaient de tomber, au rythme de la valse légère et tintinnabulante de Strauss et Jack crut voir le visage mécanique du père s'animer, sa bouche s'ouvrir et se fermer, comme s'il accablait de reproches le petit personnage qui gisait inanimé à ses pied.

Une giclure rouge vint éclabousser l'intérieur du globe de verre. Elle fut suivie d'une autre. Deux autres s'écrasèrent à côté.

Le liquide rouge giclait maintenant partout, ruisselant comme une pluie de sang sur les parois du globe, dérobant au regard ce qui se passait à l'intérieur. Le geyser écarlate charriait de minuscules lambeaux de matière blanchâtre, des fragments d'os et de cervelle. Et, mue par l'inexorable mécanisme de rouages et d'engrenages de cette diabolique machine, la massue continuait de monter et de descendre.

(La Mort Rouge les tenait en son pouvoir !)

Poussant un cri d'horreur qui s'enfla en crescendo, Jack tourna le dos à la pendule et, les mains tendues, trébuchant comme si ses pieds s'étaient pris dans un filet, il les suppliait d'arrêter, de le prendre, lui, Danny et Wendy, de prendre le monde entier si ça leur chantait, mais d'arrêter au moins de le tourmenter avant qu'il n'ait perdu toute sa raison, toute sa lucidité.

Le dancing était vide.

Les chaises aux jambes grêles étaient posées renversées sur les tables recouvertes de housses en plastique. La moquette à motifs dorés avait été remise sur la piste de danse pour en protéger le vernis. Sur l'estrade déserte traînaient un microphone démonté et une guitare sans corde, couverte de poussière. La lumière froide d'une matinée d'hiver pénétrait dans la pièce par les hautes fenêtres.

La tête lui tournait toujours, il se sentait encore ivre, mais, quand il se retourna vers la cheminée, son verre n'y était plus. Il n'y avait plus que les éléphants en ivoire... et la pendule.

Il traversa d'un pas chancelant le hall froid et ténébreux et pénétra dans la salle à manger. Au passage, il s'accrocha au pied d'une table et s'étala de tout son long, renversant la table à grand fracas. Il heurta le plancher du nez et se mit à saigner. Il se releva, reniflant le sang qui coulait, et s'essuya le nez du revers de la main. Puis il se dirigea vers le Colorado Bar et en poussa violemment la porte, dont les battants rebondirent en claquant contre le mur.

L'endroit était vide, mais au bar — Dieu soit loué ! — on avait fait le plein. Les bouteilles aux étiquettes argentées luisaient doucement dans la pénombre.

Brusquement le sentiment de sa solitude le sub-

452

mergea et il poussa un cri d'angoisse. Il se sentit si malheureux qu'il aurait voulu être mort. Là-haut, sa femme et son fils avaient verrouillé leur porte pour se protéger de lui. Et les autres étaient partis. La fête était finie.

D'un pas hésitant, il se dirigea vers le bar.

— Lloyd, où diable êtes-vous ? hurla-t-il.

Il n'y eut pas de réponse. Dans cette *(prison)* bien capitonnée, il n'y eut même pas d'écho pour lui tenir compagnie.

— Grady !

Toujours pas de réponse. Seulement la rangée de bouteilles, au garde-à-vous.

(Roule-toi sur le dos. Fais le mort. Ramène la balle. Fais le mort. Dresse-toi. Fais le mort.)

— Ça ne fait rien. Je me servirai moi-même, putain de merde.

Il se pencha par-dessus le comptoir et, perdant l'équilibre, tomba en avant et sa tête heurta le parquet avec un bruit sourd. Il réussit à se mettre à quatre pattes et, roulant les yeux comme un fou, se mit à marmonner des paroles incohérentes.

Puis il s'écroula de nouveau et, le visage tourné de côté, se mit à ronfler vigoureusement.

Au-dehors, la neige tombait de plus en plus dru, poussée par un vent déchaîné. Il était huit heures trente du matin.

XLV

L'AÉROPORT STAPLETON A DENVER

A huit heures trente et une du matin, une des passagères du vol TWA 196 éclata en sanglots et se mit à claironner tout haut ce que d'autres passagers — et même certains membres de l'équipage — devaient penser tout bas, à savoir que leur avion était sur le point de s'écraser.

La femme au visage pointu assise à côté d'Hallorann leva les yeux de son livre juste le temps de prononcer son verdict : « Imbécile ! » puis se replongea dans sa lecture. Pendant le vol elle avait avalé deux *screwdrivers*[1] mais ils ne paraissaient pas avoir eu d'effet sur elle.

— On va s'écraser ! criait l'autre femme à tue-tête. Nous sommes perdus !

Hallorann ne savait pas ce que ressentaient les autres passagers de ce vol, mais il avait, quant à lui, une trouille bleue. Par le hublot on ne voyait qu'un rideau blanc, secoué par le vent. Des bourrasques de neige faisaient tanguer l'avion de tous côtés.

1. Le *screwdriver* est un cocktail fait de vodka et de jus d'orange.

454

Pour lutter contre la force du vent, le pilote avait poussé les moteurs à fond et le plancher vibrait sous leurs pieds. Derrière, en classe touriste, les passagers gémissaient et une hôtesse était allée apporter des sacs en papier supplémentaires à ceux qui avaient le mal de l'air. Un homme assis trois rangs devant Hallorann avait vomi dans son *National Observer*. D'un air penaud, il s'était excusé quand l'hôtesse était venue l'aider à se nettoyer. « Ce n'est rien, avait-elle répondu pour le consoler, j'ai cette réaction-là quand je lis le *Reader's Digest*. »

Hallorann avait suffisamment l'habitude des voyages en avion pour deviner ce qui s'était passé. Sur la plus grande partie du trajet, ils avaient dû lutter contre des vents contraires, ce qui les avait retardés, si bien que lorsqu'ils étaient arrivés au-dessus de Denver, où le temps s'était subitement aggravé de façon inattendue, il était trop tard pour dérouter l'avion vers un autre aéroport où les conditions atmosphériques seraient meilleures.

Le panneau *INTERDIT DE FUMER* s'alluma et une petite sonnerie attira l'attention des passagers.

Une voix douce aux accents chantants du Sud leur dit :

— C'est votre capitaine qui vous parle. Nous allons commencer notre descente vers l'aéroport international Stapleton. Vous avez été secoués pendant le vol, et je m'en excuse. Vous le serez peut-être de nouveau au moment de l'atterrissage, mais nous ne prévoyons aucune difficulté majeure. Nous vous prions de respecter les consignes de sécurité, d'attacher vos ceintures et d'éteindre vos cigarettes. Nous vous souhaitons un agréable séjour dans la région de Denver, et nous espérons que...

L'avion subit de nouveau une secousse brutale et tomba à la verticale, comme un ascenseur, dans un trou d'air. Hallorann sentit son estomac se soulever. Plusieurs personnes — et pas seulement des femmes — se mirent à hurler.

— ...nous vous reverrons prochainement sur d'autres vols de la TWA.

— On ira plutôt à pied, lâcha quelqu'un derrière Hallorann.

— C'est tellement ridicule, dit la femme au visage pointu en glissant une pochette d'allumettes dans son livre qu'elle referma, tandis que l'avion amorçait sa descente. Quand on a vu les horreurs d'une sale petite guerre... comme vous l'avez fait... ou quand on a vu, comme moi, à quelle dégradation morale nous abaissent les interventions de la C.I.A. au nom de la politique du dollar..., alors un atterrissage difficile paraît peu de chose, n'est-ce pas, Mr. Hallorann ?

— Vous avez absolument raison, madame, dit-il, regardant d'un air maussade les bourrasques de neige par le hublot.

— Si je puis me permettre de vous poser une question, est-ce que vous ne souffrez pas trop d'être secoué comme ça, avec votre plaque métallique ?

— Oh ! la tête va très bien, merci, répondit Hallorann, c'est plutôt l'estomac qui est barbouillé.

— Je suis navrée pour vous.

Elle rouvrit son livre.

Pendant qu'ils descendaient à travers les nuages de neige opaques, Hallorann se rappela un accident d'avion qui avait eu lieu à l'aéroport Logan de Boston, quelques années auparavant. Les conditions atmosphériques étaient comparables, à la seule différence près que c'était du brouillard et non de la neige qui avait réduit la visibilité à zéro. Le train d'atterrissage avait heurté un mur de soutènement en bout de piste. Et ce qu'on avait retrouvé des quatre-vingt-neuf passagers à bord ressemblait à du steak tartare.

Une petite main blanche se posa sur celle d'Hallorann.

La femme au visage pointu avait ôté ses lunettes. Sans elles, elle avait l'air beaucoup moins revêche.

— Tout ira bien, lui dit-elle.

Hallorann sourit et hocha la tête.

Comme prévu, l'avion atterrit brutalement et le choc fut suffisamment violent pour faire dégringoler les revues de leur présentoir et s'écrouler, comme un énorme château de cartes, la pile de plateaux en plastique dans le compartiment cuisine. Personne ne cria, mais Hallorann put entendre claquer les dents comme des castagnettes. Dans un vacarme assourdissant, les réacteurs se mirent à rugir pour freiner l'avion, et, quand leur régime eut baissé, la voix du pilote, encore mal assurée, se fit de nouveau entendre avec ses douces inflexions du Sud :

— Mesdames et messieurs, nous venons d'atterrir à l'aéroport Stapleton. Vous êtes priés de rester à vos places jusqu'à l'arrêt complet de l'appareil devant le terminal. Merci.

La femme à côté d'Hallorann ferma son livre et poussa un profond soupir.

— Nous voilà arrivés sains et saufs. Nous serons encore là pour voir ce que nous réserve la journée de demain.

— Laissez-nous d'abord en finir avec celle d'aujourd'hui.

— Vous avez raison. Tout à fait raison. Voulez-vous venir boire un verre avec moi au bar ?

— Ce serait avec le plus grand plaisir, mais j'ai un rendez-vous important.

— C'est urgent ?

— Très urgent, dit Hallorann avec solennité.

— J'espère que ce que vous allez faire fera avancer la cause du bien dans le monde.

— Je l'espère aussi, répondit Hallorann en souriant.

Elle lui rendit son sourire et parut rajeunie de dix ans.

Sans autre bagage que son sac de voyage, Hallorann arriva avant la foule des voyageurs au bureau du rez-de-chaussée. A travers les vitres fumées, il pouvait voir la neige qui tombait toujours et que les rafales de vent faisaient tourbillonner en épais nuages blancs. Les gens qui traversaient le parking devaient s'arc-bouter contre le vent et un bonhomme y perdit son chapeau. Hallorann éprouva un élan de commisération en voyant le feutre s'envoler, suivi du regard impuissant de son propriétaire.

N'y pense plus, mon vieux. Ton galure n'atterrira qu'en Arizona.

— Puis-je vous aider, monsieur ? lui demanda une jeune femme portant l'uniforme jaune de Hertz.

— Si vous avez une voiture à me louer, la réponse est oui, dit-il avec un large sourire.

En payant le prix fort, il put obtenir une voiture puissante, une Buick Electra, noir et argent, dont le principal mérite, à ses yeux, était moins son élégance que sa robustesse, indispensable pour affronter les routes de montagne. Il lui faudrait encore s'arrêter en route pour faire mettre des chaînes. Sans elles, il n'irait pas loin.

— Il est vraiment méchant, ce blizzard ? demanda-t-il à la jeune femme quand elle lui tendit le contrat de location à signer.

— On dit que c'est le plus fort qu'on ait jamais eu depuis 1969, répondit-elle sur un ton dégagé. Vous allez loin, monsieur ?

— Plus loin que je ne le voudrais.

— Si vous le souhaitez, je peux téléphoner au

garage Texaco au carrefour de la route 270 pour qu'ils vous réservent des chaînes.

— Vous me sauvez la vie, ma mignonne.

Elle décrocha le téléphone et appela le garage.

— Ils vous attendent.

— Merci mille fois.

En s'éloignant du bureau, il vit la femme au visage pointu qui faisait la queue devant le tapis roulant de la livraison des bagages. Elle lisait encore son livre. Hallorann lui fit un clin d'œil en passant. Elle leva les yeux, lui sourit et lui fit le signe de la paix.

(Elle aussi a le Don.)

Il remonta le col de son pardessus et, souriant toujours, fit passer son sac de voyage dans son autre main. La rencontre avec la femme au visage pointu lui avait fait du bien. Il regrettait de lui avoir raconté le bobard à propos de la plaque métallique dans sa tête. En son for intérieur, il lui souhaita bonne chance et, au moment où il sortait dans la bourrasque de neige, il eut le sentiment qu'elle faisait de même pour lui.

La pose des chaînes ne coûtait pas cher en soi, mais, pour ne pas être obligé de faire la queue, Hallorann glissa dix dollars de plus au mécanicien. Il était déjà dix heures moins le quart quand il reprit son chemin, au rythme monotone des essuie-glaces et des chaînes frappant la route en cadence.

L'autoroute s'était transformée en course aux obstacles. Même avec les chaînes, il n'arrivait pas à faire plus de quarante kilomètres à l'heure. Des voitures qui avaient dérapé et quitté la route s'étaient immobilisées dans des positions bizarres. Sur certaines pentes, avec des pneus normaux qui patinaient dans la neige, on n'avançait pratiquement plus. C'était la première grosse chute de neige de l'année dans le « bas pays » (si tant est qu'on puisse appeler « bas » un pays qui se trouve à mille cinq cents mètres au-dessus de la mer), et elle était en train de tourner en véritable tempête.

A la bretelle d'accès de la route 36, un nouveau coup de malchance le guettait. La route 36, qui relie Denver à Boulder, file vers l'ouest en direction d'Estes Park, où l'on rejoint la route 7, c'est-à-dire l'autoroute du « pays haut ». C'est celle-ci qui traverse Sidewinter, passe devant l'Overlook et redescend par le versant ouest vers l'Utah.

La rampe d'accès était bloquée par une voiture renversée. Les torchères qu'on avait plantées tout autour ressemblaient aux bougies géantes d'un gâteau d'anniversaire pour enfant débile.

Il s'arrêta et abaissa la vitre. Un flic en bonnet de fourrure enfoncé jusqu'aux oreilles lui fit signe de sa main gantée de suivre le flot de voitures qui se dirigeaient vers le nord sur la nationale 25.

— Vous ne pouvez pas monter par ici ! hurla-t-il à Hallorann pour se faire entendre par-dessus le hurlement du vent. Reprenez l'autoroute jusqu'à la deuxième sortie qui vous mène à la 91, et vous retrouverez la 36 à Bromfield.

— Je crois que j'ai la place de passer, du côté gauche ! lui cria Hallorann. Sinon, vous me faites faire un détour de trente kilomètres !

— Je vous ferai faire un détour au poste si vous ne filez pas immédiatement ! rétorqua le flic. Cette rampe est fermée !

Hallorann fit une marche arrière, attendit un créneau dans le flot de voitures et reprit son chemin sur la 25. D'après les panneaux, il n'était qu'à cent kilomètres de Cheyenne, dans le Wyoming. S'il ratait sa rampe de sortie, c'est là-bas qu'il irait finir.

Il augmenta sa vitesse petit à petit jusqu'à quarante-cinq kilomètres à l'heure, régime qu'il n'osa dépasser, car déjà la neige menaçait de bloquer les essuie-glaces et le comportement des autres voitures était devenu tout à fait imprévisible. Un détour de trente kilomètres ! Il lâcha une bordée de jurons. Le sentiment que le temps pressait le serrait à la gorge, le faisant presque suffoquer. Il était de plus en plus persuadé qu'il ne sortirait pas vivant de cette aventure.

Il alluma le poste, sauta la publicité de Noël et trouva un bulletin météorologique.

— Déjà dix centimètres et on s'attend à vingt centimètres de plus avant la tombée de la nuit. La police communale et la police départementale vous conseillent de ne pas sortir en voiture, sauf en cas de force majeure, et vous préviennent que la plupart des cols de montagne sont déjà fermés. Alors restez bien au chaud chez vous, calfeutrez vos portes et vos fenêtres et restez à l'écoute de...

— Je n'y manquerai pas, espèce de jean-foutre, dit Hallorann et, la rage au cœur, il éteignit le poste.

XLVI

WENDY

Vers midi, profitant d'un moment où Danny s'était absenté pour aller aux toilettes, Wendy retira de dessous l'oreiller le couteau enveloppé dans son torchon et le glissa dans la poche de sa robe de chambre. Puis elle alla à la porte de la salle de bain.

— Danny ?

— Quoi ?

— Je vais descendre nous préparer quelque chose à manger. D'accord ?

— D'accord. Veux-tu que je descende avec toi ?

— Non, je te le monterai. Que dirais-tu d'une omelette au fromage et d'une soupe ?

— Très bien.

Elle hésita encore devant la porte fermée.

— Danny, tu es sûr que ça va ?

— Ouais, répondit-il. Mais fais attention.

— Où se trouve ton père ? Est-ce que tu le sais ?

Sa voix avait un timbre curieusement neutre :

— Non, mais ça va.

Elle avait envie d'en savoir davantage, mais elle

462

se tut, ne voulant pas le harceler. Ils savaient tous deux de quoi il s'agissait, ils n'y pouvaient rien et revenir sans cesse sur ce sujet ne ferait qu'accroître leurs inquiétudes.

Jack avait perdu la raison. Vers huit heures du matin, tandis que la tempête dehors rassemblait ses forces dévastatrices, ils avaient écouté de leur chambre les cris et les divagations de Jack qui errait sans but au rez-de-chaussée. Les éclats de voix semblaient provenir du dancing. Il chantonnait de petits airs sans mélodie ou alors se mettait à parler tout seul, comme s'il participait à une discussion et qu'il défendait son point de vue. A un moment donné il avait crié si fort qu'ils en étaient restés paralysés de terreur, à se regarder dans les yeux sans rien dire. La dernière chose qu'ils avaient entendue était le bruit de ses pas qui traversaient le hall, suivi d'un bruit de choc, comme s'il était tombé ou qu'il avait claqué une porte. Et depuis trois heures et demie — c'est-à-dire depuis huit heures et demie du matin — le silence était revenu.

Elle sortit dans le petit couloir, puis prit le grand pour se diriger vers l'escalier. Elle s'arrêta sur le palier pour jeter un coup d'œil autour du hall en bas. Il semblait désert, mais la lumière, filtrée par la neige, était si pâle qu'une grande partie de la pièce restait plongée dans l'ombre. Danny pouvait se tromper. Jack était peut-être tapi derrière une chaise, derrière le canapé... ou derrière le bureau de la réception, attendant qu'elle descende...

Elle s'humecta les lèvres.

— Jack ?

Pas de réponse.

Empoignant le manche du couteau, elle commença à descendre l'escalier. Elle avait souvent imaginé la fin de leur mariage, par le divorce ou par la mort de Jack dans un accident de voiture provoqué par son ébriété (une vision qui l'avait souvent hantée vers deux heures du matin, pendant les veillées de Stovington), ou encore par l'apparition d'un autre homme, chevalier servant de mélo qui les enlèverait, Danny et elle, sur son coursier blanc. Mais jamais elle n'avait prévu que tout se terminerait ainsi, qu'elle se trouverait en train de rôder dans un dédale de couloirs, armée d'un couteau destiné à frapper Jack.

A cette pensée, une vague de désespoir l'assaillit et elle dut s'arrêter au milieu de l'escalier et se cramponner à la balustrade pour ne pas s'écrouler.

(Avoue-le. Il n'y a pas que Jack qui t'inquiète. Sa transformation à lui n'est qu'un phénomène parmi bien d'autres qui sont, eux aussi, anormaux, inexplicables..., les buis qui bougent, les confetti dans l'ascenseur, le loup par terre dans la cabine.)

Elle tenta de refouler une dernière pensée, mais il était trop tard :

(Et les voix.)

Par moment, elle avait en effet cru entendre autre chose que les divagations d'un fou solitaire conversant avec les fantômes de son cerveau dérangé. Des voix, de la musique, des rires, des applaudissements lui étaient parvenus par intermittence, comme des messages codés à la radio. Elle avait cru comprendre que Jack discutait avec un certain Grady (le nom lui était familier sans qu'elle pût le rattacher à un visage connu). Jack avait fait des déclarations tonitruantes, comme s'il voulait se faire entendre par-dessus le brouhaha d'une foule, et posé des questions suivies de silences, comme s'il écoutait les réponses... Une autre voix, amusée mais autoritaire, avait essayé de persuader quelqu'un de faire un discours. Les sons, les voix ne duraient jamais plus de trente secondes à une minute, juste assez pour qu'elle se sente défaillir de terreur avant que la voix de Jack ne reprenne, cette voix impérieuse au débit légèrement pâteux qu'il avait lorsqu'il était ivre. Pourtant il n'y avait rien à boire dans l'hôtel, rien que du vin de Xérès pour la cuisine. Il n'y avait pas autre chose, c'était sûr et certain. Mais si elle pouvait, elle, s'imaginer qu'elle entendait des voix et de la musique, est-ce que Jack ne pouvait pas s'imaginer qu'il était ivre ?

Cette pensée lui était odieuse, insupportable.

Arrivée dans le hall, Wendy regarda autour d'elle. Le cordon de velours qui barrait l'accès du dancing avait été détaché et le poteau métallique auquel il devait s'accrocher avait été renversé, comme si quelqu'un, au passage, l'avait heurté. Par la porte ouverte, la douce lumière qui tombait des fenêtres hautes et étroites du dancing glissait jusqu'à la moquette du hall. Le cœur battant la chamade, elle se dirigea vers la porte et jeta un regard à l'intérieur. Le dancing était désert et silencieux. Seule y flottait cette espèce d'écho imperceptible qui semble hanter toutes les grandes salles vides, qu'il s'agisse de la nef d'une cathédrale ou d'une salle de jeux communale.

Elle regagna le bureau de la réception et, indécise, s'y arrêta un moment, écoutant le hurlement du vent.

Que ferait-elle si, à l'instant même, il faisait irruption ici et se précipitait sur elle ? S'il surgissait tout à coup, comme un diable de sa boîte, le regard fou, armé d'un couperet de boucher, derrière ce bureau en bois sombre avec ses piles de factures en triple exemplaire et sa petite clochette plaquée argent ? Resterait-elle clouée sur place, paralysée par la terreur, ou trouverait-elle dans son instinct maternel la force de défendre son fils jusqu'à la mort — celle de Jack ou la sienne ? Elle ne savait pas et cette incertitude la rendait malade. Elle avait le sentiment que c'était parce que toute sa vie elle

465

s'était bercée d'illusions tranquillisantes qu'elle se réveillait aujourd'hui en plein cauchemar. Elle était faible. Quand les difficultés s'étaient présentées, elle avait fermé les yeux sur le danger. Elle avait eu un passé sans histoire, jamais elle n'avait été mise à l'épreuve. Mais, cette fois-ci, elle n'y couperait pas. Son fils l'attendait à l'étage.

Elle serra plus fort encore le manche du couteau et se pencha par-dessus le bureau. Il n'y avait rien derrière.

Elle poussa un long soupir de soulagement.

Elle souleva la planche mobile qui fermait l'accès au bureau, se glissa à l'intérieur, s'arrêtant pour inspecter les lieux avant de s'engager plus avant. Elle se dirigea vers la porte de la cuisine, l'ouvrit et chercha à tâtons le tableau d'interrupteurs, s'attendant à tout instant à sentir une main se refermer sur la sienne. Les tubes de néon se mirent à bourdonner puis s'allumèrent, éclairant la cuisine de Mr. Hallorann. Wendy avait le sentiment que c'était un endroit où Danny devait se sentir en sécurité. Elle se sentait elle-même réconfortée et protégée par la présence de Dick Hallorann. Quand, dans leur chambre, assise à côté de Danny, elle s'était rappelé que Danny avait appelé Mr. Hallorann à l'aide, et cette démarche lui avait paru dérisoire. Mais ici, dans cette cuisine où Mr. Hallorann avait travaillé, elle finissait par croire qu'il avait entendu l'appel et qu'il viendrait, malgré la tempête, les sauver. Peut-être était-il déjà en route.

Elle alla vers la réserve, tira le verrou et pénétra à l'intérieur. Elle prit une boîte de soupe à la tomate, referma la porte et remit le verrou. Cette porte était parfaitement étanche et il suffisait de la verrouiller pour être sûr de ne jamais trouver des crottes de souris dans le riz, la farine ou le sucre.

466

Elle ouvrit la boîte dont elle fit tomber le contenu gélatineux dans une casserole — *plouf* — alla
prendre des œufs et du lait pour l'omelette dans le
frigidaire, puis du fromage dans la chambre froide.
Toutes ces actions familières, qui avaient fait partie
de sa vie avant qu'elle ne vînt à l'Overlook, l'ai-
daient maintenant à retrouver son calme.

Elle fit fondre le beurre dans la poêle, dilua la
soupe avec du lait, puis versa les œufs battus dans
la poêle.

Tout à coup elle crut sentir quelqu'un derrière
elle, quelqu'un qui allait la saisir à la gorge.

Elle se retourna, serrant le couteau dans sa main.
Il n'y avait personne.

Pas d'affolement, ma fille !

Elle râpa du fromage dans un bol, l'ajouta à
l'omelette, retourna celle-ci, puis baissa le feu, ne
laissant qu'un anneau de flammes bleues. La soupe
était chaude. Elle posa la casserole sur un grand
plateau avec les couverts, deux bols, deux assiettes,
la salière et la poivrière. Quand l'omelette eut un
peu monté, elle la fit glisser sur une des assiettes et
la couvrit.

*Maintenant retourne par le même chemin. Éteins
les lumières de la cuisine. Traverse la réception,
repasse la porte du bureau et c'est gagné.*

Quand elle eut franchi la porte du bureau, elle
s'arrêta et posa le plateau à côté de la petite
clochette. Elle avait l'impression de se livrer à un
jeu de cache-cache irréel. C'était pourtant à la
réalité qu'il fallait qu'elle s'accroche, si elle voulait
s'en sortir.

Dans l'obscurité du hall elle s'abandonna à ses
pensées.

*Cette fois-ci, ma fille, il ne faut pas fuir la réalité.
Même dans ce monde où tout semble partir à la
dérive, il y a un certain nombre de vérités premières
qu'il faut garder à l'esprit. La première, c'est que,*

467

de nous trois, toi seule es une adulte, pleinement
responsable. Tu as la charge d'un gosse de cinq ans et
demi et aussi celle de ton mari qui est en train de
perdre la raison. Que tu te sentes responsable de lui
ou pas, il faut bien te dire une chose : nous ne
sommes que le 2 décembre et, si le garde forestier ne
vient pas, tu peux rester coincée pendant encore
quatre mois. En admettant même que l'on s'inquiète
du silence de notre émetteur, ce n'est ni aujourd'hui,
ni demain, ni même peut-être avant des semaines que
nous aurons la visite de quelqu'un. As-tu l'intention
de venir chaque jour chercher tes repas en cachette,
couteau en poche, sursautant à chaque ombre ? Crois-
tu pouvoir éviter Jack pendant un mois ? Penses-tu
pouvoir l'empêcher d'entrer dans l'appartement s'il en
a envie ? Il a le passe-partout et d'un seul coup de
pied il fera sauter le verrou.

Laissant le plateau sur le bureau, elle se dirigea
lentement vers la salle à manger, pour y jeter un
coup d'œil. La pièce était déserte. Il y avait une
table avec des chaises disposées tout autour, celle à
laquelle ils avaient pris au début leurs repas, avant
d'opter pour l'atmosphère moins oppressante de la
cuisine.

— Jack ? appela-t-elle timidement.

Au même moment, le vent se leva et une bourrasque de neige vint cingler les volets, mais il lui
sembla avoir entendu aussi quelque chose d'autre...,
un gémissement étouffé.

— Jack ?

Rien ne vint rompre le silence cette fois, mais,
par-dessous la porte à double battant du Colorado
Bar, elle aperçut quelque chose qui luisait faiblement dans la pénombre. Le briquet de Jack.

Faisant appel à tout son courage, elle s'avança
vers la porte et l'ouvrit. Elle fut saisie par une
puissante odeur de gin. Pourtant les rayons étaient
vides. Où diable l'avait-il trouvé ? Était-ce une bou-

teille cachée au fond d'un placard ? *Mais où ?*

Il y eut un autre gémissement, faible et confus, mais parfaitement audible cette fois-ci. Wendy s'approcha du bar.

— Jack ?

Pas de réponse.

Elle se pencha par-dessus le comptoir et le découvrit, étendu de tout son long, ivre mort. A en juger par l'odeur, il avait dû prendre une sacrée cuite. C'est sans doute en voulant passer par-dessus le comptoir qu'il avait perdu l'équilibre. Un miracle qu'il ne se soit pas cassé le cou. Un vieux proverbe lui revint à l'esprit : Dieu veille sur les ivrognes et sur les enfants. Amen.

Pourtant, elle n'était pas fâchée contre lui. A le voir étendu à terre, elle se dit qu'il ressemblait à un petit garçon complètement épuisé qui aurait essayé d'en faire trop et qui se serait écroulé de fatigue au milieu du salon. Il s'était arrêté de boire, et ce n'était pas lui qui avait décidé de recommencer. Pour rester sobre, il avait refusé de faire entrer de l'alcool dans l'hôtel... et pourtant celui qu'il venait de boire provenait bien de quelque part, mais d'où ?

Sur le comptoir du bar en fer à cheval on avait disposé à intervalles réguliers des bouteilles de vin gainées de paille dont les goulots portaient des bougies. Pour faire rustique, pensa-t-elle. Elle en prit une et la secoua, s'attendant presque à entendre le clapotis du gin à l'intérieur.

« Du vin nouveau dans de vieilles bouteilles. »

La bouteille était vide et elle la remit à sa place.

Jack remuait maintenant. Elle contourna le bar, trouva l'entrée et, une fois à l'intérieur, s'approcha de lui. Au passage, elle avait cru remarquer une odeur de bière, fraîche et humide comme un fin brouillard suspendu dans l'air. Elle s'était arrêtée pour observer les éclatants robinets chromés de la bière pression, mais ils étaient secs.

Dès qu'elle fut près de lui, Jack se retourna, ouvrit les yeux et la regarda. Son regard, d'abord vitreux, s'éclaircit peu à peu.

— Wendy ?

— Oui, dit-elle. Crois-tu pouvoir monter jusqu'en haut ? Si tu t'appuies sur moi ? Jack où est-ce que tu...

Sa main se referma brutalement autour de sa cheville.

— Jack ! Qu'est-ce que tu...

— Je te tiens ! s'écria-t-il avec un sourire.

Il flottait autour de lui un relent de gin et d'olives qui la terrifiait bien plus que tous les mystères d'un vieil hôtel. Au fond, pensa-t-elle, le plus terrible c'était qu'on en revenait toujours au même point : l'affrontement entre Wendy Torrance et son mari ivre.

— Jack, je voudrais t'aider.

— Tu parles. Toi et Danny, vous ne pensez qu'à *m'aider*. (Il resserra sa prise sur sa cheville. Agrippé toujours à elle, il se redressa péniblement et se mit sur les genoux.) Tu voulais m'aider à nous faire partir d'ici. Mais maintenant je... je te tiens !

— Jack, tu me fais mal à la cheville !

— Je vais te faire mal ailleurs qu'à la cheville, espèce de *garce* !

L'injure la laissa tellement pantoise que quand il lâcha sa cheville elle ne songea pas à s'enfuir. Après une ou deux tentatives infructueuses, il réussit à se mettre debout devant elle.

Chancelant sur ses jambes, il lui lança :

— Tu ne m'as jamais aimé, tu veux que nous partions parce que tu sais que ça me détruira. As-tu jamais songé à mes responsabilités ? Je parie tout ce que tu veux que non. Tu ne songes qu'à me traîner dans la boue. Tu es exactement comme ma mère, une salope !

— Tais-toi, dit-elle en pleurant. Tu ne sais pas ce que tu dis. Tu es ivre. Je ne sais pas comment ça se fait, mais tu es ivre.

— Oh ! je sais. Je sais maintenant. Toi et lui, ce petit merdeux, là-haut. Tous les deux, vous avez comploté ensemble. C'est pas vrai ?

— Non, non ! Nous n'avons jamais rien comploté ! Qu'est-ce que tu...

— Tu mens ! hurla-t-il. Oh ! je sais comment tu t'y prends ! Je suis bien payé pour le savoir ! Quand je dis « Nous allons rester ici et je vais faire mon travail », tu dis « Oui, chéri » et lui répète « Oui, Papa », et puis vous vous mettez à comploter. Vous avez manigancé de partir sur le scooter. Mais je n'ai pas été dupe et j'ai déjoué vos calculs. *Croyais-tu vraiment que je n'y verrais pas clair ? Me prenais-tu pour un imbécile ?*

Elle le fixa, incapable de dire un mot. Il allait la tuer et ensuite il tuerait Danny. Alors l'hôtel serait peut-être satisfait et le laisserait se tuer lui-même. Comme le précédent gardien. Comme Grady.

(Grady.)

Chancelant sous le choc de la révélation, elle comprit pourquoi il avait conversé avec Grady dans le dancing.

— Tu as tourné mon fils contre moi. C'est ça, le pire. Il s'apitoyait sur lui-même, se donnait des airs tragiques. Mon petit. Maintenant il me hait, lui aussi. Tu as fait ce qu'il fallait pour cela. C'était ça, ton but, dès le début, n'est-ce pas ? Tu as toujours été jalouse, n'est-ce pas ? Exactement comme ta mère. Tu ne pouvais pas te contenter de ta part de gâteau. Il te le fallait tout entier ! C'est pas vrai ?

Interloquée, elle ne répondit pas.

— Eh bien, je vais te donner une leçon, dit-il en essayant de la saisir à la gorge.

Elle recula d'un pas, puis d'un autre, mais il avançait toujours et finit par trébucher et tomber contre elle. Elle se souvint du couteau dans la poche de sa robe et le cherchait à tâtons quand il la ceintura de son bras gauche, coinçant son bras droit contre elle. Il sentait le gin et la sueur rance.

— Je vais te punir, grogna-t-il. Je vais te punir. Tu vas payer pour ce que tu as fait.

De sa main droite, il la saisit à la gorge.

Quand la respiration vint à lui manquer, la panique s'empara d'elle. Jack l'étranglait des deux mains maintenant. Elle avait sa main droite libre pour saisir le couteau, mais elle n'y songea pas. Elle essayait désespérément de lui faire lâcher prise, mais ses mains étaient moins grandes et moins fortes que celles de Jack.

— *Maman !* hurla la voix de Danny, venu d'on ne sait où. *Papa, arrête ! Tu fais mal à Maman !*

Il poussa un cri perçant, un cri aigu et cristallin que Wendy perçut faiblement.

Des éclairs rouges dansaient devant ses yeux et la pièce semblait s'assombrir. Elle vit son fils grimper sur le comptoir et se jeter sur les épaules de Jack. Soudain, une des mains qui l'étranglaient la lâcha et Jack, d'un revers du bras envoya Danny contre les rayonnages vides où l'enfant s'écrasa puis, assommé, tomba par terre. La main était revenue à la gorge de Wendy. Les éclairs rouges étaient noirs maintenant.

Elle entendait les pleurs étouffés de Danny. Sa poitrine brûlait. Jack lui criait au visage :

— Je t'apprendrai, misérable salope ! Je t'apprendrai à me respecter ! Je t'apprendrai !

Mais les cris faiblissaient à son oreille, comme s'ils se perdaient au fond d'un corridor obscur et ses forces l'abandonnaient. Une de ses mains lâcha prise et s'abaissa lentement, toute flasque

472

au bout du poignet, comme celle d'une noyée.

C'est alors que cette main frôla l'une des bouteilles gainées de paille qui servaient de porte-bougie.

Rassemblant ce qui lui restait de forces, elle tâtonna à l'aveuglette, cherchant le goulot qu'elle finit par trouver et qu'elle serra, écrasant des gouttes de cire grasses.

Oh ! mon Dieu, si jamais elle glisse.

Elle leva la bouteille, puis l'abattit, en priant que le coup frappât juste. Elle savait que si elle ne le touchait qu'à l'épaule ou au bras elle était perdue.

Mais la bouteille frappa si fort le crâne de Jack Torrance qu'elle se fracassa à l'intérieur de sa gaine de paille et le coup résonna comme un medicine-ball s'écrasant sur un parquet de chêne. Jack partit en arrière, les yeux révulsés dans leurs orbites. L'étau de ses mains se desserra, puis il lâcha prise complètement. Essayant de conserver son équilibre, il battit l'air de ses bras, puis s'écroula à la renverse.

Wendy aspira profondément, par saccades. Elle avait failli tomber elle aussi, mais, s'accrochant au bord du comptoir, elle réussit à se maintenir debout. Dans sa demi-conscience, elle pouvait entendre pleurer Danny, mais elle ne savait pas où il était. Ses sanglots semblaient répercutés comme dans une chambre acoustique. Elle aperçut vaguement des gouttes de sang grosses comme des pièces de dix cents qui tombaient sur la surface sombre du comptoir. — « Je dois saigner », pensa-t-elle. Elle se racla la gorge et cracha par terre. Les chairs meurtries s'embrasèrent aussitôt d'une douleur atroce qui s'atténua par la suite et se stabilisa à la limite du supportable.

Peu à peu, elle reprit ses esprits.

Lâchant le bord du comptoir, elle se retourna et vit Jack étendu par terre et, à côté de lui, la

473

bouteille cassée. Il ressemblait à un géant terrassé. Danny, accroupi sous la caisse du bar, s'était fourré les deux mains dans la bouche et regardait fixement son père inconscient.

Wendy s'approcha de lui d'un pas hésitant et lui toucha l'épaule. A ce contact, Danny eut un mouvement de recul.

— Danny, écoute-moi...

— Non, non, marmonna-t-il d'une voix éraillée de vieillard. Papa t'a fait mal..., tu as fait mal à Papa..., je veux dormir. Danny veut dormir.

— Danny...

— Dodo, dodo. Bonne nuit.

— *Non !* cria-t-elle, grimaçant de douleur.

Danny ouvrit ses yeux ombrés de cernes bleutés et fixa sur elle un regard méfiant.

Elle s'efforça de lui parler calmement, tout en le regardant droit dans les yeux. Elle parlait si bas qu'elle était à peine audible. Parler lui faisait mal.

— Écoute-moi, Danny. Ce n'était pas ton papa qui a essayé de me faire mal. Et je n'ai pas voulu le blesser. Mais il est possédé par l'hôtel. *C'est l'hôtel qui le fait agir.* Est-ce que tu peux comprendre ce que je te dis ?

Une lueur de compréhension éclaircit peu à peu le regard de Danny.

— Papa a Fait le Vilain, chuchota-t-il. Mais comment est-ce arrivé ? Il n'y à rien à boire ici !

— C'est l'hôtel qui l'a fait boire... Le... Prise d'une quinte de toux, elle dut s'arrêter pour cracher du sang. Sa gorge enflée lui paraissait avoir doublé de volume. C'est l'hôtel qui l'a fait boire. Est-ce que tu l'as entendu discuter avec des gens ce matin ?

— Oui..., les gens de l'hôtel...

— Moi aussi, je les ai entendus. Ce qui veut dire que l'hôtel mobilise toutes ses forces. Il veut nous détruire tous les trois. Mais je pense... j'espère que seul ton père se prêtera à leurs machinations diaboliques. Il n'y a que lui que l'hôtel peut atteindre. Est-ce que tu me comprends, Danny ? Il faut absolument que tu me comprennes.

— L'hôtel a attrapé Papa.

Il regarda Jack et laissa échapper un gémissement de chagrin impuissant.

— Je sais que tu aimes ton papa. Moi aussi, je l'aime. Mais nous ne devons pas oublier que l'hôtel se sert de lui contre nous.

Et elle croyait vraiment ce qu'elle disait. Mieux, elle n'était pas loin de croire que c'était Danny qu'il visait principalement, que c'était Danny avec son don qui était à l'origine de tout, que c'était son énergie mystérieuse qui avait fourni à l'hôtel les moyens de sortir de l'ombre, un peu comme une batterie alimente le circuit électrique d'une voiture et lui permet de se mettre en marche. S'ils réussissaient à s'évader un jour de l'Overlook, il était fort possible que l'hôtel retombât dans sa demi-conscience d'antan et que son pouvoir se limitât dès lors à monter des scènes de Grand Guignol à l'intention de ceux de ses clients qui étaient psychiquement les plus réceptifs. Sans Danny, l'hôtel redeviendrait aussi inoffensif que la maison hantée d'un parc d'attractions. De temps en temps on entendrait des bruits bizarres, des coups retentissants ou les flonflons fantomatiques d'un bal masqué, ou on verrait quelque chose d'inexplicable, sans plus. Mais si l'hôtel absorbait Danny et son pouvoir... — son flux vital..., on pouvait appeler ça comme on voulait — alors de quoi ne serait-il pas capable ?

— Je voudrais que Papa guérisse, dit Danny, et il recommença à pleurer.

— Moi aussi, dit-elle, serrant Danny très fort dans ses bras. C'est pour ça, mon chéri, qu'il faut que tu m'aides à le mettre en sécurité quelque part où l'hôtel ne pourra pas l'atteindre et où il ne pourra pas se faire mal à lui-même. Ensuite..., si ton ami Dick Hallorann arrive, ou un garde forestier, nous pourrons l'emmener. Je crois qu'il pourra guérir et que nous finirons par nous en remettre. Je pense que c'est toujours possible, à condition de nous montrer forts et courageux, comme tu l'as été quand tu t'es jeté sur son dos. Est-ce que tu comprends ?

Elle le regardait d'un air suppliant. Jamais il n'avait autant ressemblé à Jack.

— Oui, dit-il en hochant la tête. Je pense que si nous arrivons à partir d'ici... tout peut redevenir comme avant. Où pourrions-nous le mettre ?

— Dans la réserve. Il y a de la nourriture à l'intérieur et un bon verrou solide à l'extérieur. Il y fait chaud. Quant à nous, nous pourrons terminer ce qui reste dans le frigidaire et dans le congélateur. Il y aura largement assez pour nous trois en attendant qu'on vienne nous délivrer.

— On le fait maintenant ?

— Oui, tout de suite. avant qu'il ne se réveille.

Danny souleva la planche mobile qui donnait accès au bar tandis qu'elle pliait les mains de Jack sur sa poitrine et écoutait pendant un instant sa respiration, qui était lente mais régulière. A en juger par l'odeur, il avait dû boire énormément... et il n'en avait plus l'habitude. A son avis, c'était autant l'alcool que le coup sur la tête qui l'avait mis K.O.

Le prenant par les pieds, elle commença à le tirer sur le plancher. Ça faisait sept ans qu'elle était sa femme, il s'était étendu sur elle des milliers de fois, mais jamais elle ne s'était rendu compte qu'il pesait si lourd. Bien que son souffle sifflât douloureusement dans sa gorge meurtrie, elle se sentait mieux que depuis bien des jours. Elle était toujours en vie et c'était appréciable quand on venait de frôler la mort de si près. Jack aussi était vivant. C'était par pure chance, plutôt que par calcul, qu'ils avaient trouvé ce qui était peut-être pour eux la voie du salut.

Les pieds de Jack coincés contre ses hanches, elle s'arrêta un instant pour reprendre haleine. Elle se dit qu'elle ressemblait au vieux capitaine de *l'Ile au trésor* qui, après que le vieil aveugle, Pew, lui a communiqué la peste, s'écrie : « On les aura ! »

Mais, quand elle se rappela que quelques secondes plus tard le vieux marin tombe raide mort, elle éprouva un certain malaise.

— Est-ce que ça va, Maman ? Il n'est pas trop lourd ?

— J'y arriverai.

Elle se remit à le tirer. Une des mains de Jack avait glissé de sa poitrine et Danny, qui se trouvait à côté, la remit en place doucement, tendrement.

— Tu en es sûre, Maman ?

— Oui. C'est la meilleure solution, Danny.

— C'est comme si nous le mettions en prison.

— Mais pas pour longtemps.

— Alors, c'est d'accord. Tu es sûre d'y arriver ?

— Oui.

Mais il s'en fallut de peu qu'elle n'y arrivât pas. Quand ils passaient le seuil des portes, Danny soulevait la tête de son père, mais, au moment de pénétrer dans la cuisine, quand il voulut prendre la tête de Jack dans ses mains, elles glissèrent sur ses cheveux gras, et Jack, dont la tête heurta le carrelage, se mit à gémir et à remuer.

— Il faut faire de la fumée, marmonna-t-il. Cours me chercher le bidon d'essence.

Wendy et Danny échangèrent un regard anxieux.

— Aide-moi, dit-elle à voix basse.

Danny resta un moment sans pouvoir bouger, puis, d'un air décidé, il alla rejoindre sa mère et, tirant tous les deux sur la jambe gauche, ils réussirent à traîner Jack à travers la cuisine. L'action semblait se dérouler au ralenti, comme dans certains cauchemars. On n'entendait que le bourdonnement d'insecte du néon et le bruit de leurs respirations haletantes.

Quand ils arrivèrent à la porte de la réserve, Wendy posa les pieds de Jack par terre et se retourna pour tirer le verrou. Danny regarda Jack qui gisait à ses pieds, l'air de nouveau tranquille et détendu. En le tirant, ils avaient fait sortir de son pantalon le pan de sa chemise. Danny se demanda si son papa était trop ivre pour sentir le froid. Ça ne lui paraissait pas bien de l'enfermer dans la réserve comme une bête sauvage, mais Danny avait vu ce que Papa avait essayé de faire à Maman. Avant même de descendre, il avait su que Papa allait le faire. Il les avait entendus se disputer dans sa tête.

Si seulement nous pouvions partir d'ici. Si seulement ce n'était qu'un rêve et que nous soyons toujours à Stovington. Si seulement.

Le verrou était coincé.

Wendy tira sur lui de toutes ses forces, mais il ne bougea pas. Elle ne pouvait pas ouvrir ce maudit verrou. C'était si stupide, si injuste... Elle l'avait ouvert sans difficulté quand elle était venue chercher la boîte de soupe. Mais maintenant il refusait de bouger. Que faire ? On ne pouvait pas mettre Jack dans la chambre froide ; il mourrait de froid ou d'asphyxie. Mais s'ils le laissaient dehors et qu'il se réveillât...

Par terre, Jack se mit à remuer de nouveau.

— Je vais m'en occuper, marmonna-t-il. J'ai compris.

— Il se réveille, Maman ! cria Danny.

Sanglotante, elle tirait à deux mains sur le verrou.

478

— Danny ? La voix de Jack, encore brouillée, exprimait une menace sourde. C'est toi, prof ?

— Il faut dormir, Papa, dit Danny nerveusement. Il est l'heure de se coucher, tu sais.

Il regarda sa mère qui s'acharnait toujours sur le verrou et vit immédiatement pourquoi celui-ci restait bloqué. Elle avait oublié de le faire pivoter avant de le tirer, et le tenon était pris dans l'encoche.

— Regarde, dit-il, écartant ses mains tremblantes : les siennes tremblaient presque autant.

D'un coup de paume, il libéra le tenon et le verrou glissa sans peine.

— Vite, dit-il, voyant que Jack avait ouvert les yeux et le regardait d'un air étrangement calme et songeur.

— Tu as triché, lui dit Papa. Je sais que tu as triché. Et je le prouverai, je te le garantis. Je le prouverai...

Puis ses paroles s'embrouillèrent de nouveau.

Sans remarquer l'odeur piquante de fruits secs qui se dégageait de la réserve, Wendy poussa la porte du genou puis, haletante et épuisée, souleva une nouvelle fois les pieds de Jack et le traîna à l'intérieur. Au moment où elle tirait sur la chaînette qui actionnait le plafonnier, les yeux de Jack s'ouvrirent de nouveau.

— Qu'est-ce que vous faites tous les deux ? Wendy, qu'est-ce que vous faites ?

Elle l'enjamba.

Il fut rapide comme l'éclair. Sa main partit aussitôt et elle dut faire un pas de côté pour éviter de se faire prendre. Mais il avait réussi à agripper un pan de sa robe de chambre qui se déchira avec un bruit mat. Il se mit aussitôt à quatre pattes : avec ses cheveux dans les yeux, il ressemblait à un gros animal, un chien... ou un lion.

— Que le diable vous emporte tous les deux. Je

sais ce que vous voulez, mais vous ne l'aurez pas. Cet hôtel... est à moi. C'est moi qu'ils veulent ! Moi !

— La porte, Danny ! hurla-t-elle. Ferme la porte !

Danny poussa la lourde porte de bois au moment où Jack prenait son élan et il alla s'écraser contre elle.

De ses petites mains, Danny essayait de saisir le verrou. Wendy était trop loin pour l'aider. Dans les deux secondes qui allaient suivre, le sort de Jack serait décidé : libre ou prisonnier ? Danny manqua le verrou une première fois, puis réussit à l'attraper et le poussa à l'instant où la poignée se mit à s'agiter furieusement. Enfin Jack lâcha la poignée et essaya d'enfoncer la porte à coups d'épaule. Chaque assaut l'ébranla, mais le verrou, en acier trempé, tint bon. Wendy poussa un soupir de soulagement.

— Laissez-moi sortir d'ici ! criait Jack. Laissez-moi sortir ! Danny, c'est ton père qui te parle, nom d'un chien. Je veux sortir ! *Fais ce que je te dis !*

Danny leva machinalement la main, prêt à exécuter l'ordre, mais Wendy la saisit et la pressa contre sa poitrine.

— Obéis à ton papa, Danny ! Fais ce que je te dis ! Fais-le, ou je te donnerai une raclée dont tu te souviendras toute ta vie. *Ouvre cette porte ou je te fracasse le crâne !*

Blanc comme un linge, Danny se tourna vers sa mère.

A travers les deux centimètres de chêne massif, ils pouvaient entendre la respiration rauque de Jack.

— Wendy, laisse-moi sortir tout de suite. Misérable salope, ouvre-moi ! Je ne plaisante pas ! Laisse-moi sortir, conasse ! Si tu me laisses sortir, je ne te ferai rien. Mais, si tu n'ouvres pas, je t'assure que je t'arrangerai si bien le portrait que ta propre mère ne te reconnaîtra plus ! *Ouvre-moi cette porte !*

Danny se mit à gémir et Wendy comprit que s'ils restaient là il allait s'évanouir.

— Allons-nous-en, prof, dit-elle, étonnée de s'entendre parler avec autant de calme et d'assurance. N'oublie pas que ce n'est pas ton papa qui parle. C'est la voix de l'hôtel.

— *Revenez ici, laissez-moi sortir IMMÉDIATEMENT !* hurla Jack.

Et il se mit à griffer la porte, à l'attaquer avec ses ongles.

— C'est l'hôtel, répéta Danny. C'est l'hôtel. Je ne l'oublierai pas.

Mais, en s'éloignant, il ne put s'empêcher de jeter en arrière un dernier regard horrifié.

XLVII

DANNY

Il était trois heures de l'après-midi d'une longue, longue journée.

Ils étaient assis dans leur appartement sur le grand lit. Danny tournait et retournait dans ses mains la Folle Volkswagen Violette avec son monstre qui passait la tête par le toit ouvrant.

En traversant le hall, ils avaient entendu Papa cogner contre la porte et les injurier. D'un ton irascible de roi déchu, il leur promettait un juste châtiment et leur prédisait qu'un jour ils regretteraient amèrement d'avoir trahi celui qui avait trimé si dur pour eux depuis tant d'années.

Danny avait cru que d'en haut ils ne pourraient plus l'entendre, mais les échos de sa rage leur parvenaient par le conduit du monte-plats. Le visage de Maman était tout pâle et il y avait d'affreuses marques brunes sur son cou, là où Papa avait essayé de...

Il tournait et retournait dans ses mains le modèle réduit, un cadeau de Papa pour le récompenser de ses progrès en lecture.

(... où Papa l'avait serrée trop fort.)

482

Maman mit un de ses disques sur le petit électrophone, une musique de trompettes et de flûtes, tout éraillée. Elle lui sourit d'un air las et il essaya de lui rendre son sourire, sans y parvenir. Bien que le volume soit au maximum, il lui semblait toujours entendre les cris de Papa secouant la porte de la réserve comme un fauve en cage. Et si Papa avait besoin d'aller au cabinet ? Alors que ferait-il ?

Danny se mit à pleurer.

Wendy baissa le volume de l'électrophone et prit Danny sur ses genoux pour le bercer.

— Danny, mon chéri, ne pleure pas, tout va s'arranger, tu verras. Si Mr. Hallorann n'a pas reçu ton message, quelqu'un d'autre le recevra. Et, dès que la tempête s'arrêtera, on viendra nous délivrer. De toute façon, personne ni Mr. Hallorann ni qui que ce soit d'autre, ne peut venir tant que la tempête continue. Mais, dès qu'elle s'arrêtera, nous pourrons partir. Et tu sais ce que nous ferons au printemps, tous les trois ?

Danny secoua la tête contre sa poitrine. Non, il ne le savait pas. Il n'arrivait pas à croire que le printemps viendrait un jour.

— Nous irons à la pêche. Nous louerons un bateau et nous irons à la pêche, comme nous l'avons fait l'an dernier, au lac Chatterton. Toi, moi et Papa. Tu nous prendras peut-être un bar pour le souper. Mais, même si nous ne prenons rien, nous nous amuserons bien, c'est sûr.

— Je t'aime, Maman, dit-il, la serrant dans ses bras.

— Oh ! Danny, moi aussi, je t'aime.

Dehors, le vent hurlait.

Vers quatre heures et demie, au moment où le jour commençait à baisser, les cris cessèrent.

Ils avaient eu un sommeil agité et Wendy, qui

tenait toujours Danny dans ses bras, continua de dormir. Mais le silence, encore plus inquiétant que les cris, réveilla Danny. Est-ce que Papa s'était rendormi ? Était-il mort ? Que se passait-il ?

(Avait-il réussi à se libérer ?)

Un quart d'heure plus tard, un bruit dur et métallique vint rompre le silence. Puis Danny entendit un grincement suivi d'un vrombissement de moteur. Wendy se réveilla en poussant un cri.

L'ascenseur s'était de nouveau mis en marche.

Serrés l'un contre l'autre, ils ouvraient de grands yeux et écoutaient l'ascenseur monter et s'arrêter à chaque étage. Aux arrêts, la grille en accordéon s'ouvrait avec un bruit de ferraille, puis la porte battante du palier claquait. Ils entendaient aussi un brouhaha où se mêlaient rires, cris avinés, hurlements et bruits de casse.

L'Overlook s'éveillait.

XLVIII

JACK

Assis par terre dans la réserve, il gardait ses yeux rivés sur la porte. Il avait calé une boîte de crackers entre ses jambes étendues et les mangeait l'une après l'autre sans prêter attention à ce qu'il avalait, simplement parce qu'il fallait bien se nourrir. Quand il sortirait de là, il aurait besoin de ses forces. De toutes ses forces.

Jamais de sa vie il ne s'était senti aussi malheureux qu'à cet instant. Corps et esprit ne faisaient qu'une seule et même souffrance. Il avait le même mal de tête lancinant, il éprouvait le même écœurement qu'autrefois, au lendemain d'une beuverie. Tous les autres symptômes étaient présents aussi : la bouche pâteuse, le bourdonnement aux oreilles et le cœur qui cogne trop fort, comme un tambour indien. De plus, à force de se précipiter contre la porte, il s'était meurtri les épaules et ses cris lui avait laissé la gorge en feu. Pour comble de malheur, il s'était aussi coupé la main droite sur le verrou.

Il y avait des coups de pied au cul qui se perdaient et quand il serait sorti il se promettait de botter les fesses à certains.

Malgré sa nausée il continua de grignoter les crackers et, faisant violence à son pauvre estomac, prêt à tout régurgiter, les avala les uns après les autres. Il pensa aux comprimés d'Excedrin dans sa poche mais trouva plus prudent d'attendre de ne plus avoir mal au cœur. Ça ne servirait à rien d'avaler un analgésique s'il le vomissait aussitôt. Il fallait se servir de son cerveau. Le cerveau du célèbre Jack Torrance. C'était bien lui, le type qui voulait vivre de sa matière grise ? Jack Torrance, l'auteur de best-sellers, le célèbre dramaturge, lauréat du prix du New York Critics Circle ? Jack Torrance, l'homme de lettres, le penseur respecté qui, à l'âge de soixante-dix ans, a remporté le Pulitzer avec un ouvrage de mémoires percutant intitulé *Le Vingtième Siècle et moi* ? Tout ça parce qu'il avait su vivre de sa matière grise !

Et, quand on a un peu de matière grise, on sait d'où viennent les guêpes.

Il mit un autre cracker dans sa bouche et le grignota.

Ce qu'il leur reprochait, au fond, c'était de ne pas lui faire assez confiance. Ils ne voulaient pas croire qu'il savait ce qu'il leur fallait et comment l'obtenir. Sa femme avait essayé de miner son autorité, d'abord par des moyens fair play

(enfin assez fair play)

puis en trichant. Comme ses petites insinuations et ses objections geignardes n'arrivaient pas à prévaloir contre ses propres arguments bien raisonnés, elle avait dressé son fils contre lui, puis avait essayé de le tuer avec une bouteille et, pour finir, elle l'avait enfermé — devinez où — dans cette maudite réserve.

Pourtant une petite voix intérieure n'arrêtait pas de le harceler, lui posant sans cesse la même question.

Oui, mais d'où venait l'alcool ? N'est-ce pas là la

question cruciale ? Tu sais ce qui t'arrive quand tu te mets à boire, tu es bien payé pour le savoir. Quand tu bois, tu perds la tête.

Il jeta le carton de crackers à l'autre bout du petit réduit où il heurta une boîte de conserve et la fit dégringoler. Il regarda la boîte, s'essuya les lèvres de sa main, puis consulta sa montre. Il était presque six heures et demie. Il était là depuis des heures. Sa femme l'avait enfermé et ça faisait *des heures* qu'il était prisonnier.

Il commençait à comprendre son père.

La question qu'il ne s'était jamais posée, c'était ce qui avait poussé son père à boire. Car si on allait au fond des choses, selon l'expression si chère à ses anciens élèves, ne trouverait-on pas que c'était sa femme qui était à l'origine de tout ? Elle avait toujours été une chiffe molle, promenant sans cesse à la maison une mine de martyr. Avait-elle été un boulet au pied de son père ? Non, pas vraiment ; elle n'aurait jamais essayé d'emprisonner son père comme Wendy venait de le faire avec lui. Non, le sort du père de Jack avait dû ressembler à celui de McTeague, le dentiste, à la fin du grand roman de Frank Norris : il s'était retrouvé au milieu d'un désert, enchaîné par des menottes à un cadavre. Oui, c'était bien ça. Par les liens du mariage, il s'était enchaîné à une femme qui intellectuellement et spirituellement était un cadavre. Il avait bien essayé de faire tout ce que l'on attendait de lui, tout en traînant derrière lui ce cadavre. Il avait essayé d'apprendre à ses quatre enfants à distinguer le bien du mal, à comprendre la discipline et, par-dessus tout, à respecter leur père.

Eh bien, ils avaient tous été des ingrats, même lui. Et maintenant il payait le prix pour n'avoir pas compris plus tôt : son propre fils était lui aussi un ingrat. Mais il n'avait pas perdu espoir. Il arriverait à sortir de ce réduit, coûte que coûte, et il les

487

châtierait tous les deux, il les châtierait sévèrement. Il donnerait une bonne leçon à Danny pour que plus tard, quand il serait grand, il soit mieux armé dans la vie que lui, Jack, ne l'avait été.

Il se rappela la scène du déjeuner de ce dimanche, quand son père avait battu sa mère à coups de canne..., et à quel point cette scène les avait horrifiés, lui et ses frères et sœurs. Mais maintenant il comprenait que cette bastonnade avait été nécessaire et que son père avait feint d'être ivre pour mieux surprendre sa femme en flagrant délit d'irrespect.

A quatre pattes, Jack alla ramasser la boîte de crackers et, assis à côté de la porte que Wendy avait si traîtreusement verrouillée, il se remit à grignoter. Il se demandait quelle avait pu être l'offense de sa mère et comment elle avait pu se laisser prendre au manège de son père. S'était-elle moquée de lui en se cachant derrière sa main ? Lui avait-elle tiré la langue ? Avait-elle fait un geste obscène à son intention ? Ou l'avait-elle tout simplement regardé d'un air insolent, persuadée qu'il était trop abruti par la boisson pour s'en apercevoir ? Quoi qu'il en soit, il l'avait surprise en train de lui manquer de respect et il l'avait sévèrement châtiée. Maintenant, vingt ans plus tard, il pouvait enfin apprécier la sagesse de son père.

Bien sûr, on pouvait estimer que le vieux Torrance avait été idiot d'épouser une femme pareille, qui non seulement manquait de personnalité, mais qui par-dessus le marché le traitait avec désinvolture. Mais, quand les jeunes se marient à la hâte, ils ont toute la vie pour s'en repentir. D'ailleurs il n'était pas impossible que le père de son père ait eu lui aussi une épouse de ce genre de telle sorte que la tradition des épouses chiffes molles se soit transmise de père en fils. Mais sa femme à lui avait dépassé les bornes : non contente d'avoir détruit sa première carrière et compromis la seconde, elle s'acharnait actuellement à lui ôter sa dernière et meilleure chance : devenir un membre du staff de l'Overlook, monter en grade et — qui sait ? — devenir peut-être un jour directeur. Elle s'acharnait à lui refuser Danny alors que Danny était son billet d'admission. C'était aberrant, d'accord — pourquoi vouloir le fils quand ils pouvaient avoir le père ? — mais les employeurs ont souvent des idées saugrenues et c'était la condition qu'on lui avait posée.

Il ne pourrait certainement pas la raisonner, c'était hors de question à présent. Il avait essayé de le faire dans le Colorado Bar, mais elle avait refusé de l'écouter et l'avait récompensé du mal qu'il s'était donné en l'assommant d'un coup de bouteille. Mais il aurait sa revanche. Il allait bientôt sortir d'ici.

Tout à coup il retint son souffle et tendit l'oreille. Quelque part un piano jouait un boogie-woogie, des gens riaient et battaient des mains en cadence. Il entendait clairement malgré la porte en bois massif. Il reconnut même le refrain *On va faire la bombe ce soir.*

Il serra les poings de rage impuissante. Il fallait qu'il se retienne pour ne pas se jeter de nouveau sur la porte. La fête avait repris, l'alcool coulait à flots et la fille ensorceleuse, toute nue sous sa robe de satin blanc, qu'il avait tenue dans ses bras dansait avec quelqu'un d'autre.

— Vous me le paierez ! hurla-t-il. Vous me le paierez, tous les deux, vous me le paierez ! Il vous en cuira, je vous le jure ! Vous...

— Allons, allons, mon vieux, répondit une voix douce de l'autre côté de la porte. Vous n'avez pas besoin de crier. Je vous entends très bien.

Brusquement Jack se mit debout.

— Grady ? Est-ce vous ?

— Oui, monsieur. C'est bien moi. Il me semble que l'on vous a enfermé.

— Faites-moi sortir, Grady. Vite.

— Je vois que vous n'avez pas encore réglé l'affaire dont nous avons parlé, monsieur. Je veux dire la punition de votre femme et de votre fils.

— C'est eux qui m'ont enfermé ! Tirez le verrou, pour l'amour du ciel !

— Vous vous êtes laissé enfermer par eux ? (La voix de Grady exprima un étonnement de bon ton.) Par exemple ! Une femme deux fois plus petite que vous et un enfant de cinq ans ? Ce n'est pas en vous laissant faire comme ça que vous nous ferez croire que vous avez l'étoffe d'un manager !

Sur sa tempe droite, un lacis de petites veines se mit à palpiter.

— Faites-moi sortir d'ici, Grady. Je leur ferai leur affaire.

— Est-ce bien certain, monsieur ? Je me le demande. (L'étonnement de bon ton céda à un regret distingué.) Je suis désolé de devoir vous dire que j'en doute. Je finis par croire — et les autres avec moi — que, quoi que vous en disiez, votre cœur n'y est pas. Nous nous demandons si vous avez assez de cran.

— *Je le ferai !* cria Jack. Je le ferai, je le jure !

— Vous nous amènerez votre fils ?

— Oui ! Oui !

— Votre femme va s'y opposer de toutes ses forces, Mr. Torrance. Et elle semble être plus forte que nous ne le pensions. Elle a de la ressource. En tout cas, avec vous, elle a eu le dessus.

Grady eut un petit rire de tête.

— C'est peut-être avec elle que nous aurions dû traiter, Mr. Torrance, et dès le début.

— Je vous l'amènerai, je vous le jure, dit Jack. (Il avait collé son visage contre la porte. Il commençait à transpirer.) Elle ne s'y opposera pas. Je vous

490

promets qu'elle ne s'y opposera pas. Elle ne le pourra pas.

— Il vous faudra la tuer, je le crains, dit Grady froidement.

— Je ferai tout ce qu'il faudra. *Mais faites-moi sortir.*

— Vous me donnez votre parole là-dessus, monsieur ? insista Grady.

— Ma parole, ma promesse, mon serment, tout ce que vous voulez. Mais...

Le verrou fut tiré avec un bruit sec et la porte s'entrebâilla d'un centimètre. Jack se tut et retint son souffle. Il lui semblait que la mort elle-même se trouvait de l'autre côté de la porte.

Son angoisse finit par se calmer.

Il chuchota :

— Merci, Grady. Je vous jure que vous ne le regretterez pas. Je vous le jure.

Aucune voix ne se fit plus entendre. Seul le vent hurlait au-dehors.

Il poussa la porte de la réserve, qui s'ouvrit en grinçant légèrement.

La cuisine était déserte. Grady avait disparu. Sous la lumière crue et froide des tubes de néon, tout paraissait figé, gelé. Son regard fut attiré vers l'énorme planche à hacher où ils avaient l'habitude de prendre leur repas tous les trois.

Sur la planche, il vit un verre à cocktail, une bouteille de gin et une assiette en plastique pleine d'olives.

Un des maillets de roque de la remise à outils était appuyé contre la planche.

Pendant un long moment il ne put en détacher son regard.

Puis une voix beaucoup plus grave et plus puissante que celle de Grady, venue d'il ne savait où, peut-être du fond de lui-même, lui adressa la parole.

(Il faut tenir votre promesse, Mr. Torrance.)

— Je la tiendrai, dit-il. (Il fut frappé par la servilité obséquieuse de sa propre voix, mais il n'arrivait plus à parler normalement.) Je la tiendrai.

Il alla vers la planche à hacher et saisit le manche du maillet.

Il le souleva et le fit tournoyer.

Le maillet faucha l'air avec un sifflement menaçant.

Jack Torrance se mit à sourire.

XLIX

HALLORANN EN ROUTE

Il se trouvait, d'après les panneaux indicateurs enneigés et le compteur de la Buick, à moins de quatre kilomètres d'Estes Park quand il put enfin quitter l'autoroute.

Jamais il n'avait vu tempête de neige aussi violente (il est vrai qu'il n'en avait pas vu beaucoup, ayant toujours fui la neige dans toute la mesure du possible), ni bourrasques aussi capricieuses, soufflant tantôt de l'ouest, tantôt du nord, brouillant son champ de vision dans des nuages de neige poudreuse et lui rappelant, si besoin en était, que manquer son virage c'était faire avec son Electra une culbute d'une centaine de mètres. Plus que par la mauvaise visibilité, il était handicapé par son manque d'expérience de la conduite sur route enneigée. Il s'affolait de voir la ligne blanche disparaître sous des bourrasques de neige ou de sentir la lourde Buick, frappée de plein fouet par les puissantes rafales de vent qui déboulaient des vallons latéraux, déraper et se retrouver en travers de la route. Les panneaux de signalisation étaient presque entièrement recouverts, si bien qu'il avait l'impression de s'enfoncer dans la blancheur d'un gigantesque écran de cinéma sans jamais savoir s'il allait falloir tourner à droite ou à gauche. Tout cela lui faisait terriblement peur. Dès qu'il avait commencé à grimper les collines à l'ouest de Boulder et de Lyons, il avait eu des sueurs froides. Il maniait pourtant l'accélérateur et le frein avec autant de précaution que s'il s'agissait de vases Ming. Entre deux chansons à la radio, le présentateur n'arrêtait pas de recommander aux automobilistes d'éviter les grands axes et surtout les routes de montagne dont beaucoup étaient bloquées et toutes les autres dangereuses. On avait signalé de nombreux accidents dont deux graves survenus respectivement à une bande de skieurs dans un minibus Volkswagen et à une famille qui se dirigeait vers Albuquerque en passant par les montagnes de Sangre de Cristo. Le bilan pour les deux accidents était de quatre morts et cinq blessés. « Alors ne prenez pas la route. Restez avec nous à écouter la bonne musique de KTLK », lança le présentateur sur un ton enjoué, et, pour mettre un comble au malheur de Hallorann, il fit passer *Vadrouilles au soleil.* « On s'est bien amusé, on a bien rigolé, avec les pom-pom, avec les pom-pom... » Terry Jacks débitait gaiement ses âneries, et Hallorann coupa rageusement la radio tout en sachant bien qu'il la remettrait dans cinq minutes. Si stupides que fussent les émissions, tout valait mieux que de se sentir seul au milieu de ce cauchemar de blancheur.

Avoue-le. Tu es vert de trouille — ce qui, chez un Noir, tient du prodige.

Ce n'était même pas drôle. Il aurait rebroussé chemin avant même d'avoir atteint Boulder, s'il n'avait pas eu la conviction, chevillée au corps, que l'enfant était en danger. Encore maintenant, une petite voix dans sa tête — la voix de la raison, pensait-il, plutôt que de la lâcheté — lui conseillait de passer la nuit dans un motel à Estes Park et d'y attendre que les chasse-neige aient pu dégager la ligne blanche. Il se rappelait l'atterrissage dangereux à Stapleton et le frisson de terreur qu'il avait ressenti au moment où il avait cru qu'ils allaient s'écraser et terminer leur voyage non pas devant la porte de sortie 39 mais devant les portes de l'enfer. Mais la raison luttait en vain contre la conviction qu'il fallait à tout prix arriver aujourd'hui même. La tempête de neige était un coup de malchance, mais il ne devait pas se laisser décourager pour autant. S'il renonçait, il se sentirait toujours coupable de ce qui risquait d'arriver, et ce serait pire.

Une nouvelle bourrasque de vent bouscula la voiture, venant du nord-est cette fois-ci — très Nouvelle-Angleterre, s'il vous plaît — effaçant les silhouettes vagues des collines et même les bas-côtés de la route. Il avançait dans un vide blanc.

Le brouillard fut brusquement troué par les phares à iode d'un chasse-neige et Hallorann s'aperçut avec horreur que la Buick piquait tout droit sur les deux faisceaux de lumière. Le chasse-neige, visiblement, ne se souciait guère de rester sur son côté de la route, mais la Buick, elle aussi, sans qu'Hallorann s'en aperçût, s'était déportée vers le milieu de la chaussée.

Par-dessus les hurlements du vent, il put entendre le grondement du Diesel du chasse-neige puis l'appel perçant, prolongé, presque assourdissant de son avertisseur.

Il eut l'impression que ses testicules se transformaient en deux petites bourses ridées, pleines de glace pilée, et ses tripes en gélatine.

Une masse orange, brouillée par la neige, commençait à émerger. Il apercevait maintenant la haute cabine et même la silhouette du conducteur qui gesticulait derrière l'essuie-glace géant. Il pouvait voir l'étrave déverser la neige sur l'accotement gauche de la route comme un pot d'échappement crachant une fumée blanche.

OUAAAAA ! rugit l'avertisseur avec indignation.

Halloran pressa l'accélérateur avec la même ardeur que s'il s'était agi du sein d'une femme bien-aimée et la Buick partit en dérapant vers la droite. De ce côté il n'y avait pas d'accotement et le chasse-neige rejetait directement la neige dans le vide. Persuadé que la collision était imminente, Halloran fit une prière muette à l'enfant, le suppliant de lui pardonner.

Les énormes lames du chasse-neige, qui dépassaient de plus d'un mètre le toit de l'Electra, frôlèrent la voiture sur la gauche sans l'accrocher.

L'engin était passé à présent et Halloran aperçut dans son rétroviseur la lumière bleue clignotante de son phare tournant. Il tira sur le volant pour braquer à gauche, mais la voiture ne répondit pas ; emportée par son élan, elle continua de glisser comme dans un rêve vers le bord du précipice, en faisant gicler la neige de dessous ses garde-boue.

Il ramena le volant vers la droite, dans le sens du dérapage, et la voiture fit un tête-à-queue complet. Pris de panique, il freina énergiquement en pompant sur la pédale et sentit la voiture heurter quelque chose. Devant lui, il n'y avait plus de route... Son regard plongeait au fond d'un abîme sans fin où, à travers les tourbillons de neige, se profilaient de vagues silhouettes de pins grisvert.

Ça y est, nom de Dieu, je vais dégringoler.

Ce fut alors que la voiture s'arrêta, le nez plongeant à trente degrés. Le pare-chocs avant gauche s'était accroché dans une barrière de protection, les roues arrière ne touchaient presque plus le sol. Quand Halloran essaya de faire marche arrière, elles tournèrent dans le vide sans résultat. Son cœur battait comme un roulement de batterie de Gene Krupa.

Il sortit avec précaution de la voiture pour se rendre compte de la situation et il contemplait, impuissant, les roues décollées quand une voix enjouée le tira de ses réflexions :

— Dis donc, mon gars, tu n'es pas un peu fou, non ?

Hallorann se retourna et distingua péniblement le chasse-neige, arrêté à une cinquantaine de mètres de là, presque invisible dans les tourbillons de neige, à l'exception du trait noir de son tuyau d'échappement et du phare bleu qui tournait sur son toit. Le conducteur l'avait rejoint et se tenait à quelques pas de lui. Il était emmitouflé dans un manteau en peau de mouton recouvert d'un imperméable et portait, perchée sur la tête, une casquette rayée bleu et blanc que le vent n'arrivait pas à lui arracher.

« Pas possible ! Il a dû y mettre de la colle. »

— Salut, dit Hallorann. Est-ce que tu pourrais me remettre sur la route ?

— Ça doit pouvoir se faire, répondit le conducteur du chasse-neige. Mais que diable viens-tu faire par ici, mon vieux ? C'est un véritable suicide.

— J'ai une affaire urgente.

— Rien n'est si urgent que ça, lui dit le conducteur lentement et avec la douceur qu'on met à parler à un débile mental. Où vas-tu ? A Estes ?

— Non, à un endroit qui s'appelle l'Overlook, dit Hallorann. C'est un hôtel au-dessus de Sidewinter. Tu connais ?

Le conducteur secoua la tête d'un air soucieux.

— Tu parles si je connais, répondit-il. Mais, mon gars, tu n'y arriveras jamais. Les routes entre Estes Park et Sidewinter sont un véritable enfer. A peine avons-nous fini de déblayer la route devant qu'elle est déjà rebloquée par la neige derrière. A quelques kilomètres d'ici, j'ai traversé des congères qui devaient faire près de deux mètres de haut. Même si tu arrives à rejoindre Sidewinter, la route est fermée à partir de là jusqu'à Buckland, Utah. Non — et il secoua la tête — tu n'y arriveras jamais, mon pote. Jamais.

— Je dois essayer, dit Hallorann, faisant appel à ses dernières réserves de patience afin de garder une voix normale. Il y a un gosse là-haut ?

— *Un gosse ?* Mais non. L'Overlook est fermé depuis la fin du mois de septembre.

— C'est le fils du gardien. Il est en danger.

— Comment le sais-tu ?

Hallorann perdit patience.

— Nom de Dieu ! Ça va durer encore longtemps, tes questions ? *Je le sais, un point c'est tout !* Tu me sors de là, oui ou merde ?

— Tu es de bien mauvais poil à ce que je vois, observa le conducteur sans paraître particulièrement ému. Bien sûr. Remonte dans ta voiture. J'ai une chaîne derrière le siège.

Le chasse-neige fit marche arrière jusqu'à la Buick et Hallorann vit le conducteur ressortir avec une longue chaîne enroulée. Hallorann ouvrit la portière et cria :

— Qu'est-ce que je peux faire pour aider ?

— Ote-toi du milieu, c'est tout, lui cria le conducteur. Ce sera fini avant que tu puisses dire ouf.

Quand la chaîne se tendit, un frisson parcourut la carcasse de la Buick et une seconde plus tard elle était de nouveau sur la route, tournée plus ou moins dans la direction d'Estes Park. Le conducteur du chasse-neige vint jusqu'à la portière et cogna sur le verre Sécurit. Hallorann abaissa la vitre.

— Merci, dit-il, je m'excuse de t'avoir engueulé.

— Ce n'est pas la première fois que ça m'arrive,

répondit l'autre en souriant. Tu dois être à bout de nerfs.

— Merci, merci mille fois.

— Sois prudent. Je t'aurais bien conduit là-haut, mais j'ai un boulot monstre et je n'en vois pas la fin.

— Ça ne fait rien. Et merci encore.

Il remontait déjà la vitre quand le conducteur l'arrêta :

— Quand tu arriveras à Sidewinter — *si* tu y arrives — va au garage Conoco. Tu le verras tout de suite, c'est à côté de la bibliothèque municipale. Demande Larry Durkin et dis-lui que tu viens de la part de Howie Cottrel et que tu veux louer un de ses scooters. Si tu dis que tu viens de ma part, il te fera une ristourne.

— Merci encore, dit Hallorann.

Ballotté par le vent, sa casquette toujours crânement vissée au sommet de sa tête, Cottrel s'enfonça dans l'obscurité et disparut après un dernier signe de la main. Hallorann remit le moteur en marche. Les chaînes patinèrent un instant sur la neige, puis finirent par la mordre assez profondément pour faire avancer la Buick. Derrière lui, le conducteur du chasse-neige lui envoya un coup de klaxon pour lui souhaiter bonne route. Il aurait pu s'en dispenser ; Hallorann avait bien senti qu'il avait sa bénédiction.

Dans un des virages en épingle à cheveux, la Buick se mit à chasser, mais Hallorann, serrant les dents, manœuvra si bien qu'il réussit à la redresser. Il mit la radio et tomba sur Aretha Franklin. Elle était la bienvenue ; il aurait toujours plaisir à partager sa Buick Hertz avec elle.

Frappée par une nouvelle rafale de vent, la voiture se remit à tanguer puis à déraper. Hallorann lâcha un juron et se colla encore plus près du volant. Aretha termina sa chanson et le présentateur reprit l'antenne pour dire que sortir en voiture aujourd'hui était le meilleur moyen de se tuer.

Hallorann éteignit le poste.

Il réussit à atteindre Sidewinter, mais seulement après quatre heures et demie de route. Quand il déboucha sur l'Upland Highway, il faisait déjà nuit noire et la tempête n'avait rien perdu de son intensité. Par deux fois, il avait dû s'arrêter, bloqué par des congères qui arrivaient à hauteur du capot, et attendre que les chasse-neige viennent lui ouvrir un passage.

A un moment donné, le chasse-neige, qui avançait du mauvais côté de la route, avait failli lui rentrer dedans. Le conducteur avait alors fait un petit crochet pour se rapprocher et, sans prendre la peine de descendre de sa cabine pour l'enguirlander, lui avait fait avec deux doigts l'un de ces signes parfaitement clairs pour tout Américain de plus de dix ans, et ce n'était pas le signe de la paix.

Plus il approchait de l'Overlook, plus il se sentait pressé d'arriver et consultait sans arrêt sa montre dont les aiguilles semblaient avancer à toute allure.

Dix minutes après s'être engagé sur l'Upland, il dépassa deux panneaux que le vent déchaîné avait suffisamment nettoyés pour qu'il pût les lire. Le premier indiquait : *SIDEWINTER 10*, et le second : *A 15 KILOMÈTRES ROUTE FERMÉE PENDANT LES MOIS D'HIVER*.

Ce fut alors que l'odeur d'orange le frappa une fois encore à toute volée et qu'il reçut un nouveau message, lourd cette fois-ci de menace et de haine :

(REBROUSSE CHEMIN OU NOUS TE PENDRONS HAUT ET COURT ET NOUS BRÛLERONS TON CADAVRE VOILÀ CE QUI ATTEND LES

SALES NÉGROS DE TON ESPÈCE. ALORS, SI TU TIENS A TA PEAU, FILE !)

A l'intérieur de sa voiture, Hallorann poussa un cri. Cet avertissement lui était parvenu non pas en clair, par des paroles, mais codé en une série d'images qui l'avaient foudroyé comme une rafale de coups de poing en pleine tête. Sous le choc il lâcha un instant le volant, essayant de reprendre ses esprits.

Laissée à elle-même, la voiture alla heurter du flanc le talus de l'accotement puis s'immobilisa après avoir fait un tête-à-queue, les roues arrière tournant dans le vide.

Hallorann mit sa transmission automatique au point mort et se cacha le visage dans les main. Il ne pleurait pas mais sa poitrine était soulevée par des sanglots sans larmes. Il savait que si cette menace l'avait atteint au moment où il côtoyait le précipice il serait sans doute déjà mort. D'ailleurs le message lui avait peut-être été envoyé dans cette intention. Et d'autres pouvaient le frapper encore, n'importe quand. Il fallait qu'il se protège contre cette force toute-puissante, omniprésente — mémoire, peut-être, ou instinct — s'il ne voulait pas être englouti par elle.

Il mit la transmission en vitesse minimum et donna les gaz à petits coups. Les roues patinèrent d'abord puis s'agrippèrent, puis patinèrent de nouveau. Enfin la Buick se mit à avancer, précédée par la faible lueur des phares qui perçait à peine les tourbillons de neige. Il regarda sa montre : il était maintenant presque six heures et demie. Il eut le sentiment qu'il était déjà peut-être trop tard.

L

TROMAL

Debout au milieu de la chambre, Wendy Torrance regardait son fils dormir. Elle n'arrivait pas à
prendre une décision.

Il y avait une demi-heure que tous les bruits
s'étaient brusquement tus, l'ascenseur, la fête, les
portes qui s'ouvraient et se fermaient, mais le
silence qui s'était installé ne faisait qu'accroître son
anxiété. C'était un silence inquiétant, pareil à celui
qui précède l'orage. Danny s'était endormi presque
immédiatement. D'abord léger et agité, son sommeil était maintenant profond. C'est à peine si elle
pouvait distinguer le mouvement régulier de sa
petite poitrine étroite.

D'abord Jack s'était arrêté de hurler et de cogner
contre la porte. Puis le brouhaha de la fête avait
repris, ponctué par le bourdonnement de l'ascenseur et les claquements de sa porte.

*(Mais la fête s'était-elle réellement interrompue ?
N'était-ce pas plutôt qu'elle se poursuivait ailleurs,
dans une autre dimension temporelle qu'elle ne pouvait pas percevoir ?)*

Pendant que Danny dormait, elle avait cru entendre des chuchotements mystérieux dans la cuisine
juste au-dessous de leur chambre. Au début, elle n'y

502

avait guère prêté attention, pensant qu'il s'agissait du vent qui sait si bien imiter la voix humaine, du râle étouffé de l'agonisant au hurlement désespéré de la femme qu'on assassine dans les mélodrames. Et pourtant, plus elle y pensait, tout en montant la garde à côté de Danny, plus elle était sûre d'avoir réellement entendu des voix.

Il y avait eu celle de Jack, puis une voix inconnue. La discussion tournait autour de l'évasion de Jack et aussi du meurtre de sa femme et de son fils.

Elle s'était approchée du conduit d'air chaud et y avait collé l'oreille afin de mieux entendre, mais, à ce moment précis, la chaudière s'était rallumée et le ronflement de l'air chaud montant dans les tuyaux avait couvert leur conversation. Quand, cinq minutes plus tard, la chaudière s'était de nouveau arrêtée, elle n'avait plus rien entendu à part le vent, le crépitement de la neige cinglant les murs de l'hôtel et, par moments, le grincement d'une boiserie.

Jack s'est évadé.

Ne dis pas de bêtises.

Oui, il s'est évadé. Il a pris un couteau à la cuisine, peut-être même un couperet, et il est en train de monter l'escalier, en posant les pieds sur l'extrémité des marches, pour ne pas les faire grincer.

Tu es folle !

Ses lèvres bougeaient comme si elle avait prononcé ces paroles tout haut. Pourtant le silence régnait toujours.

Elle se sentit surveillée.

Elle se retourna brusquement et vit, plaqué contre la fenêtre obscurcie par la nuit, un visage blanc, hideux, avec des trous noirs à la place des yeux, qui lui marmonnait des injures, le visage d'un fou dangereux qui se cachait derrière ces murs gémissants depuis toujours.

Mais non, ce n'était qu'un dessin de givre sur la vitre et elle poussa un long soupir de soulagement. Peu après, les voix reprirent et elle put entendre, très clairement cette fois-ci, des chuchotements amusés.

Ressaisis-toi. Tu trembles devant des ombres. D'ici demain matin, tu seras mûre pour la camisole de force.

Il n'y avait qu'un seul moyen pour calmer sa frayeur et elle savait ce que c'était : descendre s'assurer que Jack était toujours dans la réserve.

C'était tout simple. Descendre, jeter un coup d'œil et remonter.

Elle se demanda si elle ne devait pas fermer la porte à clef derrière elle, mais elle hésita : Danny dormait, et un incendie pouvait toujours se déclarer. Une autre appréhension, plus forte, l'assaillit, mais elle l'écarta résolument.

Wendy traversa la chambre, s'arrêta, indécise, près de la porte, puis tira le couteau de la poche de sa robe de chambre et empoigna de sa main droite son manche en bois.

Elle ouvrit la porte.

Le petit couloir qui menait à leur appartement était vide. Les appliques murales étaient allumées et faisaient ressortir sur le fond bleu de la moquette ses entrelacs sinueux.

Ils veulent que tu te conduises en faible femme et c'est exactement ce que tu ès en train de faire.

Elle hésita de nouveau, ne voulant pas quitter Danny et la sécurité que leur offrait l'appartement, mais en même temps elle avait besoin de s'assurer que Jack était toujours... en lieu sûr.

Bien sûr qu'il l'est.

Mais les voix ?

Il n'y a pas eu de voix. C'était ton imagination, ou le vent.

— Non, ce n'était pas le vent.

Le son de sa propre voix la fit sursauter, mais, encouragée par le ton d'assurance sur lequel elle avait prononcé ces paroles, elle commença à avancer. Le couteau qu'elle tenait contre sa hanche zébrait la tapisserie de soie de ses reflets mobiles et ses pantoufles glissaient en chuchotant sur la moquette. Elle avait les nerfs tendus comme des cordes.

Arrivée à l'angle du couloir principal, elle y glissa un regard furtif, s'attendant au pire.

Il n'y avait rien d'anormal.

Après un instant d'hésitation, elle s'engagea dans le couloir principal. Plus elle se rapprochait de la cage de l'escalier, plongée dans l'ombre, plus elle prenait conscience de la vulnérabilité de Danny, qu'elle laissait seul et sans protection.

Arrivée au palier, elle posa sa main sur le premier pilastre de la rampe et jeta un coup d'œil sur les marches de l'escalier — il y en avait dix-neuf — s'attendant à découvrir Jack accroupi sur l'une d'elles, prêt à bondir, mais il n'y avait personne. D'ailleurs comment s'en étonner ? Jack était bien enfermé dans la réserve, derrière un verrou solide et une lourde porte en bois massif.

Mais le hall était obscur et plein d'ombres et elle pouvait sentir au fond de sa gorge la pulsation profonde de son sang.

Devant elle, sur sa gauche, l'ascenseur ouvrait toute grande sa gueule en cuivre, l'invitant, d'un air moqueur, au voyage de ses rêves.

Non, merci beaucoup.

L'intérieur de la cabine était tendu de guirlandes roses et blanches en papier-crêpe. Sur le plancher, deux cornets-surprise crevés avaient déversé leurs confetti. Au fond de la cabine, dans l'angle, gisait une bouteille de champagne vide.

La transpiration de sa main droite avait mouillé la poignée en bois du couteau ; elle le fit passer dans sa main gauche, s'essuya la main droite sur le tissu-éponge de sa robe de chambre puis reprit le couteau dans celle-ci. Presque sans l'avoir voulu, elle se mit à descendre l'escalier, d'abord le pied gauche, puis le pied droit, pied gauche, pied droit, tout en laissant traîner sa main libre sur la rampe.

La faible lumière qui filtrait du palier du premier étage ne parvenait pas à éclairer le hall et elle se rendit compte qu'elle devrait allumer les lampes, soit à l'interrupteur de l'entrée de la salle à manger, soit à celui du bureau du manager.

Il y avait également une autre lumière, diffuse et blanchâtre.

Les tubes de néon de la cuisine, évidemment.

Elle s'arrêta sur la treizième marche, essayant de se rappeler si elle les avait éteints quand elle était remontée avec Danny, mais elle n'arriva pas à s'en souvenir.

En bas, dans le hall, les chaises à haut dossier se terraient dans l'ombre. Les vitres de la porte du hall étaient tendues d'un rideau de neige. Les têtes de clous en laiton doré de la tapisserie du canapé luisaient faiblement comme des yeux de chat. Se cacher ici eût été un jeu d'enfant.

Les jambes vacillantes, elle continua à descendre.

Dix-sept, dix-huit, dix-neuf.

Ici, c'est le rez-de-chaussée, madame, faites attention à la dernière marche.

La porte du dancing était grande ouverte, mais il ne s'en échappait que le noir des ténèbres. De l'intérieur lui parvenait un tic-tac régulier, semblable à celui d'une bombe à retardement. Elle se raidit, puis se rappela la pendule sur la cheminée, la pendule sous son globe de verre. Jack ou Danny avait dû la remonter, à moins qu'elle ne se soit ranimée toute seule, comme tant de choses ici.

Elle se dirigea vers le bureau de la réception qu'elle devait traverser pour aller à la cuisine. Des reflets d'argenterie lui rappelèrent le plateau qu'elle avait préparé pour leur déjeuner et qu'elle avait laissé là, sur le bureau.

Puis le carillon musical de la pendule se mit à tinter.

Wendy se crispa et sa langue se colla à son palais. Puis elle se détendit de nouveau. La pendule ne faisait que sonner l'heure : il devait être huit heures...

Elle comptait les coups. Elle avait le sentiment qu'elle ne devait pas bouger tant que la pendule ne se serait pas tue.

... Huit... neuf... (Neuf ?)... dix... onze...

Tout à coup elle comprit, mais il était trop tard. Elle rebroussa chemin vers l'escalier, tout en sachant qu'elle n'y arriverait pas. Mais comment aurait-elle pu prévoir *ça* ?

Douze.

Toutes les lumières de la salle de danse s'allumèrent et il y eut l'explosion assourdissante d'une fanfare de cuivres et Wendy poussa un cri qui se perdit dans le fracas de ces puissants poumons de cuivre.

— Otez les masques ! commanda quelqu'un. Otez les masques !

Puis le vacarme s'éloigna dans le couloir du temps, la laissant de nouveau seule.

Non, pas seule.

Elle se retourna et le vit qui fonçait sur elle.

C'était Jack et pourtant ce n'était plus tout à fait lui. Dans ses yeux vides brûlait une folie meurtrière ; sur ses lèvres familières flottait un sourire triste et incertain.

Il tenait à la main le maillet de roque.

— Tu as cru m'avoir enfermé ? C'est ça que tu voulais ?

507

Le maillet fendit l'air en sifflant. Wendy recula d'un pas, trébucha sur un petit escabeau et s'affala sur la moquette du hall.

— Jack...

— Garce, chuchota-t-il. Je sais maintenant que tu es une garce.

Le maillet s'abattit sur elle avec une force meurtrière et s'enfonça dans son abdomen. Elle vit vaguement le maillet remonter et comprit tout à coup qu'il avait l'intention de la tuer. Elle voulut l'implorer, le supplier d'arrêter, mais la respiration lui manquait, elle n'avait plus de voix et c'est à peine si elle put émettre un faible gémissement.

— Ton heure est venue, cette fois-ci, je ne raterai pas mon coup, je te le jure, lui dit-il avec un sourire. (Il écarta l'escabeau d'un coup de pied.) Ton compte est bon. Tu vas voir la correction que je vais t'administrer.

Le maillet s'abattit de nouveau, mais Wendy l'évita en se roulant vers la gauche, sa robe de chambre s'entortillant dans ses jambes. Le maillet heurta le sol et glissa des mains de Jack, qui fut obligé de se baisser pour le ramasser. Wendy en profita pour se relever et se précipiter vers l'escalier. Elle avait retrouvé son souffle, mais il lui brûlait les poumons et son abdomen meurtri n'était plus qu'un amas de chairs douloureuses.

— Garce, dit-il sans s'arrêter de sourire, et il se lança à sa poursuite. Sale garce, tu vas avoir ce que tu mérites. Je vais te flanquer une de ces raclées...

Elle entendit siffler le maillet puis ressentit une explosion de douleur au côté droit, quand il l'atteignit juste au-dessous du sein, lui cassant deux côtes. Elle s'écroula sur les marches, tombant sur le côté blessé, et se sentit de nouveau transpercée de douleur. Mais, obéissant à l'instinct, elle se jeta de côté en faisant le rouleau et le maillet s'abattit sur la moquette épaisse, en lui frôlant le visage. C'est alors qu'elle aperçut le couteau qu'elle avait lâché au moment de sa chute. Il gisait, étincelant, sur la quatrième marche.

— Garce, répéta-t-il, et le maillet plongea de nouveau.

Elle voulut reculer, mais le coup l'atteignit au-dessous du genou, embrasant de douleur tout le bas de sa jambe. Du sang se mit à couler le long de son mollet. Déjà le maillet redescendait, mais par une feinte de la tête elle esquiva le coup qui vint s'écraser sur la marche, tout près de son épaule, lui éraflant l'oreille.

Il s'apprêtait à frapper encore, mais cette fois-ci elle se laissa bouler vers lui sur les marches de l'escalier, à l'abri de la trajectoire du maillet, laissant échapper un cri quand ses côtes cassées heurtèrent les marches. Son corps vint s'écraser contre ses chevilles alors qu'il se trouvait à terre, le maillet lui échappant des mains. Il se mit sur son séant et la regarda d'un air hébété.

— Tu vas me le payer. Je vais te tuer, dit-il.

Il se roula de côté et tendit le bras pour saisir le manche du maillet. Wendy avait réussi à se mettre debout. Des douleurs lancinantes montaient de sa jambe gauche jusqu'à la hanche. Son visage, blanc comme un linge, avait un air résolu. Au moment où la main de Jack se refermait sur le manche du maillet, elle lui sauta sur le dos.

— *Oh! mon Dieu!* s'écria-t-elle dans le hall ténébreux de l'Overlook, et elle lui enfonça le couteau dans le dos jusqu'au manche.

Il se raidit sous elle puis se mit à hurler. Elle n'avait jamais de sa vie entendu des cris aussi atroces. C'était comme si l'hôtel lui-même s'était mis à hurler, de toutes ses portes, de toutes ses fenêtres, de toutes ses lattes de parquet. Toujours raidi sous elle, il continuait de crier. Ils ressem-

509

blaient ainsi à une charade mimée de soirée mondaine représentant la monture et son cavalier. Mais cette monture-là avait une chemise de flanelle à carreaux rouges et noirs dont le dos s'imbibait de sang à vue d'œil.

Puis il s'écroula en avant, à plat sur son visage, et Wendy, désarçonnée, tomba en gémissant sur son côté blessé.

Respirant avec difficulté, elle resta longtemps étendue, sans pouvoir bouger. Des vagues d'une douleur indicible déferlaient sur tout son corps. Chaque inspiration la perçait d'un coup de poignard et son cou ruisselait du sang de son oreille écorchée.

Il n'y avait d'autre bruit que celui de sa respiration saccadée, le gémissement du vent et le tic-tac de la pendule du dancing.

Enfin elle réussit à se mettre debout et gagna en boitillant l'escalier. Saisie de vertige, elle dut s'accrocher à la rampe, la tête pendante. Une fois le malaise passé, elle se mit à monter, se servant de sa jambe valide et tirant sur la rampe avec ses bras. Elle leva les yeux vers le palier, s'attendant à y voir Danny, mais l'escalier était vide.

Grâce à Dieu, il ne s'est pas réveillé.

Après les six premières marches, elle dut s'arrêter pour se reposer, la tête baissée, les boucles de ses cheveux blonds répandues sur la rampe. Chaque respiration lui écorchait la gorge aussi douloureusement que si elle avait avalé des chardons. Son côté droit n'était plus qu'une masse enflée de chairs meurtries.

Vas-y, Wendy, vas-y, ma fille, une fois derrière une porte verrouillée, tu pourras t'examiner toute à loisir. Plus que treize à grimper, ce n'est pas terrible. Quand tu seras arrivée dans le couloir du premier, tu pourras ramper. Je t'en donne la permission.

Elle inspira aussi profondément que ses côtes

cassées le lui permettaient et, tirant sur la rampe, trébuchant, elle réussit à ramper encore une marche, puis une autre.

Elle en était à la neuvième marche, presque à mi-chemin, quand la voix de Jack lui parvint d'en bas, une voix étranglée qui lui disait :

— Espèce de garce. Tu m'as eu.

Une terreur aussi noire qu'une nuit d'encre l'envahit. Elle retourna la tête et vit Jack qui se mettait lentement debout.

Le manche du couteau de cuisine sortait de son dos arqué. Ses yeux semblaient avoir rapetissé, mangés par des plis de chair flasques. Il tenait dans sa main gauche, mais d'une prise mal assurée, le maillet de roque dont la tête était ensanglantée et sur laquelle un bout de tissu-éponge était resté collé.

— Tu l'auras ta correction, murmura-t-il, et il s'approcha en titubant de l'escalier.

Avec des gémissements apeurés, elle se hissa sur la dixième marche, puis sur la suivante ; elle atteignit la douzième, la treizième. Mais le palier du premier étage lui paraissait aussi inaccessible que le sommet d'une montagne. Elle haletait à présent et son côté blessé la faisait de plus en plus souffrir. Avec ses cheveux qui lui tombaient dans les yeux, elle avait l'air d'une folle. La sueur lui piquait les yeux. Le tic-tac de la pendule de la salle de danse lui crevait le tympan et, en contrepoint, elle entendait les râles essoufflés de Jack qui commençait à monter l'escalier.

LI

L'ARRIVÉE D'HALLORANN

Larry Durkin était un grand escogriffe maigre dont le visage renfrogné, couronné d'une opulente crinière rousse, se dissimulait sous le capuchon d'un anorak des surplus de l'armée. Hallorann l'avait rencontré juste au moment où il s'apprêtait à quitter le garage. La perspective d'un surcroît de travail par un temps pareil ne l'enchantait guère, et encore moins l'idée de louer un de ses deux scooters des neiges à cet énergumène noir au regard fou qui voulait monter jusqu'au vieil Overlook. Parmi ceux qui avaient vécu longtemps dans la petite ville de Sidewinter, l'hôtel avait une sale réputation. Il avait été longtemps la propriété d'une bande de gangsters puis d'un groupe de spéculateurs sans scrupules. Et il s'y était passé bien des choses dont les journaux n'avaient jamais parlé, car l'argent sait obtenir la discrétion. Mais les gens de Sidewinter n'étaient pas dupes. La plupart des femmes de chambre de l'hôtel se recrutaient dans la petite ville et les femmes de chambre n'ont pas leurs yeux dans leurs poches.

Mais, quand Hallorann dit qu'il venait de la part de Howard Cottrel, le propriétaire du garage se fit plus aimable.

— C'est lui qui vous a envoyé ici? demanda Durkin tout en ouvrant une des portes roulantes du garage pour laisser entrer Hallorann. Ça me fait plaisir d'apprendre que ce vieux chenapan est toujours dans les parages. (Il abaissa l'interrupteur et un jeu de vieux tubes de néon crasseux s'alluma en bourdonnant.) Mais, bon Dieu, qu'est-ce qui peut bien vous pousser à monter là-haut par un temps pareil!

Les nerfs d'Hallorann commençaient à le lâcher. Les trois derniers kilomètres avant Sidewinter avaient été particulièrement durs. Une rafale de vent qui devait souffler à quatre-vingts kilomètres à l'heure avait fait faire à la Buick un tête-à-queue complet. Et il restait encore bien des kilomètres à parcourir avant d'arriver au bout, où l'attendait Dieu sait quoi. Il avait de plus en plus peur pour Danny. Il était déjà sept heures moins dix et voilà qu'il lui fallait de nouveau déballer son histoire.

— Quelqu'un se trouve en danger là-haut, dit-il prudemment. Le fils du gardien.

— Qui? Le gosse Torrance? Mais quel danger?

— Je ne sais pas, marmonna Hallorann.

Toutes ces explications prenaient un temps fou et ça le mettait hors de lui. Il savait que les gens de la campagne sont lents, qu'ils n'ont pas l'habitude d'aborder une affaire de face, qu'ils préfèrent tourner tout autour, la renifler d'abord. Mais il n'y avait plus de temps à perdre et, si cela devait se prolonger encore longtemps, il n'y tiendrait plus et détalerait comme un lapin, sans demander son reste.

— Écoutez, dit-il. Je vous en supplie, faites-moi confiance. J'ai besoin de monter là-haut et il me faut un scooter des neiges pour y arriver. Je paierai ce qu'il faut, mais, pour l'amour du ciel, ne perdons plus de temps!

— D'accord, dit Durkin sans sourciller. Si

Howard vous a envoyé, ça me suffit. Prenez ce
scooter-ci, l'Artic Cat. Le réservoir est plein et je
vous mettrai vingt litres d'essence dans le jerrycan.
Avec ça, je crois que vous pourrez faire l'aller-
retour.

— Merci, dit Hallorann d'une voix mal assurée.

— Vous me devez vingt dollars, essence com-
prise.

Hallorann fouilla dans son portefeuille à la
recherche d'un billet de vingt dollars, en trouva un
et le tendit à Durkin, qui le glissa sans le regarder
dans une des poches de sa chemise.

— Je pense qu'il vaudrait mieux faire un échange
de vêtements, dit Durkin en enlevant son anorak.
Votre pardessus ne vous servira à rien cette nuit.
Vous me le rendrez quand vous ramènerez le
scooter.

— Eh ! minute, je ne pourrais jamais...

— Ne discutez pas, interrompit Durkin de sa voix
toujours égale. Je ne veux pas que vous geliez
là-haut. Quant à moi, je n'ai qu'à faire cent mètres
pour me mettre à table dans ma salle à manger.
Allons, donnez-moi ça.

Un peu abasourdi, Hallorann échangea son par-
dessus contre l'anorak doublé de fourrure de Durkin. Au plafond, les tubes de néon et leur bourdonnement lui rappelaient la cuisine de l'Overlook.

— Le gosse des Torrance, dit Durkin, secouant la
tête. Gentil petit bonhomme, pas vrai ? Son père et
lui venaient souvent ici avant que la neige ne coupe
la route. Ils avaient l'air de s'entendre comme
larrons en foire. Voilà un gamin qui aime son père.
J'espère qu'il ne lui est rien arrivé de grave.

— Moi aussi.

Hallorann remonta la fermeture éclair et noua le
capuchon.

— Laissez-moi vous aider à sortir ça, dit Durkin.

514

Ils poussèrent le scooter sur la chape de béton maculée d'huile, jusqu'à la porte roulante.

— Est-ce que vous avez déjà conduit un de ces engins ?

— Non.

— Eh bien, ce n'est pas sorcier. Vous avez les indications collées sur le tableau de bord, mais, en fait, il n'y a que deux positions, la marche et l'arrêt. La manette des gaz se trouve ici, comme sur une motocylette. Le frein est de l'autre côté. Penchez-vous avec la machine dans les virages. Elle fait du quatre-vingt-dix sur la neige bien tassée, mais, avec cette poudreuse, vous ne pourrez pas monter au-dessus de soixante-dix, au grand maximum.

Ils étaient dehors maintenant sur le terre-plein enneigé de la station-service et Durkin éleva la voix afin de se faire entendre par-dessus les hurlements du vent.

— Restez sur la route ! cria-t-il à l'oreille d'Hallorann. Suivez les poteaux du garde-fou, faites attention aux panneaux et je pense que vous vous en tirerez. Si vous quittez la route, vous êtes mort. Compris ?

Hallorann hocha la tête.

— Attendez une minute ! lui lança Durkin, disparaissant de nouveau derrière la porte roulante.

Hallorann tourna la clef de contact et ouvrit un peu la manette des gaz. Le moteur hoqueta puis démarra sur un rythme allègre de deux-temps.

Durkin revint avec un passe-montagne rouge et noir.

— Passez ça sous le capuchon.

— Merci pour tout, lui dit Hallorann.

— Soyez prudent ! lui cria Durkin. Restez bien sur la route !

Hallorann hocha la tête et tourna lentement la manette des gaz. Le scooter se mit à avancer lentement en ronronnant, précédé par le cône lumineux du phare qui trouait l'épais rideau de neige. Dans le rétroviseur, il vit la main levée de Durkin et lui répondit par un signe de la sienne. Puis il tira le guidon à gauche et se mit à monter Main Street. Le scooter filait bon train sous la lumière blanche des lampadaires. Le compteur marquait quarante kilomètres à l'heure. Il était sept heures et demie. A l'Overlook, Wendy et Danny dormaient encore et Jack Torrance discutait d'une question de vie ou de mort avec l'ancien gardien. Un peu plus loin il dépassa le dernier lampadaire et sur près d'un kilomètre il avança entre deux rangées de petites maisons bien calfeutrées contre les assauts de la tempête. Au-delà, il n'y avait plus que les ténèbres où le vent se déchaînait. Dans le noir, sans autre lumière que le pinceau du phare, la terreur s'empara à nouveau de lui, une terreur enfantine, accablante, décourageante. Jamais il ne s'était senti aussi seul. Au fur et à mesure qu'il voyait dans le rétroviseur les rares lumières de Sidewinter s'éloigner et disparaître, l'envie de rebrousser chemin devenait de plus en plus irrésistible. Il songea que, malgré sa sollicitude, Durkin ne lui avait quand même pas proposé de l'accompagner avec l'autre scooter.

L'hôtel a mauvaise réputation par ici.

Serrant les dents, il poussa plus à fond la manette des gaz et regarda l'aiguille du compteur de vitesse dépasser le cinquante puis se stabiliser à soixante. Il avait l'impression d'avancer à toute vitesse et pourtant il craignait d'arriver trop tard. A cette allure, il lui faudrait presque une heure pour atteindre l'Overlook. Mais s'il accélérait davantage il risquait de ne pas y arriver du tout.

Il gardait les yeux rivés sur les petits réflecteurs ronds, grands comme des pièces de dix cents, qui surmontaient les barrières du garde-fou. Souvent ils étaient ensevelis sous des monceaux de neige.

Par deux fois déjà, faute d'avoir vu les panneaux de signalisation des virages, il était sorti de la route et avait commencé à rouler sur la neige accumulée sur le bas-côté et qui masquait le précipice. Il avait tout juste eu le temps de redresser le scooter et de le ramener sur la route. Le passage des kilomètres s'enregistrait au compteur avec une lenteur désespérante... — dix, quinze, vingt kilomètres enfin. Malgré son passe-montagne, son visage se figeait peu à peu et ses jambes commençaient à s'ankyloser.

« Je donnerais bien cent dollars pour une paire de pantalons de ski. »

Il sentait rôder autour de lui cette force maléfique qui avait failli l'assommer sur la route de Sidewinter et qui essayait de s'insinuer derrière ses défenses, d'atteindre son point faible. Si elle l'avait foudroyé avec une telle force trente kilomètres plus bas, de quoi ne serait-elle pas capable ici, dans son domaine ? Il n'arrivait pas à la chasser ; elle se glissait dans son esprit, qu'elle submergeait de vagues et sinistres images. L'une d'elles surtout revenait sans cesse, obsédante. Dans une salle de bain, une femme gravement blessée levait vainement les bras pour se protéger d'un nouveau coup, et il avait de plus en plus l'impression que cette femme était...

« Nom de Dieu, fais attention ! »

Perdu dans ses réflexions, il avait raté un panneau de signalisation et le talus d'accotement avait surgi de l'obscurité comme un train de marchandises, le ramenant brutalement à la réalité. Il tira brusquement sur le guidon et le scooter, penché sur le côté, changea brutalement de direction, raclant de ses patins le rocher sous la neige. Il avait cru que la machine allait se renverser — elle était restée un moment en équilibre instable — mais elle finit par se rétablir sur la surface à peu près plane de la route enneigée. Devant lui, dans la lumière du phare, il aperçut l'interruption brusque du tapis de neige et, au-delà, le noir de l'abîme. Le sang battait à coups redoublés dans sa gorge : Hallorann fit faire un demi-tour au scooter.

Reste sur la route, mon petit Dicky.

Un peu plus loin, à la sortie d'un virage, il vit des lumières étinceler en face de lui. Cette vision avait été si fugitive qu'il aurait pu croire à un mirage si, au détour d'un nouveau virage, elle n'avait réapparu à la faveur d'une entaille dans le rocher, un peu plus proche cette fois. Hallorann ne pouvait plus douter de sa réalité à présent. Il avait trop souvent vu l'Overlook de cet endroit-là pour ne pas le reconnaître. Apparemment, on avait allumé les lumières du rez-de-chaussée et du premier.

Il se sentit aussitôt soulagé d'un grand poids. Il ne s'était pas égaré et il n'avait pas démoli le scooter dans un de ces virages trompeurs. Le scooter s'engagea maintenant dans un lacet qu'il connaissait mètre par mètre quand il aperçut soudain dans la lumière du phare...

Oh ! Seigneur, quoi encore ?

... quelque chose qui bloquait la route devant lui. Tout d'abord Hallorann crut que la silhouette noir et blanc était celle d'un loup géant que la tempête aurait fait descendre de la haute montagne. Mais, en se rapprochant, il comprit et la terreur le saisit à la gorge.

Un lion de buis, son mufle un masque d'ombre sillonné de traînées de neige, ses reins bandés, prêts à la détente. Il fonça sur Hallorann, ses pattes arrière faisant fuser la neige en des gerbes de scintillements cristallins.

Hallorann ne put retenir un cri et, baissant la tête, il tira le guidon à fond vers la droite. Un éclair de douleur lui lacéra le visage, le cou et les épaules, tandis que, sur sa nuque, son passe-montagne fut déchiré de haut en bas. Il fut éjecté du scooter et alla rouler dans la neige.

Il sentait que le lion se jetait sur lui de nouveau. Une forte odeur de feuilles vertes et de houx lui piquait les narines. Une énorme patte de buis le frappa au creux des reins et il partit en vol plané, bras et jambes désarticulés comme une poupée, tandis que le scooter fou allait heurter le talus du bas-côté, se cabrait à la verticale et, balayant la nuit de son phare, se renversait avec un bruit sourd, moteur calé.

Dans un bruit de feuilles froissées et de brindilles cassées, le lion avait de nouveau attaqué Hallorann et labourait son anorak de ses griffes. Hallorann savait que c'étaient de vraies griffes et non pas les tiges du buis qui l'avaient mis en lambeaux.

— Non, tu n'existes pas ! cria Hallorann au lion de buis qui décrivait des cercles autour de lui en grognant. Tu n'existes pas !

Il avait réussi à se mettre debout et s'était déjà rapproché du scooter quand le lion s'élança de nouveau sur lui et lui asséna sur la tête un coup de patte griffue. Hallorann vit fuser trente-six chandelles.

— Tu n'existes pas ! répétait-il, exténué, dans un murmure à peine audible, et, ses genoux se dérobant sous lui, il s'affaissa dans la neige. Puis il se mit à ramper vers le scooter. Le côté droit de son visage était couvert de sang et il avait laissé une traînée pourpre sur la neige. Le lion fonça de nouveau sur lui, rugissant comme s'il s'agissait d'un jeu, et le retourna sur le dos comme une tortue.

Hallorann recommença à ramper vers le scooter où se trouvait la seule arme dont il disposait. Mais le lion l'avait encore attaqué et le lacérait de ses griffes.

LII

WENDY ET JACK

Wendy se retourna et vit que Jack, cramponné à la rampe comme elle, venait d'atteindre la sixième marche. Il souriait toujours et un sang noirâtre gouttait lentement de ses lèvres sur sa mâchoire. Le sourire se changea en un rictus féroce.

— Je vais te fendre le crâne, je vais te mettre la cervelle en bouillie, dit-il, se hissant sur la marche suivante.

La peur la galvanisa, lui faisant oublier sa douleur. Elle reprit sa montée aussi vite qu'elle le put, tirant rageusement sur la rampe. Quand elle atteignit le palier, elle risqua un coup d'œil derrière elle.

Jack paraissait retrouver ses forces. Il n'était plus maintenant qu'à quatre marches du sommet et, tout en se hissant avec sa main droite, il mesurait avec son maillet la distance qui le séparait encore de Wendy, essayant de voir si elle n'était pas à sa portée.

— Je suis juste derrière toi, lui dit-il, à bout de souffle, mais sans se départir de son sourire ensanglanté, juste derrière toi, salope. Tu vas voir ce que tu vas déguster.

520

Se tenant les côtes à deux mains, elle s'enfuit le long du couloir.

La porte d'une des chambres s'ouvrit brusquement et un homme qui portait un masque de vampire passa sa tête. « Merveilleuse soirée, n'est-ce pas, ma mignonne ? cria-t-il en lui faisant éclater au nez le pétard d'un cornet-surprise dont les serpentins fusèrent autour d'elle. Puis, avec un gloussement, il claqua la porte. Wendy, qui s'était étalée par terre, crut que son côté droit allait éclater de douleur, mais elle lutta désespérément pour ne pas perdre connaissance. Elle entendait vaguement l'ascenseur qui s'était remis en marche et, entre ses doigts écartés, les festons sinueux de la moquette semblaient s'être mis à onduler.

Le maillet frappa le sol juste derrière elle et elle se jeta en avant en sanglotant. Par-dessus son épaule elle vit Jack marcher sur elle en chancelant. Il perdit l'équilibre au moment où il assenait un nouveau coup qui atteignit Wendy entre les omoplates, juste avant qu'il ne s'écroulât lui-même, couvrant la moquette d'une large éclaboussure de sang. Wendy se tordit de douleur, ouvrant et fermant convulsivement les mains. Quelque chose en elle s'était cassé — elle l'avait clairement entendu — et pendant un instant sa conscience s'émoussa, comme si elle ne percevait plus la réalité qu'à travers l'écran d'un voile de gaze.

Quand elle reprit pleinement conscience, la terreur et la souffrance s'emparèrent de nouveau d'elle : Jack essayait de se relever pour achever ce qu'il avait commencé.

Elle voulut se mettre debout mais s'aperçut qu'elle en était incapable. A chaque tentative, un éclair de douleur lui transperçait le dos. En désespoir de cause, elle se mit à ramper sur le côté comme un nageur de crawl. Derrière elle, Jack rampait, lui aussi, se servant de son maillet de roque comme d'une béquille. Quand elle fut arrivée à l'angle du petit couloir qui menait à leur chambre, elle réussit, en s'agrippant à l'arête du mur, à s'y engager. De là, elle ne pouvait plus voir Jack et ne savait plus à quelle distance il la suivait. Sa terreur n'en était que plus grande. Elle avançait péniblement en se cramponnant à la moquette dont elle arrachait les poils à pleines touffes. Ce n'est qu'après être parvenue au milieu du couloir qu'elle s'aperçut que la porte de la chambre était grande ouverte.

Danny! Oh! mon Dieu!

Au prix d'un effort surhumain, elle réussit à se mettre à genoux puis, se cramponnant au mur dont ses ongles griffaient la tapisserie, à se dresser sur ses jambes. Sans prêter attention à ses souffrances, elle se traîna jusqu'à la porte qu'elle franchit au moment où Jack, appuyé sur le maillet, débouchait du grand couloir.

Elle s'accrocha à la commode pour ne pas perdre son équilibre, puis s'agrippa au chambranle de la porte.

Jack lui cria :

— Ne ferme pas cette porte ! Si tu la fermes, tu auras affaire à moi !

Elle poussa vivement la porte et tira le verrou. D'une main affolée, elle tâtonna parmi les affaires qui traînaient sur la commode, faisant tomber des pièces de monnaie qui s'égaillèrent en tous sens. Elle trouva le porte-clefs au moment où le maillet s'écrasait contre la porte, l'ébranlant dans son cadre. Après une première tentative manquée, elle réussit à enfoncer la clef dans la serrure et donna un tour vers la droite. Au déclic du pêne dans la gâche, Jack, poussant un rugissement de rage, fit pleuvoir sur la porte une volée de coups. Wendy recula, épouvantée. D'où tirait-il sa force ? Avec ce couteau planté dans le dos, il aurait dû être mort depuis longtemps. Elle aurait voulu crier à travers la porte verrouillée : « Pourquoi n'es-tu pas mort ? »

Elle se retourna et examina la chambre. Si jamais Jack arrivait à forcer la porte, Danny et elle pourraient aller se réfugier dans la salle de bain. L'idée folle de se sauver par le conduit du monte-plats lui traversa l'esprit, mais elle l'abandonna aussitôt. Même si Danny était assez petit pour s'y glisser, elle n'avait plus la force de maîtriser la poulie et il risquait d'aller s'écraser au fond du puits.

Ils se barricaderaient dans la salle de bain. Et, si Jack réussissait à forcer cette porte-là...

Elle s'interdit de penser à cette éventualité.

— Danny, chéri, il faut te réveiller.

Mais le lit était vide.

Quand il s'était endormi, elle avait tiré sur lui les couvertures et l'un des édredons. A présent le lit était défait.

— Je vous aurai ! hurla Jack. Je vous aurai tous les deux !

Ses menaces, ponctuées de coups de maillet, semblaient laisser Wendy indifférente. Elle n'avait d'yeux que pour le lit vide.

— Sortez de là ! Ouvrez cette maudite porte !

— Danny ? chuchota-t-elle.

Évidemment..., quand Jack l'avait attaquée, Danny en avait eu conscience. Ne ressentait-il pas toutes les émotions violentes de ses parents ? Peut-être même avait-il vu la scène dans un cauchemar. Quoi qu'il en soit, il avait dû se cacher.

Elle se laissa tomber lourdement à genoux — et de nouveaux élancements de douleur embrasèrent sa jambe enflée et meurtrie — et regarda sous le lit. Elle n'y vit que des moutons de poussière et les pantoufles de Jack.

Jack hurla son nom et le maillet s'écrasa contre la porte, faisant sauter une longue écharde de bois qui heurta le parquet avec fracas. Au coup suivant le panneau se fendilla, craquant comme une bûchette sous la hache, et la tête du maillet passa au travers, puis se retira - pour s'y enfoncer de nouveau, faisant voler des esquilles de bois jusqu'à l'autre bout de la chambre.

Wendy se remit debout en s'appuyant au cadre du lit et se dirigea en boitillant vers le placard. Ses côtes cassées la faisaient gémir.

— Danny ?

Avec une impatience fiévreuse, elle écarta les vêtements suspendus ; certains glissèrent des cintres et, ballonnés disgracieusement, tombèrent à terre. Danny n'était pas dans le placard.

Elle gagna alors la porte de la salle de bain. Avant d'y pénétrer, elle se retourna et vit la main de Jack se glisser par le trou que les coups de maillet avaient fini d'élargir dans la porte de la chambre et tâtonner à la recherche du verrou. Wendy s'aperçut avec horreur qu'elle avait oublié de retirer le trousseau de clefs de la serrure. La main repoussa le verrou et frôla au passage les clefs, qui se mirent à tinter gaiement. Elle s'en empara aussitôt.

Wendy ne put retenir un sanglot et se précipita dans la salle de bain, dont elle referma précipitamment la porte. Au même moment Jack faisait irruption dans la chambre.

Wendy poussa le verrou et tourna la clef. Elle regarda désespérément autour d'elle, mais Danny n'était pas là non plus. Et, quand elle aperçut dans le miroir son visage barbouillé de sang, elle se dit qu'il valait mieux qu'il ne fût pas témoin d'une pareille scène entre ses parents. Jack s'écroulerait peut-être avant de pouvoir se lancer à la poursuite de son fils. Peut-être, songea-t-elle, arriverait-elle à lui porter un nouveau coup, le coup de grâce, qui sait ?

Cherchant quelque chose qui pût lui servir d'arme, son regard parcourut rapidement les revêtements lisses de porcelaine industrielle, sans rien trouver. Il y avait bien une savonnette, mais, même enveloppée d'une serviette, ce ne serait pas une arme bien redoutable. A part la savonnette, tout ce qui aurait pu servir était vissé au sol ou aux parois. Mon Dieu, elle ne pouvait donc rien faire ?

De l'autre côté de la porte, Jack s'acharnait, avec des grognements de bête, à tout démolir dans leur chambre. Il hurlait qu'il allait « leur donner une correction », qu'ils « paieraient cher » pour ce qu'ils lui avaient fait, qu'il leur apprendrait « qui était le maître », et qu'ils étaient tous deux des « misérables », des « moins que rien ».

Il renversa l'électrophone, fracassa d'un coup de maillet le poste de télévision d'occasion et fit voler en éclats une vitre, provoquant un courant d'air que Wendy sentit sous la porte de la salle de bain. Puis il arracha les matelas des deux lits jumeaux où ils avaient dormi cuisse contre cuisse et les jeta à terre. Quand il n'y eut plus rien à détruire, il tourna sa rage impuissante contre les murs, qu'il se mit à marteler de ses poings.

L'énergumène qui divaguait et hurlait comme un fou n'avait plus rien de commun avec Jack. Ses plaintes geignardes entrecoupées de cris stridents lui rappelaient l'hospice de vieillards où elle avait travaillé pendant les vacances d'été, quand elle était lycéenne. Ce qu'elle entendait maintenant n'était pas la voix de Jack, mais celle de cet hôtel diabolique.

Dès le premier coup, le maillet fit sauter un gros éclat du mince panneau de la porte de la salle de bain. Par la brèche elle entrevit un petit œil dément et un visage grimaçant, couvert de sueur.

— Maintenant je te tiens, sale pute, haleta-t-il avec un rictus hideux.

Le maillet ébranla de nouveau la porte, envoyant des esquilles jusque dans la baignoire et contre la surface chromée de l'armoire à médicaments.

« L'armoire à médicaments ! »

Avec l'énergie du désespoir, elle se précipita vers l'armoire, l'ouvrit et se mit à fouiller dans son contenu.

Derrière elle, Jack tempétait d'une voix rauque : « T'en fais pas, connasse, j'arrive ! » et il continuait de démolir la porte avec l'acharnement infatigable d'une machine.

Dans son affolement, Wendy renversa pots et flacons — sirop pour la toux, vaseline, shampooing Clairol aux herbes, eau oxygénée, éther — qui tombèrent dans le lavabo et s'y brisèrent.

La main de Jack s'était déjà glissée à l'intérieur, cherchant le verrou et la clef, quand Wendy remarqua un distributeur de lames de rasoir dont elle réussit à extraire, non sans se couper le pouce, une lame. Alors elle s'approcha de la porte et taillada la main qui avait déjà ouvert la serrure et s'apprêtait à repousser le verrou.

Jack poussa un cri et retira sa main.

Haletante, serrant la lame de rasoir entre son pouce et son index, elle attendit qu'il passât la main de nouveau. Quand celle-ci réapparut, elle l'entailla encore. Il se remit à hurler et essaya de lui saisir la main, mais elle réussit à le taillader de nouveau. La lame de rasoir qui s'était retournée entre ses doigts en la coupant une seconde fois lui échappa et tomba sur le carrelage à côté du W.C.

Elle sortit une autre lame du distributeur et se remit aux aguets.

Elle crut entendre un bruit de pas, comme s'il s'éloignait de la porte.

Va-t-il vraiment partir ?

526

Un autre bruit lui parvint de la fenêtre de la chambre, un bourdonnement aigu, comme celui d'un insecte, un bruit de moteur.

Avec un cri de rage, Jack se fraya un chemin à travers les débris du saccage et — oui, elle en était sûre à présent — sortit de l'appartement.

Quelqu'un est arrivé. Un forestier ? Dick Hallorann ?

— Oh ! mon Dieu, murmura-t-elle d'une voix brisée. Oh ! mon Dieu, oh ! je vous en supplie...

Il fallait qu'elle sorte de là maintenant, il fallait qu'elle retrouve son fils pour qu'ils affrontent ensemble le dénouement de ce cauchemar. Après d'interminables tâtonnements, sa main trouva le verrou et le repoussa. Aussitôt qu'elle eut ouvert la porte et qu'elle fut sortie, elle eut le pressentiment que le départ de Jack n'avait été qu'une ruse, qu'il s'était embusqué quelque part et la guettait.

Elle regarda autour d'elle. Ce n'était que casse et désordre d'affaires bouleversées, mais la chambre était vide et le salon aussi.

Le placard ? Vide également.

Alors l'obscurité envahit peu à peu son esprit et, s'affalant sur le matelas que Jack avait arraché du lit, elle perdit connaissance.

LIII

HALLORANN HORS DE COMBAT

Hallorann atteignit le scooter renversé au moment où Wendy venait de s'engager dans le petit couloir qui conduisait à leur appartement.

Sans s'occuper du traîneau, Hallorann se dirigea vers l'arrière où le jerrycan d'essence était attaché par deux tendeurs. De ses mains engoncées dans les mitaines bleues de Cottrel, il venait de décrocher le tendeur du haut quand il entendit derrière lui un rugissement de provenance indéterminée — était-ce celui du lion ou n'était-ce qu'une illusion, surgie de son propre inconscient ? Une branche épineuse lui cingla violemment la jambe gauche. Hallorann, dont le genou avait failli se déboîter, serra les dents mais n'arriva pas à réprimer un gémissement. Las de jouer au chat et à la souris, le lion s'apprêtait sans doute à l'achever.

Hallorann tâtonna fiévreusement à la recherche du deuxième tendeur. Du sang gluant lui coulait dans les yeux.

Encore un rugissement et un nouveau coup qui lui racla les fesses et faillit l'envoyer bouler au loin. Mais il s'accrocha au traîneau comme si sa vie en dépendait — c'était d'ailleurs la stricte vérité.

Il avait réussi à détacher le deuxième tendeur et

serrait le jerrycan contre lui quand le lion se jeta de nouveau sur lui, le renversant, puis s'enfuit. Malgré l'obscurité et la neige qui tombait, Hallorann put suivre les mouvements de cette horrible gargouille vivante qui s'éloignait puis revenait vers lui, faisant jaillir sous ses pattes des gerbes de neige. Tandis que la bête fonçait sur lui, il dévissa le capuchon du jerrycan qui, en sautant, dégagea une forte odeur d'essence.

Il eut tout juste le temps de se mettre à genoux avant que le lion, rasant le sol à une vitesse vertigineuse, n'arrive à sa hauteur. Quand il passa à côté, Hallorann l'aspergea d'essence.

Crachant et soufflant, le fauve recula.

— De l'essence, exulta Hallorann d'une voix aiguë, brisée par l'émotion. Je vais te faire cramer, Médor ! Que dis-tu de ça ?

Furieux, le lion revenait à la charge, grognant et haletant. Hallorann lui jeta de nouveau de l'essence, mais cette fois-ci le lion poursuivit sa ruée. Comprenant que la bête cherchait à le toucher au visage, il se jeta en arrière, mais sans pouvoir éviter complètement le coup, qui l'atteignit en pleine poitrine ; foudroyé de douleur, il tomba à la renverse. Il avait aspergé d'essence la manche de son anorak et son bras droit, trempé jusqu'à l'os, devint instantanément aussi froid que celui d'un cadavre.

Avec ses dents il arracha la mitaine de sa main droite et, relevant le bas de son anorak, plongea celle-ci dans la poche de son pantalon. Parmi les clefs et la monnaie se trouvait un vieux briquet Zippo, acheté autrefois en Allemagne. Son ressort s'était cassé une fois et il l'avait renvoyé à l'usine qui l'avait réparé gratuitement, exactement comme le promettaient les réclames.

Il tira le briquet de sa poche, rabattit avec un déclic le capuchon et, du pouce, actionna la molette. L'étincelle jaillit et la mèche s'enflamma. « Oh ! mon Dieu, ma main ! »

Sa main, trempée d'essence, avait pris feu et les flammes remontaient sur la manche de son anorak, mais pour le moment il ne ressentait aucune douleur. Devant cette torche brûlante, la bête hideuse, à la bouche d'épines, aux yeux de broussaille, fit un bond en arrière, mais trop tard.

Grimaçant de douleur, Hallorann plongea son bras brûlant dans le flanc hérissé du lion.

En un instant, la bête ne fut plus qu'un brasier vivant. Elle se tordait, se roulait dans la neige et, rugissant de rage et de douleur, semblait courir après sa propre queue enflammée. Elle finit par s'enfuir en zigzaguant.

La bouche tordue par la souffrance, les yeux rivés sur l'agonie du lion de buis, Hallorann enfonça son bras dans la neige pour étouffer les flammes puis, haletant, se mit debout. La manche de l'anorak de Durkin était charbonneuse mais n'avait pas brûlé et sa main n'était pas atteinte. Quarante mètres plus bas, le lion n'était plus qu'une boule de feu.

« N'y fais pas attention. Grouille-toi. »

Il n'eut aucune peine à remettre en marche le moteur encore chaud du scooter. Il ouvrit la manette des gaz par à-coups et l'engin démarra avec des soubresauts violents qui ne firent rien pour arranger son mal de tête.

Au début, Hallorann fut incapable de contrôler sa machine qui allait d'un côté à l'autre comme un engin fou. Pour reprendre ses esprits, il se dressa au-dessus du pare-brise, exposant son visage aux rafales cinglantes du vent. Dès qu'il eut retrouvé son tonus, il poussa sur la manette des gaz.

L'Overlook surgit tout à coup devant lui. Les fenêtre illuminées du premier étage projetaient de longs rectangles jaunes sur la neige. Comme la grille qui fermait l'entrée de l'allée était cadenas-sée, il descendit du scooter et, après avoir jeté un coup d'œil méfiant autour de lui, se mit à chercher ses clefs, espérant ne pas les avoir fait tomber de sa poche en prenant le briquet... Non, elles étaient bien là. Il examina le trousseau dans la lumière crue du phare et, ayant trouvé la bonne, ouvrit le cadenas qu'il laissa tomber dans la neige. Mais la grille était coincée par la neige. Oubliant les élan-cements de son mal de tête et la crainte de voir surgir derrière lui d'autres lions, il en dégagea alors le pied en grattant frénétiquement la neige avec ses mains. Il réussit enfin à l'entrebâiller juste assez pour se glisser dans la brèche et, poussant alors de toutes ses forces, parvint à l'ouvrir suffisamment pour que le scooter pût se faufiler. Il avait franchi la grille maintenant et se rapprochait de l'hôtel. C'est alors qu'à travers l'obscurité il devina une agitation devant lui : tous les animaux de buis s'étaient rassemblés au pied de l'escalier de l'Over-look et en barraient l'entrée. Les lion allaient et venaient, le chien était assis, les pattes posées sur la première marche.

Halloran ouvrit à fond les gaz et le scooter fit un bond en avant, soulevant derrière lui des tour-billons de neige.

Dans l'appartement, Jack Torrance avait tendu l'oreille en percevant le bourdonnement aigu d'un moteur et s'était dirigé vers le couloir à toute allure. Cette garce de Wendy pouvait attendre. Il allait d'abord s'occuper de ce sale négro et lui apprendre à fourrer son nez dans les affaires des autres. Ensuite ce serait le tour de son fils. Il leur donnerait une bonne leçon à tous et leur montre-rait qu'il avait l'étoffe d'un manager !

Dehors le scooter filait à toute vitesse et Hallo-rann, le visage cinglé par la neige, avait l'impres-sion que l'hôtel fonçait sur lui. Dans le faisceau du phare surgit la silhouette du berger de buis, avec son visage aux yeux vides. Hallorann crut qu'il allait s'écraser contre lui, mais au dernier moment celui-ci s'écarta, lui ouvrant un passage dans lequel il s'engouffra, tirant sur le guidon avec tout ce qui lui restait de forces. Le scooter, dans un nuage de neige, fit un brusque tête-à-queue, manquant de se renverser, et heurta de l'arrière le bas de l'escalier contre lequel il rebondit. En un clin d'œil, Hallorann en descendit et se mit à monter en courant. Il trébucha, tomba, se remit debout. Il lui semblait que le chien était à ses trousses, grognant derrière lui. Quelque chose le grilla à l'épaule, mais il était déjà sur le porche, sain et sauf, dans l'étroite tranchée que Jack avait déblayée devant la porte. Les animaux de buis étaient trop gros pour s'y faufiler.

Parvenu à la grande porte d'entrée à double battant, il s'arrêta et d'une main chercha ses clefs dans la poche de son pantalon tandis que de l'autre, il essayait de tourner la poignée, qui pivota d'elle-même. Il poussa la porte.

— *Danny !* appela-t-il d'une voix étranglée. *Danny, où es-tu ?*

Il n'obtint pas de réponse.

Son regard balaya le hall et s'arrêta net au bas de l'escalier. Il étouffa un cri d'horreur en voyant que devant la première marche la moquette était toute tachée de sang, et qu'à côté il y avait un lambeau de tissu-éponge rose. Le sang formait une traînée sur l'escalier et la rampe elle-même en était éclaboussée.

Oh, Seigneur ! murmura-t-il, et il appela de nouveau : Danny ! DANNY !

Le silence de l'hôtel semblait le narguer avec des échos imaginaires et railleurs.

(Danny ? Qui ça, Danny ? On ne connaît pas de Danny ici. Danny, Danny, qu'a-t-on fait de ce Danny ?

532

Qui est-ce qui a joué à cache-cache-Danny, à colin-Danny ? Allez, fiche le camp, sale négro. Personne ne connaît de Danny ici.)

Oh ! Dieu, est-ce qu'il avait affronté toutes ces épreuves pour rien ? Était-il arrivé trop tard ? Est-ce que tout était fini ?

En proie à une anxiété grandissante, il monta les marches deux à deux et s'arrêta au palier du premier étage. Voyant que la traînée de sang menait vers l'appartement, il s'engagea dans le petit couloir. L'accueil que lui avaient réservé les animaux de buis lui paraîtrait sans doute peu de chose à côté de ce qui l'attendait là-bas. Au fond de lui, il savait déjà ce qu'il allait trouver.

Et il n'était pas pressé de le découvrir.

Pendant qu'Hallorann montait l'escalier, Jack s'était caché dans l'ascenseur et il le suivait maintenant à pas de loup, le maillet brandi, comme quelque fantôme ensanglanté au sourire sinistre.

Est-ce que cette garce m'a poignardé ? Je ne m'en souviens plus.

— Sale négro, chuchota-t-il, je vais t'apprendre à t'occuper de ce qui ne te regarde pas.

Hallorann l'entendit et, se retournant brusquement, amorça une esquive, mais trop tard. Le maillet s'abattit sur son crâne et, malgré la protection de l'anorak, il crut qu'une fusée lui explosait dans la tête en une gerbe d'étoiles. Puis ce fut le néant.

Il alla s'écraser contre le mur tapissé de soie et Jack le frappa de nouveau. Cette fois-ci, le maillet, parti à l'horizontale, lui fracassa la mâchoire et les dents du côté gauche. Il s'affaissa mollement.

— Et maintenant, chuchota Jack, maintenant à nous deux.

A présent, c'était le tour de Danny. Il avait un compte à régler avec ce fils désobéissant.

Trois minutes plus tard, la porte de l'ascenseur s'ouvrit dans l'obscurité du troisième étage. La cabine s'était arrêtée trop bas et Jack dut se hisser, en se tortillant, malgré ses souffrances, jusqu'au palier. Il n'avait pas lâché le maillet de roque ébréché. Ses yeux fous roulaient dans leurs orbites et ses cheveux poisseux de sang étaient pleins de confettis.

Son fils se cachait quelque part ici, il en était sûr. Livré à lui-même, Danny était capable des pires bêtises : gribouiller sur la luxueuse tapisserie de soie avec ses crayons de couleur, mutiler les meubles, casser les vitres. C'était un menteur et un tricheur à qui il convenait d'administrer... une bonne correction.

Jack Torrance se mit péniblement debout.

— Danny ? appela-t-il. Danny, viens ici une minute, veux-tu ? Tu a été vilain et je dois te punir. Viens recevoir ta raclée comme un grand. *Danny ? Danny !*

LIV

TONY

(Danny...)
(Danni...i...i...y.)

Il errait dans l'obscurité à travers des couloirs qui tout en ressemblant à ceux de l'hôtel, s'en distinguaient. Les murs tapissés de soie montaient apparemment à l'infini, car, il avait beau renverser la tête, il n'arrivait pas à apercevoir le plafond perdu dans les ténèbres. Toutes les portes étaient fermées et elles aussi se perdaient dans l'obscurité. Au-dessous des judas (sur ces portes géantes, ils avaient le diamètre d'un canon de fusil), de minuscules têtes de mort barrées de tibias avaient remplacé les numéros des chambres.

Et, de quelque part, Tony l'appelait.

(Danni...i...i...y.)

Il devina un bruit lointain de coups accompagnés de cris rauques. Bien qu'il ne pût distinguer toutes les paroles, il en comprenait bien le sens général pour les avoir déjà entendues maintes fois, éveillé ou en rêvant.

Il hésita. Il était encore petit, après tout ; ça ne faisait pas trois ans qu'il avait quitté ses couches. Il devait d'abord essayer de savoir où il était. Il avait peur, mais c'était une peur supportable. Il commençait à bien connaître les différentes sortes de peur, de l'inquiétude sourde à la terreur panique, depuis deux mois qu'il en éprouvait tous les jours. Mais il fallait qu'il sache pourquoi Tony était venu et pourquoi il l'appelait dans ce couloir qui n'appartenait ni tout à fait au monde réel, ni à celui des rêves où parfois Tony lui faisait des révélations.

— Danny.

Au bout de l'immense couloir, Danny aperçut une petite silhouette noire, à peine plus grande que lui. C'était Tony.

— Où suis-je ? demanda-t-il doucement à Tony.

— Tu dors, dit Tony. Tu dors dans la chambre de tes parents.

Il y avait de la tristesse dans sa voix.

— Danny, dit Tony. Ta mère va être grièvement blessée, peut-être tuée. Et Mr. Hallorann aussi.

— Non !

Il pouvait accepter la possibilité de sa propre mort. Depuis son expérience dans la chambre 217, il savait qu'il saurait y faire face.

Mais pas celle de sa mère.

Ni celle de son père.

Jamais.

Il voulut se rebeller. L'image du couloir obscur vacilla et la silhouette de Tony se fit indistincte, irréelle.

— Non ! cria Tony. Non, Danny, ne fais pas ça !

— Elle ne mourra pas ! Je ne veux pas !

— Alors il faudra que tu l'aides. Ici, Danny, tu te trouves dans un monde enfoui au plus profond de toi-même. Je fais partie de ce monde. Je fais partie de toi, Danny.

— Tu es Tony. Tu n'es pas moi. Je veux ma maman... Je veux ma maman...

— Ce n'est pas moi qui t'ai amené ici, Danny. Tu y es venu de toi-même. Parce que tu savais.

— Non !

— Si, tu savais ! Tu as toujours su ! poursuivit Tony en s'avançant vers lui. (Pour la première fois, Tony s'approchait de lui.) Dans ce monde qui existe au plus profond de toi-même, rien ne peut t'atteindre. C'est un Overlook que tu es seul à connaître, où les pendules sont arrêtées et nulle clef ne peut les remonter. Les portes n'ont jamais été ouvertes et personne n'a jamais séjourné dans ces chambres. Toi et moi, nous allons passer encore quelques instants puis ce sera fini, car bientôt il sera là.

— Il sera là..., chuchota craintivement Danny tandis que les coups irréguliers se rapprochaient.

Son appréhension maîtrisée de tout à l'heure fit place à la plus folle des terreurs. Il comprenait maintenant ces grognements, il reconnaissait la voix de ce monstre qui voulait se faire passer pour son père mais qui — il le savait à présent — n'en était qu'une imitation grossière et grand-guignolesque.

(Tu es venu ici de toi-même. Parce que tu savais.)

— Oh ! Tony, est-ce que c'est mon papa ? s'écria Danny. Est-ce que c'est mon papa qui vient me chercher ?

Tony ne répondit pas. Mais Danny n'avait pas besoin d'une réponse. Il savait. Un bal masqué cauchemardesque se tenait ici depuis des années. Et petit à petit, secrètement, silencieusement, un pouvoir maléfique s'était emparé de ces lieux. Fallait-il parler de Force, de Présence, d'Esprit ? Peu importaient les mots. Pour se cacher, le mal pouvait emprunter mille masques et maintenant, afin d'enlever Danny, il se dissimulait derrière le visage de Papa, il imitait sa voix et portait ses vêtements.

Mais ce n'était pas son papa.

Ce n'était pas son papa.

Tony avait surgi devant lui. Danny, qui le regardait de près pour la première fois, reconnut le jeune homme qu'il serait dans dix ans. Il avait les mêmes yeux sombres, bien écartés, le même menton volontaire, la même bouche finement dessinée. Ses cheveux étaient blonds comme ceux de sa mère et pourtant ses traits portaient l'empreinte Torrance. Tony — le Daniel Anthony Torrance que Danny deviendrait un jour — tenait à la fois du père et du fils.

— Tu dois essayer de les aider, dit Tony. Mais ton père... il est passé du côté de l'hôtel maintenant et c'est lui qui l'a voulu. Mais l'hôtel ne se contentera pas de rallier ton père. C'est surtout toi qui leur fais envie.

Et passant près de lui, Tony s'enfonça dans les ténèbres.

— Attends ! cria Danny. Que puis-je...

— Il n'est plus très loin maintenant, dit Tony, s'éloignant toujours. Il faudra que tu te sauves..., que tu te caches... Ne le laisse pas s'approcher de toi. Fuis-le comme la peste.

— Tony, je ne le pourrai pas !

— Mais si, tu as déjà commencé à le faire, dit Tony. Et tu te souviendras de ce que ton père a oublié.

Tony avait maintenant disparu.

Alors il entendit la voix de son père, toute proche maintenant, qui l'appelait sur un ton faussement câlin :

— Danny ? N'aie pas peur, prof. Ce ne sera qu'une petite fessée, c'est tout. Viens la recevoir comme un homme et nous n'en parlerons plus. Nous n'avons pas besoin d'elle, prof. Rien que toi et moi, d'accord ? Quand nous en aurons fini avec cette petite... fessée..., il n'y aura plus que toi et moi.

Danny s'enfuit à toutes jambes.

La rage contenue du monstre explosa, faisant voler en éclats sa feinte bonhomie.

— *Viens ici, petit merdeux ! Tout de suite !*

Haletant, Danny s'engouffra dans un long couloir, puis dans un autre, et grimpa un escalier. Au fur et à mesure qu'il courait, les murs qui tout à l'heure lui avaient paru si hauts regagnaient leurs proportions normales ; la moquette retrouvait son aspect familier, un entrelacs de guirlandes noires sur un fond bleu de nuit. Il y avait de nouveau des numéros sur les portes et, derrière elles, la grande soirée qui réunissait des générations de clients battait son plein. Autour de lui, l'air vibrait sous l'écho inlassable des coups du maillet s'abattant sur les murs.

Il eut l'impression d'avoir crevé une fine membrane sensorielle, de remonter dans le temps. Il se trouvait à présent dans le couloir devant la suite présidentielle, au troisième étage. Près de lui, jetés l'un sur l'autre, les cadavres sanglants de deux hommes en complet veston et cravate étroite, qui avaient été abattus à coups de revolver, se mirent à remuer et à se dresser.

Il allait pousser un cri, mais il se retint.

(VOUS N'ETES QUE DES FANTOMES ! VOUS N'EXISTEZ PAS !)

Le tableau se fana devant ses yeux comme une vieille photographie et disparut.

Le bruit sourd des coups du maillet montait toujours d'en bas. Son père, investi par l'hôtel de ses pouvoirs diaboliques, le cherchait au rez-de-chaussée.

Tout à coup une porte s'ouvrit derrière lui et le corps décomposé d'une femme parut. Vêtue d'une longue robe de soie pourrie, ses doigts jaunis et crevassés chargés de bagues recouvertes de vert-de-gris, elle se déhanchait d'une façon obscène. De grosses guêpes se promenaient paresseusement sur son visage.

— Entre, lui chuchota-t-elle, souriant de ses lèvres noires. Entre et nous danserons le tango...

— Vous êtes un fantôme ! lança-t-il rageusement. Vous n'existez pas !

Effrayée, elle recula et disparut.

Une voix cria : « Où es-tu ? » C'était la sienne ; il se parlait à lui-même. Il continuait d'entendre les cris du monstre à la voix familière qui le cherchait à présent au premier étage. Puis il remarqua un bruit insolite.

C'était un vrombissement aigu — un moteur qui s'approchait.

Danny retint son souffle. Était-ce Dick ou encore un mirage, suscité par l'hôtel ? Il espérait de toutes ses forces que ce fût vraiment Dick, mais il n'osait pas y croire.

Il battit en retraite dans le couloir principal, puis s'engagea dans un couloir transversal. Les portes verrouillées semblaient le regarder de haut, d'un air désapprobateur, comme elles l'avaient fait dans ses rêves. Mais ce n'était plus un rêve.

Il bifurqua à droite puis, le cœur battant, s'arrêta net. Un souffle d'air chaud lui caressait les chevilles. *Les bouches d'aération*, pensa-t-il. *Ce doit être le jour où Papa chauffe l'aile ouest.*

(Tu te souviendras de ce que ton père a oublié.)

Mais de quoi s'agissait-il ? Il lui semblait être à deux doigts de le savoir. Serait-ce quelque chose qui allait leur sauver la vie, à Maman et à lui ? pourtant Tony avait dit qu'il ne devait désormais compter que sur lui-même. Alors qu'est-ce que ça pouvait bien être ?

Il s'accroupit contre le mur et essaya désespérément de réfléchir. C'était si difficile..., l'hôtel essayait sans cesse de s'insinuer dans son esprit, d'en chasser toute autre pensée que celle de ce monstre qui faisait voler son maillet de tous côtés, déchiquetant la tapisserie, arrachant des nuages de plâtre.

— Aide-moi, murmura-t-il. Tony, aide-moi.

Tout à coup il s'aperçut qu'un silence de mort s'était fait dans l'hôtel et que le bruit du moteur s'était tu.

Ce n'avait donc été qu'une illusion de plus.

Le brouhaha de la fête aussi s'était brusquement arrêté et on n'entendait plus que les hurlements du vent.

Soudain l'ascenseur se mit à ronronner.

Il montait.

Et Danny savait qui se trouvait à l'intérieur.

D'un bond, il fut sur ses pieds. La panique lui étreignait le cœur. Pourquoi Tony l'avait-il envoyé au troisième étage ? Maintenant il était pris au piège. Toutes les portes étaient fermées, il n'y avait pas d'issue.

Le grenier !

Il y avait un grenier, il s'en souvenait. Il avait accompagné son père le jour où celui-ci avait amorcé les pièges à rat, mais Jack n'avait pas voulu l'y laisser monter de peur qu'il se fasse mordre. La trappe qui donnait accès à ce grenier s'ouvrait dans le plafond du dernier petit couloir tout au fond de l'aile ouest. Papa avait saisi la perche appuyée contre le mur et avec elle avait poussé la trappe. Le contrepoids s'était mis à monter avec un petit bourdonnement mécanique, la trappe s'était soulevée et une échelle était descendue. S'il pouvait grimper là-haut et tirer l'échelle derrière lui...

Quelque part dans le labyrinthe de couloirs derrière lui, l'ascenseur s'arrêta. Dans un grand bruit de ferraille, la porte s'ouvrit et une voix, qui n'était que trop réelle cette fois-ci, l'appela :

— Danny ? Danny, viens ici un instant, veux-tu ? Tu m'as désobéi et je veux que tu viennes recevoir ta raclée comme un homme. *Danny ? Danny !*

L'obéissance était si profondément enracinée en lui qu'il fit machinalement deux pas en direction de la voix avant de réaliser ce qu'il faisait. Il serra les poings.

Vous n'êtes qu'un fantôme, vous n'existez pas! Je sais qui vous êtes! Otez votre masque!

— *Danny!* rugit la voix. *Viens ici, sale garnement! Si tu ne viens pas tout de suite, tu t'en repentiras!*»

Le bruit caverneux des coups de maillet contre les murs reprit. La voix l'appela de nouveau, hurlant son nom. Elle s'était rapprochée.

La chasse était lancée, exactement comme dans ses cauchemars. Seulement ce n'était plus un rêve.

Alors Danny s'enfuit à toutes jambes et l'épaisse moquette étouffait le bruit de sa course. Il passa devant des portes fermées, devant la lance de l'extincteur fixée au mur, et arriva au petit couloir en cul-de-sac. Après un instant d'hésitation il s'y élança. Au bout il n'y avait pas d'issue, seulement une porte verrouillée.

Mais la perche était encore là, appuyée au mur, exactement où Papa l'avait laissée.

Danny la saisit et, renversant sa tête en arrière, il examina la trappe. Il y avait un crochet au bout de la perche qu'il fallait glisser dans l'anneau fixé au milieu de la trappe. Il fallait...

Mais un cadenas Yale flambant neuf était passé dans l'anneau. C'était Jack qui, après avoir posé ses pièges, l'y avait mis, pour empêcher son fils d'aller fureter là-haut.

La trappe était cadenassée! Une vague de terreur le submergea.

Il entendait le monstre qui tout en titubant et trébuchant s'approchait toujours, en faisant tournoyer son maillet. Il avait maintenant dépassé la suite présidentielle.

Le dos contre la porte au fond du couloir, Danny attendit que le monstre parût.

LV

CE QUI AVAIT ÉTÉ OUBLIÉ

Wendy reprit connaissance petit à petit ; la grisaille se dissipa, faisant place à la douleur. Son dos, ses côtes, sa jambe la faisaient atrocement souffrir et elle crut qu'elle ne pourrait plus bouger. Même ses doigts lui faisaient mal sans qu'elle comprît pourquoi.

La lame de rasoir, voilà pourquoi.

Ses cheveux collés et emmêlés lui pendaient devant les yeux. Elle les écarta d'une main, mais ce mouvement lui causa une douleur aiguë au niveau des côtes, et elle poussa un gémissement. Le matelas aux rayures bleues et blanches était taché de sang, le sien, ou peut-être celui de Jack. Du sang frais en tout cas. Son évanouissement n'avait donc pas duré longtemps. Et c'était heureux parce que...

(Pourquoi ?)

Parce que...

D'abord elle se rappela le bourdonnement d'insecte d'un moteur. Son attention, comme hypnotisée, se fixa sur ce souvenir. Puis, d'un seul coup, dans un flash-back vertigineux, elle se souvint de ce qui s'était passé,

Hallorann. Ce devait être Hallorann. Sinon, comment expliquer que Jack soit parti si précipitamment, sans achever sa besogne, sans l'achever, *elle ?*

S'il ne l'avait pas achevée, c'est qu'il n'en avait pas eu le temps. Il lui avait fallu trouver Danny rapidement, afin d'en finir avec lui avant qu'Hallorann pût intervenir.

Avait-il déjà mis son projet à exécution ?

Elle pouvait entendre le grincement de l'ascenseur qui montait.

Le sang est tout frais. Oh ! mon Dieu, je vous en supplie faites qu'il n'ait pas encore eu le temps.

Elle réussit à se mettre sur ses pieds et à se frayer un chemin à travers les débris qui jonchaient le salon. Arrivée devant la porte fracassée, elle la poussa et sortit dans le couloir.

— Danny ! appela-t-elle. Mr. Hallorann ! Il y a quelqu'un ?

L'ascenseur avait fini sa course et elle entendit le fracas métallique de la porte en accordéon qu'on rabattait violemment. Il lui sembla que quelqu'un parlait, mais ce n'était peut-être que son imagination. Le vent soufflait trop fort pour qu'on pût rien affirmer avec certitude.

S'appuyant contre le mur, elle gagna péniblement l'intersection des deux couloirs. Elle était sur le point de s'engager dans le grand couloir quand un cri venu de la cage d'escalier la cloua sur place :

— *Danny ! Viens ici, petit voyou ! Viens recevoir ta raclée, comme un homme !*

C'était Jack. Il était monté au deuxième ou au troisième étage et cherchait Danny.

Elle s'engagea dans le grand couloir, trébucha et faillit tomber. Tout à coup elle retint son souffle. Il y avait quelque chose

(ou quelqu'un ?)

écroulé au pied du mur, à quelques mètres de la cage de l'escalier. Elle hâta le pas, grimaçant de douleur chaque fois qu'elle s'appuyait sur sa jambe blessée. Elle finit par distinguer un homme et, quand elle se fut approchée davantage, elle comprit pourquoi il y avait eu ce bruit de moteur.

C'était Mr. Hallorann. Il était enfin arrivě.

Doucement, elle s'agenouilla à côté de lui, priant le ciel qu'il ne fût pas mort. Son nez saignait et un gros jet de sang avait maculé sa bouche. Tout un côté de son visage n'était plus qu'un énorme hématome violacé, mais, grâce à Dieu, il respirait et son souffle strident faisait trembler son corps à chaque inspiration.

Elle remarqua avec étonnement que son anorak avait une manche roussie et qu'il était déchiré du haut en bas. Il avait du sang dans les cheveux et une vilaine égratignure à l'arrière du cou.

(Mon Dieu, que lui est-il arrivé ?)

— *Danny !* La voix rauque et rageuse rugissait à l'étage. *Sors de là immédiatement, nom de Dieu !*

Ce n'était pas le moment de se poser des questions. Elle se mit à secouer Hallorann. A chaque mouvement de ses côtes cassées, d'intolérables élancements la transperçaient. Elle avait l'impression d'avoir tout le côté enflé, durci, brûlant.

Et si c'est mon poumon qu'elles touchent chaque fois que je bouge ?

Mais il n'y avait pas de temps à perdre. Si Jack trouvait Danny, il le tuerait à coups de maillet comme il avait essayé de le faire avec elle.

Elle secoua de nouveau Hallorann et se mit à tapoter doucement sa joue intacte.

— Réveillez-vous, dit-elle. Mr. Hallorann, il faut vous réveiller. Je vous en supplie...

Là-haut, Jack Torrance cherchait toujours son fils et elle pouvait entendre les coups de maillet qui retentissaient au-dessus de sa tête.

Adossé contre la porte, Danny avait les yeux braqués sur le carrefour des deux couloirs. Les coups de maillet qui s'abattaient à intervalles irréguliers se faisaient plus forts, plus proches. Rêve et réalité étaient devenus indissociables.

Le monstre déboucha du grand couloir.

A le voir, Danny éprouva une sorte de soulagement. Ce n'était pas son père. Ce monstre sorti d'un film d'horreur, roulant des yeux, le dos voûté, la chemise ensanglantée, n'avait rien à voir avec son papa. Il n'avait plus aucun doute là-dessus.

— A nous deux maintenant, fiston, soufflait l'autre en s'essuyant les lèvres d'une main tremblante. Tu vas voir qui commande ici. Ce n'est pas toi qu'ils veulent. C'est moi. Moi. *Moi !*

Il fit siffler le maillet dont la double tête, déchiquetée par les coups et réduite à une masse informe, s'abattit contre le mur, découpant une rondelle de soie, soulevant une bouffée de poussière de plâtre. Le monstre se mit à ricaner.

— Allons, montre-moi un de tes tours de passe-passe, marmonna-t-il. Je ne suis pas né d'hier, tu sais. Je ne suis pas tombé de la dernière pluie. Et je connais mon devoir de père, fiston.

— Vous n'êtes pas mon père, répliqua Danny.

Le monstre s'arrêta et parut hésiter, comme s'il n'était plus très sûr de sa propre identité. Puis il se ressaisit, reprit sa marche en avant et frappa au passage le panneau d'une porte qui résonna avec un bruit creux.

— Tu mens, dit-il. Qui veux-tu que je sois ? J'ai les deux marques de naissance de ton père, son nombril convexe et même sa queue fiston. Demande à ta mère.

— Vous n'êtes qu'un imposteur, dit Danny. Un masque. La seule raison qui pousse l'hôtel à se servir de vous, c'est que vous n'êtes pas encore mort comme les autres. Mais, quand il en aura fini avec vous, vous ne serez plus rien du tout. Vous ne me faites pas peur.

— Ah ! Je ne te fais pas peur ! cria le monstre.

Le maillet fendit l'air rageusement et s'écrasa sur la moquette, entre les pieds de Danny, qui ne broncha pas. Tu m'as menti ! Tu as conspiré avec elle ! Vous avez comploté contre moi ! *Et à l'examen tu as triché, tu as copié !* (Sous ses sourcils broussailleux, ses yeux déments étincelaient, illuminés d'une lueur rusée.) Je le retrouverai, d'ailleurs. C'est au sous-sol, quelque part. Je le trouverai. Ils m'ont promis que je pourrais regarder tout ce que je voudrais.

Il leva le maillet de nouveau.

— Oui, ils vous l'ont promis, dit Danny. Mais ils mentent.

Le maillet, levé pour frapper, resta suspendu.

Hallorann commençait à reprendre connaissance et Wendy avait cessé de lui tapoter la joue. Ils avaient entendu *Tu as triché à l'examen, tu as copié* ; paroles à peine audibles qui, à travers les hurlements du vent, leur étaient parvenues par la cage d'ascenseur. Wendy était quasiment certaine qu'ils étaient au troisième étage et que Jack — ou la puissance qui s'était emparée de lui — avait trouvé Danny. Ni elle ni Hallorann ne pouvaient plus rien à présent.

— Oh ! prof, murmura-t-elle.

Les larmes lui brouillèrent la vue.

— Ce salaud m'a cassé la mâchoire, marmonna Hallorann d'une voix indistincte. Oh ! ma *tête*...

Il réussit à s'asseoir. Son œil droit, tout violacé et très enflé, était presque fermé, mais il put distinguer Wendy.

— Mrs. Torrance...

— Chut, dit-elle.

— Où est l'enfant, Mrs. Torrance ?

— Au troisième étage, dit-elle. Avec son père.

— Ils mentent, répéta Danny.

Une pensée venait de lui traverser l'esprit comme un météore, trop rapide, trop éblouissante pour être saisie, et il ne put en retenir que quelques mots :

(C'est quelque part au sous-sol.)

(Tu te souviendras de ce que ton père aura oublié.)

— Tu... Tu ne devrais pas parler comme ça à ton père, dit le monstre d'une voix rauque. (Le maillet trembla au bout de son bras puis il l'abaissa.) Tu ne fais qu'aggraver ton cas. Ta punition n'en sera que plus sévère.

Les yeux braqués sur Danny, il avança d'une démarche d'ivrogne et la pitié larmoyante qu'il éprouvait pour lui-même se transforma en haine. Il leva de nouveau le maillet.

— Vous n'êtes pas mon père, lui cria de nouveau Danny. Et, s'il vous reste quelque chose de mon père, vous devez bien savoir qu'ils vous mentent. Tout ce qu'ils vous racontent, ce sont des mensonges, comme les dés truqués que mon papa m'avait mis dans le bas de Noël l'an dernier, ou comme les faux cadeaux qu'on met dans les vitrines. Les boîtes sont vides, il n'y a rien dedans. Elles ne sont là que pour la frime, comme dit mon papa. Vous êtes comme eux. Vous aussi, vous n'êtes que de la frime, vous n'êtes pas mon papa. Et, quand vous aurez obtenu ce que vous voulez, vous ne donnerez rien à mon papa parce que vous êtes égoïste. Et mon papa le sait. Il a fallu que vous le fassiez boire pour arriver à vos fins. Il n'y a que comme ça que vous avez pu vous emparer de lui. Vous n'êtes qu'un imposteur !

— Menteur ! Menteur ! criait le monstre d'une voix de fausset.

Le maillet s'agitait follement en l'air.

— Allez-y, frappez-moi. Mais vous n'obtiendrez jamais ce que vous voulez de moi.

Alors une transformation mystérieuse se produisit chez le monstre. Ses traits, sans se modifier, redevinrent humains. Le corps frissonna légèrement, les mains ensanglantées s'ouvrirent comme des griffes brisées, lâchant le maillet qui tomba à terre. Ce fut tout. Brusquement son père avait réintégré ce corps et il regardait Danny d'un air si profondément malheureux que Danny en eut le cœur serré de pitié. D'une voix tremblante, Jack lui parla :

— Prof, dit-il, sauve-toi. Vite. Et souviens-toi de l'amour que j'ai pour toi.

— Non, je veux rester avec toi, protesta Danny.

— Oh ! Danny, pour l'amour du ciel...

— Non, dit Danny. (Il prit une des mains ensanglantées de son père et l'embrassa.) C'est presque fini maintenant.

En s'appuyant le dos contre le mur, Hallorann réussit à se mettre debout. Wendy et lui avaient l'air des derniers survivants dans un hôpital bombardé.

— Il faut monter là-haut, dit Hallorann. Il faut l'aider.

Le visage blanc comme un linge, elle fixait sur lui des yeux hagards.

— Il est trop tard, dit Wendy. Personne ne peut l'aider à présent.

Une minute, deux minutes s'écoulèrent, puis trois. Enfin ils entendirent un cri, non pas de rage ni de triomphe, mais de terreur.

— Grands dieux, chuchota Hallorann. Qu'est-ce qui se passe ?

— Je ne sais pas, dit-elle. L'a-t-il tué ? Je ne sais pas.

L'ascenseur se remit en marche et ils l'entendirent redescendre, puis le virent passer sans s'arrêter au premier. A travers la grille, ils avaient aperçu le monstre qui hurlait et gesticulait.

Danny restait immobile. Il n'y avait pas d'endroit où il aurait pu fuir l'hôtel. Il en avait pris conscience tout à coup et sans souffrances. Pour la première fois de sa vie, il avait une pensée d'adulte, fruit amer des épreuves qu'il avait affrontées depuis qu'il était arrivé à l'Overlook :

Maman et Papa ne peuvent plus m'aider. Je suis tout seul. »

— Allez-vous-en, dit-il à l'étranger sanglant devant lui. Allez-vous-en. Fichez le camp.

L'étranger se baissa, exposant le manche du couteau planté dans son dos. Ses mains agrippèrent le maillet, mais, au lieu de le brandir contre Danny, il le retourna contre lui-même et se frappa en plein visage.

Danny comprit en un éclair ce qui allait se passer.

Le maillet se mit à monter et à descendre, détruisant tout ce qui restait de Jack Torrance. Le monstre gigotait comme s'il exécutait, au rythme des coups de maillet, une danse macabre. Du sang giclait sur la tapisserie murale, des esquilles d'os volaient en l'air comme des touches de piano cassées. Nul n'aurait pu dire combien de temps cela dura. Quand il eut fini et qu'il leva de nouveau les yeux sur Danny, il ne restait plus rien de Jack Torrance dans ce visage. A la place, Danny découvrit un visage composite où se mêlaient sans se confondre la femme de la chambre 217, l'homme-chien et le mystérieux enfant qui, dans le tunnel en ciment, l'avait supplié de le suivre.

— Otons les masques, murmura le monstre. Et que l'on ne nous dérange plus !

Le maillet s'éleva une dernière fois et allait s'abattre quand, tout à coup, Danny entendit un tic-tac.

Alors il se souvint de ce que son père avait oublié.

Une expression de triomphe illumina son regard. Le monstre s'en aperçut et hésita, perplexe.

— *La chaudière !* s'écria Danny. *On n'a pas baissé la pression depuis ce matin. Elle va exploser !*

Les traits informes du monstre se figèrent en un masque de terreur grotesque. Le maillet lui échappa des mains et rebondit, inoffensif, sur la moquette bleue et noire.

— La chaudière ! hurla-t-il. Ah ! non ! Ça ne se passera pas comme ça ! Certainement pas ! Non ! Ah ! maudit enfant ! Ce n'est pas possible ! Ah, ah, ah !

— Si, c'est possible ! lui cria Danny au visage. Il se mit à trépigner de joie et à secouer le poing devant le visage du monstre. Elle va exploser d'une minute à l'autre ! Je le sais ! Ce que Papa avait oublié, c'était la chaudière ! *Et vous aussi, vous l'avez oublié !*

— Ah ! non ! Pas si vite, sale petit voyou. Tu vas d'abord recevoir ta correction, je vais te régler ton compte ! La chaudière n'explosera pas ! C'est impensable — ah non, ah non !

Il virevolta brusquement et s'éloigna de sa démarche titubante. Il n'était plus qu'une ombre, dansant sur les murs, qui laissait derrière lui, comme des serpentins fanés, une traînée de cris.

Quelques instants plus tard, l'ascenseur se mit à descendre. Danny eut une vision.

(Maman, Mr. Hallorann, Dick pour les amis, sont tous les deux ensemble en bas. Il faut s'en aller d'ici tout de suite : l'hôtel va exploser, il va partir en fumée.)

Ce fut comme un lever de soleil incandescent. Danny s'enfuit à toutes jambes et son pied heurta au passage le maillet de roque ensanglanté. Il n'y fit pas attention.

Il gagna l'escalier. Il pleurait ; il fallait absolument qu'ils quittent l'hôtel. Ils n'avaient pas une seconde à perdre.

LVI

L'EXPLOSION

Plus tard, Hallorann n'arriva jamais à se rappeler le déroulement exact des événements qui suivirent. L'ascenseur était redescendu, passant devant eux sans s'arrêter. Il y avait quelqu'un dans la cabine, mais il n'avait pas osé regarder par la petite lucarne en losange de la porte, car les cris que poussait la créature n'avaient rien d'humain. Un instant après, ils entendirent des pas précipités dans l'escalier et Wendy Torrance se serra contre lui, craignant le pire. Mais, dès qu'elle aperçut celui qui descendait, elle se dressa et courut vers l'escalier aussi vite qu'elle put.

— Danny ! Danny ! Oh ! Dieu soit loué !

Frémissante tout à la fois de joie et de douleur, elle prit l'enfant dans ses bras et l'étreignit.

(Danny.)

Hallorann fut frappé de voir combien l'enfant avait changé. Il avait le teint pâle, les traits tirés et son regard exprimait quelque chose de profond, d'incommunicable. Il semblait avoir maigri. A les voir l'un près de l'autre, Hallorann se dit que c'était la mère qui paraissait la plus jeune des deux, malgré les terribles coups qu'elle avait reçus.

Dick — il faut partir — courir — l'hôtel — il va.

— D'accord, répondit Hallorann, mais, quand il voulut s'approcher d'eux, il éprouva une sorte de lassitude comme s'il essayait de nager à contre-courant.

Il semblait avoir perdu le sens de l'équilibre et ne voyait plus clair de son œil droit. Des douleurs lancinantes irradiaient dans tout le côté droit du visage, de la mâchoire jusqu'aux tempes et le long du cou. Sa joue enflée lui semblait avoir atteint la taille d'un chou. Mais l'avertissement pressant de l'enfant l'avait secoué et il finit par se mouvoir avec plus de facilité.

— D'accord ? demanda Wendy. (Son regard alla d'Hallorann à Danny puis retourna vers Hallorann.) Que voulez-vous dire par là ?

— Il faut partir, expliqua Hallorann.

— Mais je ne suis pas habillée... Mes vêtements...

Alors Danny se libéra de son étreinte et se précipita dans le couloir.

— C'est la chaudière, n'est-cc pas ? demanda Wendy.

— Oui, madame. Danny dit qu'elle va exploser.

— Tant mieux. Ces paroles furent prononcées avec la froideur implacable d'une sentence de mort. Je ne sais pas si j'arriverai à descendre ces escaliers. Mes côtes... Il m'a cassé les côtes. Et j'ai une douleur dans le dos.

— Vous y arriverez, dit Hallorann. Nous y arriverons tous.

Danny revint avec les bottes, le manteau et les gants de Wendy, ainsi que ses propres gants et son manteau.

— Danny, dit-elle, et tes bottes...

— C'est trop tard, dit-il, les fixant avec une sorte de frénésie désespérée, et Hallorann, sondant ce regard, y découvrit l'image d'une pendule sous un globe de verre.

C'était la pendule du dancing qu'un diplomate suisse avait offerte à l'hôtel en 1949. Ses aiguilles marquaient minuit moins une.

— Oh! mon Dieu! s'écria Hallorann. Oh! mon Dieu!

D'un bras il enlaça Wendy par la taille et la souleva, de l'autre il fit de même avec Danny et courut vers l'escalier. Quand il lui serra les côtes elle sentit que quelque chose se déboîtait dans sa colonne vertébrale et poussa un cri, mais Hallorann ne ralentit pas. Il dévala l'escalier avec son double fardeau. Avec son œil droit tout enflé qui n'était plus qu'une fente et le gauche dilaté par l'énergie du désespoir, il ressemblait à un pirate borgne enlevant des otages qui rapporteraient une bonne rançon.

Tout à coup il eut le pressentiment de ce que Danny avait voulu dire en affirmant qu'il était trop tard. Il sentait l'explosion qui se préparait au sous-sol et qui allait pulvériser l'hôtel avec tout ce qu'il contenait.

Il hâta encore le pas et fonça à travers le hall vers la porte d'entrée.

Entre-temps, au sous-sol, la créature se précipitait vers la chaufferie qu'éclairait la pâle lueur jaunâtre d'une ampoule unique. Elle écumait de rage. Elle avait été à deux doigts de s'emparer de l'enfant et de son extraordinaire pouvoir et voilà qu'à présent elle risquait de tout perdre. Non, elle ne le permettrait pas. Après avoir baissé la pression de la chaudière, elle retrouverait l'enfant et lui infligerait un châtiment exemplaire.

— Il ne faut pas que l'hôtel explose! s'écria-t-elle. Oh! non, il ne faut pas! Ça ne finira pas comme ça!

Elle arriva près de la chaudière dont le corps

cylindrique rougeoyait déjà. Dans un vacarme de sifflements et de grondements, elle crachait de tous côtés des jets de vapeur et l'aiguille du manomètre était déjà au bout du cadran.

— *Non, ça ne se passera pas comme ça !* hurla le gardien-manager, et les mains de Jack, insensibles à la douleur, saisirent la manette qui, chauffée à blanc, s'enfonça dans les chairs grésillantes comme une roue dans une ornière.

La manette céda et, avec un cri de triomphe, la créature l'ouvrit à fond. Un énorme jet de vapeur jaillit en rugissant comme une armée de dragons. Avant que le cadran eût complètement disparu dans le nuage de vapeur, le monstre eut le temps de voir que l'aiguille avait commencé à baisser.

— J'AI GAGNÉ ! s'écria-t-il, donnant libre cours à une joie sauvage. (Il se mit à se trémousser tout en agitant ses mains fumantes au-dessus de sa tête.) J'AI GAGNÉ ! IL N'ÉTAIT PAS TROP TARD !

Il poussa un cri inarticulé de triomphe qui fut aussitôt couvert par une détonation assourdissante : la chaudière de l'Overlook avait explosé.

Halloran déboucha sur le porche et s'engagea dans la tranchée ouverte à travers les congères. Il distingua nettement les animaux de buis et, juste au moment où il se rendait compte que, comme il le craignait, ils leur barraient la route, l'hôtel explosa.

Sur le coup, Halloran avait eu l'impression que tout était arrivé en même temps ; qu'au lieu d'une suite logique il y avait eu un télescopage, un chevauchement de l'action. Mais plus tard, à la réflexion, il réussit à rétablir la suite des événements.

Il y eut d'abord une longue détonation, une sorte de grondement monocorde.

(BOUMMMMM)

Puis un souffle d'air chaud les propulsa vers l'avant, sans violence, et ils se retrouvèrent tous les trois au pied de l'escalier, dans la neige.

Les fenêtres de l'Overlook volèrent en éclats et dans le dancing le globe en verre qui abritait la pendule sur la cheminée se brisa en deux et tomba par terre. Le tic-tac de la pendule s'arrêta, rouages et balancier s'immobilisèrent. Dans la chambre 217, la baignoire se fendit en deux, laissant échapper un filet d'eau puante et verdâtre. La tapisserie murale de la suite présidentielle s'embrasa. A l'entrée du Colorado Bar, les gonds de la porte cédèrent et les deux battants s'effondrèrent. Au sous-sol, au-delà du passage voûté, les énormes piles de vieux papiers s'enflammèrent et se consummèrent dans un sifflement de lampe à souder. L'eau bouillante de la chaudière inondait le brasier sans parvenir à l'éteindre. Comme un tas de feuilles d'automne qu'on brûle sous un nid de guêpes, les papiers s'envolèrent en se carbonisant. L'explosion de la chaudière fracassa les poutres du plafond qui s'écrasèrent à terre comme des os de dinosaure. L'arrivée du gaz, que plus rien n'arrêtait, se transforma en une colonne de feu qui creva le parquet du hall et monta en rugissant vers le premier étage. L'incendie gagna la moquette de l'escalier et les flammes se mirent à bondir de marche en marche, pressées d'annoncer la terrible nouvelle. Une série d'explosions en chaîne achevèrent d'éventrer l'hôtel. Le lustre de la salle à manger, une bombe de cristal qui devait peser cent kilos, se décrocha et s'écrasa dans un fracas de verre brisé, envoyant rouler les tables dans tous les sens. Les cinq cheminées de l'Overlook crachaient des flammèches vers le plafond de nuages que le vent effilochait.

(Non ! Pas ça ! Pas ça ! NON !)

La créature n'avait plus de voix ; elle seule entendait ces cris de rage impuissante et de terreur, ces malédictions. Elle se dissolvait, se défaisait, se vidait de son intelligence et de sa volonté. Elle cherchait désespérément à fuir, mais il n'y avait plus qu'une issue pour elle : l'anéantissement.

La fête était terminée.

LVII

LE DÉPART

L'explosion secoua toute la façade de l'hôtel, et une pluie de débris de verre s'abattit sur la neige, scintillants comme autant d'éclats de diamant.

— Dick, Dick ! cria Danny.

Il essayait de soutenir sa mère et de l'aider à gagner le scooter. Les affaires qu'il était allé chercher avant de quitter l'hôtel gisaient, dispersées, derrière eux. Hallorann réalisa tout à coup que Wendy ne portait sur sa chemise de nuit qu'une robe de chambre et que Danny était sans veste, alors qu'il gelait à pierre fendre.

Mon Dieu, elle est pieds nus.

Il rebroussa chemin, ramassa le manteau et les bottes de Wendy ainsi que le manteau et les gants de Danny et revint en courant, s'enfonçant parfois dans la neige jusqu'au haut des cuisses.

Wendy était d'une pâleur effrayante et sur son cou le sang commençait à geler.

— Je ne peux pas, marmonna-t-elle. (Elle n'était plus qu'à demi consciente.) Non, je... je ne peux pas. Désolée.

Danny regarda Hallorann d'un air suppliant.

— Ça va aller, dit Hallorann en la soutenant de nouveau par la taille. Allons-y.

Ils réussirent tous les trois à rejoindre le scooter. Hallorann installa Wendy sur le siège du passager et l'enveloppa de son manteau. Il souleva ses pieds qui étaient déjà glacés mais pas encore gelés et les frictionna énergiquement avec la veste de Danny, puis les enfila dans ses bottes. Wendy, pâle comme la mort, le regard hébété sous ses paupières mi-closes, se mit enfin à frissonner. Hallorann pensa que c'était bon signe.

Derrière eux, trois détonations ébranlèrent l'hôtel, illuminant la neige d'éclairs orange.

Danny cria quelque chose à l'oreille d'Hallorann.

— Quoi ?

— J'ai dit est-ce que vous avez besoin de ça ?

L'enfant montrait le jerrycan rouge planté dans la neige.

— Je pense que oui.

Il alla le ramasser et le secoua — il y avait encore de l'essence, mais il ne savait pas combien. Il essaya d'attacher le jerrycan à l'arrière du scooter mais dut s'y reprendre à plusieurs fois, car ses doigts commençaient à s'engourdir.

— Monte ! cria Hallorann à Danny.

Danny recula.

— Nous allons mourir de froid !

— Il faut aller à la remise chercher les tapis de selle. Monte derrière ta mère !

Danny grimpa sur le scooter et Hallorann s'adressa à Wendy :

— Mrs. Torrance ! Accrochez-vous à moi. Est-ce que vous avez compris ? Accrochez-vous bien !

Elle l'encercla de ses bras et posa sa joue contre son dos. Hallorann mit le moteur en marche et tourna lentement la manette des gaz pour que le départ ne soit pas trop brutal. Wendy n'avait pas la force de se tenir solidement à lui, et si elle venait à tomber, elle entraînerait Danny dans sa chute.

Le scooter démarra et fit demi-tour vers la remise. Pendant un instant ils purent voir clairement l'intérieur du hall de l'Overlook. Le jet de feu qui montait à travers le plancher crevé ressemblait à la flamme d'une bougie géante, jaune soufre au centre, délicatement ourlée de bleu sur les bords, qui aurait été là pour éclairer et non pour détruire. Ils aperçurent le bureau de réception avec sa clochette en argent, les décalcomanies de cartes de crédit sur la vitre, la vieille caisse ornée de volutes, les petits tapis à dessins, les chaises montantes, les repose-pieds en crin. Danny reconnut le petit canapé à côté de la cheminée où trois religieuses s'étaient assises le jour de leur arrivée, c'est-à-dire le jour de la fermeture de l'hôtel. Mais la véritable fermeture, c'était aujourd'hui.

Pour se protéger du vent, Wendy pressait son visage contre le dos d'Hallorann et Danny en faisait autant contre celui de sa mère, si bien qu'Hallorann fut le seul témoin de la dernière scène, et il n'en parla jamais. Il crut distinguer une grande forme noire qui s'échappait de la fenêtre de la suite présidentielle. Elle plana un instant devant l'hôtel, pareille à quelque mante géante, puis, happée par le vent, elle se déchira comme une feuille de vieux papier et ses lambeaux furent emportés par un tourbillon de fumée. L'instant d'après, elle avait disparu sans laisser de trace. Peut-être n'avait-elle été, après tout, qu'un nuage de fumée ou un morceau de papier peint déchiré, ballotté par le vent. Peut-être n'y avait-il rien eu d'autre que l'Overlook, transformé en bûcher et flambant au cœur de la nuit.

Hallorann avait à son trousseau une clef du cadenas de la remise, mais il s'aperçut rapidement qu'il n'en aurait pas besoin. La porte était entrebâillée, le cadenas ouvert suspendu par sa tige.

— Je ne peux pas y entrer, chuchota Danny.

— Ça ne fait rien. Reste ici avec ta maman. Il y avait autrefois une pile de vieux tapis de selle ici. Ils sont probablement tout mités, mais avec eux nous ne mourrons pas de froid au moins. Mrs. Torrance, vous êtes toujours éveillée ?

— Je ne sais pas, répondit Wendy d'une voix éteinte. Je crois que oui.

— Bien, Ça ne prendra qu'une minute.

— Reviens vite, chuchota Danny. Je t'en prie.

Hallorann poussa la porte de la remise et pénétra à l'intérieur. Les tapis de selle se trouvaient toujours au même endroit, à côté du jeu de roque. Il en prit quatre — ils sentaient le moisi, et les mites, de toute évidence, s'en étaient donné à cœur joie — puis marqua une hésitation.

Un des maillets de roque manquait.

Est-ce que c'est avec ça qu'il m'a frappé ?

Bon, et après ? Quel besoin avait-il de savoir avec quoi on l'avait frappé ? Pourtant sa main monta machinalement vers son visage et tâta l'énorme enflure qui prenait tout un côté. Un seul coup de ce maillet avait réussi à ficher en l'air six cents dollars de soins dentaires. Il ne pouvait, malgré tout, s'empêcher de regarder avec une sorte de fascination la place vide dans le porte-maillets. Il se mit à rêver au claquement sec que la tête du maillet devait faire en frappant la boule en bois.

Un flot d'images lui envahit l'esprit : des esquilles d'os, des éclaboussures de sang...

Pourtant le jeu de roque évoquait plutôt le thé glacé, des balançoires sur un porche, des dames en chapeaux de paille blancs, le bourdonnement des moustiques *(et de vilains petits garçons qui trichent).*

Oui, c'était certainement un jeu agréable, un peu démodé, mais... agréable.

— Dick ? lui souffla une voix grêle et geignarde, passablement déplaisante. Qu'est-ce qui t'arrive, Dick ? Allons, viens, *dépêche-toi,* je t'en prie !

(Allons, dépêche-toi, négro, ton maître t'appelle.)

Sa main se referma sur le manche de l'un des maillets et il éprouva une sensation délicieuse.

(Qui aime bien châtie bien, dit le proverbe.)

Dans la nuit scintillante de flammes, une étrange lueur passa dans son regard. En fait, ce serait un service à leur rendre. Elle était drôlement amochée... Elle souffrait et c'était presque entièrement

(entièrement, tu veux dire)

la faute à ce maudit garnement. N'avait-il pas abandonné son propre père dans la fournaise ? A bien y réfléchir, c'était quasiment un meurtre. On appelait ça le parricide. C'était vraiment dégoûtant.

— Mr. Hallorann ?

C'était la voix de Wendy, faible, énervante. Il n'aimait pas beaucoup cette voix-là.

— Dick !

L'enfant, pris de panique, sanglotait.

Hallorann tira le maillet de son support et se dirigea vers le faisceau de lumière blanche que déversait le phare du scooter. Il avança vers la porte d'une démarche traînante de jouet mécanique.

Subitement il s'arrêta, regarda avec stupéfaction le maillet dans ses mains et se demanda avec un sentiment d'horreur croissant ce qu'il avait voulu faire. *Avait-il vraiment songé à les assassiner ?*

Cependant une voix furieuse le somma d'agir :

(Mais vas-y, bon Dieu, montre donc que tu as des

couilles au cul! Tue-les! TUE-LES TOUS LES
DEUX !)

Étouffant un cri de terreur, il jeta derrière lui le maillet qui alla s'écraser dans un angle, à côté des tapis de selle. Son manche pointé vers lui semblait l'inviter au meurtre. Alors il s'enfuit.

Danny était assis sur le siège du scooter et Wendy avait passé ses bras autour de lui, mais elle était si faible qu'elle le tenait à peine. Son visage ruisselait de larmes et il tremblait comme s'il était saisi d'un accès de fièvre.

— Où étais-tu ? Nous avons eu si peur ! dit-il en claquant des dents.

— C'est effectivement un endroit à faire peur, dit Hallorann lentement. Même si l'hôtel brûle jusqu'aux fondations, ce n'est pas demain que je remettrai les pieds par ici. Tenez, Mrs. Torrance, mettez ça autour de vous. Je vais vous aider. Toi aussi, Danny. Tâche de te déguiser en Arabe.

» Et maintenant, accrochez-vous de toutes vos forces, dit-il. Nous avons encore un long chemin à faire, mais le pire est derrière nous à présent.

Il contourna la remise et prit la direction de la route. L'Overlook flambait comme une torche dans le ciel.

L'incendie avait ouvert dans ses flancs des trous béants. A l'intérieur un feu d'enfer faisait rage et la neige fondue tombait du bord du toit carbonisé en cascades fumantes.

Le scooter descendit la pelouse qui s'étendait devant l'hôtel, trouvant sans peine son chemin dans la lueur de l'incendie qui faisait rougeoyer les monticules de neige.

— Regarde ! s'écria Danny au moment où Hallorann ralentissait en arrivant devant la grande grille.

Il montrait du doigt le terrain de jeux.

Les animaux de buis étaient tous revenus à leur

place, mais ce n'étaient plus que des carcasses noircies. L'entrelacs ligneux de leurs branches mortes se détachait nettement sur un fond d'incendie et leurs petites feuilles jonchaient le sol comme des pétales fanés.

— Ils sont morts ! cria Danny, dans un paroxysme de joie triomphale. Morts ! Ils sont morts !

— Chut, dit Wendy. Calme-toi, chéri. Tout va bien.

— Eh prof ! dit Hallorann. Si on allait se dénicher un petit coin tranquille au soleil ? Ça te dirait ?

— Oh oui ! chuchota Danny. Ça fait si longtemps que j'en rêve...

Le scooter se faufila entre la grille et le pilier puis s'engagea sur la route en direction de Sidewinter. Le bruit du moteur s'éloigna et se perdit bientôt dans les grondements incessants du vent. Par moments, l'incendie semblait être sur le point de s'éteindre, puis il repartait de plus belle, mêlant ses crépitements au bruissement mélancolique des buis dénudés. Quelque temps après que le scooter eut disparu, le toit de l'Overlook s'effondra — d'abord dans l'aile ouest, puis dans l'aile est, enfin quelques secondes après, dans la partie centrale. Une énorme colonne d'étincelles et de débris enflammés s'éleva en tournoyant dans cette nuit d'hiver désolée.

Le vent poussa des bardeaux enflammés et des lattes brûlantes par la porte ouverte de la remise et celle-ci s'embrasa à son tour.

Ils étaient encore à trente kilomètres de Sidewinter quand Hallorann s'arrêta pour verser ce qui restait d'essence dans le réservoir du scooter. Il se faisait beaucoup de souci pour Wendy Torrance qui semblait perdre progressivement connaissance ; il y avait encore un long chemin à faire.

— *Dick !* s'écria Danny. Debout sur le siège, il montrait quelque chose du doigt. Regarde, Dick, regarde !

La neige s'était arrêtée de tomber et la pleine lune, ronde et argentée comme une pièce d'un dollar, avait fait son apparition entre les nuages à la dérive. Très loin, en bas, sur la route qui montait vers eux, ils aperçurent un cortège mouvant de lumières, égrenées comme les perles d'un collier le long des virages en lacets. Pendant une accalmie du vent, Hallorann put distinguer un bourdonnement lointain de moteurs de scooters. Il les rencontrèrent un quart d'heure plus tard. Ils apportaient des vêtements de rechange, de l'eau-de-vie et le docteur Edmonds était avec eux.

La longue nuit avait pris fin.

LVIII

ÉPILOGUE : L'ÉTÉ

Après avoir vérifié que l'apprenti avait préparé correctement la salade et jeté un coup d'œil aux hors-d'œuvre, Hallorann dénoua son tablier, le suspendit et sortit par la porte de derrière. Il lui restait environ quarante-cinq minutes avant le branle-bas de combat du dîner.

Le Red Arrow Lodge était un motel perdu au fin fond des montagnes, dans l'ouest de l'État du Maine, à trente kilomètres d'une ville du nom de Rangely. C'était une bonne boîte, se disait Hallorann. Il n'y avait pas trop de monde, les pourboires étaient généreux et jusqu'ici pas un seul plat n'avait été renvoyé à la cuisine : record remarquable si l'on pensait que la moitié de la saison s'était déjà écoulée.

Il passa entre le bar en plein air et la piscine (parfaitement superflue, à son avis, vu qu'il y avait le lac à côté), traversa une pelouse où quatre clients jouaient au croquet en riant, grimpa une petite côte couronnée d'un bois de pins que la brise faisait doucement murmurer et qui embaumait l'air de leurs sucs résineux.

De l'autre côté de la crête, au-dessus du lac, quelques chalets isolés étaient nichés parmi les arbres. Le plus joli était le plus éloigné. Hallorann l'avait retenu pour deux personnes dès le mois d'avril, quand il avait découvert ce motel.

Une femme était assise dans un fauteuil à bascule, un livre entre les mains. Hallorann fut de nouveau frappé par la transformation qui s'était produite en elle. D'abord, le corset orthopédique qui l'obligeait à se tenir très droite donnait à son maintien quelque chose d'un peu sévère. En plus des côtes fracturées et des blessures internes, elle avait eu une vertèbre cassée et c'était ce qu'il y avait de plus long à guérir. Mais la transformation se voyait aussi dans son visage qui avait vieilli et paraissait moins rieur. Assise là, penchée sur son livre, elle avait une beauté grave qu'Hallorann ne lui avait jamais vue auparavant. A l'époque où il l'avait rencontrée, elle faisait encore très jeune fille, mais maintenant c'était une femme que l'existence n'avait pas épargnée mais qui avait surmonté les épreuves. Elle avait su tant bien que mal recoller les morceaux de leurs vies brisées. Hallorann savait pourtant que pour elle ce ne serait jamais plus tout à fait comme avant.

Au bruit de son pas, elle leva les yeux.

— Salut, Dick !

Fermant le livre, elle tenta de se dresser, mais son visage se contracta de douleur.

— Non, ne vous levez pas, le protocole c'est bon pour les soirées de gala, répondit Hallorann.

Elle le regardait monter les marches en souriant et il prit place à côté d'elle sur le porche.

— Comment allez-vous ?

— Pas trop mal, concéda-t-il. Essayez ce soir les crevettes à la créole. Elles sont extra.

— Je n'y manquerai pas.

— Où est Danny ?

— Il est là-bas.

Elle tendit le doigt et Hallorann distingua une petite silhouette assise au bout de la jetée. Il portait un jean roulé jusqu'aux genoux et un tee-shirt à rayures rouges. Devant lui, sur l'eau paisible, un bouchon flottait. De temps en temps, Danny remontait sa ligne, en examinait le plomb et l'hameçon, puis la relançait dans l'eau.

— Il commence à bronzer, dit Hallorann.

— Oui, il est déjà bien brun — et elle regardait affectueusement son fils.

Hallorann sortit une cigarette, la tapota pour tasser le tabac et l'alluma. La fumée dériva en lents méandres dans le soleil de l'après-midi.

— Est-ce qu'il fait toujours les mêmes cauchemars ?

— Ça va mieux, dit Wendy. Il n'en a eu qu'un seul cette semaine. Auparavant, c'était chaque nuit, quelquefois même à plusieurs reprises. Les explosions. Les buis. Et surtout... enfin vous savez.

— Oui. Ne vous en faites pas, Wendy. Il s'en tirera.

Elle l'interrogea du regard.

— Vous croyez ? Je me le demande.

Hallorann hocha la tête.

— Tous les deux, vous êtes en train de reprendre le dessus. Vous n'êtes plus comme avant, mais ce n'est pas forcément un mal.

Ils restèrent un moment sans parler, Wendy se balançant dans son fauteuil et Hallorann tirant sur sa cigarette, les pieds sur la balustrade du porche. Une petite brise se leva et, se faufilant par des chemins secrets à travers les pins, vint caresser les cheveux de Wendy qu'elle avait fait couper court.

— J'ai décidé d'accepter l'offre d'Al... de Mr. Shockley, dit-elle.

Hallorann hocha la tête.

— Ce doit être une bonne place, un travail qui

peut vous intéresser. Quand commencerez-vous ?

— Tout de suite après la Fête du Travail. Quand nous partirons d'ici, nous irons directement dans le Maryland pour chercher un logement. Vous savez, c'est la brochure du syndicat d'initiative qui m'a décidée. J'ai l'impression que c'est une région idéale pour élever un gosse. Et je voudrais me remettre au travail avant d'avoir complètement épuisé l'argent de l'assurance que Jack nous a laissée. Il reste encore quarante mille dollars, assez pour payer des études universitaires à Danny et même pour l'aider à prendre un bon départ dans la vie, si nous investissons cet argent intelligemment.

Hallorann hocha la tête.

— Et votre mère ?

Elle le regarda avec un sourire triste.

— Je pense que le Maryland sera suffisamment loin.

— Vous n'oublierez pas vos vieux amis, n'est-ce pas ?

— Danny ne le permettrait pas. Allez le voir, il vous attend depuis ce matin.

— Moi aussi.

Il descendit par le chemin de gravier et rejoignit Danny qui était assis au bout de la jetée, sur les vieilles planches pourries, les pieds trempant dans l'eau claire. Au-delà, le lac s'élargissait, reflétant les pins qui descendaient jusque sur ses rives. C'était un pays de très vieilles montagnes, aux contours arrondis, adoucis par le temps, et Hallorann trouvait ce paysage tout à fait à son goût.

— Tu prends quelque chose ? demanda-t-il.

S'asseyant à côté de Danny, il enleva une de ses chaussures, puis l'autre, et avec un soupir de plaisir trempa lui aussi ses pieds chauds dans l'eau fraîche.

— Non, mais j'ai eu une touche tout à l'heure.

— Nous utiliserons un bateau demain matin. Il faut aller jusqu'au milieu du lac pour prendre de belles pièces, fiston.

— Vraiment grosses ?

Hallorann haussa les épaules.

— Oh ! des requins, des espadons, des baleines, ce genre de chose.

— Il n'y a pas de baleines, ici !

— Pas de baleines bleues, peut-être, mais il y a des petites baleines roses qui ne dépassent pas les vingt-cinq mètres de long.

— Comment sont-elles venues de l'Océan ?

Hallorann posa sa main sur les cheveux dorés de l'enfant et les ébouriffa.

— Elles peuvent nager à contre-courant, tu sais. Elles ont tout simplement remonté la rivière pour venir jusqu'ici.

— Vraiment ?

— Puisque je te le dis.

Regardant le lac tranquille sans se parler, ils se mirent à rêvasser. Quand Hallorann tourna de nouveau son regard vers Danny, celui-ci avait les yeux remplis de larmes.

— Qu'est-ce qu'il y a ? lui demanda-t-il en lui passant un bras autour des épaules.

— Rien, chuchota Danny.

— C'est ton papa qui te manque, n'est-ce pas ?

L'enfant essaya de répondre, mais sa voix s'étrangla dans un sanglot et, posant sa tête contre l'épaule d'Hallorann, il pleura à chaudes larmes. Hallorann le pressa contre lui sans rien dire. Il savait que l'enfant aurait besoin de pleurer bien des fois encore et Danny avait la chance d'être assez jeune pour pouvoir le faire. Les larmes qui brûlent sont aussi celles qui consolent.

Quand Danny se fut un peu calmé, Hallorann lui dit :

— Tu vas te remettre de tout cela. Tu ne le crois

pas maintenant, mais tu y arriveras. Ce n'est pas pour rien que tu as le Don.

— Mais à quoi ça sert ? s'écria Danny, s'étranglant, la voix pleine de larmes. Je ne veux pas de ce Don !

— Mais tu l'as, dit Hallorann doucement. Pour le meilleur et pour le pire. On ne t'a pas demandé ton avis, mon petit. Le pire est passé maintenant. Et n'oublie pas que si tu as des ennuis, tu pourras toujours venir me parler. Et, si tu n'arrives pas à tenir le coup, tu n'auras qu'à m'appeler. Je viendrai.

— Même quand je serai dans le Maryland ?

— Même là-bas.

Ils regardèrent en silence le bouchon qui flottait à dix mètres de la jetée. Puis, d'une voix basse, presque inaudible, Danny demanda :

— Tu seras toujours mon ami ?

— Aussi longtemps que tu voudras de moi.

L'enfant se pelotonna contre lui et Hallorann le serra dans ses bras.

— Danny, écoute-moi. Il faut que je te parle sérieusement. Il y a des choses que l'on ne devrait pas avoir à dire à un enfant de six ans, mais les choses sont rarement comme elles devraient être. La vie est dure, Danny. Le monde ne nous veut pas de mal, mais il ne nous veut pas de bien non plus. Il se fiche de ce qui nous arrive. Les pires choses peuvent se produire sans que nous sachions pourquoi. Des braves gens meurent dans le désespoir et dans la douleur, laissant seuls ceux qui les aiment, et on est parfois tenté de croire qu'il n'y a que les méchants qui profitent des biens de cette terre. Mais si le monde t'est hostile, par contre, ta maman et moi, nous t'aimons. Tu es un brave garçon. Tu regrettes ton papa et quand il te prend l'envie de pleurer, à cause de ce qui lui est arrivé, tu vas t'enfermer dans un placard ou tu te caches sous les couvertures et tu pleures jusqu'à ce que tu n'aies plus de larmes. C'est ce qu'un brave fils doit faire. Mais il faut toujours aller de l'avant. C'est la meilleure façon de s'en tirer dans l'existence. Il faut garder son amour vivant et aller de l'avant, quoi qu'il arrive, faire ce que l'on doit, sans jamais renoncer.

» Tu as une touche, fiston, dit-il en montrant la ligne du doigt.

Le flotteur rouge et blanc qui avait plongé refit surface, tout luisant, puis s'enfonça de nouveau.

— Oh ! cria Danny, la gorge serrée.

Wendy était venue les rejoindre. Debout derrière Danny, elle lui demanda :

— Qu'est-ce que c'est ? Un petit brochet ?

— Certainement pas, Mrs. Torrance, dit Hallorann. Ça pourrait bien être une baleine rose.

Le bout de la canne plia. Danny tira le bambou et un long poisson, aux couleurs d'arc-en-ciel, sauta hors de l'eau, décrivant une trajectoire étincelante, puis replongea.

Retenant son souffle, Danny enroula sa ligne frénétiquement.

— Aide-moi, Dick ! Je l'ai eu ! Je l'ai eu ! Aide-moi !

Hallorann éclata de rire.

— Tu te débrouilles très bien tout seul, mon petit bonhomme. Je ne sais pas si c'est une baleine rose ou une truite, mais c'est une belle prise.

Il passa son bras autour des épaules de Danny qui remontait son poisson avec précaution. Wendy s'assit de l'autre côté de son fils et ils restèrent là, assis tous les trois au bout de la jetée, dans le soleil déclinant.

TABLE

Achevé d'imprimer sur les presses de l'imprimerie Brodard et Taupin
58, rue Jean Bleuzen, Vanves. Usine de La Flèche,
le 24 mars 1986
1917-5 Dépôt légal mars 1986. ISBN : 2 - 277 - 21197 - 4
1er dépôt légal dans la collection : mars 1981
Imprimé en France

Editions J'ai lu
27, rue Cassette, 75006 Paris
diffusion France et étranger : Flammarion